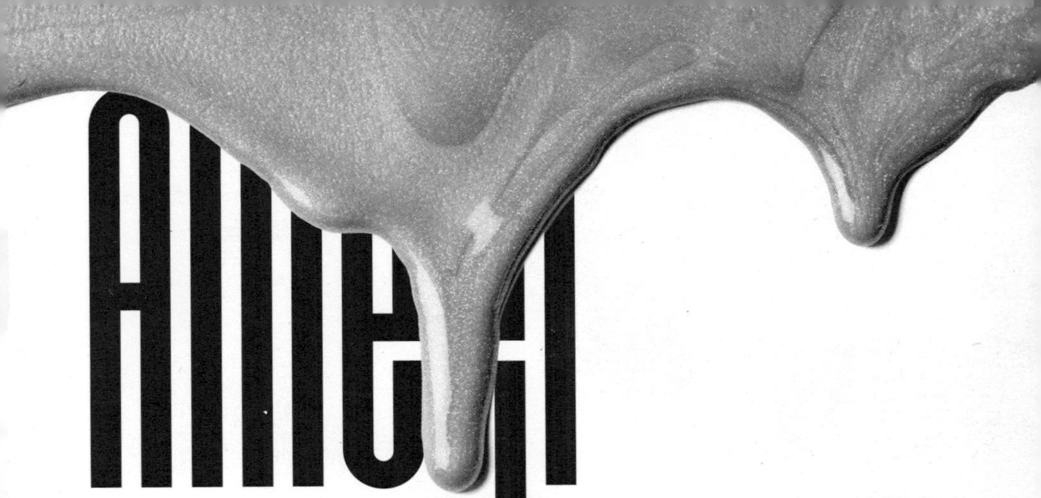

美国佬

Americanah

Chimamanda
Ngozi
Adichie

[尼日利亚]
奇玛曼达·恩戈兹·阿迪契——著
张芸——译

人民文学出版社
PEOPLE'S LITERATURE PUBLISHING HOUSE

著作权合同登记：图字 01-2016-6174 号

AMERICANAH

图书在版编目(CIP)数据

美国佬/(尼日利亚)奇玛曼达·恩戈兹·阿迪契著；张芸译. —北京：人民文学出版社，2017
ISBN 978-7-02-012288-2

Ⅰ. ①美… Ⅱ. ①奇… ②张… Ⅲ. ①长篇小说-尼日利亚-现代 Ⅳ. ①I437.45

中国版本图书馆 CIP 数据核字(2016)第 326414 号

责任编辑 朱卫净 潘爱娟
封面设计 高 熹

出版发行	人民文学出版社
社　　址	北京市朝内大街 166 号
邮政编码	100705
网　　址	http://www.rw-cn.com
印　　制	上海盛通时代印刷有限公司
经　　销	全国新华书店等
字　　数	320 千字
开　　本	889 毫米×1194 毫米 1/32
印　　张	15.375
版　　次	2018 年 1 月北京第 1 版
印　　次	2019 年 4 月第 2 次印刷
书　　号	978-7-02-012288-2
定　　价	62.00 元

目录

这本书是写给我们的下一代，我们的未来：
陶克思，齐松，阿玛卡，奇尼顿，凯姆希尤娜和艾瑞泽。

致我的父亲，在今年，他的八十岁寿辰之际

并且，一如既往地，献给伊瓦拉。

第一部

1

普林斯顿的夏天，没有一点气味，虽然伊菲麦露喜欢许多大树营造的那种静谧葱郁，干净的街道和宏伟的住宅，巧妙抬高定价的商店，还有靠努力换来恩典的那份祥和、恒久的氛围，但最吸引她的，却正是这——气味的缺乏，大概因为别的她所熟悉的美国城市，都散发独特的气味。费城具有历史的发霉气息。纽黑文散发着目空一切的味道，巴尔的摩的气味来自海水，布鲁克林的则来自太阳照暖的垃圾。可普林斯顿没有气味。她喜欢在这儿做深呼吸。她喜欢看当地人分外礼让地开车，把他们最新款的汽车停在纳索街的有机食品店、寿司店外，还有拥有包括辣椒在内等五十种不同口味的冰激凌店外，或是邮局门外，殷勤的工作人员跃然而出，在入口处欢迎他们。她喜欢那座校园，学问重地，外墙上藤蔓交织的哥特式建筑，以及一切又是如何在夜晚昏昧的光线下转变成阴森的一幕。她最喜欢的是，在这片满是安逸的地方，她可以假扮成另一个人，一个被神圣的美国人俱乐部特别接纳的人，一个浑身洋溢着笃定神采的人。

可她不喜欢必须得去特伦顿把她的头发编成辫子。期望普林斯顿有家编辫子的发廊，那是妄想——她见过的少数几个当地黑人，他们的肤色之浅、头发之细软，令她无法想象他们梳着辫子头的模样——然而，在一个炙热的下午，当她在普林斯顿枢纽站等火车时，她仍纳闷，为什么这儿不曾有地方可以让她把头发编成辫子。她包里的那块巧克力融化了。在月台上等车的还有其他几个人，他们全是白人，精瘦，穿着轻薄的短装。站得离她最近的那名男子正在吃冰激凌蛋筒；她一直觉得美国成年男子吃冰激凌蛋筒的行为，尤其是美国成年男子当众吃冰激凌蛋筒的行为有点弱智。当火车终于嘎吱嘎吱进站时，那名男子转过身对她说："来了。"带着陌生人在共同经历了对公共服务实施的失望后彼此间建立的那份熟稔。她朝那名男子笑了笑。那名男子脑后渐渐花白的头发，被一股脑儿往前梳着，滑稽地意图掩盖他的秃斑。他一定是搞学术的，但不是人文学科，否则他会更注重自己的形象。一门坚实的科学，像化学，也许。换作以前，她会说："我知道。"——那是一种美国人特殊的表达，包含的是同意、而非知道之意，接着，她会开始与他攀谈，看他是否会讲出一些她可以用在博客上的话。人们对被问及他们自己的事不胜荣幸，他们讲完后，她若不出声，他们会道出更多。他们习惯于填补沉默。倘若他们问起她做什么，她会含糊地说："我撰写一个生活风尚博客。"因为如果她说"我写的是一个匿名博客，名叫'种族节，或一个非美国黑人观察美国黑人（那些从前被叫作黑佬的人）的种种心得'"，那会使他们不自在。不过，她这么说过几次。有一次是对火车上一位坐在她旁边的、编着骇人长发绺的白人，他的头发好像一条条古老的麻绳，尾端的金发毛茸茸的，他穿着破烂的衬衣，虔诚得足以令她深信他是个追求社会公义的斗士，也许可以成为一名不错的特邀博客作者。"如今种族完全被夸大了，黑人需要克服自我，现在一切问题的核心是阶级，有产者和无产者。"他平和地对她说，她把这句话用作一篇帖子的卷首语，标题为《不是所有梳骇人长发绺的美国白人都叫人失望》。后来有个来自俄亥俄州的男子，搭飞机时挤坐在她旁边。一位中层经理，她确信，从他直筒式的西装和对比色领的衬衫可以看出。他想知道她说的"生活风尚博客"指的是什么，她遂告诉他，预期他会变得拘谨沉默，或说出一些防卫性的乏味之语来结束谈话，诸如"要紧的种族只有一个，就是人类"这样的话。可他却说："有写过收养问题吗？在这个国家，没有人愿意收养黑人婴儿，我不是指黑人和白人的混血，我指的是黑人。连黑人家庭都不要他们。"

他告诉她，他和妻子收养了一个黑人小孩，邻居看他们的目光，仿佛他们选择了为一项可疑的事业而殉道。她描写这名男子的博客文章——《来自俄亥俄、衣着老土的白人中层经理并不总如你想的那样》，是那个月收到评论数量最高的。她依旧好奇，这名男子是否读了这篇文章。她希望是。时常，她会坐在咖啡馆、机场、火车站，观察陌生人，想象他们的生活，并且好奇他们中有谁可能读过她的博客（如今是她的前博客）。就在几日前，她写了最后一篇帖子，迄今后面跟了二百七十四条评论。那些读者，人数逐月递增，链接、转发她的帖子，每个人知道的如此之多，都胜过她；他们始终令她既惶恐又兴奋。其中，最常留言的一位用户“蕾丝边德里达”写道：“我有点惊讶于自己多么舍不得这里。祝你在追求那不知其名的‘人生变化’中一帆风顺，但请早日回到博客世界来。你曾用你玩世不恭、居高临下、戏谑而发人深省的口吻创造了一个空间，让人们可以就一个重要的议题展开真正的对话。”像“蕾丝边德里达”这样的读者，他们在评论里一口气列出一串数据，使用诸如“具体化”这样的词，使伊菲麦露神经紧张，一心想要写出有新意和感染力的东西，于是她开始，渐渐地，觉得自己像只秃鹫，如啄食动物尸体般在人们的故事里挖掘她能利用的素材。有时勉强联系到种族。有时不相信自己。写得越多，她变得越不确定。每一篇帖子都是新剥去一层自我，直到她觉得赤裸、虚假为止。

火车上，那个吃冰激凌的男子坐在她旁边，为避免交谈，她目不转睛地盯着脚边的一块褐色污渍，一点溅出的冻星冰乐，直至他们抵达特伦顿。月台上挤满了黑人，他们中有许多胖子，穿着轻薄的短打。那依旧令她惊奇，仅仅几分钟的火车车程，却是天壤之别。来美国的第一年，当她乘新泽西干线火车到纽约的宾州车站，然后换地铁去看住在平地区的乌茱姑姑时，她赫然发现，大部分苗条的白人都在曼哈顿区的车站下车，随着火车继续驶入布鲁克林，剩下的人多数是黑人和胖子。不过，以前她不把他们看作“胖子”。她把他们看作“大块头”，因为朋友吉妮卡告诉她的首要事之一，即——“胖子”在美国是贬义词，像“蠢”或“野种”一样，富含道德评判，而不像“矮”或“高”，仅是一种描述。因此，她把“胖子”从她的词库里驱逐了出去。但去年冬天，在近十三年后，“胖子”这个词重现于她的脑海，超市里一个排在她后面的男子，在她为自己的超大包多堤士玉米片结账时喃喃低语，“胖的人不需要吃那种垃圾”。她瞥了他一眼，惊讶，稍带怒意，心想这将是一篇绝佳的博客文章，这位陌生人如何判定她是胖子。她会把这篇文章归档在“种族、性别和身材”的标签下。可回到家，当她站着，面对镜子里的真相时，她意识到长久以来自己无视衣服比以前紧了，大腿内侧相互摩擦，运动时身上较为松软、圆润的部分跟着颤抖。她是胖子。

她慢悠悠说出“胖子”这个词，来回吐纳，并回想其他种种她曾谨记不能在美国大声讲出来的东西。她是胖子。她不凹凸有致，也不人高马大；她就是胖，那是唯一令人觉得真实的措词。此外，她也忽略了自己心灵上的郁结。她的博客颇受欢迎，每个月有数以千计不重复的访问量，她挣得优渥的演讲费，她有一份普林斯顿研究员的薪金，和一段与布莱恩的恋情——“你是我今生的至爱。”他在去年给她的生日卡上写道——然而她的内心还是有郁结。那已有一段时间，一种清晨疲乏的病，一种萧索和飘忽感。那随之带来的是依稀的渴望，无形的向往，一闪而过的想象，幻想她可能正在经历一种别样人生，数月来，这一切汇入她灼心的思乡里。她搜遍尼日利亚的网站，脸书上尼日利亚人的简介，尼日利亚人的博客，每点击一次就又出现一则某个年轻人最近回乡的故事，顶着美国或英国的学位，去创办一家投资公司，一项音乐制作业务，一个时尚品牌，一份杂志，一家快餐连锁店。她看着这些男男女女的照片，感到失落的隐痛，仿佛他们撬开她的手，夺去了某些属于她的东西。他们在过着她的生活。尼日利亚成了她理应的归宿，她唯一可以深深扎根而无需时常用力把根拔出来、抖去泥土的地方。当然，那儿还有奥宾仔。她的初恋，她的初恋情人，唯独和他在一起时她从不觉得需要解释自己。他如今结了婚，当了父亲，他们已多年没有联系，可她无法假装他不是自己思乡的一部分，假装她没有常常想起他，细翻他们的过去，找寻某样她叫不出名字的东西的征兆。

超市里那个出言不逊的陌生人——尽管他面容憔悴，嘴唇单薄，但谁知道**他**正在和什么问题较劲——意图冒犯她，却反而敲醒了她。

她开始计划，开始梦想，开始申请在拉各斯①的工作。起先她没有告诉布莱恩，因为她想完成普林斯顿研究员的任职，后来，在研究员任职结束后，她仍没有告诉他，因为她想给自己时间确定心迹。可时间一周周过去，她知道自己永远无法确定。于是她告诉他自己将回国，并加了一句，"我别无选择"，心知他会从她的话中听出完结之意。

"为什么？"布莱恩几乎未假思索地问，震惊于她宣布的事。他们就这样，在他位于纽黑文的客厅里，浸淫在轻柔的爵士乐和日光中，她看着他，她优秀、困惑的男友，感觉这一天呈现出悲伤的史诗特质。他们在一起共同生活了三年，毫无罅隙的三年，像一张熨烫得平整光滑的床单，直到几个月前，他们唯一的一次吵架，布莱恩瞪着双眼，露出谴责的目光，他拒绝和她讲话。但他们挺过了那次争吵，主要因为巴拉克·奥巴马，他们为共同热爱的对象而重修旧好。大选夜，在亲吻她前，布莱恩泪湿脸庞，他紧紧抱着她，仿佛奥巴马的胜利也是他们个人的胜利。此时此刻，她在告诉他，一切结束了。"为什么？"他问。他在课上教授人们对微妙和复杂的认识，而眼下他却在向她索要一个单一的理由，原因。可她不曾有豁然的顿悟，没有原因；那只是简单的、层层堆叠的不满积压在她心中，形成一大团如今驱动她的力量。她没有把这告诉他，因为那会伤他的心，得知她感觉那样已有一段时日，她和他的关系，好比安于在一间屋内却总是坐在窗口向外望。

"把那盆植物拿走。"他对她说，在她见到他的最后一日，当时她正在收拾存放在他公寓里的衣服。他一副斗败了的样子，垂头丧气地站在厨房里。那是他养在屋内的一盆植物，三株竹茎上长出欣欣向荣的绿叶，她将它拿起时，陡然感到一股排山倒海的孤独急促地涌遍全

① 拉各斯（Lagos），尼日利亚海港及最大城市带，位于国境西南部，也是非洲第二大城市，人口仅次于埃及开罗。

身，接连几个星期都挥之不去。时而，她依然能感觉到。思念某些你不再想要的东西，这怎么可能？布莱恩需要的是她给不了的，她需要的，布莱恩给不了，她为此难过，失去本可以不失去的。

就这样她走到了这一步，在一个炎炎夏日，为返乡之旅而准备去把头发编成辫子。黏湿的暑热贴着她的皮肤。特伦顿月台上有体形三倍于她的人，她羡慕地看着其中一位，一个穿超短裙的女子。在她看来，穿迷你裙露出细长的腿没什么大不了——毕竟，展示得到世人认可的双腿，那既安全又自在——可这个胖女人所做的，涉及无声的信念，那只能同自己分享，一种别人看不明白的理直气壮感。她回国的决定与之类似；每当她感觉被怀疑困扰时，她会想象自己勇敢地孤身屹立，近乎英雄般的，从而战胜自己的摇摆不定。那个胖女人正在协调一群看上去只有十六七岁的青少年。他们围成一圈，黄色的T恤前后印着夏令营的广告，有说有笑。他们让伊菲麦露想起她的表弟戴克。其中一个男孩又黑又高，运动员的体格，精瘦、肌肉发达，与戴克像极了。只是戴克从来不会穿那种鞋，看着像帆布平底草鞋，他会把那称作"软脚踢"——这是一个新词，几天前，在向她讲述和乌茱姑姑购物的事时，他第一次用。"妈咪要给我买这种古里古怪的鞋子。哎哟，姐，我可不穿软脚踢！"

伊菲麦露加入车站外等候出租车的队伍。她希望她的司机不是尼日利亚人，因为尼日利亚人一旦听出她的口音，便会要么急不可耐地告诉她，他拥有硕士学位，开出租车是他的副业，他的女儿在罗格斯大学成绩名列前茅；要么则是闷闷不乐地开车，不作声，找她钱，无视她的道谢，一路怀着自卑，心想这位尼日利亚同胞，而且还是个小姑娘，可能是护士、会计或乃至医生，正在瞧不起他。在美国开出租车的尼日利亚人，个个坚信他们其实不是出租车司机。她排在第二位。她的出租车司机是个中年黑人。她打开门，瞥了一眼司机座位的后背。墨文·史密斯。不是尼日利亚名字，可你永远无法十二分确定。这儿的尼日利亚人取的名字五花八门。连她也曾有不是自己的时候。

“你好吗？”他问。

她能立刻辨识出，那是加勒比海口音，不免松了口气。

“我很好，谢谢。”她给了他玛利亚玛非洲编发沙龙的地址。这是她第一次光顾这间发廊——她平常去的那间，由于店主回科特迪瓦结婚成家而关门了——但她清楚，那儿不会和她知道的所有其他非洲编发沙龙有区别：这些沙龙坐落在城中布满涂鸦的区域，阴冷的建筑，不见白人，他们挂出鲜艳的招牌，写着诸如“爱莎—法缇玛非洲编发沙龙”的名字，店里冬天暖气太热，夏天空调不足，编辫子的店员尽是满口法语的西非女人，其中一个是店主，英语讲得最好，负责接电话，其他人听从她的吩咐。时常，有个婴儿被用布带绑在某人的背上。或是一名幼童，睡在破烂的、铺了一件女式宽袍的沙发上。偶尔，年长一点的孩子顺道进来。谈话声响亮、飞快，用的是法语、沃洛夫语①，或马林克语②，当她们对顾客讲英语时，磕磕巴巴，腔调古怪，仿佛在掌握美国的街头俚语前她们还未自然地融入这种语言本身，发出的词不完整。有一次在费城，一位来自几内亚的编发师告诉伊菲麦露，“哦就像，啊山地，哦简直飞了。”重复了许多遍，伊菲麦露才听懂那女人说的是，“我就像，啊上帝，我简直气疯了。”

墨文·史密斯开朗健谈。他一边讲话，一边开车，说天气多么热，轮流停电肯定要来了。

“这种热，会要了老年人的命。假如他们没有空调，他们只得去商场，你知道。商场有免费空调。可有时没有人载他们去。人们必须照顾老年人。”他说，愉快的心情未因伊菲麦露的沉默而受影响。

“我们到啦！”他说着，把车停在一处破败的街区前。沙龙在街道的中部，夹在一家叫“福乐园”的中餐馆和一家卖彩票的便利店之间。沙龙内部，屋内到处疏于维修，油漆剥落了，墙上贴着各种辫子发型的大幅海报和小一点的招贴广告，写着“快速退税”。三个女人

---

① 沃洛夫语（Wolof），属于尼日尔—刚果语系大西洋语支。

② 马林克语（Malinke），也属于尼日尔—刚果语系，是非洲东南部的曼丁人使用的几种发音和拼写近似的方言的统称。

全穿着T恤和及膝长的短裤，正在给坐着的顾客编辫子。一台小电视机挂在墙角，音量有点过响，放的是一部尼日利亚电影：一个男的在打他的妻子，妻子一边退缩一边叫嚷，拙劣的音质令人难受的刺耳。

“嗨！”伊菲麦露说。

她们一齐转过来看她，可只有一人——必定是与这家店同名的玛利亚玛，说：“嗨，欢迎。”

“我想编辫子。”

“你要编哪种辫子？”

伊菲麦露说她想要中等粗度的扭拧式发辫，并询问价格。

“两百。”玛利亚玛说。

“我上个月付的是一百六十。”她上一次编辫子是三个月前。

玛利亚玛沉默了些许时候，眼睛回到她正在编的发辫上。

“那么一百六十？”伊菲麦露问。

玛利亚玛耸耸肩，莞尔一笑。“好吧，不过你下次一定得再来啊。请坐。等一下爱莎。她马上就好了。”玛利亚玛指指个头最小的那位编发师，她有皮肤病，手臂和脖子上长着略带粉色、呈乳样的螺旋形白斑，看似会传染，令人担忧。

“嗨，爱莎。”伊菲麦露说。

爱莎瞥了一眼伊菲麦露，十分轻微地点了下头，面无表情，那份木然几近令人生畏。她有几分古怪。

伊菲麦露坐在近门处；风扇在碰出缺口的桌上开到最强档，却难以吹走屋内的闷热。风扇旁放着梳子、小包的假发、因内页松脱而变厚的杂志、一沓沓彩色数字影碟。一把笤帚靠在角落里，不远处是糖果自取机和生锈的百年没用过的吹风机。电视屏幕上，一位父亲正在打两个孩子，生硬的拳头敲着他们头顶上方的空气。

“别啊！坏爸爸！坏男人！”另一位编发师说，眼睛盯着电视，身子缩了一下。

“你是从尼日利亚来的？”玛利亚玛问。

“嗯，”伊菲麦露说，“你呢？”

“我和妹妹哈莉玛来自马里。爱莎来自塞内加尔。”玛利亚玛说。

爱莎没有抬头，但哈莉玛冲伊菲麦露笑了笑，一种以亲切的心照不宣向非洲同胞表示欢迎的微笑；她不会对一个美国人露出这同样的微笑。她有严重的斗鸡眼，瞳孔投往相反的方向，令伊菲麦露感觉乱了方寸，不确定哈莉玛的哪只眼睛在看她。

伊菲麦露拿起一本杂志给自己扇风。“好热。”她说。至少，这些女人不会对她说：“你觉得热？可你是从非洲来的啊！”

“这次的热浪真厉害。抱歉，空调昨天坏了。”玛利亚玛说。

伊菲麦露知道空调不是昨天坏的，空调已经坏了好久，说不定从一开始就是坏的；可她还是颔首说，大概是使用太多所以罢工了。电话铃响。玛利亚玛接起电话，一分钟后说：“现在过来吧。”正是这番话，使伊菲麦露在上非洲编发沙龙时放弃了提前预约。“现在过来吧”，她们总是说，然后你到了，发现有两个人在等着做微细发辫，可店主仍会对你说：“稍等，我的姐妹马上过来帮忙。”电话又响起，玛利亚玛讲的是法语，她提高音量，停下编发的动作，一边打手势，一边对着电话大嚷。而后，她打开一张从口袋里拿出的西联汇款的黄色表格，开始念出上面的数字：“三！五！不对，不对，五！”

正在让她编看上去很费事的极细玉米垅发式的那位女士厉声说：“快点儿！我可不想在这儿耗一整天！”

“抱歉，抱歉。”玛利亚玛说。不过，她还是先把西联汇款的号码重复了一遍，然后继续编辫子，电话夹在肩膀和耳朵之间。

伊菲麦露翻开她的小说，让·图默的《藤条》，浏览了几页。说来她意在读这本书已有一段时间，猜想她会喜欢，因为布莱恩不喜欢。一部矫揉造作的作品，布莱恩这么形容，以他们讨论小说时他所用的那种稍带耐心的语气，仿佛他确信，再多一点时间，多增长一点智慧，伊菲麦露就会逐渐承认，他喜欢的小说更高明，由年轻和颇为年轻的男士创作的小说，料十足，集合个人特色、音乐、漫画、偶像，引人入胜，眼花缭乱，带着蜻蜓点水式的情感，每个句子有格调地意识到自己的格调。她读了许多本那样的书，因为布莱恩的推荐，可这些书像棉花糖般如此轻易地从她舌尖的记忆里挥发掉了。

她合上小说，因为太热无法集中精神。她吃了一些融化的巧克力，给戴克发了一条短信，叫他在篮球训练结束后打电话给她，然后给自己扇风。她阅读对面墙上的告示——发辫一周后恕不调整，不收个人支票，不退款——但她小心地不去看屋里的角落，因为她知道会有一团团发霉的报纸塞在管道、尘垢和早已腐烂的东西下面。

终于，爱莎做完了她客人的头发，问伊菲麦露她想要什么颜色的假发。

"四号色。"

"不好。"爱莎当即说。

"我一向用那个。"

"那看起来脏脏的。你不想用一号色吗？"

"一号色太黑，看起来很假，"伊菲麦露说着，解开头巾，"有时我用二号色，但四号色最接近我天生的发色。"

爱莎耸耸肩，一种不屑一顾的耸肩，仿佛既然她的客人没品位，那不是她的问题。她把手伸进一个柜子，拿出两包假发，检查了一遍，确定两包是一样的颜色。

她抚摸伊菲麦露的头发。"你为什么不用直发药水？"

"我喜欢让头发保持上帝创造的原样。"

"可你怎么梳呢？很难梳理。"爱莎说。

伊菲麦露带来了她自己的梳子。她轻柔地梳理起她浓密柔软、紧紧缠绕在一起的头发，直至那像一个光圈环住她的脑袋。"只要做好适当的保湿，梳理起来并不困难。"她说，语气不自觉地转成了说客的劝诱，那是她每当试图使其他黑人女性认识到保持头发天然状态的优点时所用的。爱莎哼哧了一下，她显然不理解为什么有人会选择千辛万苦地梳理天然的头发，而不是干脆把它拉直。她将伊菲麦露的头发分成几片，从堆在桌上的假发里抽取一小绺，熟练地绞捻起来。

"太紧了，"伊菲麦露说，"别弄得那么紧。"由于爱莎仍一味绞捻到发梢，伊菲麦露以为她大概没有听懂，于是，伊菲麦露摸摸那根扯得头皮发痛的辫子，说："紧了，紧了。"

爱莎推开她的手。"别，别，别碰它。挺好的。"

"太紧了！"伊菲麦露说，"请把它解开。"

玛利亚玛在看着她们。她迸出一连串法语。爱莎解开了那条辫子。

"对不起，"玛利亚玛说，"她听不太懂。"

可从爱莎的脸上，伊菲麦露看得出，她完全听懂了。爱莎就是一个地道的在集市上做生意的女人，不受美国客服那套装点门面的繁文缛节的影响。伊菲麦露想象她在达喀尔的集市上做生意，像拉各斯的编发师一样，她们会擤完鼻子，把手在袍子上一擦，粗暴地扳动客人的脑袋，调整到更好的位置，抱怨那头发有多厚、多硬、多短，冲经过的女子大声吆喝，同时始终一边交谈一边编辫子，交谈声太响，辫子编得太紧。

"你认识她吗？"爱莎问，眼睛朝电视屏幕瞥了一下。

"什么？"

爱莎重复了一遍，指着屏幕上的女演员。

"不认识。"伊菲麦露说。

"可你是尼日利亚人。"

"是的，但我不认识她。"

爱莎伸手指向桌上那堆数字影碟。"以前的，太多巫术。很难看。现在尼日利亚的电影很好看。房子又大又漂亮！"

伊菲麦露小觑瑙莱坞①的电影，那些影片表演夸张，情节荒谬，但她却赞同地点头，因为在同一个句子里听到"尼日利亚"和"好"是一桩难得的乐事，即便是出自这个古怪的塞内加尔女人之口，她决定把这看作一个预示她返乡的征兆。

每个听她说要回国的人都一脸惊讶，期待一个解释，当她说，她这么做是因为她想这么做时，每个人的前额上现出困惑的纹路。

"你要关闭博客，卖掉公寓，回拉各斯，去一家报酬没那么好的

---

① 瑙莱坞（Nollywood）是关于尼日利亚电影业的绰号。

杂志社工作。”乌茱姑姑说，然后又重复了一遍，仿佛为让伊菲麦露认清她自己的愚蠢有多严重。唯独她在拉各斯的旧友阮伊奴豆，让她的回国显得是正常之举。“拉各斯现在到处是从美国回来的人，所以你最好也回来，加入他们的行列。每天你都看见他们拿着一瓶水，好像他们假如不分分钟喝水的话就会热死。”阮伊奴豆说。她们一直保持联系，她和阮伊奴豆，多年未断。开始时，她们偶尔写信，但随着网吧的开业，手机的普及，脸书网站的盛行，她们的联系频繁起来。几年前，正是阮伊奴豆告诉她，奥宾仔要结婚了。“而且哦，他现在可有钱了。瞧瞧你错过的！”阮伊奴豆说。伊菲麦露装作对这个消息无动于衷。毕竟，她已切断了和奥宾仔的联系，这么多年过去，她也有了和布莱恩的新恋情，正幸福地逐渐迈入共同生活。可等挂上电话，她不停地想起奥宾仔。想象婚礼上的他，令伊菲麦露有种近似悲伤的感觉，一种淡去的悲伤。但她为他高兴，她告诉自己，并且为了向自己证明她为他高兴，她决定写信给他。她不确定他是否还在用他的旧地址，她发了电子邮件，没有抱太大期望他会回复，可他回了。她没有再写信，因为那时她已正视到自己心中那点小小、仍在燃烧的火焰。最好还是随它去。去年十二月，阮伊奴豆告诉她，她在棕榈购物中心撞见奥宾仔，带着他年幼的女儿（伊菲麦露仍然想象不出拉各斯这座新开发的、庞大摩登的购物中心；当她试图想象时，浮现在她脑海的只有记忆中狭小拥挤的美佳购物广场）——“他看上去那么干净，他的女儿那么漂亮。”阮伊奴豆说。伊菲麦露内心一阵剧痛，为他的人生发生了诸多这样的变化。

“现在尼日利亚的电影非常好看。”爱莎又讲了一遍。

“是的。”伊菲麦露起劲地应道。她现在就是这样，到处搜寻征兆。尼日利亚的电影好看，因此她回尼日利亚也将是好事。

“你是尼日利亚的约鲁巴人[①]。”爱莎说。

① 约鲁巴人（Yoruba），西非主要民族之一，大部分分布在尼日利亚西南部的草原和热带雨林地带，与东南部的伊博人和北部的豪萨人并为尼日利亚三大主要民族。

“不。我是伊博人[1]。”

“你是伊博人？”爱莎的脸上首度现出笑容，一种把她细小的牙齿和暗沉的牙龈均暴露出来的笑容。“我以为你是约鲁巴人，因为你那么黑，伊博人皮肤很白。我有两个伊博族的男友。非常好。伊博族的男人照顾女人特别好。”

爱莎的声音几近耳语，语气里透出性的暗示，她手臂和脖子上的白斑在镜中变成可怖的脓疮。伊菲麦露想象有几颗爆裂出水，其他的结痂脱落。她把目光转开。

“伊博族的男人照顾女人特别好，”爱莎重复道，“我想结婚。他们爱我，可他们说家里要的是伊博族的女人。因为伊博人只和伊博人结婚。”

伊菲麦露忍住笑的冲动。“你想同时嫁给他们两个人？”

“不是，”爱莎打了一个不耐烦的手势，“我想嫁一个。可这件事是真的吗？伊博人只和伊博人结婚。”

“伊博人和各种各样的人结婚。我堂姐的丈夫是约鲁巴人。我叔叔的妻子是苏格兰人。”

爱莎暂停绞捻头发的动作，望着镜中的伊菲麦露，仿佛在决定是否要相信她。

“我姐姐说是真的。伊博人只和伊博人结婚。”她说。

“你姐姐怎么知道的？”

“她在非洲认识许多伊博人。她是卖布的。”

“她住在哪里？”

“非洲。”

“哪里？在塞内加尔吗？”

“贝宁。”

“你为什么说非洲，而不直接讲出你所指的国家？”伊菲麦露问。

---

① 伊博人（Igbo），西非主要黑人种族之一，主要分布在尼日利亚尼日尔河河口地区，主要信奉天主教，操伊博语。

爱莎咂咂嘴。“你不了解美国。你说塞内加尔，美国人，他们说，那在哪里？我从布吉纳法索来的朋友，他们问她，你的国家在拉丁美洲吗？”爱莎继续绞捻头发，脸上露出诡秘的一笑，接着问道，仿佛伊菲麦露可能搞不懂这里的规矩似的：“你来美国多久了？”

伊菲麦露这时心里有了定论，她对爱莎毫无好感。她想缩短当前的对话，这样，在编完她头发所需的六个小时里，她们可以只讲必需讲的话，于是她假装没听见，而是拿出手机。戴克仍没有回她的短信。他向来不出几分钟就回复的，也许他的篮球训练还没结束，或是和朋友在一起，在看 YouTube 网站上的一些搞笑视频。她打电话给他，讲了很长一段留言，提高音量，一遍又一遍地询问他的篮球训练情况，马萨诸塞州热不热，今天他是否仍将带佩吉去看电影。接着，在不计后果的心情下，她给奥宾仔写了一封电子邮件，且不给自己重读的机会，就发送了出去。她写的是她将搬回尼日利亚，尽管有一份工作在等着她，尽管她的车已经在开往拉各斯的船上，但那是第一次突然有了真实感。我最近决定搬回尼日利亚。

爱莎不气不馁。伊菲麦露一从手机上抬起目光，爱莎就又问了一遍：“你来美国多久了？”

伊菲麦露慢悠悠地将手机放回包里。多年前，有人问过她类似的问题，在乌茱姑姑一个朋友的婚礼上，她说两年，那是实话，但那个尼日利亚人脸上嘲弄的表情教会了她，要在美国的尼日利亚人、美国的非洲人中间，甚至在美国的移民中间赢得尊重，她的年数还不够。六年，在刚过了三年半时她开始这么说。八年，在到了五年时她说。现在既然已满十三年，撒谎似乎再无必要，可她还是撒了谎。

“十五年。”她说。

“十五年？那么长时间。”爱莎的眼中倏然萌生新的敬意。“你住在特伦顿这儿吗？”

“我住在普林斯顿。”

“普林斯顿，”爱莎停顿了一下，“你是学生？”

“我刚做完研究员。”她说，心知爱莎不会明白研究员是什么，在这爱莎面露畏色的难得时刻，伊菲麦露有点得意的感觉。是啊，普林斯顿。是啊，那种爱莎只能想象的地方，那种永远不会有写着“快速退税”的招贴广告的地方；普林斯顿的人不需要快速退税。

“不过我要回尼日利亚了，”伊菲麦露补充道，说完便深感后悔，“我下星期回去。”

“去探亲啊。”

“不是。我要搬回去。回尼日利亚定居。”

“为什么？”

“什么意思，为什么？为什么不呢？”

“还是寄钱回去好。除非你的父亲是大人物？你有关系吗？”

“我已在那儿找到一份工作。”她说。

“你在美国待了十五年，你就这么回去打工？”爱莎嗤笑了一下，“你在那儿待得下去吗？”

爱莎令她想起乌茱姑姑说的话，在她终于接受了伊菲麦露是当真要回去时——你会有能力应付吗？——暗示，美国在某种程度上不可挽回地改变了她，这教她苦恼。她的父母，一样，似乎也认为她可能“应付”不了尼日利亚。“至少你现在是美国公民，这样，你可以随时回美国。”她的父亲说。他们俩都问起布莱恩会不会同她一起回来，他们的问话里饱含希望。如今，他们动辄问起布莱恩，这让伊菲麦露觉得好笑，因为之前，他们花了许久才接受她的男友是个美国黑人的事实。她想象他们在暗中筹划她的婚礼；她的母亲会考虑承办宴席的人和礼服的颜色；她的父亲会考虑可以找哪位有声望的朋友当主婚人。不愿打击他们的希望，因为无需吹灰之力就可让他们保持希望，相应地让他们开开心心，她告诉父亲：“我们决定我先回来，过几个星期布莱恩再过来。”

“太棒了。”她的父亲说。她没有讲别的，因为就让事情处在太棒的状态，那是最好的。

爱莎略微过度用力地拉扯她的头发。“在美国十五年，好长的时间，”爱莎念道，仿佛她一直在思量这件事，“你有男朋友吗？你结婚了吗？”

“我也是回尼日利亚去看我的他。”伊菲麦露说，让自己吃了一惊。我的他。对陌生人说谎是多么容易，和陌生人一起创造我们想象中的人生版本。

“哦！那行！”爱莎说，兴奋了起来。伊菲麦露终于给了她一个想搬回去的可理解的缘由。“你准备结婚吗？”

“也许吧。到时看。”

“哦！”爱莎停下绞捻的动作，盯着镜中的她，毫无生气的瞪视，一时间，伊菲麦露生怕，这个女人有透视人心的本领，看得出她在说谎。

“我想让你见见我的两个他。我打电话给他们。他们过来，你见见他们。我先打给奇丘克。他是开出租车的。再给艾米卡。他是保安。你见见他们。”

“你不必专门打电话，叫他们来和我见面。”

“要的。我打电话给他们。你告诉他们，伊博人可以和非伊博人结婚。他们听你的。”

“不，真的。这个事，我做不了。”

爱莎继续喋喋不休，仿佛没听见似的。“你告诉他们。他们听你的，因为你是他们的伊博姐妹。谁都行。我想结婚。”

伊菲麦露看着爱莎，一个矮小、相貌平平、皮肤长斑的塞内加尔女人，有两个伊博族的男朋友，即使那难以置信，此刻她坚持要伊菲麦露和他们见面，力劝他们同她结婚。这本可以写成一篇有趣的博客文章——《一个非美国黑人的特殊案例，或移民生活的压力会使你做出怎样的疯狂之举》。

2

奥宾仔第一眼看见她的电子邮件时，他正坐在路虎车的后排，堵在拉各斯不动的车流中，他的夹克搭在前座，一个铁锈色头发的儿童乞丐黏在他的窗外，一名小贩把五颜六色的光碟贴在另一边的窗上，收音机转到佤左比亚调频广播，在轻声播放洋泾浜英语新闻，四周阴云密布，似要下雨了。他盯着他的黑莓手机，身体陡然僵直。他先浏览了一遍那封邮件，第一反应期望那是一封长信。天花板，在哪儿呢？ 希望你工作家庭一切顺利。阮伊奴豆说她前些时候撞见你，你如今有小孩了！骄傲的爸爸。恭喜。我最近决定搬回尼日利亚。将于一周后抵达拉各斯。愿能保持联系。珍重。伊菲麦露。

他又慢慢读了一遍，有股想抚平什么的冲动，抚平他的裤子，他剃光的脑袋。她以前叫他"天花板"。在他结婚前夕收到的她的上一封邮件里，她叫他奥宾仔，为她多年来的杳无音信道歉，用阳光的句子祝他幸福，并提到和她同居的那个美国黑人。一封亲切的邮件。他讨厌那封邮件。他讨厌到用谷歌搜索那个美国黑人——假如不是因为她想让他谷歌，为何要告诉他那人的全名？——耶鲁的讲师，令他大为光火的是，他发现和她同居的是一个在博客里用爵士乐迷的口头禅"猫小子"称呼朋友的男人，不过真正使奥宾仔打翻醋缸的是那个美国黑人的照片，仿旧的牛仔裤和黑框眼镜，透出知识分子的老练自信，因此，他给她发了一封冰冷的回信。"谢谢你良好的祝愿，我的人生从未这么幸福过。"他写道。他盼望她会写点挖苦的话回来——在那第一封邮件里她没有一丁点的尖酸刻薄，那是如此不像她——可她根本什么也没写，后来，在摩洛哥度完蜜月后，他又给她发了电邮，说希望能保持联系，想找个时间聊一聊，可她没有回信。

车流在行进。天下着细雨。那名儿童乞丐跟着跑起来，又黑又大的眼睛露出益发夸张的表情，动作似发疯一般：一遍又一遍地把手放到嘴上，指尖并在一起。奥宾仔摇下车窗，递出一张一百奈拉[①]的钞票。他的司机加布里埃尔从后视镜里看着，很不以为然。

“愿上帝保佑你，老板！”那个儿童乞丐说。

“别给这些乞丐钱，先生，”加布里埃尔说，“他们都富着呢。他们靠乞讨赚大钱。我听说有一个在伊凯贾[②]盖了一栋有六间公寓的楼！”

“那你为什么当司机，而不去当乞丐呢，加布里埃尔？”奥宾仔问，然后哈哈一笑，笑得有点太开怀。他想告诉加布里埃尔，他大学时的女朋友刚给他发了电子邮件，准确地说，是他大学加中学时的女朋友。她第一次任他解下她的胸罩时，仰面躺着，发出轻柔的娇喘，手指张开按在他的头上，事后她说：“我的眼睛睁着，可我没有看见天花板。这以前从未发生过。”别的女孩会假装她们从来没让另一个男孩碰过自己，可她不，她从来不。她有一种鲜明的诚实。她开始把他们一起做的事叫作“天花板”，当他母亲外出时，他们温暖的身体交缠在他的床上，只穿内衣，互相抚摸、亲吻、吮吸，臀部做出模拟的运动。“*我在渴望天花板。*”有一次她把那写在他的地理笔记本背后，之后的很长一段时间里，他都无法在看到那本笔记本时不涌起颤栗，一种隐秘的兴奋感。上了大学，当他们终于来真的以后，她开始把*他*叫作“天花板”，以开玩笑的方式，暗示性的——可当他们吵架或当她怏怏不乐时，她叫他奥宾仔。她从来不像他的朋友一样喊他“仔德”。“你到底为什么叫他天花板？”他的朋友奥克伍迪巴有一次问她，在第一学期考试结束后的一个倦怠的日子。她和他的一帮朋友一起围坐在校园外一家小啤酒屋脏兮兮的塑料桌旁。她喝了一口瓶装的无酒精麦芽饮料，咽下，瞥了奥宾仔一眼，说：“因为他个子太高，

① 奈拉：尼日利亚货币名，1 奈拉约等于 0.0319 元人民币。
② 伊凯贾（Ikeja）：尼日利亚首都拉各斯的卫星城。

脑袋碰到了天花板，你看不出来吗？”她故意放慢语速，嘴唇拉出微微的笑容，显然是想要让他们知道，这不是她把他叫作“天花板”的原因。而且他也不高。她在桌下踢了他一脚，他反踢回去，望着他大笑的朋友们；他们都有点儿怕她，有点儿喜欢她。那个美国黑人抚摸她时她有看见天花板吗？她是否曾把“天花板”用在别的男人身上？如今，想到她可能用过，他心烦意乱。他的电话响了，恍惚中，他一度以为是伊菲麦露从美国打电话给他。

“亲爱的，你在哪里？[①]”妻子柯希给他打电话时开头总是这一句：你在哪里？他打电话给妻子时从不问她人在哪里，不过她反正会告诉他：我快到美容院了。我在三号跨海大桥上。他们不在一起时，她仿佛需要一再确认他们身体的行踪。她的声音又尖又嗲。他们需要在晚上七点半到酋长宅邸赴宴，现在已过了六点。

他告诉妻子他遇上了堵车。“但在动，我们刚转入欧祖巴·姆巴迪韦大街。我马上就到。”

莱基快速干道上，车流飞驰在减弱的雨势中。转眼，加布里埃尔在他家高大的黑铁门前按起了喇叭。精瘦结实的看门人穆罕默德穿着污脏的白长袍，一把拉开门，举起一只手敬礼。奥宾仔看着那栋棕黄色、带柱廊的房子。里面有他意大利进口的家具，他的妻子，他两岁的女儿布琪，保姆克里斯蒂安娜，他的妻妹琪欧玛——她因为大学老师又罢工而被迫放假，还有新来的女佣玛丽——她是在他妻子断定尼日利亚的女佣不合适后，他们从贝宁共和国找来的。每个房间都凉爽宜人，空调通风口的叶片静静地摆动着，厨房里会飘着咖喱和百里香的香气，楼下会在播放美国有线电视的节目，楼上的电视机则调到卡通频道，到处弥漫的是不受干扰的安康气氛。他走下车。他的步履僵硬，腿抬不起来。过去几个月中，他开始感觉他努力取得的一切——家庭、房子、汽车、银行账户——使他像个膨胀的皮球，时不时会有股冲动袭上心头，想用针把这一切戳破，放掉所有的气，获得自由。

① 原文是伊博语。

他不再确定，事实上他从来不曾确定，他喜欢他现在的生活是因为真的喜欢，还是因为那是他理应喜欢的。

“亲爱的。”柯希说着，在他还未到门口时就打开门。她已经化好妆，神采奕奕，他心想，和他经常想的一样，她是一个多么漂亮的女子，完美的杏眼，五官惊人的对称。她的真丝双绉连衣裙，腰间紧紧扎了一条肚带，使她的身形像极了沙漏。他拥抱她，小心避开她的双唇，那涂了粉色的口红，用更深的粉色勾勒了唇线。

“夜晚的明珠！美人儿！老鹰！”他说，“你一到，酋长的宴会不用点灯了。”

她笑起来。那笑，带着不加掩饰、欣然接受的喜悦，陶醉于自己的容貌，和人们因她的皮肤如此白皙而问起她“你的母亲是白人吗？你是不是有一半欧洲人血统？”时她的笑一样。她喜欢被误认作混血儿，那一直困扰他。

“爹地—爹地！”布琪一边喊，一边以蹒跚学步的孩童之姿，跌冲地朝他奔来。她傍晚刚洗过澡，穿着有花朵图案的睡衣，身上有股婴儿乳液的芳香。“布禾—布禾！爹地的布禾！”他一把抱起她荡到空中，亲吻她，用鼻子拱她的脖颈，又假装要把她扔到地上，因为那每每令她发出大笑。

“你要洗澡吗，还是只换一下衣服？”柯希一边问，一边跟随他上楼，她已把一件蓝色长袍放在他的床上。他其实更喜欢西装衬衫或简单一点的长袍，而不是这件上面绣着太多花哨图案的衣服，这是柯希一掷千金向离岛富人区一位自命不凡的新晋时装设计师买的。但为了让柯希高兴，他会穿这一件。

“我就换一下衣服。”他说。

“工作怎么样？”她问，用她一贯含糊、和悦的提问方式。他告诉她，他正在考虑园景小区刚完工的那栋新公寓楼。他希望能租给壳牌公司，因为石油公司向来是最好的租客，从不抱怨骤然飞涨的房租，轻松用美元付款，这样大家都不必应付奈拉汇率波动的问题。

“放心，”她说，摸摸他的肩膀，“上帝会带来壳牌。我们不会有事，亲爱的。”

事实上那些公寓已由一家石油公司租下，可他有时对她讲些这样无意义的谎话，因为他内心有几分期望她会提出问题，或是质疑他，虽然明知她不会，因为她想要的只是确认他们的生活条件维持不变，至于他怎么办到的，她完全不过问。

酋长的宴会将一如既往地令他厌烦，可他还是去了，因为酋长的所有宴会他都去。每次他把车停在酋长广阔的院落前时，他总忆起自己第一次同表姐恩妮欧玛去那儿的情景。他刚从英国回来，在拉各斯待了才一个星期，但恩妮欧玛已在埋怨他不能一味躺在她的公寓里看书、游手好闲。

“哎，哎！那什么？你是头一个遇到这难题的人吗？你得起来去兜揽生意。人人都在兜揽。拉各斯是个兜揽之地。”恩妮欧玛说。她有一双厚实、能干的手，对许多生意感兴趣；她去迪拜买黄金，去中国采购女装；近来，她成了一家冷冻鸡肉公司的分销商。“我本该叫你过来，做我生意上的帮手，可不行，你心太软，你满口英语。我需要一个强悍、咋呼的人。”她说。

奥宾仔依旧未从他在英国的遭遇中走出来，依旧禁锢在重重的自怨自艾中，听到恩妮欧玛满不在乎的提问——“你是头一个遇到这难题的人吗？”——他心有不平。她完全不了解——这位在乡间长大的表姐，她用严酷、麻木的眼光看待世界。可慢慢地，他认识到表姐是对的；他不是头一个，也不会是最后一个。他开始申请报上招聘广告里的工作，可没有人打电话叫他去面试，他念书时的朋友，如今在银行和移动电话公司工作的人，开始躲避他，担心他又要往他们手里塞简历。

一天，恩妮欧玛说：“我认识一个大富豪，酋长。这人不停地追求我，唉，可我没答应。他私生活很乱，他会把艾滋病传染给别人。可你知道这种男人，哪个女人拒绝他们，他们就忘不了哪一个。所以他时不时会打电话给我，有时我去和他应酬一下。去年，在那帮死小子偷了我的钱后，他甚至出资帮我重起炉灶。他依然相信有一天我会跟他。哈，这挺危险吧，去哪里？我带你去见他。一旦这人心情好，他会非常慷慨。他认识这个国家的每个人。说不定他会给我们一张条子，去找某地的一位总裁。”

一名管家让他们入内。酋长坐在一张看似像宝座的镀金椅子上，抿着上等白兰地，置身于客人的包围中。他跳起来，一个身材短小的男人，兴致高昂，热情洋溢。“恩妮欧玛！是你吗？所以今天你想起我啦！”他说。他拥抱恩妮欧玛，后退，放肆地打量她包在紧身窄裙里的臀部，她垂至肩膀的长假发。“你想让我心脏病发作吗，嗯？”

“我怎么能让你心脏病发作呢？没了你我可怎么办啊？”恩妮欧玛打趣地说。

“你知道怎么办的。”酋长说，他的客人们笑起来，三个纵声狂笑、心照不宣的男人。

“酋长，这是我的表弟，奥宾仔。他的母亲是我父亲的妹妹，大学教授，”恩妮欧玛说，“就是从头至尾出钱供我念书的那个人。要不是有她，我不知道今天我会在哪里。”

“好，好！”酋长说着，把目光投向奥宾仔，仿佛这份慷慨中也有他的几分功劳。

“晚上好，先生。”奥宾仔说。他没有料到酋长竟像个纨绔子弟，全身上下打扮得花里胡哨：指甲修剪过，泛着闪亮的光泽，脚上穿着黑天鹅绒拖鞋，脖子上挂着一个镶钻的十字架。他原来预想的是一个更魁梧的、外貌更粗犷的人。

“请坐。你要来点什么？”

有地位的男人，有地位的女人，奥宾仔后来发现，他们不和人交谈，他们只是对人讲话。那晚，酋长滔滔不绝，自以为是地大谈政治，他的客人则济济一堂。“正是！你说得对，酋长！谢谢你！”他们穿着拉各斯年轻一代的有钱人的特定服饰——皮拖鞋、牛仔裤和开领的紧身衬衫，全都带有熟悉的品牌商标——但他们的举止中，透出贫乏之人的汲汲营营。

客人离去后，酋长转向恩妮欧玛。“你会唱那首歌‘无人知道明天’吗？”说完，他唱起那首歌，兴致勃勃得像个孩子。无人知道明天！明——天！无人知道明天！他的杯里又溅出好些白兰地。“那是这个国家唯一的立国之本。最重要的原则。无人知道明天。记得阿巴查[①]当政期间的那些大银行家吗？他们以为这个国家归他们所有，结果，一转眼，他们成了阶下囚。瞧瞧那个以前付不起房租的穷汉，后来巴班吉达[②]给了他一口油井，现在他有私人飞机啦！”酋长用得意洋洋的口吻讲道，把庸俗的见解说成重大的发现，恩妮欧玛则听着，笑着，表示同意。她的活跃中包含夸张，仿佛一个更灿烂的笑容、一声反应更快的哄笑、每次比上一次更往他的脸上贴金，将确保酋长会出手帮他们。那显得多么昭然若揭，她在挑逗中丝毫不掩饰自己的目的，这令奥宾仔感到好笑。但酋长只送了他们一箱红酒，含糊地对奥宾仔说：“下周过来看我。”

奥宾仔第二个星期去拜访了酋长，再下个星期也去了；恩妮欧玛叮嘱他务必坚持跟在酋长旁边，直到酋长给他某些好处为止。酋长的管家每次端来现做的胡椒汤，味道浓重的鱼块浸在肉汤里，让奥宾仔直流鼻涕，清醒了他的头脑，并不知怎的打通了未来，令他满怀希望，因此，他心甘情愿地坐着，谛听酋长和他客人的谈话。他们深深吸引着他，尚算富有的人在富有的人面前、富有的人在非常富有的人面前，露骨地卑躬屈膝；为了有钱，似乎，等于成为钱的奴隶。奥宾仔既反感又切望；他可怜他们，可他也幻想像他们一样。一天，酋长比往常多喝了些白兰地，随口谈起在背后捅你一刀的人，翘尾巴的小鬼，忘恩负义、突然自以为精明起来的蠢货。奥宾仔不确定究竟出了

① 阿巴查（Sani Abacha，1943—1998），尼日利亚前军事独裁者。1993 年至 1998 年间任尼日利亚国家元首兼联邦军政府首脑。在他的统治下，尼日利亚实现政局稳定和经济的大幅增长，但也存在大规模侵犯人权和严重的贪污腐败。1998 年 4 月，各政党在阿巴查的操纵下推举他为唯一总统候选人，阿巴查却在同年的 6 月 8 日猝死。

② 巴班吉达（Ibrahim Badamasi Babangida，1941—　），尼日利亚前军事独裁者，尼日利亚前武装部队执政委员会主席。1993 年在非洲民主化浪潮中宣布辞职，结束了八年的独裁统治。

什么事，但有人触怒了酋长，一个缺口打开了，一等四周无人时，他说："酋长，假如有什么我可以为你效力的，请告诉我。你可以信得过我。"这番话令他自己都感到惊讶。他跨出了自己。胡椒汤使他神魂颠倒。这就是兜揽的意思。他在拉各斯，他必须兜揽生意。

酋长看着他，一道停留良久的、锐利的目光。"在这个国家，我们需要更多像你这样的人。出生于良好的家庭，有良好的家教。你是个有教养的人。我从你的眼睛里看得出来。你的母亲是教授。那不容易。"

奥宾仔似笑非笑，以让自己在面对这反常的赞扬时显得谦卑。

"你既饥渴又诚实，那在这个国家里是非常稀罕的。难道不是如此吗？"酋长问。

"是的。"奥宾仔说，虽然他搞不清自己同意的是他有这份特质还是这份特质的罕见性。但那不要紧，因为听起来酋长很有把握。

"在这个国家里，每个人都饥渴，连富人都饥渴，可没有人诚实。"

奥宾仔点头，酋长又久久地看了他一眼，然后默不作声地重新喝起白兰地。他下一次去拜访时，酋长恢复了喋喋不休的老样子。

"我是巴班吉达的朋友。我是阿巴查的朋友。既然军方倒台了，现在奥巴桑乔[①]是我的朋友，"他说，"你知道为什么吗？难道是因为我笨吗？"

"当然不是，酋长。"奥宾仔说。

"听说全国农业支援委员会破产了，他们要把它私有化。你知道这事吗？不。我怎么知道的？因为我有朋友。等你知道时，我已经占得一席，我已经从套购中获利。那就是我们的自由市场！"酋长大笑，"那个委员会是六十年代建立的，它在各地拥有房产。那些屋子全烂了，白蚁正蚕食着屋顶。可他们要把那卖了。我打算购入七套，每套

---

① 奥巴桑乔（Olúṣẹ́gun Ọbásanjọ́，1937— ），尼日利亚政治家约鲁巴族裔，曾任尼日利亚联邦军事政府元首、非洲联盟主席，1999 年至 2007 年间担任尼日利亚总统，曾获英迪拉·甘地和平奖。

五百万。你知道他们账目上列出的定价是多少吗？一百万。你知道真正值多少吗？五千万。”酋长停顿了一下，注视他正在响起的其中一部手机——他旁边的桌上摆了四部手机——然后不予理会，把身子靠回沙发上。“我需要一个人出面达成这项交易。”

“明白了，先生，我能做到。”奥宾仔说。

后来，恩妮欧玛坐在她的床上，为他兴奋，给他出谋划策，还时不时拍击自己的脑袋；她假发下面的头皮发痒，这是她能抓挠的极限。

“这是你的机会！仔德，擦亮你的眼睛！他们给那冠上一个响当当的名字，‘评估顾问’，但这不难。你把房产的估价压低，确保看起来走的是合法程序。你买下那宗房产，半价抛出，还清购买时付的钱，这样你就入行了！你要注册你自己的公司。下一步，你要在莱基区盖一栋房子，买几辆车，请我们的乡亲给你几个头衔，请你的朋友在报上为你刊登贺信，在你还浑然不知时，无论你走进哪家银行，他们都会立刻想要整出一笔贷款，交到你手上，因为他们相信你再也不需要钱啦！还有，等你注册了自己的公司后，一定要找个白人。找一个你在英国的白人朋友。告诉大家他是你的总经理。你会发现一扇扇门将为你敞开，因为你有一个欧洲佬当总经理。连酋长也有几个白人在他需要时拉出来充门面。在尼日利亚办事就是那样。听我的没错。”

对奥宾仔而言，事情的确如此，并依然如此。那轻而易举的程度令他瞠目结舌。他第一次拿着报价书走进银行时，那感觉如做梦，只说“五千”和“五千五百”，省略去“万”，因为那不言自明。令他惊异的还有，许多别的事也变得容易起来，即便只是表面的富有也使他路路通畅。他只要把宝马车开到大门口，门卫便会敬礼，为他开门，什么也不问。连美国大使馆也另眼相待。几年前他曾遭拒签，当时他刚毕业，沉醉在美国梦的抱负中，可有了新的银行账户后，他轻易拿到了签证。第一次去时，在亚特兰大机场，移民官健谈热情，问他，“那么你带了多少现金？”当奥宾仔说他没有多少时，那人一脸惊讶。“我成天遇到像你这样的尼日利亚人，申报几千几万美元。”

这就是现在的他，那种在机场理应有大量现金要申报的尼日利亚人。这令他产生茫然的陌生感，因为他意识的转变没有跟上他人生转变的步伐，他觉得有一块空白存在于他和他应该成为的那个人之间。

他依旧不明白酋长为何决定帮他、利用他，而忽略——甚至是鼓励——那惊人的附带好处。毕竟，俯首帖耳到酋长家来的人络绎不绝，亲戚和朋友，带来其他亲戚和朋友，他们的口袋里装满要求和恳请。他有时纳闷，酋长是否会有一天向他索取什么，这个靠他而发达的饥渴又诚实的男孩，在更想入非非的时刻，他幻想酋长要求他组织一次暗杀行动。

他们一到酋长的宴会现场，柯希就走在前面，转遍整个房间，同她不怎么认识的男男女女拥抱，带着夸张的敬意，称呼那些上了年纪的人为“太太”或“先生”，陶醉在她的脸蛋所吸引到的注意中，同时又收起个性的锋芒，让自己的美貌不具威胁性。她赞美这个女人的头发，那个的裙子，某个男人的领带。她把“我们感谢上帝”挂在嘴边。当有个女人用责难的口吻问她：“你脸上用的是什么面霜？一个人怎么可能有这么完美的肌肤”时，柯希嫣然一笑，答应发短信告诉那女人她详细的护肤步骤。

奥宾仔始终诧异于她有多么注重做一个面面俱到、讨人喜欢的人，没有一点锋利、突出的棱角。星期天，她会准备山药泥和苦叶汤，请他的亲戚来，然后招呼周全，确保每个人都酒足饭饱。*叔叔，你一定得吃哦！厨房里还有肉！我给你再拿一瓶健力士啤酒！*在他们结婚前夕，他第一次带她去恩苏卡[1]见他的母亲时，她一跃而起，帮忙端菜，饭后，当他的母亲要收拾洗碗时，她起身，愤愤然道，“妈咪，我在这儿，怎么能让你来洗碗呢？”和他的那些叔叔讲话时，她

① 恩苏卡（Nsukka），尼日利亚东南部阿南布拉州大学城，位于乌迪丘陵上，南距埃努古 55 公里。创建于 1960 年的恩苏卡大学为尼日利亚第一所国立大学。

在每句话的结尾加上“先生”。她给他表亲的女儿的头发绑上丝带。她的谦恭中带有几分不谦恭：那是自动流露的。

此时，她正屈膝行礼，向阿金-科尔夫人问好，那是位出了名的老太太，来自一个出了名的古老家族，她表情傲慢，眉毛总是扬着，像个习惯了接受逢迎讨好的人；奥宾仔经常想象她嗳出香槟气泡的画面。

“你的孩子怎么样？她开始上学了吗？”阿金-科尔夫人问，“你一定要送她上法国学校。他们非常好，非常严格。当然，他们用法语授课，可那对孩子来说只会是好事，多学一门高雅的语言，既然她在家里已经学了英语。”

“好的，太太。我会考虑一下法国学校。”柯希说。

“法国学校是不错，但我更喜欢希德科特学府。他们教的全是英国课程。”另一位妇人说，奥宾仔忘了她叫什么。他知道她在阿巴查将军当政期间赚了很多钱。她曾是个妈妈桑，坊间传闻说她给军官提供年轻姑娘；相应地，她从军官手里得到价格虚高的供货合同。如今，她穿着镶有亮片的紧身礼服，鼓胀的小腹毕现，成了拉各斯一种特定的中年妇女，因失望而憔悴，因刻薄而枯槁，用厚厚的粉盖住前额星星点点的粉刺。

“啊，对，希德科特学府，”柯希说，“那已在我的首选名单中，因为我知道他们教的是英国课程。”

通常奥宾仔会一言不发，只观望谛听，可今天，不知怎的，他开了口：“我们上的，不都是教尼日利亚课程的小学吗？”

那些女人看着他。她们困惑的神情，表示他的话不可能是当真的。在某些程度上，的确不是。他当然也希望给女儿最好的。有时，诚如现在，他觉得自己像个外人，闯入这新的圈子，里面的人相信最新式的学校、最新式的课程，会保证他们的孩子全面发展。他不像他们那样有把握。他花太多时间哀挽事情本可以怎样，质问应该怎样。

年少时，他羡慕自小家境富有、说话带外国口音的那些人，但他慢慢察觉到他们心中有一种未说出口的渴念，悲哀地找寻某些他们永远找不到的东西。他不想要一个受过良好教育、却被不安全感缠身的孩子。布琪不会去上法国学校，那一点他确定。

“假如你决定把她送去这种老师是半吊子的尼日利亚学校，让你的孩子输在起跑线上，那么到时你只能怪自己。”阿金-科尔夫人说。她的讲话中带着说不出是哪儿的外国口音，英国的、美国的、还有别的，一股脑儿，这样的尼日利亚富人，不想要世人忘记她有多见过世面，她的英航白金卡上积满了里程。

“我有一个朋友，她的儿子上的是本土的一所学校，你知道吗，他们全校只有五台电脑。只有五台而已！”另外那个女人说。此刻奥宾仔想起她的名字：阿达玛。

阿金-科尔夫人说：“世道变了。”

“我同意，”柯希说，“不过我也理解奥宾仔的意思。”

她两边都不反对，以此取悦每个人；她总是选择息事宁人而不追究真相，总是急于附和。望着此时她与阿金-科尔夫人讲话的情景，金色的眼影在她眼睑上闪烁，奥宾仔为自己的想法感到内疚。她是一个如此尽心尽力的女人，一个如此一心好意、尽心尽力的女人。他伸手握住她的手。

“我们会去参观希德科特学府和法国学校，也会看几所尼日利亚学校，像是冠日学校这样的。”柯希说，然后用恳求的目光看着他。

“嗯。”他说，用力捏了捏她的手。她会明白那是道歉，过后，他会郑重地道歉。他不该出声，搅乱她的谈话。她时常告诉他，她的朋友嫉妒她，说他的言行举止像个外国丈夫，比如他周末给她做早餐，每晚待在家里。并且，从她眼中的自豪里，他看见一个更光辉、更得意的自己。就在他正欲对阿金-科尔夫人说些什么，说一些无意义的安抚之语时，他听见身后传来酋长高扬的声音：“可你们知道，在我们说话之际，石油正流过非法铺设的管道，他们以瓶装的方式在科托努出售！真的！真的！”

酋长朝他们走来。

“我美丽的公主啊！”酋长对柯希说，并拥抱她，把她搂得很紧；

奥宾仔怀疑酋长是否有向她提过非分的要求。那不会教他感到意外。有一次在酋长家，一个男人带着女朋友上门来，当女朋友离开房间去厕所时，奥宾仔听见酋长对那男人说："我喜欢那妞儿。把她给我，我给你一块在伊凯贾的好地皮。"

"你看起来真精神，酋长，"柯希说，"青春永驻！"

"啊，亲爱的，我努力，我努力。"酋长开玩笑地扯扯自己黑外套的缎子翻领。他看起来的确很精神，瘦削笔挺，不像他的许多同辈，一副身怀六甲的模样。

"我的小兄弟！"他对奥宾仔说。

"晚上好，酋长。"奥宾仔用两只手同他握手，微微弯腰。他观察宴会上其他人也弯腰，簇拥着酋长，在酋长开了一个玩笑时，争相大笑，比谁笑得更厉害。

宴会上更是人头攒动。奥宾仔举目看见费迪南德——一个身形敦实、和酋长有点交情的人，上一届选举时竞选过州长却惨败，和所有落败的政客一样，他上法院状告选举结果无效。费迪南德长了一张冰冷、看不出好坏的脸；假如有人审视他的手，说不定会在他的指甲里发现敌人结痂的血块。费迪南德的目光与他的目光相遇，奥宾仔把头转开。他担心费迪南德会走过来，讨论他们上一次碰见时他提起的那桩见不得光的土地交易，所以他咕哝了一句他要去厕所，从那群人中溜开了。

在自助餐桌旁，他看见一个年轻人，怏怏不乐地望着那些冷盘和意大利面。奥宾仔被他的不经世故所吸引；这个年轻人的着装，还有他的站姿，透着一种他即便想掩饰也无法掩饰的格格不入。

"那边还有一张桌子，放的是尼日利亚风味的食物。"奥宾仔告诉他，这个年轻人看了他一眼，感激地笑了。他叫耶米，是一家报纸的记者。并不叫人意外；酋长宴会的照片总是醒目地刊登在周末版的报纸上。

耶米大学念的是英语系，奥宾仔问他喜欢什么书，亟盼终于能谈点有趣的话题，可他马上发现，对耶米而言，一本书若没有多音节单词和费解的段落，那就算不上是文学。

“问题在于，那本小说写得太简单，那个人连一个长单词都没用。”耶米说。

耶米所受的教育如此糟糕，以及他不知自己所受的教育之糟，令奥宾仔感到悲哀。他因此想去当老师。他想象自己站在一班全是像耶米这样的学生面前授课。那会适合他，教书的生活，正如那适合他的母亲一样。他经常幻想别的他本可以做的事，或依然能做的事：在大学里教书，编辑报纸，当职业乒乓球教练。

“我不知道你是做哪一行生意的，先生，至于我，一直在寻觅更好的工作。我的硕士学位快念完了。”耶米说，那样子活脱脱一个地道的拉各斯人，时时都在兜揽，眼睛永远敏锐地留意更亮更好的东西。奥宾仔给了他自己的名片，然后回去找柯希。

“我正纳闷你去哪里了。”她说。

“对不起，我撞见了一个人。”奥宾仔说。他把手伸进口袋，摸到黑莓手机。柯希正在问他是否还要吃的。他不要。他想回家。一阵躁动的渴切袭上他心头，欲冲进书房，给伊菲麦露回信，他一直下意识地在脑海中打着草稿。假如她在考虑搬回尼日利亚，那就表示她已不再同那个美国黑人在一起。但她可能会带他一起回来；毕竟，她是那种会让一个男人轻易离乡背井的女人，那种因为不期望或要求百分百的保证，所以使某种特定的稳固关系成为可能的女人。在他们上大学期间，当她拉着他的手时，她会抓得很紧，直到两个手掌出汗变得滑溜溜为止，她会挑逗地说：“万一这是我们最后一次牵手呢，让我们真正握紧双手吧。因为现在可能会来一辆摩托车或汽车把我们撞死，或说不定我看见我真正的梦中情人在街道那端，离你而去，或是你看见了你真正的梦中情人，离我而去。”也许那个美国黑人会黏着她，和她一同回尼日利亚。不过，从那封邮件里，他感觉她是单身。他掏出黑莓手机，计算邮件发出时的美国时间。下午两三点钟。她的句子里有种仓促之色；他好奇当时她在做什么。他亦好奇阮伊奴豆还对她讲了他的什么事。

十二月的那个星期六，他在棕榈购物中心撞见阮伊奴豆，当时他正一手抱着布琪，在入口等加布里埃尔把车开过来，另一只手提着一袋布琪的饼干。“仔德！”阮伊奴豆大喊道。上中学时，她是个活蹦乱跳的假小子，很高很瘦，直来直去，不用女孩子神秘的面纱把自己蒙起来。男生都喜欢她，但从没有人追她，他们给她起了一个昵称，“别吵我”，因为每当有人问起她那生僻的名字时，她总说：“是的，这是一个伊博语名字，意思是‘别吵我’，所以，你们别来吵我啦！”他惊讶于现在的她竟如此摩登，完全变了样，根根竖立的短发，紧身牛仔裤，身材丰满、凹凸有致。

“仔德—仔德！好久不见！你再也没和我们联系。这是你的女儿吗？哦，哎哟！前几天，我和一个朋友在一起，德勒。你认识霍尔银行的德勒吗？他说香蕉岛上王牌公司旁的那幢楼是你的？恭喜啊。你混得真好哦。德勒说你可谦和呢。”

阮伊奴豆过分的大惊小怪，从她毛孔中隐隐渗出的仰慕，令奥宾仔感到不自在。在她眼里，他不再是中学时的仔德，关于他财富的传闻，使她臆定他的变化比他本可能有的更大。人们常常对他讲他多么谦和，可他们指的不是真正的谦卑，那只是他不炫耀自己位列富豪榜，不行使那带来的特权——粗鲁无礼，不体谅人，受人问候而不是主动问候人——因为有别的太多像他这样的人行使那些权利，他的选择便被诠释为谦卑。他也不吹牛，不谈他拥有的资产，这使人们想当然地认为他家财万贯，远远超过他实际拥有的。连他最亲近的好友奥克伍迪巴，也时常对他讲他多么谦和，这使他略感懊恼，因为他企望奥克伍迪巴能明白，说他谦和，等于把粗鲁视为常态。此外，对他而言，谦卑始终是一种虚有其表的东西，是为抚慰别人而发明的；人们赞扬你谦卑，因为你没有使本已低人一等的他们感觉更低人一等。他看重的是诚实；他一直希望自己能做到真正诚实，一直生恐自己没有做到。

在驱车从酋长宴会返家的途中，柯希说：“亲爱的，你一定饿了。你只吃了那个春卷吗？”

“还有烤串。”

“你要吃点东西。感谢上帝我叫玛丽煮了饭，”她说，后又傻笑着补充道，“我啊，我本该自重，不去碰那些蜗牛的！我猜我吃了足有十个。那辣辣的太好吃了。”

奥宾仔笑起来，微觉意兴阑珊，但感到开心，因为柯希开心。

玛丽一副弱不禁风之态，奥宾仔搞不清她是胆怯还是她结巴的英语使她看起来如此。她来他们家才一个月。上一个女佣，加布里埃尔的亲戚介绍的那个，膀大腰圆，到的时候手里抓着一个大帆布袋。他当时不在场，柯希仔细翻查了那个袋子——她对家里的每个帮佣都会进行那番例行检查，因为她要知道他们带了什么东西进她家——可等他出来时，他听见柯希在大吼，用的是她对待用人时那副不耐烦、声嘶力竭的态度，颐指气使，树立威信。那女孩的袋子在地上，打开，衣服一件件抖散。柯希站在一旁，举着一包避孕套，捏在指尖。

“这是干什么用的？嗯？你来我家当妓女吗？”

女孩起先低着头，沉默，然后她直视柯希，轻声说：“我上一户打工的人家，女主人的丈夫总是强暴我。”

柯希怒目圆睁。她一度走上前，差点像要对女孩动手似的，但随后停下了。

“请拿好你的袋子，马上走人。”她说。

女孩挪了下身子，看起来有些许惊讶，然后她拾起袋子，转身朝门走去。等她离开后，柯希说：“你能相信这无稽之谈吗，亲爱的？她带避孕套来这儿，她竟然张口说出那样的胡话。你能相信吗？”

“她的前一任雇主强奸了她，所以这次她决定保护自己。”奥宾仔说。

柯希瞪着他：“你为她感到惋惜。你不了解这些女佣。你怎么能为她感到惋惜呢？”

他想问，*你怎么能不？*可她眼中迟疑的惶恐令他噤声不语。她的不安全感如此巨大，如此寻常，令他噤了声。她担忧一个他从未想过要引诱上床的女佣。拉各斯能让一个丈夫年轻富有的女人变成这样；他明白一不小心就会落入多疑，提防女佣、女秘书，拉各斯女孩，那些手腕老练的狐狸精，把有家室的男人囫囵吞下，顺着她们珠光宝气的喉咙滑进肚里。不过，他还是希望柯希能少担忧一点，少从俗一点。

几年前，他向她讲起过一个貌美如花的银行职员到他的办公室，和他商谈开账户的事，那个姑娘穿着紧身窄裙，特意多解开了一颗纽扣，竭力隐藏眼中的孤注一掷。"亲爱的，你的秘书决不该让这种银行的营销小姐进你的办公室！"柯希说，仿佛她眼前看到的人似乎不再是他——奥宾仔，而是模糊的人影，典型的代表：一个富有的男人，一个有存款指标任务的女银行职员，一次简单的交易。柯希预想到他的背叛，而她关心的是将可能的诱惑减到最低。"柯希，除非我有那个念头，否则什么事也不会发生。我绝对不会有那个念头的。"他说，语气里既有安慰也包含责备。

在他们婚后的岁月里，她对单身女性产生了无度的反感，对上帝产生了无度的爱。结婚前，她每周去一次码头区的圣公会教堂做礼拜，一项星期天必然的惯例，因为她从小如此，但结婚后，她转去了大卫堂，因为，按她对他的说法，那是一个信奉《圣经》的教会。后来，当他发现大卫堂有一项特别的祈祷仪式，为的是"管住丈夫"时，他心里感觉不是滋味。同样让他感到不是滋味的是，有一次他问起为什么柯希大学时最好的朋友爱罗奥几乎不来看他们时，柯希说，"她还单身呢"，仿佛那是不言而喻的原因。

玛丽敲敲他书房的门，端着一盘米饭和炸大蕉进来。他吃得很慢。他放上一张费拉[1]的唱片，然后开始在电脑上写那封邮件；黑莓手机的键盘会使他的手指和头脑发紧。上大学时他向伊菲麦露推荐过

---

① 费拉·库蒂（Fela Kuti，1938—1997），尼日利亚音乐家。生于一富裕家庭，1950年代到英国圣三一音乐学院就读。1960年代回国后开创了"非洲打击乐"，将爵士乐和放克音乐融入非洲节奏。

费拉。在那之前，她对费拉的印象是疯疯癫癫，吸食大麻，在演唱会上身着内衣，可她渐渐爱上了费拉创造的音乐风格，非洲节拍，在恩苏卡，他们会躺在他的床垫上，听歌，然后她会一跃而起，随着跑一跑一跑的和声，快速、放荡地扭动臀部。他想知道她是否还记得。他想知道她是否记得他的表哥从国外寄来翻录的合辑磁带，他去集市上那家知名的电子商店复制了一份给她，店里整日放着震天响的音乐，即便在你离开后仍在你耳中鸣响。他想让她拥有他有的音乐。她从未真正喜欢过“大老爹”[①]、沃伦·G、德瑞博士和史努比狗狗，但费拉不同。对费拉，他们的看法一致。

他把那封邮件写了又写，没有提及他的妻子，也没有使用第一人称复数，试图在热诚和玩笑间找到平衡。他不想失去她。他想要确保这次她会回信。他点击“发送”，然后过了几分钟查看她是否回了信。他累了。那不是一种身体的疲惫——他定期上健身房，感觉比几年前更有精神——而是一种把人抽干的倦乏，使他大脑的边缘变得麻木。他起身，走到外面的阳台上；突来的热空气，邻居家发电机的吼声，柴油废气的味道令他一阵头晕。狂乱拍翅的昆虫在灯泡周围翩飞。对着闷热的夜色眺望远方，他觉得自己好像能漂浮起来，他需要做的只是把自己解开。

① “大老爹”（Biggie）是美国饶舌歌手克里斯托弗·华莱士（1972—1997）的昵称，人们对其最著名的昵称还有“大个小子”、“声名狼籍先生”。

第二部

3

玛利亚玛编完了她客人的头发，给那喷上亮发剂，等客人走后，她说："我准备去买中餐。"

爱莎和哈莉玛告诉她她们想要的——左宗棠鸡、重辣，鸡翅，陈皮鸡——张口就来的架势，仿佛那是她们每天在讲的话。

"你要点什么吗？"玛利亚玛问伊菲麦露。

"不用，谢谢。"伊菲麦露说。

"你的头发要挺长时间的。你得吃点东西。"爱莎说。

"我没事。我有麦片棒。"伊菲麦露说。她还带了一些小胡萝卜，装在保鲜袋里，不过迄今她只吃了融化的巧克力当点心。

"什么棒？"爱莎问。

伊菲麦露拿出她的那条麦片棒，有机的，百分百全谷物加真正的水果。

"那不算吃的！"哈莉玛讥笑道，目光从电视机上转开。

"她在这里十五年了，哈莉玛。"爱莎说，仿佛在美国待的年份之久，解释了伊菲麦露吃麦片棒的原因。

"十五年？那么久。"哈莉玛说。

爱莎等玛利亚玛离开后才从口袋里抽出手机。"对不起，我打个电话，很快。"她说，然后步出屋外。回来时她面露喜色，因为那通电话，脸上浮现出一种含笑的五官匀称之美，那是伊菲麦露先前没有发觉的。

"艾米卡今天下班很晚。所以只有奇丘克来见你，在我们完事之前。"她说，仿佛那是她和伊菲麦露一同计划的。

"哎，你不必叫他们过来。我都不知道该对他们讲什么。"伊菲麦露说。

“告诉奇丘克伊博人可以娶非伊博人。”

“爱莎，我不能叫他和你结婚。假如他想娶你，他自会和你结婚。”

“他们想娶我的。可我不是伊博人！”爱莎眼泛泪光，这个女人必定有点精神不正常。

“他们那么告诉你吗？”伊菲麦露问。

“艾米卡说，他的母亲告诉他，假如他娶的是美国人，她就自杀。”爱莎说。

“那有点麻烦。”

“可我，我是非洲人。”

“所以假如他娶的是你，他母亲可能不会自杀。”

爱莎茫然地看着她。“你男朋友的母亲希望他娶你吗？”

伊菲麦露首先想到的是布莱恩，接着她意识到，爱莎指的当然是她编造出来的男朋友。

“嗯。她一直问我们什么时候结婚。”她诧异于自己流利的回答，仿佛她甚至已说服自己相信，她不是在靠十三年前的发了霉的回忆为生。可那本也许是事实；毕竟，奥宾仔的母亲一直很喜欢她。

“哇！”爱莎说，语气中带着善意的嫉妒。

一个皮肤干燥发灰、顶着一头蓬乱白发的男人走进来，兜售用塑料托盘端着的花草药剂。

“不要，不要，不要。”爱莎对他说，举起手掌，似要把他挡开。那个男人退了出去。伊菲麦露为他感到心酸——穿着破旧的花短袖套衫，面有饥色——好奇他卖那些东西能赚多少钱。她本该买一点的。

“你用伊博语对奇丘克讲。他听你的，”爱莎说，“你会讲伊博语吧？”

“我当然会讲伊博语。”伊菲麦露说，带着一种防卫，疑心爱莎是否又在暗示美国改变了她。“动作轻一点！”她补充道，因为爱莎刚用一把细齿梳扯通她分好的一股头发。

“你的头发硬。”爱莎说。

“不硬，”伊菲麦露坚决地说，“你用的梳子不对。”她从爱莎手里夺下那把梳子，放到桌上。

伊菲麦露从小在母亲头发的阴影下长大。母亲的头发乌黑乌黑，浓密得能在发廊用去两罐直发膏，丰厚得需要在头罩式吹风机下待上数小时，当最终解去粉红色的塑料卷发器时，一头的头发蓦然散开，恣意、丰厚，如瀑般披在背后，像过节似的。她的父亲称之为华冠。“这是你真的头发吗？”陌生人会问，然后伸出手敬畏地摸一摸。别的人会说：“你是从牙买加来的吗？”好像只有外国血统可以解释如此茂密的头发，在鬓角处也没有变稀的迹象。童年时，伊菲麦露会经常对着镜子，扯拉自己的头发，分开一个个小卷，想让那变得和母亲的一样，可那依旧硬如刚毛，不肯长长；编辫子的人说那锋利如刀，割破他们的手。

一天，伊菲麦露十岁那年，她的母亲下班回家，神情有异。她的衣服还是一样，一条系了腰带的棕色连衣裙，可她满面通红，双眼失焦。“大剪刀在哪里？”她问。伊菲麦露取来给她，她对着自己的头举起剪刀，一把一把，把她的头发全剪了。伊菲麦露瞪大眼睛，呆如木鸡。那些头发像枯草似的落在地上。“给我拿个大袋子来。”她母亲说。伊菲麦露从命，神智恍惚，对眼前发生的事一头雾水。她望着母亲在公寓里走了一圈，收起各种与天主教有关的物品——挂在墙上的十字架、放在抽屉里的玫瑰经念珠、立在架子上的弥撒书。母亲把那些东西统统装进聚乙烯袋，搬到后院。她步子飞快，出神的表情毫不动摇。在垃圾堆旁，就在她焚烧用过的卫生巾的同一处地方，她生起火，先扔进她的头发，用旧报纸包着，然后，一样接一样，那些代表信仰的物品。深灰色的烟缭绕升起。从阳台上俯瞰这一切时，伊菲麦露哭了起来，因为她察觉到有什么事发生了，站在火旁的那个女人，在火势减弱时洒上更多煤油，在火光熊熊时后退，那个没有头发、面无表情的女人，不是她的母亲，不可能是她的母亲。

当她母亲回到屋里时，伊菲麦露向后退却，可母亲紧紧抱住她。

“我得救了，”她说，“今天下午，孩子们课间休息时，奥乔太太为我主持仪式，我接受了主基督。旧事已过，一切都变成新的了。赞美上帝。星期天，我们将开始去复兴圣徒会。那是一个信奉《圣经》的教会，一个活的教会，不像圣多米尼克。”她母亲的话不是出自她本人之口。她讲得生硬极了，用的是一种属于他人的态度。连她平时尖锐娇柔的声音，也变得低沉凝重起来。那天下午，伊菲麦露目睹她的母亲丧失了本性。以前，她的母亲间或念一次玫瑰经，吃饭前用手在胸前画十字，脖子上戴着漂亮的圣徒肖像，一边唱拉丁语歌一边笑着，因为伊菲麦露的父亲取笑她拙劣的发音。每当父亲说“我是个尊重宗教的不可知论者”时，她也笑，她会对他说，他娶到她是多么幸运，因为即便他只在婚礼和葬礼时上教堂，他仍会乘着她信仰的翅膀升入天堂。可是，那天下午以后，她的上帝变了。他变得苛求。拉直头发触犯他。跳舞触犯他。她与他达成交易，用饿肚子换取兴旺，换取升职，换取健康。她把自己斋戒得皮包骨头：周末不吃不喝，工作日的晚餐之前只喝水。伊菲麦露的父亲用焦虑的目光密切注意她，力劝她多吃一点，少斋戒一点，他讲话时总是小心翼翼，以免她把他称作魔鬼的代理人，不理睬他，诚如她对一位同他们住在一起的表亲一样。“我在为你父亲的皈依而斋戒。”她时常对伊菲麦露说。连续数月，他们公寓里的气氛好像碎裂的玻璃。每个人都蹑手蹑脚，避开她母亲，她已变成一个陌生人，瘦骨嶙峋，严厉苛刻。伊菲麦露担心她有一天简直会折成两段而死。

后来，到了复活节星期六，一个阴沉的日子，伊菲麦露生平第一个静悄悄的复活节星期六，她的母亲从厨房里冲出来，说：“我看见了天使！”以往，家里会大开炉灶，热闹忙碌，厨房里锅碗瓢盆，公寓里亲戚满堂，伊菲麦露和她母亲会去参加夜间的弥撒，捧着点燃的蜡烛，在一片摇曳的烛火的海洋中唱歌，然后回家，继续准备复活节盛大的午餐。但那次，公寓里阒寂无声。他们的亲戚躲得远远的，午饭将是寻常的米饭和炖菜。伊菲麦露正在客厅陪父亲，当她的母亲说“我看见了天使”时，伊菲麦露看见他眼中的恼怒，在消失前被她瞬间一眼捕捉到。

“出了什么事？”他问，用的是对待小孩子的安抚语气，仿佛迎合妻子的疯癫会使那赶紧褪去似的。

她的母亲向他们讲述她刚刚看见的显灵，煤气灶旁出现一团烈火，一个天使捧着一本镶红线的书，叫她离开复兴圣徒会，因为那里的牧师是个巫士，每晚在海底参加恶魔的集会。

“你应该听天使的。”她的父亲说。

就这样她的母亲离开了那个教会，重新留起头发，但停止佩戴项链和耳环，因为据神泉会的牧师说，首饰有违教义，不适合贤德的妇人。后来没多久，就在政变失败的同一天，住在楼下的商人正哭哭啼啼，因为政变本可以挽救尼日利亚，集市上摆摊的女人本可以获得内阁席位，而她的母亲又一次看见显灵。这回，天使现身在她的卧室，在衣橱上方，叫她离开神泉会，加入引导教众会。伊菲麦露第一次陪母亲去做礼拜，在一个地面铺了大理石的会场内，周围尽是喷了香水的人，声音鼎沸，仪式进行到一半时，伊菲麦露望向母亲，看见她正在同时又哭又笑。在这间希望满满、跺脚拍手的教堂里，在这处伊菲麦露想象有一众天使在顶上盘旋的地方，她母亲的灵魂找到了家。那是一个新兴富人充斥的教会；在停车场，她母亲的小车是最旧的，油漆暗淡无光，上面有许多刮痕。假如她同成功发达的人在一起拜神，她说，那么上帝会像保佑他们一样地保佑她。她重新戴起首饰，喝起健力士浓黑啤酒；她每周只斋戒一次，时常把“我的上帝告诉我”、“我的《圣经》说”挂在嘴边，仿佛其他人的，不但不一样，而且误入歧途。听见“早上好”或“下午好”时，她的回答是一句欢快的“愿上帝保佑你！”她的上帝变得和蔼可亲，不介意人们对他发号施令。每天早晨，她叫醒全家人做祷告，他们会跪在客厅扎人的地毯上，唱歌，拍手，用耶稣的血为到来的一天提供庇护，她母亲的话会划破黎明的静谧：“上帝啊，我的天父，我命你给这一天注满福佑，向我证明你是上帝！主啊，我正在期盼你让我兴旺发达！不要让邪恶的那方取胜，不要让我的敌人击败我！”伊菲麦露的父亲有一次说，这些祷告是在妄想中与假想的中伤者作战，不过他仍坚持要求伊菲麦露天天早起祷告。“这会让你的母亲保持心情愉快。”他告诉她。

在教堂里，每到做见证的环节，她母亲第一个奔上圣坛。“今早我喉咙有痰，”她会开始发言，“可当吉迪恩牧师开始祈祷时，痰化了。现在那没有了。赞美上帝！”全体教徒会高喊“阿里路亚！”随后是其他人的见证。我因为生病没有学习，可我还是通过了考试，成绩斐然！我得了疟疾，为此祈祷，病除了！牧师一开始祷告我的咳嗽就消了！可每次她的母亲总是第一个，步子轻盈，面带微笑，笼罩在获救的光辉中。在后面的仪式里，吉迪恩牧师会穿着削肩西装和尖头鞋跃然而出，说：“我们的上帝不是一个清贫的上帝，阿门？我们的命运注定腾达，阿门？”伊菲麦露的母亲总是高举手臂向着天国，一边说：“阿门，天父主，阿门。”

伊菲麦露不相信是上帝给了吉迪恩牧师那栋大房子和所有那些汽车，他自然是用每次礼拜时三轮募捐的钱买的，她也不相信上帝会像照应吉迪恩牧师一样地照应每个人，因为那不可能，可她喜欢看到母亲现在按时吃饭。她母亲眼中的慈爱回来了，她的举止里新添了一种喜悦，她再度在吃完饭后留在餐桌旁陪她的父亲，洗澡时高声唱歌。她新入的教会迷住了她的心，但没有摧毁她。那使她变得可以揣测，很好欺骗。“我去上查经课”，“我去参加团契”，这是伊菲麦露青少年时期出门不受盘问而使用的最便利的借口。伊菲麦露对教会不感兴趣，在宗教上不求上进，也许因为她的母亲已经做得够多。然而她母亲的信仰给她安慰；在她心中，那是一朵白云，随着她的移动在她头顶温和无害地移动。直到将军走入他们的生活。

每天早上，伊菲麦露的母亲为将军祈祷。她会说：“天父，我命你保佑乌茱的恩师。但愿他的敌人永远战胜不了他！”或者，她会说：

“我们用耶稣宝贵的血庇护乌茱的恩师！”伊菲麦露会嘟囔一些无意义的废话而不说“阿门”。她的母亲掩耳盗铃地说出“恩师”一词，语气粗重，仿佛她道出的力量会真的把将军变成恩师，亦会重塑这个世界，使年轻医生能买得起像乌茱姑姑那样的新马自达车，翠绿，光可鉴人，凛然的流线型设计。

住在楼上的切达琪问伊菲麦露：“你妈妈说乌茱姑姑的恩师还借钱给她买车？”

“是的。”

“唷！乌茱姑姑真幸运哦！”切达琪说。

伊菲麦露不是没有觉察到她脸上会意的假笑。切达琪和她的母亲想必已经议论过那辆车；她们是妒忌、爱嚼舌根的人，登门拜访只是为了看别人有什么，品评新的家具或新的电子产品。

“上帝应该保佑这个人哦。我，我希望我毕业时也能遇到一位恩师。”切达琪说。伊菲麦露因切达琪的话中带刺而气得火冒三丈。但无论如何，那是她母亲的不是，这么急不可耐地告诉邻居恩师的故事。她不该讲的，乌茱姑姑做的事与别人无关。伊菲麦露偷听到她在后院告诉某人：“你瞧，将军年轻时想当医生，所以如今他帮助年轻的医生，上帝其实是在利用他为人们的生活造福。”她听上去由衷、乐观、富有说服力。她相信自己讲的话。伊菲麦露无法理解这一点，她母亲自欺欺人的本领，她所讲的事实与真正的事实根本不符。乌茱姑姑第一次告诉他们她的新工作时——“医院里没有医生的空缺，但将军让他们为我设了一个”，这是她的原话——伊菲麦露的母亲当即说：“这是个奇迹！”

乌茱姑姑莞尔一笑，一种无声、保持其平和的微笑；她当然不认为这是奇迹，可不愿把那说出口。抑或说不定真有几分奇迹包含在她的新工作里，在维多利亚岛上的部队医院当顾问医师，还有她在海豚苑的新住所，林立的复式公寓，新颖洋派，有些刷成粉红色，另外的刷成蓝色，宛如和煦的天空，周边是一个公园，茵茵的青草像崭新的地毯，有供人坐的长椅——就算在离岛富人区也是罕见的。几个星期前，她还只是一个刚毕业的学生，她的同学都在讨论出国，参加美国、英国的医学考试，因为不这么做只能落入失业的荒漠，饱受煎熬。这个国家看不到希望，汽车排起加油的长龙，在挥汗如雨中一等数日，退休的人举着奄奄无力的标语牌，要求支付他们退休金，大学老师集会，宣布再次罢工。可乌茱姑姑不想走；自伊菲麦露有记忆以来，她一直梦想开一家私人诊所，她紧紧抱着那个梦想不放。

“尼日利亚不会永远像这样下去，我确信我能找到兼职的工作，那虽然艰难，没错，但总有一天，我会开设自己的诊所，并且是在离岛富人区！”乌茱姑姑曾对伊菲麦露讲。后来她去参加了一个朋友的婚礼。新娘的父亲是一位空军少将，有传言元首可能会出席，乌茱姑姑开玩笑说，要请元首任命她到阿索石①当医务官。元首没有出席，但很多他的将军来了，其中一位命他的副师长去传唤乌茱姑姑，请她在宴席结束后到停车场他的车里去一趟，当她走到那辆前端飘着小旗帜的深色标致车旁，向坐在后座的男人，道出“下午好，先生”时，男人告诉她：“我喜欢你。我想要照顾你。”说不定那番话里是包含一种奇迹，我喜欢你，我想要照顾你，伊菲麦露在心里念道，可不是她母亲所指的那种。“一个奇迹！上帝是可靠的！”她的母亲那天说，眼睛因信念而发亮。

在伊菲麦露的父亲丢了联邦机构的工作时，她用类似的口吻说：“魔鬼是骗子。他想要开始阻挠我们的福佑，他不会得逞的。”他因为不肯称呼他的新上司为“妈咪”而遭解雇。他比往常提早到家，因愤懑的怀疑而垂头丧气，手里拿着终止合同的通知书，抱怨让一个成年男人称呼一个成年女人为“妈咪”有多荒谬，只因为她认定这是向她表示尊敬的最佳方式。“兢兢业业干了十二年。没一点良心。”他说。她母亲拍拍他的背，告诉他上帝会提供另一份工作，在那之前，他们

① 阿索石（Aso Rock），和祖玛石一起并列为尼日利亚的标志景观，在首都阿布贾市区周边。

可以靠她当副校长的薪水过活。他每天早晨出门找工作，咬着牙，领带打得很紧，伊菲麦露纳闷，他难道只是随便走进一家公司去碰运气不成，可没多久，他开始待在家里，穿着袍子和汗衫，懒洋洋地躺在破旧的沙发上，靠近立体声录放机。"你早上没有洗澡吗？"一天下午她的母亲问他，当时她下班回来，满脸疲惫，胸前抱着文件，腋下湿了两块。而后她烦躁地加了一句："假如必须叫人'妈咪'才能拿到薪水，你就应该照办！"

他没有说话；一度，他似乎茫然若失，萎顿而迷失。伊菲麦露为他感到难过。她向他问起面朝下放在他腿上的那本书，一本眼熟的书，她知道他以前读过。她希望他会给她来一段长篇大论，比如讲讲中国的历史，她会像往常一样漫不经心地听着，同时逗他开心。可他没有心情讲话。他耸了耸肩，似乎在说，假如她想要知道，可以自己看那本书。她母亲的话动辄就会伤到他；他太在意她，他总是竖起耳朵谛听她的声音，他的目光时刻停留在她的身上。不久前，在还未遭解雇时，他曾告诉伊菲麦露："一旦我获得升职，我会给你母亲买一件真正有纪念意义的东西。"当她问他是什么时，他神秘兮兮地笑着说："到时自有分晓。"

看着父亲闷声不响坐在沙发上，她觉得他的样子与他的身份多么一致，一个颓丧、壮志未酬的男人，一个中层公务员，想要改变现有的生活，本渴望接受更多教育却办不到。他时常聊起他不能上大学是因为他必须找工作供养他的兄弟姐妹，中学时不如他聪明的同学现在已成了博士。他讲一口正规、高雅的英语。他们家的帮佣几乎听不懂他的话，却仍非常钦佩。有一次，以前的帮佣雅辛塔走进厨房，轻轻鼓起掌，告诉伊菲麦露："真可惜，你没有听到你父亲的高论！是不是很危险？"有时，伊菲麦露想象他在五十年代的教室里，一个过分热忱的殖民地的臣民，穿着廉价棉布做的不合身的校服，争着给教会学校的老师留下好印象。连他的笔迹也端着架子，各种曲线和花体，具有一种统一的典雅，看起来像印出来的。伊菲麦露还小的时候，他斥责她桀骜不驯、大逆不道、冥顽不灵，这些词使她细小的行为仿佛有了史诗般的色彩，近乎值得骄傲。可随着年龄的增长，她讨厌起父亲矫饰的英语，因为那是一种伪装，他用来抵御不安全感的保护伞。他活在他不曾拥有的东西里——一份研究生学位，一份上层中产阶级的生活——于是造作的措辞成为他的盔甲。伊菲麦露更喜欢讲伊博语时的他，唯独在那时他似乎忘却了自己的焦虑。

失业使他变得更加沉默寡言，在他和世界之间竖起了一道薄墙。他不再在尼日利亚国家电视台开始播放晚间新闻时嘟囔着“趋炎附势到难以救药的国家”，不再发表一个人的长篇大论，批评巴班吉达政府如何使尼日利亚人退化成鲁莽的白痴，不再揶揄她的母亲。而最大的变化是，他开始加入早晨的祷告，他以前从不参加的。有一次，在出发去他们家乡探亲前，母亲坚持要求他一起祷告。“让我们祈祷，愿路上洒满耶稣的血以保平安。”她说，父亲反驳道，路上不洒满血反倒更安全，不会打滑。这使她的母亲蹙眉，使伊菲麦露笑得前俯后仰。

至少他还是没有上教堂。以前，伊菲麦露和母亲从教堂回到家时，经常看见他坐在客厅的地板上，翻看他那堆密纹唱片，跟着立体声唱机里放的歌哼唱。他看上去总是意气风发，自在惬意，仿佛一个人听音乐的时光给他重新注入了活力。可丢了工作以后，他极少放音乐。她们回到家时看见他在餐桌前，伏在一页页散开的报纸上，给报章杂志写信。伊菲麦露知道，假如再给他一个机会，他会叫他的上司“妈咪”。

那是一个星期日的上午，时间还早，有人砰砰地敲打前门。伊菲麦露喜欢星期日上午，时光缓慢地流动，穿好上教堂的衣服后，她会坐在客厅陪父亲，等她的母亲准备就绪。有时他们聊聊天，她和她的父亲，其余时候，他们沉默不语，一种共有的惬意的沉默，那天上午也是如此。厨房里传出的冰箱的嗡鸣是唯一可闻的声响，直至出现那砰砰的敲门声。粗鲁的打断。伊菲麦露开门，看见房东站在那儿，一个圆滚滚的男人，双眼突鼓红肿，据说他每天一起床就要喝一杯涩口的杜松子酒。他的目光越过伊菲麦露投向她的父亲，吼道："都三个月了！我还等着我的钱呢！"他的声音令伊菲麦露觉得耳熟，那粗重的吼声总会从邻居的公寓传来，从别的地方传来。可此刻，他就在他们的公寓里，那场景令她心头一惊，房东在对着他们的门大吼，她的父亲转成一副冰冷、沉默的面孔对着他。他们以前从未欠过房租。自她出生以来他们就住在这间公寓；屋里又小又挤，厨房的墙壁被煤油的烟熏黑了，她的同学上门来时她感到难为情，可他们从来没有欠过房租。

"夸大其词的家伙。"她的父亲在房东走后说，然后他没有再说别的。没有别的可说。他们欠了房租。

她的母亲出来，哼着歌，身上喷了浓浓的香水，她的脸蛋干爽剔透，搽的是偏浅一个色号的粉。她朝伊菲麦露的父亲伸出一只手腕，她细细的金手链搭在那儿没有扣上。

"上完教堂后，乌茱会来接我们去看海豚苑的房子，"他的母亲说，"你跟我们去吗？"

"不去。"他一口回绝，仿佛乌茱姑姑的新生活是一个他恨不得回避的话题。

"你应该一起来。"她说，可他没有应声，只细心地扣好她手腕上的链子，告诉她，他检查过车里的水了。

"上帝是可靠的。看看乌茱，都住得起离岛富人区的房子了！"她的母亲喜滋滋地说。

"妈咪，可你知道乌茱姑姑住在那儿，自己一分钱也没出。"伊菲麦露说。

她的母亲瞟了她一眼。"你那条裙子烫过吗？"

"不用烫。"

"都皱了。请你，去烫一下。至少还有电。或者换件别的。"

伊菲麦露不情愿地起身。"这条裙子没有皱。"

"去，烫一下。不必昭告天下我们日子过得艰难。我们的境遇不是最糟的。这个星期天是跟伊比娜波修女做手工，所以快一点，我们要走啦。”

伊比娜波修女威风凛凛，而且因为她装出一副对这满不在乎的样子，这反而使她更加威风。据说，牧师对她言听计从。原因不明。有人说那个教会是她和牧师一同创办的，别的人说她知道牧师过去一个骇人的秘密，还有人说她的道行比牧师高，但不能当牧师，因为她是女人。她可以阻止牧师批准一桩婚事，假如她想的话。她认识每个人，知道每件事，她似乎同时出现在每个地方，带着饱经风霜的神态，仿佛生活已折腾了她很久。很难看出她的年龄，五十还是六十，她的身躯瘦长结实，她的脸绷着，像闭合的贝壳。她从来不大笑，但时常露出信徒淡淡的微笑。那些做母亲的人对她毕恭毕敬；她们送她小礼物，热切地把女儿交给她，参加星期日的手工课。伊比娜波修女，年轻女性的救星。人们请求她同苦恼的和令人苦恼的女孩谈话。有些母亲询问是否可以让她们的女儿与她同住在教堂后面的那间公寓。可伊菲麦露总感觉，在伊比娜波修女心中，深埋着一种随时爆发的对少女的敌意。伊比娜波修女不喜欢她们，她只是监视她们、警告她们，仿佛有东西冒犯了她，那是她们身上依然水灵而在她身上早已枯竭的东西。

“我看见你上周六穿着紧身裤，”伊比娜波修女对一个叫克里斯蒂的女孩说，夸张地做出窃窃私语状，声音低得既足以伪装成耳语，却又高得足以让每个人听见，“虽然凡事都是被许可的，但并非凡事都有益。不论哪个女孩，穿紧身裤便是想要犯诱惑之罪。最好还是别穿。”

克里斯蒂点头，谦卑，恭敬，心怀羞愧。

在教堂的里屋，两扇极小的窗户照不进太多光，因此白天电灯泡总是开着。募款的信封堆在桌上，旁边是一叠彩色的薄纱纸，好像易碎的布料。女孩们开始互相分工。很快，有几人在写信封，其余人把薄纱纸裁开、卷拢，粘成花朵的形状，再把一朵朵花串起来，做成蓬松的花环。下周日，在一个特别的感恩仪式上，这些花环将挂在奥蒙卡酋长粗大的脖子上和他的家眷的细一点的脖子上。他捐了两辆新面包车给教会。

“到那组去，伊菲麦露。”伊比娜波修女说。

伊菲麦露交抱着手臂，和她常有的反应一样，当她欲说什么但明知最好别说时，那些话涌上她的喉咙。“我为什么要给一个窃贼制作饰品？”

伊比娜波修女惊讶地瞪着眼睛。一片肃静。别的女孩露出期待的表情观望着。

“你说什么？”伊比娜波修女轻声问道，给伊菲麦露一个道歉的机会，把口中的话收回。可伊菲麦露觉得自己停不下来，她的心怦怦直跳，在一条快速移动的轨道上飞驰。

“奥蒙卡酋长是个骗子，大家都知道，”她说，“这间教会里充斥着骗子。我们为什么要假装这座礼堂不是用肮脏的钱所建的？”

“这是上帝的工作，”伊比娜波修女轻声说，“假如你无法履行上帝的工作，那么你就走。走。”

伊菲麦露疾步走出屋子，穿过大门，往公车站走去，明白这件事过几分钟就会传到在教会主楼里面的母亲耳中。她毁了这一天。她们原本要去看乌茱姑姑的房子，吃一顿愉快的午餐。现在，她的母亲将恼羞成怒。她要是什么话也没说就好了。毕竟，她从前参与过为其他尼日利亚骗子制作花环的活动，那些有前排专座的人，那些捐赠汽车像分发口香糖般轻巧的人。她曾愉快地参加他们的招待会，她曾吃下米饭、肉、凉拌卷心菜丝，染有欺诈污点的食物，她明知这一点而吃了下去，没有噎死，甚至没有考虑到会噎死。然而，今天有点不一样。当伊比娜波修女怀着那种她声称是宗教引导的恶毒的怨恨对克里斯蒂讲话时，伊菲麦露望着她，突然看见了某些她母亲的影子。虽然她母亲是个更加善良和单纯的人，但和伊比娜波修女一样，她否认事情的本相。一个必须披上宗教外衣来掩盖她自己渺小欲望的人。突然，伊菲麦露一点都不想待在那间布满阴影的斗室。此前，似乎什么都温厚无害，她母亲的信仰，浸淫在上帝恩典中的一切，突然间，事情不再如此。她闪过一个心愿，希望她母亲不是她的母亲，对此，她感觉到的不是内疚和悲哀，而是一种单一的情感，混杂着内疚和悲哀。

车站冷清得瘆人，她想象所有本该挤在这儿的人此时都在教堂，唱歌祈祷。她等着公交车，不知该回家还是去别的地方暂避一会儿。最好还是回家，面对她必须面对的任何事情。

她的母亲拉她的耳朵，几近温和的一扯，好像不愿造成真正的痛楚。自伊菲麦露小时候起她就这样。“看我怎么揍你！”她会在伊菲麦露犯错时说，可从来没有动手打过，只是绵软地拉一下耳朵。这次，她拉了两下，先一下，然后又一下，以强调她的话。“魔鬼附了你的身。你必须用祈祷来对付它。不准自己下判断。把判断的工作留给上帝！”

她的父亲说：“你得克制自己生来爱挑衅的脾气，伊菲麦露。你已经在学校因出了名的不驯服而招人注目，我告诉过你，那已经损害到你突出的学业成绩。没必要在教会重蹈覆辙。”

“明白了，爸爸。”

乌茱姑姑来时，伊菲麦露的母亲告诉了她发生的事。“你去好好说说那伊菲麦露。她只听你的话。问问她，我对她做了什么，使她想要像这样在教会令我难堪。她顶撞了伊比娜波修女！那等同于顶撞牧师！这孩子为什么一定要惹是生非？我以前一直都说，照这样的表现，她要是个男孩就好了。”

“嫂子，你知道她的毛病是从来不晓得什么时候该闭上嘴巴。别担心，我会和她谈一谈的。”乌茱姑姑说，扮演着调解人的角色，安抚她堂哥的妻子。她与伊菲麦露的母亲一直相处得很融洽，随和的关系，存在于两个小心回避任何深入性谈话的人之间。乌茱姑姑可能对伊菲麦露的母亲接纳她、许可她在家里常住而心怀感激。从小，伊菲麦露不觉得自己像个独生子女，因为有同辈的表亲堂亲、姑姑婶婶和叔叔伯伯同他们住在一起。公寓里总是放着行李箱和旅行袋；有时，一两个亲戚会在客厅打好几周地铺。大多是他父亲家的人，被送来拉各斯学习手艺或上学或找工作，这样，那些人回到村里以后便不会嘀咕抱怨他们只有一个孩子的兄弟不愿帮助抚养其他人。她的父亲自觉对他们负有责任，他坚持要求每人晚上八点以前回家，确保有足够的食物供大家吃饱，连上厕所时也锁上他卧室的门，因为他们中谁都可能会不小心走进去偷点什么。但乌茱姑姑不同。聪明过人，不能荒废在那落后闭塞的地方，他说。他称她小妹妹，虽然实际上她是他父亲哥哥的孩子，他对她更加保护，不那么疏远。每当他撞见伊菲麦露和乌茱姑姑窝在床上倾谈时，他会爱怜地说"你们这两人"。乌茱姑姑去伊巴丹[①]上大学后，他近乎感伤地对伊菲麦露讲，"乌茱对你起到一股安定的作用"。他似乎认为，以她们亲密的关系，证明他自己的选择是对的，他仿佛卓有远见地为家里带来一份馈赠，一个妻子与女儿之间的缓冲。

于是，在卧室，乌茱姑姑劝导伊菲麦露："你就该乖乖地做花环。我告诉过你，你不必把事事都讲出来。你必须学会那一点。你不必把事事都讲出来。"

"你从将军那儿得来的东西，妈咪为什么一定要假装是上帝给的所以才喜欢呢？"

"谁说那不是上帝给的？"乌茱姑姑反问，做了一个鬼脸，把嘴唇往两边向下拉。伊菲麦露大笑。

据家里人讲，伊菲麦露三岁时性情乖戾，一有陌生人走近她就尖叫，可第一次看见脸上长着青春痘的十三岁的乌茱姑姑时，伊菲麦露走过去，爬到她腿上，一动不动地待在那儿。她不知道是否确有其事，还是只是因为被大家一讲再讲而成真了，一则童话般的轶事，标

---

① 伊巴丹（Ibadan），尼日利亚奥约州首府，位于尼日利亚西南部，是全国第二大城市。

志着她们亲密无间的开端。伊菲麦露小时候的裙子是乌茱姑姑缝的，后来，随着伊菲麦露逐渐长大，她们会一起研究时尚杂志，挑选造型。乌茱姑姑教她把鳄梨捣成泥，敷在脸上，把含薄荷醇的罗博软膏溶解在热水里，用那蒸汽蒸脸，用牙膏让青春痘干瘪下去。乌茱姑姑给她带来詹姆斯·哈德利·蔡斯①的小说，用报纸包着，盖住封面上接近赤裸的女郎，在伊菲麦露从邻居那儿传染了虱子后用热梳子为她篦头，在她第一次月经来潮时给她细心讲解，填补她母亲空洞的训诫——那净是引用《圣经》里关于贞洁的论述，却缺乏有关痛经和卫生棉的具体实用的常识。当伊菲麦露遇见奥宾仔后，她告诉乌茱姑姑她遇到了她的毕生所爱，乌茱姑姑叮嘱她，可以允许他亲吻抚摸，但不能让他把那东西放进去。

---

① 詹姆斯·哈德利·蔡斯（James Hadley Chase，1906—1985），英国小说家，著有《情劫》《魂断欲海》《双重间谍》等90多部小说，有“欧洲惊悚小说之王”的称誉。下文提到的《挥棒的舒姆韦小姐》和《想活下去吗》均是他的作品。

4

神灵盘旋在空中，是那些赐予、夺走少男少女爱情的诸神，指定奥宾仔该和吉妮卡约会。奥宾仔是新来的男生，虽然个子不高，但英俊漂亮。他是从恩苏卡的大学附属中学转学来的，没过几天，大家都听说了有关他母亲的沸沸传言。她同一个男人打架，那也是恩苏卡的一位教授，动真格的打架，挥拳抡掌，结果她还赢了，甚至撕破了那人的衣服，因此她被停职两年，搬到拉各斯，直至她可以回去为止。这是个非同寻常的故事：集市上的女人打架，发了疯的女人打架，可不会是当教授的女人。给人印象淡定内向的奥宾仔，使那则故事益发让人好奇。他很快被纳入神气活现、肆意要酷的男生帮派中——那群"大人物"。他和他们在走廊里闲荡，集会时和他们一起站在礼堂后面。他们中没有人把衬衫塞到裤子里，为此，他们总是被老师责罚，光荣的责罚，可奥宾仔每天到校时都把衬衫整齐地塞到裤子里，没多久，所有的"大人物"也把衬衫塞进去了，甚至包括卡约德·达席尔瓦，他们所有人中最酷的那个。

卡约德每个假期都住在他父母英国的房子里，伊菲麦露见过照片，那看上去宏伟威严。他的女朋友英卡和他一样——她也经常去英国，住在伊科伊[1]，讲话带英国口音。她是他们年级里最受欢迎的女生，她的书包是用厚实的皮革所制，上面印着姓名首字母组成的花押字，她的凉鞋永远和其他人的不一样。第二受欢迎的女生是吉妮卡，伊菲麦露的好友。吉妮卡不经常出国，因而也没有英卡那样的距离感，可她有焦糖色的皮肤和波浪般的头发，当她不编辫子时，那头发

---

① 伊科伊（Ikoyi）是拉各斯最富裕的街区。

垂至脖子，而不像非洲爆炸头似的根根竖着。每年，她被选为他们年级最漂亮的女生，她会自嘲地说："那都是因为我是混血儿。我怎么可能比扎伊纳布更美呢？"

因此，照事物的自然规律，神灵应该把奥宾仔和吉妮卡配成一对。卡约德准备趁父母去伦敦时抓紧在他们的客屋举办一个派对。他告诉吉妮卡："我打算在派对上把你介绍给我的哥们儿仔德。"

"他人不错。"吉妮卡说，面带微笑。

"但愿他没遗传到他母亲的打架基因哦。"伊菲麦露揶揄道。看见吉妮卡对一个男生感兴趣是件喜事；学校里的几乎每个"大人物"都曾试图和她交往，可没有一个长久的；奥宾仔似乎性情文静，和她很般配。

伊菲麦露和吉妮卡一同抵达，派对才刚开始，舞池里没有人，男生拿着磁带到处跑，羞涩和尴尬还未消除。每次到卡约德家来时，伊菲麦露都幻想住在这儿是什么感觉，在伊科伊，在一座优美典雅、铺满砾石的庭院内，有身穿白制服的仆人。

"看见卡约德和那个新家伙在一起。"伊菲麦露说。

"我不要看，"吉妮卡说，"他们过来了吗？"

"是的。"

"我的鞋子真紧。"

"你可以穿着勒紧的鞋子跳舞。"伊菲麦露说。

两个男生到了她们面前。奥宾仔似乎穿得过于隆重，一件厚灯芯绒夹克，而卡约德穿的是T恤和牛仔裤。

"嗨，宝贝儿们！"卡约德说。他高个头，四肢修长，举止中带着公子哥的洒脱。"吉妮卡，这是我的朋友奥宾仔。仔德，这是吉妮卡，上帝为你安排的女王，假如你准备下手的话！"他得意地一笑，已有几分醉意，金童正在撮合一段良缘。

"嘿。"奥宾仔对吉妮卡说。

"这是伊菲麦露，"卡约德说，"人又称伊菲丝柯。她是吉妮卡的护花使者。你要是胡来，她可饶不了你。"

他们全都适时地笑起来。

“嘿。”奥宾仔说。他的目光与伊菲麦露的碰上，停住，迟迟不挪开。

卡约德在拉家常，告诉奥宾仔，吉妮卡的父母也是大学教授。“所以你们俩都出自书香门第。”卡约德说。奥宾仔本该接话，开始和吉妮卡交谈，卡约德则会离开，伊菲麦露也离开，神灵的意愿将实现。可奥宾仔几乎不讲话，任卡约德继续把话题接下去，卡约德的声音渐渐聒噪起来，并时不时瞟一眼奥宾仔，仿佛催他赶紧表现。伊菲麦露不确定事情何时起了变化，但就在那些瞬间，在卡约德谈天说地时，某些奇怪的事发生了。她内心一阵悸动，一道曙光。突然之间，她发现自己想要和奥宾仔呼吸同样的空气。她亦敏锐地感知到现在，此刻，录音机里传出的托尼·布莱克斯顿的歌声，无论快慢，那就是不走，或摇晃我吧，卡约德父亲的白兰地的味道，那是从主屋偷拿出来的，还有刮擦得她腋下发痛的紧身白衬衣。乌茱姑姑让她把衬衣的下摆系起来，在肚挤处扎成一个松松的蝴蝶结，此刻她疑惑那是否真的时髦，或是自己是否看起来很傻。

音乐突然停了。卡约德说：“我就来。”遂离开去检查哪儿出了问题，在新降临的沉默中，吉妮卡拨弄着套在手腕上的金属手镯。

奥宾仔的目光再次与伊菲麦露的相遇。

“你穿着那件夹克不热吗？”伊菲麦露问。问题在她还没来得及克制住自己前就冒出口，因为她如此习惯了唇尖舌利，等着看男生眼中的惊恐。可他却面带笑容。他似乎觉得好笑。他不怕她。

“非常热，”他说，“可我是个乡下的土包子，这是我头一回参加城里人的派对，所以你得担待我。”慢慢地，他脱去夹克，在那肘部有补丁的绿外套下面，他穿了一件长袖衬衫。“现在，我得随身带着这件夹克了。”

“我可以帮你拿，”吉妮卡提出，“别理伊菲，这件夹克挺好的。”

“多谢，可不用担心。应该罚我自己拿的，谁叫我把它穿来了呢。”他看着伊菲麦露，眼中射出光芒。

“我不是那个意思，”伊菲麦露说，“只是这间屋子这么热，那件夹克看上去很厚。”

“我喜欢你的声音。”他说，差点打断她的话。

而她，从未慌过神的她，低沉而沙哑地说：“我的声音？”

“对。”

音乐响了起来。“我们来跳舞吧？”他问。

她点头。

他拉起她的手，然后朝吉妮卡微微一笑，仿佛是对着一个现已完成任务的友好的女伴。伊菲麦露认为米尔斯-布恩出版社的言情小说幼稚可笑，她和她的朋友有时会演绎里面的故事，伊菲麦露或阮伊奴豆扮男主角，吉妮卡或普利耶扮女主角——男主角会抓着女主角，女主角会娇弱地反抗，然后倒在他身上，发出尖厉的呻吟——她们会齐声爆发出大笑。可在卡约德的派对上，在人渐渐多起来的舞池里，她猛然惊觉那些言情小说里有一个微小的真相。原来确实真的如此，因为一个男人，你的胃会抽紧，拒绝自行解开，你身体的关节会分离，四肢跟不上音乐，所有轻而易举的事都突然像灌了铅。在她僵硬地挪步时，她用余光看见吉妮卡，后者正注视着他们，她的表情困惑不解，嘴微微张着，仿佛不大相信发生的事。

“你竟然讲出‘乡下的土包子’这样的话。”伊菲麦露说，她的声音高过音乐。

“什么？”

“没有人说‘乡下的土包子’。这是只在书里读到的话。”

“你一定得告诉我，你读的是什么书。”他说。

他在逗她，她不太明白那个笑话，可她还是笑了。后来，她后悔自己没有把他们跳舞时彼此讲的每句话都记住。然而，她记得的，是轻飘飘的感觉。当灯光熄灭，布鲁斯舞开始时，她想找个黑暗的角落埋入他怀里，可他却说：“我们出去聊一聊吧。”

他们坐在客屋后面的水泥墩子上，挨着的看似门卫的厕所，一个狭小的棚子，风吹过时会传来尿臊味。他们聊啊聊，渴切地想了解彼此。他告诉她，他的父亲在他七岁时过世了，他清楚记得父亲教他骑三轮车的情景，在他们住的学校宿舍旁的一条林荫路上，可有时他会惶恐地发现，他记不起父亲的容貌，一种背叛感会把他吞没，他会急忙端详客厅墙上镶框的照片。

“你的母亲一直没有再婚吗？”

“即使她想，我觉得她也不会，因为我。我希望她快乐，但我不想她再婚。”

“我能感同身受。她真的和另外一位教授打架了吗？”

“所以你听说那个故事啦。”

“据说那是她不得不离开恩苏卡大学的原因。”

“不，她没有打架。她是一个委员会的成员，他们发现有位教授滥用资金，我母亲公开指责他，他怒了，扇了我母亲一巴掌，说他不能接受一个女人那样对他讲话。于是我的母亲起身，锁上会议室的门，把钥匙放到她的胸罩里。她告诉他，她不会回掴他，因为他比她强壮，但他必须公开向她道歉，在所有见到他掌掴我母亲的人面前。他照做了。可我母亲明白他不是真心的。她说，他道歉的态度是那种‘行，对不起，假如那是你想要听到的，只要把钥匙拿出来’。那天母亲回到家，气得不得了，她不停讲着世道变了，如今有人可以这样掌掴另一人，那表示什么。她就这件事写了传单和文章，学生会介入了进来。人们都说，哦，她是寡妇，他怎么能打她呢，那更令我的母亲气愤。她说，她不该挨打，因为她是一个完整的人，不是因为她没有一个维护她的丈夫。于是，她的一些女学生行动起来，把‘完整的人’印在T恤衫上。我猜那使我母亲出了名。她平时生活非常清静，朋友不多。”

“那是她来拉各斯的原因吗？”

“不是。她安排这次休假已有一段时间。我记得她第一次告诉我，她要休假两年，我们将去外地时，我很兴奋，因为我想一定是美国，我一个朋友的爸爸刚去了美国，后来她说是拉各斯，我问她那有什么意义？我们还不如待在恩苏卡呢。”

伊菲麦露笑起来。“但至少来拉各斯还是让你有机会坐一趟飞机。”

“没错，不过我们走陆路来的，”奥宾仔说，“可现在我很开心是拉各斯，否则我就不会遇到你。”

“或遇到吉妮卡。”她打趣道。

“别闹。”

“你的哥们儿会杀了我。照理你应该追求她的。”

“我追求的是你。”

她将永远铭记这一刻，那番话。我追求的是你。

“我之前在学校看见你。我还向凯打听你呢。”他说。

“你讲真的？”

“我看见你捧着一本詹姆斯·哈德利·蔡斯的书，在实验室旁边。我说，啊，正点，有希望。她看书。”

“我想他的书我全读过了。”

“我也是，你最喜欢哪一本？”

“《挥棒的舒姆韦小姐》。”

“我最喜欢《想活下去吗？》。我熬了一个通宵看完的。”

“嗯，那本我也喜欢。”

“别的书呢？你喜欢哪些经典名著？”

“经典名著？我只喜欢犯罪和惊悚小说。谢尔顿，卢德伦，阿彻。”

“可你也得读些正经书。”

她看着他，被他的认真逗乐了。“真有品位！大学子弟！那想必是你的教授母亲教你的吧。”

“不，真的，”他停顿了一下，“我给你几本试读看看。我喜欢美国的。”

“你得读些正经书。”她嘲弄地模仿道。

“诗歌呢？”

“我们课上最近学的那首是什么来着，《古舟子咏》[1]？无聊

① 《古舟子咏》(*Ancient Mariner*)是英国浪漫主义杰出代表、"湖畔派诗人"之一塞缪尔·泰勒·柯勒律治(Samuel Taylor Coleridge)的经典诗作。

死了。”

奥宾仔笑起来，伊菲麦露没兴趣继续诗歌这个话题，转问道：“那么，卡约德是怎么说我的？”

“没有坏话。他喜欢你。”

“你不愿告诉我他说了什么。”

“他说，‘伊菲麦露是个可爱的宝贝，可她太麻烦。她会争辩。她会发表演讲。她从不同意别人的看法。而吉妮卡就甜美温柔多了。’”他停顿了一下，然后补充道：“他不晓得那恰是我希望听到的。我对太可人的女孩没兴趣。”

“哎—哎！你是在骂我吗？”她用手肘顶了他一下，故作生气状。她向来喜欢自己的这个形象，麻烦鬼，与众不同，她有时把那看作保护她安全的壳。

“你知道我不是在骂你。”他搂住她的肩膀，轻柔地把她拉过去。那是他们的身体第一次相遇，她感觉自己僵住了。“在我眼里，你好可爱，但不止如此。你看起来是那种做一件事是因为自己想要做，而不是因为别人都在做的人。”

她把头靠着他的头，第一次，感觉到日后和他在一起时常有的一种感觉：自爱。他使她懂得欣赏自己。同他在一起，她轻松自在；她的皮肤感觉仿佛正合身。她告诉他，她非常希望有上帝的存在，可害怕他其实并不存在，她担心她虽然知道自己人生想做什么，可却连大学念什么专业也不清楚。和他讨论稀奇古怪的话题，那显得如此自然。她以前从未那样过。那份信任，来得如此突然却又如此毫无保留，还有那种亲密，令她惶恐。几个小时前，他们对彼此还一无所知，然而，在他们还没开始跳舞的那段时光里，他们之间已建立起一种相互的熟悉，此时，她脑中想的尽是种种她还想要告诉他的事，想要和他一起做的事。他们人生的相似之处成为良好的预兆：他们都是独生子女，他们的生日差两天，他们的家乡都在阿南布拉州。他来自艾拜，她来自乌木拉齐，两个镇相隔十几分钟的车程。

“呀—呀！我的一个叔叔成天去你们村！”他告诉她，“我跟他去过几次。你们那儿的路真难走。”

“我知道艾拜。那儿的路更难走。”

“你多久去一次你们的村子？”

“每年圣诞节。”

“一年才一次啊！我和我母亲去得可勤了，一年至少五次。”

“可我打赌我的伊博语讲得比你好。”

“不可能，”他说，然后用伊博语说，“我想听[①]。我连谚语都会讲。”

“嗯。这句最起码的，大家都知道。青蛙下午无事不活动。”

“不只如此。我知道纯地道的谚语。*Akota ife ka ubi, e lee oba.*‘假如挖出比农场更大的东西，谷仓就卖了。’”

“噢，你是要考我吗？”她笑着问，“*Acho afu adi ako n'akpa dibia.* 郎中的袋子里样样俱全。”

“不错啊，”他说，“*E gbuo dike n'ogu uno,* e *luo na ogu agu, e lote ya.* 你若在本埠的斗殴中杀了一名勇士，等对抗敌人时你便会想起他。”

他们你一句我一句。在伊菲麦露认输前，她能说出的谚语只余两句，而奥宾仔仍在兴头上。

“你怎么知道那么多的？”她心悦诚服地问，“许多男生连伊博语也不会讲，更别提知道谚语了。”

“我就是听我叔叔们的谈话。我想我爸爸若在世的话，那会是他希望看到的。”

他们沉默不语。从客屋的入口处飘来香烟的烟雾，有几个男生聚在那儿。派对的吵闹声回荡在空中：响亮的音乐，提高的嗓门和少男少女的放声大笑，他们全都有种过了今天没有明天的放纵和不羁。

“我们不打算接吻吗？”她问。

他似乎一脸错愕。“那是从何说起？”

---

① 原句是伊博语：*Ama m atu inu*。

“我只是问问。我们在这儿已经坐了这么久。”

“我不想让你以为我要的只是那些。”

“那我要的东西呢？”

“你想要什么？”

“你认为我想要什么？”

“我的夹克吗？”

她大笑。“对，你美死人的夹克。”

“你令我感到害羞。”他说。

“你不是开玩笑吧？因为**你**才令我感到害羞呢。”

“我不信有东西能令你感到害羞。”他说。

他们接了吻，他们的额头贴在一起，手握着。他的吻令人愉悦，近乎醉人；和她前男友莫菲的完全不同，她觉得莫菲的吻里口水太多。

当她几个星期后把这告诉奥宾仔时，她说：“欸，你是从哪里学来的接吻技巧？那和我前男友满嘴口水的乱啃完全不同”——他大笑，重复了一遍“满嘴口水的乱啃！”然后告诉她，原因不在技巧，而是感情。他做的和她前男友做的没有不同，区别只在，这一次，有爱。

“你知道，我们俩对对方都是一见钟情。”他说。

“我们俩？这算强加于人吗？你凭什么代表我讲话？”

“我只是在陈述一个事实。别抬杠。”

他们并排坐在他教室后面的一张课桌上，教室里几乎没有人。课间休息结束的铃声开始响起，丁零当啷，嘈杂刺耳。

“是，那是事实。”她说。

“什么？”

“我爱你。”这句话如此轻易地说出口，如此响亮。她想让他听见，她想让坐在前排那个戴眼镜、正在用功学习的男生听见，她想让聚集在外面走廊里的女生听见。

“事实。”奥宾仔说，咧嘴一笑。

因为她，他参加了辩论兴趣小组，在她发言完毕时，他的鼓掌声最响最长，直至她的朋友说“奥宾仔，求求你，够了”。因为他，她参加了体育兴趣小组，看他踢足球，坐在边线旁拿着他的水壶。但他喜爱的是乒乓球，打球时一边流汗一边发出吼声，闪耀着活力的光芒，抽杀那粒小小的白球，她惊异于他的技术，他似乎站得离球桌很远，却仍能成功地接住球。他已经是全校不败的冠军，他告诉她，和他在以前的学校一样。她同他打球时，他会笑着说：“取胜不是靠气鼓鼓地击球哦！”因为她，他的朋友称他为“女人的跟屁虫”。有一次，他和朋友商量放学后相约去踢足球，其中一人问：“伊菲麦露批准了你来吗？”奥宾仔即刻回答：“批准了，但她说我只有一个小时。”她喜欢他如此大胆地亮出他们的关系，犹如一件色彩鲜艳的衬衫。有时，她担心自己太幸福。她会落落寡欢，对奥宾仔疾言厉色，或疏远他。她的快乐将变成一种不安之物，在她内心拍着翅膀，仿佛在寻找一个飞走的出口。

5

卡约德的派对过后，吉妮卡变得不自然起来。她们之间产生了一种生疏的尴尬。

“你知道，我没想到事情会发展成那样。”伊菲麦露对她说。“伊菲，他从一开始就在看你。”吉妮卡说，接着，为了显示她对整件事毫不介怀，她揶揄伊菲麦露没费吹灰之力就把她的对象抢走了。她的轻松风趣是强作出来的，粉饰得太过火，伊菲麦露感到沉重的内疚，渴望加倍补偿。这似乎不合情理，她的好友吉妮卡，漂亮、随和、广受欢迎、和她从未吵过架的吉妮卡，竟沦落到要佯装不在乎的样子，尽管每次提起奥宾仔时，她的语气中都暗含一丝伤感。“伊菲，你今天有时间陪我们吗，还是都要和奥宾仔在一起？”她会问。

于是，当有一天早晨吉妮卡来到学校，红着眼，目光阴郁，告诉伊菲麦露，“我爸爸说我们下个月将搬去美国”时，伊菲麦露几乎感到如释重负。她会想念她的朋友，可吉妮卡的离去迫使她们俩绞拧她们的友谊，把那摊开，恢复清爽干燥，回到她们原来的状态。吉妮卡的父母商量辞去大学教职、到美国从头再来已有一段时间。一次，去看吉妮卡时，伊菲麦露听见吉妮卡的父亲说：“我们不是绵羊。这个政权把我们当绵羊般对待，我们亦在开始表现得仿佛我们真是绵羊一样。我已经好多年没法做一点真正的研究，因为每天我都在组织罢工，讨论未付的薪水，教室里没有粉笔。”他个子矮小，皮肤黝黑，在吉妮卡高大、淡灰色头发的母亲旁边显得愈发矮小、黝黑，给人一种优柔寡断的感觉，仿佛他始终在选择之间踌躇。当伊菲麦露告诉自己的父母吉妮卡一家终于要走时，她的父亲叹气说：“至少他们幸运，可以有那个选择。”而她的母亲说：“他们得到上帝的福佑。”

可吉妮卡抱怨，哭泣，描绘自己在异乡美国伤心、没有朋友的生活画面。“我真希望他们去，而我能留下来和你们在一起。”她对伊菲麦露说。她们聚在吉妮卡的家里，一起的还有伊菲麦露、阮伊奴豆、普利耶、措基，她们在她的卧室翻捡着她将不带走的衣服。

“吉妮卡，等你回来时，要保证你仍能同我们说话的。”普利耶说。

“她回来时将是个真正的美国佬，和比希一样。”阮伊奴豆说。

她们哄然大笑，因为“美国佬”那个词，洋溢着欢快，拉长第三个字的发音，也因为想到比希，那个比她们低一级的女生，去了美国短短一段时间，回来后变得怪腔怪调，假装她再也听不懂约鲁巴话，讲英语时每个单词后面都加上一个含糊的“儿”。

“但是，吉妮卡，说真的，这一刻，我真希望能像你一样，无论付出什么代价，”普利耶说，“我不理解你为什么不想去。你随时可以回来的。”

在学校，朋友们簇拥着吉妮卡。他们全都想约她去糖果店，想在放学后看见她，仿佛即将来临的远行使她益发招人喜爱。短暂的课间休息中，正当伊菲麦露和吉妮卡在走廊里闲荡时，那些“大人物”加入她们的行列：卡约德、奥宾仔、艾哈迈德、艾米尼克和奥萨宏。

“吉妮卡，你去美国哪个地方？”艾米尼克问。他对出国的人心怀敬畏。卡约德和父母从瑞士旅行回来时，艾米尼克弯下腰抚摸他的鞋子，说：“我想摸一摸，因为那碰过雪。”

“密苏里，”吉妮卡说，“我爸爸在那儿找到一份教书的工作。”

“你的母亲是美国人，不是吗？所以你有美国护照，对吗？”艾米尼克问。

“是的。可自我小学三年级以来，我们就没出门旅行过。”

“美国护照是最顶呱呱的，”卡约德说，“明天我要去把我的英国护照换了。”

“我也要换。”英卡说。

“我只差一点就有一本了哦，”奥宾仔说，“我父母带我去美国时我八个月大。我不断对我妈妈讲，她应该早点去，把我生在那儿就好了！”

“倒霉，兄弟。”卡约德说。

“我没有护照。我们上一次旅行时，我跟在我妈妈的护照上。”

“我跟在我妈妈的护照上，跟到小学三年级，后来我爸爸说我们每个人需要有自己的护照。”奥萨宏说。

“我从未出过国，可我父亲答应了让我出国念大学。我真希望现在就能申请签证，而不用等到毕业。”艾米尼克说。他说完后，大家默不作声。

“别现在就离我们而去，等毕业了再走。”英卡终于开口，她和卡约德爆出一阵笑声。其他人也笑起来，连艾米尼克自己亦然，可他们的笑里带刺。他们知道他在撒谎，艾米尼克编造自己父母有钱的故事，大家都知道是假的，他非要虚构一种自己没有的人生，深陷其中不能自拔。谈话的兴头减弱，转到不懂怎么解方程组的数学老师身上。奥宾仔拉起伊菲麦露的手，他们悄悄溜了开去。他们经常那样，慢慢脱离他们的朋友，坐到图书馆旁的一个角落，或到实验室后面的草地上散步。在他们漫步时，她想告诉奥宾仔，她不懂什么叫“跟在我妈妈的护照上”，她的母亲连护照也没有。可她没有讲话，只是默默地走在他旁边。他在这儿如鱼得水，在这所学校，远比她更加适应。她人缘很好，总是在每个派对的邀请名单上，在集会时总是被点到名，是班上的“前三名”之一，然而她隐约觉得有一种差异的透明的薄雾笼罩着她。若不是入学考试成绩优异，若不是她父亲下决心要让她进“一所培养德才兼备的学校”，她不可能在这儿。她的小学不同，里面全是和她差不多的孩子，父母是老师或公务员，他们坐公共汽车，没有司机。她记得奥宾仔脸上的惊讶，当他问“你的电话是多少？”而她回答“我们家没有电话”时，他迅速掩饰的某种惊讶。

此时他正抓着她的手，轻柔地捏了捏。他欣赏她的直言不讳、与众不同，可他似乎不能看透那底下隐藏的。身在这里，在出过国的人中间，他不感到局促。他能侃侃而谈外国的事物，特别是美国的。大家都看美国电影，交换褪了色的美国杂志，可他知道百年前美国总统的详细生平。大家都看美国的电视节目，可他知道丽莎·博内特要离开《考斯比一家》①，去演《天使心》，知道威尔·史密斯在签下演出《新鲜王子妙事多》以前债台高筑。“你看上去像美国黑人”，这是他最至高的恭维，在她穿了一条漂亮的连衣裙，或把头发编成大辫子时，他对她这么讲。曼哈顿是他仰望的顶峰。他常说：“这里和曼哈顿有天壤之别”，或“去曼哈顿看看那儿是什么样”。他给了她一本《哈克贝利·费恩》，里面的书页被他翻得起了卷，她在回家的公车上读起来，但看了几章后作罢。翌日上午，她坚决有力地一摔，把书放到他的课桌上。“看不下去，废话连篇。”她说。

“这是用不同的美国方言写的。”奥宾仔说。

“那又怎样？我还是看不懂。”

“你得有耐心，伊菲。如果你真的读进去，那非常引人入胜，你会不想要停下来。”

“我已经停下来了。请收好你的正经书，让我读我喜欢的书吧。顺便提一句，我们玩拼字游戏时，赢的还是我，‘读正经书’先生。”

如今，在返回教室的途中，她把自己的手从他的手里滑出来。每当她有这种感觉时，一丁点小事便会令她惊慌失措，平凡琐事会变成厄运的仲裁人。这一次，导火索是吉妮卡；她正站在楼梯旁，肩上背着背包，阳光在她脸上照出金色的条纹，突然，伊菲麦露想到吉妮卡和奥宾仔有多少共同之处。吉妮卡在拉各斯大学的家，那栋安静的平房，有九重葛树篱覆顶的庭院，也许和奥宾仔在恩苏卡的家一样，她想象奥宾仔意识到吉妮卡同他更加般配，于是，这份快乐，他们之间这点脆弱、微蒙的东西，将消失无踪。

---

① 《考斯比一家》(The Cosby Show）是一部美国的电视情景喜剧，由比尔·考斯比主演。1984 年首度在 NBC 电视网中播出，其后共制播了 8 季。节目的中心聚焦于 Huxtable 一家——一个住在纽约市布鲁克林区的上中产阶级黑人家庭。

一天上午，在集会完后，奥宾仔告诉她，他的母亲想请她去做客。

“你母亲？”她问他，惊得嘴巴大张。

“我想她是要见见未来的儿媳妇。”

“奥宾仔，严肃点！”

“我记得小学六年级时，我带一个女孩去参加欢送会，我妈妈把我们送到那儿，给了那女孩一条手绢。她说，‘一个淑女始终需要一条手绢。’我的母亲可能有点儿奇怪，亲爱的。说不定她想要给你一条手绢。”

“奥宾仔·马杜埃卫希！”

“她以前从来没这么做过，不过我以前也从没有过一个认真交往的女朋友。我想她只是希望见一见你。她叫你来吃午饭。”

伊菲麦露瞪着他。哪一类精神正常的母亲会请儿子的女朋友去做客？那很怪异。就连“来吃午饭”这种措辞也是书里的人讲的话。假如你们是*男女朋友*，你们不去对方的家里；你们报名参加课后补习班，参加法语俱乐部，参加所有意味着能在校外见到彼此的活动。她的父母对奥宾仔当然不知情。奥宾仔母亲的邀约令她既惶恐又兴奋。好几天，她都在为穿什么而发愁。

“只要做你自己就好。”乌茱姑姑对她说。伊菲麦露回道：“我怎么才能只做自己呢？那到底是什么意思？”

去做客的那个下午，她在他们的公寓门外伫立了一会儿，然后才按门铃，突然异想天开地希望他们出去了。奥宾仔打开门。

“嗨，我妈妈刚下班回来。”

客厅宽敞通风，墙上什么照片也没有，只有一幅绿松石色的画，画里是个脖子修长、裹着穆斯林头巾的女人。

“只有那是我们自己的东西。其余都是公寓带的。”奥宾仔说。

“不错。”她咕哝了一句。

“别紧张。记住，是她要你来的。”奥宾仔低声说，紧接着，他的母亲现身了。她看上去很像奥涅卡·奥维努，相似的程度令人震惊：一个鼻头饱满、嘴唇丰厚的美人，短短的非洲爆炸头勾勒出她的圆脸蛋，她的面容毫无瑕疵，深棕色，像可可一样。奥涅卡·奥维努的音乐曾是伊菲麦露童年时明媚的快乐源泉，在童年后依然没有失色。她会永远记得父亲拿着她的新专辑《在晨曦中》回家的那日；专辑上奥涅卡·奥维努的脸惊为天人，有很长一段时间，她的手指会在那张照片上游走。她父亲每次播放专辑里的歌时，给他们的公寓带来欢乐的气氛，把他变成一个更放得开的人，跟着哼唱充满女人味的歌，伊菲麦露会心虚地幻想他娶的是奥涅卡·奥维努，而不是她母亲。当她向奥宾仔的母亲问候“下午好，太太”时，她差点期盼她在回应时会突然唱起歌，嗓音和奥涅卡·奥维努一样举世无双。可她的嗓音低沉、细声细语。

“你的名字真美。伊菲麦露娜玛。”她说。

伊菲麦露站着，张口结舌了好几秒。“谢谢，太太。”

“把那翻译一下吧。”她说。

“翻译？”

“对啊，你怎么翻译你的名字？奥宾仔有没有告诉你，我做一点翻译？翻译法语。我是教文学的，但不是英国文学，注意，是英语文学，我把翻译当作业余爱好。瞧，把你的名字从伊博语译成英语，也许可以叫作‘美好时光的产物’或‘美好的产物’，或者你有什么看法？”

伊菲麦露无法思考。这位妇人有某种魅力，使她想要讲出有学问的话，可她的头脑一片空白。

“妈咪，她是来向你问候，不是来翻译她的名字的。”奥宾仔说，带着开玩笑的恼意。

“我们有汽水招待客人吗？你把汤从冷冻柜里拿出来了吗？我们去厨房吧。”他母亲说。她伸出手，摘去他头发上的一缕棉絮，然后轻轻敲了下他的脑袋。他们流畅、有说有笑的互动，令伊菲麦露感到不自在。那毫无拘束，毫不忌惮后果；那呈现的不是一种亲子之间常见的关系形态。他们一起下厨，他的母亲在搅拌汤，奥宾仔在用木薯粉做加里[①]，而伊菲麦露则站在一旁喝可乐。她提出想帮忙，可他的母亲说："不用，亲爱的，也许下次吧。"仿佛她不随便让人在她的厨房里帮手。她和蔼直率，甚至可以算是热情，可她的身上有一种幽僻，不愿向世人彻底袒露自己，这份特质和奥宾仔一样。她传授给儿子那个本领，即使在一群人中间，仍能有办法悠然地自处。

"你喜欢哪些小说，伊菲麦露娜玛？"他的母亲问，"你知道吗，奥宾仔只肯读美国的书？我希望你不会那么偏执。"

"妈咪，你就是拼命想强迫我喜欢这本书。"他指着厨房桌上的一本书，格雷厄姆·格林的《问题的核心》。"这本书，我母亲一年读两遍。我搞不懂原因。"他对伊菲麦露说。

"这是一本有真知灼见的书。人类有意义的故事，是那些历经时间考验的。你读的美国书不够分量，"她转向伊菲麦露，"这孩子太痴迷美国。"

"我读美国书，因为美国象征着未来，妈咪。别忘了，你的丈夫是在那儿上的学。"

"那是在只有笨人才去美国上学的年代。当时，人们认为美国的大学相当于英国的高中水平。和那家伙结婚后，我给他补了好多课。"

"那你还把你的个人用品留在他的公寓，让他别的女朋友不会上门？"

"我告诉过你，别理会你叔叔的胡说八道。"

伊菲麦露怔怔地站在那儿。奥宾仔的母亲，她漂亮的脸蛋，温文尔雅的气质，穿着一条白围裙在厨房，和伊菲麦露所认识的其他那些母亲都不一样。这么一比，她的父亲会显得低俗，满口多余、浮夸的用词，她的母亲则土气、寒酸。

"你可以到水池旁来洗手，"奥宾仔的母亲对她说，"我想还没有

---

① 加里，尼日利亚人的主食，用木薯粉制成。

停水。”

他们坐在餐桌旁，吃着加里喝着汤，伊菲麦露非常努力地——像乌茱姑姑所说的——做“自己”，可她不再确定什么是“自己”。她觉得她配不上，无法和奥宾仔及他的母亲一起沉浸在他们的氛围里。

“这汤非常鲜美，太太。”她礼貌地说。

“哦，是奥宾仔做的，”他的母亲说，“他没告诉你他会下厨吗？”

“有，可我没想到他会做汤，太太。”伊菲麦露说。

奥宾仔得意地笑着。

“你在家下厨吗？”他的母亲问。

伊菲麦露想撒谎，说她下厨，而且爱下厨，可她记起乌茱姑姑的话。“不，太太，”她说，“我不喜欢下厨。我可以日夜吃方便面。”

他的母亲笑起来，仿佛被那份诚实所逗乐，她笑的时候看上去像面部线条更柔和的奥宾仔。伊菲麦露细嚼慢咽着她的食物，暗想她是多么渴望留在那儿，和他们一起，沉浸在他们的狂喜中，永远。

周末，他们的公寓里有香草的气味，那是奥宾仔的母亲在烤糕饼。切成薄片的芒果在派皮上晶晶发亮，咖啡色、带葡萄干的小蛋糕膨胀起来。伊菲麦露搅拌面糊，给水果削皮；她自己的母亲不烤东西，他们家的烤箱里住着蟑螂。

“奥宾仔刚才说‘trunk①’，太太。他说东西在你车子的trunk里。”她说。在他们的英美较量上，她总是站在他母亲一边。

“Trunk（树干）是树的一部分，不是车子的一部分，我的宝贝子。”他的母亲说。当奥宾仔用美国英语的发音念出“schedule”时，他的母亲说，“伊菲麦露娜玛，请告诉我的儿子，我不讲美国话。他可否用英国话把那说一遍？”

周末，他们看录像片。他们坐在客厅，眼睛盯着屏幕，当他母亲

① 美国英语里“后备厢”一词。

时不时就一个场景的合理性、剧情的铺垫，或演员有无戴假发发表评论时，奥宾仔说："妈咪，等等，我们听不见了。"一个星期天，电影放到一半时，他的母亲要去药店买她的过敏药。"我忘了他们今天关门早。"她说。她的汽车引擎一发动，一阵沉闷的加快转速声，伊菲麦露和奥宾仔就匆匆跑进他的卧室，倒在他床上，接吻、抚摸，他们的衣服卷起，移至旁边，拉到一半。他们的皮肤温热地贴着彼此。他们让门和百叶窗的遮板开着，两人都警惕地留意他母亲的车的声响。他们争分夺秒穿好衣服，回到客厅，按下录像机的"播放"。

奥宾仔的母亲走进来，瞥了一眼电视。"我走时你们看的就是这一幕。"她轻声说。大家呆住，陷入沉默，连电影也是。接着，卖豆子小贩抑扬顿挫的叫卖声从窗外飘进来。

"伊菲麦露娜玛，请过来。"他的母亲说，一边转身往里面走去。

奥宾仔起身，可伊菲麦露制止了他。"不，她喊的是我。"

他的母亲把她叫到自己的卧室里，命她坐在床上。

"你和奥宾仔之间若出了任何事，你们俩都要负责。但女人天生受到不公平的待遇。一件两个人做的事，但假如有什么后果，却是一方独自承担。你明白我的意思吗？"

"明白。"伊菲麦露始终回避奥宾仔母亲的目光，眼睛一动不动地盯着地上黑白格的油地毡。

"你和奥宾仔有做出任何严重的事吗？"

"没有。"

"我曾年轻过。我了解年轻时恋爱是什么感觉。我想给你建议。我清楚，最终，你会做你想要做的。我的建议是等一等。你们可以恋爱而不做爱。那虽是一种表达你们感情的美好方式，但连带着责任，巨大的责任，不用着急。我会建议你等到至少上大学以后，等到你有更多一点担当以后。你明白吗？"

"明白。"伊菲麦露说。她不懂"有更多一点担当"是什么意思。

"我知道你是个聪明的女孩。女人比男人更明事理，你必须成为明白事理的那个。说服他。你们俩应该达成共识，等一等，这样不会有压力。”

奥宾仔的母亲停顿了一下，伊菲麦露想知道她是否讲完了。静默在她脑中鸣响。

“谢谢你，太太。”伊菲麦露说。

“当你想要开始时，我希望你能来见我。我希望确知你真的有了责任感。”

伊菲麦露点头。她坐在奥宾仔母亲的床上，在这位妇人的卧室里，点着头，应允自己会告诉她什么时候开始和她的儿子有性行为。不过她没有感到羞愧。也许是因为奥宾仔母亲的语气，那里面的平和，那里面的稀松平常。

“谢谢你，太太，”伊菲麦露又说了一遍，此时她看着奥宾仔母亲的脸，那表情坦荡，和平时没有区别，“我会的。”

她回到客厅。奥宾仔显得很紧张，端坐在茶几的边缘。“真对不起。等你走了，我会去和她讲这件事的。假如她要找人谈话，那个人应该是我。”

“她说，不准我以后再来这儿。我在带坏她的儿子。”

奥宾仔眨了下眼。“什么？”

伊菲麦露笑起来。后来，当她把他母亲的话告诉他时，他摇头。“我们得通知她，我们什么时候开始？那是什么谬论？她想要买避孕套给我们吗？那女人怎么回事？”

“哎，谁告诉你，我们一定会开始什么啊？”

6

每周一到周五，乌茱姑姑匆匆赶回家，沐浴梳洗，等待将军。周末，她懒洋洋地穿着睡衣，读书，做饭，或看电视，因为将军在阿布贾陪妻小。她不晒太阳，使用一瓶瓶包装雅致的面霜，从而使她天生已属浅色的皮肤变得更浅、更亮，富有光泽。有时，在她支使司机索拉、园丁“花爸爸”或两个月人——负责打扫的伊尼扬和负责做饭的奇科迪里时，伊菲麦露会想起乌茱姑姑，那个许多年前被送来拉各斯的乡下姑娘，伊菲麦露的母亲对她如此老土、不停地扶着墙壁微微有些怨言，那些乡下人怎么回事，个个不伸出手在墙上按下手印就不会站了？伊菲麦露好奇，乌茱姑姑是否用那个少女——昔日的她——的眼光看待过自己。也许没有。乌茱姑姑已轻轻一扶，在新生活里站稳了脚，心思更多耗费在将军身上而不是她新有的财富上。

第一次看见乌茱姑姑在海豚苑的住所时，伊菲麦露想留下来不走。浴室令她着迷，有热水龙头，有喷涌的淋浴，还有粉红的瓷砖。卧室的窗帘是用生丝做的，她对乌茱姑姑讲：“呀—呀，用这种布料当窗帘太浪费了！我们用那缝一条裙子吧。”客厅有玻璃门，会无声地拉开，无声地关上。连厨房也有空调。她想住在那儿。那会教她的朋友羡慕不已；她想象他们坐在紧挨客厅一侧的小房间里——乌茱姑姑称那是电视间——看卫星电视的节目。因此她问她的父母，周一到周五她是否可以和乌茱姑姑住在一起。“那离学校更近，我不用坐两路公共汽车。我可以星期一去，星期五回来，”伊菲麦露说，“我也可以帮乌茱姑姑做家务。”

“就我所知，乌茱有足够的帮手了。”她的父亲说。

“这是个好主意，”她的母亲对她的父亲说，“她可以在那儿好好学习，至少每天有电灯。她不必点着煤油灯学习。”

“她可以在放学后和周末去看乌茱。但她不能住在那儿。”她的父亲说。

她的母亲愣了一下，惊讶于他的坚决。“好吧。”她说，无助地瞥了伊菲麦露一眼。

好几天，伊菲麦露闷闷不乐。她的父亲时常对她宠爱有加，对她想要的事妥协让步，可这次他无视她的噘嘴生气、她在饭桌上故意的沉默。乌茱姑姑给他们送来一台新电视机时，他假装视而不见。他靠在破旧的沙发上，阅读他破旧的书，任乌茱姑姑的司机放下棕色的索尼纸箱。伊菲麦露的母亲开始唱起教会的一首歌《主已施予我成功，我将把他推向更高》——那是募捐时经常唱的。

“将军给我多买了，家里用不到。那里没地方放这台东西。”乌茱姑姑说，一番笼统之语，没有特定的说话对象，设法打消谢意。伊菲麦露的母亲拆开纸箱，轻柔地除去泡沫包装。

“我们的旧电视已经什么都放不出来了。”她说，虽然他们都知道那台电视其实仍放得出来。

“瞧瞧，这多薄啊！”她补充道，“瞧！”

她的父亲从书本上抬起眼睛。“嗯，是薄。”他说，然后又垂下目光。

房东又来了。他夺门而入，经过伊菲麦露身旁，冲进厨房，把手伸向电表，拉掉保险丝，切断了他们仅有的一点电。

他走后，伊菲麦露的父亲说：“无耻至极。要我们付两年房租。我们一直是付一年的。”

“可即使那一年，我们也还没有付。”她母亲说，语气中带着隐微的指责。

“我和阿库尼谈过借贷的事了。”她父亲说。他不喜欢阿库尼，他的远方堂亲，那个飞黄腾达的同乡，大家有困难都找他。他称阿库尼是活脱脱的文盲，一个暴发户。

“他怎么说？”

“他叫我下周五去见他。”他的手指颤抖不定，似乎在挣扎着压抑内心受到的冲击。伊菲麦露急忙把目光转开，希望他没有看见自己在注视他，并问他能否为她讲解一道作业中的难题，以分散他的注意力，以做出生活会重新开始的样子。

她父亲不愿向乌茱姑姑求助，可假如乌茱姑姑把钱拿到他面前，他不会拒绝。那好过向阿库尼借钱。伊菲麦露告诉乌茱姑姑房东大敲他们的门，那响亮、多余的砰砰声，是为了让邻居听见，同时羞辱他的父亲。“你到底是不是男人啊？付我钱。下个礼拜我如果还收不到租金，就把你们赶出这间公寓！”

在伊菲麦露模仿房东的嘴脸时，乌茱姑姑脸上浮现过一丝淡淡的悲伤。“那个一无是处的房东，怎么能这样让大哥难堪呢？我会找傲甲，让他给我钱。”

伊菲麦露愣住。“你没有钱？”

“我的账户几乎是空的。可傲甲会给我钱。你可知道，自开始上班以来，我没收到过一分薪水？每天，会计部的人都有一个新说法。问题的根本出在我的职位，那不是正式存在的，尽管我每天都在给人看病。”

“可医生在罢工啊。”伊菲麦露说。

“部队医院还是支付薪水的。就算我有薪水，也付不起这房租，无论如何。”

“你没有钱？”伊菲麦露又问了一遍，放慢语速，为了搞清楚，为了确信。“哎—哎，姑姑，可你怎么能没有钱呢？”

“傲甲从不给我大笔的钱。他支付所有账单，他要我开口索取每一样我需要的东西。有些男人就是那样。”

伊菲麦露瞪大了眼睛。乌茱姑姑住在她粉红的大房子里，卫星电视接收器像从房顶开出的一朵花，她的发电机加满柴油，她的冷冻柜里塞满肉，她的银行账户里却没有钱。

“伊菲，别这副样子，好像死了人似的！”乌茱姑姑笑起来，她嘲弄的苦笑。她看上去突然变得渺小困惑起来，置身于她新生活的断壁残垣中，化妆台上浅黄褐色的首饰盒，摊扔在床上的丝绸睡袍，伊菲麦露为她感到恐惧。

“他给我的，比我要的还多一点，”第二个周末，乌茱姑姑告诉伊菲麦露，脸上带着浅笑，仿佛欣喜于将军所做的。“我们去完发廊后去你家，这样我可以把钱交给大哥。”

伊菲麦露惊骇地发现，在乌茱姑姑去的发廊，把新长出的头发拉直一次有多贵；态度傲慢的美发师打量每一个顾客，眼睛从头扫到脚，以决定值得花多少注意力来招呼她。对乌茱姑姑，她们鞍前马后，低三下四，向她问候时行深深的屈膝礼，热情夸赞她的手袋和鞋。伊菲麦露看得出了神。在这儿，在拉各斯的一家发廊里，女性不同等级的尊贵地位得到了最充分的诠释。

“那些姑娘，我等着她们把手伸出来，乞求你在上面拉屎，这样她们能把那也供起来。”伊菲麦露在她们走出发廊时说。

乌茱姑姑大笑，拍拍垂至肩膀的柔滑的接发：中国产的假发，最新款，光亮、尽可能顺直，从不打结。

“你知道，我们生活在一个拍马溜须的经济体制下。这个国家最大的问题不是腐败。最大的问题是，有许多合格的人员不在他们该在的岗位，因为他们不愿拍任何人的马屁，或者他们不知道该拍谁的马屁，或者甚至不知道该怎么拍马屁。我很幸运，拍对了马屁。”她莞尔一笑。“那只是运气而已。傲甲说，我很有涵养，我不像他睡过的所有拉各斯女孩，第一晚和他上床，第二天一早就给他一张清单，列出她们要他买的东西。我第一晚和他上床，但我什么也没要，现在想起来是我傻，可当时我和他上床不是因为我想要什么。哦，这东西叫权力。

我被他吸引，即使他的牙齿长得像吸血鬼。吸引我的是他的权力。”

乌茱姑姑喜欢谈论将军，相同故事的不同版本，她会重复并一再回味。她的司机曾告诉她——她靠为他张罗他的妻子的孕检和孩子的接种而使他转投效忠自己——将军打听她具体去了什么地方，待了多久。乌茱姑姑每次向伊菲麦露讲起这事时，最后她会喟叹一声，“他以为我没办法瞒着他去见另一个男人吗，假如我真想要的话？可是我不想。”

她们坐在凉意习习的马自达车内。当司机把车倒出发廊外院的大门时，乌茱姑姑朝看门人招手，摇下车窗，给了他一点钱。

“谢谢你，夫人！”他说，然后敬了个礼。

她把一张张尼日利亚钞票塞给发廊的每个员工，给外面的保安，给交叉路口的警察。

“他们的薪水，连一个小孩的学费都付不起。”乌茱姑姑说。

“你给他的那点钱，帮不了他付任何学费。”伊菲麦露说。

“但他可以买一点额外的东西，他的心情会好一些，今晚他就不会打他的妻子。”乌茱姑姑说。她望着窗外又说了句：“慢一点，索拉。”这样她能清楚地看一眼奥斯本路上发生的车祸：一辆公交车撞了一辆小汽车，公交车的前部和汽车的尾部已面目全非，两个司机正互相指着鼻子大吼，围拢来的人在劝架。“他们从哪里冒出来的？这些一出事便现身的人？”乌茱姑姑往座位上一靠。“你知道吗，我已经忘了坐公交车的感觉？要习惯这一切是如此容易。”

“你可以现在就去法罗莫，上一辆公共汽车。”伊菲麦露说。

“但那是不一样的。当你有了别的选择后，事情就绝不一样了，”乌茱姑姑看着她，“伊菲，别再为我担心了。”

“我没有担心。”

“自从我告诉你我账户的事后，你一直在担心。”

“假如换了别人这么做，你肯定会说她傻。”

“我压根不会建议你去做我在做的事，”乌茱姑姑把脸重新转向车窗，“他会变的。我会使他改变。我只是需要慢慢来。”

在公寓，乌茱姑姑递给伊菲麦露的父亲一只鼓鼓囊囊装着现金的塑料袋。“这是两年的房租，大哥。”她说，带着一种不自然的随意，然后拿他汗衫上的洞开了个玩笑。她说话时没有正视他的脸，他向她道谢时也没有正视她的脸。

将军的眼白发黄，在伊菲麦露看来，那是童年营养不良的迹象。他结实、粗壮的身躯说明他曾挑起并赢取过战斗，露在嘴唇外的龅牙，让他隐约显得有些不善。伊菲麦露惊讶于他乐呵呵的粗俗劲。“我是个乡下人！”他开心地说，仿佛为了解释吃饭时落在他衬衫上和桌上的汤渍，或是吃完后他大声的饱嗝。他在傍晚时分抵达，穿着绿军装，捧着一两本八卦杂志，他的副师长亦步亦趋地跟着他，提着他的公事包，把包放在餐桌上。他离去时很少带走那些八卦杂志：一本本《老派人物》《风云人物》《拉各斯风尚》，散落在乌茱姑姑住所的各个角落，里面是模糊不清的照片和醒目耸动的标题。

“假如我告诉你这些人做的事，呃，”乌茱姑姑会用她做过法式美甲的手指甲敲着杂志上的一张照片，对伊菲麦露说，“他们真实的故事根本不在杂志上。傲甲知道真正的内情。”然后她会讲起有个男人通过跟一位高级将领发生性关系而得到一块油田；有个部队的行政官员的孩子不是他亲生的；有外国的娼妓每周被空运来给元首。她乐此不疲地重复那些故事，仿佛在她眼里，将军热衷于下流龌龊的小道消息，是一项讨人喜欢、可被原谅的嗜好。“你知道吗，他害怕打针？一个堂堂总指挥官，若看见针头，他就害怕！”乌茱姑姑说，用的是同样的语气。对她而言，那是一处惹人爱怜的小地方。伊菲麦露无法把将军想成一个惹人爱怜的人，他的大嗓门、他粗鄙的举止，他们上楼时他伸出手拍打乌茱姑姑的屁股，说：“这全是给我的？这全是给我的？”还有他的喋喋不休，从不允许人打断，必须等他把故事说完为止。他最爱讲的一个，也是他饭后喝着星牌啤酒时经常对伊菲麦露讲的，是乌茱姑姑如何与众不同的故事。讲起那些时，他带着沾沾自喜的口吻，仿佛乌茱姑姑的与众不同反映了他自己独到的眼光。“我第一次告诉她我要去伦敦，问她想要什么，她给了我一张单子。在还没看之前，我说我已经知道她想要什么。不就是香水、鞋子、包、手表和衣服吗？拉各斯的女孩，我了解。可你知道单子里是什么吗？一瓶香水，四本书！我大吃一惊。天啊！我在皮卡迪利的那家书店待了足足一小时。我给她买了二十本书！你知道拉各斯的哪个宝贝儿会要书啊？”

乌茱姑姑会大笑，突然像个小姑娘，柔顺温和。伊菲麦露会顺应地莞尔一笑。她觉得那轻佻、有失尊重，这个结了婚的老男人对她讲故事的举动，那如同向她展示他不洁的内衣。她试图透过乌茱姑姑的眼睛来看他，一个有奇才的男人，一个带来物质刺激的男人，可她不行。她认识到生命之轻，乌茱姑姑周一到周五的欢欣；那是她放学后盼着见到奥宾仔时的心情。可乌茱姑姑竟对将军产生这种感觉，这似乎不对劲，是种糟蹋。乌茱姑姑的前男友奥卢吉米则不一样，他相貌英俊，嗓音悦耳，散发着文静优雅的光芒。他们几乎从大学一开始就在一起，你若看见他们，便会明白他们为什么在一起。“我长大了，所以不再爱他。”乌茱姑姑说。

“长大了不是要找更好的对象吗？”伊菲麦露问。乌茱姑姑哈哈一笑，仿佛那真的是个笑话。

政变那天，将军的一位密友打电话给乌茱姑姑，问她是否和他在一起。局势紧张，已有数名军官遭逮捕。乌茱姑姑没有和将军在一起，不知道他在哪儿，她在楼上踱步，然后忧心忡忡地下楼，打电话却一无所获。不一会儿，她开始喘气，呼吸困难。她的恐慌导致哮喘病发。她呼哧呼哧，浑身发抖，用针头扎自己的手臂，试图给自己打针，血一滴滴染在床罩上，最后是伊菲麦露跑到马路另一头，去敲一户邻居的门，那人的姐姐也是医生。终于，将军打电话来说他没事，政变失败了，元首安然无虞，乌茱姑姑停止了战栗。

有一次过穆斯林的节日，那是一个为期两天的节日，拉各斯的非伊斯兰教徒向每个他们认定是伊斯兰教徒的人问候“礼拜愉快”，那些一般是来自北部的看门人。尼日利亚国家电视台接连播放人们宰羊的画面，将军答应要来；那将是他第一次陪乌茱姑姑过公休假日。整个上午她都在厨房指导奇科迪里，间或高声唱歌，和奇科迪里有一点过分熟络，动不动和她一起大笑。终于，饭菜做好了，屋里飘着辛香料和酱汁的味道，乌茱姑姑上楼沐浴。

“伊菲，来帮我修剪一下我下面的毛。傲甲说那妨碍了他！”乌茱姑姑说着，一边哈哈大笑，然后仰面躺下，把腿分开抬高，一本旧八卦杂志垫在身下，伊菲麦露使用起剃毛皂条。就在伊菲麦露结束后，乌茱姑姑敷上去角质面膜时，将军打电话说他来不了了。乌茱姑姑的脸像食尸鬼，涂满雪白的膏泥，只露出眼睛周围的一圈皮肤，她挂了电话，走进厨房，开始把饭菜装进冷冻柜专用的塑料容器里。奇科迪里在一旁茫然地看着。乌茱姑姑动作火爆，猛地拉开冷冻柜的隔间，砰地关上橱柜，在把一锅辣椒肉炖饭往后推时，一锅瓜子汤从炉灶上跌了下来。乌茱姑姑盯着淌遍厨房地面的黄绿色酱汁，仿佛不知道这是怎么发生的。她转向奇科迪里，尖叫道：“你怎么看起来像个木头人？快来，把这打扫干净！”

伊菲麦露在厨房门口观望。“姑姑，你该吼的人是将军。”

乌茱姑姑停住，双眼突鼓，燃烧着怒火。“你用那种态度同我讲话吗？我和你是同辈吗？”

乌茱姑姑朝她扑来。伊菲麦露没料到乌茱姑姑会打她，但当那一巴掌落在她的半边脸上，发出一记她觉得像是从远处传来的声响，她脸颊上泛出手指印时，她不感到惊讶。她们瞪着彼此。乌茱姑姑张开嘴，仿佛想说什么，然后又闭上嘴，转身走上楼，她们俩都意识到如今她们之间有些东西变了。直到傍晚阿德苏娃和乌切来时，乌茱姑姑才下楼。她称她们是“我带引号的朋友”。“我将和我带引号的朋友去发廊。”她会说，眼含惨淡的笑意。她明白她们和她做朋友只因为她是将军的情妇。可她们逗她开心。她们坚持不懈地来找她，比较有关购物和旅行的笔记，约她和她们去参加宴会。关于她们，她知道的和不知道的，说来奇怪，她有一次对伊菲麦露讲。她知道阿德苏娃在阿布贾有地，那是她和元首约会时得来的；她知道一个富可敌国的豪萨人买下了乌切在苏茹莱瑞①的精品店，可她不知道她们各有多少兄弟姐妹，她们的父母住在哪里，她们有没有上过大学。

奇科迪里让她们进屋。她们穿着绣花长袍，搽了辛辣调的香水，她们头上所缝接的中国假发披在背后，她们的谈话里透出浓浓的俗气，她们的笑声短促而轻蔑。我告诉他，他必须以我的名义去买哦。啊，我知道除非我说有人病了，否则他不会拿钱来。不，得了，他不知道我开账户的事。她们要去参加维多利亚岛上的一个礼拜宴会，过来接乌茱姑姑。

"我不想去。"乌茱姑姑告诉她们，奇科迪里正端来橙汁，纸盒装的，放在一个托盘上，旁边摆了两个玻璃杯。

"哎—哎。怎么啦？"乌切问。

"有真正的大人物要来，"阿德苏娃说，"你永远不晓得你是否会遇见某个要人。"

"我不想遇见任何人。"乌茱姑姑说，随后一片安静，似乎每个人都得喘口气，乌茱姑姑的话像一阵大风，刮碎了她们既定的假设。她理应想要遇见男人，时刻睁大眼睛；她理应把将军当作一个可以被更好的人所取代的备选。最后，她们其中一人——阿德苏娃或乌切，说："你的这个橙汁是便宜牌子的哦！你不买'纯果汁'那个牌子啦？"一个温吞的玩笑，可她们哈哈笑起来，缓和眼前的气氛。

她们离开后，乌茱姑姑走到餐桌旁，伊菲麦露坐在那儿看书。

"伊菲，我不知道我着了什么魔。对不起。"她握起伊菲麦露的手腕，然后驱使她的手近乎沉思般地抚过伊菲麦露那本西德尼·谢尔顿的小说凸起的标题。"我一定是疯了。他有啤酒肚，有吸血鬼一样的牙齿，有妻子孩子，他那么老。"

第一次，伊菲麦露觉得自己比乌茱姑姑年长，比乌茱姑姑更睿智

① 苏茹莱瑞（Surulere），拉各斯的一个区。

和坚强，要是她能把乌茱姑姑抢走、把她摇醒就好了，让她变成头脑清楚的自己，不把希望寄托在将军身上，为他做牛做马，为他修容剃毛，一味迫切地淡化他的缺点。事情不应该这样。后来，听见乌茱姑姑在电话上大吼时，伊菲麦露感到小小的快意。“少废话！你从一开始就知道你要去阿布贾，所以干嘛让我浪费时间为你准备这准备那！”

第二天一早司机送来的那个蛋糕——上面用蓝色的糖霜写着“对不起，我亲爱的”——有一丝苦涩的后味，但乌茱姑姑把那放在冷冻柜里，藏了好几个月。

乌茱姑姑怀孕的消息，犹如静夜里的一声惊雷。她走进公寓时穿着一件镶有亮片的宽大长袍，那在日光的照射下闪耀得像一颗流动的星体，她说，她想在伊菲麦露的父母听到流言蜚语前先把这件事告诉他们。“我怀孕了。”她简单地说。

伊菲麦露的母亲眼泪夺眶而出，放声大哭，环顾四周，仿佛她能看见散落在她周围的、她自己的故事的碎片。“我的上帝，你为什么抛弃我啊？”

“这不在我的计划中，一个意外，”乌茱姑姑说，“上大学时我因为奥卢吉米怀过孕。我做了堕胎手术，我不会再做一次。”“堕胎”这个词，虽然直截了当，但镇住了房间，因为他们全都知道伊菲麦露的母亲没有讲出口的话是，肯定有办法解决这件事。伊菲麦露的父亲放下书，又重新拿起来。他清了清嗓子。他宽慰他的妻子。

“好吧，我无法去问那个男人的打算，”他最终对乌茱姑姑说，“那么我倒想问问，你自己的打算是什么。”

“我打算要这个孩子。”

他等待听到更多，可乌茱姑姑没有说别的话，于是他坐着往后一靠，责骂起来：“你是一个成年人了。这不是我期许你会做的事，奥比安乌茱，不过你是一个成年人了。”

乌茱姑姑走过去，坐在他沙发的扶手上。她用低微、安抚的声音讲话，她一本正经的态度显得益发奇怪，但她清醒严肃的表情排除了虚与委蛇："大哥，这也不是我期许自己会做的事，可事情发生了。对不起，我令你感到失望，在你为我做了一切以后，我乞求你原谅我。不过，我会充分利用这一形势。将军是个负责任的人。他会照顾他的孩子的。"

伊菲麦露的父亲无言地耸了耸肩。乌茱姑姑伸出手臂搂住他，仿佛需要安慰的人是他。

日后，伊菲麦露把乌茱姑姑的那次怀孕视作一个象征。那标志着结束的开始，使其余一切似飞逝而过，岁月如梭，光阴似箭。那时的乌茱姑姑，笑靥中难掩兴奋，容光焕发，随着肚子一天天鼓起来，她脑中的计划层出不穷。每隔几天，她便会想出一个新的女孩名字给腹中的胎儿。"傲甲很高兴，"她说，"他很高兴得知自己到了这把年纪还能命中，老来得子！"将军来得更勤了，有时连周末也来，给她送来热水瓶、草药丸，种种他听说对怀孕有益的东西。

他对她讲："你当然要在国外生产。"然后问她更喜欢美国还是英国。他希望是英国，这样他可以陪她同行；美国人禁止军政府的高级官员入境。可乌茱姑姑选了美国，因为她的孩子还能自动获得那儿的国籍。计划已定，医院挑好了，还租好了亚特兰大的一套带家具的"康斗[①]"。"到底什么是'康斗'啊？"伊菲麦露问。乌茱姑姑一耸肩，说："谁知道美国人指的是什么？你应该问奥宾仔，他估计知道。至少是一个可以住的地方。傲甲在那儿有人，他们会帮我。"唯一令乌茱姑姑扫兴的是她的司机告诉她，将军的妻子听说了怀孕的事火冒三丈；显然，将军的亲属和她的亲属已经召开过紧张的家庭会议。将军很少提起他的妻子，但乌茱姑姑知之甚详：一名律师，辞去了工作，在阿布贾抚养他们的四个孩子，一个从报纸照片上看起来胖墩墩、慈

① 康斗（Condo），共管式公寓。

眉善目的女人。“我好奇她怎么想。”乌茱姑姑哀伤、沉思地说。她在美国期间，将军把其中一间卧室重新粉刷成明亮的雪白色。他买了一张小床，床腿像精美的蜡烛。他买了毛绒玩具和数不清的泰迪熊。伊尼扬把它们一个个靠立在床上，有些排在架子上，她大概觉得没有人会发现，所以拿了一个泰迪熊到后面自己的房间。乌茱姑姑生了个男孩。电话那头的她听起来兴高采烈。“伊菲，他的头发可多啦！你能想象吗？真是浪费啊！”

她给他起名戴克，用的是她父亲的名字，并让孩子跟她的姓，这一点使伊菲麦露的母亲焦灼不安，怨声连连。

“宝宝应该跟他父亲的姓，还是这男人打算不认他的孩子啊？”伊菲麦露的母亲问，他们坐在自家客厅，还在消化孩子出生的消息。

“乌茱姑姑说让孩子跟她姓只是为了更方便而已，”伊菲麦露说，“他的表现，像是一个会不认自己孩子的人吗？姑姑告诉我，他都在考虑要来送彩礼了。”

“愿上帝阻止这等事发生。”伊菲麦露的母亲说，几乎是啐骂着讲出那句话，伊菲麦露想起以前为乌茱姑姑的恩师所做的各种赤忱的祷告。乌茱姑姑回来后，她的母亲在海豚苑住了一段时间，给那个咯咯做声、皮肤光洁的婴儿洗澡、喂食，可面对将军时她态度冷淡强硬。她用简单的一两个字应答他，仿佛他打破了她自欺欺人的规则，从而背叛了她。和乌茱姑姑发生关系是可以接受的，但留下这种丑恶昭彰的证据不行。屋里散发着婴儿粉的味道。乌茱姑姑幸福快乐。将军时常抱着戴克，建议也许需要再给他喂奶了；或是，需要找个医生看看他脖子上的皮疹。

为了戴克的周岁生日宴会，将军请来一支现场乐队。他们把乐器架在屋前的花园里，离发电房不远，一直演奏到最后一批客人离去为止。所有人都悠然自得，吃着箔纸包的食物。乌茱姑姑的朋友来了，将军的朋友也来了，他们神情毅然，仿佛表示，无论什么情况，朋友的孩子就是朋友的孩子。戴克刚学会走路，穿着西装打着红蝴蝶结领结，跌跌撞撞地到处跑，乌茱姑姑跟着他，几度试图叫他站住别动，让摄影师拍照。最后，疲惫的他开始哭起来，使劲扯拉他的蝴蝶结领结，将军抱起他，走来走去地哄他。那将是恒久留在伊菲麦露脑中的将军的形象。戴克的双臂环着他的脖子，他面露喜色，微笑时门牙向外突出，说："他长得像我哦，可幸好他遗传了他母亲的牙齿。"

第二个星期，将军死了，死于军用飞机失事。"同一天，就在同一天，摄影师送来戴克生日那天的照片。"在讲述那段故事时，乌茱姑姑经常会这么说，仿佛这包含了某些特殊的意义。

那是一个星期六下午，奥宾仔和伊菲麦露在电视间，伊尼扬在楼上照看戴克，乌茱姑姑和奇科迪里在厨房，这时，电话响了。伊菲麦露接起来。电话另一端是将军的副师长，声音尖锐急促，虽然信号不好，但仍足以听清话里的细节：事故发生在乔斯市郊外几英里的地方，尸体烧焦了，已有传言说是元首策划的，以铲除他担心正在密谋政变的官员。伊菲麦露死死抓着电话，震惊不已。奥宾仔陪她走进厨房，站在乌茱姑姑旁边，伊菲麦露重复了一遍副师长的话。

"你骗人，"乌茱姑姑说，"那是假的。"

她快步朝电话走去，仿佛也要去质问电话本身，然后，她滑倒在地，一记全身发软、孤寂凄凉的打滑，接着哭了起来。伊菲麦露抱着她，把她搂在怀里，他们全都不知所措，她啜泣声中间的沉默似乎过于安静。伊尼扬带戴克下了楼。

"妈妈？"戴克说，一脸困惑。

"带戴克上楼去。"奥宾仔对伊尼扬讲。

有人在砰砰敲外面的大门。两个男人和三个女人——将军的亲属，胁迫阿达穆把门打开，此时正站在前门处，叫嚣着："乌茱！收拾你的东西，滚蛋！把车钥匙给我们！"其中一个女人骨瘦如柴，情绪激愤，红着眼，她一边嚷着——"臭婊子！上帝不准你碰我们哥哥的财产！荡妇！你别想在这拉各斯安生下去！"——一边摘下她头上的包巾，把它紧紧绑在手腕上，一副准备打架的模样。起先，乌茱姑姑什么话也不说，盯着他们，一动不动地站在门口。后来，她用哭哑的声音请他们离开，可那些亲属吼得更凶了，于是，乌茱转身回入屋内。“行，别走，”她说，“都待在那儿。待在那儿，我去把我的手下人从军营叫来。”

直到这时他们才走，对她放下话：“我们会带着我们自己的手下人回来的。”到这时乌茱姑姑才又开始呜咽。“我什么也没有。所有东西都在他的名下。如今，我要带着儿子去哪里？”

她从听筒架上拿起电话，然后瞪着电话，犹豫该打给谁。

“打给乌切和阿德苏娃。”伊菲麦露说。她们会知道该怎么办。

乌茱姑姑打了，按下通话键，然后斜倚在墙壁上。

“你必须马上撤离。确保把屋子清空，什么都拿走，”乌切说，“动作要快——快，在他的人回来以前。准备一辆带拖车的面包车，把发电机带走。你一定要带上发电机。”

“我不知道去哪儿找面包车。”乌茱姑姑嘟囔道，带着她罕见的无助。

“我们去给你张罗一辆，快——快。你必须带上那台发电机。在你重振旗鼓以前，那是你的生活费。你必须去某地待一阵子，这样他们找不了你麻烦。去伦敦或美国。你有美国签证吗？”

“有。”

伊菲麦露将依稀记得那最后的时光，阿达穆说门口有一位《都市人》的记者，伊菲麦露和奇科迪里把衣服塞进行李箱，奥宾仔把东西搬到外面的面包车上，戴克踉跄地走来走去，咯咯直笑。楼上的房间逐渐变得热不可耐；几台空调突然停止工作，就好像它们仿佛集体决定，向剧终致哀。

7

奥宾仔想上伊巴丹大学，因为一首诗。

他朗读那首诗给她听，J. P. 克拉克的《伊巴丹》，他反复回味那几个词：“飞溅的红锈金粉。”

“你是说真的吗？”她问他，“因为这首诗？”

“那太美了。”

伊菲麦露摇头，流露出嘲弄、夸张的不可置信。可她，也想去伊巴丹，因为乌荣姑姑是在那儿上的大学。他们坐在餐桌前，一起填写联合招生和录取考试委员会的表格，他母亲守候在一旁，说：“你们用的铅笔对吗？每一条都要反复核查。我听说过你们无法相信的最匪夷所思的错误。”

奥宾仔说：“妈咪，你若再讲下去，我们真要填错了。”

“你们至少应该把恩苏卡作为第二志愿。”他的母亲说。可奥宾仔不想去恩苏卡，他想逃离他过去一贯的生活，而在伊菲麦露看来，恩苏卡似乎是个遥远、尘土飞扬的地方。于是他们俩同意把拉各斯大学作为第二志愿。

第二天，奥宾仔的母亲昏倒在图书馆里。一名学生发现她像一片布似的瘫躺在地上，头上有个小包，奥宾仔对伊菲麦露讲：“幸好我们还没有把考试委员会的表格交上去。”

“你这话是什么意思？”

“这个学期结束，我妈妈要回恩苏卡。我得陪在她身边。医生说，这样的情况还会再发生，”他停顿了一下，“我们可以在长周末时见面。我可以去伊巴丹，你也可以来恩苏卡。”

“你真爱开玩笑，”她对他说，“拜托，我也换成去恩苏卡。”

这一改变正合她父亲的心意。可喜可贺，他说，她将去东南部伊博地区上大学，她自出生以来就住在西部。她的母亲心情低落。伊巴丹离家只有一小时车程，而恩苏卡要坐一天的长途汽车。

“不是一天，妈咪，七个小时而已。”伊菲麦露说。

“那和一天有什么区别?”她的母亲问。

伊菲麦露期盼着离开家，独立支配自己的时间和生活。让她感到欣慰的是，阮伊奴豆和措基也将去恩苏卡，还有艾米尼克，他问奥宾仔他们是否可以当室友，住在奥宾仔家的用人房。奥宾仔说可以。伊菲麦露希望他没答应就好了。“艾米尼克身上就是有几分怪怪的，”她说，“不过反正，只要我们忙天花板时他出去就好了。”

后来，奥宾仔会半认真地问伊菲麦露，她是否认为他母亲的昏厥是有意的，一个把他留在身旁的计谋。很长一段时间，他恋恋不舍地提起伊巴丹，直到因为一场乒乓球擂台赛他去参观了校园，回来后怯生生地告诉她：“伊巴丹让我想起恩苏卡。”

去恩苏卡，意味着终于见到奥宾仔的家，坐落在一个种满花的大院里的一栋平房。伊菲麦露想象他成长的画面，骑着自行车驶下倾斜的街道，背着书包和水壶从小学放学回家。不过，恩苏卡依旧令她迷惘。她觉得那儿太闷，尘土太红，那儿的人太满足于他们卑微的生活。可她会慢慢喜欢上那儿，日久生情。她的宿舍，一个可容两张床的地方硬塞进了四张床，透过窗户，她能望见贝洛楼的入口。高大的石梓树在风中摇曳，树下有叫卖的小贩，看守着一盘盘香蕉和落花生，还有载客的摩托车，全都互相停得很近，车手们有说有笑，但每个人对客人都很警觉。她在她的一角贴上蔚蓝的墙纸，因为听说过室友吵架的故事——据传，有个一年级新生，因所谓的“轻佻”，抽屉里被一名毕业班的学生倒了煤油——她庆幸自己分配到的室友。她们为人随和，很快她就与她们打成一片，向她们借取轻易用完的东西，牙膏、奶粉、方便面、发蜡。大多数早晨，她醒来，听见走廊里低沉的咕哝声，信奉天主教的学生在念玫瑰经，她会急忙冲进水房，在停水以前用她的水桶打好水，蹲在还没满到无法忍受的厕所上解手。有时，她去得太晚，厕所里已蠕动着蛆虫，她会去奥宾仔家，即使他不在那儿，用人奥古斯蒂娜一打开前门，她便会说："蒂娜——蒂娜，行行好？我来用一下厕所。"

她经常在奥宾仔家吃午饭，或是他们去镇上，去奥耶卡欧祖拉，坐在木长凳上，在饭店昏暗的光线下，用搪瓷盘吃着极软嫩的肉和可口无比的炖菜。有些晚上，她待在奥宾仔家的用人房，懒洋洋地躺在他地上的床垫上，听音乐。有时，她会穿着内衣跳舞，扭动臀部，而奥宾仔则取笑她屁股太小。"我想说甩起来，但没有东西可甩。"

大学更加宽广宽松，有藏身的空间，如此之多的空间；她没有觉得缺乏归属感，因为有许多可以找到归属感的选择。奥宾仔揶揄她已经是个大红人，在迎新潮期间，她的屋里人来人往，毕业班的男生来串门，渴望碰碰运气，尽管她的枕头上方贴了一幅奥宾仔的大照片。那些男生令她觉得好笑。他们进来，坐在她的床上，郑重地提议"带她参观校园"，她想象他们用同样的语气对隔壁的一年级女生讲说同样的话。不过，其中有一人不同。他的名字叫奥德恩。他来她的房间，不是作为迎新潮中的一员，而是与她的室友讨论学生会的事，谈完后，他顺便过来看看她，打声招呼，有时送一袋烤串，又香又辣，用油渍斑斑的报纸包着。他激进的态度令伊菲麦露惊讶——他似乎有点太温文尔雅，有点太沉着冷静，不像是学生会的成员——但也令她佩服。他有着丰厚、形状完美的嘴唇，下嘴唇和上嘴唇一样厚，既富有内涵又性感，他讲话时——"假如学生不联合起来，没有人会倾听我们的声音"——伊菲麦露幻想与他接吻的感觉，一如幻想某件她知道自己永远不会做的事那样。因为他的缘故，她加入了示威游行，并说服奥宾仔也加入了。他们喊着"没有灯！没有水！"、"校长是笨蛋"，不知不觉跟随怒吼的人群，最后停在校长的住所门前。瓶子砸烂了，一辆汽车被放火点燃，而后，校长走出来，异常矮小，夹在保安人员中间，细声细气地讲话。

后来，奥宾仔的母亲说："我理解学生的怨愤，但我们不是敌人。敌人是军方。他们已经好几个月没支付我们薪水。假如我们没有饭吃，我们怎么教书呢?"再后来，老师罢工的消息传遍校园，学生们聚集在宿舍的门厅，纷纷议论着已知的和未知的。结果是真的，舍监证实了那个消息，他们全都叹了口气，琢磨着这突然而至、事与愿违的假期，返回他们的房间收拾行李；第二天宿舍将关闭。伊菲麦露听见身旁一个女孩说："我都没有十考包[①]坐车回家。"

罢工迟迟不完。日子过得很慢。伊菲麦露焦躁不安，心急如焚；她每天收听新闻，希望听到罢工结束的消息。奥宾仔打电话到阮伊奴豆家找她，她会在他约定打来的时间前几分钟抵达那儿，坐在灰色的拨盘电话旁，等待铃声的响起。她觉得被与他生生割离，他们各自生活在不同的天空下，呼吸着不同的空气，他在恩苏卡感到无聊，打不起精神，她在拉各斯感到无聊，打不起精神，一切凝固在萎靡不振中。生活变成一出浮夸、悬念跌宕的电影。她母亲问她是否想参加教会的缝纫班，让自己有事可做。她父亲说，大学无休止的罢工是导致年轻人变成持械抢劫犯的原因。罢工是全国性的，她的朋友个个待在家里，连卡约德也在家——美国大学放假所以他回来了。她走访朋友，参加派对，希望要是奥宾仔住在拉各斯就好了。奥德恩有车，有时会来接她，载她去她要去的地方。"你的男朋友可真幸运。"他对她说。她大笑，同他调情。她依旧幻想和他接吻的感觉，有着乌溜溜大眼睛和厚嘴唇的奥德恩。

一个周末，奥宾仔来了，住在卡约德家。

"你同这个奥德恩是怎么回事?"奥宾仔问她。

"什么?"

"卡约德说，奥萨宏家的派对结束后，是他送你回家的 。你没有

① 考包，尼日利亚货币，1 奈拉等于 100 考包。

告诉我。”

“我忘了。”

“你忘了。”

“前几天，他来接我，我告诉你了，不是吗？”

“伊菲，出了什么事？”

她叹了口气。“天花板，没有事。我对他只是好奇而已。什么事都没有。我就是好奇。你会对别的女孩产生好奇，不是吗？”

他看着她，眼中流露恐惧。“不，”他冷冷地说，“我不会。”

“讲实话。”

“我讲的是实话。问题在于，你认为每个人都像你一样。你认为你是标范，可你不是。”

“你这话是什么意思？”

“没什么。当我没说过。”

他不愿再继续讨论下去，可他们之间的气氛遭到破坏，连续好几天，甚至在他返家以后，依然没有修复，因此，当罢工结束（“老师们取消了罢工！感谢上帝！”一日早晨切达琪从他们的公寓向外喊道），伊菲麦露回到恩苏卡后，头几天他们之间充满试探，他们的谈话如履薄冰，拥抱的时间缩短。

令伊菲麦露吃惊的是，她多么思念恩苏卡这个地方，按部就班的生活，从容的节奏，朋友们聚在她的房间里直到深夜，无足轻重的小道消息，一讲再讲，缓慢地上下楼梯，仿佛在逐渐的觉醒中，还有每个被哈马丹风[①]吹得惨白的早晨。在拉各斯，哈马丹风仅是一层薄薄的灰雾，可在恩苏卡，它来势汹汹，变化无常；上午天高气爽，下午热得灰蒙蒙，晚上未知不明。卷扬的尘土会从远处升起，远看起来非常壮观，然后旋风般地直至把一切都覆盖成棕褐色为止。连睫毛都是。狂风所经各处，湿气被贪婪地吸干；桌面上的木板薄片会剥落打卷，练习簿的内页会噼啪作响，衣服晾出去几分钟就干了，嘴唇会皴

① 哈马丹风（Harmattan）尤指在 11 月到 3 月从撒哈拉沙漠向西非海岸刮起的干燥沙尘风暴。

裂出血，罗博和曼秀雷敦的唇膏放在随手可取的口袋和包里。皮肤因搽了凡士林而闪亮，而被遗忘的小地方——指间或手肘处——则暗淡发灰。树枝会变得光秃秃，因叶子掉落而呈现一种骄傲的苍凉。教堂的集市会在空气中留下大锅菜的香味和烟熏雾缭。有些夜晚，热气厚得像毛巾。其余的晚上，一股凛冽的寒风会降临，伊菲麦露会弃离自己的宿舍房间，偎依着奥宾仔，在他的床垫上，谛听屋外木麻黄树的怒号，在一个陡然变得脆弱、易碎的世界里。

奥宾仔的肌肉酸痛。他趴着，伊菲麦露跨坐在他身上，用手指、指关节、手肘按摩他的背、颈、大腿。他浑身紧得发痛。她站在他身上，把一只脚小心翼翼地放在他的大腿背面，然后另一只。"这样感觉可以吗？"

"可以。"他痛并快乐地呻吟道。她慢慢往下压，他的皮肤在她的脚掌下暖暖的，他紧张的肌肉开始松弛。她用一只手扶着墙，让脚后跟按得更深，一寸一寸地移动，奥宾仔则嘟哝着，"啊！伊菲，对，就是那儿。啊！"

"你打完球后应该拉一下筋，大先生。"她说，然后她躺在他的背上，搔他的腋窝，亲吻他的脖子。

"我有个提议，来一种更好的按摩。"他说。在解去她的衣衫时，他没有像往常一样止步于内衣。他把那往下拉，她抬起腿协助他。

"天花板。"她说，语气犹疑不决。她不想他停手，可这与她想象过的不一样，她以为他们会有一个精心计划的仪式来做这件事。

"我会出来的。"他说。

"你知道那不是次次都灵的。"

"假如不灵，那么我们将迎来一个小宝宝。"

"住嘴。"

他抬起头。"可是，伊菲，我们将来反正是要结婚的。"

"瞧你说的。我也许遇见一个有钱的帅哥，不要你了。"

“不可能。我们毕业后会去美国，抚养我们健康漂亮的孩子。”

“你现在什么话都讲得出来，因为你的脑袋夹在大腿之间。”

“我的脑袋明明始终在那儿啊！”

他们俩哈哈大笑，然后笑声静止，不由地转变成一种陌生、奇特的庄重，一种滑溜溜的结合。对伊菲麦露而言，那感觉像一次软弱无力的拷贝，一次对她想象中这件事的手忙脚乱的模仿。当他抽出来，身体猛然一颤、喘息、把持住自己后，一股不适感缠住她不放。整个过程中她紧张，无法放松。她想象他的母亲在注视他们；那幅画面闯入她的脑海，而且更奇怪的是，那是一幅双重图像的画面——他母亲和奥涅卡·奥维努，两人都目不转睛地注视他们。她知道她不可能把发生的事告诉奥宾仔的母亲，虽然她答应过，并且在当时相信自己会这么做。但此刻她无法设想怎么开口。她要说什么？她要用什么词？奥宾仔的母亲会不会期望听到详情？她和奥宾仔本该更好计划一下的——那样，她会知道该如何告诉他的母亲。整件事来得突然意外，使她有点受到惊吓，亦有一点失望。不知怎的，那似乎到头来并不值得。

约莫一个星期后，她在睡觉时痛醒，肋部一阵急剧的刺痛，一股排山倒海的、反胃的恶心涌遍她全身，她惊慌失措。接着，她吐了，她的惊慌加剧。

“出事了，”她告诉奥宾仔，“我怀孕了。”和以往一样，他们上完早课后在埃克波食堂前碰面。周围是转悠的学生。一群男生在近处抽烟说笑，他们的笑声一度似乎是针对她。

奥宾仔皱起眉。他似乎不明白她在说什么。“但，伊菲，这是不可能的。还太早。而且，我出来了。”

“我告诉你那不灵！”她说。他突然显得幼稚起来，一个窘困的小男孩，无助地看着她。她的惊慌加剧。冲动之下，她拦了一辆经过的载客摩托车，跳上后座，告诉司机她要去镇上。

“伊菲，你做什么？”奥宾仔问，“你要去哪里？”

“打电话给乌茱姑姑。”她说。

奥宾仔搭上了下一辆载客摩托，很快追到她后面。他们穿过学校大门，去尼日利亚电信公司的营业所，到了那儿，伊菲麦露递给在掉漆的柜台后面的男人一张纸，上面写着乌茱姑姑在美国的号码。电话里，她讲的是暗语，一边说一边编，因为有人站在那儿，有些本身在等着打电话，其余的只是在闲逛，可每个人都竖起耳朵，怀着厚颜无耻、毫不掩饰的兴趣，聆听别人的交谈。

“姑姑，戴克出世前发生在你身上的事，好像落到我身上了，”伊菲麦露说，“我们一个星期前吃了那东西。”

“就是上星期吗？几次？”

“一次。”

“伊菲，冷静。我相信你没有怀孕。可你需要做个检查。别去校医院。去镇上，那儿没有人会认识你。可首先要冷静。会没事的，*inugo*？”

后来，伊菲麦露坐在化验处候诊室一张摇晃的椅子上，铁着脸，沉默着，不理睬奥宾仔。她生他的气。这不公平，她明白，可她就是生他的气。当她拿着化验处姑娘给她的小容器，正要走进肮脏的厕所之际，早已站起身的奥宾仔问：“要我陪你去吗？”她厉声说：“陪我去干嘛？”她想掌掴化验处的那个姑娘。一个面色蜡黄、身材瘦长的女孩，在伊菲麦露最开始说“验孕”时，对方冷笑了一下，摇摇头，仿佛无法相信她又碰上一桩伤风败俗的行为。此刻，她正望着他们，露出得意的假笑，漫不经心地哼着歌。

“有结果了。”过了一会儿后她说，拿着没有盖章的化验报告，她的表情失望，因为结果是阴性。起先，伊菲麦露惊得呆住了，整个人依旧紧绷，接着，她又感觉想要小便了。

“人要自爱自重，像基督徒一样生活，避免麻烦。”化验处的姑娘在他们离开时说。

那晚，伊菲麦露又吐了。她在奥宾仔的房间躺着看书，对他仍冷若冰霜，突然一股带咸味的唾液涌满她的口腔，她跃身而起，跑进厕所。

“我一定是吃坏了肚子，”她说，“我在奥厄尔妈妈那儿买的山药浓汤。”

奥宾仔去了主屋，回来后说，他母亲将带她去看医生。那是深夜，他的母亲信不过晚上在医疗中心值班的年轻医生，所以她开车去阿丘福斯医生的家。当他们经过那所围有修剪过的木麻黄树篱的小学时，伊菲麦露猛然臆想到，她确实是怀孕了，在那间幽暗的化验处里，那个姑娘用的是过期的检验药品。她脱口而出：“我们发生了性关系，阿姨。一次。”她感觉到奥宾仔的紧张。她的母亲从后视镜里瞅了她一眼。“我们先看医生。”她说。阿丘福斯医生是一位慈祥、和蔼的长辈，他按了按伊菲麦露的胁部，宣布说：“毛病在你的盲肠，严重发炎。我们需要立刻把那切除。”他转向奥宾仔的母亲：“我可以安排她明天下午手术。”

“太谢谢你了，医生。”奥宾仔的母亲说。

在车里，伊菲麦露说：“我从来没有做过手术，阿姨。”

“那没什么，”奥宾仔的母亲轻快地说，“我们这儿的医生医术非常好。和你的父母联系一下，告诉他们别担心。我们会照顾你的。出院以后，你可以住在家里，直到养好身体为止。”

伊菲麦露打电话给她母亲的同事邦米阿姨，请她把这个消息，连同奥宾仔家的电话号码，一并转告给她母亲。当晚，她的母亲打电话来，她听起来呼吸急促。

“上帝掌控一切，我的宝贝，”她的母亲说，“感谢上帝，你有这个朋友。上帝会保佑这女孩和她的母亲。”

“不是女的。是个男生。”

“喔，”她的母亲停顿了一下，“请谢谢他们。愿上帝保佑他们。我们会坐明早的首班车来恩苏卡。”

伊菲麦露记得一位护士快活地剃去她的阴毛，刀片粗重的刮擦，消毒水的味道。然后是一片空白，抹除了她的意识，等她苏醒过来时，晕乎乎的，依旧摇摆在记忆的边缘，她听见她的父母在和奥宾仔的母亲讲话。她母亲正握着她的手。后来，奥宾仔的母亲请他们在她家留宿，没必要浪费钱住旅馆。“我把伊菲麦露看作是我的女儿一样。”她说。

他们返回拉各斯前，她父亲带着他在面对高学历人士时的那份畏然敬意说：“她有伦敦一流大学的学士学位。”她母亲则说：“非常懂礼貌的孩子，那个奥宾仔。他有良好的家教。他们的家乡离我们也不远。”

奥宾仔的母亲等了几天，大概是为了让伊菲麦露恢复体力，然后她把他们召去，叫他们坐下，关掉电视。

“奥宾仔，伊菲麦露，人会犯错，但有些错是可以避免的。”

奥宾仔一声不吭。伊菲麦露说：“是的，阿姨。”

“你们务必每次使用避孕套。假如你们想要不负责任，那么等到你们不再归我管为止，”她的语气强硬起来，变得苛责，“假如你们选择保持性关系，那么你们务必选择保护自己。奥宾仔，你应该拿出你的零用钱买避孕套。伊菲麦露，你也一样。假如你觉得难为情，那不关我的事。你应该走进药房去买。你永远不能把保护自己的责任寄托在男生身上。假如他不想用，那说明他不够关怀你，你不应该进展到那一步。奥宾仔，虽然会怀孕的人不是你，但事情若发生，那会改变你的整个人生，你没有回头路可走。还有，请你们俩，把这仅限于你们俩之间。疾病无处不在。艾滋病真有其事。”

他们沉默不语。

“你们听见我的话了吗？”奥宾仔的母亲问。

“听见了，阿姨。”伊菲麦露说。

“奥宾仔？”他的母亲说。

“妈咪，我听见你的话了，”奥宾仔说，又忿然补充道，“我不是小孩子！”接着他起身，大步走出了房间。

8

如今罢工习以为常。大学老师们在报上列出他们的控诉，遭官员践踏而化为泡影的协议，这些官员自己的孩子在外国上学。校园里冷冷清清，教室里毫无生气。学生指望罢工的时间短一点，因为他们不能指望完全没有罢工。大家都在讨论出国的事。连艾米尼克也去了英国。没人知道他是怎么弄到签证的。“所以他连你也没有告诉吗？”伊菲麦露问奥宾仔，奥宾仔说：“你知道艾米尼克是怎样的人。”虽然阮伊奴豆有个表亲在美国，她申请签证时却遭大使馆的一个美国黑人拒签，据她说，那人感冒，热衷于擤鼻子胜过审阅她的材料。伊比娜波修女发起了每周五的学生签证奇迹祈祷式，一个年轻人的集会，每人捧出装有签证申请表的信封，伊比娜波修女覆手在上面赐福。一个女孩已经在伊费大学念到毕业班，第一次申请就拿到美国签证，在教会作了一番热泪盈眶、措词激动的见证。“即使我在美国必须从头开始，但至少我知道自己何时能毕业。”她说。

一天，乌茱姑姑来电。她不再经常打电话来。以前，假如伊菲麦露在拉各斯，她会打电话到阮伊奴豆家；假如伊菲麦露在学校，电话会打到奥宾仔家。可她的来电逐渐减少。她在打三份工，尚未取得美国的行医执照。她谈起她必须参加的考试，繁多的步骤意味着诸多伊菲麦露所不理解的事。每当伊菲麦露的母亲提议叫乌茱姑姑从美国给他们寄一点东西时——复合维生素、鞋子——伊菲麦露的父亲会说不要，他们得让乌茱先站稳脚跟。她的母亲则会说，笑容中带着一丝诡秘，四年的时间，足够站稳脚跟了。

“伊菲，你好吗？”乌茱姑姑问，“我以为你在恩苏卡。我刚打电话去奥宾仔家。”

“我们在罢工。”

“啊——啊！罢工还没结束吗？”

“没有，上一场结束了，我们返回学校，接着他们又开始了一场新的。”

“这是搞什么鬼？”乌茱姑姑说，“老实讲，你应该来这儿上学，我确信你能很容易拿到奖学金。你还可以帮我照看戴克。不瞒你说，我挣的那点钱都给了他的保姆。承蒙天恩，到你来的时候，我将已通过所有考试，开始做住院医师。”乌茱姑姑听上去满腔热情，但语焉不详。在把那个想法讲出口前，她没有经过深思熟虑。

若不是奥宾仔，伊菲麦露可能就这样听过作罢，一个含混不明的念头浮上来，但又任其沉下去。“你应该试一下，伊菲，”他说，“没有任何损失。参加一下美国大学的入学测验，争取奖学金。吉妮卡可以帮你申请学校。乌茱姑姑在那儿，所以至少你有一个起步的根基。要是我也能这样就好了，可我不能说走就走。对我来说，先拿到本科学位，然后去美国念研究生，那样更好。国际学生上研究生院可以获得资助和助学金。”

伊菲麦露不太明白这番话的全部含义，但那听上去很有道理，因为是从他口里讲出来的——这位美国专家，提到“研究生院”时，如此流利地采用了美国人而不是英国人的叫法。于是她开始做梦。她设想自己住在一栋出自《考斯比一家》的房子里，在一所学生捧着奇迹般没有一点磨损和折痕的笔记本的学校。她在拉各斯的考试中心参加了美国大学的入学测验，那儿挤满了数千人，全都意气风发，怀揣着各自的美国志向。刚大学毕业的吉妮卡，替她申请学校，打电话来说：“我只是告诉你，我主要集中在费城地区，因为我上的是这儿的学校。”仿佛伊菲麦露知道费城在哪儿。对她而言，美国就只是美国。

罢工结束了。伊菲麦露返回恩苏卡，重新慢慢融入校园生活，间或，她梦想着美国。当乌茱姑姑来电说收到录取信，以及有一所学校提供奖学金时，她停止了梦想。既然事情似乎可能实现，她害怕得不敢抱希望。

“把辫子编得最细最细，可以维持很久的那种。在这儿做头发很贵。”乌茱姑姑告诉她。

“姑姑，让我先拿到签证再说！”伊菲麦露讲。

她申请了签证，深信一个粗鲁的美国人会拒绝她的申请，毕竟这样的事司空见惯，可那个头发灰白、西服翻领上别着圣文圣修会徽章的女人对她微笑着说：“两天后来取签证。祝你学业顺利。”

取回护照的那个下午，护照第二页上贴着浅色调的签证，她举办了那项标志着开启海外新生活的胜利仪式：把私人物品分送给朋友。阮伊奴豆、普利耶和措基在她的卧室，喝着可口可乐，她的衣服堆在床上，她们的手一同伸向的第一件是她的橘黄色连衣裙，她最喜欢的连衣裙，是乌茱姑姑送的；时髦的 A 字形设计和从颈部拉至下摆的拉链，总是让她感觉既迷人又危险。这样就方便我了，奥宾仔会说，然后慢慢动手拉开拉链。她想留着那条裙子，可阮伊奴豆说：“伊菲，你知道，在美国你想要什么样的裙子都有，下次我们见到你时，你就是真正的美国佬了。”

她母亲说，耶稣托梦告诉她，伊菲麦露在美国会出人头地，她的父亲把一个薄薄的信封塞进她手里，说：“可惜我没有更多的了。”而她不无难过地意识到，那想必是他借来的。在面对别人的热情时，她突然感到泄气和害怕。

“也许我应该留下来，在这儿把书念完。”她对奥宾仔讲。

“伊菲，别，你应该去。而且，你根本不喜欢地质学。你在美国可以学别的专业。”

“可那份奖学金是半奖。我到哪儿去找钱付剩余的部分？学生签证不能打工。”

“你可以在校内半工半读。你会找到办法的。免去百分之七十五的学费，已经是很大一笔了。”

她点头，在他信念的推助下破浪前行。她去看望他的母亲，向她道别。

“尼日利亚正在赶走最好的人才。”奥宾仔的母亲无奈地说，拥抱了她一下。

“阿姨，我会想念你的。非常感谢你为我做的一切。”

“保重，亲爱的，一切顺利。写信给我们。务必保持联系。”

伊菲麦露点头，眼含泪水。她告辞时，都已经拉开前门的帘子了，奥宾仔的母亲说：“还有，你和奥宾仔务必要有一个计划。有一个计划。”她的话如此出人意料，如此准确及时，振奋了伊菲麦露的精神。他们的计划变成这样：他一毕业就去美国。他会想办法弄到签证。或许，到时候，她能在签证上帮他一把。

此后的岁月中，即使在和他断了联系后，有时，她仍会想起他母亲的话——*你和奥宾仔务必要有一个计划*——并为此感到安慰。

9

玛利亚玛提着油渍斑斑的牛皮纸袋从中餐馆回来，油脂和辛香料的味道跟随她飘进闷热的发廊。

“电影放完了？”她瞥了一眼空白的电视屏幕，然后在那堆DVD里翻找起来，挑选另一部。

“对不起，我去吃个饭，可以吗。”爱莎对伊菲麦露说。她端坐在后面的椅子上，用手抓着炸鸡翅，一边吃一边盯着电视屏幕。新的电影开始前先放预告片，剪得零散脱节的画面，中间夹杂着点点闪光。每段结尾都有一个尼日利亚男人的声音，夸张而响亮地说：“买一张回家看啰！”玛利亚玛站着吃饭。她对哈莉玛说了些什么。

“我先干完再吃。”哈莉玛用英语回答。

“你可以先去吃饭，假如你想的话。”哈莉玛的客人说，一个声音高亢、态度和悦的姑娘。

“不，我先弄完。只剩一点了。”哈莉玛说。她客人的头发仅有前面一小块，像动物皮毛似的竖着，其余已经编成匀整的微细发辫，垂至她的脖子。

“我还有一个小时才会去接我的女儿。”客人说。

“你有几个孩子？”哈莉玛问。

“两个。”客人说，她看上去十七八岁的样子。“两个漂亮的女儿。”

新的电影开始了。一位中年女演员龇牙咧嘴的笑脸填满了整个屏幕。

“哦——哦，就是她！我喜欢她！”哈莉玛说，“耐心！她不理会任何胡搅蛮缠！”

“你认识她吗？”玛利亚玛指着电视屏幕，问伊菲麦露。

“不认识。”伊菲麦露说。她们为什么一再问她认不认识尼日利亚的演员？整间屋子里弥漫着过分浓郁的食物的味道。那给闷热的空气增添了难闻的油腻气息，可这也让她略微有了饿意。她吃了一些随身带的胡萝卜。哈莉玛的客人在镜子前把头侧向这边又那边，说：“非常感谢，编得好极了！”

她离开后，玛利亚玛说：“这么小的姑娘，已经有两个孩子了。”

“嗬嗬嗬，这些人啊，”哈莉玛说，“一个女孩到十三岁，就已经知道各种姿势了。在非洲绝不可能！”

“绝不可能！”玛利亚玛附和道。

她们望着伊菲麦露，寻求她的同意、她的赞成——这是她们期盼的，在这个非洲人的共同体内。可伊菲麦露没有讲话，而是翻了一页她的小说。她确信，在她离开以后，她们会议论她。那个尼日利亚姑娘，因普林斯顿而自以为非常了不起。瞧她吃的麦片棒，她不再进食真正的饭菜。她们会讥笑，但只是一种温和的讥笑，因为她仍是她们的非洲姐妹，即便她暂时迷了途。哈莉玛打开她那份装在塑料盒里的饭菜时，一股新的油腻味道溢满屋子。她一边吃，一边对着电视屏幕讲话。“哦，愚蠢的男人！她会骗你的钱！”

伊菲麦露拂去黏在脖子上的一点头发。屋里热气蒸腾。“我们能把门打开吗？”她问。

玛利亚玛打开门，用一把椅子顶着。“这次的高温真是厉害。”

每次的热浪均令伊菲麦露想起她刚来时度过的第一个夏天。美国是夏天，她知道这一点，可生平在她脑中，“海外”是一个寒冷、下雪、穿羊毛大衣的地方，因为美国是“海外”，她的错觉如此强烈，以致无法用理性来抵御，为了这趟出国，她买了她在泰如欧朔集市上能找到的最厚的毛衣。她一路穿着，在飞机嗡嗡作响的舱内把拉链一直拉到最上面，然后在和乌茱姑姑走出机场大楼时把拉链拉开。热得人难受的暑气吓了她一跳，同样让她惊讶的还有乌茱姑姑破旧的丰田掀背式轿车，侧面有一块生锈了，座位上的椅套斑驳脱落。她盯着楼房、汽车、布告板，那全都暗淡无光，令人失望的暗淡无光；在她想象的国度里，美国的日常事物包覆着一层烁亮的光泽。她最惊愕的是，有个戴棒球帽的少年站在一堵砖墙旁，脸朝下，身体前倾，手在两腿之间。她转过去又看了一眼。

“瞧那个男孩！”她说，“我不知道在美国有人做这种事。”

“你不知道在美国有人撒尿吗？”乌茱姑姑反问，草草瞟了一眼那男孩，然后把目光转回到红绿灯上。

“呀——呀，姑姑！我指的是他们在外面做这件事。像那样。”

“他们不那样。这里不像在家乡，人人都这么干。他那样是会被抓起来的，不过这儿反正不是好的社区。”乌茱姑姑没好气地说。她有一点不一样。伊菲麦露在机场就当即注意到了，她的辫子编得毛糙，耳朵上少了耳环，她的拥抱仓促泛泛，仿佛她们上一次见面是几周前而不是隔了好几年。

“我现在本该在温书的，”乌茱姑姑说，眼睛直盯着马路，“你知道我快要考试了。”

伊菲麦露不知道还有一次考试，她以为乌茱姑姑在等结果。可她说：“嗯，我知道。”

她们的沉默里充满火药味。伊菲麦露想要道歉，可她不太确定为什么而道歉。既然她人在这儿，坐在乌茱姑姑吭哧吭哧的车里，也许乌茱姑姑后悔让她过来了。

乌茱姑姑的手机响了。“是，我是尤茱。”她把自己的名字念成“尤茱”，而不是“乌茱”。

“你现在那么念你的名字吗？”电话挂断后伊菲麦露问。

“他们都这么叫我。”

伊菲麦露把“哎呀，那不是你的名字”的话咽了回去。她转而用伊博语说：“我不知道这儿那么热。”

“最近有热浪，今年夏天的第一波。”乌茱姑姑说，仿佛“热浪”

是某些伊菲麦露理应听得懂的话。她从未感觉过一种热炽烈至此。一种把人包裹起来的无情的热。在她们抵达乌茱姑姑一室一厅的公寓时，她的门把手摸上去是温的。戴克从四散着玩具汽车和人偶的客厅地毯上跳起来，拥抱她，仿佛记得她似的。“阿尔玛，这是我的表姐！”他对照看他的保姆说，一个肤色苍白、满脸倦容的女人，乌黑的头发扎成一根油腻的马尾辫。倘若在拉各斯遇见阿尔玛，伊菲麦露会以为她是白人，可后来她得知阿尔玛是拉美人，美国人的一种，概念模糊，既指一个族群，也指一个种族，多年后，她在写一篇博客时会想起阿尔玛，那篇博客的标题是《帮助非美国黑人理解美国：什么是拉美人》。

> 拉美人指的是在贫富等级上时常和美国黑人作伴的兄弟，拉美人在美国的种族阶梯上比美国黑人稍高一级，拉美人指的是来自秘鲁的巧克力肤色的女人，拉美人指的是墨西哥原住民。拉美人指的是从多米尼加共和国来的看似混血儿的人。拉美人指的是肤色更浅的波多黎各人。拉美人也指金发碧眼的阿根廷小伙儿。只要你讲西班牙语，但不是来自西班牙，那就对了，你属于一个名叫“拉美人”的种族。

可那天下午，她几乎没怎么留意阿尔玛，也没注意到只摆了一张沙发和一台电视机的客厅，或搁在角落的自行车，因为她的心神全被戴克吸引走了。她上一次见到他，是乌茱姑姑匆忙离开拉各斯的那一日，他一岁，在机场哭个不停，仿佛他明白他的人生刚遭遇的剧变；而如今，眼前的他上一年级，一口流利的美国口音，超级快乐无忧；那种永远停不下来、似乎永远不识愁滋味的小孩。

“你为什么穿毛衣？穿毛衣太热了！”他说着，咯咯直笑，仍久久抱着她不放。她笑起来。他这么小，这么单纯，却已有了早熟的一面，但那是一种阳光明媚的早熟；他对他生活圈子里的成年人不怀有阴暗的用心。那晚，当他和乌茱姑姑上床休息，而伊菲麦露在地上铺了一块毯子时，他说："她为什么要睡在地上，妈妈？我们可以挤一挤。"仿佛他能感觉到伊菲麦露的心情。这样的安排没什么不对——毕竟，她去村里探望祖母时都是睡在地席上——可这到底是美国，到底是辉煌灿烂的美国，她没有料到要打地铺。

"我没事，戴克。"她说。

他起身，把自己的枕头给了她。"来。这又软又舒服。"

乌茱姑姑说："戴克，过来躺好。让阿姨睡觉。"

伊菲麦露睡不着，她的头脑对于这个全新的世界过分警觉，她等听见乌茱姑姑的鼾声后，溜出房间，打开厨房的灯。一只肥硕的蟑螂停在橱柜旁的墙上，轻微地上下移动，仿佛喘着粗气。假如是在拉各斯的厨房，她会找一把笤帚，打死它，可她没有去碰那只美国蟑螂，而是走到客厅的窗旁伫立着。乌茱姑姑说，布鲁克林的这片地区叫作平地区。楼下的街道光线昏暗，两边林立的不是枝繁叶茂的树木，而是密匝匝停着的车，一点不像《考斯比一家》里漂亮的街道。伊菲麦露在那儿站了良久，她的身体失去自主，被一种新鲜感所吞没。可她亦感到一股期待的躁动，急欲发现美国。

"我想你最好能照看戴克过完暑假，为我省下保姆的钱，然后等你到了费城再开始找工作。"翌日早晨，乌茱姑姑说。她叫醒伊菲麦露，麻利地吩咐有关戴克的事，说她下班后要去图书馆自习。她的话一股脑儿倒下来。伊菲麦露希望她能讲得慢一点就好了。

"你的学生签证不能工作，半工半读是胡扯，那赚不了钱，你必须要能够支付房租和剩下的学费。我，你看到了，我打三份工，但仍不轻松。我和一个朋友谈了，我不知道你是否记得恩戈兹·奥孔库沃？她现在是美国公民，她前阵子已回尼日利亚去创业。我求了她，她同意让你用她的社会安全卡打工。"

"怎么？我要用她的名字吗？"伊菲麦露问。

"你当然要用她的名字。"乌茱姑姑说，眉毛上挑，仿佛她险些忍不住要问伊菲麦露是不是脑瓜笨。她的头发上有一小点白色的面霜，粘在一条发辫的根部，伊菲麦露本打算告诉她，让她擦掉，可她改变了主意，什么也没说，望着乌茱姑姑疾步朝门走去。乌茱姑姑的申斥令她觉得受伤。她们之间那种过去的亲密似乎倏然消失了。乌茱姑姑的急躁，她新添的易怒的脾气，使伊菲麦露感到有一些她应该早已知道、但由于某种她个人的疏忽而没有知道的事。“有腌牛肉，你午饭可以做三明治。”乌茱姑姑说过，仿佛那番话再正常不过，无需来一段幽默的引子，说明美国人是如何拿面包当午饭的。可戴克不要吃三明治。他先向她展示了他所有的玩具，他们看了几集《猫和老鼠》，他哈哈大笑，乐不可支，因为这些剧集伊菲麦露以前在尼日利亚时全看过，所以提前告诉他接下来会发生什么，然后，他打开冰箱，指着他要伊菲麦露给他做的东西。“热狗。”伊菲麦露端详那长得离奇的香肠，然后动手打开橱柜，想找一点油。

“妈咪说，我必须喊你伊菲阿姨。可你不是我的阿姨。你是我的表姐。”

“那就叫我表姐吧。”

“好，姐。”戴克说，然后笑起来。他的笑声如此温暖，如此爽朗。她找到了蔬菜油。

“不用油，”戴克说，“你只要用水煮一煮热狗就好了。”

“水？香肠怎么能用水煮呢？”

“这是热狗，不是香肠。”

这当然是香肠，无论他们是不是给它取了这个滑稽的名字“热狗”。因此，她用以前对付尼日利亚香肠的办法，用一点点油煎了两根热狗。戴克惊恐地在一旁看着。她关掉炉子。他后退了一步说，“呃咯。”他们站着，互相对视，中间摆了一个盘子，里面是一条面包和两根皱缩的热狗。这时她明白她应该听戴克的。

“算了，你能给我做一个花生酱果酱三明治吗？”戴克问。她依照他的指示做三明治，切去面包皮，先涂花生酱，忍住笑，因为他寸步不离地盯着她，仿佛她很可能决定把三明治也煎了。

那天晚上，当伊菲麦露告诉乌茱姑姑热狗的事时，乌茱姑姑的话里丝毫没有伊菲麦露预期的把那视作笑谈：“那不是香肠，那是热狗。”

“这就好比说比基尼和内衣是两样东西。外星人能分出区别吗？”

乌茱姑姑耸了耸肩。她坐在餐桌旁，面前翻开着一本医学课本，吃着装在皱巴巴纸袋里的汉堡。她的皮肤干枯，眼神阴晦，无精打采。她似乎是在瞪着——而不是在阅读——那本书。

在超市，乌茱姑姑绝不买她需要的东西；她买的是打折的东西，并将之变成自己所需的。她会在食全超市的入口处拿取彩色的促销传单，去找打折商品，一排接一排，伊菲麦露推着车，戴克跟在一旁。

“妈咪，我不喜欢那个。买蓝色那种。”在乌茱姑姑把纸盒装的麦片放进车里之际，戴克说。

“这个买一送一。”乌茱姑姑说。

“这个不好吃。”

“这个和你平常吃的麦片味道一模一样，戴克。”

“不。”戴克从货架上拿了一盒蓝的，冲到前面，往收银台跑去。

“嘿，小家伙！”收银员块头很大，一副乐呵呵的样子，双颊因晒伤而发红脱皮。“给妈咪当帮手呢？”

“戴克，放回去。”乌茱姑姑说，鼻音浓重，单词之间连音明显，那是她对美国白人说话时、有美国白人在场时，或有美国白人听见时所装出来的口音。“放～回～去”。伴随那种口音，她会变了一个人，连声道歉，妄自菲薄。她对收银员过分殷切。“对不起，对不起。”她一边说一边从钱包里摸索着拿出借记卡。由于收银员在看着，乌茱姑姑让戴克留下了那盒麦片，可到车里，她抓起他的左耳，扭拧撕扯。

“我告诉过你，不准在超市乱拿东西！你听见我的话了吗？还是你要我在你听见之前给你一个耳光？”

戴克用手掌按住耳朵。

乌茱姑姑转向伊菲麦露。“在这个国家，小孩子就是这样，喜欢不听话。简甚至告诉我，她的女儿在她打她时威胁要报警。亏她想得出来。我不谴责那个女孩，她来了美国，学会了报警。”

伊菲麦露揉揉戴克的膝盖。他没有看她。乌茱姑姑的车开得有一点偏快。

从卫生间传来戴克的喊声，他被命令睡觉前去那儿刷牙。

“戴克，你结束了吗[①]？”伊菲麦露问。

“请别和他讲伊博语，”乌茱姑姑说，“两种语言会把他搞糊涂的。”

“你在说什么啊，姑姑？我们从小都讲两种语言。”

“这是美国。不一样。”

伊菲麦露缄了口。乌茱姑姑合上她的医学书，眼睛盯着前方发呆。电视关了，卫生间里传出水流的声音。

“姑姑，怎么了？”伊菲麦露问，“出了什么事？”

“你什么意思？没事，”乌茱姑姑叹了口气，“我上一次考试没及格。就在你来之前收到的结果。”

“噢。”伊菲麦露注视着她。

“我这辈子从来没有考试不及格过。可他们测验的不是实际的知识，他们测验的是我们会不会回答花招百出的多项选择题，那和真正的医学知识毫不相干。”她站起，走去厨房。“我累了。我太累了。我以为事到如今我和戴克的生活会好起来。根本没有人帮我，我完全无法相信钱花得如此之快。我上课，打三份工。我在商场当售货员，做研究助手，我还在汉堡王打临工。”

“情况会好转的。”伊菲麦露说，束手无策。她知道自己的话听起来多么空洞。没有一样事是熟悉的。她安慰不了乌茱姑姑，因为她不

① 此处原文为伊博语，i mechago（你结束了吗）。

知道如何安慰。当乌茱姑姑说起比她早来美国、已经通过考试的朋友时——在马里兰的恩科齐送了她那套餐桌椅，在印第安纳的凯米给她买了床，厄扎维萨从哈特福德寄来杯碗盘碟和衣服，伊菲麦露说："愿上帝保佑他们。"那话在她嘴里感觉粗笨无力。

从乌茱姑姑打回家的电话里，伊菲麦露本以为情况不是太坏，但如今她意识到，提起"工作"和"考试"时，乌茱姑姑总是含含糊糊，语焉不详。或也许是因为她没有询问详情，没有指望了解详情。她望着乌茱姑姑，心想以前的她绝不会梳这么邋遢的辫子。她绝不会容忍倒生的汗毛像葡萄干似的长在她的下巴上，或是穿着裆部肥大的裤子。美国扼杀了她。

10

那第一年的夏天，是伊菲麦露等待的夏天；真正的美国，她感觉，就在她将要转过的下一个拐角。连那不知不觉流过、倦怠而平静、太阳滞留到很晚才下山的日子，似乎也在等待。她的生活具有一种洗尽铅华的特质，一种激发人心的质朴无华，没有父母、朋友、家，那些使她之所以成为她的熟悉陆标。于是她等待，给奥宾仔写长长的信，细述一切，隔一段时间打一次电话给他——每次通话都很简短，因为乌茱姑姑说她不能浪费电话卡——并陪伴戴克。他只不过是个孩子，可她感觉，同他在一起，有一种近似朋友的亲密；他们一起看他喜欢的卡通片，《淘气小兵兵》和《小乌龟富兰克林》；他们一起看书，她带他出去和简的孩子玩耍。简住在隔壁公寓。她和她的丈夫马龙来自格林纳达，说话的口音优美抒情，仿佛马上行将突然唱起歌来。“他们和我们一样；男的有一份不错的工作，他有雄心壮志，他们也打小孩的屁股。”乌茱姑姑认同地说。

伊妮·布来敦[1]的童书，崇尚英国、把 BBC 国际广播电台奉若神明的老师和父亲——当伊菲麦露和简发现她们在格林纳达和尼日利亚度过的童年有多么相似时，她们都笑了。她仅比伊菲麦露年长几岁。“我结婚很早。人人都想得到马龙，所以我怎么能说不呢？”她用半开玩笑的口吻说。她们会一同坐在公寓楼前的台阶上，望着戴克，还有简的孩子伊丽莎白与朱尼尔骑自行车到街道尽头，然后折回。伊菲麦露时常朝戴克大喊，叫他不要跑远，孩子们喧嚷着，混凝土铺筑

① 伊妮·布来敦（Enid Blyton，1897—1968），笔名是玛丽·波洛克，她是英国 1940 年代的著名儿童文学家，她所著的《诺弟》系列在全世界都很受欢迎。

的人行道在烈日下熠熠发光，偶尔有车经过，高声播放的音乐响起又远去，打破夏日的宁静。

“这儿的生活一定仍让你觉得很陌生。”简说。

伊菲麦露颔首。“是的。”

一辆卖冰激凌的车驶入街道，随之带来叮铃的旋律。

“你知道，这是我在这儿的第十年，我感觉自己好像还没完全适应，”简说，“最难的是抚养孩子。瞧伊丽莎白，我必须对她非常留神。在这个国家，假如你不留神，孩子就会变得叫你认不出来。在家乡不同，因为你可以管教他们。这儿，不行。”简做出一副无辜之态，连同她平凡的相貌和颤动的手臂，但在她随时挂在嘴边的笑容底下，藏着冰冷的警惕。

“她多大了？十岁？”伊菲麦露问。

“九岁，已经企图变成一惊一乍的事儿妈。我们付大笔钱送她上私立学校，因为这边的公立学校很差。马龙说我们不久将搬去郊区，那样他们可以上好一点的学校。否则，她的行为举止会开始变得像这儿的美国黑人一样。”

“这是什么意思？”

“别担心，你慢慢会明白的。”简说，然后起身去拿钱给孩子们买冰激凌。

伊菲麦露期盼和简坐在外面的时光，直到有一晚，马龙下班回来，趁简进屋给孩子们拿柠檬汁时，他匆忙地对伊菲麦露低语道：“我的脑子里全是你。我想和你聊一聊。”她没有告诉简。简决不会把任何事的责任归咎在马龙身上，她那有着浅色皮肤、淡褐色眼睛、人人都觊觎的马龙，因此，伊菲麦露开始回避他俩，设计她和戴克可以在室内玩的精巧的棋盘游戏。

有一次，她问戴克，放暑假前他在学校上课时做什么。他说：“围圈圈。”他们会在地上坐成一圈，分享他们各自喜欢的东西。

她大惊失色。“你不会做除法吗？”

他奇怪地看着她。“我才一年级，姐。”

“我在你这个年纪时会做简单的除法。”

美国孩子上小学什么也不学，她的脑中落下这一定论，在戴克告诉她，他的老师有时分发作业优惠券时她益发坚信无疑；假如你得到一张作业优惠券，那么就可以少做一天功课。围圈圈，作业优惠券，下一个她会听到的是什么鬼东西？因此，她开始教他数学——mathematics，她用英国人使用的简称“maths”，戴克用美国人使用的简称“math”，于是他们达成协议，不用简称。如今，想起那个夏天，她无法不想起长除法；想起他们并排坐在餐桌前，戴克困惑地皱起眉头；想起她从利诱他转变成冲他大吼。好吧，再试一次就让你吃冰激凌。你不把所有题目答对就不准去玩。后来，等他长大后，他会说，他觉得数学不难是因为那年暑假受了伊菲麦露的折磨。“你的意思想必是指导。”她会说，那成了一个老生常谈的笑话，像给人慰藉的食物一样，他们会时不时伸手拈来。

这也是她大快朵颐的夏天。她享受那些陌生的食物——麦当劳的汉堡配上脆生生的酸黄瓜，一种她头一天喜欢、下一天就不喜欢的崭新的味道；乌荼姑姑带回家的卷饼，浸了辛辣的酱汁而湿哒哒的；还有在她嘴里留下一层盐的大红肠和意大利重辣硬香肠。她对水果的淡而无味感到迷茫，仿佛大自然忘记在橙子和香蕉上喷洒某些佐料，可她喜欢看着它们、抚摸它们；因为香蕉的个头如此之大，黄得如此均匀，她原谅了它们的没有味道。有一次，戴克说：“你为什么那样？吃香蕉时配花生。”

“那是我们在尼日利亚的吃法。你想试一试吗？”

“不，”他坚决地说，“我想我不喜欢尼日利亚，姐。”

幸好，冰激凌的味道没有变。她从冰柜里买一送一的大桶中直接舀着吃，一勺勺香草和巧克力口味的冰激凌，同时眼睛盯着电视。她追看她在尼日利亚看过的电视剧：《新鲜王子妙事多》《一个不同的世界》；并发掘她不知道的新剧——《老友记》《辛普森一家》，但迷住她的是广告。她向往那里面展示的生活，满载着幸福，所有难题都在香波、汽车、包装食品中找到闪亮的解决办法，在她的头脑中，这些变成真正的美国，那个等她秋天搬去学校后才会见到的美国。起先，晚间新闻令她费解，一连串的火灾和枪击案，因为她习惯了尼日利亚国家电视台的新闻，高傲自大的军官剪彩或发表演说。但随着她日复一日地观看这些画面——戴着手铐的男人被抓走；方寸大乱的一家人面对焦黑、阴燃的房子；在警察追捕中撞毁的汽车残骸；商店内发生持械抢劫的模糊录像——她的不解发展成担忧。当窗边有响动时，当戴克在街上骑自行车骑得太远时，她会恐慌。她不再会在天黑后去外面扔垃圾，因为说不定有个持枪的人正躲在外面。乌茱姑姑简慢地一笑，说："你若天天看电视，会以为这些事无时不发生。你知道尼日利亚有多少犯罪事件吗？不就是因为我们不像他们这儿一样把那些报道出来吗？"

11

乌茱姑姑回到家，绷着脸，神情紧张。街上黑漆漆的，戴克已经上床，她问："有我的信吗？有我的信吗？"一直重复着那个问题，整个人濒临崩溃的边缘，一副快要栽倒的样子。有的晚上，她会拿着电话讲很久，压低声音，仿佛在保护某些东西免受世人窥探。终于，她告诉了伊菲麦露有关巴塞洛缪的事。"他是个会计师，离异，他期望安定下来。他来自埃济欧威乐①，离我们很近。"

乌茱姑姑的话使伊菲麦露惊得不知所措，只能说："哦，好啊。"就再无别的。"他是做什么的？""他来自哪里？"这是她母亲才会问的问题，但从何时起，一个男人的家乡挨近她们的家乡这点，对乌茱姑姑而言成了要紧的事？

一个周六，巴塞洛缪从马萨诸塞州来看他们。乌茱姑姑做了胡椒鸡胗，脸上搽了粉，站在客厅窗旁，等着看他的车驶近。戴克望着她，半心半意地玩他的玩偶，既困惑又兴奋，因为他能感觉到她的期盼。当门铃响起时，她语气紧迫地，叮嘱戴克："乖乖听话！"

巴塞洛缪穿着卡其裤，裤腰高高拉至腹部，说话时带着漏洞百出的美国口音，乱念一气的单词，发音错到叫人无法听懂。从他的行为举止中，伊菲麦露察觉到一种他试图用他的美国腔调、他的口语连音来弥补的在乡村长大的贫苦背景。

他瞥了一眼戴克，近乎淡漠地说："哦，对哦，你的孩子。你好吗？"

"好。"戴克嘟囔道。

---

① 埃济欧威乐（Eziowelle），尼日利亚安南布拉州北部的一块区域。

巴塞洛缪对他正在追求的女人的儿子毫不关心，也懒得假装关心一下，这使伊菲麦露感到恼怒。他与乌茱姑姑格格不入，既不适合，也配不上她。一个有点智慧的男人本会意识到这一点，并锤炼自己，但不是巴塞洛缪。他架子很大，好像自己是乌茱姑姑有幸得到的一项特殊奖品，而乌茱姑姑也迎合他。在尝鸡胗前，他说："让我瞧瞧这到底好不好。"

乌茱姑姑大笑，她的笑声中透出某种赞同，因为他的话"让我瞧瞧这到底好不好"，关系到她是否有一手好厨艺，从而关系到是不是个好妻子。她不知不觉养成了习惯，面露微笑，一种向他而不是向世人证明她端庄贤淑的微笑，叉子从他手中滑落时扑过去为他捡拾，给他端上更多的啤酒。戴克不声不响地在餐桌旁观察，他的玩具没有动。巴塞洛缪吃着鸡胗，喝着啤酒。他议论尼日利亚的政治，那份激昂的热情，属于一个远隔重洋密切关注、将网上的文章一读再读的人。"库蒂拉特不会枉死，那只会比她活着时更进一步刺激民主运动！我刚就这个问题写了一篇文章，登在'尼日利亚村在线'上。"乌茱姑姑在他讲话时频频点头，同意他说的一切。时常，沉默在他们之间划开鸿沟。他们看电视，一出戏剧，情节老套，尽是拍得很亮的画面，其中一幕是一个穿短连衣裙的少女的特写。

"尼日利亚的女孩决不会穿那种裙子，"巴塞洛缪说，"瞧那样子。这个国家没有道德规范。"

伊菲麦露本不该开口的，可巴塞洛缪身上有某种东西让人无法保持沉默，他夸张滑稽的形象，自他三十年前来美国后没有变过的前高后低的背头发型，以及他虚假、过激的道德说教。他是那种在他老家村里，会被称为"迷失"的人。他去了美国，迷失了自己。他的家乡人会说。他去了美国，不肯回来。

"尼日利亚女孩穿的裙子比那短得多哦，"伊菲麦露说，"上中学时，我们有些人在朋友家换衣服，这样父母就不会知道。"

乌茱姑姑转向她，警告地眯起眼睛。巴塞洛缪看看她，耸了耸肩，仿佛她是个不值得回应的人。他们之间渐生反感。那个下午剩下的时光，他对她置之不理。未来的日子，他将时常对她置之不理。后来，她读了他发在“尼日利亚村在线”上的帖子，每篇文章皆尖酸刻薄，语气很冲，用的网名是“马萨诸塞州的伊博会计师”。令她惊讶的是，他如此高产，如此积极地投入在闭门造车的争论里。

他已经好多年没回过尼日利亚，也许他需要从那些网络小组中找到慰藉——在那儿，细小的看法会被放大、爆发成攻击，还有你来我往的人身侮辱。伊菲麦露想象这些作者，住在冷清的美国屋子里的尼日利亚人，他们的生活因工作而死气沉沉，抱着一整年精打细算存下的钱，让他们能够在十二月还乡一周；他们抵达时会提着装满鞋子、衣服和便宜手表的旅行箱，从亲戚的眼中，看见自己光鲜亮丽的形象。事后，他们将返回美国，在互联网上为他们有关故乡的神话而吵架，因为如今故乡是一个介于此岸与彼岸之间的模糊地带，而至少在网上，他们可以对自己已变得无足轻重视而不见。

尼日利亚妇女来了美国后变得放荡——“马萨诸塞州的伊博会计师”在一篇帖子里写道，这是一个令人不悦、但不得不说的事实。否则怎么解释在美国的尼日利亚人离婚率高，在尼日利亚的尼日利亚人离婚率低？“三角洲美人鱼”回复，只因在美国有法律保护妇女，假如尼日利亚也有那样的法律，离婚率会一样高。“马萨诸塞州的伊博会计师”反驳，“你被西方洗脑了。你应该为自称是尼日利亚人而羞愧。”“埃泽·休斯顿”说，尼日利亚男人在回尼日利亚找护士或医生结婚时挑三拣四，只是为了回到美国后，新婚的妻子能赚钱养他们。“马萨诸塞州的伊博会计师”在回复里写道：“一个男人想从太太身上得到经济保障，那有什么错？女人要的不也一样吗？”

那个星期六，他离开后，乌茱姑姑问伊菲麦露：“你觉得怎么样？”

“他用漂白面霜。”

“什么？”

“你看不出来吗？他的脸有种古怪的颜色。他用的一定是便宜、不带防晒的那种。什么样的男人会漂白自己的皮肤，恕我直言？”

乌茱姑姑耸耸肩，仿佛她不曾注意到那个男人脸上所透出的黄绿色，他的鬓角处益发严重。

“他不错。他有一份良好的工作，”她停顿了一下，“我年纪不小了。我想让戴克有个弟弟或妹妹。”

“在尼日利亚，像他这样的男人连同你讲话的勇气都没有。”

“我们不是在尼日利亚，伊菲。”

乌茱姑姑心事重重地拖着脚步，在走进卧室前，她说：“请你只要祈祷这次可以成功。”

伊菲麦露没有祈祷的习惯，可即使有，她也不忍祈祷让乌茱姑姑能和巴塞洛缪在一起。令她伤心的是，乌茱姑姑只安于她熟悉的东西。

由于奥宾仔的缘故，曼哈顿令伊菲麦露生畏。第一次从布鲁克林坐地铁去曼哈顿时，她的手心全是汗，她走在街上，张望着，吸收着。一个身材窈窕的女子穿着高跟鞋奔跑，飘逸的短裙在她身后，直至她绊了一下险些跌倒；一个矮墩墩的男人一边咳嗽，一边往路边吐痰；一个女孩穿着一身黑，朝擦身而过的出租车举起手。无止境的摩天大楼试与天空比高，但大楼的窗户上有污垢。那种种眼花缭乱的不完美，使她镇定了下来。“那里很了不起，但那里不是天堂。”她告诉奥宾仔。她迫不及待盼望他也能见到曼哈顿。她想象他们俩手牵手地漫步，像她看到的美国情侣一样，在商店的橱窗前流连，在餐厅门口驻足浏览菜单，停在餐饮车前买瓶装的冻冰茶。“快了。”他在信里说。他们时常互相说“快了”，“快了”，赋予他们的计划某种真实的重量。

终于，乌茱姑姑的成绩单来了。伊菲麦露从信箱里拿出信，如此轻薄，如此普通，“美国医师执照考试”的字样以匀称的书写体印在信封上，她把信在手里握了良久，希望借助意念使那成为好消息。乌茱姑姑一进屋，她就举起信。乌茱姑姑倒抽了一口气，“厚吗？厚吗？”她问。

“什么？什么？”伊菲麦露问。

“厚吗？”乌茱姑姑又问了一遍，任手提包滑落在地上，走上前，她的手伸得很长，写满希望的脸上表情狰狞。她接过信封，大喊：“我考到了！”然后拆开确认，仔细盯着那张薄薄的纸。“假如不及格，他们会寄给你一封很厚的信，让你可以重新注册。”

“姑姑！我就知道！恭喜你！”伊菲麦露说。

乌茱姑姑和她拥抱，她们俩互相靠着彼此，听着彼此的呼吸，这让伊菲麦露温暖地忆起了拉各斯。

“戴克在哪儿？”乌茱姑姑问，仿佛她打完第二份工回家时他还没有上床睡觉。她走进厨房，站在明亮的吊灯下，再度看着那张成绩单，湿了眼眶。“所以我可以在美国这地方当家庭医生了。”她说，近乎窃窃私语。她开了一罐可乐，放在一旁没有喝。

后来，她说：“为了面试，我得把辫子解了，把头发拉直。凯米告诉我，我不能编着辫子去面试。假如你有辫子，他们会认为你不专业。”

“所以美国就没有编辫子的医生吗？”伊菲麦露问。

“我已经把他们告诉我的告诉你了。你在一个不属于你自己的国家里。假如你想成功，就照你必须做的去做。”

又来了，乌茱姑姑用来当毯子般把自己盖起来的反常的天真。有时，在谈话中间，伊菲麦露会心生一念，觉得乌茱姑姑故意把某一部分的自己、某些更本质的她，留在了一个遥远而被遗忘的地方。奥宾仔说，这是伴随移民的不安全感而产生的夸张的感恩。奥宾仔，他就是这样，总能说明原因。奥宾仔，他支撑她度过那个等待的夏天——电话那头他沉稳的声音，蓝色航空信封里他的长信——在暑假接近尾声时，他理解啃噬她内心的新苦恼。她盼着开学，盼着发现真正的美国，但她的心中又苦恼万分，一种焦虑，和一种新的、难过的不舍，怀念那个已变得熟悉的布鲁克林的夏天：骑自行车的孩子，肌肉发达、穿着紧身白背心的黑人男子，冰激凌车的叮铃声，敞篷车里传出的响亮音乐，夜晚来临还没下山的太阳，以及在潮湿的热气中腐烂发臭的东西。她不想离开戴克——仅是想到那一点，就让人感觉已经失去了某些珍贵之物——然而她又想离开乌茱姑姑的公寓，开始一种由她自己一个人规定界线的生活。

有一次，戴克羡慕地对她讲起，他的朋友去了科尼岛，回来时带了一张在陡直的滑行飞车上拍的照片，因此，在离开前的那个周末，她给了他一个惊喜，说："我们去科尼岛！"简告诉了她该坐哪趟火车，该做什么，要花多少钱。乌茱姑姑说这是个好主意，但没有给她钱，让她在已有的基础上多添一点。她望着戴克在惊险的飞车上尖叫，又害怕又兴奋，一个向世界完全敞开怀抱的小男孩，她不在乎她所花费的。他们买了热狗、奶昔和棉花糖吃。"什么时候我可以不必跟着你去女洗手间就好了。"他对她讲，她大笑，笑个不停。在回程的火车上，他又累又困。"姐，这是和你度过的最最棒的一天。"他说，身体靠着她。

几天后，介于结束与开始之间的苦乐参半的激动心情让她不能自已，她与戴克亲吻道别——一次再一次又一次，他哇哇大哭，一个这么不习惯流眼泪的孩子，她忍住自己的泪水，乌茱姑姑反复说着费城不是很远。伊菲麦露拖着箱子朝地铁走去，坐到四十二街的终点站，然后登上去费城的长途车。她坐在靠窗的位置——有人在窗玻璃上粘了一小团嚼过的口香糖——又一次久久地看着属于恩戈兹·奥孔库沃的社会安全卡和驾照。恩戈兹·奥孔库沃至少比她大十岁，窄脸，眉毛前端像一粒小圆球，然后划出一道弧线，下巴呈V字形。

"我和她根本一点都不像。"伊菲麦露在乌茱姑姑给她那张卡时说。

"在白人眼里，我们长得都一样。"乌茱姑姑说。

"哎——哎，姑姑！"

"我不是开玩笑。阿玛拉的表妹去年来的，她还没有自己的证件，她一直用阿玛拉的身份证打工。你记得阿玛拉吗？她的表妹很白很苗条。她们一点都不像。没人注意到。她在弗吉尼亚当家庭护工。只要确保你随时记住你的新名字。我有个朋友，她忘了，一位同事喊她喊了好几遍，她毫无反应。而后他们起了疑心，把她报告给了移民局。”

12

是吉妮卡，她站在小小、拥挤的长途车终点站，穿着超短裙和一件只盖住她胸部而露出上腹部的抹胸，等着把伊菲麦露捞出来，放入真正的美国里。吉妮卡瘦了许多，身形比以前小了一半，而她的头则显得更大，顶在修长的脖子上，令人想起一种四不像的怪兽。她张开手臂，仿佛召唤一个孩子到她怀里去似的，一边大笑一边高喊，“伊菲丝柯！伊菲丝柯！”伊菲麦露一度被带回到中学的时光：画面里一群说长道短的女生，穿着蓝白制服，头上戴着呢绒贝雷帽，聚集在学校的走廊上。她拥抱吉妮卡。她们像戏里的人一样，紧紧搂着彼此，分开，又再紧紧搂住对方，令她稍感吃惊的，这使她的眼中充满泪水。

“瞧瞧你！”吉妮卡说，同时打着手势，她手腕上的许多个银手镯丁零当啷的作响。“真的是你吗？”

“你什么时候开始绝食，变得像根鱼干了？”伊菲麦露问。

吉妮卡大笑，提起行李箱，转向门口。“快点，我们走吧。我的车停在不能停的地方。”

那辆绿色的沃尔沃停在一条小巷的转角。就在吉妮卡跳进车里、发动汽车之际，一个面无笑容、身穿制服的女人手持罚单簿，正噔噔朝她们走来。“差一点儿！”她说着，大笑起来。一个流浪汉穿着污脏的T恤，推着一辆装满一捆捆东西的手推车，刚好在车旁停下来，仿佛要暂歇一会儿，目光空洞地瞪着前方，吉妮卡瞥了他一眼，同时把车缓缓驶入街道。行驶途中，她们摇下车窗。费城的气味里有夏日的艳阳，烤焦的沥青，从藏在街角的餐饮车里传出嗞嗞的烤肉声，棕褐色皮肤的外国男人和女人在里面躬着身子。伊菲麦露会渐渐喜欢上从那些车里卖出的皮塔三明治，饼皮夹着羊肉，滴着酱汁，正如她会渐渐爱上费城这座城市一样。它不像曼哈顿会唤起人心头的畏惧；它小巧温馨但不褊狭，是一座说不定还会友好欢迎你的城市。伊菲麦露看见人行道上走出办公室去吃午餐的女子，穿着球鞋，证明他们美国人注重舒适胜过优雅；她还看见十指紧扣的年轻情侣，时不时接吻，仿佛担心假如他们松开手，他们的爱情就会消散，溶解成虚无。

“我借了我房东的车。我不想开我破不拉儿的车来接你。我不敢相信，伊菲丝柯。你来美国啦！”吉妮卡说。有一种耀眼、陌生的魅力，来自她的瘦削，她橄榄色的肌肤，她已经升高到快盖不住裆部的短裙，她不停掖到耳后的笔直笔直的头发，一股股金黄色，在阳光下亮闪闪的。

“我们正在进入大学城，那是威尔森学院的所在地，你晓得哇？我们可以先去看你的学校，然后去我住的地方，在城外郊区，之后晚上我们可以去我朋友家。她有一个派对。”吉妮卡换成了尼日利亚英语，一种过时、过头的版本，急于证明自己没有变。多年来，她一直努力地不离不弃，保持联系：打电话，通信，寄来书和她称之为“便裤”的没有线条的长裤。而此刻，当她说着“你晓得哇”时，伊菲麦露没有勇气告诉她，没人再说“哇”了。

吉妮卡细述起她自己初到美国时的逸事，仿佛那里面充满了微妙的智慧，是伊菲麦露以后用得到的。

“你没看到上高中时，我说有人和我杠上，他们是怎么笑我的。因为‘杠’在这里的意思是发生性关系！所以我必须不停地解释，在尼日利亚，那个词指的是摆臭脸。还有，你能想象吗，‘混血儿’在这里是个贬义词？大学一年级时，我告诉一帮朋友，在家乡上学时我被选为校花。记得吗？我其实根本赢不了。该赢的人是扎伊纳布。只是因为我是混血儿。还不止如此。在这个国家，你会从白人口里听到一些我不会听到的狗屁话。但反正就是这样，我告诉他们在家乡，男生个个都追我，因为我是混血儿，结果他们说我在瞧不起自己。所以现在我说两种血统，假如有人说混血儿，我理应感到气愤。我在这儿遇见了很多母亲是白人的人，他们的问题可多了，啊。在来美国以前，我压根不知道我是应该有问题的。老实讲，假如有人想要抚养有黑人和白人两种血统的孩子，还是去尼日利亚。”

“当然。那儿所有的男生都追求混血女生。”

“对哦，不是所有男生，”吉妮卡做了一个鬼脸，“奥宾仔最好赶紧来美国，在有人把你抢走以前。你知道，你这副身材，在这儿很吃香。”

“什么？”

“你人瘦胸大。”

“拜托，我不是瘦。我是苗条。

“美国人说‘瘦’。在这儿，‘瘦’是褒义词。”

“那是你所以绝食的原因吗？你的屁股都不见了。我一直希望拥有像你一样的屁股呢。”伊菲麦露说。

“你知道吗，我一来这儿就开始减肥？我甚至差点得了厌食症。和我同高中的那些孩子叫我猪头。你知道在家乡，有人对你讲你变瘦了，那表示是不好的事。可在这儿，有人对你讲你变瘦了，你要说谢谢。这儿就是不一样。”吉妮卡说，带着一点感伤，仿佛她也是刚到美国。

后来，伊菲麦露望着吉妮卡在朋友斯蒂芬妮的公寓，一瓶啤酒不离口，嘴里飘出带有美国口音的单词，她惊异于吉妮卡变得和她的美国朋友们多么相像。杰西卡是日裔美国人，漂亮活泼，玩弄着她印有奔驰徽章的车钥匙。肤色白皙的特雷莎，笑声洪亮，戴着钻石耳钉，穿着破烂、磨旧的鞋。斯蒂芬妮，华裔美国人，剪了一个完美的波波头，头发跟着她的脑袋晃来晃去，内扣的发梢勾勒出她的下巴，她时不时把手伸进刻有她姓名首字母花押字的包里拿烟，走到屋外去抽。哈里，咖啡色的肌肤，一头黑发，穿着紧身T恤，在吉妮卡介绍伊菲麦露时，她说：“我是印度人，不是印第安人。”她们一致嘲笑同样的事，对同样的事一致说“恶心！”她们像经过精心排练似的。斯蒂芬妮宣布，她的冰箱里有自酿的啤酒，大家齐声叫“好！”接着，特雷莎说："我能喝普通啤酒吗，斯蒂芙？"声音很小，害怕冒犯到人。伊菲麦露坐在房间尽头一张孤零零的椅子上，喝着橙汁，听她们讲话。那家公司可坏了。哦，我的天哪，我简直不敢相信这东西里面有多少糖。互联网将彻底改变这个世界。她听见吉妮卡问："你们知道吗，他们用某些从动物骨头里提取的东西来做那清凉薄荷糖？"其他人一片哗然。吉妮卡明白这里面的应对之道，如何表现，她已掌握得炉火纯青。和乌茱姑姑不一样，吉妮卡来美国时年纪小，有适应力，尚未定型，那些文化上的暗示已渗透到她的骨子里，如今，她打保龄球，知道托比·马奎尔①是谁，认为蘸酱的东西吃过再蘸是恶心的举动。啤酒瓶和啤酒罐越堆越高。她们全都慵懒撩人地躺在沙发上，和地毯上，激光唱机里放着重摇滚乐，伊菲麦露觉得那是不和谐的噪音。特雷莎喝得最快，把每个空啤酒罐滚过木地板，其他人则起劲地大笑，这令伊菲麦露不解，因为其实没那么好笑。她们怎么知道何时该笑，笑点是什么？

吉妮卡要买礼服去参加一个晚宴，是她正在实习的事务所的律师们举办的。

"你应该买点东西，伊菲。"

"不到必要时，我不花我的十考包。"

"十美分。"

"十美分。"

"我可以给你一件外套和床上用品，可你至少需要连裤袜。天转冷了。"

"我有办法。"伊菲麦露说。她会有的。需要的话，她会一次性把她全部的衣服都穿上，裹好几层，直至她找到工作为止。她惧怕

① 托比·马奎尔（Tobey Maguire，1975— ），美国男演员，以其主演的《蜘蛛侠》系列电影而为各国观众所熟悉。

花钱。

“伊菲，我帮你付。”

“你又没有赚很多钱。”

“至少我有一点收入。”吉妮卡反唇相讥。

“我真希望能快点找到工作。”

“会的，别担心。”

“我想不出有人会相信我是恩戈兹·奥孔库沃。”

“你去面试时别给他们看驾照。只出示社会安全卡。说不定他们压根不会问。有时，那种小工作，他们不要求。”

吉妮卡带路，她们走进一家服饰店，伊菲麦露觉得那儿太火爆；那令她想起夜总会，迪斯科音乐放得很响，店内暗暗的，售货员是两个手臂精瘦、穿着一身黑的姑娘，飞一样地走来走去。一个有着巧克力色的皮肤，头上缝了长长的黑假发，中间几绺挑染成红棕色，另一个是白人，朝她们走来时乌黑的头发飘在身后。

“嗨，女士们，你们好吗？有什么能为你们效劳的？”她用清脆、婉转的声音问道。她从衣架上取下衣服，从架子上拿出叠好的衣服打开，向吉妮卡一一展示。伊菲麦露看着价格标签，把那换算成奈拉，惊呼道：“啊—啊！这东西怎么会这么贵？”她拣出其中几件，仔细端详，想分清它们分别是什么，是内衣还是上衣，是衬衫还是连衣裙，可有时她仍不确定。

“这件可是刚到的。”那位售货员说的是一条亮闪闪的连衣裙，仿佛在泄露一个重大的秘密，吉妮卡说：“哦，我的天，是真的吗？”显出异常的兴奋。在试衣间过分明亮的灯光下，吉妮卡穿上那条连衣裙，踮着脚走路。“我喜欢这件。”

“可这件没有线条。”伊菲麦露说。在她看来，那像个四四方方的麻布袋，一位无聊之士在上面随便粘了些亮片。

“这是后现代风。”吉妮卡说。

望着吉妮卡在镜子前美滋滋的模样，伊菲麦露纳闷，她是否也会慢慢变得和吉妮卡一样，喜欢上没有线条的连衣裙，这是不是美国施予你的影响。

结账时，金发碧眼的收银员问：“有人招呼你吗？”

“有。”吉妮卡说。

“是凯尔希还是詹妮弗？”

“对不起，我不记得她的名字。”吉妮卡环顾四周，想指认招呼她的人，可两个姑娘都消失进了后面的试衣间。

“是长头发那个吗？”收银员问。

“唔，她们俩都是长头发。”

“是黑头发那个吗？”

她们俩都是黑头发。

吉妮卡微微一笑，看着收银员，收银员微微一笑，看着她的电脑屏幕，僵持了漫长的两秒钟后，她欣然说：“没事，稍后我会查清楚，确保她得到她的佣金。”

在她们走出那家店时，伊菲麦露说：“我在等着她问，‘是有两只眼睛的那个，还是有两条腿的那个？’她为什么不干脆问，‘是那个黑人女孩还是白人女孩？’”

吉妮卡大笑。“因为这是美国。有些事，你要理应假装看不到。”

吉妮卡叫伊菲麦露住在她那儿，以便省下房租，可她的公寓太远，在主干线的最尽头，每天从那儿坐火车进费城，开销会太大。她们一起看了费城西区的公寓，伊菲麦露惊讶于厨房腐朽的橱柜，窜过一间空卧室的那只老鼠。

“我在恩苏卡的宿舍虽然脏，但没有耗子哦。”

“这是老鼠。”吉妮卡说。

正当伊菲麦露准备签下租约时——假如省钱意味着和老鼠同住，那也只好如此——吉妮卡的朋友告知她们一个待出租的房间，就大学生活来讲很划算。那属于一间有四个卧室的公寓，地毯长了霉，位于鲍威尔顿大街一家披萨店的楼上，转角有瘾君子偶尔丢下的吸毒管，那些扭曲变形的金属，可怜巴巴地在太阳下闪着光。伊菲麦露的房间是最便宜、最小的，对着隔壁大楼表面剥落的砖墙。狗毛飞得到处都是。她的室友——杰姬、埃琳娜和艾莉森，看上去几乎分不出彼此，都是小骨架，苗条的臀部，她们的栗色头发都被烫直了，长曲棍球棒堆在狭窄的走廊里。埃琳娜的狗悠闲地走来走去，又大又黑，像一头毛发蓬乱的驴子。每隔一段时间，楼梯底下就会出现一坨狗屎，埃琳娜会尖叫道："伙计，这下你麻烦大啦！"仿佛在演给室友看，扮的是一个台词大家都知道的角色。伊菲麦露希望那条狗能养在外面就好了，那是狗该待的地方。在她搬进去的那个星期，当埃琳娜问伊菲麦露为什么不爱抚她的狗，或挠挠他的脑袋时，她说："我不喜欢狗。"

"那是文化差异吗？"

"什么意思？"

"我的意思是，我知道，像在中国，人们吃猫肉和狗肉。"

"我家乡的男朋友爱狗。我就是爱不起来。"

"噢。"埃琳娜说，皱着眉看她，和之前她说自己从来没打过保龄球时杰姬和艾莉森看她的表情一样。她们仿佛在纳闷，从未打过保龄球的她怎么会长成一个正常人。她站在自己人生的边缘，同她根本不认识的人，合用冰箱和厕所，一种表面的亲密。这些人生活在惊叹号里。"太好啦！"她们常说。"那真好！"这些人在淋浴时不搓身；她们的香波、护发素、沐浴露乱扔在洗手间里，但没有一块海绵，少了海绵这一点，使她们在她眼中似像不可企及的外星人。（她最早记得的事之一是她母亲与她一起在浴室，中间隔着一桶水，对她说："快，好好刷刷你两腿之间的地方，好好刷一刷……"伊菲麦露拿着丝瓜络，下手力道有点过大，只为向母亲证明她能把自己洗得多干净，而之后的几天里，走路时两腿分得很开，摇摇晃晃。）她室友们的生活里包含几分不疑不问，一种令她着迷的主观认定的信念，所以她们常说："我们去弄一点来"用来指她们需要的任何东西——更多啤酒、披萨、辣鸡翅、烈酒——仿佛弄这个是不必花钱的。她习惯了在家时，人们做这样的打算前先会问："你有钱吗？"她们把披萨盒留在厨房桌上，厨房一连几天处在无人打理的凌乱中。到了周末，她们的朋友聚集在客厅，成箱的啤酒叠在冰箱里，马桶座圈上一道道干掉的尿渍。

“我们要去参加派对。你一块儿来吧，会有很多乐子！”杰姬说。于是，伊菲麦露穿上她的修身长裤和一件向吉妮卡借来的脖子上系带的上衣。

“你们不换衣服吗？”出门前她问她的室友，她们全都穿着邋遢的牛仔裤，杰姬说：“我们穿衣服了。你在讲什么呀？”伴之的是哈哈大笑，表示又有一处外国人不正常的地方出现了。她们去栗树街上的一间兄弟会会所，在那里，每个人无所事事地站着，用塑料杯喝着有浓厚伏特加的潘趣酒，直到伊菲麦露接受了不会有跳舞的事实；在这儿，参加派对等于无所事事地站着、喝酒。他们全穿得乱七八糟，衣角磨损了，衣领松垮着，派对上的学生，他们的衣服看起来肯定都是旧的。（多年后，一篇博客文章会写道：在穿着打扮上，美国文化自成一体，那不仅漠视这种展示自我的礼节，并把那种漠视转变成优点。“我们太出众/繁忙/有个性/不拘泥，懒得顾及我们在别人眼中的形象，所以我们可以穿着睡衣上学，穿着内衣逛商场。”）他们喝得越来越醉，有些人瘫躺在地上，其余人拿起毡制粗头笔，开始在倒下的那些人暴露的皮肤上写字。“吸我的鸡巴。”“费城76人队加油。”

“杰姬说你是从非洲来的？”一个戴棒球帽的男生问她。

“是的。”

“那真酷！”他说，伊菲麦露想象她把这告诉奥宾仔，模仿那个男生的语气。奥宾仔从她嘴里挖出丝丝缕缕的小事，钻研细节，提出问题。有时，他会大笑，笑声在电话线里回响。她告诉他，艾莉森说，“嘿，我们要去吃点东西。一块儿来吧！”她以为这是一个邀请，照在家乡的习惯，邀请表示艾莉森或其他人中的一个会买了请她吃。可当服务员拿来账单时，艾莉森开始仔细地分算，每个人点了几杯饮料，谁点了开胃菜炸鱿鱼圈，确保大家各付各的。奥宾仔觉得这非常好笑，最后说：“你知道，那是美国！”

对她而言，这些只在日后回首时觉得好笑。她曾竭力掩饰她的困惑，对于热情招待所包含的范畴，还有对于小费这件事——额外多付账额的百分之十五或二十给服务员——那疑似贿赂，一种强迫性、立竿见影的贿赂系统。

13

起先，伊菲麦露忘了自己是另外一个人。在费城南区的一间公寓，一位满脸倦容的妇女打开门，领她走进一股浓烈的尿骚味中。客厅昏暗无光，不通风，她想象整栋楼经年累月地浸泡在累积的尿液中，而自己就每天在这尿气中工作。从公寓里面传来一个男人的呻吟，声音低沉怪异——那是一个除了呻吟别无选择的人所发出的呻吟，那声音令她害怕。

“那是我爸爸，”那位妇女说，用锐利、评估的目光看着她，“你力气大吗？”

《都市报》的广告上强调了力气大的条件。诚征身强力壮的家庭护工。支付现金。

“我有足够的力气干这份工作。”伊菲麦露说，奋力克制想退出公寓、跑跑跑的冲动。

“你的口音很好听。你是从哪里来的？”

“尼日利亚。”

“尼日利亚。那儿不是正在打仗吗？”

“没有。”

“我能看一下你的身份证件吗？”那位妇女问，然后，瞥了一眼驾照，补充了一句，“你能再说一遍你的名字吗？”

“伊菲麦露。”

“什么？”

伊菲麦露差点语噎。“恩戈兹。N是鼻音。”

“真的啊。”那个女人，带着无尽憔悴的神态，似乎累得问不动为什么是两个不同的发音。“你能住家吗？”

“住家？”

“对。陪我父亲住在这儿。里面有一间客房。你需要一周住三个晚上。你得在早上给他清洗身子。”那位妇女停顿了一下。“你可真瘦。瞧，我还有两个等着面试的人，我会再和你联系。”

“好的。谢谢。”伊菲麦露知道她不会获得这份工作，为此她感到庆幸。

她对着镜子重复“我是恩戈兹·奥孔库沃”，然后去在海景餐厅的下一个面试。“我能叫你戈兹吗？”经理和她握手后问，她说可以，但在说可以之前，她犹豫了一下，那极其细微、短暂的犹豫，但仍是犹豫。她好奇那是不是她没有获得那份工作的原因。

后来，吉妮卡：“你可以就说恩戈兹是你的宗族名，伊菲麦露是你的土名，再加一个，说是你的教名。和非洲有关的各种鬼话他们都会信。”

吉妮卡大笑，一种自信、粗嘎的笑声。伊菲麦露也跟着大笑，虽然她没有完全听懂那个笑话。她突然感觉云苫雾罩，一张她努力想扒住的白茫茫的网。她蒙昧不明的秋天开始了，那是迷惑重重的秋天，经历了种种她明知含有多层捉摸不定、她无法理解其深意的事。

世界如裹上了纱布。她能了解事情的大致轮廓，但看不真切，远远不够。她告诉奥宾仔她理应知道该怎么做的事却不知道，她应该纳入自己生活空间的细节，却没有做到。而奥宾仔提醒她，她适应得多么快，他的语气永远镇定，永远给人安慰。她应聘了服务员、招待员、酒吧侍者、收银员，然后等着永远没有来过的录用通知，为此她感到自责。一定是有什么地方她做得不对；然而她不知道问题可能出在哪里。秋天来了，下雨，天色灰暗。她捉襟见肘的银行账户里的钱不断流失。罗斯折扣店最便宜的毛衣价格依旧高得骇人，公交车票和火车票越加越多，吃的用的，在她的银行结余上打出千疮百孔，即便她警惕地站在结账台旁，盯着电子显示屏，当合计到三十美元时便说："够了，其余的我不要了。"每一天，厨房的桌上似乎都有一封给她的信，信封里面是学费账单，用大写字母印着：假如在通知下方的日期前没有收到缴款，你的记录将被冻结。

令她惶恐的更多是那些醒目粗黑的大写字母而不是话的内容。她担心可能的后果，一种模糊但挥之不去的担忧。她猜想，不交学费不至于遭警察逮捕，但如果你在美国不交学费的话会怎样呢？奥宾仔告诉她不会怎么样，建议她去找学校的财务主管，商量一个支付计划，这样她至少没有坐以待毙。她时常打电话给他，用她在兰开斯特大街一家加油站拥挤的店内买的廉价电话卡，只要刮去上面的金属粉，露出底下印的数字，她的心头涌满期待：再度听见奥宾仔的声音。他平定她的心情。面对他时，她可以真实地感受她所感受到的一切，她不必在话音中强颜欢笑，如同面对父母时那样，告诉他们，她很好，非常有望得到一份服务员的工作，课业上适应得很好。

那些日子里，她最开心的时刻是和戴克通话。他的声音在电话里听起来调门更高，令她感觉温暖，他告诉她自己所看的电视剧的剧情，也告诉她，他刚在任天堂掌上机上新打通了一关。"你什么时候来看我啊，姐？"他常问，"我真希望照看我的人是你。我不喜欢去布朗小姐家。她的卫生间很臭。"

她想念他。有时，她告诉他一些她明知他不会懂的事，可她还是告诉了他。她告诉他，她的教授中午坐在草坪上吃三明治，他叫她直呼他的名字，阿尔，他穿着镶铆钉的皮夹克，骑摩托车。她收到第一封垃圾信件的那天，她告诉他："你猜怎么着？我今天收到一封信。"那是信用卡的预审批准，信里面她的名字没有拼写错，用优雅的斜体字印着，令她精神振奋，使她不再是完全的隐形人，多了一点存在感。有人认识她。

14

然后，克里斯蒂娜·托马斯出现了。克里斯蒂娜·托马斯面容刷白，眼睛水蓝，头发暗无光泽，皮肤没有血色，克里斯蒂娜·托马斯坐在前台，面带微笑，克里斯蒂娜·托马斯穿着发白的裤袜，那使她的腿看起来像死人的一样。那是一个温暖和煦的日子，伊菲麦露从摊开手足躺在草地上的学生身旁走过；欢快的气球绑成一簇簇，下面挂着“欢迎新生”的标语幅。

“下午好。这是学生注册处，对吗？”伊菲麦露问克里斯蒂娜·托马斯，当时她还不知道她的名字。

“是的。所—以—你—是—国—际—学—生—吗？”

“是的。”

“你—要—先—去—国—际—学—生—处—拿—一—封—信。”

伊菲麦露微微露出同情的笑容，因为克里斯蒂娜·托马斯必定患有某种疾病，所以讲话这么慢，嘴唇紧缩撅弄，告诉她怎么去国际学生处。可当伊菲麦露拿着信回来时，克里斯蒂娜·托马斯说：“你—需—要—填—几—张—表。你—知—道—怎—么—填—这—些—表—吗？”她意识到，克里斯蒂娜·托马斯那样讲话是因为她，她的外国口音，一时间她觉得自己像个孩子，四肢松垂，挂着口水。

“我会讲英语。”她说。

“我相信你会，”克里斯蒂娜·托马斯说，“我只是不知道会**多少**。”

伊菲麦露退缩了。在那气氛紧张、鸦雀无声的一秒钟里，她与克里斯蒂娜·托马斯四目相对，然后她接过表格，她退缩了。她像一片枯叶般缩拢。她从出生以来说的就是英语，中学时当过辩论社的社长，一直认为美国人的鼻音幼稚落后；她本不应该吓退畏缩的，可事实如此。在接下来的几周里，随着秋日寒意的降临，她开始练习起美国口音。

在美国上学很轻松，作业用电子邮件递交，教室有空调，教授愿意给予补考。可令她不自在的是教授称之为的“参与度”，她不明白那为什么竟要算作期末成绩的一部分；那仅仅是要求学生不断发言，把课堂时间浪费在不言自明的话上，空洞的、有时是无谓的话上。那必定是美国人从小学开始就接受的教育，永远要在课堂上说点什么，不管什么内容。因此，她笨嘴拙舌地坐着，周围是安适地窝在座位上的学生，全都知识渊博，不是关于那门课，而是关于怎么在课堂上表现。他们从不说“我不知道”。他们说的是，“我不确定”。那虽然等于空话，但仍暗示出知道的可能。他们步履从容，这些美国人，他们走路时没有节律。他们避免给出直接的指令：他们不说“问楼上的人”；他们说：“你也许需要问一下楼上的人。”当你绊脚摔倒、呛到或碰上倒霉事时，他们不说“真遗憾”，他们说“你没事吧？”而你显然有事。当他们呛到、绊到或遇到倒霉事时，你对他们说“真遗憾”，他们的反应是，惊讶地眼睛圆睁：“哦，这不是你的错。”他们动辄就说“感到兴奋”，教授对一本新书感到兴奋，学生对一堂课感到兴奋，电视上的政客对一项法律感到兴奋；总而言之，兴奋的事太多。有些她日常听到的表述令她吃惊、感到刺耳，她好奇奥宾仔的母亲会怎么看待这些表述。你不因做那件事。有仨样东西。我有一苹果。俩天。我想要趟一下。“这些美国人不会讲英语哦。”她告诉奥宾仔。开学第一天，她去了校医院，看见角落里摆着一个装满免费避孕套的箱子，目瞪口呆了良久。做完体检后，接待员对她说：“你全搞定了！”她，表情茫然，不明白“你全搞定了”是什么意思，直到最后她揣想那指的必定是她把需要做的都做完了。

每天早晨醒来，她都为钱发愁。倘若要把所需的教科书都买了，她就没有足够的钱付房租，所以她在课堂上借别人的教科书，疯狂地抄笔记。那些笔记事后读来有时会让她一头雾水。班上的新朋友萨曼莎，一个瘦瘦、不晒太阳、常说“我很容易晒伤”的女生，会时不时让她把一本教科书带回家。“你需要的话，拿去抄笔记吧，明天再还我，”她会说，“我理解你的难处，那是我为什么几年前退学去工作的原因。”萨曼莎比她年长，交到她这个朋友令人宽慰，因为她不像她在传媒系的诸多那些大张着嘴巴的年方十八的同学。不过，伊菲麦露借那些书从不超过一天，有时拒绝把书带回家。不得不求人的感觉刺痛她的自尊心。有时课后，她会坐在学院方院的长椅上，望着学生们从正中央的大型灰色雕塑旁走过；他们似乎全都过着他们想要的生活，他们想要有工作就能有工作，灯柱上的小旗帜在他们头顶宁静地飘扬。

她迫切地渴望理解美国的一切，立刻披上一层崭新、无所不晓的皮：在“超级碗”上支持一支球队，知道手指蛋糕是什么，体育“罢工”是什么，计量时用盎司和平方英尺，点“玛芬”时不去想那其实是蛋糕，说“我‘抢到’一件打折货”时不觉得傻。

奥宾仔建议她读读美国的书，小说、历史作品和传记。在给她的第一封电子邮件里——恩苏卡刚开了一家网吧——他给她列了一张书单。第一本是《下一次将是烈火》①。她站在图书馆的书架旁，浏览开篇，做好读不下去的准备，谁知慢慢地，她挪向一张沙发，坐下，一口气读完了四分之三，然后她停下，取下书架上所有詹姆斯·鲍德温的书。她空闲时间都待在图书馆，那儿灯火通明；一望无际的计算机，宽敞、洁净、通风的阅读区，一切舒适明亮，似有一种罪恶的堕落感。毕竟，她习惯了阅读缺页、因太多人经手而散架的书。而如今她置身于浩浩一排书脊完好无缺的书当中。她写信告诉奥宾仔自己

---

① 《下一次将是烈火》（*The Fire Next Time*）是美国作家詹姆斯·鲍德温（1924—1987）于1963年完成的关于种族问题最著名、影响力最广的散文集，最早是发表于《纽约客》，该书让鲍德温登上1963年《时代》杂志的封面。

读的书，细致无遗，洋洋洒洒，那开启了他们之间一种新的亲密；终于，她开始领会到书对他的魔力。他因为“伊巴丹”的缘故而向往伊巴丹，那曾令她不解；一串单词怎么可能使一个人向往一处他不认识的地方？可在那几个星期里，当她发现整列整列散发着皮革味道、有望带来未知之乐的书时，当她坐在地下一层的扶手椅上、膝盖蜷缩在身下，或是在楼上的桌旁，书页反射出日光灯的灯光时，她终于明白了。她不仅阅读奥宾仔清单上的书，还随意地接二连三地抽取别的书，阅读第一章，然后决定是在图书馆内快速翻阅还是借回家。在阅读过程中，美国的神话开始有了含义。美国的宗派主义——种族、意识形态和宗教——变得清晰起来。这些新的知识抚慰了她的心。

“你知道吗，你说了‘感到兴奋’？”有一天奥宾仔问她，话音里透出被逗乐的笑。“你说你对传媒课感到兴奋。”

“我说了吗？”

新的措辞从她口中冒出来。一柱柱迷雾正在消散。在家时，她会每晚洗内衣，晾在卫生间隐蔽的角落。如今，她把内衣堆在洗衣筐里，每周五晚扔进洗衣机，慢慢地，她把这一点——堆积的脏内衣——视作正常的事。她在课堂上发言，仗着她读过的书，激动于她能够对教授的观点提出异议；并且，她收到的回应不是叱责她的不敬，而是鼓励的点头。

“我们在课上看电影，”她告诉奥宾仔，“他们讨论电影，在这儿，电影和书仿佛一样重要。于是我们看电影，然后写观影报告，几乎每个人都得 A。你能想象吗？这些美国人做事一点不严肃哦。”

在给优等生开的历史研讨课上，摩尔教授，一个身材娇小、畏畏怯怯的女人，带着因没有朋友而情感空虚的神色，放映了几幕《根》[1]里的片断，明亮的画面打在暗黑的教室的书写板上。当她关掉

---

① 《根》(*Roots*）是美国一部改编自黑人作家亚历克斯·哈利（1921—1992）的同名小说的迷你电视剧。全剧在美国广播公司（ABC）首播。

投影仪时，墙上一度留着一块瘆人的白斑，过了片刻才消失。伊菲麦露第一次看《根》的录像带是同奥宾仔和他的母亲一起，身体埋在他们恩苏卡客厅的沙发里。当昆塔·金特在鞭子下接受了他的奴隶名时，奥宾仔的母亲陡然起身，动作太猛，差点绊倒在皮脚凳上，她走出房间，但在这之前伊菲麦露还是看见了她泛红的眼睛。那令她惊愕，奥宾仔的母亲，完全谨守自制持重、不轻易流露感情的她，会因为看电影而哭。此刻，当百叶窗拉起、教室里再度洒满阳光时，伊菲麦露记起那个星期六的下午，记起她望着奥宾仔的母亲，感觉少了什么，希望自己也能哭就好了。

“我们来讨论一下电影中对历史的再现。”摩尔教授说。

一个坚定的女声从教室后面响起，带着非美国人的口音，提问道：“为什么把‘黑佬’消音？”

大家齐声叹息，像一阵轻风，传遍全班。

“喔，这是从电视上录下来的，我希望我们讨论的问题之一是，我们如何在大众文化中再现历史，有关‘黑 ×’这个词的用法，必然是其中一个重要的部分。”摩尔教授说。

“我觉得这没有道理。”那个坚定的声音说。伊菲麦露转身。发言那人的头发保持着天生的状态，剪得和男生一样短，她漂亮的脸蛋、宽阔的额头和干瘦的身型，令伊菲麦露想起电视上那些总是赢得长跑比赛的东非人。

“我的意思是，‘黑佬’是一个存在的词。人们使用它。那是美国的一部分。那给人造成过很多痛苦，我认为，把它消音有损故事的表现。”

“嗯。”摩尔教授说着，环顾四周，仿佛在寻求支援。

从教室中间传来一个粗哑的声音。“对，正因为那个词带来过痛苦，所以你不应该使用它！”“不应该”这个词尖厉地飘进空气里，发言的是一个戴着竹节耳环的非裔美国女孩。

“问题是，你每说一次，那个词就刺伤非裔美国人一次。”前排一个肤色苍白、头发蓬乱的男生说。

伊菲麦露举手她想到自己刚读过的福克纳的《八月之光》。“我不认为那每次都是伤人的。我认为那取决于意图以及使用的人是谁。”

她邻座的一个女孩脸涨得通红，大声喊道：“不！无论谁说那个词都一样。”

“无稽之谈，”又是那个坚定的声音，一个无惧的声音，“我的母亲用棍子打我，和一个陌生人用棍子打我，那不是一回事。”

伊菲麦露望着摩尔教授，想看她对“无稽之谈”一词有什么反应。她似乎没有注意到，反而，一种隐约的惊恐使她的脸僵成了尴尬的笑容。

“我同意，当非裔美国人说这个词是另一回事，但我不认为应该在电影里使用这个词，因为那样的话，不该使用的人可能会用，并伤及其他人的感情。”一个肤色浅淡的非裔美国女生说，班上四个黑人里最后剩下的那个，她的毛衣是种教人不安的紫红色调。

“可这好像在否认逃避。假如这个词以前那样用过，那么就该如实呈现。把它藏起来不会使它消失不见。”那个坚定的声音说。

“喔，要不是你们中有人把我们卖了，我们也不会在讨论这些了。”那个声音粗哑的非裔美国女生说，虽然压低了声调，但还是能听见。

教室里被沉默所笼罩。然后那个声音又再响起。“对不起，可即便没有非洲人卖非洲人，横跨大西洋的奴隶贸易仍然会发生。那是欧洲人的一项宏图大业。关系到欧洲人为他们的种植园寻找劳力。”

摩尔教授小声打断。“好了，下面我们来讨论一下，在哪些方面可能为了娱乐性而牺牲历史。”

课后，伊菲麦露和那个坚定的声音不约而同地走向彼此。

“嗨，我叫万布伊。我来自肯尼亚。你是尼日利亚人，对吗？”她有股逼人的气势——一个致力于把世上每个人、每件事都一一纠正的人。

“是的。我叫伊菲麦露。”

她们握了手。在以后的几周里，她们将自然发展出一段持久的友谊。万布伊是非洲学生会的主席。

“你没听说过非洲学生会吗？我们每周四有一个小聚会，下次你一定要来。”她说。

聚会地点在沃顿楼的地下室，一个灯光刺眼、没有窗户的房间，一次性的纸盘、披萨盒和汽水瓶堆在一张金属桌上，折叠椅摆成一个松散的半圆形。尼日利亚人、乌干达人、肯尼亚人、加纳人、南非人、坦桑尼亚人、津巴布韦人、一个刚果人和一个几内亚人，围坐着边吃边聊，互相鼓励打气，他们迥异的口音交织成抚慰人心的声网。他们模仿美国人对他们讲的话：*你的英语说得真好。你们国家的艾滋病情况有多糟？非洲人每天靠不足一美元为生，那真令人难过。*他们自己也嘲弄非洲，交换荒唐、愚蠢的故事，他们对嘲弄感到心安理得，因为那是源自于憧憬的嘲弄，源自于想看到一个地方再度崛起的心碎愿望。在这儿，伊菲麦露有一种轻柔、摇摆不定的重生感。在这儿，她不用解释自己。

万布伊把伊菲麦露在找工作的事告诉了每个人。多萝西，一个编着长辫子、在市中心当服务员的乌干达女孩，说她打工的餐厅在招人。但首先是姆沃贝奇，一个主修工程和政治学两个专业的坦桑尼亚人，检查了伊菲麦露的简历，叫她把在尼日利亚念过三年大学那条删去：美国雇主不喜欢底层雇员学历太高。姆沃贝奇令她想起奥宾仔，他那从容不迫的气度，那安静的力量。他在会上是大家的开心果。“因为尼雷尔推行的社会主义，我受了良好的小学教育，”姆沃贝奇常说，“否则现在我将在达累斯萨拉姆，为游客雕刻丑陋的长颈鹿。”当有两个新生第一次来时，一个来自加纳，另一个来自尼日利亚，姆沃贝奇向他们致上了他所谓的欢迎辞。

“请不要去凯马特大卖场因为牛仔裤每条五美元而买上二十条。牛仔裤不会跑。它们明天将仍在那儿，甚至还会减价。如今你是在美国：不要指望午饭能吃上热食。非洲人的那套饮食口味必须摒弃。当你揣着一点钱去美国人家里做客时，他们会提出带你参观屋子。忘记你在家乡的那一套，倘若有人走近你父亲的卧室，他会大发脾气。我们都晓得止步于客厅，除非万不得已，再加上厕所。但请微笑着，跟随美国人，参观那间屋子，务必要说你喜欢每样东西。不要对美国情侣不分场合的爱抚感到震惊。在餐厅排队时，女孩会抚摸男孩的手臂，男孩会搂着她的肩，他们会互相揉弄肩膀，揉啊揉啊揉，但请不要效仿这种行为。”

他们全都哈哈大笑。万布伊用斯瓦西里语嚷了什么。

“很快，你将开始用美国口音说话，因为你不想让客服在电话里不停地问你‘什么？什么？’你会开始崇拜拥有一口完美美国口音的非洲人，比如我们这儿的哥们，科菲。科菲的父母在他两岁时从加纳搬来这儿，但别被他的口音所蒙蔽。假如你去他家，他们每天吃的是加纳玉米团。有次他一门课得了 C，他父亲打他。在那个家里没有美国式的无稽之谈。他每年回加纳。我们把科菲这样的人称作美裔非洲人，不是非裔美国人，那是我们对祖先是奴隶的兄弟姐妹的称呼。”

“是 B-，不是 C。”科菲反诘道。

“试着用真正的泛非主义精神，和我们的非裔美国兄弟姐妹交朋友。但务必要保持和非洲同胞的友谊，因为这将有助于你明察事理。随时参加非洲学生会的聚会，但假如你一定要的话，也可以试试黑人学生联合会。请注意，非裔美国人参加黑人学生联合会，非洲人参加非洲学生会。两者偶尔有交集，但交集不多。去黑人学生联合会的非洲人是那些没有自信立刻告诉你‘我老家是肯尼亚’的人，尽管他们一张嘴就听出是肯尼亚人。来我们会上的非裔美国人是那帮写诗歌颂非洲母亲、认为每个非洲人都是努比亚女王的人。假如一个非裔美国人叫你曼丁歌人或是给主子屁股瘙痒的，那么他是在骂你是非洲人。有些人会问你关于非洲的恼人问题，但其余人会和你沟通交流。你也会发现，也许和其他国际学生交朋友更容易，韩国人、印度人、巴西人，随便哪国人，都比和不管黑的白的美国人交朋友更容易。许多国际学生理解为获得美国签证所受的心灵创伤，那是建立友谊的一个良好起点。”

大家又哈哈大笑，姆沃贝奇自己也笑得很大声，仿佛他以前没听过自己的这些笑话似的。

事后，在离开聚会时，伊菲麦露想起了戴克，好奇等他上大学时，他会参加非洲学生会还是黑人学生联合会，别人会把他视作什么人，美裔非洲人还是非裔美国人。他将必须选择自己的身份，或更确切地说，别人为他选择的身份。

伊菲麦露认为在多萝西打工那家餐厅的面试进行得很顺利。那是一个招待员的职位，她穿着美美的裙子，面带热情的微笑，与人握手时坚定有力。经理是一位咯咯直笑、貌似喜不自胜的女人，经理对她说：“太好了！真高兴和你面谈！我会很快给你回音！”因此，那天晚上，当电话响起时，她迅速抓起来，希望那是录用通知。

“伊菲，你好吗？”乌茱姑姑说。

乌茱姑姑动不动打电话来问她是否找到了工作。“姑姑，我找到的话，会第一个打电话通知你。”伊菲麦露在上一次电话里已经说过，就是昨天，现在，乌茱姑姑又打电话来了。

“挺好的，”伊菲麦露说，然后正要补充道，“我还没找到工作呢。”谁知乌茱姑姑说：“戴克出了点状况。”

“什么？”伊菲麦露问。

“布朗小姐告诉我，她看见戴克和一个女孩躲在壁橱里。那个女孩三年级。显然，他们是在向彼此展示他们的私处。”

说到这儿停顿了一下。

“仅此而已？”伊菲麦露问。

“你说什么，什么叫仅此而已？他还不满七岁！这是哪门子事？我来美国难道就是为了这个？”

“事实上，前两天，我们在一门课上读过一点有关这方面的文章。那是正常的。小孩子在幼龄时对那种东西感到好奇，可他们其实并不懂。”

“也是正常的？那根本不正常。”

“姑姑，我们小时候也一样好奇过。”

“不是在七岁时！当然不是！他从哪儿学来的？是他去的那家日托班。自从阿尔玛走后、他开始去布朗小姐那儿以来，他就变了。那些全是没有家教的野孩子，他从他们身上学来的乌七八糟的东西。我已决定这个学期结束就搬去马萨诸塞州。”

“啊——啊！”

“我会在那儿完成我的实习期，戴克可以上更好的学校，去更好的日托班。巴塞洛缪准备从波士顿搬去一座叫沃林顿的小镇，自己挂牌营业，所以对我俩而言，那将是一个全新的开始。那儿的小学非常好。而且当地的医生正在找合伙人，因为他诊所的业务日渐扩大。我和他谈过，他有兴趣邀我加入，等我完成实习期后。”

“你要离开纽约，去马萨诸塞州的一个农村吗？你可以就那样离开实习岗位吗？”

“当然可以。我的朋友奥尔加，从俄罗斯来的那个？她也要走，不过她必须在新的实习院所多补一年。她想当皮肤科医生，我们这儿的大多数病人是黑人，她说，皮肤病在黑皮肤上表现得不一样，她明白，她不可能留在一个黑人区当医生，所以她想要去一个病人都是白人的地方。我不怪她。的确，我现在实习的院所排名更高，但有时小地方的工作机会更优。而且，我不想让巴塞洛缪觉得我不是认真的。我年纪不小了。我想要开始尝试一下。”

“你真的要和他结婚啊。”

乌茱姑姑假装嗔怒地说：“伊菲，我以为我们已经跨过那个阶段了。我一搬去，我们便会到法院注册结婚，这样他就可以成为戴克的合法父亲了。”

伊菲麦露听见有电话进来的哔哔声。“姑姑，我等会打回给你。”她说，然后不等乌茱姑姑的反应就转到另一通来电。是餐厅的经理。

“很抱歉，恩戈兹，”她说，“我们决定雇佣一位资历更佳的人。

祝你好运！”

伊菲麦露放下电话，想起她的母亲，想起她经常把责任归咎于魔鬼。魔鬼是个骗子。魔鬼想要阻碍我们。她盯着电话机，然后是她桌上的账单，一股抽紧、令人窒息的压力涌上她的胸口。

15

那个男人个子很矮，身体的肌肉鼓鼓囊囊。他的头发稀疏，被太阳晒得脱了色。他开门时，把她从头到脚扫视了一遍，冷酷无情地打量她，然后露出微笑，说："进来。我的办公室在地下室。"她浑身发麻，一股不安感笼上她心头。他嘴唇单薄的脸上有种铜臭味；他的模样像个见惯了腐败堕落的人。

"我是个相当忙的家伙。"他说，指着他散发些许潮湿味的狭小的居家办公室里的一把椅子。

"我从招聘广告里猜到了。"伊菲麦露说。阿德莫尔工作繁重的体育教练诚征私人女助理，要求具有沟通和人际交流能力。她坐在那张椅子上，其实只沾了一点边，猛然想到，照她读过的一则《都市报》上的广告，此时她孤身与一个陌生男子在美国一栋陌生房子的地下室里。他双手深插在牛仔裤袋里，快速小步地踱来踱去，讲着自己是一位多么受欢迎的网球教练，伊菲麦露料想他说不定会被地上成摞的体育杂志绊倒。光是望着他就令她感到晕眩。他的语速和他的踱步一样飞快，他的神情里有种离奇的警觉；他的眼睛始终圆睁，老半天眨也不眨。

"所以你看这样行不行。有两个职位，一个是做案头工作，另一个是帮助放松。案头工作已经有人了。她从昨天开始工作了，她在布林茅尔学院上学，会花一整个星期专门处理我积压待办的事务。我打赌我有若干没有拆封的支票，不知放在哪儿了。"他抽出一只手，指向他凌乱不堪的办公桌。"现在我需要的是有人帮我放松。假如你愿意做，这份工作就是你的。我会付你一百美元，有涨薪的可能，你在需要时来上班，没有固定时间。"

一天一百美元，几乎相当于她一个月的房租。她在椅子上挪动了一下。"'帮助放松'，具体指的是什么？"

她望着他，等待他的解释。想到她坐市郊火车来这儿所花的钱，她开始心烦起来。

"瞧，你不是小孩子了，"他说，"我工作太辛苦导致失眠。我无法放松。我不嗑药，所以我琢磨着需要有人帮我放松。你可以为我按摩，帮我放松，你知道。我雇过一个人做这份工作，可惜她最近搬去了匹兹堡。这是份优差，至少她这么认为。帮她还了好多学生贷款。"从有条不紊的吐字节奏中，伊菲麦露看得出，他对许多其他女人讲过这番话。他不是一个好人。她不清楚他到底是什么意思，但不管是什么，她后悔自己来了。

她站起。"我能考虑一下，再打电话给你吗？"

"当然可以。"他一耸肩，肩膀上满载着陡生的躁怒，仿佛他不敢相信她竟不识好歹。送她出去时，他飞速关上门，不理会她最后的"谢谢"。她走回火车站，心疼那车费。层林尽染，红的和黄的树叶把天空镀成了金色，她想起自己新近在什么地方读过的一句话：大自然的第一抹绿是金色。凉爽的空气，芬芳干燥，令她想起哈马丹风季时的恩苏卡，随之带来一阵突然的思乡之痛，如此剧烈、让人措手不及，以致她的眼中噙满泪水。

每次去应聘面试或打电话询问工作时，她都告诉自己，这回总该轮到她了。这一次，这个服务员、招待员、保姆的职位，将是她的，但即便在她预祝自己好运的当下，业已有一团聚拢的阴云在她脑海深处。"我哪里做错了？"她问吉妮卡，吉妮卡劝她要耐心，要保持希望。她一遍又一遍打印简历，编造了以前在拉各斯当过服务员的经验，把吉妮卡写作一位请她照看过小孩的雇主，提供了万布伊房东太太的名字作为推荐人；每次面试时，她面带热情的微笑，有力地握手，每一样都遵照她读过的一本美国工作面试指南书上的建议。然而还是没有工作。是因为她的外国口音吗？因为她缺乏经验？可她的非洲朋友个个有工作，没有经验的大学生也总找得到工作。有一次，她去栗树街旁的一座加油站，一个魁梧的墨西哥男人眼睛盯着她的胸，说："你来应征管理员？你可以用另一种方式为我工作。"接着，他闪过一笑，眼睛始终色迷迷的，告诉她那份工作已经有人了。她开始更多地去想她母亲说的魔鬼，猜想魔鬼也许把手伸到了这儿。她不断地加加减减，限定自己需要什么，不需要什么，每周只煮米和豆子，用微波炉加热一小份当午饭和晚饭。奥宾仔提出寄一些钱给她。他的表哥刚从伦敦回去过，给了他一点英镑。他可以在埃努古把那换成美元。

"怎么能让你从尼日利亚寄钱给我呢？应该反过来才对。"她说。可他还是给她寄了，一百美元出头，仔细地夹在一张卡片里。

吉妮卡很忙，实习生的工时长，又要准备法学院的考试，但她还是时常打电话来询问伊菲麦露找工作的情况，永远用那积极向上的声音，仿佛在敦促伊菲麦露不要放弃希望。"有位叫金伯莉的女士，我在她的慈善组织实习过，打电话给我，说她的保姆要走了，她正在找新的。我向她推荐了你，她想和你见一面。假如雇佣你的话，她愿意私下付你现金，这样你就不必用那个假名了。你明天什么时候下课？我可以来接你去她那儿面试。"

"假如我得到这份工作，我会把第一个月的薪水给你。"伊菲麦露说，吉妮卡大笑。

吉妮卡将车停在一栋房子的环形车道上，石砌的外墙坚固气派，入口处四根白柱子盛气凌人地耸立着，彰显出那家人的财富。金伯莉打开前门。她苗条笔挺，举起双手把浓密的金发拨到脸后，仿佛一只手可能制服不了那全部头发。

"见到你真高兴。"她微笑着对伊菲麦露说，同她握手时，她的手小巧纤弱，手指瘦削。身着金黄的毛衣，细如柳枝的腰上束了腰带，金黄的头发，金黄的平底鞋，她看上去有种不真实感，好像阳光。

“这是我姐姐劳拉，她来串门。哦，我们几乎每天互相串门！劳拉其实就住在隔壁。孩子们在波科诺山森林公园，明天才回来，他们是和我母亲一起去的。反正我想，趁他们不在时叫你来，这样最好。”

“嗨。”劳拉说。她和金伯莉一样精瘦、笔挺、金发。后来在向奥宾仔描述她们时，伊菲麦露会说，金伯莉给人印象像一只骨头纤细、一折就断的小鸟，劳拉则让人联想到老鹰，尖利的嘴巴，阴险的心机。

“你好，我叫伊菲麦露。”

“多好听的一个名字，”金伯莉说，“那有什么意思吗？我喜爱多元文化下的名字，因为它们有如此美妙的含义，来源于美妙富饶的文化。”金伯莉露出亲切的微笑，那样微笑的人，把“文化”视作专属于有色人种的陌生多彩的宝藏，一个始终必须能与“富饶”挂钩的词。她不会认为挪威有“富饶的文化”。

“我不知道那有什么意思。”伊菲麦露说，然后凭感觉而不是眼睛注意到吉妮卡脸上些微发笑的表情。

“你们要喝茶吗？”金伯莉问，领她们走进一间满是亮泽的铬合金和花岗岩、有充足活动空间的厨房。“我们习惯喝茶，但当然也有别的选择。”

“茶很好。”吉妮卡说。

“你呢，伊菲麦露？”金伯莉问，“我知道我在乱念你的名字，可真的，那是一个如此美丽的名字。真的美极了。”

“不，你念得一点没错。我想喝点水或橙汁，谢谢。”后来伊菲麦露会慢慢发现，金伯莉使用“美丽”时有特殊的意味。“我要去见我研究生时一个美丽的朋友。”金伯莉会说，或是“我们在和这位美女合作市中心的项目”。每次，她提到的女子长相结果都十分平凡，但每次都是黑人。那年深冬的一天，当她和金伯莉一同在那张巨大的厨房餐桌旁，一边喝茶，一边等带孩子们去郊游的外祖母把他们送回来时，金伯莉说：“噢，瞧这位美女。”然后指着杂志上一个相貌平平的模特，她唯一突出的特征是皮肤很黑。“她真艳惊四座，不是吗？”

“不，她不艳惊四座，”伊菲麦露停顿了一下，“你知道，你可以直接说‘黑人’。不是每个黑人都是美丽的。”

金伯莉吃了一惊，某种无言的表情在她脸上化开来，然后她莞尔一笑，伊菲麦露会将这视作她们真正成为朋友的开始。但在那头一天，她喜欢金伯莉，她易碎的美貌，她略带紫色的眼睛，里面写满奥宾仔时常用来形容他所中意的人的那句话：心思真诚[①]。心地纯净。金伯莉询问伊菲麦露照顾孩子的经验，仔细谛听，仿佛她想要听到的是可能没有讲出来的东西。

“她没有心肺复苏急救证书，金，”劳拉说，然后转向伊菲麦露，“你愿意上那课吗？假如你要照看小孩的话，那非常重要。”

“我愿意。”

“吉妮卡说，你离开尼日利亚，是因为那儿的大学教授天天罢工，是吗？”金伯莉问。

“是的。”

劳拉心领神会地点头。“可怕，非洲国家是怎么了。”

“你至今觉得美国怎么样？”金伯莉问。

伊菲麦露对她讲起自己第一次去超级市场时的眼花缭乱。在麦片货架那一排，她想找在家里习惯吃的那种玉米片，可突然面对上百种不同的麦片包装盒，纷呈的颜色和图片，她差点晕倒。她讲这个故事，因为她觉得这好笑，这无伤大雅地迎合了美国人的自负。

劳拉大笑。“我能想象你会有多晕！”

“是的，我们这个国家真是太无节制，”金伯莉说，“我相信你在家时肯定吃很多有机的食物和蔬菜，可你在这儿会发现不一样。”

“金，假如她在尼日利亚吃的全是这优良的有机食物，那她为什么来美国？”劳拉问。小时候，劳拉扮演的一定是大姐姐的角色，揭穿小妹妹的呆头呆脑，总是善良乐观，更喜欢身旁有成年亲戚的陪伴。

“喔，他们虽然吃的东西很少，但我只是说，那可能全是有机的

① 此处原文是伊博语，obi cha。

蔬菜，不像我们这儿的转基因食品。”金伯莉说。伊菲麦露察觉到，在她们之间开始有种话里带刺的气氛。

“你还没有和她讲电视的事，”劳拉说，转向伊菲麦露，“金的孩子看电视要有人管束，只看美国公共电视频道。所以假如她雇佣你的话，你需要全程在场，监督看了什么节目，特别是对摩根。”

“好的。”

“我没有保姆，”劳拉说，她的“我”饱含理直气壮的强调，“我是一个亲力亲为的全职妈妈。我打算等雅典娜两岁时再出去工作，可我实在无法忍心对她放手。金其实也亲力亲为，但她有时很忙，她的慈善事业经营得有声有色，所以我一直为保姆的事操心。上一个保姆，玛莎，干得很好，可我们的确怀疑，在她之前的那个，她的名字我又忘了，是否让摩根看了儿童不宜的电视。我的女儿，我不让她看一点电视。我觉得里面暴力内容太多。等她大一点后，我可能会让她看些卡通片。”

“可卡通片里也有暴力内容。”伊菲麦露说。

劳拉面有愠色。“那是卡通片。会使小孩子心灵受创的是真的东西。”

吉妮卡瞥了一眼伊菲麦露，眉头紧锁的表情似在说：那事就随它去吧。上小学时，伊菲麦露目睹过行刑队处死劳伦斯·阿尼尼[①]的画面，着迷于关于他持械抢劫的神话传说，他如何写警告信给报纸，把偷来的东西分给穷人，当警察到来时化作一溜烟消失。她的母亲说：“进去，这不是小孩子看的。”但语气并不认真，伊菲麦露反正已经看见了大半处决的过程，阿尼尼被粗暴地绑在一根柱子上，子弹射中他时，他的身体猝然抽动，然后垂下头，脸贴在交叉的绳子上。此刻她想起这，何其触目惊心，却又显得何其寻常。

“让我带你参观一下屋子吧，伊菲麦露，”金伯莉说，“我念得

① 劳伦斯·阿尼尼（Lawrence Anini，1960—1987），尼日利亚著名的土匪，曾在1980年代让贝宁城动乱不安，后被处死。

对吗？”

她们走过一个接一个房间——女儿的房间，墙是粉红色，一张镶有荷叶边的床罩，儿子的房间里有一套鼓，小书房里有一架钢琴，抛光的木制顶盖上摆满了全家人的合影。

“那是我们在印度照的。”金伯莉说。他们正站在一辆空人力车旁，穿着T恤衫，一头金发扎在脑后的金伯莉，她又高又瘦的丈夫，她幼小、金发的儿子和一头红发的大女儿，他们全都拿着矿泉水瓶，微笑着。他们拍照时总是面带微笑，在船上，在徒步时，在参观旅游景点时，互相搂在一起，个个都手脚自如，牙齿雪白。他们令伊菲麦露想起电视广告，想起总是过着赏心悦目生活的人，即使乱糟糟时也给人一种愉悦的美感。

“我们遇到的有一些人，一无所有，真的什么都没有，可他们还是那么开心。”金伯莉说。她从满满当当的钢琴后面抽出一张照片，是她的女儿和两个印度女人，她们的皮肤黝黑、饱经风霜，她们的笑容暴露出缺失的牙齿。“这些妇女真了不起。”她说。

日后，伊菲麦露还将慢慢了解，对金伯莉而言，穷人是无辜的。贫穷是一件光荣的事——她无法把穷人和堕落或下流联系起来，因为他们的贫穷神化了他们，最伟大的圣人是外国的穷人。

“摩根很喜欢那个，那是印第安人的。可泰勒说那很吓人！”金伯莉指着照片中间的一件小雕塑说。

“哦。”伊菲麦露突然想不起哪个是男孩，哪个是女孩——这两个名字，摩根和泰勒，在她听来像姓氏。

就在伊菲麦露告辞前，金伯莉的丈夫回来了。

“你们好！你们好！”他一边说，一边翩翩走进厨房，他个子很高，皮肤晒成小麦色，精明圆滑。从拂过他衣领的略长、近乎完美的波浪式鬈发中，伊菲麦露看得出，他花很多心思打理自己的头发。

“你一定是吉妮卡从尼日利亚来的朋友吧。”他说，微笑着，浸淫在对自己魅力的陶醉中。他正眼瞧人不是因为他对他们感兴趣，而是因为他知道那使他们觉得他对他们感兴趣。

因他的出现，金伯莉变得有点气喘。她的声音不一样了，如今她讲话时自觉地用起尖细、阴柔的声音。“唐，亲爱的，你提早回来了。”她说，他们亲吻了一下。

唐看着伊菲麦露的眼睛，和她讲起他曾经差一点就去了尼日利亚，在沙加里总统[①]刚当选后，他为一家国际发展机构担任顾问，可那次行程在最后一刻告吹了，他感到懊恼，因为他一直梦寐着去圣坛夜总会看费拉的表演。他提到费拉时语气随意、亲昵，仿佛那是他们的某样共同之处，一个他们分享的秘密。他期望通过自己的讲述，成功地把人迷住。伊菲麦露盯着他，几乎没讲话，拒绝落入圈套，并意外地为金伯莉感到惋惜。摊上劳拉这样一个姐姐和一个像这样的丈夫。

“唐和我参加了马拉维一个非常好的慈善团体，事实上唐投入得比我多很多。”金伯莉看着唐，他做了一个鬼脸，说：“哎，我们尽了力，但我们很清楚，我们不是救世主。”

“我们其实应该计划去一趟。那儿到处是孤儿。我们从来没去过非洲。我非常希望借助我的慈善机构在非洲做点什么。”

金伯莉的脸变得柔和，她的眼睛模糊了，一时间伊菲麦露对自己来自非洲感到内疚——由于自己来自非洲这个原因，这位牙齿漂白过、头发茂密的美丽女人，必须掘地三尺地生出这种同情，这种绝望。她露出灿烂的笑容，希望使金伯莉的心情好一点。

“我还要再面试一个人，然后我会通知你，但我真的觉得你很合适。”金伯莉说着，领伊菲麦露和吉妮卡走到前门。

“谢谢你，”伊菲麦露说，“我非常希望为你工作。”

第二天，吉妮卡打电话来，留了言，她的语气低落。“伊菲，真抱歉。金伯莉雇了别人，但她说她会把你记在心里。工作很快会有的，别太担心。我稍后再打电话给你。”

---

① 谢胡·沙加里（Shehu Shagar，1925— ），尼日利亚政治家，1979至1983年间担任尼日利亚第二共和国总统。

伊菲麦露想把电话扔出去。把她记在心里。吉妮卡为什么连这种空洞的废话也要转述，“把她记在心里”？

秋深了，树长出了犄角，枯叶有时被带进公寓，到了该付房租的时候。室友们的支票放在厨房桌上，一张叠在另一张上，全是粉红色，带着花边。美国的支票上印有花朵图案，她觉得那是赘饰；那几乎抹杀了支票的郑重性。那些支票旁有一张纸条，是杰姬幼稚的笔迹：伊菲麦露，我们拖欠房租快一个星期了。写一张支票会把她账户上的钱全提空。离开拉各斯的前一天，母亲给了她一小罐曼秀雷敦，说：“把这放在包里，你觉得冷时可以用。”此时，她把那从行李箱里翻找出来，打开，嗅了嗅，涂了一点在鼻子下面。那味道令她想哭。答录机的灯在闪，但她没有理会，因为那八成又是乌茱姑姑，换了个方式来询问。“有人给你回音吗？你去附近的麦当劳和汉堡王试过吗？他们不是每次都打广告，但他们可能会在招人。下个月之前我没法寄钱给你。我自己的账户上也是空的，说实话，做住院医师等于当奴隶。”

报纸撒了一地，招聘启事用墨水笔圈了出来。她捡起一张，草草翻阅，看着她已经看过的广告。“社交女伴”再度跃入她的眼帘。吉妮卡对她说过：“别想社交女伴那档子事。他们说那虽然不叫卖淫，但其实是。最糟的是，你到手的可能只有你所赚的四分之一，因为其余都给中介拿走了。我认识的一个女孩，她大学一年级时干过。”伊菲麦露读着那则广告，再度涌起拨号的念头，可她没有，因为她寄望最后一次面试，一家小餐馆的没有薪水只有小费的服务员职位，会成功。他们说了，假如录用她的话，会在当天下班前打电话通知她。她等到很晚，但他们没有打电话来。

继而，埃琳娜的狗吃了她的培根。她用纸巾垫着热了一片培根，把那放在桌上，转身去开冰箱。那条狗把培根和纸巾一并吞了下去。她盯着那块原来放着她的培根、现在空空如也的地方，然后盯着那条狗，它的表情自鸣得意，生活里所有的挫折在她脑中炸开了锅。一条狗吃了她的培根，一条狗在她找不到工作时吃了她的培根。

“你的狗刚才吃了我的培根。”她告诉埃琳娜，埃琳娜正在厨房另一端切香蕉，一块块落进她的麦片碗里。

“你就是讨厌我的狗。”

“你应该把它驯得更乖些。它不应该吃厨房桌上人们的食物。”

“你最好别用巫术杀了我的狗。”

“什么？”

“开玩笑啦！”埃琳娜说。埃琳娜假笑了一下，她的狗摇着尾巴，伊菲麦露感到怒火中烧。她走向埃琳娜，举起手，准备打爆埃琳娜的脸，然后猛然惊觉自己在做的事，停住，转身，上了楼。她坐在床上，抱膝于胸前，对自己的反应感到颤抖，她的怒火升起得如此之快。楼下，埃琳娜在电话上尖叫着：“我对天发誓，泼妇刚才试图打我！”伊菲麦露想要掌掴她放浪的室友，不是因为一条流着口水的狗吃了她的培根，而是因为她在和这个世界作战，每天醒来时感觉伤痕累累，想象有一群看不清面孔的人个个都与她作对。无法预见明天，那令她惶恐。她的父母打电话来，留了一通话，她把留言存了下来，不确定那将是不是她最后一次听见他们的声音。置身此地，在异国生活，不知自己何时能再回家，等于眼睁睁看着爱变成焦虑。假如她打电话给母亲的朋友邦米阿姨，电话响完却没有人接，她会惊慌，担心有可能她的父亲死了，邦米阿姨不知该如何告诉她。

后来，艾莉森敲她的门。“伊菲麦露？只是想提醒你一下，你的房租支票没放在桌上。我们真的已经拖欠很久了。”

“我知道。我正在写。”她仰面躺在床上。她不想成为交不出房租的室友。她恼恨上个星期吉妮卡给她买吃的。她能听见楼下传来杰姬高扬的声音。“我们能怎么办呢？我们不是她该死的父母。”

她拿出支票簿。在写支票前，她打电话给乌茱姑姑，和戴克说了话。接着，在因他的纯真而重新振作后，她拨打了阿德莫尔那个网球教练的电话。

“我什么时候能开始上班？”她问。

“想现在就过来吗？”

“可以。”她说。

她剃了腋毛，翻出一直没用过的那支口红，上一次用是离开拉各斯那天，在机场，搽的口红大部分成了留在奥宾仔脖子上的唇印。和那个网球教练会发生什么？他说了“按摩”，可他的举止、他的语气，都流露出暗示。也许他是她读到过的那类白人男性之一，有奇怪的癖好，要女人捏着一根羽毛慢悠悠地拂拭他们的背，或在他们身上撒尿。对她而言，那当然没问题，为了一百美元在一个男人身上撒尿。这个念头把她逗乐了，她挤出一丝苦笑。不管发生什么，她会拿出最好的状态去迎接，她会清楚地向他表明，她有不能逾越的底线。在一开始她就会说：“假如你期望性行为，那么恕我不能帮你。”或也许她会说得更婉转、更含蓄。“我不便做太出格的事。”她说不定想太多了，他要的可能就是按摩。

抵达他的住处时，他的态度粗鲁生硬。“进来吧。”他说，然后领她走进卧室，里面什么也没有，除了一张床和墙上一幅很大的画，上面画了一罐西红柿汤。他提出给她拿点喝的，敷衍的语气暗示出他期望她推却，接着他脱去衬衣，躺在床上。没有开场白吗？她希望他的动作慢一点。她丧失了自己的语言能力。

“到这儿来，”他说，“我需要温暖。”

此时她应该离去。权力的天平向他倾斜了，从她踏进他住处的那刻起就已经向他倾斜。她应该离去。她站了起来。

“我不能发生性关系。”她说。她的声音听起来尖细，显出她的心虚。“我不能和你发生性关系。”她重复了一遍。

“唉，没有，我没指望你那个。”他说，语气急不可耐。

她慢慢地朝门移动，不知道那是否上了锁，他是否锁了门，接着她又怀疑他是否有枪。

“只要过来躺下就好，”他说，“给我温暖。我会稍稍抚摸你，没有会让你感到不自在的事。我只是需要一些肌肤的接触来休息放松。”

在他的措辞和语气里，有一种十足的信心。她感到气馁。这整件事多么肮脏龌龊，她在这儿和一个业已明知她会留下的陌生人共处一室。他知道她会留下，因为她来了。她已经在这儿，已经玷污了自己。她脱下鞋，爬到他的床上。她不想待在这儿，不想让他不安分的手指在她的两腿间，不想耳朵里有他的叹息呻吟，然而她却感觉自己的身体有了有了反应，变得令人作呕的湿漉漉。事后，她一动不动地躺着，蜷缩着，像死了一般。他没有强迫她。她是自愿来这儿的。她躺在他的床上，当他把她的手放在他的两腿间时，她蜷曲起手指移动。此时，即使洗了手，握着他给她的那张挺括纤薄的一百美元钞票时，她的手指仍感觉发黏；那些手指不再属于她。

“你能一周来两次吗？我会补偿你的火车票钱。”他说着，伸了个懒腰，准备下逐客令，他在赶她走。

她没有讲话。

“关上门。”他说，然后转过身背对她。

她朝火车站走去，心情沉重麻木，脑袋里一团浆糊。坐在靠窗的位置，她开始哭泣。她感觉自己像个小皮球，孤独无依。世界如此广大，她如此渺小，如此微不足道，空落落地身处其中。回到公寓，她用热水洗手，水温高到烫伤了她的手指，大拇指上肿起一小道娇嫩的水泡。她脱下所有衣服，用力捏成皱巴巴的一团，扔在角落，盯着看了一阵。她永远不会再穿那些衣服，甚至永远不会碰。她光着身子坐在床上，审视自己的人生，在这间地毯发霉的斗室，桌上放着那张百元美钞，她浑身涌起憎恶。她根本不该去那儿。她应该走掉的。她想淋浴，把自己刷洗一遍，可想到要触碰自己的身体，她无法忍受，于是她穿上睡衣，小心翼翼地，尽量不碰触到自己。她想象收拾行李，设法买张机票回拉各斯。她蜷缩在床上，哭泣，希望自己能够把手伸入体内、将刚才发生的事从记忆里抽走就好了。她的留言信箱的灯在闪。估计是奥宾仔。此刻她不忍想起他。她考虑打电话给吉妮卡。最后，她打给了乌茱姑姑。

“今天，我去郊区给一个男的打工了。他付了我一百美元。”

“嗯哼？那很好啊。可你还是得继续找一份长期固定的工作。我刚发现我得给戴克买医疗保险，马萨诸塞州这家新医院提供的保险荒唐无稽，不把他包括在内。那高额的保费震惊得我还没缓过神来。”

“你不问问我做了什么吗，姑姑？你不问问我在那个男人付我一百美元前我做了什么吗？”伊菲麦露问，一股新的怒火袭上她心头，传至她的手指，令之颤抖。

“你做了什么？”乌茱姑姑淡漠地问。

伊菲麦露挂了电话。她按下答录机上的“新讯息”。第一通留言是她母亲的，语速飞快，以便节省话费：“伊菲，你好吗？我们打电话来看你好不好。我们有一阵子没收到你的消息了。请来个信。我们很好。愿上帝保佑你。”

接着是奥宾仔的声音，他的话飘散到空气里，飘进她的脑中。“我爱你，伊菲。”末了他说，那话音似乎突然显得如此遥远，属于另外一个时空。她僵直地躺在床上。她无法入睡，无法让自己想别的事。她开始思忖杀了那个网球教练。她会用斧子一遍又一遍地劈他的头。她会拿刀捅进他结实的胸膛。他一个人住，他可能还有别的女人，去他的房间，张开腿，任他粗短、指甲咬到肉里的手指伸进去。没有谁会知道是其中哪个人干的。她会把刀留在他的胸膛里，然后翻寻他的抽屉，找出那捆百元美钞，这样她就能付房租和学费了。

那晚，下起了雪，她人生的第一场雪。早晨，她望着窗外的世界，层层积雪使停着的汽车隆起、变了形。她面无血色，神志恍惚，飘摇在一个黑暗太快降临、每个人都驮着大衣行走的世界里，因为少了光而没精打采。日子一天天流走，凉爽的空气变得冰冻，吸入时令人生疼。奥宾仔打了许多次电话，可她没有接。她不听他的留言、不读他的电子邮件就删除，她感觉自己在下沉，飞快地下沉，而无力把自己拉出来。

每天早晨她颓丧地醒来，因悲伤而迟钝，因眼前无止境的白天的时光而恐惧。一切变得浑浊。她被吞没，迷失在黏稠的薄雾里，被一股浓重的虚无所包裹。在她和她应该有的感受之间，存在一道沟壑。她什么也不在乎。她想要在乎，可她不再知道该如何在乎；在乎的能力，从她记忆中溜走了。有时她挥动双臂，在挣扎中无助地醒来，她看见自己的周遭都是一种彻底的绝望。她知道待在这儿、活着，毫无意义，可她没有力气具体思考能怎么结束自己的生命。她躺在床上，看书，什么也不想。有时她忘记吃饭，其他时候，她会等到半夜，室友都回了自己的房间，才去热她的食物，她把脏盘子扔在床底下，直至残留的油腻的米饭和豆子周围长出绿毛为止。时常，在吃饭或看书中间，她会涌起一股难以遏制的想哭的冲动，眼泪会流下来，嗓子哭痛了。她关掉电话铃声。她不再去上课。她的日子在沉默和白雪中静止了。

艾莉森再度砰砰敲她的门。“你在里面吗？电话！她说有紧急事，拜托，开门！我知道你在里面，前一分钟我听见你冲马桶的声音！”

平板、沉闷的砰砰声，艾莉森仿佛是在用整个手掌而不是指关节击门，那令伊菲麦露慌乱失措。“她不开门。”她听见艾莉森说，然后，就在她以为艾莉森已经走了的时候，砰砰声又再响起。她从床上起来——她一直躺在那儿，一章接一章地交替阅读两本小说——拖着灌了铅的脚朝门口走去。她想要快步、正常地走路，可她做不到。她的脚变得像蜗牛。她打开锁上的门。艾莉森瞪了她一眼，把电话塞到她手里。

“谢谢，”她有气无力地说，然后用低微的咕哝声补充了一句，“对不起。”连说话，使单词从她的喉咙里升起、吐出口，也累得她精疲力竭。

“你好？”她对着电话说。

“伊菲！出了什么事？你怎么了？”吉妮卡问。

“没什么。”她说。

“我担心死你了。谢天谢地，我找到你室友的电话！奥宾仔一直打电话给我。他担心得快发疯了，”吉妮卡说，“连乌茱姑姑也打电话来问我有没有见过你。”

“我最近很忙。”伊菲麦露含糊地说。

出现短暂的停顿。吉妮卡的语气缓和了下来。“伊菲，我在这儿，你知道的，对吗？”

伊菲麦露想挂断电话，回她的床上去。“嗯。”

“我有个好消息。金伯莉打电话给我，问你的号码。她所雇的那个保姆刚走了。她想要雇用你。她想让你星期一去上工。她说，她从一开始就中意你，但劳拉游说她雇了另外那个人。所以，伊菲，你有工作啦！现金！私下交易！伊菲丝柯，这太好了。她一个星期付你两百五十美元，多于原来的保姆。而且是纯现金，不用交税！金伯莉真是一个大好人。我明天来接你去那儿见她。”

伊菲麦露没有讲话，努力想要听懂。单词的意思过了好久才浮现。

第二天，吉妮卡一个劲地敲她的门，当伊菲麦露终于打开门时，她看见艾莉森站在后面的楼梯口，好奇地张望。

“我们已经晚了，穿好衣服。”吉妮卡说，语气坚决、威严、不容异议。伊菲麦露套上一条牛仔裤。她感觉到吉妮卡注视的目光。在车里，吉妮卡放的摇滚乐填补了她们之间的沉默。她们行驶在兰开斯特大街上，在即将穿过费城西区，从木板搭建的房子和满地的汉堡包装纸中转入干干净净、树木林立的主干线沿线的郊区时，吉妮卡说：“我觉得你患了忧郁症。”

伊菲麦露摇头，转向车窗。忧郁症是美国人得的病，他们出于自我开脱的需求，把每一样东西都说成病。她没有患忧郁症，她只是有一点疲惫，有一点迟钝。“我没有忧郁症。”她说。多年后，她会在博客上写到这件事：“关于非美国黑人得了他们不肯承认名字的病的话题”。一个刚果女人写了很长一段评论回应：她从金沙萨搬到弗吉尼亚州，大学第一个学期开学后几个月，她开始在早晨时感到头晕，心脏怦怦直跳，仿佛要从她身体里跳出来似的，还有恶心反胃，手指刺痛。她去看了医生。虽然在医生给她的卡片上，她在所有症状前都打了勾，可她还是拒绝接受急性焦虑症的诊断，因为只有美国人才会得急性焦虑症。在金沙萨，没有人得急性焦虑症。甚至也没有别的叫法，根本没那回事。事物是不是只在有了名字以后才开始存在？

“伊菲，这是许多人都经历过的一个时期，我明白。对你来说，适应一个新环境，而工作仍未有着落，那不是容易的事。虽然我们在尼日利亚不讨论像忧郁症这样的事，但那确实存在。你应该去校医院看一下。那儿随时有心理治疗师。”

伊菲麦露依旧把脸对着车窗。她再度感到那股排山倒海的想哭的欲望，她深吸了一口气，企望那会消退。要是那天她坐火车去吉妮卡的公寓，把网球教练的事告诉吉妮卡就好了，但现在为时晚矣，她对自己的厌憎已在她心里牢不可破。她永远无法组织起句子讲述她的经历。

“吉妮卡，”她说，“谢谢你。”她的声音沙哑。眼泪流了出来，她控制不住。吉妮卡在一座加油站停下，递给她纸巾，等她的抽咽平息以后再发动车子，向金伯莉的家驶去。

16

金伯莉称那是签约奖金。“吉妮卡告诉我，你遇到了一些困难，”金伯莉说，“请别推辞。”

伊菲麦露没有想过谢绝那张支票。现在她可以支付部分账单，寄点东西回家给父母。她的母亲喜欢她寄去的鞋，带穗、尖头，她可以穿着上教堂的那种。“谢谢，”她的母亲说，然后在电话那端重重叹了口气，加了一句，“奥宾仔来看过我了。”

伊菲麦露不响。

“无论你有什么问题，请和他商量。”她的母亲说。

伊菲麦露说：“好的。”然后开始聊别的事。当她的母亲说他们两个星期没有电时，那对她而言似乎突然陌生了起来，家本身变成一处遥远的地方。她不再记得起夜晚点蜡烛的感觉。她不再读尼日利亚网上的新闻，因为每个头条，即使是最不相干的，也会莫名令她想起奥宾仔。

起初，她给自己一个月的时间。用一个月来让她对自己的厌憎一点点消退，然后她会打电话给奥宾仔。但一个月过去了，她依旧对奥宾仔缄口不语，钳制自己的思绪，这样她会尽可能不去想他。他的电子邮件她依旧读也不读就删除。许多次，她动手给他写信，写了一遍遍电邮的草稿，然后半途而废。她一定要把发生的事告诉他，可一想到要把发生的事告诉他，她就受不了。她感到无地自容，她辜负了一切。吉妮卡不断询问出了什么事。她为什么对奥宾仔不理不睬，她说没事，她只是想要一点空间，吉妮卡难以置信地盯着她。*你只是想要一点空间？*

初春，奥宾仔寄来一封信。删除他的电子邮件只需点一点鼠标，点过第一次后，其余的就容易了，因为既然她没有读第一封，那么她无法想象怎么读第二封。可信不一样。那唤起了她平生感到过的最深的悲哀。她陷在床上，手里拿着那个信封。她嗅着信的味道，凝视他熟悉的笔迹。她想象他坐在用人房的书桌前，紧邻他嗡嗡作响的小冰箱，用那份属于他的气定神闲写信。她想读那封信，可她没有勇气拆开它。她把信放在桌上。她会过一个星期再读，她需要一个星期给自己积聚力量。她也会回信，她对自己说。她会告诉他一切。可一个星期后，信仍摆在那儿。她在上面压了一本书，后来又一本，直到有一天，信被淹没在文件和书本底下。她永远不会读那封信。

泰勒很好管，一个孩子气的孩子，爱玩闹，有时天真到让伊菲麦露歉疚地觉得他是傻瓜。摩根尽管才三岁，却已显现出青少年的哀丧之态。她阅读高出她年龄水平很多级的书，沉湎于强化班的课程，用耷拉着眼皮的目光注视成年人，仿佛洞悉潜藏在他们生活中的黑暗。起初，伊菲麦露不喜欢摩根，回应在她看来摩根自身那让人不安、已成熟定型的厌恶之情。在和他们相处的第一个星期里，她对摩根态度冷淡，有时甚至是冷漠，决心不纵容这个娇惯、圆滑，鼻子上有点点酒红色雀斑的孩子。但在过去的几个月里，她渐渐喜欢上摩根，一种她小心不在摩根面前流露的情感。相反，她坚定、中立，在摩根瞪眼时回瞪她。或许这就是摩根对伊菲麦露要求的事照办的原因。她会冷淡、漠然、勉强地去做，但她还是会做。她照常对她的母亲置之不理。有她的父亲在场时，她沉郁的戒备尖锐到毒辣。唐回到家时会冲进小书房，期望一切会因他而停止。果然一切会停止，唯独除了摩根正在做的任何事以外。金伯莉会兴冲冲而殷勤地询问他今天过得怎么样，忙不迭地取悦他，仿佛她不太能够相信他又返家回到她的身边。泰勒会一头扎进唐的怀里。摩根会抬起正在看电视、看书，或游戏的目光注视他，仿佛识穿了他的心，而唐则假装没有因她犀利的眼神而局促不安。有时伊菲麦露纳闷。那是唐吗？他是不是有外遇，被摩根发现了？外遇，是像唐这样有着一副色迷迷的嘴脸的男人，会让人第一想到的事。可他也许仅满足于眉来眼去而已，他会放肆地挑逗，但不会做出更多举动，因为偷情要求有一定的付出，而他是那种只取不予的人。

伊菲麦露经常想起那个下午，时候还早，她在照看孩子：金伯莉出去了，泰勒在玩耍，摩根在小书房看书。突然间，摩根放下她的书，平静地走上楼，撕去她房间的墙纸，推倒她的梳妆台，拉掉她的床罩，扯下窗帘，跪在地上，不停地拔着牢牢粘住的地毯，拔啊拔啊拔。伊菲麦露跑进去，阻止了她。摩根像个小钢铁机器人，拼命扭动身子想要挣脱，她的力量之大，吓到了伊菲麦露。这孩子也许最终会变成连环杀手，像电视犯罪纪录片上的那些女人，半裸着站在幽暗的马路上，引诱卡车司机，然后把他们勒死。最后，伊菲麦露松手，慢慢放开她紧抱着的平静下来的摩根，摩根回到楼下去看她的书。

后来，金伯莉含着泪问她："宝贝，请告诉我出了什么事。"

摩根说："我已经长大了，房间里那些粉红色的东西不适合我了。"

现在，金伯莉一周两次带摩根去巴拉一辛韦德看一位心理治疗师。她和唐都对摩根更戒慎戒惧，在她谴责的瞪视下益发畏首畏尾。

摩根在学校赢了一次作文比赛，唐回家时带了一份礼物给她。当唐上楼去展示用亮闪闪的纸包着的礼物时，金伯莉焦急地站在楼梯底下。稍后他下来了。

"她连看都不肯看。她只顾自己起身，走进浴室，待在那儿不出来，"他说，"我把东西留在床上了。"

"没事，亲爱的，她会好起来的。"金伯莉说着，拥抱他，搓揉他的背。

后来，金伯莉私下悄悄对伊菲麦露讲："摩根对他实在太无情。他做了那么多努力，她还是不愿接纳他。她就是不愿意。"

"摩根不接纳任何人。"伊菲麦露说。唐须谨记，摩根是小孩，他不是。

“她听你的。”金伯莉说，话中略带伤感。

伊菲麦露想说：“我不给她太多选择。”因为她希望金伯莉不要那么全盘让步。也许摩根只是需要感觉她的母亲会反击。但她说的是：“那是因为我不是她的家人。她不爱我，所以她对我没有种种这些复杂的感觉。我至多只是个讨厌的家伙。”

“我不知道我哪里做错了。”金伯莉说。

“那是阶段性的。那会过去，你等着瞧。”她对金伯莉燃起保护之心。她想要让她免受伤害。

“她唯一真正关心的人是我表弟柯特。她崇拜他。我们若有家庭聚会，除非柯特出现，否则她就郁郁寡欢。我会看他是否能来一趟，和她谈一谈。”

劳拉带了一本杂志来。

“瞧这个，伊菲麦露，”她说，“这不是尼日利亚，但很近。我知道明星有时会心血来潮，但她似乎是在做好事。”

伊菲麦露和金伯莉一同看着那一页：一名纤瘦的白人女子对着镜头微笑，怀里抱着一个皮肤黝黑的非洲婴儿，在她四周，皮肤黝黑的非洲小孩里三层外三层，宛如一块铺展的地毯。金伯莉发出“嗯”的一声，仿佛她不确定该作何感想。

“她长得也美艳动人。”劳拉说。

“嗯，是的，”伊菲麦露说，“她和那些孩子一样瘦得皮包骨头，只是她的瘦是出于自己的选择，而那些孩子的不是。”

劳拉噗嗤一声爆发出响亮的大笑。“你太有趣了。我就喜欢你这股泼辣劲！”

金伯莉没有笑。后来，单独和伊菲麦露在一起时，她说：“我很抱歉劳拉说了那种话。我向来不喜欢‘泼辣’一词。这种词，用在某些人身上可以，用在其他人身上不行。”伊菲麦露耸肩一笑，转换了话题。她不明白劳拉为什么查找这么多有关尼日利亚的资料，询问她

419 骗局[①] 的事，告诉她在美国的尼日利亚人每年汇多少钱回家。那是一种挑衅式、不带感情的兴趣。着实让人奇怪，花那么多心思在某样不喜欢的东西上。也许劳拉真正针对的是金伯莉，她以某种扭曲的方式，通过讲出会使金伯莉连声道歉的话，把矛头瞄准她的妹妹。可是，那似乎得不偿失。起先，伊菲麦露觉得金伯莉的道歉甜美悦耳，尽管不必要，可她已开始感到一股不耐烦，因为金伯莉反复的道歉透露出自我耽溺，仿佛她相信，她能够用道歉抚平世界上所有凹凸起伏的表面。

在她当保姆几个月后，金伯莉问她："你愿意考虑住在我家吗？地下室其实等同于一室一厅的公寓，有独立入口。当然，那是不收租金的。"

伊菲麦露已在物色一居室的公寓，急欲脱离她的室友，既然现在她能负担得起，她不想更多卷入特纳家的生活，可她却考虑点头，因为她听出金伯莉话音中的恳求。最终，她打定主意，不能和他们住在一起。当她谢绝时，金伯莉提出把他们多余的那辆车给她用。"那样，你下课后来这儿会方便很多。那是辆旧车。我们打算送人。希望它不会害你停在半路中。"她说道，仿佛那辆本田车，只有几年车龄，车身无一点擦痕，真的可能会在半路停住似的。

"你实在不应该相信我会把你的车开回来。万一有一天我不来了呢？"伊菲麦露说。

金伯莉大笑。"那不值几个钱。"

"你有美国驾照吧？"劳拉问，"我的意思是，你可以在这个国家合法开车吧？"

---

① 419 骗局，又称为尼日利亚骗局，是国际骗徒以尼日利亚为名而设的骗局，与该国家并无直接关系。尼日利亚在非洲各国中相对较富裕，由于其严重的贪污问题以及周边国家的连年内战，使不少富有人家都希望通过第三者作出资产转移，保障自己的财富，从而让国际骗徒有机会以假美金、虚假交易、支票轮等方式行骗。

“她当然可以，劳拉。”金伯莉说，“假如不可以，她为什么要收下那辆车呢？”

“我只是确认一下。”劳拉说，仿佛在向非美国公民提出必要、不客气的问题这点上不能指望金伯莉。伊菲麦露望着她们，她们长得如此相像，两个都是不快乐的人。但金伯莉的不快乐被藏在心里，不被承认，被她一心想让事情顺应情理的渴求以及希望所掩盖：她对他人的快乐深信不疑，因为那意味着她，有一天，也会拥有快乐。劳拉的不快乐则不同，浑身带刺，她希望她身边的每个人都不快乐，因为她认定了自己将永远不快乐下去。

“是的，我有美国驾照。”伊菲麦露说。接着，她开始讲起在考到驾照之前，她在布鲁克林上的安全驾驶课，教课的老师是怎么骗钱，他是一个瘦瘦的白人，缠结的头发颜色像稻草。在坐满外国人的昏暗的地下室，入口处有一段更昏暗的狭窄的楼梯，老师收齐现金支付的课费，然后用投影仪在墙上播放安全驾驶的教学片。时不时地，他会开一些无人听懂的笑话，自己咯咯地轻笑。伊菲麦露对那段影片略存疑窦：一辆开得这么慢的车怎么会在车祸中造成如此大的伤害，导致司机折断脖子？事后，他发下考卷。伊菲麦露发现上面的问题很简单，很快用铅笔把答案涂黑。她旁边一个矮小的南亚人，五十岁上下，目光不时地瞟向她，眼中透出央求，她假装不明白他想向她求助的意思。老师收了卷子，拿出一块泥土色的橡皮，开始把一些答案擦掉，把其他的涂黑。大家都通过了考试。在鱼贯走出教室前，许多人同他握手，说“谢谢，谢谢”，口音五花八门。现在他们可以申请美国驾照了。伊菲麦露假装大度地讲述这个故事，仿佛对她而言那只是一桩奇事，不是某些她挑来刺激劳拉的东西。

“对我而言，这是一个不可思议的时刻，因为在那以前，我以为美国没有人行骗。”伊菲麦露说。

金伯莉说：“哦，我的天哪。”

“这是发生在布鲁克林吗？”劳拉问。

“是的。”

劳拉耸耸肩，仿佛表示，这种事，在布鲁克林当然会有，但不会在她居住的这片美国土地上。

争议的焦点是一个橙子。一个滚圆、火焰色的橙子，伊菲麦露连同午餐一块儿带去，剥皮掰成四份，封装在保鲜袋里。她在厨房桌前吃那个橙子，泰勒坐在旁边，在作业纸上写功课。

“你要来一点吗，泰勒？”她问，然后递给他一瓣。

“谢谢。”他说。他把那瓣橙子放进嘴里。他的脸皱了起来。“坏的！里面有东西！”

“那是籽。”她看了一眼他吐到手里的东西说。

“籽？”

“对，橙子的籽。”

“橙子里面没有东西。”

“不，有。把那丢到垃圾桶里，泰勒。我去给你放教学录像带。”

“橙子里面没有东西。”他重复了一遍。

从小到大，他吃的是无籽的橙子，模样长得完美的橙子，有光洁无瑕的外皮，没有籽，所以八岁的他，不知道有这样一种带籽的橙子。他跑进小书房，告诉摩根这件事。摩根从正在看的书上抬起目光，迟缓、厌烦地举起一只手，把她的红头发掖到耳后。

“橙子当然有籽。只不过妈妈买的是无籽的品种。伊菲麦露买的不对。”她用责难的目光瞪了伊菲麦露一眼。

“对我来说，那是对的橙子，摩根。我吃有籽的橙子长大。”伊菲麦露说，同时放起录像。

“好吧。”摩根一耸肩。换成金伯莉，她会什么也不说，光沉着脸。

门铃响了。一定是地毯清洗工。金伯莉和唐将在翌日为他们的一位朋友举办一个筹款鸡尾酒会，用唐的话说，“他竞选众议员，纯粹是想出风头、表现自我，他一点戏也没有。”伊菲麦露惊讶于他似能看出别人的自我，自己却当局者迷。她去开门。一个魁梧、红脸的男子站在那儿，提着清洁工具，肩上挂着某样东西，另一样看起来像割草机的东西靠在他脚旁。

工人看见她时愣住。脸上先是掠过一丝惊讶，然后定格成敌意。

“你需要清洗地毯？”他问，好像他不在乎，好像她可以改变主意，好像他希望她改变主意。她看着他，眼中带着奚落，延长这充满假设的一刻：他以为她是屋主，她不是他预期在这栋有白色圆柱的石砌豪宅中所见到的人。

“是的，”她最后说，陡然感到疲惫，“特纳太太跟我讲了你会来。”

那犹如魔术师的把戏，他的敌意倏忽消失了。他的脸逐渐化开笑颜。她，也是帮工。世界又恢复了其应有的秩序。

“你好吗？知道她想要我先清洗哪里吗？”他问。

“楼上。”她说着，让他进屋，纳闷那股子高兴劲先前怎么可能存在于他的体内。她永远不会忘记他，几小片死皮粘在他皲裂、脱皮的嘴唇上，她将用他戏剧化的变脸故事作为博客文章《有时在美国，种族等于阶级》的开端，然后在结尾写道：对他来说，我有多少钱不重要。在他看来，由于我的模样，所以我不适于当那栋宏伟宅邸的主人。在美国的公共话语里，“黑人”作为一个整体，时常与“贫穷的白人”归在一起。没有贫穷的黑人和贫穷的白人。只有黑人和贫穷的白人。真是怪事一桩。

泰勒兴奋起来。“我能帮忙吗？我能帮忙吗？”他问地毯清洗工。

“不用，谢谢，好家伙，”那人说，“我可以。”

“但愿他别先进我的房间。”摩根说。

“为什么？”伊菲麦露问。

“我就是不要。”

伊菲麦露想把地毯清洗工的事告诉金伯莉，可金伯莉也许会慌张起来，为不是她的过错而道歉，像她经常、太经常地那样，为劳拉而道歉。

看着金伯莉猛地欠身，热切地想做出对的事，但不知道对的事是什么，那令人窘迫。假如她告诉金伯莉地毯清洗工的事，很难预料她会有什么反应——大笑，道歉，抓起电话打给那家公司投诉。

因此，她没有说，而是把泰勒和橙子的事告诉了金伯莉。

“他真的认为有籽说明那是坏的吗？太滑稽了。”

“摩根当然立即纠正了他。”伊菲麦露说。

“哦，她会。”

“小时候，母亲常对我讲，假如我吞下一粒籽，头上就会长出一个橙子来。有很多个早晨，我提心吊胆地去照镜子。至少泰勒不会有那种童年阴影。”

金伯莉大笑。

“你们好！”是劳拉带着雅典娜从后门进来，雅典娜是个小不点般的孩子，头发稀疏得露出苍白的头皮。一个流浪儿。可能是劳拉的综合蔬菜汁和严格的饮食控制使这孩子营养不良。

劳拉把一个花瓶放在桌上。“这会让明天蓬荜生辉。”

“真漂亮，”金伯莉说，弯腰亲了一下雅典娜的头，“那是餐饮公司的菜单。唐认为开胃小吃的种类太少。我拿不准。”

“他要你再加一些吗？”劳拉说着，扫视菜单。

“他只是认为简单了一点，他说得非常婉转。”

在小书房，雅典娜哭了起来。劳拉走到她跟前，转眼间，一连串的商议开始了：“你要这个吗，甜心？黄的、蓝的、还是红的？你要哪一个？”

给她一个就完了，伊菲麦露心想。给一个四岁的小孩太多选择，让她肩负做决定的重担，这等于剥夺了她童年无忧的快乐。成长，毕竟已近在眼前，到时她将不得不做出日益残酷的决定。

“她今天一直在闹脾气。”劳拉说着，重新走进厨房，雅典娜的哭声止住了。“我带她去做了耳朵感染的复诊，她一整天都完全是个熊孩子。哦，对了，我今天遇到一个最有魅力的尼日利亚男人。我们到了那儿，结果那家诊所刚来了一位新医生，是个尼日利亚人，他走过来和我们打招呼。他让我想起你，伊菲麦露。我在互联网上读到，尼日利亚人是这个国家里受教育程度最高的移民群体。当然，那没有提到数百万的在你们本国、每天靠不足一美元为生的人，可遇见这位医生时，我想起了那篇文章，想起了你和其他如今身在这个国家的有权有势的非洲人。”劳拉停顿了一下，伊菲麦露和平常一样感觉劳拉还有话要说，但咽了回去。被称作有权有势的人的感觉很奇怪。有权有势的是像卡约德·达席尔瓦这样的人，护照因贴了厚厚的签证而发沉，去伦敦度暑假，去伊科伊俱乐部游泳，能不经意地起身说：“我们去法兰西小铺买冰激凌吧。”

“我生来从未被人称作有权有势过！”伊菲麦露说，“那种感觉真好。”

“我想我会换人，找他做雅典娜的医生。他太棒了，穿得如此考究整齐，讲话如此文雅。反正，自从霍夫曼医生走了后，我一直对宾厄姆医生不太满意。”劳拉再度拿起那张菜单。“念研究生时，我认识一个非洲来的女生，她就和那位医生一样，我记得她是来自乌干达。她棒极了，她和我们班上的非裔美国人根本合不来。她没有那种种问题。”

“说不定当非裔美国人的父亲在因为黑人的身份不被允许投票时，这位乌干达人的父亲正在竞选议员或在牛津上学。”伊菲麦露说。

劳拉盯着她，做出挖苦式的困惑表情。“等等，我是不是漏了什么？”

“我只是认为这是一种过分简单化的比较。你需要多了解一点历史。”伊菲麦露说。

劳拉的嘴角挂了下来。她露出震惊的神色，让自己镇定下来。

“好吧，我去接我的女儿，然后上图书馆找几本历史书，假如我能弄清它们长什么样的话！”劳拉说完，大步走了出去。

伊菲麦露几乎能听见金伯莉狂乱的心跳。

“对不起。”伊菲麦露说。

金伯莉摇头低语："我知道劳拉很难相处。"她的眼睛盯着自己正在搅拌的沙拉。

伊菲麦露匆匆跑上楼去找劳拉。

"对不起，我刚才失礼了，我道歉。"但她的歉意只是由于金伯莉，她那副开始要把沙拉搅成菜泥的样子。

"没关系。"劳拉抽了一下鼻子，捋平女儿的头发，伊菲麦露明白，在此后很长一段时间里，她都不会解去这块受伤者的面纱。

除了一句生硬的"嗨"以外，第二天的酒会上，劳拉没有同她讲话。满屋子轻言细语的窃窃声，客人把葡萄酒杯举到嘴边。他们每个人全都差不多，他们的衣着优雅稳妥，幽默感优雅稳妥，而且，和其他上层中产阶级的美国人一样，他们动辄就用"特别棒"这个词。"可以请你过来，在酒会上当帮手吗？"金伯莉曾问伊菲麦露，每次有聚会时她都会问。伊菲麦露不确定她可以帮上什么忙，因为有专门承办活动的机构提供饮食和服务，孩子们早早上了床，可她感觉到，在金伯莉轻快的邀请底下，藏着某些近似需求的隐衷。虽然她不完全理解，但在些许程度上，她的存在似乎能安定金伯莉的心。假如金伯莉想要她去，那么她就去吧。

"这是伊菲麦露，照顾我们孩子的保姆，我的朋友。"金伯莉向客人介绍她。

"你真漂亮，"一个男人微笑着对她讲，牙齿白得触目，"非洲女人非常性感，尤其是埃塞俄比亚的。"

一对夫妇说起他们去坦桑尼亚看野生动物。"我们的导游特别棒，如今我们在资助他的大女儿上学。"两位女士说起她们捐钱给马拉维一个特别棒的慈善组织用于凿井，还捐钱给博茨瓦纳一间特别棒的孤儿院，给肯尼亚一家特别棒的小额贷款合作社。伊菲麦露出神地看着他们。某种从施舍中获得的享乐，她既无法认同，也没有体会过。把"施舍"视作理所当然，陶醉在这种向不认识的人布施的行为中——

那可能源于昨天曾经富有、今天富有、期望明天继续富有的心理。她羡慕他们这一点。

一位个子娇小、穿着简洁粉红短上衣的女士说："我在加纳一家慈善组织的理事会当主席。我们和农村妇女合作。我们一向注重雇佣非洲人，我们不想做那种不使用当地劳力的非政府组织。所以，假如你毕业后要找工作，想回去在非洲工作的话，打电话给我。"

"谢谢。"伊菲麦露骤然迫切地想让自己来自一个人人给予而不是领受的国家，想成为那样一个富有、因而能够沉浸在施予的幸福中的人，想与那些能够负担得起泛滥的怜悯和同情的人为伍。她走到屋外的露台上呼吸新鲜空气。隔着树篱，她能看见邻居小孩的牙买加保姆正走过车道，那个总是躲避伊菲麦露的目光、亦不喜欢打招呼的人。接着，她注意到露台另一头有动静。是唐。他有点鬼鬼祟祟，伊菲麦露与其说是看见，不如说是感觉到他刚结束手机上的一通对话。

"很棒的酒会，"他对她说，"那只是金和我邀请朋友来的一个借口。罗杰和大家完全是两路人，我告诉过他，一点机会也没有……"

唐一直讲个不停，他的嘴像抹了太多蜜，过分和蔼亲切，反感抓挠着伊菲麦露的喉咙。她和唐不这样讲话。太多内容，太多话。她想告诉他，她没有听见他在电话里讲了什么，假使里面真有什么值得听的，她对她不想知道的事一无所知。

"他们一定在纳闷你的人呢。"她说。

"嗯，我们得回去了。"他说，仿佛他们是一起出来的。回到屋内，伊菲麦露看见金伯莉站在小书房中央，与她那个圈子的朋友稍稍分离；她一直在四处寻找唐，当看见他时，她的目光停留在他身上，她的脸变得柔和，卸去了担忧。

伊菲麦露提早离开了酒会，她想在戴克临睡前同他讲话。乌茱姑姑接起了电话。

"戴克睡了吗？"伊菲麦露问。

“他在刷牙，”她说，然后压低声音，补充道，“他又在问我关于他名字的事。”

“你怎么告诉他的？”

“还是一样。你知道，在我们搬来这里前，他从不问我这种事。”

“也许是因为巴塞洛缪出现的缘故，还有新的环境。他习惯了你只属于他一个人。”

“这次他没有问，他为什么跟我姓，他问的是，他跟我姓，是不是因为他的父亲不爱他。”

“姑姑，也许是时候告诉他，你不是姨太太。”伊菲麦露说。

“我实际就是姨太太。”乌茱姑姑的话音中透出不服气，甚至任性，攥紧拳头抓着自己的故事不放。她曾告诉戴克，他的父亲是军政府里的人，她是他的姨太太，他们让他跟妈妈姓，是为了保护他，因为政府里有人，不是他的父亲，干了一些坏事。

“好啦，戴克来了。”乌茱姑姑说，换成了正常的语气。

“嘿，姐！你今天真该来看我的足球比赛啊！”戴克说。

“为什么每次你厉害的进球时我都不在场呢？这些球是你做梦时进的吗？”伊菲麦露问。

他大笑。他依旧动不动大笑，他的幽默感完好无损，但自从搬到马萨诸塞州后，他有了心事。一层薄薄的膜把他包覆起来，令他变得难以看透，他长时间俯首对着他的掌上游戏机，偶尔抬头看一眼他的母亲和世界，带着一种沉重得不属于儿童的倦意。他的成绩不断下滑。乌茱姑姑越发频繁地威吓他。伊菲麦露上一次去时，乌茱姑姑对他说：“你再那样，我就把你送回尼日利亚！”用的是伊博语，她只在生气时对他讲伊博语，伊菲麦露担心那会变成他心目中吵架的语言。

乌茱姑姑也变了。起初，她听起来对新生活满怀好奇、憧憬。“这个地方可白了，”她说，“你知道吗，我临时去杂货店买口红，因为大商场要开三十分钟车，而且所有颜色都太浅了！但话说回来，他们不能进卖不出去的东西！至少这地方安静祥和，我可以放心地喝自来水，在布鲁克林，我连试都绝对不会试。”

慢慢地，过了几个月，她的语气变得愤懑。

“戴克的老师说他好斗，”有一天，在给叫去学校见校长以后，她告诉伊菲麦露，“好斗，怎么可能。她要戴克接受他们所称的特殊教育，到时，他们会让他一个人一个班，派某个受过训练、专门对付有心理缺陷的孩子的人去给他上课。我告诉那女人，好斗的不是我的儿子，是她的父亲。看看戴克，就因为他长得不一样，当他做出其他孩子做的事时，那就变成了好斗。接着校长对我讲，‘戴克和我们大家一模一样，我们没有觉得他有任何不同。’装什么啊？我叫他看着我的儿子。全学校只有他们两个。另一个小孩是混血儿，肤色之浅，从远处看根本看不出他是黑人。我的儿子格外突出，所以你怎么能对我说你看不出任何区别呢？我坚决不同意把他放到特殊班去。他比他们所有人加起来都聪明。现在他们想开始抹黑他。凯米提醒过我这一点。她说在印第安纳，他们试图这样对待她的儿子。”

后来，乌茱姑姑的抱怨转向了她实习的医院，多么没劲，多么小，病历还是手写的，保存在积满灰尘的文件夹里。而后，当她结束实习期后，她抱怨那些病人，把找她看病当作是对她的恩惠。她鲜少提起巴塞洛缪，仿佛她只和戴克两人住在马萨诸塞州临湖的房子里似的。

17

在七月阳光明媚的一天，伊菲麦露决定停止假装美国口音，同一天，她遇见了布莱恩。那口音本身没有破绽。通过仔细观察朋友和新闻播报员，她已学得炉火纯青，含糊的t，圆润卷舌的r，用“这么说”来起头的句子，还有流利的回应“噢～真的吗”，可那口音是有意识强装出来的，是一种靠意志完成的行为。那需要费一点力，扭动嘴唇，弯曲舌头。假如她慌乱失措、恐惧，或在着火时猛然惊醒，她会记不起怎么发那些美国音。因此她决意停止，在那个夏日，在戴克生日的那个周末。促使她做出这个决定的，是一通电话推销员的来电。她在她位于春园街的公寓里，她在美国第一个真正的家，她独自一个人的家，一居室，水龙头有点漏水，暖气很吵。刚搬进来的几个星期里，她感觉步伐轻盈，整个人神清气爽，因为她打开冰箱，知道里面的每样东西都是她的，她清洗浴缸，知道不会在下水口发现一丛丛教人不知如何是好的外国室友的头发。“理论上，与真正的阿飞区隔着两条街。”公寓的管理员贾迈勒这么表述，他提醒她从屋里偶尔会听见枪声，可虽然她每晚开着窗，神经紧绷，竖起耳朵，听到的只有夏末的声响，驶过的汽车里的音乐，孩子们玩耍时兴高采烈的欢笑，他们母亲的喊叫。

那个七月的早晨，她已收拾好周末去马萨诸塞州的旅行包，正在做炒鸡蛋，这时，电话响了。来电显示是“未知号码”，她猜想可能是她父母从尼日利亚打来的。可结果是电话推销员，一个年轻的美国小伙，推销更优惠的国内和国际长途电话费率。通常，遇到电话推销员，她总是直接挂断，可那人的声音有点特别，使她关了炉子，拿着听筒不放，那声音洋溢着青春，未经试炼，未经考验，有些微颤抖，一种激进、但丝毫没有侵略性的客服人员的友好；好像他虽然嘴上说着培训时教他说的话，心里却担忧得要命，生怕冒犯她。

他问她的生活怎么样，她所在城市的天气怎么样，并告诉她凤凰城相当热。那可能是他第一天上班，电话耳机不适地插在他的耳朵里，他隐隐希望他打去的人不在家，无法接电话。由于对他产生了奇特的同情，她询问如果打往尼日利亚，他是否有比一分钟五十七美分更优惠的费率。

“请稍候，我查一下尼日利亚。”他说，而她回去继续炒她的鸡蛋。

他回到电话上，说他的费率一样，但没有其他她要去电的国家了吗？墨西哥？加拿大？

“唔，我有时打往伦敦。”她说。那年夏天吉妮卡在那儿。

“好的，请稍候，我查一下法国。”他说。

她扑哧笑出声。

“那边有什么有趣的事吗？”他问。

她笑得更厉害。她张开嘴，想直言不讳地告诉他，有趣的是他推销国际电话卡，却不知道伦敦在哪里，可有东西让她忍住了，想象他的模样，大概十八九岁，体重超重，粉扑扑的脸，周围有女孩子时会羞怯不安，沉迷于电子游戏，对矛盾交织、一团乱麻的世界一无所知。因此她说：“电视上在放一部逗噱的老喜剧片。”

“哦，真的吗？”他说，他也笑了起来。那令她心碎，他的青涩。当他再度回到电话上，告诉她法国的费率后，她向他道了谢，说这比她现有的费率便宜，她会考虑更换运营商。

“什么时候方便再打电话给你？假如合适的话……”他说。她想知道他们是否有抽成。倘若她真的更换她的电话公司，他的薪水是否会多一点？因为她愿意换，只要对她没有损失的话。

“晚上。”她说。

“能请问一下你的名字吗？”

“我叫伊菲麦露。”

他分外小心地重复了一遍她的名字。"这是一个法国名字吗？"

"不。是尼日利亚的名字。"

"所以你的老家是在那儿？"

"对。"她把鸡蛋盛到盘子上。"我在那儿长大的。"

"哦，真的吗？你来美国多久了？"

"三年。"

"哇。太厉害了。你听起来完全像美国人。"

"谢谢。"

唯当挂上电话后，她才开始感觉一股迅速升起的羞耻像污点般蔓延至她的全身，为自己向他道谢，为把他的那句"你听起来像美国人"制成花环挂在自己的脖子上。为什么听起来像美国人，是一种称赞、一种成就？她赢了；克里斯蒂娜·托马斯，在面无血色的克里斯蒂娜·托马斯的目光下，她曾畏缩得像只斗败的小动物，如今她会用正常的语速对她讲话了。她赢了，的确，但她的胜利是个气泡。她一闪即逝的成功，在余波中留下一个广阔、充满回音的空间，因为她已经太长时间采用一种不属于她自己的声调和生存方式。就这样，她吃完鸡蛋，决心不再假装美国口音。那个下午，在三十街火车站，凑向美铁柜台后面的女子时，她第一次不用美国口音讲话。

"我能买一张去黑弗里尔的往返车票吗？回程是周日下午。我有学生特惠卡。"她说，因自己在说到"特惠"时把t发得毫不含糊、说到"黑弗里尔"时没有把r卷舌而涌起一阵得意。这才是真实的她，这是她在遇到地震从沉睡中惊醒时所会用到的说话腔调。不过，她决定，假如那位美铁的售票员由于她的口音而把语速放得特别慢，像对白痴说话一样，那么她会拿出阿博先生的腔调，她上中学时参加辩论会期间学来的那种矫饰、过分仔细的发音，当时，留着胡须的阿博先生，扯扯他磨损的领带，用卡带机播放录下的英国广播公司的节目，然后让全体学生一遍又一遍地重复单词的发音，直到他满脸堆笑，高呼"正确！"为止。她还会，配合阿博先生的腔调，微微扬起眉毛，摆出一副她自认为的傲慢的外国人姿态。但这些一样都不需要，因为那位美铁售票员的讲话语速正常。“我能看一下你的证件吗，小姐？”

所以她没有用到阿博先生的腔调，直至碰见布莱恩。

火车很挤。就她目光所及，布莱恩旁边的座位是那节车厢里唯一空着的，上面放的报纸和果汁似乎是他的。她停住，指指那个座位，可他的目光一直平视前方。在她身后一名女子正拉着一个沉重的行李箱，列车长在播报，所有个人物品不得放在空座位上，布莱恩看见她站在那儿——他怎么可能没看见她呢？——但他却什么也不做。于是，她的阿博先生的腔调出来了。“对不起。这些是你的吗？你可以把它们拿开吗？”

她把旅行包放在头顶的行李架上，然后落座，僵硬地，捧着她的杂志，身体靠向走道一侧，与他保持距离。火车开始行进时，他说：“真抱歉，我没有看见你站在那儿。”

他的道歉令她吃了一惊，他的神情如此诚恳真挚，好像是做了什么更无礼冒犯的事。“没关系。”她说，莞尔一笑。

“你好吗？”他问。

她已经学会用那种念经似的美国口吻说“好—你—好—吗？”可这次她说：“我很好，谢谢。”

“我叫布莱恩。”他说，然后伸出手。

他看上去个子很高。一个肤色和姜饼一样的男人，身材是那种精瘦、匀称的类型，最适合穿制服，任何制服。她当即看出他是非裔美国人，不是加勒比海人，不是非洲人，父母也不是从这两个地方来的移民。她不是每次都能分清。有一次她问一位出租车司机：“这么说你是从哪里来的？”用一种会意、熟络的语气，肯定他是从加纳来的，结果司机一耸肩说“底特律”。但是在美国待的时间越长，她越来越善于辨认文化在人们身上印下的蛛丝马迹，有时通过外表和步态，但大多时候是通过风度和举止。对布莱恩，她很有把握：他是黑人后裔，他父母的祖先是几百年前来到美洲的。

“我叫伊菲麦露，很高兴认识你。”她说。

“你是尼日利亚人?”

“是的，我是。”

“尼日利亚的布尔乔亚。”他说，微微一笑。在这番揶揄她、称她是有权有势阶级的话语中，含有一种意外、直接的亲昵。

“正如和你一样的布尔乔亚。”她说。此时他们迈入了互不相让的挑逗中。她静静地打量他，他穿着浅色的卡其裤和藏青色的衬衫，这种搭配，是用了恰如其分的心思而挑选出来的；一个会照镜子但不会照太久的男人。他对尼日利亚人有所了解，他告诉她，他是耶鲁大学的助理教授，虽然他的兴趣主要集中在南部非洲，但尼日利亚人无处不在，他对他们怎么可能不了解呢?

“怎么说来着，每五个非洲人里就有一个尼日利亚人，是吗?”他问，依旧面带微笑。他透出几分兼具嘲讽和儒雅的风范。那就好像他相信他们共同分享一系列心照不宣的固有的笑话。

“是的，我们尼日利亚人四处谋生。我们不得不这样。我们人太多，地方不够。”她说，她猛然惊觉他们彼此的距离多么近，只隔了一条扶手。他讲的是那种她刚刚放弃的美式英语，那种让竞选的民意调查人在电话上认定你是白人并受过教育的英语。

“这么说你的专业方向是南部非洲?”她问。

“不，是比较政治。如果在这个国家念政治学的研究生课程，你不能只研究非洲。你可以比较非洲和波兰或以色列，但不能光集中在非洲本身? 他们不让你那么做。”

他用“他们”，暗示出一种“我们”，指的应该是他们俩。他的指甲很干净。他没有戴结婚戒指。她开始幻想一段恋情，冬天他们俩醒来，依偎在白得刺目的晨光里，喝着英国红茶；她希望他是喜欢喝茶的美国人。他的果汁，塞在他面前兜袋里的那瓶东西，是有机石榴汁。一个朴素的棕色瓶子，上面贴着一张朴素的棕色标签，既时髦又有益健康。没有化学成分在果汁里，没有墨水浪费在装饰性的标签上。他在哪里买的? 这不是火车站有售的那类商品。他可能是素食主义者，不信任大公司，只在农夫市场购物，从家里自带有机果汁。吉妮卡的朋友大部分都那样，她厌烦他们，他们的理直气壮令她感到既恼火又自惭形秽，可她做好了宽恕布莱恩这些虔诚言行的准备。他正拿着一本她看不见书名的图书馆的精装书，把他看的《纽约时报》塞在果汁瓶旁边。他瞟了一眼她的杂志，她后悔拿出来的不是她计划在回程火车上读的埃西亚巴·伊罗比①的诗集。他会以为她只读肤浅的时尚杂志。她突然产生一股不可理喻的冲动，想告诉他，她多么喜爱优素福·克蒙雅卡②的诗，来挽回自己的形象。起先，她用手掌盖住封面模特脸上鲜红的唇膏。而后，她身体前倾，把杂志插入面前的兜袋里，略带不屑地说，女性杂志可真荒唐，把小骨架、小胸脯的白人女性形象强加给全世界多骨架、多民族的其余女性，让她们效仿。

“可我却常读，”她说，“像抽烟一样，对你有害但你还是照抽。”

“多骨架和多民族。”他说，一副被逗乐的样子，眼中燃起毫不掩饰的兴趣。这吸引了她，他不是那种对一个女人有兴趣时，故意摆出清高、冷漠之姿的男人。

“你在念研究生吗？”他问。

“我大三，在威尔森学院。”

是她的错觉吗，他的脸一沉，因为失望，因为惊讶？“真的吗？你看起来比那成熟。”

“没错。来这儿以前，我在尼日利亚上过一阵子大学，”她在座位上挪了一下，决心重拾互不相让的挑逗，“你呢，正相反，看上去太年轻不像教授。你的学生一定疑惑这位教授是谁。”

“我猜他们疑惑的事大概很多。这是我第二年教课，”他停顿了一下，“你有上研究生院的打算吗？”

“有，可我担心等我研究生毕业后就不会再讲英语了。我认识一个女研究生，朋友的朋友，光听她讲话就吓人。互文现代性的符号辩

① 埃西亚巴·伊罗比（Esiaba Irobi，1960—2010），尼日利亚导演、剧作家、学者，1992 年以剧作《墓园小路》蜚声世界，出版过诗集《为何我不喜欢菲利普·拉金》。
② 优素福·克蒙亚卡（Yusef Komunyakaa，1947— ），美国当代非裔诗人，1994 年获得普利策诗歌奖，2011 年获得史蒂文森诗歌奖。

证法。那根本不知所云。有时我觉得他们生活在一个平行的学术天地里，说的是学术语言而不是英语，他们并不真正了解现实世界里所发生的事。”

“那未免太偏激了。”

“我不知道还能作何感想。”

他大笑，她为自己使他大笑而得意。

“但我懂你的意思，”他说，“我研究的领域包括社会运动、独裁下的政治经济、美国人的投票权和代表、政治上的种族和民族，以及竞选经费。那是我的经典说辞。其中许多的确是废话。我给学生上课，我不知道里面有什么是对那些孩子有意义的。”

“哦，我相信一定有。我很想去上一堂你的课。”她讲得过分殷勤，那并非她所愿。无意间，她把自己定位成了潜在的学生。他似乎急于改变谈话的方向，也许他亦不想当她的老师。他告诉她，他去华盛顿看了朋友，现正准备回纽黑文。“这么说，你是去哪里呢？”他问。

“沃林顿。离波士顿有一点车程。我的姑姑住在那儿。”

“这么说，你常来康乃狄格州啦？”

“不常。我从来没去过纽黑文。但我去过斯坦福和克林顿的购物中心。”

“哦，对，购物中心。”他的嘴角微微向下一撇。

“你不喜欢购物中心吗？”

“除了没有灵魂、平淡乏味以外？购物中心完美无缺。”

她一向不理解，购物中心——那种在任何一家找到一模一样店铺的理念，有什么不好；她觉得千篇一律的购物中心相当温馨舒适。瞧他那身精心挑选的衣服，想必一定得去什么地方购买吧？

“这么说你是自己种棉花自己做衣服喽？”她问。

他大笑，她也大笑。她想象他们俩，手牵手，走进斯坦福的购物中心，她打趣他，提醒他这段发生在他们相识那天的对话，抬起脸吻他。在乘坐公共交通时和陌生人交谈，那不是她的天性——几年后当她开始写博客时，她会更加频繁地这么做——可她聊啊聊，也许是因为她新换上的属于自己的说话腔调。他们聊得越多，她越告诉自己，这不是巧合；在她回归自己说话腔调的同一日遇见这个男人，那意味深长。她像个迫不及待要把自己笑话的笑点讲出来的人一样，忍着笑，告诉了他那位以为伦敦在法国的电话推销员的事。他没有笑，而是摇摇头。

“他们根本不好好培训这些做电话推销员的人。我敢保证，他是没有健康保险、没有福利的临时工。”

“是的，”她说，后悔了起来，“我有点为他感到难过。”

“说起来，我们系几个星期前搬地方。耶鲁雇了专业的搬家公司，指示他们把每样物品从每个人的旧办公室搬到新办公室，必须放在和原来一模一样的地方。他们照办了。我的书全都排在书架正确的位置。可你知道我后来注意到什么？许多书的书脊是倒过来的。”他看着她，仿佛想和她共享这种意外，在片刻的空白中，她不清楚那个故事讲的是什么。

“噢，那些搬家的人不识字。”她终于说。

他点头。“在这件事上，实在有某些东西，让我整个人崩溃……”他任话音渐渐弱去。

她开始幻想他在床上的表现：他会是个体贴、关爱的恋人，对他而言，情感的满足和射精同样重要，他不会嫌弃她松弛的肌肤，每天早晨他会心平气和地醒来。她匆匆望向别处，害怕他说不定已读出她的心思，那些画面如此惊人地历历在目。

“你想喝啤酒吗？”他问。

“啤酒？”

“对。餐车有卖啤酒。你要来一瓶吗？我打算去买一瓶。”

“好的，谢谢。”

她站起身，自觉地给他让路，期望在他身上嗅到某些味道，可并没有。他不搽古龙水。也许他抵制古龙水，因为古龙水的制造商不善待员工。她注视他沿过道往前走，心知他知道她在注视他，喝啤酒这个邀请令她欢喜。她曾担心他只喝有机石榴汁，但倘若他也喝啤酒的话，此时想到有机石榴汁亦成了令人愉快的事。他拿着啤酒和塑料杯回来，用夸张的手势为她倒了一杯，递给她，动作中带着浓浓的罗曼蒂克之意。她向来不爱喝啤酒。从小到大，那是男人的酒，粗犷不雅。如今，坐在布莱恩旁边，笑着听他讲他大学一年级第一次真正醉酒的经历，她发现她是可以喜欢啤酒的。啤酒牙碜的饱满感。

他说起自己本科时的岁月：在男生联谊会的入会仪式上吃精液三明治的愚蠢行为；大学三年级暑假环游亚洲时在中国屡屡被人叫作迈克尔·乔丹；他的母亲在他毕业后的那周死于癌症。

“精液三明治？”

“他们对着一片皮塔面包手淫，你必须咬一口，但不必吞下去。”

“哦，天哪。”

“不过，但愿年轻时做了傻事，那样到年纪大时就不会做了。”他说。

当列车长报告下一站是纽黑文时，伊菲麦露感到一阵失落的刺痛。她从她的杂志上撕下一页，写了她的电话号码。“你有名片吗？”她问。

他摸摸口袋。“我身边没有。”

在他收拾他的物品时，他们沉默不语。接着火车戛然刹住。她感觉到，但又希望她的感觉是错的，他不想留电话号码给她。

“好吧，那你能写一下你的号码吗，假如你记得的话？”她问。一个蹩脚的玩笑。是啤酒把这些话从她嘴里推了出来。

他在她的杂志上写了他的号码。“你保重。”他说。临别时他轻触了一下她的肩膀，他的目光中有某些东西，某些既温柔又悲伤的东西，让她告诉自己，她误解了他的不情愿。他已经想念起她。她挪到他的座位，尽情享受着他身体的余温，隔着车窗注视他走过月台的身影。

到了乌茱姑姑家，她想做的第一件事就是打电话给他。可她觉得最好等几个小时。过了一个小时，她心说去他妈的，然后拨了电话。

他没有接。她留了言。后来她又打过去。没人接。她打了一遍一遍又一遍。没有人接。她在午夜时打过去。她没有留言。整个周末，她不停地打啊打，他始终没有接起电话。

沃林顿是座寂静的小镇，一座安于自我的小镇：蜿蜒的道路从浓密的树林中斜穿而过——连主路，当地居民因担心会招来城里的外人而不愿拓宽，也是曲折而狭窄的——沉睡的人家掩映在树后，周末，蔚蓝的湖上有点点船只。从乌茱姑姑家餐厅的窗户向外望，湖水波光粼粼，一种静谧到让人无法移开目光的蓝。伊菲麦露站在窗旁，乌茱姑姑坐在桌前一边喝橙汁，一边把她的苦楚像珠宝般亮出来。那成了伊菲麦露每次去的一项惯例：乌茱姑姑把她所有的不满收集在一个丝线包里，养护、抛光，等到星期六伊菲麦露去时，趁巴塞洛缪外出、戴克在楼上之际，她会将那倒在桌子上，把每一颗左右翻转，折射出光。

有时，同样的事她讲两遍。讲她前几天去公共图书馆，忘了把未还的书从手提包里拿出来，警卫对她说："你们这些人从来不守规矩。"讲她走进诊室，病人问"医生来了吗？"当她说她就是医生时，那位病人变得面如土色。

"你知道吗，那天下午，她打电话来要求把她的病历转到另一位医生的诊所！你能想象吗？"

"巴塞洛缪怎么看这一切？"伊菲麦露做了个手势，涵盖这房间、这湖景、这小镇。

"那家伙就忙着拉生意。他每天早出晚归。有时戴克整个星期连一眼都看不见他。"

"我讶异的是，你竟然还待在这儿，姑姑，"伊菲麦露平静地说，"这儿"，她们俩都明白，她指的不仅是沃林顿。

"我想再要个孩子。我们一直在努力。"乌茱姑姑走过来，站在她旁边，靠着窗。

木楼梯上传来噼啪噼啪的脚步声，戴克走进厨房，穿着一件褪色的T恤和短裤，捧着他的掌上机不放。伊菲麦露每次见到他，似乎都觉得他长高了，变得更加内向。

“你要穿着那件汗衫去夏令营吗？”乌茱姑姑问他。

“嗯，妈妈。”他说，他的眼睛盯着手里闪烁的屏幕。

乌茱姑姑起身去检查烤箱。今早，在他去夏令营的第一天，她同意给他做炸鸡块当早餐。

“姐，我们晚点还去踢足球，对吗？”戴克问。

“是的。”伊菲麦露说。她从他盘中拿起一小块炸鸡，放进嘴里。“早餐吃炸鸡块，够奇怪的，但这是鸡肉还只是塑料啊？”

“辣味塑料。”他说。

她陪他走到公车站，望着他上车，窗户里是其他孩子白皙的面孔，公车司机过分欢快地朝她挥手。那天下午，她站在那儿，等公车把他送回来。他的脸上有戒备之色，某种近似哀伤的表情。

“怎么了？”她问，手臂搂着他的肩膀。

“没什么，”他说，“现在我们能踢足球吗？”

“你先告诉我发生了什么。”

“没发生什么。”

“我猜你需要补充点糖分。明天你可能会摄入过量，因为有生日蛋糕。但我们还是吃块曲奇饼干吧。”

“你用糖贿赂你照看的小孩吗？哈，他们真幸运。”

她大笑。她从冰箱里取出袋装的奥利奥。

“你和你照看的小孩踢足球吗？”他问。

“不。”她说，虽然她间或和泰勒玩一次，在他们家超大的、树木繁茂的后院来回踢着皮球。有时，当戴克问起她照顾的孩子时，她极力满足他的童心，向他讲述他们的玩具、他们的生活，可她谨慎地不使他们显得是对她重要的人。

“说起来夏令营怎么样？”

“挺好的。”停顿了一下。“我们组的组长，黑利？她发防晒霜给大家，但她不肯给我一点。她说我不需要。”

她看着他的脸，那张脸上几乎没有表情，怪异地没有表情。她不晓得该说什么。

“她以为你皮肤黑所以不需要防晒霜。可你需要。许多人不知道皮肤黑的人也需要防晒霜。我给你买一瓶，放心。”她讲得太快，不确定自己这么说是否得当，或什么是得当的说法，并担忧起来，因为这件事对他的打击之大，她已能从他的脸上看出来。

“没关系，”他说，“这有点滑稽。我的朋友丹尼笑话这来着。”

“你的朋友为什么觉得这滑稽？”

“因为就是滑稽！”

“你心里也希望她给你防晒霜，对吗？”

“我猜是吧，”他一耸肩说，“我只是想和大家一样。”

她拥抱他。后来，她去商店给他买了一大瓶防晒霜，她下一次去时，看见那扔在他的柜子上，被遗忘，没有用过。

帮助非美国黑人理解美国：美国的宗派主义

在美国，宗派主义活跃兴盛。有四种划分——阶级、意识形态、地区和种族。第一条，阶级。非常简单。富人和穷人。

第二条，意识形态。自由派和保守派。他们不仅在政治议题上存在分歧，而且一方相信另一方是邪恶的。两派间阻止通婚，在极罕见的情况下，若出现通婚，则被视为非同凡响。第三条，地区。北方和南方。这两方打过内战，那场战争遗下的顽固污点仍在。北方人瞧不起南方人，南方人憎恨北方人。最后一条，种族。在美国有一道种族等级的阶梯。白人永远在上层，特别是祖先为英国新教徒的白人，又称WASP；美国黑人永远在底层；至于中间的，取决于时间和地点。（或如那首绝妙的打油诗所言：假如你是白人，你安枕无忧；假如你不黑不白，坚守别走；假如你是黑人，滚回老地头！）美国人假定每个人都会掌握自己的宗派主义。但那需要花一段时间才能全部参透。所以在念本科时，我们有一位特邀演讲嘉宾，班上一名同学对另一个人耳语：“哦，我的天哪，他看上去真像犹太人，”并打了个寒颤，一个实实在在的战栗。长得像犹太人是坏事。我不懂。就我所见，那位男士是白人，和这位同学本人没太大区别。对我而言，犹太人是个模糊的、《圣经》里的概念。可我很快领悟了。瞧，在美国的种族阶梯上，犹太人是白人，但亦比白人低几阶。有一点混乱，因为我认识这个麦秆色头发、长着雀斑、自称是犹太人的女孩。美国人怎么看得出谁是犹太人？那名同学怎么知道那男人是犹太人？我在某处读到，美国大学以前要求申请人提供母亲的姓氏，以确保他们不是犹太人，因为他们不愿录取犹太人。所以，也许那是一个分辨的办法？通过人的姓名？你在这儿待的时间越长，就越能深谙其道。

18

玛利亚玛的新客人穿着牛仔短裤，丹宁布粘在她的屁股上，球鞋和她的上衣一样是明艳的粉红色。硕大的耳环轻擦着她的脸蛋。她站在镜子前，描述她想要的那种玉米垅发型。

“好像之字形，一条分线在边上，就这儿，但开始不要加头发，编到马尾时再加，”她说，语速很慢，过于字正腔圆，“你明白我的意思吗？”她追问了一句，似乎已然确信玛利亚玛没明白。

“我明白，”玛利亚玛平静地说，“你要看照片吗？我的相册里有那款发型。”

那本相册被翻了一通，最后，那位客人满意地就坐，磨损的塑料布拉起围在她的脖子上，她的座椅高度经过调整，玛利亚玛始终面带微笑，一种饱含事事隐忍的微笑。

“我上一次光顾的另一位编发师，”那位客人说，“她也是非洲人，她可恶地想要烧我的头发！她拿出打火机，我跳起来，肖塔伊·怀特，别让那女人拿着那东西靠近你的头发。于是我问她，那是做什么用的？她说，我要清理你的发辫，我说，什么？接着她试图向我演示，她试图用打火机飞快扫过一条发辫，我冲她暴跳如雷。”

玛利亚玛摇摇头。“哦，那真糟。烧头发的办法不好。我们不那么做。”

一位客人进来，她的头发用一块鹅黄色的裹头巾包着。

“嗨，”她说，“我想编辫子。”

“你想编什么样的辫子？”玛利亚玛问。

“就是普通的小辫子，中等粗细。”

“你要长的吗？”玛利亚玛问。

“不要太长，到肩膀的长度吧？”

“行。请坐。她会为你弄。”玛利亚玛说着，指指哈莉玛，她正坐在后面，眼睛盯着电视。哈莉玛站起，伸了个懒腰，时间拖得有点长，仿佛是为了表达她的不情愿。

那位女士坐下，指着那堆DVD影碟。“你卖尼日利亚的电影碟片？”她问玛利亚玛。

“以前卖，但我的供应商破产了。你想要买吗？”

“不。只是你看起来似乎有很多。”

“有几部真的不赖。”玛利亚玛说。

“我看不了那些内容。我猜我有偏见。在我的国家南非，尼日利亚人以偷盗信用卡、吸毒和做各种疯狂之事出名。我猜这些电影拍的也是那类东西吧。”

“你是从南非来的？你没有口音啊！”玛利亚玛惊呼道。

那位女士耸耸肩。“我来这儿很久了。那没太多两样。”

“有，”哈莉玛说，忽然活了过来，站在那位女士身后，“我和儿子刚来这里时，学校里的人因他的非洲口音打他。在纽瓦克。要是你看见我儿子的脸啊？紫得像洋葱。他们老是打他，打他，打他。黑人男孩就那样打他。现在口音没了，一切都好了。”

“听到那样的事我真难过，”那位女士说。

“谢谢。”哈莉玛面露微笑，由于这卓越的成就——美国口音——而倾慕起这位女士。“是的，尼日利亚很腐败。非洲最腐败的国家。我，我看电影，但不，我不去尼日利亚！”她朝空中半挥了一下手掌。

“我不会嫁给尼日利亚人，我也不会让我家里的任何人嫁给尼日利亚人，”玛利亚玛说，然后朝伊菲麦露投去抱歉的一瞥，“不是全部，但他们中很多人干坏事。甚至谋财害命。”

“哟，我不了解那些。”那位客人说，用的是敷衍的温和语调。

爱莎在一旁观望，诡秘而不出声。后来，她对伊菲麦露低语，表情里带着怀疑：“你在这儿十五年，可你没有美国口音。为什么？”

伊菲麦露不理她，又一次，翻开让·图默的《藤条》。她的目光停留在那些单词上，骤然盼望她能使时间倒转，延迟这趟返乡之旅。也许她草率行事了。她不该把公寓卖掉的。她本该接受《文汇》杂志的提议，让后者买下她的博客，让自己继续当一名有薪酬的博客作者。万一她回到拉各斯，发现搬回去是个天大的错误，那怎么办？即使想到可以随时回美国，也没有给她期望中那莫大的安慰。

电影结束了，在屋里新降临的无声中，玛利亚玛的客人说："这根有点毛糙。"手摸着一根之字形经过她头皮的细玉米垅发辫，声音高于所需的音量。

"没问题。我重新弄一次。"玛利亚玛说。她和颜悦色，嘴巴很甜，可伊菲麦露看得出她心里认为自己的客人是个麻烦鬼，那根玉米垅发辫一点没问题，可这是她新的美国式自我的一部分，这份顾客至上的热诚，这份表面漂亮的虚伪，她接受了，采纳了。等客人走后，她也许会卸去那个自我，向哈莉玛、向爱莎议论一番美国人，说他们多么受惯了娇宠，幼稚而自以为是，可当下一位客人来时，她会再度，换上她美国式自我的无可挑剔的面孔。

她的客人说："真可爱。"同时付钱给玛利亚玛。她走后没多久，进来一位年轻的白人妇女，长得珠圆玉润，皮肤晒成小麦色，她的头发在脑后扎成一条松散的马尾辫。

"嗨！"她说。

玛利亚玛说"嗨"，然后等着，把手在短裤的前部擦了又擦。

"我想把头发编成辫子？你可以把我的头发编成辫子，对吗？"

玛利亚玛露出过分殷切的微笑。"对。我们什么头发都编。你想要普通的辫子还是玉米垅？"说着，她麻利地擦干净椅子。"请坐。"

那个女人坐下，说她想要玉米垅。"类似波·德瑞克在电影里的那种吗？你知道那部电影《10》吗？"

"嗯，我知道。"玛利亚玛说。伊菲麦露认为她未必知道。

"我叫凯尔茜。"那个女人报出她的名字，仿佛是对着全屋子的人。她表现出过于积极的友好。她问玛利亚玛来自哪里，来美国多久了，有没有小孩，她的生意怎么样。

“生意有起有落，但我们尽力而为。”玛利亚玛说。

“但在你自己的国家，你可能根本没法做这生意，对吗？你有机会来美国，岂不是太棒了，如今你的孩子能过上更好的生活？”

玛利亚玛一脸吃惊。“是的。”

“在你的国家，妇女可以投票吗？”凯尔茜问。

玛利亚玛停顿的时间比先前更长。“可以。”

“你在看什么书？”凯尔茜转向伊菲麦露。

伊菲麦露给她看小说的封面。她不想攀谈。尤其是和凯尔茜。她在凯尔茜身上见出美国自由派人士的民族优越感，他们大肆批评美国，但不喜欢你那样做；他们期盼你沉默感恩，并且时刻会提醒你：无论你来自哪里，都远不如美国。

“好看吗？”

“嗯。”

“是小说，对吗？讲什么的？”

为什么人们爱问“讲什么的？”仿佛一本小说必定讲的只有一件事。伊菲麦露讨厌那个问题，除了本身低落迷茫的心情以外，即使她没有开始感到头痛，她仍会讨厌那个问题。“这可能不是你会喜欢的那种书，假如你有自己特定的喜好的话。他混合了散文和诗。”

“你的口音很好听。你是从哪里来的？”

“尼日利亚。”

“噢。有意思。”凯尔茜长着纤细的手指，用来做戒指广告将是再理想不过。“我秋天要去非洲。刚果和肯尼亚。我也打算尝试去看看坦桑尼亚。”

“那不错。”

“为了准备，我一直在看书。大家都推荐《瓦解》①，我在高中时读过。那写得很好，但有点古雅，对吗？我的意思是，那不能有助于

① 《瓦解》(*Things Fall Apart*）是尼日利亚著名作家奇努阿·阿契贝（1930—　）于1958年出版的小说，讲述了一个村庄的青年因为意外遭遇流放，他原先的世界遭遇巨变的故事。这本小说也是非洲文学中被最广泛阅读的作品，曾得到曼德拉的推荐。

我理解现代非洲。我刚读了一本巨著，《大河湾》①。那使我真正理解了现代非洲是怎么运作的。”

伊菲麦露出声了，介于嗤鼻和轻哼中间，但没有说话。

“那写的全是大实话，是我读过的有关非洲最坦诚的书，”凯尔茜说。

伊菲麦露挪了一下身子。凯尔茜无所不知的口气让人受不了。她的头痛越来越厉害。她根本不认为那本小说是有关非洲的。那写的是欧洲，或说对欧洲的渴望，一个在非洲出生的印度裔人破碎的自我写照，为没有出生在欧洲、成为他心目中因其创造力而高人一等的种族中的一员，感到如此受伤、如此卑微，以致把他臆想的个人的不足转变成对非洲厌烦的鄙视；通过蓄意向非洲人摆出傲慢的态度，他得以——即便只是一瞬间——变成欧洲人。她往座位上一靠，缓慢慎重地说出这番话。凯尔茜的表情错愕，她没料到自己被上了一小课。而后，她客气地说：“哦，好吧，我明白你为什么会读那样的小说了。”

“我也明白你为什么果然会读那本书了。”伊菲麦露说。

凯尔茜扬起眉毛，仿佛伊菲麦露是那种有点精神不稳、最好别招惹的人。伊菲麦露合上眼睛。她有种头顶阴云集聚的感觉。她感到自己快要昏倒了。也许是热的缘故。她结束了一段并非让她不快乐的恋情，关闭了她喜爱的博客，如今，她在追逐着某些她对自己都无法清楚说明的东西。她本可以就凯尔茜也写一篇博客，这个女孩不知为何相信自己是用超凡的中立态度在看书，而别人看书是感情用事。

“你要接头发吗？”玛利亚玛问凯尔茜。

“接头发？”

玛利亚玛举起一包装在透明塑料袋里的假发。凯尔茜睁大眼睛，她迅速扫视周围，瞥见爱莎编每条辫子时从中抽取一小股的那包，还有哈莉玛方才正在打开的那包。

① 《大河湾》（*A Bend in the River*）是2001年诺贝尔文学奖得主V.S.奈保尔（1932—　）以非洲为背景的小说，于1979年出版，讲述了获得独立的刚果内战频仍、人民流离失所的历史。

“哦，我的天哪。原来是这么弄出来的。我以前一直以为编辫子的非裔美国女人头发这么多呢！”

“没有，我们接了假发。”玛利亚玛说，微笑着。

“下次吧。我想今天我只用自己的头发好了。”凯尔茜说。

她的头发耗时不长，七根玉米垅，过细的发丝已经从辫子里松出来。“真好看！”编完后她说。

“谢谢，”玛利亚玛说，“请再次光临。下次我可以为你换一种发型。”

“太好啦！”

伊菲麦露望着镜子里的玛利亚玛，想到自己身上新生成的美国式自我。她第一次对着镜子，在一股突涌的成就感中，看见另外一个人，是和柯特在一起的时候。

柯特喜欢说那是一笑钟情。每当人们问起他们怎么相识的，甚至是他们不怎么认识的人，他会讲起金伯莉当他们介绍人的故事，他，从马里兰州去看表姐的弟弟；她，金伯莉频频谈起的尼日利亚保姆。她低沉的嗓音，她从橡皮筋里滑出来的那条辫子，给他多少冲击。但爱上她的那一刻，是在泰勒闯进小书房，穿着一件蓝斗篷和内衣，大喊“我是内裤超人”，她仰头发出大笑时。她的笑声如此富有活力，肩膀颤抖着，胸脯起伏着；那是一个女人，当她笑时，是真正在笑的大笑。有时，在只有他们两人而她大笑时，他会打趣地说：“那是迷住我的地方。你知道我想的是什么吗？假如她笑起来是那样，我好奇她做其他事是什么样。”他也告诉她，她知道他动了心——她怎么可能不知道？——但假装不知道，因为她不想要一个白人。事实上，她并未注意到他的兴趣。以往她总能察觉出男人的欲求，但对柯特没有，起先没有。她依旧想着布莱恩，看见他走过纽黑文火车站的月台，一个充斥她脑海的身影，怀着一厢情愿的思念。她不仅被布莱恩所吸引，而且被布莱恩所虏获，在她心目中，他成了她永远得不到的完美的美国伴侣。不过，自那以后，她也有过别的爱慕对象，不能和火车上那次怦然心动相提并论，她刚从对伦理学课上的阿贝的爱慕中走出来。阿贝是白人，阿贝十分喜欢她，认为她聪明幽默，甚至迷人，可他不把她当女生看。她对阿贝好奇，感兴趣，但她做出的种种挑逗在他眼里仅是友好之举：若有黑人朋友的话，阿贝会介绍给她做男友。她在阿贝面前是隐形人。这粉碎了她的心醉，或许也是让她没注意到柯特的原因。直到有一天下午，她正在和泰勒玩接球，泰勒把球扔得很高，太高，结果掉进了邻居家樱桃树旁的草丛里。

“我想我们找不到那个球了。”伊菲麦露说。上个星期，一个飞碟落进那里面不见了。柯特从庭院的椅子上起身（他一直在注视她的一举一动，后来他告诉她），跃入灌木丛中，几乎像跳水般，仿佛那是一个泳池，出来时拿着那颗黄球。

“耶！柯特舅舅！”泰勒说。但柯特没有把球给泰勒，而是递到了伊菲麦露面前。她在他的眼中看见了他想让她看见的东西。她莞尔一笑，说：“谢谢。”后来在厨房，当她为泰勒放好了录影带，正在喝水时，他说：“这下我该约你出去吃饭了，但事到如今，无论能走到哪一步，我都乐于接受。我可以请你喝杯饮料、吃个冰激凌、吃顿饭、看场电影吗？这个周末，在我回马里兰以前？”

他用惊奇的目光看着她，头微微低着，她内心感到豁然开朗。被人这般追求，那多么荣耀，而且是这个男人，手腕上戴着潇洒的金属手环，下巴中间有道沟痕，英俊得像百货公司商品目录里的模特。她开始喜欢他，因为他喜欢她。“你吃饭的样子真优雅。”他在他们第一次约会时对她说，那是在老城区的一家意大利餐厅。她把叉子举到嘴边的动作，根本没什么优雅的，可她喜欢他认为有。

“所以，我是一个来自美国第一富人区波托马克的白人有钱小伙，可我远没有人们认为的那么混账，”他说，用的语气让她感觉他以前讲过那番话，并在讲出后收到了良好的反响，“劳拉总说我妈比上帝还有钱，可我觉得她未必。”

他就这样津津乐道地谈论自己，仿佛决心把一切需要知道的事，一股脑都告诉她。他的家族是百年酒店业大亨。为了逃离他们，他去加州上大学。毕业后他环游了拉丁美洲和亚洲。有某些东西开始召唤他回家，可能是他父亲的过世，可能是一段让他不开心的恋情。于是，一年前，他搬回了马里兰，创办了一家软件公司，只因为这样他可以不进入家族企业。他在巴尔的摩买了一间公寓，每个星期日去波托马克，陪他的母亲吃早午餐。他条理清晰、简明扼要地陈说自己，认定她喜欢听他的故事，就因为他自己喜欢。他孩子气的热情令她着迷。在她公寓楼前拥抱道晚安时，他的身体很结实。

"再过三秒整，我就要准备进一步接吻了，"他说，"一个真正的吻，能让我们忘乎所以，因此假如你不想让那发生的话，不妨立刻退后。"

她没有退后。那个吻充满刺激，犹如未知之物的刺激一样。事后，他不无紧迫地说："我们必须告诉金伯莉。"

"告诉金伯莉什么？"

"告诉她，我们在约会。"

"我们是吗？"

他大笑，她也大笑，虽然她并不是在开玩笑。他坦率、奔放，没有丝毫愤世嫉俗的念头。在这面前，她感到陶醉又近乎无助，被他牵着走；既然他如此确信，那么在一吻之后，他们可能真的是在约会了。

金伯莉第二天向她打招呼的用语是"你好啊，恋爱中的小女人"。

"这么说，你会原谅你的表弟约帮工外出啰？"伊菲麦露问。

金伯莉大笑，接下来是一个令伊菲麦露既惊讶又感动的行为，金伯莉拥抱了她。她们尴尬地分开。小书房的电视上出现奥普拉，她听见观众爆发出掌声。

"嗳，"金伯莉说，看上去她自己也被那个拥抱小小吓了一跳，"我只是想说我真的……为你们俩高兴。"

"谢谢。但只是一次约会，还没到最后的高潮。"

金伯莉咯咯笑着，一度，她们感觉好像是高中时的闺蜜，在议论男生。伊菲麦露时而觉察出，在金伯莉步步顺遂的人生底下，藏着一闪而过的抱憾，不仅因为她当前所渴望的事，而且也因为她过去渴望过的事。

“今早你应该见过柯特了吧，”金伯莉说，“我从来没见过他这样！他那个兴奋啊。”

“兴奋什么？”摩根问。她正站在厨房门口，她尚未发育的身体僵直，怀着敌意。在她身后，泰勒正努力要把一个小塑料机器人的腿拉直。

“噢，宝贝，这个你得去问柯特舅舅。”

柯特走进厨房，含羞地笑着，头发有一点湿，搽了一种清新、淡雅的古龙水。“嘿。”他说。晚上他曾打电话给他，说他睡不着。“这实在老套，可我满脑子都是你，好像我在呼吸的是你，你知道吗？”他说，她心思，言情小说家搞错了，真正罗曼蒂克的是男人，不是女人。

“摩根问你为什么显得如此兴奋？”金伯莉说。

“喔，摩儿，我兴奋，因为我有新女朋友了，一个非常特别、你说不定认识的人。”

伊菲麦露希望柯特能移去环住她肩膀的那条手臂，看在老天的份上，他们不是在宣布他们订婚的消息。摩根瞪着他们。伊菲麦露看见她眼里的柯特：那个风流倜傥、环游世界的舅舅，在感恩节的晚餐上讲述各种滑稽至极的笑话，处事冷静，年轻得能把她迷住，但又年长得能试图使她的母亲理解她。

“伊菲麦露是你的女朋友？”摩根问。

“是的。”柯特说。

“那真恶心。”摩根说着，露出一副真心作呕的表情。

“摩根！”金伯莉说。

摩根转身，大步上楼。

“她迷恋柯特舅舅，现在，照看她的保姆踩到了她的地盘上。那不是能容易接受的。”伊菲麦露说。

泰勒一脸高兴的样子，似乎既是因为这个消息，也是因为拉直了机器人的腿，他说："你和伊菲麦露会结婚生小孩吗，柯特舅舅？"

"噢，好家伙，目前我们只打算共度许多时光，了解彼此。"

"哦，好吧。"泰勒说，略有些丧气。可当唐回来时，泰勒冲进他怀里，说："伊菲麦露和柯特舅舅要结婚生小孩啦！"

"哦。"唐说。

他的惊讶令伊菲麦露想起伦理学课上的阿贝：唐认为她迷人有趣，也认为柯特迷人有趣，但从未想过把他们俩合在一起，缠结在细腻微妙、千丝万缕的情网中。

柯特从未交过黑人女友——在他们第一次发生关系后他告诉她，在巴尔的摩他的顶层豪华公寓，他自嘲地一甩头，仿佛这是他早该做而不知为何疏忽了的事。

"那么，为这个里程碑干杯。"她说着，假装做出举杯的动作。

有一次，当多萝西在非洲学生会的聚会上向她们介绍了她新交的荷兰男友后，万布伊曾说："我没法和白种男人上床，我会吓得不敢看他的裸体，全身上下那么惨白。除非是真正古铜色肌肤的意大利人，也许可以。或者犹太人，肤色深暗的犹太人。"伊菲麦露看着柯特发白的头发、发白的皮肤，背上铁锈色的痣，胸口疏落、极细的金色体毛，心想，这一刻，她多么强烈地不同意万布伊的说法。

"你真性感。"她说。

"你更性感。"

他告诉她，他以前从来没有被一个女人如此吸引，从来没见过如此美丽的身体，她完美的胸，完美的臀部。这令她觉得好笑，奥宾仔口中的扁屁股在他眼里成了完美的臀部，她认为自己的胸属于普通的大胸部，已经出现下垂。可他的话教她开心，犹如一份多余、慷慨的礼物。他想吮吸她的手指，舔舐她乳头上的蜂蜜，涂抹冰激凌在她的肚皮上，仿佛仅是赤裸地皮肤贴皮肤躺着还不够。

后来，当他要求玩角色扮演时——“你扮弗克茜·布朗怎么样。”他说——她觉得这很可爱，他当演员的本领，如此完全忘我地沉浸在角色中，她权且配合、顺应他，因他的快乐而快乐，虽然她百思不解，这为什么能令他如此兴奋。经常，赤裸地躺在他身边，她不知不觉想起奥宾仔，她竭力不把柯特的爱抚同他的作比较。她告诉了柯特她中学时的男友莫菲，但只字未提奥宾仔。谈论奥宾仔，称他为“前男友”——那个轻浮的词，不说明任何事，也不具有任何意义——这感觉像亵渎。随着沉寂在他们之间一个月一个月的消逝，她感觉那沉寂本身钙化，变成了一座坚硬、笨重的塑像，不可能推倒。她时常还会动手给他写信，但每次都停笔，每次都决定不把电子邮件发出去。

在她心中，和柯特在一起，她成了一个无忧无虑的女人，一个在雨中奔跑的女人，嘴里留着被太阳照暖的草莓的味道。“喝一杯”构成了她生活的一部分，莫吉托和马提尼，干白和果红。她和他一起去远足、划艇、在他家度假屋的附近露营，种种以前她绝不可能想象自己在做的事。她轻了，苗条了；她是柯特的女朋友，一个她一不留神冠上的头衔，犹如穿上一件钟爱、把人衬托得更美的礼服。她笑得更多了，因为他笑得如此之多。他的乐观蒙蔽了她。他有一肚子的计划。“我有个主意！”他常说。她想象他童年时被太多色彩鲜艳的玩具所包围，总有人鼓励他开展“项目”，总有人对他说，他平庸的点子特别棒。

“我们明天去巴黎吧！”一个周末他说，“我知道那毫无新意，可你从来没去过，我很乐意有机会带你看看巴黎！”

“我不能这样说走就走，去巴黎。我持的是尼日利亚护照。我需要申请签证，要附上银行对账单、医疗保险和各种材料，证明我不会滞留，成为欧洲的负担。”

“对唷，我忘了那个。好吧，我们下个周末去。我们这个星期把签证的事办好。明天我去要一份我的银行对账单副本。”

“柯特斯。”她说，语气稍显严厉，想让他理智一些，可站在那儿，从如此高的地方俯瞰城市，她已被卷入他兴奋的漩涡。他积极向上，无时无刻不如此，那是一种只有像他这样的美国人才可能有的态度，这里面包含了一份令她觉得既羡慕又反感的幼稚。有一天，他们走在南街，因为她从未见过他所告诉她的费城最好的区域，当信步经过刺青铺和成群粉红色头发的男孩身旁时，他悄悄牵起她的手。在成人商店“避孕套王国”附近，他拉着她，钻进一家极小的塔罗牌屋。一个蒙着黑纱的女人告诉他们：“我看见你们两人的前面有光和长远的幸福。”柯特说：“我们也看见了！”并多给了她十美元。后来，当他高昂的兴致变成一种对伊菲麦露的诱惑，一种不减不灭的阳光气息，使她想要把那击毁、粉碎时，这将是她对柯特最美好的回忆之一，当他身处那间位于南街的塔罗牌屋里，在一个充满仲夏希望的日子：如此英俊，如此快乐，一个真正的信徒。他相信良好的预兆、正面的想法和电影幸福的结局，一种毫无烦恼的信念，因为在选择相信以前他没有深思过；他只是单纯地相信了。

19

柯特的母亲有一种冷血的优雅，她的头发亮泽，皮肤保养得很好，她穿着让人显出雅致、昂贵派头的雅致、昂贵的衣服；她似乎是那种不会给很多小费的富人。柯特喊她“母亲”，含有几分拘礼，一种古韵。星期天，他们陪她吃早午餐。伊菲麦露喜爱这项星期天的惯例，在富丽堂皇的酒店餐厅用餐，周围全是衣香鬓影的客人，满头银发的夫妇和他们的孙儿孙女，翻领上别着胸针的中年妇人。唯一另外一个黑人，是一位穿着硬挺制服的侍者。她吃着蓬松的鸡蛋，切成薄片的三文鱼，新月形的新鲜蜜瓜，望着柯特和他母亲，两人的头发都金黄得刺目。柯特讲话，他的母亲全神贯注地谛听。她对他的儿子疼爱有加——这个在她人生后期她不确定自己是否还有生育能力时所诞下的孩子，这个万人迷，这个让她总是任其摆布的家伙。他是她麾下的探险家，会带回奇珍异品——他约会过一个日本女孩，一个委内瑞拉女孩——但假以时日，会找到合适的成家对象。她可以容忍他喜欢的任何人，但不觉有义务要表现出慈爱。

“我是共和党人，我们全家都是。我们非常反对福利救济，但我们做了很多支持民权的事。我只是要让你知道我们是这类共和党人。”她在她们第一次见面时对伊菲麦露说，仿佛这是需要清除的最重要的障碍。

“你想知道我是哪一类共和党人吗？”伊菲麦露问。

他的母亲先是一脸惊讶，然后舒展出一个不自然的微笑。“你很逗。”她说。

有一次，他的母亲告诉伊菲麦露：“你的睫毛很漂亮。”突如其来、出乎意料之语，然后抿了一口她的贝利尼鸡尾酒，仿佛没有听见伊菲麦露惊讶的“谢谢”。

在开车回巴尔的摩的途中，伊菲麦露说：“睫毛？她想必真是千辛万苦找到一个可夸赞的地方。”

柯特大笑。“劳拉说我的母亲不喜欢美丽的女人。”

一个周末，摩根来了。

金伯莉和唐想带孩子们去弗罗里达，可摩根不肯去。所以柯特叫她来巴尔的摩度周末。他计划去游船，伊菲麦露认为他应该有点时间和摩根独处。“你不来吗，伊菲麦露？”摩根问，露出泄气的表情。“我以为我们要一起去呢。”讲到“一起”这个词时，那股活泼劲，超过伊菲麦露以往从摩根口中听过的。“当然，我来。”她说。她在上睫毛膏和唇彩时，摩根在一旁看着。

“过来，摩儿，”她说，她把唇彩涂在摩根的双唇上，“抿一下嘴巴。真好。喏，你怎么这么漂亮啊，摩根小姐？”摩根大笑。在码头，伊菲麦露和柯特并排走，每人牵着摩根的手，摩根开心地任手被人牵着，伊菲麦露考虑过——像她偶尔脑海中闪过的那样——嫁给柯特，他们的生活嵌入安逸中，他和她的家人朋友相处融洽，她和他的亦然，除了他母亲。他们开玩笑地说过结婚。自从她第一次向他讲述下聘礼的仪式，告诉他，伊博人先履行这些仪式，再由新娘端酒给新郎然后再举行教堂婚礼后，他就开玩笑地说要去尼日利亚向她下聘礼，到她的祖籍地，和她的父亲叔伯坐在一起，坚决要求免费娶她。相应的，她也开起玩笑，说她走上弗吉尼亚州一间教堂的过道，伴着《新娘来了》的旋律，他的亲戚惊骇地瞪着眼睛，用窃窃私语声互相询问，帮工怎么穿着新娘的礼服。

他们蜷缩在沙发上，她在读一本小说，柯特在看体育节目。她觉得那很可爱，他如此专心于他的比赛，眼睛小小的，但仍全神贯注。

在插播广告期间，她逗弄他：美式橄榄球为什么没有内在的逻辑，只见过于壮硕的男人跳到另一人身上？为什么棒球运动员花那么多时间吐痰，然后突然莫名其妙地跑起来？他大笑，一而再的试图解释什么是本垒打和触地得分，可她不感兴趣，因为听懂意味着她不能再逗弄他，因此，她把目光迅速收回到她的小说上，预备在下一次插播广告时再逗弄他。

沙发很柔软。她的皮肤光彩照人。在学校，她选修额外的课程，提高平均成绩。这高高的客厅窗外的下面是一片内港区，亮晶晶的水面，闪烁的灯光。一种满足、安乐感将她淹没。那是柯特给予她的，这份从天而降的满足、安乐。她多么快地适应了他们的生活，她的护照里贴满签证，飞机上头等舱服务员的殷勤周到；他们住的酒店，床单和枕套像羽毛一样轻柔，她囤积的小东西：早餐托盘上的罐装果酱，小包装的护发素，纺布拖鞋，甚至连洗脸毛巾——假如它特别柔软的话。她卸去了自己原来的皮囊。她几乎开始喜欢起冬天，汽车顶上结的那层璀璨的冰霜，柯特给她买的羊绒毛衣给人丰厚的温暖。在店里，他不先看商品价格。他给她买吃的，买教科书，送她百货公司的礼券，亲自带她购物。他叫她放弃当保姆，假如她不用每天工作的话，他们可以有更多时间在一起。可她不肯。“我必须有一份工作。”她说。

她存下钱，寄更多的钱回家。她想让她的父母换一间新公寓。他们旁边的居民小区出了一起持械抢劫案。

“在好一点的地区，找间大一点的。”她说。

“我们在这儿很好，”她的母亲说，“情况不是太糟。他们在街上新建了一道铁门，晚上六点以后禁止载客摩托车进入，所以很安全。”

“一道铁门？”

“是的，在报亭旁边。”

“哪个报亭？”

“你不记得那个报亭了吗？”她的母亲问。伊菲麦露愣了一下。她的回忆蒙上了发黄的色调。她记不起那个报亭了。

终于，她的父亲觅得一份工作，在一家新开的银行当人事部副主任。他买了一部手机。他给她母亲的车换了新轮胎。慢慢地，他又逐渐恢复了对尼日利亚的念叨。

“我们不能说奥巴桑乔是个好人，但必须承认，他在这个国家做了一些好事；现在有一股蓬勃旺盛的进取之风。”他说。

直接打电话给他们，在嘟嘟响过两声后听见她父亲的“你好，哪位?”的感觉很奇怪，当听见她的声音时，他提高自己的音量，几乎是嚷嚷着，像他每次打国际长途一样。她的母亲喜欢拿着电话到外面的阳台上，确保邻居能偷听到：“伊菲，美国的天气怎么样?”

她的母亲提出和风细雨的问题，接受和风细雨的回答。“一切都好吗?”伊菲麦露没有选择，只能说“好”。她的父亲记得她提及的课程，询问详情。她挑选该说的话，小心不讲到任何有关柯特的事。不让他们知道柯特，这样比较方便。

“你的就业前景怎么样?”她的父亲问。临近毕业，她的学生签证即将失效。

“学校指派了一位求职辅导员给我，我下周和她见面。”她说。

“每个毕业生都会分配到一位辅导员吗?”

“是的。”

她的父亲发出某种声音，包含仰慕的敬意。“美国是个秩序井然的地方，那儿到处是工作机会。”

“是的。他们已经为许多学生安排了优渥的工作。”伊菲麦露说。事实并非如此，但这是她父亲期望听到的。求职辅导处是一个密不通风的地方，成叠的文件无人问津地堆在桌上，众所周知，里面的辅导员只会审阅简历，叫你更换字体或格式，给你过时的、永远收不到回音的联系人信息。伊菲麦露第一次去那儿时，她的辅导员露丝，一个皮肤焦糖色的非裔美国女人，问她：“你真正想要做的是什么?”

“我想要一份工作。”

“没错，但是什么工作?”露丝问，流露些许怀疑。

伊菲麦露看着桌上她的简历。“我学的是传媒专业，所以任何和传媒、媒体有关的。”

“你有热爱的东西吗，有梦想的工作吗？”

伊菲麦露摇头。她感到疲软无力，因为没有爱好，不清楚自己想要做什么。她的兴趣模糊纷杂，杂志出版业、时尚、政治、电视，没有一样有明确的蓝图。她参加学校的招聘会，学生们穿着别扭的套装，神情严肃，努力表现得像成年人，能担起真正的职场工作。那些招聘人员本身刚走出学校没多久。那些被派来吸引年轻学生的年轻人，对她讲述“上升机会”、“专业对口”和“福利”，可当发现她不是美国公民，如果雇用她，他们将得堕入办理移民手续的黑暗深渊时，他们没有一个能做出承诺。“我应该学工程之类的专业就好了，”她对柯特说，“传媒专业的人多得不值钱。”

“我认识几个和我爸爸有生意往来的人，他们也许能帮上忙。”柯特说。接着，过了没多久，他叫她去巴尔的摩市中心的一家公司面试，应征一个公关部的职位。“你只需要在面试中表现优异，那份工作就是你的，”他说，“说起来我认识另外一家更大的公司里的人，但这家的好处是，他们会给你办工作签证，还会着手为你申请绿卡。”

“什么？你怎么做到的？”

他一耸肩。“打了几通电话。”

“柯特。真的。我不知道该怎么感谢你。”

“我有几个点子。”他说，露出孩子气的高兴样。

这是好消息，可她心里却像明镜似的。万布伊在打着三份黑工，以筹足五千美元付给一个非裔美国人，换取婚姻绿卡；姆沃贝奇想尽一切办法，试图找一家公司愿意雇用持临时签证的他；而她，像只粉红的气球，轻盈地，飘浮到顶上，靠的不是她自己的力量。在她的感激之情中，她夹杂了一丝愤恨：柯特打几个电话就能改变世界的秩序，让事情照他的意愿按部就班。

当她告诉露丝巴尔的摩的这个面试机会时，露丝说：“我唯一的建议？解去辫子，把头发拉直。这种事没有人明言，但至关紧要。我们很希望你能得到那份工作。”

乌茱姑姑以前说过类似的话，当时她曾大笑。现在，她明白了其中的道理，没有笑。“谢谢。”她对露丝说。

自从来了美国以后，她编辫子时总是接很长的假发，总是惊恐于那高昂的价钱。她每三个月才换一次辫子，甚至四个月，直到头皮痒得忍无可忍，发毛的辫子根部长出一层新头发为止。因此，把头发拉直，那是一次新的冒险。她拆掉辫子，小心不刮到头皮，让污垢原封不动地留着，那将起到保护作用。直发膏的品种已大增，一盒盒陈列在药妆店“民族风发质”的分类区里，黑人女子微笑的面孔，留着不可思议的又长又亮的头发，旁边印着诸如“天然草本”和“芦荟”的字样，保证柔和不伤发。她买了一种有绿色纸盒包装的。在浴室，她先仔细地在发际线周围涂上保护凝胶，然后她戴着塑料手套开始往头发上抹厚厚的直发膏，一片头发接着一片。那气味令她想起中学时的化学实验室，于是她使劲推开时常卡住的浴室窗户。她严格控制所需的时间，二十分钟一到便洗去直发膏，可她的头发依旧拳曲，和以前一样密密匝匝。这款直发膏不起作用。“起作用”——正是费城西区那位美发师的措辞。“姑娘，你需要找专业人士，”美发师一边说一边重新敷上另一种直发膏，“人们以为他们可以在家里做而省钱，其实不行。”

起先，伊菲麦露只感到轻微的灼痛，可当美发师要冲洗掉直发膏时，伊菲麦露的脑袋后仰靠在塑料水池上，针刺般的疼痛从她头皮的各个部分升起，下传至她身体的各处，再重新回到头上。

“只是一点点灼痛，”美发师说，“可瞧，多漂亮。哇，姑娘，你有了一头白人女孩飘逸的秀发！”

如今她的头发垂着，而不是立着，又直又顺，侧分，微似波波头那样内扣，环住下巴。蓬勃的朝气不见了。她认不出自己。她近乎哀伤地走出发廊。此前，在美发师烫平发梢之际，某些不该死去的有机物正在死去的焦味，使她有一种失落感。柯特见到她时神情疑惑。

“你喜欢这个发型，宝贝？”他问。

“我能看出你不喜欢。”她说。

他没有讲话。他伸出手，抚摩她的头发，仿佛这样做可能会使他喜欢上。

她推开他。“哎哟。小心。我有一点被直发膏灼伤了。”

“什么?”

“没什么大不了的。我以前在尼日利亚老是那样。瞧这儿。”

她指给他看她耳后的一处瘢痕，一小块发红鼓起的皮肤，那是上中学时乌茱姑姑拿热梳子弄直她的头发时留下的。“把耳朵拉开。”乌茱姑姑常说，伊菲麦露会抓着耳朵，紧张地屏息，既惧怕那刚从炉里拿出来的赤热的梳子会烧伤她，又兴奋地期待着笔直飘逸的头发。有一天，那果真烧伤了她，当时她微微动了一下，乌茱姑姑的手一抖，滚烫的金属烧焦了她耳后的皮肤。

“哦，我的天哪。”柯特说，瞪大了眼睛。他坚持要轻柔地检查她的头皮，看她伤得多重。“哦，我的天哪。”

他的惊骇加重了她原本正常会有的担忧。她第一次感觉和他的距离如此之近，一动不动地坐在床上，脸埋在他的衬衣里，衣物柔顺剂的芳香钻进她的鼻子，他轻柔地拨开她新拉直的头发。

“你为什么一定要这么做?你的头发编成辫子多好看。还有上一次，你解开辫子，类似就这样放下来?那甚至更迷人，如此丰满而有个性。”

“假如去应征爵士乐队里的伴唱歌手，我丰满而有个性的头发会有用，可这份面试要求我看起来像专业人士。专业意味着直头发是最好的，而若要是卷发，那必须是白人的那种卷，大波浪，或起码是螺旋形的卷发，但绝不能是绞缠拳曲的小卷。”

“你非得这样做不可，这太他妈没道理了。”

当晚，她翻来覆去，想找一个舒适的姿势枕着枕头。两天后，她的头皮结了痂。三天后，那里面流出脓。柯特要她去看医生，她笑话他。那会好的，她告诉他，的确是好了。后来，当她轻松通过面试，女面试官同她握手，说她将是公司“再合适不过的人选”时，她好奇，假如她顶着浓密、拳曲、天赐的光轮般的头发，非洲爆炸头，走进那间办公室的话，这位女面试官是否仍会有同样的看法。

她没有告诉她父母她是怎么得到这份工作的。她父亲说，“我坚信你会脱颖而出。美国给人创造腾达的机会。尼日利亚的确能从他们身上学到很多。”而她的母亲，在伊菲麦露说几年后她能变成美国公民时，唱起了歌。

帮助非美国黑人理解美国：
祖先是英国新教徒的美国白人，他们的志向是什么？

猛男教授接待了一位客座教授同行——一个犹太人，带着浓重的口音，来自于那种大多数人民早餐时要喝一杯反犹主义的欧洲国家。于是，猛男教授在谈论民权时，犹太人说：“黑人遭受的苦难不如犹太人。”猛男教授反驳：“得了吧，这是受压迫奥运会吗？”

犹太人不谙其道，可“受压迫奥运会”是高明的美国自由派人士的说辞，用来让你自觉愚钝，让你闭嘴。可确有一场正在进行中的受压迫奥运会。美国的少数族裔——黑人、拉美人，亚洲人和犹太人——统统受白人的欺压，各式各样的欺压，但总归是欺压。每个族裔私底下都深信自己是受欺压最重的。哦，不，没有受压迫者联盟。但是，所有其他族裔都认为他们优于黑人，因为，嗯，他们不是黑人。譬如，以莉莉为例，她是一个咖啡色皮肤、黑头发、讲西班牙语的女人，在新英格兰地区的一座小镇为我姑姑打扫房子。她一副神气活现的模样。她傲慢无礼，工作差劲，要求繁多。我的姑姑相信莉莉不喜欢给黑人打工。在最终解雇她以前，我姑姑说：“愚蠢的女人，她以为她是白人。”因此，变成白人是一个可以立志追求的目标。当然，不是人人如此（评论者，请勿陈述显而易见之事），但许多少数族裔的人对祖先是英国新教徒的美国白人，或者更确切的说，对这些白人所拥有的特权，怀有矛盾的渴望。他们可能并非真正希望拥有白皙的肌肤，但他们肯定希望走进一家商店时，没有某个保安大哥跟着他们。诚如伟大的菲利普·罗斯所言，**仇恨你们这些非犹太人并且还要吃掉一个好变成你们。**既然在美国的人个个都志在变成祖先是英国新教徒的白人，那么，祖先是英国新教徒的美国白人，他们的志向是什么？有人知道吗？

20

伊菲麦露开始喜欢上巴尔的摩——因为那里的生机勃勃，辉煌不再的街道，每周末在桥下举办的农夫市场，到处是绿油油的蔬菜、饱满的水果和正人君子——虽然永远不及她的初恋费城，那座把历史轻轻握住不放的城市。但在她初抵巴尔的摩，心知她将在此地生活，而不仅只是来看柯特时，她觉得这儿荒凉、不讨人喜欢。楼房一栋栋连在一起，暗淡、颓丧地排成行，在破败的角落，穿着肥大的棉衣的人们弓着身子，黑皮肤、黑脸的人在等公车，他们周围的空气里蒙着阴郁。火车站外的司机，许多是埃塞俄比亚人或旁遮普人。

载她的埃塞俄比亚出租车司机说："我听不出你的口音是哪里。你从哪儿来的？"

"尼日利亚。"

"尼日利亚？你看起来一点不像非洲人。"

"我为什么不像非洲人？"

"因为你的上衣太紧了。"

"没有太紧。"

"我以为你是从特立尼达或那类地方来的，"他用非难和忧虑的目光往后视镜里看，"你必须千万小心，否则美国会腐化你。"几年后，当她在写一篇题为《论身在美国的非美国黑人内部的成员分支》的博客时，她写到这位出租车司机，可她把那写做别人的经历，谨慎地不暴露自己是非洲人还是加勒比海人，因为她的读者不知道她属于哪一支。

她向柯特讲起这位出租车司机，说他的诚恳激怒了她，她去车站的洗手间，看她的粉红长袖上衣是不是真太紧。柯特大笑，笑个不停。那成了他爱讲给朋友听的众多轶事之一。*她居然去洗手间检查*

她的上衣！他的朋友和他一样，是阳光、富有、活在事物光鲜表面的人。她喜欢他们，也感觉到他们喜欢她。在他们眼里，她坦率地说出自己的想法，这使她有趣、与众不同。他们对她有某些特定的期许，在某些特定的事上包容她，因为她是外国人。有一次，和他们坐在一间酒吧里，她听见柯特在和布拉德聊天，柯特说“吹牛大王”。这个词，这里面包含的不可救药的美国国民性，令她心头一惊。吹牛大王。那是一个她永远不会想到的词。要理解这个词，相当于认识到，柯特和他的朋友，在一定程度上，是她永远无法彻底参透的。

她找了一间位于查尔斯村的公寓，一室一厅，老旧的木地板，虽然她满可以一如既往地和柯特住在一起；她的大部分衣服在他有一排镜子的走入式衣柜里。由于可以每天见到他，不只在周末，她看到了他新的层面，他多么难于静下来，安安静静地不去想下一件要做的事，他多么习惯把裤子脱在原地，任那丢在地上好几天，直至打扫的妇人来为止。他们的生活里尽是他制定的计划——去科苏梅尔岛过一晚，去伦敦度周末——有时，星期五晚下班后她乘出租车去机场和他碰头。

“这样不是很好吗？”他会问她，她会说是，很好。他总是想着进行什么别的*活动*，她告诉他，这对她而言是稀罕事，因为她从小到大不活动，只过活。可她立刻补充道，她喜欢这一切，因为她的确喜欢，而且她亦明白，他多么需要听见那句话。在床上，他焦虑不安。

“你喜欢那样吗？你喜欢和我在一起吗？”他时常问。她说喜欢，那是真话，可她感觉到，他并不总是相信她，或说，他的相信只持续那么久，然后他又需要听一遍她的肯定。在他内心，有一种比自我更轻、但比不安全感更阴郁的东西，需要不停地擦拭、抛光、打蜡。

后来，她两鬓的头发开始脱落。她在头发上涂满厚厚滋润的护发膏，坐在蒸汽帽下，直至水珠滴淌到她的脖子上。尽管如此，她的发际线仍一天比一天往后移。

“那是化学药剂的缘故，”万布伊告诉她，“你知道直发膏的成分是什么吗？那东西会害死你。你得把头发剪了，恢复成自然状态。”

万布伊现在把头发编成短短的发绺，伊菲麦露不喜欢；她觉得那稀疏、单调，衬托不出万布伊漂亮的脸蛋。

“我不想弄骇人的发绺。”她说。

“不一定要弄骇人的发绺。你可以梳非洲爆炸头，或者编你以前的辫子。有很多办法可以打理天生的头发。”

“我不能就这样把头发剪了。”她说。

“拉直头发形同套上枷锁。你把自己困住了。你的头发主宰了你。今天你没有去和柯特跑步，因为你不想出汗毁了这笔直的头发。你发给我的那张照片，你包着头发在船上。你永远在和头发作战，让它违背它天生的属性。假如你让头发保持自然，精心护理，就不会像现在这样掉头发。我可以立刻帮你剪。不用想太多了。”

万布伊如此有把握，如此具有说服力。伊菲麦露找出一把剪刀。万布伊把她的头发剪了，仅留下两英寸，是她上次用了直发膏后新长出来的部分。伊菲麦露看着镜子，只看见自己硕大的眼睛，硕大的脑袋。说得好听，她看起来像个男孩；说不好听，像只昆虫。

“我看起来真丑。我自己都吓到了。”

“你看起来很美。现在你的骨骼轮廓充分显露出来了。你只是不习惯看这样的自己。你会渐渐习惯的。”万布伊说。

伊菲麦露依旧目不转睛地盯着她的头发。她做了什么？她像件未完成的作品，仿佛那粗短浓密的头发本身在召唤人们的注意，要求对它做些加工，更多的加工。万布伊走后，她去了药妆店，用柯特的棒球帽遮住整个脑袋。她买了润发油和发蜡，先抹一种，再抹另一种，先在湿的头发上，再在干的头发上，一心盼望未知的奇迹出现。某种，任何一种，只要能使她喜欢自己的头发。她考虑买一顶假发，可假发教人提心吊胆，时刻有从你头上飞走的可能存在。她考虑用膨松剂把头发松解成弹簧似的螺旋卷，让缠结的小卷稍稍舒展一点，可膨松剂实际就是直发膏，只是比较温和，她仍然不能淋雨。

柯特对她说：“别再苦恼了，宝贝。这样子多帅多有气派。”

“我不想要我的头发有气派。”

“我指的是时髦、别致，”他停顿了一下，“你看起来很美。”

“我看起来像个男生。”

柯特没有讲话。他的神情里掩着一丝笑意，仿佛他搞不懂她为什么竟如此心烦意乱，但最好还是别把那说出口。

第二天，她打电话请了病假，重新爬回床上。

“你没有打电话请病假，以便我们能在百慕大多待一天，但却因为你的头发而请病假？”柯特问，身体靠在枕头上，一边忍住笑。

“我这副样子没法出门。”她一个劲儿往被子里钻，仿佛想躲起来似的。

“那没你想的那么糟。”他说。

“至少你终于承认那是糟的。”

柯特大笑。“你知道我的意思。过来。”

他抱住她，吻她，然后顺势滑下去，按摩起她的脚；她喜欢那温暖的力道，他手指的触感。可她还是无法放松心情。在浴室的镜子前，她的头发令她大惊失色，因睡了一觉而暗哑萎缩，像一团羊毛覆在她的头上。她伸手去拿电话，给万布伊发了一条短信：我讨厌我的头发。今天我不能去上班了。

几分钟后，万布伊的回信来了：上网。HappilyKinkyNappy.com. 快乐的卷毛族，这是一个讨论天生头发的在线社群。你会找到灵感的。

她给柯特看那条短信。“这个网站的名字有多傻。”

“我知道，可听起来是个不错的主意。你应该找个时间看一下。”

“比如现在。”伊菲麦露说着，从床上起来。柯特的笔记本电脑打开在桌上。就在她朝那走过去时，她注意到柯特脸色一变。一个突然、紧张的快动作。他面如死灰，惊慌失措地扑向那台电脑。

“怎么了？”她问。

“没什么。那些电子邮件没什么。”

她愣愣地看着他，强迫自己的脑子转起来。他没料到她会用他的电脑，因为她向来很少用。他干了对她不忠的事。多么奇怪，她从来没往那儿想过。她拿起笔记本电脑，紧紧抱住，可他没有试图伸手来抢。他只是站着观望。雅虎邮箱的网页被最小化了，旁边是一个有关大学篮球队的网页。她读了其中几封邮件。她看着附件里的照片。那个女人的邮件——她的邮箱地址是 SparklingPaola123（闪亮的葆拉123）——富有强烈的暗示性，而柯特的邮件只是透出足够的暗示，确保她会继续。“我将穿着紧身红裙和超高跟鞋，为你煮晚餐，”她写道，“你，只要带上你自己和一瓶红酒。”柯特回复：“红色很称你。”那个女人和他差不多年纪，但在她发来的照片里，有一股使出浑身解数的拼命劲，头发染成黄铜般的金色，眼睛上涂了过浓的蓝色眼妆，上装的领口开得太低。伊菲麦露不敢相信，柯特竟会觉得她迷人。他的白人前女友眉清目秀，像个预科生。

“我在特拉华认识她的，”柯特说，“记得我想叫你一起去的那次大会的事吗？她一上来就开始勾引我。此后一直追着我。她不肯对我放手。她知道我有女朋友。”

伊菲麦露盯着其中一张照片，黑白的侧面照，那女人的头后仰，长长的头发如瀑般披在身后。一个喜欢自己的头发、并相信柯特也会喜欢它的女人。

“什么事也没发生，”柯特说，“一点都没有。只是电子邮件而已。她确实在追我。我告诉她关于你的事，可她就是不肯罢休。”

她看着他，身穿T恤和短裤，对自己的辩白如此确信无疑。他的自以为是，像小孩子一样：盲目。

“你也给她写邮件了。”她说。

“但那是因为她不断写来。”

“不，是因为你想写。”

“什么事也没发生。”

“那不是重点。”

“对不起。我知道你已经生气了，我不想让事情变得更糟。”

“你的历任女友都有如瀑的长发。”她说，语气里饱含谴责。

“什么？”

她在无理取闹，可认识到这点，并未使她少一分那样的荒唐。她看过的他前女友的照片激恼了她，那个苗条、头发笔直染成红色的日本人，那个有着橄榄色肌肤、螺旋式卷发垂至肩膀的委内瑞拉人，那个头发红褐色、烫成大波浪的白人姑娘。还有眼前这个女人，她的样貌她不在意，但她有又长又直的头发。她合上电脑。她感到渺小丑陋。柯特在讲话。“我会叫她永远别和我联络。这样的事永远不会再发生，宝贝，我保证。”他说，她觉得他的话听起来仿佛是责任在那女人，而不在他。

她转开身，戴上柯特的棒球帽，把个人用品扔进袋子，走了。

后来柯特上门，捧着一大束花，多到让她开门时几乎看不见他的脸。她会原谅他，她知道，因为她相信他。“闪亮的葆拉”是他又一段追求新鲜刺激的小插曲。他不会同她有进一步的发展，但他本会不断助长她的投怀送抱，直至他厌倦为止。“闪亮的葆拉”像是老师贴在他小学家庭作业簿上的银色星星，提供一种肤浅、即逝的快乐。

她不想出门，可她不想和他亲密地在她的公寓共处一室，她的心还在痛。因此，她用头巾包住头发，他们出去散步，柯特关切体贴，保证连连，他们并排而行，但没有身体接触，一直走到查尔斯街和大学园道的转角，然后返回她的公寓。

连续三天，她请了病假。最后，她终于去上班了，她的头发很短，一个梳得过于彻底、抹了过多发油的非洲式爆炸头。“你看起来不一样了。”她的同事说，他们全都有点怯生生。

“这有什么含义吗？譬如，某些政治意味？”埃米问，那个办公间的隔板上挂着一幅切·格瓦拉海报的埃米。

“没有。”伊菲麦露说。

在餐厅，玛格丽特小姐，掌管柜台、胸部丰满的那位非裔美国妇女——也是除了那两名保安人员外，公司里唯一的另外的黑人——问，“你为什么剪掉头发，亲爱的？你是同性恋吗？”

“不，玛格丽特小姐，至少目前还不是。”

几年后，在伊菲麦露辞职的那天，她最后一次走进餐厅去吃午餐。“你要走了？”玛格丽特小姐问，情绪低落。“真抱歉，亲爱的。他们需要更善待这里的人。你觉得有部分问题是出在你的头发吗？”

“快乐的卷毛族”网站的背景是嫩黄色，留言板上全是帖子，黑人女性的头像照在最上端一闪一闪。她们梳着长长拖曳的骇人发绺，小的非洲爆炸头，大的非洲爆炸头，扭捻辫，麻花辫，大剌剌的鬈发和弹簧卷。她们称直发膏是“乳状的可卡因”。她们受够了把头发伪装成非自然的状态，受够了下雨天落跑躲雨、碰到出汗畏缩不前。她们夸赞彼此的照片，以“拥抱”来结束评语。她们抱怨黑人杂志里从来没有留着自然头发的女性，抱怨药妆店的产品里全是有害的矿物油，那无法对天然的头发起到保湿作用。她们交流秘诀。她们为自己建造了一个虚拟的天地，在那里，她们拳曲、缠结、茂密、蓬乱的头发是正常的。伊菲麦露怀着恍然大悟的感激跌入这片天地中。头发短得和她一样的女子，给那种发型起了一个名：迷你袖珍非洲爆炸头，简称 TWA。她从发帖列出长串注意事项的女性身上，学会避用含硅的洗发水，在湿的头发上涂免洗护发素，用缎子头巾包着睡觉。她订购了她们在自家厨房制作的产品，寄来时附有清晰的说明：*最好立刻放入冰箱冷藏，不含防腐剂。*柯特会打开冰箱，举着一个标有“护法黄油”的罐子，问：“这能涂在我的吐司上吗？”柯特对这一切感到着迷，拿那乱弹琴。他阅读“快乐的卷毛族”上的帖子。“我觉得这真了不起！”他说，“这像一场黑人女性*运动*。”

有一天，在农夫市场，当她和柯特手牵手站在一盘苹果前时，一个黑人男子走过，嘟哝着：“你没想过他为什么喜欢你这副野人模样吗？”她停住，一度不确定那番话是不是她臆想出来的，接着，她回头看那男子。他走路的步伐太有节奏，在她看来，那透露出性格中的某些变幻无常。一个不值得放在心上的人。可他的话仍令她烦扰，撬开了新的疑虑之门。

“你听见那家伙说的话了吗?”她问柯特。

“没有，他说什么?”

她摇头。“没什么。”

她感到灰心丧气，当晚，趁柯特看比赛时，她开车去美妆用品店，伸手抚过小束小束顺滑笔直的假发。接着，她想起“贾米拉1977”的一篇帖子——我爱那些喜爱她们直直的假发的姊妹，但我决不会再把马毛安到我的头上——她走出商店，急着赶回去，登陆，把对此的感想发到留言板上。她写道：贾米拉的话使我记起没有什么比上帝给我的更美。其他人回复了，贴上翘起大拇指的图标，告诉她，她们多么喜欢她上传的那张照片。她从未这么郑重地谈起过上帝。在网站上发帖，如同在教堂作见证，那隆隆的赞同的回音振奋了她。

在早春一个不起眼的日子——那天没有被特别的光染成古铜色，没有重大的事发生，也许仅仅只是时间，像它时常的那样，扭转了她的怀疑——她对着镜子，把手指伸进头发里，浓密、松软、豪迈的头发，她无法想象那还能有什么别的样子。就那么简单地，她爱上了自己的头发。

为什么深肤色的黑人女性——
美国人和非美国人——都爱巴拉克·奥巴马

许多美国黑人自豪地声称他们有部分“印第安血统”。意思是，谢天谢地我们不是百分百的黑人。意思是，他们没有太黑。(澄清一点，当白人说深肤色时，他们指的是希腊人或意大利人；可当黑人说深肤色时，他们指的是格雷丝·琼斯。)美国的黑人男性喜欢他们的黑人太太有一定的异族成分，如一半的中国血统或几分切罗基人的血统。他们喜欢他们的太太是浅肤色。但请注意美国黑人眼中的“浅肤色”是什么。这类“浅肤色”的人，有些人在美国以外的黑人国家会压根被称为白人。（哦，还有，深肤色的美国黑人男性仇视浅肤色的男性，因为他们在和女士打交道上太走运。）

嘿，我的非美国黑人同胞，请别自鸣得意。因为这套鬼东西也存在于我们加勒比海和非洲国家里。不像在美国黑人中那么严重，你说？也许是吧。可无论如何还是有。附带提一句，埃塞俄比亚人是怎么回事，认为他们没有那么黑吗？还有小岛上的岛民，急欲强调他们的祖先有“多重血统”？不过言归正传。所以，浅色皮肤在美国黑人社群里备受珍视。可每个人都假装不再是那么回事。他们说用牛皮纸袋比色（什么意思，请查词典）的日子已成过去，让我们往前看吧。可今天，在娱乐行业和公众人物里，许多成功的美国黑人都是浅肤色。尤其是女性。许多成功的美国黑人男性娶的是白人太太。那些屈就娶了黑人太太的，挑的也是浅肤色（换言之，皮肤浅褐色的黑白混血儿）的太太。这就是深肤色女性喜爱巴拉克·奥巴马的原因。他打破了窠臼！他娶了她们中的一员。他认识到一点世人似乎没有认识到的：深肤色的黑人女性无敌棒。她们希望奥巴马获胜，因为也许终于会有人扮演一个巧克力肤色的小妞，在一部全国上映的大成本浪漫喜剧里，不是只在纽约市的三家艺术戏院。你瞧，在美国的流行文化里，看不见漂亮的深肤色女性。（另一个同样看不见的群体是亚裔男性。可至少他们能有机会聪明过人。）在电影里，深肤色的黑人女性可以扮演肥胖和蔼的女佣，或强壮、野蛮、时而吓人的同伴，站在一旁助阵。她们有机会贡献智慧和见解，而白人女性则觅获真爱。可她们永远不能成为性感的辣妹，漂亮、人人追求，连同其他一切。所以深肤色的黑人女性希望奥巴马会改变这种现状。哦，深肤色的黑人女性也支持整治华盛顿、撤兵伊拉克等主张。

21

一个星期日早晨，乌茱姑姑打电话来，又气又急。

“瞧这孩子！来看看他要穿什么乱七八糟的去教堂。他不肯穿我给他买的。你知道，假如他穿着不得体，会给他们落下口舌，讲我们的闲话。他们穿得邋遢，那没有问题，可假如我们邋遢的话，就另当别论。这和我反复叮嘱他在学校要收敛是一个道理。前几天，他们说他上课时讲话，他说他讲话是因为作业做完了。他非收敛不可，因为他的意愿总会被他人曲解，可那孩子不懂。让你表姐和你来说吧！”

伊菲麦露叫戴克把电话拿到他的房间去听。

“妈妈要我穿的这衣服，真是奇丑无比。”他的语调平缓、不带感情。

“我知道那件衬衫有多土，戴克，可为了她穿一下吧，好吗？就是去教堂。就今天而已。”

她的确知道那件衬衫，一件横条纹、一本正经的衬衫，是巴塞洛缪买给戴克的。那是巴塞洛缪会买的那种衬衫。那令她想起有个周末她遇到的他的朋友，一对从马里兰来做客的尼日利亚夫妇，他们的两个儿子挨着他们坐在沙发上，两人都沉默寡言、拘谨，禁锢在父母令人喘不过气的移民抱负里。她不想戴克变成像他们那样，可她理解乌茱姑姑的焦虑，要在陌生的地盘闯出名堂，和她一样。

“你不大会在教堂碰见认识的人，”伊菲麦露说，“我会劝你妈妈，以后不再叫你穿了。”

她连哄带骗，直至戴克终于答应，只要能让他穿球鞋而不是母亲要他穿的系带皮鞋就行。

“我下个周末过来，”她告诉他，“我会带上我的男朋友柯特。你终于可以有机会认识他了。”

见到乌茱姑姑时，柯特殷勤巴结，使出浑身魅力，那副讨好的模样令伊菲麦露略感困窘。前几日晚上，在和万布伊及几个朋友一起吃饭时，柯特争着给这边重新斟满葡萄酒，给那边添满水。“有魅力”，其中一个女孩事后这么说，你的男朋友真有魅力。伊菲麦露涌上的念头是，她不喜欢魅力。不是柯特这种，含有需要炫耀、表演的成分。她希望柯特更安静更内向一些。当他开始和电梯里的人攀谈，或对陌生人大加赞美时，她屏住呼吸，确信他们看得出他是个多么爱出风头的人。可他们总是报以微笑、做出回应，任凭自己接受追捧。乌茱姑姑也一样。“柯特，你不试试这个汤？伊菲麦露从来没做这个汤给你喝过吗？你尝过炸大蕉吗？”

戴克在一旁观望，没怎么讲话，开口时礼貌得体，纵然柯特同他开玩笑，聊体育比赛，千方百计想讨他欢心，他努力的程度让伊菲麦露害怕他说不定会翻起筋斗来。最后，柯特问：“想去投篮吗？”

戴克一耸肩。“好吧。”

乌茱姑姑看着他们走出去。

“瞧他那副样子，仿佛任何你碰过的东西，都开始散发香水的味道。他真的很喜欢你，”乌茱姑姑说，继而皱起脸，加了一句，“即使你的头发那副样子。”

“姑姑，恕我直言，别管我的头发了。”伊菲麦露说。

“那像黄麻一样。”乌茱姑姑把一只手插进伊菲麦露的非洲爆炸头里。

伊菲麦露把头闪开。“假如你翻开的每本杂志、看的每部电影，里面都有头发像黄麻一样的漂亮女人，那会怎么样？你应该从现在起欣赏你的头发。”

乌茱姑姑嗤之以鼻。“行，你可以用英语讲那番道理，但我只是陈述一个事实。天生自然的头发，就是有点乱糟糟、不整洁，”乌茱姑姑停顿了一下，“你读过你表弟写的作文了吗？”

“嗯。”

“他怎么能说他不知道自己是谁？他从何时起有了这样的苦恼？甚至说他的名字也艰深难懂？”

“你应该和他谈一谈，姑姑。假如那是他的感受，那么就是他的感受。”

“我认为他那么写，是因为学校那么教的缘故。每个人都矛盾苦恼，这个身份认同，那个身份认同。有人犯了杀人罪，却说那是因为他的母亲在他三岁时不给他拥抱；或者，他们干了恶事，却说那是一种他们在与之搏斗的疾病。”乌茱姑姑望着窗外。柯特和戴克正在后院玩篮球运球，再远处开始出现茂密的树林。伊菲麦露上一次来时，她醒来，透过厨房的窗户，看见一对翩翩驰骋的鹿。

“我累了。”乌茱姑姑低声说。

“什么意思？”尽管伊菲麦露知道，那只可能是更多对巴塞洛缪的牢骚。

“我们俩都工作。我们俩回家的时间一样，你知道巴塞洛缪做什么吗？他就坐在客厅，打开电视，问我，我们晚饭吃什么。”乌茱姑姑阴沉着脸，伊菲麦露注意到她胖了许多，开始出现双下巴，鼻孔比以前张得更大。“他要我把工资给他。亏他想得出来！他说，结了婚就该如此，因为他是一家之主，我不应该在没有他的准许下寄钱回家给大哥，我们应该从我的工资里拿钱付他的汽车贷款。鉴于在那所公立学校发生的这种种混账事，我想给戴克看看私立学校，可巴塞洛缪说那太贵。太贵！与此同时，他的孩子却在加州上私立学校。他甚至不为戴克学校的各种烂事操心。前几天我去那儿，一位助教隔着走廊冲我大吼。什么人啊。她如此不讲礼貌。我注意到，她不隔着走廊对别的家长大吼。于是我走过去，教训了她一顿。这些人，他们迫使你变得逞勇好斗，只为维护你的尊严。”乌茱姑姑摇首。“巴塞洛缪甚至对戴克依然叫他叔叔也不放在心上。我叫他鼓励戴克喊他爸爸，可他无所谓。他要的只是我把工资交给他，以及每个星期六，在他看卫星转播的欧冠联赛时，做胡椒鸡胗给他吃。我凭什么要把工资给他？他有出钱供我上医学院吗？他想自己开业，可他们不肯贷款给他，他说他要告他们歧视，因为他的信用记录不坏，他发现有个和我们上同一间教堂的人，信用记录坏得多，却拿到了贷款。那是我的错吗，他拿不到贷款？有谁逼他来这儿吗？他难道不知道我们会是这里唯一的黑人？他来这儿，不是因为他觉得那会对他有好处吗？一切都是钱、钱、钱。他不停地想要替我工作上的事做决定。一个会计师懂什么医学？我只想安居乐业。我只想能够有钱供孩子上大学，不用加班加点只为攒钱。我可没打算像美国人那样买艘船。”乌茱姑姑从窗前走开，坐到厨房桌旁。“我甚至不知道我为什么来这个地方。前几天，有个药剂师说我的口音教人听不懂。见鬼了，我打电话去要一种药，她竟告诉我，我的口音教人听不懂。同一天，像是有人安排好似的，一个病人，一个浑身文满刺青的无业游民，叫我打哪里来回哪里去。只因我知道他的痛是撒谎，我拒绝再开止痛药给他。我为什么一定要忍受这些烂事？都怪布哈里[①]、巴班吉达和阿巴查，因为他们毁了尼日利亚。”

说来奇怪，乌茱姑姑时常讲到以前的国家元首，怀着刻毒的控诉援引他们的名字，但从未提起过将军。

柯特和戴克回到厨房。戴克眼中闪着光，微微出汗，话变得多起来；在屋外玩篮球的那段时光里，他被柯特四射的魅力征服了。

“你要喝水吗，柯特？”他问。

“叫他柯特叔叔。”乌茱姑姑说。

柯特大笑。“或者柯特表哥。柯特哥怎么样？”

“你不是我的表哥。”戴克说，微笑着。

“假如我娶了你表姐，我就是了。”

“取决于你给我们多少彩礼！”戴克说。

---

① 布哈里（Muhammadu Buhari，1942— ），尼日利亚政治人物及退役陆军少将，1983 年靠军事政变成为尼日利亚最高领袖，1985 年因政变下台，2015 年再度担任尼日利亚总统。

他们全都哄然大笑。乌茱姑姑露出喜悦之色。

“喝完那杯水，你想再到外面和我较量吗，戴克？”柯特问，“我们还有一些事未了！”

柯特轻抚伊菲麦露的肩膀，问她好不好，然后重新去屋外。

“哦，他对你很好。”乌茱姑姑说，她的语气里饱含艳羡。

伊菲麦露莞尔一笑。柯特确实把她像鸡蛋一样捧在手心。和他在一起，她感觉自己易碎、珍贵。后来，他们离开时，她把手悄悄放进他的手中，紧握住；她感到骄傲——为和他在一起，为他。

一天早晨，乌茱姑姑醒来，走进浴室。巴塞洛缪刚刷过牙。乌茱姑姑伸手去拿牙刷，看见水池里有厚厚的一小团牙膏。厚得足以清洁一遍满口的牙齿。它粘在那儿，离排水孔很远，软乎乎的，正在溶解。那让她感到恶心。一个人究竟怎么可能刷完牙，在水池里留下这么多牙膏？他难道没看见吗？难道在牙膏掉进水池里后，他又往牙刷上多挤了一遍吗？或是，他就那样几乎用清水刷了牙？那说明他的牙齿没刷干净。可乌茱姑姑关心的不是他的牙齿。而是那一小团留在水池里的牙膏。在以前的许多个早晨，她擦掉牙膏，冲洗净水池。可今早没有。今早，她受够了。她大喊他的名字，一遍又一遍。他问她出了什么事。她告诉他，牙膏掉在水池里这件事不对。他看着她，咕哝道他赶时间，他上班已经要迟到了。她告诉他，她也要去上班，而且她挣得比他多，假使他忘了的话。毕竟，是她在供他的汽车。他夺门而出，下楼。故事说到这里，乌茱姑姑停顿了一下，伊菲麦露想象巴塞洛缪穿着对比色领的衬衫和提得过高的长裤，前面有呆板的褶裥，他夺门而出时内八字走路的样子。电话那头乌茱姑姑的声音一反常态的平静。

“我在一座名叫杨柳的小镇找了一间公寓。一个环境很不错、有铁门的小区，在大学附近。戴克和我这个周末搬出去。”乌茱姑姑说。

“啊——啊！姑姑，这么快？”

“我已经尽力了。够了。”

“戴克怎么说?”

“他说他从来不喜欢住在树林里。关于巴塞洛缪，他连一个字也没提。杨柳镇对他来说会好太多。”

伊菲麦露喜欢这个镇的名字，杨柳；在她听来，那像新破土而出的萌芽。

致我的非美国黑人同胞：在美国，你是黑人，老弟

亲爱的非美国黑人，当你选择来了美国后，你就变成黑人。停止争辩。停止说“我是牙买加人”或“我是加纳人”。美国不管这些。所以就算你在你的祖国不是“黑人”又怎么样?如今在美国你是。我们全都在某一时刻，加入了“前黑佬协会”。我，是在本科的一堂课上，被点名要求给出黑人的视角，可我不知道那是什么。于是我就编了一通。而且，承认吧——你说“我不是黑人”，只因为你知道黑人位于美国种族阶梯的最底层。那是你一点也不想要的。就别再否认了。假如身为黑人能享有一切身为白人的特权，那会怎么样?你还会不会说“别叫我黑人，我是从特立尼达来的?”我看不会。所以你是黑人，老弟。以下是成为黑人后的要领：你必须在听到笑话里出现诸如“西瓜”或“柏油娃娃”的用词时表现出你受到冒犯，即便你不知道那到底在讲什么——而且由于你是非美国黑人，你多半不可能知道。(本科时有个白人同学问我喜不喜欢吃西瓜，我说喜欢；另一个同学说，哦，我的天哪，这太种族歧视了，我一头雾水。“慢着，怎么了?”)当一个黑人在白人为主的场所朝你点头时，你必须点头回应。那称之为“黑点头”。那是黑人用来表示“你不孤单，还有我在”的一种方式。在形容你钦佩的黑人女性时，务必要用**“坚强”**一词，因为那是黑人女性在美国理应有的一面。假如你

是女的，请别像以前在你祖国时那样直言自己内心的想法。因为在美国，有主见的黑人女性是**骇人**的。而假如你是男的，必须超级稳重成熟，永远别太兴奋，否则会有人担心你马上要拔枪。看电视时，你若听见用到“种族诽谤”，必须立即表现出愤慨。即便你心里想的是“可他们为何不告诉我究竟说的是什么？”即便你希望能够自己决定愤慨的程度，或到底要不要愤慨，你都必须非常愤慨。

新闻报道里出现罪案时，祈祷犯案的不是黑人；假如结果犯案的是黑人，此后的几周，远离案发现场，不然，你可能会因符合疑犯的特征而被拦下来。假如有个黑人收银员在你面前怠慢不是黑人的顾客，夸一下那人的鞋子或什么，以弥补那不良的服务，因为你亦为那收银员的恶行感到内疚。假如你上常春藤盟校，一个年轻的共和党人对你说，你是全靠平权法案进来的，别甩出你高中时的满分成绩；而是温和地指出，平权法案最大的受益者是白人女性。假如你去餐厅吃饭，请别吝啬小费，否则下一个进来的黑人会遭冷遇，因为服务生在分到一桌黑人客人时会满腹牢骚。你瞧，黑人骨子里就有不付小费的基因，所以请克服那个基因。假如你要告诉一个非黑人你遇到的某件种族歧视之事，切不可忿忿不平。不要抱怨。要宽恕。如有可能，把那讲得幽默好笑。最重要的是，不能动怒。黑人不该对种族主义动怒。否则你得不到同情。附带提一句，那仅适用在自由派的白人身上。若是保守派的白人，根本别费口舌讲什么你受到的种族歧视。因为保守派会告诉你，**你**才是真正有种族歧视的，你会张口结舌，不明所以。

22

一个星期六，在怀特马什的购物中心，伊菲麦露看到了卡约德·达席尔瓦。当时在下雨。她正在购物中心里面，入口处，等柯特把车开过来，卡约德差点撞上她。

“伊菲丝柯！”他说。

“哦，我的天哪。卡约德！”

他们拥抱，对视，说着多年未见的人说的各种话，两人都回复到他们尼日利亚的嗓门、他们尼日利亚的自我，声音更响，情绪更高昂，在句子里加上“哦”。他一念完中学就到印第安纳州上大学，几年前毕业了。

“我之前在匹兹堡上班，但我刚搬到银泉这边，换了一份新工作。我喜欢马里兰。我在食品杂货店、购物中心，到处都能碰见尼日利亚人。那像回到家乡一样。不过我猜这些你早已了解。”

“嗯。”她说，虽然她并不了解。她生活的马里兰是一个狭小、封闭，由柯特的美国朋友组成的世界。

“对了，我正计划要来找你呢。”他望着她，仿佛要把她的每个细部看进心里，把她铭记下来，为了以后向人讲述他们相遇的事。

“真的啊？”

“说起来，我的好兄弟仔德前几天和我通话，提到了你，他说他听闻你住在巴尔的摩，既然离我很近，问我能不能找到你，看你好不好，把你的近况告诉他。”

一阵麻木迅速传遍她全身。她咕哝道：“哦，你们还有联系？”

“是啊。去年他搬去英国后，我们重新联系上了。”

英国！奥宾仔在英国。是她制造了距离，冷落他，更换电子邮箱和电话号码，可听到这个消息，她还是深深感觉受到了背叛。她所不知道的他人生做出的改变。他在英国。几个月前，她刚和柯特去英国参加了格拉斯顿伯里音乐节，后在伦敦逗留了两日。奥宾仔说不定就在那儿。她说不定本会在走过牛津街时撞见他。

“说起来发生了什么？老实讲，当他说你们两人没了联系时，我根本不敢相信。哎——哎！我们全都等着结婚喜帖哦！”卡约德说。

伊菲麦露耸了耸肩。她的心中有一地碎片，需要拼拢。

“说起来你怎么样？生活过得好吗？”卡约德问。

“不错，”她冷冷地说，“我在等男朋友来接我。事实上，我想他来了。”

从卡约德表面的反应中看得出，他收回了兴致，勒住自己的满腔热情，因为他清楚地感觉到，她选择把他拒之门外。她已经在走开去。她回过头对他说：“保重。”照理，她应该交换电话号码，聊得更久些，表现出一切预想中的反应。可她内心翻腾着各种情感。她觉得卡约德错在不该了解奥宾仔的情况，不该重提奥宾仔。

“我刚巧遇到一个尼日利亚的老朋友。我从高中以后就没见过他。”她告诉柯特。

“哦，真的吗？那真好。他住在这儿吗？”

“在华盛顿。”

柯特望着她，期待下文。他会想邀请卡约德同他们一起喝酒，想要和她的朋友成为朋友，想要像他一如既往的那样亲和。而这——他期待的表情——让她恼火。她想要安静。连广播也让她心烦意乱。卡约德会告诉奥宾仔什么？说她在和一个开宝马双门轿车的英俊白人小伙谈恋爱，她的头发梳成非洲爆炸头，一朵红花掖在耳后。奥宾仔会怎么看待这个？他在英国做什么？一段清晰的回忆涌上她心头，是一个晴朗的日子——每次忆起他时，总是阳光普照的画面，她怀疑其真实性——他的朋友奥克伍迪巴拿了一卷录像带到他家，奥宾仔问：“英国电影吗？浪费时间。”对他来说，只有美国电影值得看。而如今他去了英国。

柯特看着她。“见到他，你不高兴？”

“没有。”

“他是男朋友之类的？”

“不是。”她说，望着窗外。

那天晚些时候，她将给奥宾仔的 Hotmail 邮箱发去一封邮件：天花板，我完全不知道从何写起。今天我在购物中心偶遇卡约德。为我的销声匿迹说抱歉，那连我听来都觉得可笑，可我真的很抱歉，我亦觉得很可笑。我会告诉你发生的一切。无论过去还是现在我都想念你。他没有回信。

“我为你订了瑞典式按疗。”柯特说。

“谢谢，”她说，接着用更低的声音，为弥补她的乱发脾气，补充了一句，“你太贴心了。”

“我不想做贴心的人。我想做你生命中死了都要的至爱。”柯特说话时的铿锵有力，吓了她一跳。

第三部

23

在伦敦，夜来得太快，如一个不祥的预兆，悬浮在上午的空气里，等到了下午，蓝灰色的薄暮降临，维多利亚式的建筑全都蒙上一层哀伤的气息。在最初几个星期里，那股没有重量的逼人的寒意，令奥宾仔惊惶，冻干了他的鼻孔，加深了他的焦虑，使他过于频繁地小便。他会疾步走在人行道上，把自己紧紧埋拢，手深插在表哥借给他的外套里，一件灰色的羊毛外套，袖子几乎盖没他的手指。有时，他会驻足在地铁站外，通常是在卖花或卖报的小贩旁，观察与他擦身而过的人。他们走得如此之快，这些人，他们仿佛急着奔往一个目的地，一个人生的方向，可他没有。他的眼睛跟随他们，怀着失落的渴望，他会在心中念道：*你们可以工作，你们是合法的，你们是光明正大的，你们甚至不知道自己有多幸运。*

他与为他安排婚事的安哥拉人的碰面，就在一个地铁站，距离他来英国整整两年零三天——他一直数着日子。

“到时我们在车里谈。”他们中的一人早先在电话里说。他们的老款黑梅赛德斯车保养得过分讲究，车里的地毯因吸过尘而起伏不平，皮座椅擦得锃亮。那两人长得甚像，粗浓的眉毛几乎碰在一起，虽然他们告诉他，他们只是朋友，他们穿戴得也甚像，皮夹克和长长的金链子。他们所剪的大平头，像高帽子似的顶在头上，令他惊讶，但也许那是他们嬉皮士形象的一部分，复古的发型。他们同和他说话的语气，带着有经验人士的权威，并亦有轻微的傲慢；毕竟，他的命运，在他们手里。

“我们决定把地点选在纽卡斯尔，因为我们认识那儿的人，而且眼下伦敦太火爆，太多人在伦敦登记结婚，对，所以我们免得惹麻烦，”其中一人说，“一切都会安排妥当。你只要确保低调就好，懂吗？在结婚手续办成以前，千万别招人注意。别在酒吧打架，知道吗？”

“我向来不太擅长打架。”奥宾仔冷冷地说，可那两个安哥拉人没有笑。

“你带钱了吗？”另一人问。

奥宾仔递过去两百英镑，全是过去两天里他在自动提款机上取的二十英镑的纸币。那是定金，证明他是认真的。稍后，在和那个女孩见过面后，他需付两千英镑。

“剩余的部分得预付，知道吗？我们要用其中一部分钱来四处打点，余下的归那个女孩。老兄，你知道，我们从中一分钱都不赚。我们通常的要价高得多，可这次我们是看在伊洛巴的份上。”第一个人说。

奥宾仔不相信他们的话，即便当时也不相信。几天以后，他见了那个女孩，克洛蒂尔德，在一家购物中心的麦当劳，从那家店的窗户可以看见街对面地铁站阴冷的入口。他和那些安哥拉人坐在一张桌旁，他注视匆匆走过的人，好奇其中哪一个是她，而那两个安哥拉人都在窃窃私语地讲电话，估计在安排别的婚事。

“你们好啊！”她说。

她令他惊讶。他原本料想是一个用厚厚的粉盖住满脸麻子的人，一个粗野、世故的人。可眼前的她，天真活泼，青春洋溢，戴着眼镜，橄榄色的肌肤，几乎像个孩子，羞涩地朝他微笑，用吸管吸着一杯奶昔。她看上去像大学一年级新生，单纯或愚蠢，或两者兼有。

“我只想知道，你对做这件事毫无意见，”他对她说，继而担心他可能把她吓跑，他补充道，“我非常感激，那不会麻烦你太多——一年后，我有了身份，我们就离婚。可我只想和你见一面，确认你同意这么做。”

“嗯。”她说。

他望着她，期待听到更多。她玩弄她的吸管，羞怯地，不与他的眼睛对视，他过了一阵才意识到，她的反应更多是冲着他，而不是冲着整件事。她被他吸引。

“我想帮我妈妈减轻负担。家里生活拮据。”她说，太多话里暗含了一丝非英国人的口音。

“她是我们这边的，懂吧。”其中一个安哥拉人说，不耐烦地，仿佛奥宾仔竟胆敢质疑他们已经告诉过他的事。

“把你的东西一五一十摊给他看，克洛。”另一个安哥拉人说。

他喊她克洛，那听来很假：奥宾仔从他讲出口的语气和她听到的反应，还有她脸上微微一惊的表情中察觉到这一点。那是一种故作的亲昵，那个安哥拉人以前从未喊过她克洛。也许以前他甚至从未喊过她任何名字。奥宾仔纳闷这两个安哥拉人是怎么认识她的。他们是不是有一张名单，列着持有欧盟护照而缺钱的年轻姑娘？克洛蒂尔德拨开她的头发，一头浓密的小卷，扶了扶她的眼镜，仿佛是第一次让自己做好心理准备，然后出示她的护照和驾照。奥宾仔仔细查看了那两本证件。他原本以为她更年轻，不到二十三岁。

“能告诉我你的号码吗？”奥宾仔问。

“有什么事打电话给我们就行。”两个安哥拉人说，几乎异口同声。可奥宾仔把他的号码写在餐巾纸上，推到她面前。两个安哥拉人朝他投去诡谲的一瞥。后来在电话里，她告诉他，她在伦敦生活了六年，欲存钱学时装设计，尽管此前安哥拉人告诉他，她住在葡萄牙。

“你想见面吗？”他问，“假如我们试着对彼此建立一些了解，事情会容易许多。”

“好。”她毫不犹豫地说。

他们在一家酒吧吃了炸鱼配炸土豆条，木桌边上结着一层薄薄的尘垢痂，她讲述自己对时尚的钟爱，向他打听尼日利亚的传统服饰。她似乎成熟了一点，他注意到她脸颊上的闪光，她的头发比先前卷得更定型，于是猜到她花心思打扮了一番。

“有了身份以后，你打算做什么？”她问他，“你会把女朋友从尼日利亚接来吗？”

她的开门见山触动了他。“我没有女朋友。”

“我从未去过非洲。我很想去。”她说到“非洲”时语带眷恋，宛如一个心怀倾慕的外国人，给这个词注满异国情调的刺激。她的安哥拉黑人父亲在她仅三岁时离弃了她的葡萄牙白人母亲，她告诉他，自那以后她就没有见过他，也从没去过安哥拉。讲这话时，她一耸肩，眉毛愤世嫉俗地向上一挑，仿佛她已不把那当回事，一个如此不符合她性格的勉力之举，如此格格不入，反而向他表明，她多么耿耿于怀。对于她人生中的困苦，他想了解更多，她粗壮、有致的身体的各个部分，他渴望触摸，可他谨防把事情复杂化。他会等到结婚以后，等他们的关系结束了交易这一面后。她似乎心照不宣地明白这一点。于是，在随后的几周里，他们见面聊天，有时练习将来在移民面试时如何回答问题，其余时候则只谈论足球，他们之间压抑的欲望变得益发迫切——欲望就在他们在地铁站等车，彼此靠得很近却没有身体的接触时；也体现在他们互相打趣时，她取笑他支持阿森纳，他取笑她支持曼联；欲望也在他们恋恋不舍的对视里。在他付给了安哥拉人两千英镑的现金以后，她告诉他，他们只给了她五百英镑。

“我只是同你说一下。我知道你没有再多的钱了。我愿意帮你这个忙。”她说。

她看着他，水灵灵的眼睛里含着未说出口的话，她使他重新有了完整的感觉，使他记起他多么渴望某些简单纯净的东西。他想要吻她，她的上唇涂了唇彩，比下唇更粉更亮；想要抱住她，告诉她，他有多么深厚而难以抑制的感激。她永远不会搅动他忧心如焚的愁肠，永远不会在他面前耀武扬威。伊洛巴曾告诉他，有个东欧女人在进法院办婚礼的前一个小时，要求和她结婚的尼日利亚人额外给她一千英镑，否则她就走人。慌乱中，那人开始给他的所有朋友打电话，筹钱。

“老兄，我们给你的是个好价钱。”当奥宾仔问起他们给了克洛蒂尔德多少时，其中一个安哥拉人只说了这么一句，用属于他们的口吻，那种清楚自己多么不可或缺的人的口吻。毕竟，是他们带他去律师办公室。律师是个声音低沉、坐在转椅里的尼日利亚人，一边向后滑动、把手伸向文件柜，一边说："就算你的签证过期，你还是可以结婚。事实上，结婚是你如今唯一的选择。"是他们，提供了过去六个月的水和煤气账单，上面写着他的名字和一个纽卡斯尔的地址，是他们找到一个人"解决"他的驾照问题，一个暗号叫"布朗"的人。奥宾仔在巴金的火车站和布朗碰面；他照约定站在大门近旁，夹杂在熙攘的人群中，四处张望，等待他的电话响起，因为布朗拒绝给他一个联系号码。

"你在等人吗？"布朗站在那儿，一个瘦小的男人，头上的冬帽拉低至眉毛处。

"是的。我叫奥宾仔。"他说，感觉自己像间谍小说里的人物，必须用傻乎乎的暗语讲话。布朗领他到一处安静的角落，递给他一个信封，东西在里面，他的驾照，印着他的照片，逼真、略有磨损的外观，像是已经用了一年。一张小巧的塑料卡片，在他口袋里却有千斤重。几天后，他揣着这张卡片走进伦敦的一栋大楼，从外面看，那大楼像教堂，有尖顶，庄严肃穆，可里面很破败，似不堪重负，人头攒动。白色的板子上潦草地标识着：出生和死亡登记这边，婚姻登记这边。奥宾仔谨慎地板着脸，摆出不喜不悲的表情，把驾照递给工作台后面的登记员。

一位女士朝门口走去，大声地在和她的同伴说话。"瞧这地方挤得全是人。都是来假结婚的，他们统统是，因为布伦基特要抓他们了。"

她可能是来做死亡登记，她的话只是发泄心中的悲痛，可他还是感到熟悉的因惊慌而引起的胸闷。登记员正在检查他的驾照，耗时过久。那几秒钟被延长、凝固了。都是来假结婚的，他们统统是，这些话在奥宾仔的脑海里回响。终于，登记员抬起头，推过来一张表格。

"要结婚了，是吗？恭喜！"那话里包含了频繁重复的机械式的兴高采烈。

“谢谢。”奥宾仔说，努力放松他的脸。

在那张工作台后面，一块白板靠在墙上，用蓝笔写着排定的婚礼举行地点和时间；最底下有个名字引起了他的注意。奥科利·奥卡福尔和克里斯朵·史密斯。奥科利·奥卡福尔是他中学和大学时的同班同学，一个文静的男孩，因为他的名字是一个姓氏而遭人取笑，后来上大学时他加入了一个不良的异教组织，随后，在一次旷日持久的罢工期间离开了尼日利亚。如今他出现在这儿，一个名字的幻影，即将在英国结婚。说不定也是一场为了身份的婚姻。奥科利·奥卡福尔。上大学时大家叫他狗仔奥科利。戴安娜王妃去世那天，课前一群学生聚在一起，讨论当天早上他们在广播里听到的内容，一遍又一遍地重复着“狗仔”，个个听起来无所不晓、自信满满，直到在一个间歇，奥科利·奥卡福尔悄悄地问：“可到底狗仔是什么人啊？是骑摩托车的人吗？”当即让自己得了狗仔奥科利的绰号。

那段回忆，清晰得如一道光柱，把奥宾仔带回到他依旧相信天地万物会顺从他的意志的岁月。走出那栋楼时，他怅然若失。有一次，正值他大学最后一年——那一年，人们在街头跳舞，因为阿巴查将军死了，他的母亲说：“有一天，我抬头仰望，所有我认识的人或死了或在国外。”她的语气疲惫不振，当时他们坐在客厅，正吃着煮玉米和紫薯。他察觉到，她的话音里有挫败的哀伤，仿佛她将去加拿大和美国教书的朋友，向她证实了她个人的一败涂地。一时间，他觉得自己仿佛也背叛了她，因为他有自己的打算：去美国攻读研究生，在美国工作，在美国生活。这是他长久以来的一个计划。当然，他明白美国大使馆可能有多么不可理喻——竟然连校长某次要去开会也遭拒签——可他从未怀疑过自己的计划。日后，他会纳闷自己为何如此有把握。也许是因为他从未简单地只想去国外，像许多其他人一样；有些人现在打算去南非，那令他觉得可笑。目标始终是美国，唯一的美国。一份经过多年酝酿和培养的渴望。他小时候看过的、尼日利亚国家电视台播出的《安德鲁出走》的广告，为他的渴望提供了雏形。“兄弟们，我要走啦，”片中的安德鲁说，趾高气扬地盯着镜头，“没有平坦的马路，没有电灯，没有水。兄弟们，你们连一瓶汽水都喝不到！”在安德鲁出走之际，布哈里将军的士兵正在街头鞭打成年人，大学老师正在为提高工资而罢工，他的母亲决定，他不能再随心所欲地喝芬达，而只有在星期日获得准许后才能喝。于是，美国成了一个可以不经准许一瓶接一瓶喝芬达的地方。他会站在镜子前，重复安德鲁的台词：“兄弟们，我要走啦！”后来，通过搜寻有关美国的杂志、书籍、电影和二手故事，他的渴望蒙上了一小层神秘的特质，美国成了他注定的落脚地。他预见自己走过哈莱姆区的街道，和他的美国友人讨论马克·吐温的优点，凝视美国总统山。大学毕业后过了几天，他怀着满肚子对美国的认识，到拉各斯的美国大使馆申请签证。

他早已知道最好的面试官是金胡子男人，在随着队列移动时，他盼望面试自己的不会是传说中的魔头，一个漂亮的白种女人，以冲着麦克风尖吼和连对老奶奶也出言不逊而著称。最后，轮到他时，金胡子男人说：“下一个！”奥宾仔走上前，把他的表格从玻璃窗下递进去。那个男的扫了一眼表格，和蔼地说：“抱歉，你不合格。下一个！”奥宾仔傻了眼。其后的几个月里，他又去了三次。每次，面试官根本不看他的材料，告诉：“抱歉，你不合格。”每次，他从大使馆楼空调的凉意中出来，走进炽烈的阳光下，怔怔的，难以置信。

“那是惧怕恐怖主义，”他的母亲说，“美国人现在对外国男青年心存敌视。”

她劝他找一份工作，过一年再试。他的求职申请一无所获。他到拉各斯、哈科特港口和阿布贾参加评估测验，他觉得题目不难，他参加面试，流利地回答问题，可之后久久杳无音信。有些朋友陆续找到工作，他们没有他那样优良的成绩，也不像他那么能言善道。他好奇雇主是不是能从他的呼吸里嗅出他对美国的渴念，或是察觉出他依然多么痴迷地浏览美国大学的网页。他和母亲生活在一起，开她的车，和尚未定型的年轻学子同宿，整夜在网吧上网，享受通宵特价，有时白天全躲在房里看书，回避他母亲。他讨厌她冷静的乐观，她一心努力保持积极的态度，告诉他，现在奥巴桑乔总统当权，局势在改变，移动电话公司和银行正在兴起发展，招募员工，甚至还贷款给年轻人买车。不过，大部分时候，她不去打扰他。她不敲他的门。她只让用人阿格尼丝在锅里留一点吃的给他，并把他房里的脏盘子收拾走。一天，她在浴室的水池上留了张纸条给他：我受邀去伦敦参加一个学术会议。我们应该谈一谈。他百思不解。当她上完课回到家时，他在客厅等她。

“妈咪，你好。”他说。

她点头回应他的问候，在桌子中央放下她的包。“我打算把你的名字放到我的英国签证申请上，作为我的助教，”她平静地说，“那样，你可以拿到六个月的签证。你可以住在伦敦，尼古拉斯那儿。看看可以找到什么人生的出路。或许你可以设法从那儿去美国。我知道你的心思已不在这里。”

他愣愣地看着她。

“我了解时下有这样的做法。”她说着，坐到沙发上他旁边的位置，试图显出满不在乎的口吻，可从她话中罕见的干脆利落里，他察觉到她的局促。她属于困惑的一代，他们不理解尼日利亚所发生的事，但任凭自己随波逐流。她是一个独来独往、不求人的女性，她不会撒谎，连学生送的圣诞贺卡都不肯收，因为那可能会使她放弃原则，无论担任哪个委员会的委员，她每一分花费都算得清清楚楚；可眼前的她，表现出仿佛说真话已成了一种他们不再能负担得起的奢侈，那违背了她教诲他的一切。然而他知道，在他们的处境里，真话的确已成为一种奢侈。她为了他而撒谎。假如别人为了他而撒谎，那不会有这么大的冲击，或压根无关紧要，可她为了他而撒谎。他拿到六个月的英国签证，即使在动身前，他就觉得自己是个失败者。他好几个月没有和她联系。他不和她联系，因为没有可告诉她的事，他想等到有了一些可以告诉她的事再说。他在英国三年，只和她通过几次话，勉强的交谈中间，他猜想她一定在纳闷，他为什么一事无成。可她从不询问详情，她只等待聆听他愿意讲的事。日后，当他返乡时，他将对自己的自命不凡、自己对她的视而不见感到愤慨，他花许多时间陪她，决意做出补偿，恢复他们以前的关系，但第一步是尝试绘出他们疏远的疆界。

24

大家都笑话去国外洗厕所的人，因此，当奥宾仔开始干第一份工作时，心觉讽刺：他就是在国外洗厕所，戴着橡胶手套，提着水桶，在伦敦一栋大楼的三层，一家地产经纪人事务所。每次他推开隔间的弹簧门，那都像发出一声叹息。清洁女厕所的那位美丽姑娘是加纳人，和他年纪相仿，有他生平见过最有光泽的浅黑色的皮肤。从她的言行举止中，他察觉到一种和他相似的背景，一个有家、有固定三餐、有梦想——不包括在伦敦洗厕所的念头——支撑保护的童年。她不理睬他友好的表示，只尽可能礼节性地道一声“晚上好”，可她对打扫楼上办公室厕所的那位白人妇女很友好。一次，他看见她们在冷清的小餐馆，一边喝茶，一边轻声细语地聊天。他站着观察了她们一会儿，一股剧烈的愤懑在他脑中炸开。她不是不愿交朋友，而是不愿交他这个朋友。也许友谊在他们当前的处境下是异想天开，因为她是加纳人，而他——一个尼日利亚人，和本身的她太近。他对她有细致入微的了解，而在那个波兰女人面前，她能自由地改头换面，想做谁就做谁。

那些厕所不是很脏，小便器外偶尔有些尿液，偶尔有没冲干净的；清洁这些厕所，想必比起清洁工打扫家乡恩苏卡校园的厕所要轻松多了。在恩苏卡，墙上的一条条大便总是令他纳闷，为什么会有人那么煞费苦心。因此，令他震惊不已的是，有一晚，当他走进一个隔间，发现马桶盖上有一坨大便，坚硬，一端逐渐变细，位于正中，仿佛是精心摆放过，那个毫厘不差的位置是测量过似的。那像一条蜷缩在垫子上的小狗。那是一种表演。他想到了英国人闻名的压抑。他表哥的妻子奥玖谷有一次曾说：“英国人会和你做上数年邻居，却从来不和你打招呼。仿佛他们把自己完全包裹了起来。”在这番表演中，有几分解包的意味。一个遭辞退的人？升职被否决？奥宾仔盯着那坨大便半晌，一边盯着，一边感觉自己越来越渺小，直至那变成一种人身侮辱，犹如下巴上挨了一拳。就为了一小时三英镑。他摘下手套，放在那坨大便旁边，走出了大楼。当晚，他收到一封伊菲麦露的邮件。天花板，我完全不知道从何写起。今天我在购物中心偶遇卡约德。为我的销声匿迹说抱歉，那连我听来都觉得可笑，可我真得很抱歉，我亦觉得很可笑。我会告诉你发生的一切。无论过去还是现在我都想念你。

他盯着那封邮件。这是他一直渴盼的，盼了如此之久。她的来信。她最开始停止和他联系时，他担忧得几个星期夜不成寐，大半夜在屋里来回踱步，想知道她出了什么事。他们没有吵架，他们的爱情一如既往地闪着火花，他们的计划原封不动，可突然间，她没了音讯，一种如此决绝而彻底的音讯全无。他不停地打电话，直至她换了号码，他发电子邮件，他联系过她的母亲、乌茱姑姑、吉妮卡。当吉妮卡说“伊菲需要一点时间，我想她得了忧郁症”时，她的语气像一盆冰水，浇在他身上。伊菲麦露没有因意外而致残或失明，没有骤然失忆。她和吉妮卡及其他人有联系，但和他没有。她不愿和他保持联系。他写邮件给她，要求她至少告知他原因，发生了什么。不久，他的邮件被退回来，发送失败；她关闭了那个账号。他想念她，一种深深钻入他心扉的思切。他恨她。他无休止地在心里追问可能发生了什么。他变了，益发内向地蜷缩进自己的世界里。他，交替地，因愤怒而发火，因困惑而苦恼，因悲伤而颓丧。

如今她的电子邮件就在眼前，她的语气还是一样，仿佛她不曾伤害过他，任他淌了五年多的血。她为什么在这个时候写信给他？有什么可以告诉她的，说他在洗厕所，恰好今天碰到了一坨盘绕的粪便？她怎么知道他仍活着？他可能已在他们中断联系期间死去，而她并不知晓。一股愤怒的遭人背叛的感觉把他吞没。他点击了“删除”和“清空垃圾箱”。

他的表哥尼古拉斯长了一张像叭喇狗的脸，皮肉松弛下垂，却依旧不知为何有办法魅力四射，或也许吸引人的不是他的五官，而是他的气宇，他高大的个子，宽阔的肩膀，昂首阔步时的阳刚气。在恩苏卡时，他是学校最受欢迎的学生；他破旧的大众甲壳虫车停在啤酒屋外，立刻给在那儿喝酒的人增添了一丝威风。众所周知，两个大姐头小妞有一次为了他在贝洛青年旅社打架，互扯对方的上衣，可他一直勾三搭四，没有固定的女友，直至遇见奥玖谷。她是奥宾仔母亲的得意门生，唯一一个成绩好到能当研究助理的。一个星期天，她上他们家来讨论一本书。尼古拉斯也来了，照他每周的惯例，来吃星期天的米饭。奥玖谷涂着橘黄色的唇膏，穿着有破洞的牛仔裤，讲话率直，并当众抽烟，激起其他女生恶毒的蜚语和反感，不是因为她做这些事，而是因为她胆敢在没有国外生活经验、父母都不是外国人的情况下这么做。如果符合前面几条，她们本会原谅她的特立独行。奥宾仔记得她刚开始多么不把尼古拉斯放在眼里，对他不理不睬；而他不习惯受女生的冷落，话越说越多，嗓门越来越高。可最终，他们一起坐进他的大众车离去。他们将开着那辆大众车在校园里四处飞驰，奥玖谷开车，尼古拉斯的手臂挂在前座的车窗外，音乐震耳欲聋，急速拐弯。有一次，前方敞开的行李箱里载了一个朋友。他们一起公然抽烟喝酒。他们创造了光彩夺目的神话。一次，有人看见他们在啤酒屋。奥玖谷穿着尼古拉斯宽大的白衬衫，下面什么也没有，尼古拉斯穿着牛仔裤，上面光着。"日子艰难，所以我们合穿一套衣服。"他们若无其事地对朋友说。

尼古拉斯失去了他青春时的张狂，这不令奥宾仔感到惊讶，令他惊讶的是，连那最丁点的记忆也荡然无存。尼古拉斯成了家、当了父亲，在英国有了自己的房子，说话时老成的口气，严肃得近乎使人发笑。"如果你来英国，所持的签证是不允许你工作的，"尼古拉斯对他讲，"第一样要找的东西，不是食物或水，是一个社保号，这样你才能工作。尽可能多打几份工。别乱花钱。找一个欧盟公民结婚，解决身份问题。然后你的生活才真正开始。”尼古拉斯似乎觉得他已尽了自己的职责，传达了忠告，在接下来的几个月里，他几乎没和奥宾仔讲过一句话。他仿佛不再是那个大表哥，那个表哥曾在奥宾仔十五岁时递烟给他品尝，在一张纸上画示意图，向奥宾仔说明手指放在女孩两腿间时该做什么。周末，尼古拉斯在屋子里走来走去，被一团沉默的阴云笼罩，满腹忧虑。唯有在阿森纳打比赛期间，他才稍稍放松，手里拿着一罐时代啤酒，高喊“加油，阿森纳！”旁边有奥玖谷和他们的孩子恩纳和恩妮。赛后，他的脸会再度冻住。他下班回家时，会拥抱他的孩子们和奥玖谷，并问：“好吗？你们今天做了什么？”奥玖谷会历数他们做的事。大提琴。钢琴。小提琴。家庭作业。补习班。“恩妮的视奏进步了很多。”她会补充说，或是，“恩纳在补习班粗心大意，他做错了两道题”。尼古拉斯会表扬或斥责每个孩子，恩纳有一张胖嘟嘟、似叭喇狗的脸，恩妮遗传了母亲浅黑色、宽脸盘的美貌。他同他们只讲英语，字斟句酌的英语，仿佛在他看来，他和他们母亲所说的伊博语，会侵染了他们，可能使他们失去宝贵的英国口音。接着他会说：“奥玖谷，做得好。我饿了。”

“是，尼古拉斯。”

她会端出他的饭菜，一个盘子被放在托盘上，送到他的书房或厨房的电视机前给他。奥宾仔有时好奇，她在放下托盘时是否鞠躬，或者那个鞠躬是不是只是因为她的仪态，她低垂的肩膀和弯折的脖子。尼古拉斯和她讲话的语气，同他和孩子们讲话的语气一样。一次，奥宾仔听见他对她说：“你们这些人把我的书房搞得乱七八糟。现在请都出去，全出去。”

“是，尼古拉斯。”她说，带着孩子离开书房。“是，尼古拉斯。”她对他讲的几乎每件事都这么应答。有时，从尼古拉斯背后，她会注意到奥宾仔的目光，然后做一个鬼脸，把双颊鼓成小气球，或从嘴角伸出舌头。那令奥宾仔想起瑙莱坞电影里俗气的表演。

“我时时想起你和尼古拉斯在恩苏卡的情景。”有个下午，在帮她切鸡时，奥宾仔说。

“呀——呀！你知道吗，我们以前曾在公共场所做爱？我们在文化艺术戏院做过。甚至有一次下午在工程系的楼里，在走廊一个安静的角落！”她大笑，“婚姻改变了一切。可在这个国家生活不易。我因为在这儿上了研究生，所以拿到身份，可你知道，他在两年前才拿到身份，因此长久以来，他一直生活在惶恐中，借别人的名字打工。那样的经历，会给你的头脑造成不可思议的影响，真的。他过得一点不轻松。他现有的这份工作很不错，可他是合同工。他永远不知道他们是否会和他续约。他得到一个不错的工作机会，在爱尔兰，你知道，爱尔兰现在蓬勃得不得了，计算机程序员在那儿很吃香，可他不想我们搬过去。在孩子的教育上，这里好得多。”

奥宾仔从柜子里选了几瓶香料，撒在鸡肉上，然后把锅端到炉子上。

“你在鸡肉里放了肉豆蔻吗？”奥玖谷问。

“是的，”奥宾仔说，“你不放吗？”

“我，我知道什么？老实讲，谁嫁给你真是中了彩票。对了，你说你和伊菲麦露怎么了？我可喜欢她了。”

“她去了美国，开了眼界，她把我忘了。”

奥玖谷大笑。

电话响了。奥宾仔一直盼着收到职业介绍所的电话，所以每次真有电话响起时，他的胸口便会感到一阵轻微的惊慌，奥玖谷会说：“放心，仔德，船到桥头自然直。瞧我的朋友博斯。你知道吗，她申请避难后遭拒，在最终拿到身份以前，历经了重重磨难？如今她开了两家托儿所，在西班牙有一栋度假屋。你也会有那一天的，别担心，rapuba。”她的安慰里有几分无趣，一种不假思索的良好祝愿，无需她付出任何实质性的努力来帮助他。有时他纳闷——并非出于心有不平——她是否真的希望他找到工作，因为那样的话，他就不能再在她突然要去乐购超市买牛奶时照看孩子，不能再给他们做早餐，让她可以监督孩子们上学前的练习，恩妮练钢琴或小提琴，恩纳练大提琴。

那段时光里有某些东西将在日后勾起奥宾仔的思念，在微弱的晨光下给吐司涂黄油，屋里飘满音乐声，偶尔还有奥玖谷的声音，高嗓门，带着称赞或不耐烦。“弹得好！再来一遍！”或是，“你拉的是什么鬼东西？”

那天下午晚些时候，奥玖谷从学校接孩子回到家，她告诉恩纳：“你的奥宾仔叔叔做了鸡肉。”

“谢谢你帮妈咪的忙，叔叔，可我恐怕不太想吃鸡肉。”他和他妈妈一样爱开玩笑。

“瞧这孩子，”奥玖谷说，“你叔叔的厨艺比我好。”

恩纳转动了一下眼睛。“好吧，妈咪，既然你这么说。我能看电视吗？就十分钟？”

“行，十分钟。”

那是他们写完作业、法语老师还没来之前的半小时休息时间，奥玖谷正在做果酱三明治，细心地切掉面包皮。恩纳打开电视，调到一个音乐节目，一名男子脖颈上戴着许多粗大闪亮的项链。

“妈咪，我一直在考虑这件事，”恩纳说，“我想当饶舌歌手。”

“你不能当饶舌歌手，恩纳。”

“可我想要嘛，妈咪。”

“你不要做饶舌歌手，乖宝贝。我们来英国不是让你成为饶舌歌手的，”她转向奥宾仔，忍住笑，“你听见这孩子的话了吗？”

恩妮走进厨房，手里拿着一袋可沛利阳光果汁。“妈咪？我可以喝一袋吗？”

“可以，恩妮，”她说，然后转向奥宾仔，用夸张的英国口音重复了一遍女儿的话，“妈咪，我可以喝一袋吗？你瞧，她怎么讲得这么优雅？哈！我的女儿将来一定大有出息。这是为什么我们把钱全给了布伦特伍德学校的原因。”奥玖谷响亮地亲了一下恩妮的额头，奥宾仔望着她信手整理恩妮头上一根松散的辫子，意识到奥玖谷对一切心满意足、别无所求。奥玖谷又亲了一下恩妮的额头。“你觉得怎么样，奥因妮亚？”她问。

“很好，妈咪。”

“明天，记住，别只读他们要求你读的那行谱。继续读下去，知道吗？”

“知道了，妈咪。”恩妮郑重严肃的态度，属于一个决心要取悦身边大人的小孩。

“你知道，她的小提琴测验在明天，她刻苦地练习视奏。”奥玖谷说，仿佛奥宾仔可能已经忘了，仿佛许久以来奥玖谷一直挂在嘴上的这件事，还是有可能被忘记。上周末，他跟奥玖谷和孩子们去参加了一场生日宴会，在一个租来的、充满回音的大厅，印度小孩和尼日利亚小孩跑来跑去，奥玖谷低声向他介绍其中的几个孩子，这个数学很好，但不会拼单词，那个是恩妮最大的竞争对手。她知道每个聪明孩子最近测验的分数。当她记不起一个印度小孩，恩妮的好朋友，最近一次测验考了几分时，她想把恩妮叫过来问她。

“哎——哎，奥玖谷，让她玩吧。”奥宾仔说。

此时，奥玖谷第三次响亮地亲了亲恩妮的前额。“我的心肝宝贝。我们还得要买一条参加派对的裙子。”

“是的，妈咪。要红色，不，酒红色。”

“她的朋友要办一个派对，一个俄罗斯女孩，她们因为跟同一个小提琴老师学习而成为朋友。第一次遇见那个女孩的母亲时，我相信她穿着某些非法的东西，像是一种已灭绝的动物的毛皮，她极力假装她没有俄国口音，比英国人更英国！”

“她人很好，妈咪。”恩妮说。

“我没有说她人不好，我的心肝宝贝。”奥玖谷说。

恩纳调高了电视的音量。

“把那关小声一点，恩纳。”奥玖谷说。

“妈咪！”

“立刻把音量调低！”

“可我什么都听不见，妈咪！”

他没有调低音量。她没有再对他说什么，而是转向奥宾仔，继续刚才的话题。

“讲到口音，”奥宾仔说，“假如恩纳没有外国口音的话，他会逃过处罚吗？”

“你说什么？”

“你知道，上个星期六，希卡和博斯带他们的孩子来。我只是在想，这儿的尼日利亚人对孩子真的太宽容，因为他们有外国口音。规矩不一样了。”

“不，那不是口音的关系。是因为在尼日利亚，人们让孩子学会的是畏惧而不是尊重。我们不想要他们畏惧我们，但这不表示我们接受他们的谬论。我们惩罚他们。那孩子知道，假如他干出任何胡闹的事，我会打他。动真格地打他。”

“王后说，我觉得那女人在表白心迹的时候，说话过火了一些。”

“哈姆莱特回，啊，可是她会守约的。[①]”奥玖谷露出笑容。“你知道，我已经好多年没看过一本书了。没时间。”

“我的母亲以前常说，你会成为首屈一指的文学批评家。”

“是的。在她哥哥的儿子让我怀孕以前。”奥玖谷停顿了一下，依旧面带微笑。“现在就看这两个孩子了。我想让恩纳上伦敦城市中学。然后求上帝保佑，让他能进马尔伯勒或伊顿。恩妮在学习上已经是佼佼者，我相信她能获得所有好学校的奖学金。现在一切都围着他们转。”

“有一天他们会长大离家，在他们眼里，你将只会引起尴尬或恼火，他们会不接你的电话，或好几个星期不打电话给你。”奥宾仔说，他一说出口就后悔了。那未免委琐，他的本意不是这样。可奥玖谷没有生气。她耸了耸肩说：“到时，我就提着包，去站在他们家门前。”

令他不解的是，她对自己本可以拥有的种种并不感到惋惜。那是女人的天性吗，或只是她们学会了屏蔽个人的遗憾、暂停自己的人

---

① 此处两句《哈姆雷特》里的台词，采用的是朱生豪翻译的《莎士比亚全集》中的译文，人民文学出版社1992年版。

生，把自己划归到照料孩子中？她上网浏览有关家教、音乐、学校的论坛，她把她发现的东西告诉他，仿佛她由衷地认为世界上其余的人都应该像她一样关心音乐如何能提高九岁孩童的数学能力。或者，她会花好几个小时和朋友通电话，讨论哪个小提琴老师好，哪门辅导课是浪费钱。

一天，她急匆匆送恩纳去上钢琴课，出门后打电话给奥宾仔，大笑着说："你能相信吗，我忘了刷牙？"她结束慧俪轻体所的交流会回到家，告诉他，她轻了或重了多少，把香脆巧克力棒藏在手提包里，然后笑眯眯地问他，要不要吃一根。后来，她加入了另一个减肥项目，参加了两次上午的交流会，回到家告诉他："我不再去那儿了。他们把你当作有精神问题的人一般对待。我说不，我没有任何内心的困扰，拜托，我只是喜欢食物的味道，那个自以为是的女人告诉我，我内心有某些东西，正在受到我的压抑。胡扯。这些白人以为每个人都有精神问题。"她的身形是大学时的两倍，虽然那时她穿的衣服从来不上档次，但有一种明显精心打扮过的格调，牛仔裤从脚踝处向上折起，松垮的上衣拉得露出一个肩膀。现在，那些衣服只剩一副邋遢样。牛仔裤挤出一圈厚厚的肥肉在她的腰部上方，使她的T恤走了样，仿佛下面长了什么异物。

有时，她的朋友来访，她们会坐在厨房里聊天，直至冲出门去接各自的孩子为止。在企盼电话铃响的那几周里，奥宾仔对她们的声音逐渐熟悉起来。躺在床上看书时，他能从楼上狭小的卧室听得一清二楚。

"我最近认识一个男的，"希卡说，"他人很好哦，可他是个乡巴佬。他在奥尼查长大，所以你可以想象他的口音有多土。他分不清ch和sh。我想要去稍（超）市。坐在椅子畅（上）。"

她们哄然大笑。

"总之，他告诉我，他甘愿娶我，并抚养查尔斯。甘愿！仿佛他是在做善事似的。甘愿！亏他想得出来。但这也不是他的错，是因为我们在伦敦。换作在尼日利亚，他那种人，我连瞧都不瞧一眼，更别提和他出去约会了。问题是，在伦敦这地方，完全没了门当户对的观念。"

“伦敦使大家平起平坐。现在我们全在伦敦，现在我们全是一样的，真是荒唐透顶。”博斯说。

“也许他应该去找个牙买加女人。”阿玛拉说。她的丈夫因一个牙买加女人而抛弃了她，结果发现他和那女人已有一个四岁的私生子，所以她总是想办法每次把话题转到牙买加人身上。“这些西印度群岛的女人抢我们的男人，我们的男人蠢得跟她们跑。下一步，她们会生一个孩子，她们可不要那些男的娶她们哦，她们只要孩子的赡养费。她们无所事事，整天花钱做头发和指甲。”

“没错。”博斯、希卡和奥玖谷齐声同意。一项习惯性、自动达成的共识：阿玛拉的心情舒畅比她们实际的看法更重要。

电话响了。奥玖谷去接电话，回来时说：“刚才打电话来的这个女人，她滑稽极了。她女儿和恩妮同属一个管弦乐队。在恩妮第一次测验时我遇到她。她坐着宾利车进来，一个黑人女人，有司机，一切应有尽有。她向我打听我们住在哪里，在告诉她的那一刻，我很清楚她心里想的是什么：住在埃塞克斯的人，怎么会想到要参加全国少年管弦乐队？于是我决定找碴，我告诉她，我的女儿上的是布伦特伍德，你们真该看看当时她的脸！你知道，像我们这样的人，理应是不配讨论私立学校和音乐的。我们能期望的至多是一所好的文法学校。我就这样看着那个女的，心里在暗笑。接着，她开始对我说，供小孩学音乐非常贵。她不停地和我说有多贵，仿佛她已经看到了我银行账户上没有一分钱。亏她想得出来哦！她就是那种黑人，希望自己成为教室里唯一的黑人，所以其他任何黑人都对她构成直接的威胁。她刚才打电话来，就为告诉我，她在网上读到，一个十一岁的女孩，考到了钢琴五级优异证书，却没有入选全国少年管弦乐队。她干嘛打电话来，就为告诉我那个扫兴的故事？”

“阻挡进步的敌人！”博斯说。

“她是牙买加人吗？”阿玛拉问。

“她是英国黑人。我不知道她的祖上来自哪里。”

“一定是牙买加。”阿玛拉说。

25

厉害，上中学时大家用这个词形容艾米尼克。厉害，里面饱含了他们对他恨得牙痒的钦佩。*厉害的家伙。狠角色。*假如有考试题目泄漏出来，艾米尼克知道怎么弄到手。他也知道，哪个女孩堕过胎，有钱学生的父母拥有什么房产，哪几个老师睡在一起。他说话时总是又急又冲，仿佛每次交谈都是争辩，他的语速和气势透出权威，不容异议。他什么都知道，而且充满了急切的求知欲。每次卡约德从英国度假回来，周身洋气，艾米尼克会问他和最新的音乐和电影有关的事，然后检查他的鞋和衣服。“这件是名牌吗？这件的牌子叫什么？”艾米尼克会问，眼中流露出野兽般的渴望。他告诉每个人，他的父亲是家乡伊博人的国王，送他来拉各斯，让他住在一位伯伯家，等他长到二十一岁为止，以免受王侯生活的压力。可有一天，一位老汉来到学校，穿着膝盖旁有一块补丁的裤子，面容憔悴，卑微地弓着身——那份卑微是贫穷强加在他身上的。当大家发现他其实就是艾米尼克的父亲时，所有的男生都哄然大笑。那笑声很快被遗忘，可能因为从一开始就没有人相信过那个王子的故事——毕竟，卡约德总在背后称他是“野小子艾米尼克”。或可能因为他们需要艾米尼克，他有别人没有的见闻。他的厚颜无耻，吸引了奥宾仔。艾米尼克是少数几个“看书”对他们来说不等于“学习”的人之一，因此，他们会花很多时间讨论书，交换知道的事，玩拼字游戏。他们的友谊逐渐加深。上大学时，艾米尼克和他一起住在他母亲屋子的用人房，人们有时误把他当作奥宾仔的亲戚。“你的兄弟怎么样？”人们会问奥宾仔。奥宾仔会说，“他很好”，不费心解释他和艾米尼克没有一点亲戚关系。但他对艾米尼克有很多事不了解，很多他明白不要问的事。艾米尼克经常几个星期不来学校，只含糊地说他“回家了”，他喋喋不休地讲起“有办法”去国外的人。缠绕他的那份迫切的不安，源自于他相信命运把他生错了地方，他本该有更高贵的出身。在他们二年级的一次罢工期间，当艾米尼克离开去英国时，奥宾仔压根不知道他是怎么弄到签证的。不过，他还是为他感到高兴。艾米尼克像一颗成熟的豆荚，快要绽裂，里面是他的勃勃雄心，奥宾仔把他的签证视为万幸：那份雄心终于能找到释放的空间。似乎在转眼间，艾米尼克寄来的尽是蒸蒸日上的消息：他的研究生念完了，他在房管委员会工作，他和一个英国女人结了婚，她是城里的律师。

艾米尼克是奥宾仔抵达英国后第一个打电话联系的人。

“仔德！听到你的声音真好 。我回头打给你，我正要去开一个管理人员的会。”艾米尼克说。奥宾仔第二次打去时，艾米尼克听起来有点支支吾吾。“我在希思罗机场。乔治娜和我正要去布鲁塞尔一个星期。等我回来打给你。我等不及想知道你的近况，老兄！”艾米尼克答复奥宾仔的电子邮件类似：真高兴你来了这里，老兄，等不及想见你！奥宾仔傻傻地以为，艾米尼克会收留他，给他指引道路。他听过很多传闻，说朋友和亲戚在外国光彩夺目的生活下，变成他们以前那个自我的不可靠、甚至敌对的版本。可那个什么来着，顽固的希望，非要相信自己是例外不可，相信这些事只发生在别人身上，他们的朋友不像你的？他打电话给其他朋友。诺萨，一毕业就出国的他，到地铁站接他，开车载他去一家酒吧，不一会儿，其他朋友也来了。他们握手，拍背，喝新鲜的扎啤。他们大笑着回忆念书的时光。他们鲜少细述当前的生活。当奥宾仔说，他需要弄一个社会保险号，问道“伙计们，我要怎么着手办”时，他们全都含糊地摇头。

“只要坚持眼观六路，耳听八方，老兄。”希迪说。

“重要的是要靠近伦敦市中心。你住得太远，在埃塞克斯，消息不灵。”威尔说。

后来，在诺萨开车把他送回到地铁站时，奥宾仔问：“说起来你在哪儿上班，伙计？”

"地下。夹缝里求生存，但事情会好起来的。"诺萨说。虽然奥宾仔明白他指的是地铁，但"地下"那个词还是令他想到在劫难逃的隧道，伸入至地底下，永无止境地向前，没有终点。

"厉害的家伙艾米尼克先生怎么样？"诺萨问，一副不怀好意的语气，"他混得很好，他住在伊斯灵顿区，和他的白人太太，那女的老得可以当他妈。他变得可有派头了哦。他不再同普通人讲话。你的事，他能帮忙解决。"

"他一直四处出差，我们还没见过面。"奥宾仔说，太清楚不过地听出自己这番话的无力。

"你的表亲伊洛巴好吗？"诺萨问，"我去年在艾米卡哥哥的婚礼上见过他。"

奥宾仔甚至不记得伊洛巴现在住在伦敦，他上一次见他是毕业前的几天。伊洛巴只是奥宾仔母亲的同乡，可他对他们的亲属关系看重得不得了，以致学校每个人都以为他们是表亲。伊洛巴会时常拉一张椅子，微笑着，不请自来，在路边的酒吧加入到奥宾仔和他的朋友中；或是当奥宾仔厌倦了星期日下午的百无聊赖时，在星期日下午出现在奥宾仔家门口。一次，伊洛巴在文理学院的方院里拦住奥宾仔，兴冲冲地大喊"自家兄弟！"然后给他看一张纲要，上面写着他母亲家乡人的结婚和丧亡，都是他几乎不认识的。"乌多阿卡普安已在几个星期前过世了。你不认识他吗？他们家就在你妈妈的隔壁。"奥宾仔点头，发出恰当的声音配合伊洛巴，因为伊洛巴的态度总是如此和悦忘情，他的裤子总是太紧太短，露出瘦削的脚踝；这使他得了一个"伊洛巴蹦起来"的绰号，那绰号很快变体成"洛巴笨瓜瓜"。

奥宾仔从尼古拉斯那儿问到伊洛巴的电话号码，打电话给他。

"仔德！自家兄弟！你没告诉我你要来伦敦啊！"伊洛巴说，"你母亲好吗？你的叔叔怎么样，娶了一位阿巴嘎那镇太太的那个？尼古拉斯好吗？"伊洛巴听上去满怀单纯的喜悦。有的人，天生没办法把自己卷入阴暗的情绪、复杂的心思中，伊洛巴就是其中之一。对于这样的人，奥宾仔觉得既佩服又乏味。当奥宾仔问伊洛巴能否帮他找一个社会保险号时，他本会理解，若听到一丝恼恨，一丝恶言——毕竟，他和伊洛巴联系只是因为他有求于人——可令他惊讶的是，伊洛巴多么真心实意地热衷帮忙。

“我可以让你用我的，但我在工作时也用，所以有风险。”伊洛巴说。

“你在哪里工作？”

“在伦敦市中心。当保安。那不容易，在这个国家不容易，可我们在拼搏。我喜欢上夜班，因为那让我有看书学习的时间。我在比克贝克学院念管理学硕士。”伊洛巴停顿了一下：“仔德，别担心，我们可以合力想办法。让我问问周围的人，然后给你消息。”

两周后，伊洛巴回电说，他找到了一个人。“他的名字叫文森特·奥比。他的老家在阿比亚州。我一个朋友牵的线。他想要明晚和你见面。”

他们约在伊洛巴的公寓。公寓里弥漫着一股幽闭感，犹如水泥森林的小区没有一棵树，楼房的墙上斑痕累累。一切似乎都太窄、太密。

“住的不错啊，洛巴笨瓜瓜。”奥宾仔说，不是因为那间公寓不错，而是因为伊洛巴在伦敦有一间公寓。

“我本该叫你过来和我住的，仔德，可我和我的两个表亲生活在一起。”伊洛巴把几瓶啤酒和一小盘炸亲亲放到桌上。一股剧烈的乡愁灼痛奥宾仔的心，这好客的惯例。那令他想起圣诞节和母亲回村里，阿姨们端出一盘盘亲亲给他。

文森特·奥比是个矮小、圆滚滚的男人，身子浸没在一条宽大的牛仔裤和一件笨重的外套里。奥宾仔和他握手时，他们互相掂量着对方。从文森特肩膀的架势、他生硬粗暴的举止里，奥宾仔感觉到文森特很早就学会了——因为迫不得已——自己解决问题。奥宾仔想象他在尼日利亚的生活：上的是一所社区中学，里面全是赤脚的孩子；去了一所理工专科学校，好几个叔叔伯伯帮忙负担学费，一户有许多孩子的人家和一大群靠他为生的人在家乡，每次他去时，他们都盼望收到一大个长方形的面包和仔细分发给每个人的零花钱。奥宾仔透过文森特的眼睛看见自己：一个大学教员的孩子，吃黄油长大，现在需要他的相助。起先，文森特刻意装出英国口音，说了太多遍“可不是吗”。

“这是买卖，可不是吗，可我是在帮你。你可以用我的社保号，从你挣的钱里，付百分之四十给我，”文森特说，“这是买卖，可不是吗。假如我收不到我们谈妥的价钱，我就举报你。”

“我的兄弟，”奥宾仔说，“那有一点太多了。你知道我的境况。我一无所有。请行行好，降一点吧。”

“百分之三十五，这是最低的。这是买卖，”他失掉了他的口音，现在讲的是尼日利亚英语，“我可告诉你，像你这种情况的人，多着呢。”

伊洛巴用伊博语开口讲话。“文森特，我的兄弟在这儿要努力存钱办身份文件。三十五太多了，拜托。请就行行好，帮帮我们吧。”

“你们知道有些人要收一半呢。是的，他有难处，可我们人人都有难处。我在帮他，可这是买卖。”文森特的伊博语带着乡土口音。他把社会保险卡放到桌上，并已动手在一张纸上写下他的银行账号。伊洛巴的手机响了起来。那晚，随着薄暮的降临，天空的颜色淡去成藕荷色，奥宾仔成了文森特。

26

成了文森特的奥宾仔，在见过马桶盖上那坨盘绕的屎后，通知他的中介，他不会再回去打那份工。他翻遍报纸上的招聘广告，打电话，冀望，直至中介给他提供了另一份工作，在一间洗涤剂包装仓库清扫宽敞的过道。一个巴西人，土黄色的皮肤，浅黑色的头发，负责清扫他旁边那栋楼。“我叫文森特。”当他们在里屋碰见时，奥宾仔说。

“我叫迪伊，”对方停顿了一下。“哦，你不是英国人。你会发那个音。我的真名叫杜尔丁希拖，可英国人，他们不会念，所以他们喊我迪伊。”

“杜尔丁希拖。”奥宾仔重复了一遍。

“对！”一个快乐的微笑。一条外国人之间的小纽带。他们一边聊天，一边清空各自的吸尘器，谈到一九九六年奥运会，奥宾仔得意地说，尼日利亚先打败了巴西，后打败了阿根廷。

“卡努不错，我给他肯定，”杜尔丁希拖说，“不过尼日利亚运气好。”

每晚，奥宾仔浑身沾满白色化学粉末。砂砾般的东西落进他耳朵里。清扫时，他警觉到飘浮在空气中的有害物质，竭力不大口呼吸，直至经理告诉他，他被辞退了，因为裁员。下一份工作是临时顶替别人，在一家运送全套炊具的公司，一周接一周地坐在称他是“脚夫”的白人司机旁，跑不完的工地，到处是噪音和头盔，经过长长的楼梯把木板搬上楼，没有帮手，没有劳动号子。从他们开车时的默不作声和他们说出“脚夫！”时的语气中，奥宾仔感觉到司机们的厌恶。一次，他绊了一跤，膝盖着地，跌得很重，令他只能一瘸一拐地走回卡车。后来，司机在仓库对别人说："他的膝盖不好，因为他是长腿猿！"他们大笑。他们的敌意折磨人心，但那不足挂齿；他关切的是，他一小时挣四英镑，加班会更多，当被调往西瑟罗克区一间新的送货仓库时，他担心可能会没有加班的机会。

新仓库的主管符合奥宾仔脑中典型的英国人的形象，高个子，精瘦，浅棕色的头发，蓝眼睛。可他是个笑眯眯的人，在奥宾仔的想象里，英国人不是笑眯眯的。他的名字叫罗伊·斯内尔。他用力地同奥宾仔握手。

"这么说，文森特，你是从非洲来的？"他一边问，一边领奥宾仔参观仓库，那面积相当于一个足球场，比上一间大得多，到处是正在装货的卡车，压平的纸板箱被塞入一个深坑，人们在聊天。

"是的。我出生在伯明翰，六岁时回了尼日利亚。"这是他和伊洛巴一致认为最可信的说法。

"你为什么又回来呢？尼日利亚的情况有多糟？"

"我只是想看看在这儿是否能够有更好的生活。"

罗伊·斯内尔颔首。他似乎是一个永远称得上"乐呵呵"的人。"今天你和奈杰尔搭档，他是我们里最年轻的，"他说着，指向一个身体白乎乎好像生面团、浅黑色的头发根根直竖、长着一张近似娃娃脸的男子，"我相信你会喜欢在这儿工作的，文小子！"他花了五分钟，从文森特变成了文小子，此后的几个月里，他们在午休时间打乒乓球，罗伊会告诉手下的人："我终于成功击败了文小子一次！"然后大家会吃吃笑着，重复"文小子"。

令奥宾仔感到发噱的是，这些人每天早上兴味盎然地翻阅报纸，定睛在大胸女人的照片上，看得十分仔细，仿佛那是一篇引人入胜的文章，仿佛和前一天、前一周同一版上的那张照片有所不同。在等待卡车装满货时，他们的谈话始终不离汽车、足球，以及最重要的——女人。每个人讲的故事听起来杜撰色彩太浓，和前一天、前一周所讲的故事太雷同，每次，他们提到短裤——那个小妞亮出了她的短裤——时，奥宾仔觉得益发好笑，因为短裤，在尼日利亚英语里，指的是穿在外面的休闲短裤，而不是内裤，他想象这些性感的女人穿着他上初中时穿的那种不合身的卡其短裤。

罗伊·斯内尔每天早晨向他打招呼的动作是戳他的肚皮。“文小子！你一切可好？你一切可好？”他会问。他总是把奥宾仔放在薪水较高的室外工作名单上，总是问他想不想周末加班——那有双倍工资，总是打听女朋友的事。罗伊仿佛对他偏爱有加，那既是保护，又让人感到贴心。

“你来英国以后是不是还没开过荤，文小子？我可以给你这个小妞的电话号。”他有一次说。

“我在老家有女朋友。”奥宾仔说。

“哎呀，开个小荤有什么大不了的？”

旁边几个男人哈哈大笑。

“我的女朋友有法力。”奥宾仔说。

罗伊觉得这好笑的程度超出奥宾仔所认为的。他笑不可支。“她会巫术，是吗？那算了，你还是别开荤了。我一直想去非洲，文小子。我盘算，等你回去探亲时，我休假，跟你一起去尼日利亚。你可以当我的向导，帮我找几个尼日利亚小妞，文小子，但不要会巫术的！”

“行，交给我没问题。”

“哦，我知道你行！你一看就是个知道怎么对付小妞的人。”罗伊说，又戳了一下奥宾仔的肚子。

罗伊经常分配奥宾仔和奈杰尔搭档，可能因为他们是仓库工作人员里最年轻的。就在第一天上午，奥宾仔注意到其他人一边用纸杯喝着咖啡，查阅布告板看自己和谁搭档，一边在嘲笑奈杰尔。奈杰尔没有眉毛；在原本该长眉毛的地方，是略带粉色的两块皮肤，这使他胖乎乎的脸蛋有一种不完整的骇人之色。

“我在酒吧喝醉了，我的哥儿们剃去了我的眉毛。”奈杰尔在同奥宾仔握手时，近乎歉然地告诉他。

“在你的眉毛没重新长出来以前，别和女人上床，伙计。”一位工友在奈杰尔和奥宾仔朝卡车走去时喊道。奥宾仔固定好车后的洗衣机，拉紧绑带直到纹丝不动为止，然后爬上车，研究地图，根据送货地址找出最近的路线。奈杰尔一边急转弯，一边嘟囔现在的人是怎么开车的。在一次遇到红灯时，奈杰尔从放在脚边的包里拿出一瓶古龙水，往自己的脖子上喷了几下，然后递给奥宾仔。

“不，谢谢。”奥宾仔说。奈杰尔耸了耸肩。几天后，他又递了一遍。卡车内部尽是他的古龙水的香味，奥宾仔时不时透过打开的车窗深吸几大口新鲜的空气。

“你刚从非洲来。你是不是还没欣赏过伦敦的风景名胜，伙计？”奈杰尔问。

“没有。”奥宾仔说。

于是，在伦敦市中心提前送完货后，奈杰尔会开车带他兜风，指给他看白金汉宫、国会大厦、伦敦塔桥，同时一边讲述他母亲的关节炎，讲述他女友黑利的胸器。需要花一阵子才能完全听懂奈杰尔说的话，因为他的口音和奥宾仔以前共事过的工友的口音一样，只是更重，每个单词的发音都扭曲拉长，直至说出口时已变了样。有一次奈杰尔说“男的”，奥宾仔以为他说的是“英里”[1]，当奥宾仔终于听懂奈杰尔的意思后，奈杰尔大笑着说：“你讲话有点儿高雅，可不是？非洲人的高雅。”

在干了几个月后，一天，他们送一台新冰箱到肯辛顿的一户住址，奈杰尔说，那位走进厨房的老伯，“他是真正的绅士，真的”。奈杰尔的语气里透出仰慕，些许的敬畏。那位老伯看上去衣衫不整，一副宿醉样，他的头发凌乱，睡袍在胸口处敞着，他傲慢无礼地说：“你们确实知道怎么装吧。”仿佛他认为他们不知道。令奥宾仔诧异的是，因为奈杰尔视这位老伯是“真正的绅士”，所以他没有像寻常那样，抱怨厨房肮脏。假如那位老伯换一种口音说话，奈杰尔大概会称他是不给小费的吝啬鬼。

---

① 杰奈尔在这里将“男的”（male）和“英里”（mile）发音混淆了。

他们即将抵达下一个送货地址，在伦敦南区，奥宾仔刚打过电话给屋主，说他们马上就到，就在这时，奈杰尔脱口问道："你对你喜欢的女孩讲什么？"

"什么意思？"奥宾仔问。

"事实上，我并未真正和黑利上过床。我喜欢她，可我不知道该怎么告诉她。前两天，我去她家，有另外一个小子在那儿。"奈杰尔停顿了一下。奥宾仔努力保持面无表情。"你看着像是一个知道怎么和小妞讲话的人，伙计。"奈杰尔补充说。

"直接告诉她，你喜欢她。"奥宾仔说，心里想着，奈杰尔和其他工友一起在仓库时，多么天衣无缝地时常贡献他和黑利上床的故事，还有一次，在黑利出门度假时，干了她的朋友。"不要打哑谜，不要花言巧语。直接说，瞧，我喜欢你，我觉得你很美。"

奈杰尔朝他投去受伤的一瞥。仿佛他曾说服自己相信奥宾仔是个情场高手，期盼某些高深的学问，当他把洗碗机卸载到有脚轮的小车上，推到门口时，奥宾仔希望自己要是真的能有那种学问就好了。一个印度女人打开门，一位身材发福、和蔼可亲的家庭主妇，请他们喝了茶。许多人请他们喝茶或水。一次，一位神情哀伤的妇人要送奥宾仔一小罐自制的果酱，他犹豫了一下，可他察觉到，无论这位妇人的悲愁有多深，假如他拒绝，那只会雪上加霜，所以他把果酱带回了家，那依旧无人问津地搁在冰箱里，从未打开。

"谢谢，谢谢。"当奥宾仔和奈杰尔装好新的洗碗机，把旧的运走时，那位印度女人说。

在门口，她给了奈杰尔小费。奈杰尔是唯一同奥宾仔平分小费的司机，其他人假装不记得要分。一次，奥宾仔和另一司机搭档，一位牙买加老妇趁司机没看见时把十英镑塞进他的口袋。"谢谢你，兄弟。"她说，那使他想要打电话给在恩苏卡的母亲，告诉她这件事。

27

一片愁云惨雾的薄暮正在降下，笼罩伦敦，奥宾仔走进书店的咖啡馆，买了一杯摩卡和一个蓝莓司康饼坐下。他的脚掌虽然发疼，但令人畅快。天气不是很冷，他穿着尼古拉斯的羊毛大衣一直在出汗，此刻那件大衣挂在他的椅背上。这是他每周的享乐：逛书店，买一杯定价过高的含咖啡因的饮料，尽可能免费地多看书，重新变回奥宾仔。有时送完货，他要求在伦敦市中心下车，然后会四处游荡，最后到一家书店，找个角落，一屁股坐在地上，避开三五成群的人。他阅读美国当代小说，因为他希望找到共鸣，一种有形的向往，感受那个他想象自己是其中一员的美国。他想了解美国的日常生活，人们吃什么，沉迷于什么，什么使他们羞愧，什么吸引他们。可他读了一本接一本的小说，感到失望：没有一点严肃的、认真的、紧迫的内容，绝大部分消解在犬儒的虚无里。他阅读美国的报章杂志，但对英国的报纸只是蜻蜓点水的浏览，因为有越来越多关于移民的文章，每一篇都会新激起他胸口的惊慌。*大批寻求避难的人涌入学校。*他依旧没有找到谁。上个星期，他遇见两个尼日利亚人，一位朋友的点头之交，他们说他们认识一个东欧女人，他付给了他们一百英镑。现在，他们不回他的电话，他们的手机直接转到留言信箱。他的司康饼吃了一半。他没有意识到顷刻间咖啡馆里坐满了人。他舒适、甚至惬意地全神贯注看一篇杂志文章，就在这时，一个女人带着一个小男孩走过来，问是否可以和他合用一张桌子。他们的皮肤是坚果色的，头发浅黑。他猜想他们是孟加拉人或斯里兰卡人。

“当然可以。”他说，然后挪了一下自己的那堆书和杂志，虽然那并没有放在他们将要用的桌子的那一边。那个男孩看上去有八九岁，穿着一件有米老鼠图案的毛衣，手里攥着一台蓝色的任天堂掌上机。那位妇人戴着一枚鼻环，一个像玻璃似的小东西，随着她脑袋的左右移动而闪烁。她问他够不够地方放杂志，要不要她稍微移一下她的椅子。接着，她用带笑的、分明是冲着奥宾仔的语气对她的儿子说，她从来不太搞得清，摆在小糖包旁边的细木棍是不是作搅拌用的。

“我不是婴儿！”她的儿子在她想要帮他切松饼时说。

“我只是想那样可以方便你一点。”

奥宾仔抬起头，看见她正在和她的儿子讲话，但眼睛却盯着他，目光里含有几分眷恋。这使他想入非非，和陌生人的这番偶遇，思忖那可能引他踏上的道路。

那个小男孩长了一张可爱、充满好奇的脸。“你住在伦敦吗？”他问奥宾仔。

“是。”奥宾仔说，可那个“是”没有道出他的底细，他的确住在伦敦，但是是一个隐形人，他的存在宛如一张用橡皮擦去的铅笔素描；每次一看到警察，或是任何穿制服的人，任何散发一丁点威严气息的人，他就要竭力按压想逃跑的冲动。

“他的父亲去年过世了，”那位妇人说，声音压低了一些，“这是我们第一次在没有他的陪伴下来伦敦度假。我们以前每年圣诞节前都来。”那位妇人一边说一边不停地点头，男孩露出气恼的表情，仿佛他不想让奥宾仔知道那些事。

“请节哀。”奥宾仔说。

“我们去了泰特美术馆。”男孩说。

“你喜欢那儿吗？”奥宾仔问。

他皱起眉头 。“很无聊。”

他的母亲站起身。“我们得走了。我们要去看戏，”她转向她的儿子，补充说，“你不能把那掌上机带进去，你知道吧。”

男孩不理她，向奥宾仔说了声“再见”，转身朝门走去。那位母亲久久看着奥宾仔，比先前益发眷恋不舍。也许她曾深爱她的丈夫，今天，她第一次再度感知到自己的吸引力，那是一个令人错愕的发现。他望着他们离去，疑惑自己是否应该起身，向她索要联系方式，但却知道他不会。那个妇人身上有某些东西令他想到爱情，而一如既往地，想到爱情，他的脑中就浮现出伊菲麦露。接着，甚是突然地，他涌起一股无法抑制的性冲动。一阵如潮的肉欲。他想操某个人。他可以发短信给藤黛。他们是在诺萨带他去的一个派对上认识的，结果那晚，他上了她的床。聪明慧黠、臀部硕大、来自津巴布韦的藤黛，嗜好泡澡，在浴缸里半天不起来。他第一次帮她打扫公寓，为她做辣椒肉炖饭时，她吃惊地瞪着他。她如此不习惯被一个男人周到地伺候，以致不停地望着他，惴惴不安，眼神迷离，仿佛正屏住呼吸，等待虐打的来临。她知道他没有身份。“否则你将是那种在电脑软件公司上班、开宝马车的尼日利亚人。”她说。她有在英国的居留权，一年后将变成公民，她暗示，如有可能，她愿意帮他。可他不想为了身份而同她结婚，把事情复杂化；有一天，她会醒来，说服自己相信那绝不只是为了身份而已。

在离开书店前，他给藤黛发了一条短信：你在家吗？想过去看你一下。当他走向地铁站时，天下起了冰冷的毛毛雨，细小的雨点溅落在他的大衣上，等到了那儿，他出神地看着楼梯台阶上有多少团唾液。人们为什么不等出了站再吐痰呢？他坐在嘈杂的列车里，座位上有污渍，对面的一位女士在看晚报。在家讲英语，布伦基特建议移民。他想象她正在阅读的那篇文章。现今报上这样的文章多如牛毛，那附和着广播、电视、乃至仓库部分工友喋喋不休的议论。吹遍不列颠群岛的风里，散发出对寻求避难者的惧意，厄运当头的恐慌传染了每个人，于是文章被写出来，供人阅读，简单而粗暴，这些撰文的人仿佛生活在一个现在与过去脱节的世界里，他们从未把这看作是历史的正常进程：黑色和棕色人种从由英国一手创立的国家流入英国。然而他理解。这种对历史的否认，必定具有缓解人心的作用。那位女士合上报纸，看着他。她有一头细如丝的棕褐色头发，双眼冷峻多疑。他好奇她在想什么。莫非她在疑惑，他是不是那些正在把一座本已拥挤的岛屿变得益发拥挤不堪的非法移民之一？后来，在驶往埃塞克斯的火车上，他注意到他周围的人全是尼日利亚人，车厢里充斥着响亮的交谈声，用的是约鲁巴语和洋泾浜英语。一度，他用地铁上那位白种女人怀疑的眼光看待这一幕无拘无束、没有白人的异族景象。他再度想起那位斯里兰卡或孟加拉妇人，和她才刚走出的悲痛阴影，他想起他的母亲，想起伊菲麦露，还有他曾为自己设想的人生，以及他目前所过的人生，被表面如是的工作和阅读、惶恐和希望定型的人生。他从未感到如此孤寂。

28

初夏的一个早晨，空气里有一股重新焕发生机的暖意，奥宾仔抵达仓库，立刻觉察出有事情不对劲。工友们回避他的目光，他们的行动里有一种不自然的僵硬，奈杰尔看见奥宾仔时，迅速、过于迅速地转身朝厕所走。他们知道了。一定是他们不知怎的发现了真相。他们看到标题新闻，讲寻求避难的人正在榨干国民医疗保健系统，他们知晓成群结队的人正在把一座拥挤的岛屿变得益发拥挤，现在他们知道了他是那其中可恶的一员，冒用别人的名字打工。罗伊·斯内尔在哪里？他是不是去打电话报警了？应该找的是不是警察？奥宾仔试图从被捕并遭遣返的人的故事里回忆细节，可他的脑子一片麻木。他觉得自己赤条条的。他想转身逃跑，可他的身体不听使唤地，继续朝装卸区走去。接着，他感觉到身后有什么动静，飞快、来势汹汹、近在咫尺，在他还没来得及转过身去以前，有人把一顶纸帽按在了他头上。那是奈杰尔，和他一起的还有一群咧嘴而笑的工友。

“生日快乐，文小子！”他们齐声说。

奥宾仔怔住，被自己脑中全然的空白吓呆了。继而他明白了是怎么回事。文森特的生日。想必是罗伊告诉了工友。连他自己都忘了要记住文森特的出生日期。

“哦！”他只说了这么一句，因大大松了一口气而泛起恶心。

奈杰尔把他叫到咖啡间，所有的工友鱼贯而入，奥宾仔和他们坐在一起，除了从牙买加来的帕特里克以外，其余全是白人，在互相传递着大家自己凑钱买的松饼和可乐，庆祝他们所认为的他的生日时，他意识到一件令他热泪盈眶的事：他觉得安全了。

那晚文森特打电话给他，奥宾仔略感吃惊，因为文森特只给他打过一次电话，几个月前，那时他换了银行，要把新的账号告诉他。他不知道是否应该对文森特说“生日快乐”，也不知道那通电话是否其实与生日这件事有一定的关系。

“文森特，你好。”他说。

“我要加钱。”

那是文森特从电影里学来的吗？“我要加钱”那几个字听上去做作而滑稽。“我要百分之四十五。我知道你现在干的活多了。”

“文森特，哎——哎。我赚多少钱啊？你知道我在存钱，搞结婚这桩事。”

“百分之四十五。”文森特说，然后挂了电话。

奥宾仔决定不睬他。他了解文森特这类人：他们会步步进逼，试探底线在哪里，然后他们会后退。假如他打电话过去，试图讨价还价，那可能会助长文森特的气焰，使他更得寸进尺。他每周走进文森特的银行，把钱存入他的账户，那不是文森特会甘冒风险彻底失去的东西。因此，一周后，在早晨司机和卡车的喧嚣忙碌中，当罗伊说“文小子，到我的办公室来一趟”时，奥宾仔完全没当一回事。罗伊的桌上放着一份报纸，正翻到有大胸女人照片的那页。罗伊缓慢地把他那杯咖啡放到报纸的最上端。他似乎有些不自在，不正眼瞧奥宾仔。

“昨天有人打电话来。说你自称的身份是假的，说你是非法移民，冒用一个英国人的名字打工。”说到这儿停顿了一下。奥宾仔被惊讶所刺痛。罗伊再度端起咖啡杯。“你何不明天直接把你的护照拿来，我们可以将事情澄清，行吗？”

奥宾仔咕哝着讲出他最先想到的话。“好的，我明天带护照来。”他走出办公室，知道他永远不会去回想片刻前自己内心的感受。罗伊叫他拿护照来，只是为了从轻发落地解雇他，给他一条出路，还是罗伊真的相信打电话的人弄错了？除非确有其事，否则怎么会有人打电话来告发这种事？在那天余下的时光里，奥宾仔使出前所未有的努力，让自己显得正常，遏制正在吞噬他的怒火。激恼他的，不是想到文森特掌握着他的生杀大权，而是文森特不计后果地行使这份权力。当晚，他最后一次离开仓库时，恨不得把自己真实的名字告诉奈杰尔和罗伊。

几年后，在拉各斯，当酋长吩咐他找个白人，可以担任他的挂名总经理后，奥宾仔打电话给奈杰尔。他的手机号码没有变。

“我是文小子。”

“文森特！你一切可好，伙计？”

“我很好，你怎么样？”奥宾仔问。接着，稍后，他说，“文森特不是我的真名，奈杰尔。我的名字叫奥宾仔。我有一份工作，想聘请你来尼日利亚。”

29

那两个安哥拉人通知他，事情“升级”了，或说变得更加“棘手”，含糊的言词，就当解释了每次又来伸手要钱的原因。

“这不是我们谈定的”，奥宾仔会说，或者说“我现在手头没有多余的现金”。他们会回道：“事情升级了，懂吗。”用的是一种他料想伴随一耸肩的语气。接着会出现一阵沉默，电话线那端的无声告诉他，那是他的问题，不是他们的。“我会在星期五以前把钱打进去。”他最后会说，然后挂断电话。

克洛蒂尔德的善解人意抚慰了他。她告诉他：“他们拿了我的护照。”在他看来，这未免阴险，简直是挟持人质。

“否则我们就可以自己办这件事。”她补充说。可他不想擅自行动，和克洛蒂尔德一起。那太过重要，他需要安哥拉人有分量的专业知识、他们的经验，确保一切顺利。尼古拉斯已经借过他一些钱，他痛恨再开口，因为尼古拉斯不带笑容的眼睛里透出裁决，仿佛在他看来，奥宾仔吃不起苦、被宠坏了，许多人没有一个能够借钱给他们的表亲。艾米尼克是唯一另外一个他可以开口的人。他们上一次通话时，艾米尼克对他说：“我不知道你有没有看过伦敦西区的这出戏，乔治娜和我刚看了，我们非常喜欢。”仿佛奥宾仔干着送货的活、克俭地存钱，整天为移民的事烦恼交瘁，竟然还会有心思去伦敦西区看戏。艾米尼克的大意让他感到生气，因为那表明一种疏忽，以及，更严重的——对他、对他现有生活的漠不关心。他打电话给艾米尼克，用飞快的语速把话挤出口，说他需要五百英镑，等他一找到新工作就立刻归还，接着，他慢吞吞地向艾米尼克讲述了那对安哥拉人的事，和他只差一步就将完成最后的婚礼，但有太多额外的费用，是他未曾预计到的。

“没问题。我们星期五见。”艾米尼克说。

此刻，艾米尼克坐在奥宾仔的对面，在一间灯光昏暗的餐厅，先前他脱掉夹克，露出一件看上去完美无瑕的棕黄色羊绒毛衣，他没有像他大部分现今生活在国外的别的朋友一样发福，他的模样和奥宾仔上一次在恩苏卡见到他时没有不同。

“嘿呀，仔德，你的气色很好！”他说，他的话里涌动着虚伪。当然奥宾仔的气色不好，因压力而驼着双肩，穿的衣服是向表哥借的。“请见谅，抱歉我一直没时间和你见面。我的工作日程满得要命，我们又一直到处跑。我本该叫你过来和我们一起住的，可这不是我单方面能决定的事。乔治娜不会懂。你知道这些白种人，待人处事不像我们。”他的嘴唇翕动，摆出一个似像得意的笑容。他在取笑他的太太，可从他语气中无声的敬畏里，奥宾仔明白，那是含有尊崇色彩的嘲弄——嘲弄的是他情不自禁相信的、在本质上高人一等的东西。奥宾仔想起中学时卡约德经常形容艾米尼克的话：他可以读遍他想要读的书，但他骨子里仍是一个粗人。

“我们刚从美国回来，哦，你必须去美国看一看。全世界没有一个国家和那儿一样。我们飞到丹佛，然后开车去怀俄明。乔治娜刚处理完一个很难的案子，你记得吗，我在去香港前和你说过？她在那儿工作，我在长周末飞过去。所以我考虑我们应该去一趟美国，她需要放个假。”艾米尼克的电话嘟嘟响了。他从口袋里掏出来，瞅了瞅，挤眉弄眼，仿佛想要别人问他那条短信讲的是什么，可奥宾仔没有问。他累了，伊洛巴不惜冒着他们俩同时打工的风险，把他自己的社会保险卡给了他，可奥宾仔迄今联系的所有职业介绍所都要求出示护照，而不仅只是社保卡。他的啤酒没了气，他希望艾米尼克能直接给他钱了事。可艾米尼克继续滔滔不绝，手舞足蹈，他的动作流畅笃定，他的态度仍似一个深信自己知道别人永远不会知道的事的人。然而他的身上有某些奥宾仔难以名状的不一样的东西。艾米尼克讲了许久，时常用“对于这个国家，你必须理解的一件事是这个”作为每则故事的开场白。奥宾仔的思绪游离到克洛蒂尔德身上。安哥拉人说，至少得有两个女方的人去纽卡斯尔，以免引起怀疑，可她昨天打电话给他，表示她只会带一个朋友，这样他可以不必支付额外两人的火车和住宿费。他觉得那很贴心，可他还是叫她带两个去，他不愿冒险。

艾米尼克正在讲述某件工作上的事。“我实际是第一个到会的，放好我的文件，然后我去了厕所，结果一回来，那个讨厌的白种男人对我说，哦，我发现你过的还是非洲时间。你知道怎么着？我当即训斥了他一通。自那以后，他老发电子邮件给我，约我去喝酒。喝酒干吗？”艾米尼克抿了一口他的啤酒。这是他的第三杯，他的话越说越放肆、越高声。他所有关于工作的故事都如出一辙：起先有人低估或轻视他，而后，他凭借决定性的巧妙言语或行动，以胜利告终。

“我想念美丽的尼日利亚。很多年了，可我就是抽不出时间回去。此外，乔治娜哪能经受得住一次尼日利亚之行！”艾米尼克说完然后又大笑起来。他把家乡定义成丛林，让自己扮演丛林的解说员。

“再来一杯啤酒？”艾米尼克问。

奥宾仔摇摇头。一个试图坐到他们身后那张桌子的人，蹭落了艾米尼克椅子后面的夹克。

“哈，瞧这家伙。他想弄坏我的雅格狮丹。这是去年乔治娜送给我的生日礼物。”艾米尼克说着，把夹克挂回椅子后面。奥宾仔没听过这个品牌，可从艾米尼克脸上神气得意的笑容中，他知道他应该为之赞叹。

“你确定不要再来一杯啤酒吗？”艾米尼克问，并环顾四周寻找服务员。“她故意不理我。你注意到了吗，先前她有多横？这些东欧人就是不喜欢招待黑人。”

等服务员为他点完单后，艾米尼克从口袋里拿出一个信封：“给，老弟。我知道你想借五百，但这里是一千。你要数一数吗？”

数一数？奥宾仔差点想说，可话没有出口。按尼日利亚人的习惯，别人给你钱时，会将它塞到你的手中，合拢拳头，眼睛不与你对视，挥手，拒绝你溢于言表的道谢，一定是溢于言表的，你肯定不会数那个钱，有时连看都不看，等到只剩你一个人时为止。可眼前的艾米尼克叫他数一数那钱。于是他照做了，缓慢、从容，把每张钞票从一只手转到另一只，他好奇在上中学和大学那些年里，艾米尼克是不是一直对他心怀恨意。他没有像卡约德和其他男生一样嘲笑艾米尼克，但他也没有维护艾米尼克。或许艾米尼克鄙视他的中立态度。

“谢谢，老弟。”奥宾仔说。当然是一千英镑。难道艾米尼克以为一张五十英镑的钞票会在他来餐厅的路上滑落不见吗？

“不用还了。”艾米尼克说着，身子往椅背上一靠，露出淡淡的笑意。

“谢谢，老弟。”奥宾仔又说了一遍，不管怎样，他还是既感激又松了一口气。他一直忧心，婚礼以前还有多少要他出钱的事，假如在艾米尼克不可一世的目光下点数一笔赠予的现金，就是所需的代价，那就数吧。

艾米尼克的电话响了。“乔治娜。”他在接电话前美滋滋地说。他略微提高声音，为的是让奥宾仔听见。“时隔多年再见到他真是棒极了，”接着，停顿了一下，“当然，亲爱的，我们是该那么做。”

他放下电话，告诉奥宾仔：“乔治娜想要过来，和我们碰面，在半小时以内，这样我们可以一起去吃晚餐。你看行吗？”

奥宾仔耸耸肩。“对吃的，我一向来者不拒。”

在乔治娜到来前夕，艾米尼克用压低的音调，嘱咐他：“别向乔治娜提结婚这档子事。”

从艾米尼克讲起她的语气中，他曾幻想乔治娜是一个弱不禁风、天真单纯的人，一名成功的律师，却并不真正了解世间的邪恶，可当她一来，国字脸配上虎背熊腰的身材，剪得清爽利落的棕色头发，让她散发一股干练的气息，他能立刻看出她坦率、精明、甚至有几分厌世。他想象她的客户当下就信任她的能力。这样一个女人，她会核查她捐了钱的慈善机构的财务状况。这样一个女人，她绝对经受得住一次尼日利亚之行。艾米尼克为何把她描绘成一朵可怜的英伦玫瑰？她把嘴唇贴在艾米尼克的嘴唇上，然后转身与奥宾仔握手。

“你有特别想吃什么吗？”她一边问奥宾仔，一边解开棕色麂皮大衣的纽扣，“附近有一家不错的印度店。”

“噢，那儿有点寒酸。”艾米尼克说。他变了。他的声音里带上了一种陌生的腔调，他的语速慢起来，整个人的气势低落了许多。“我们可以去肯辛顿新开的那家店。离这儿不太远。”

“我不清楚奥宾仔是否会对那很感兴趣，亲爱的。”乔治娜说。

“哦，我相信他会喜欢的。”艾米尼克说。自得，这是他身上不一样的东西。他娶了一个英国女人，住在英国的家里，有一份在英国的工作，拿着英国护照四处旅行，用“锻炼”指称心智而非身体的活动。他一直渴望这种生活，但对自己能过上这种生活始终将信将疑。如今，他的脊梁自得地硬了。他心满意足。在肯辛顿那家餐厅，桌上点着一根蜡烛，金发碧眼的侍应生——高挑英俊得不像侍应生——端上小小的碗，里面看似像是绿色的果冻。

“我们新推出的柠檬百里香开胃酒，是主厨奉赠的。”他说。

“棒极了。”艾米尼克说着，即刻掉进他新生活的一项礼仪中：眉头一皱，高度凝神，抿了一口气泡水，研究起菜单。他和乔治娜讨论开胃菜。唤来侍应生回答了一个问题。令奥宾仔惊奇的是，艾米尼克多么认真地初学起这套巫术般的高级用餐学问，因为当侍应生把看似三小片雅致、翠绿的野草送到他面前时——那要收他十三英镑——艾米尼克乐呵呵地搓揉手掌。奥宾仔的汉堡被分成四块，摆放在一个大马提尼酒杯里。乔治娜点的东西来了，那是一团血红的生牛肉，上面铺着一个单面煎的鸡蛋。用餐时，奥宾仔尽量不看那盘东西，否则他可能会恶心得想吐。

大部分时候是艾米尼克在讲话，告诉乔治娜他们上学时共度的时光，几乎不让奥宾仔有开口的机会。在他所讲的故事里，他和奥宾仔是受人追捧的调皮鬼，总是惹出招摇刺激的麻烦。奥宾仔望着乔治娜，直到此时才发现她比艾米尼克年长许多。至少八岁。她那缺少女人味的脸部轮廓，因频繁短暂的笑容而变得柔和，但那是若有所思的笑容，那笑容属于一个生性多疑的人。他好奇，艾米尼克的故事，她相信几分，又是几分的爱使她暂时放下了理性判断。

“我们明天有个晚宴，奥宾仔，”乔治娜说，“你一定要来。”

“是啊，我忘记提了。”艾米尼克说。

“你可一定要来。我们请了几个朋友，我相信你会喜欢认识他们的。”乔治娜说。

“好，我一定去。”奥宾仔说。

他们住的排屋位于伊斯灵顿区，一小段保存良好的台阶通向绿色的前门，奥宾仔抵达时，里面飘出烤肉的香气。艾米尼克让他进屋。“仔德！你来早了，我们正在厨房做最后的准备。来，你先去我的书房坐一坐，等其他人到了再说。”艾米尼克领他上楼，走进书房，一个干净、明亮的房间，因白色的书架和白色的窗帘而更显明亮。窗户占去了墙壁的一大块，奥宾仔想象下午，这间房里洒满明媚的阳光，自己窝在门旁的扶手椅里，忘我地看书。

“我过一会儿来叫你。”艾米尼克说。

窗台上摆着照片，有艾米尼克眯着眼在西斯廷教堂前的，在古希腊卫城做出和平手势的，在古罗马斗兽场的，他的衬衣和废墟的围墙是一样的肉豆蔻色。奥宾仔想象他兢兢业业、坚定不移地游览那些他应该游览的地方，在游览之际，考虑的不是他眼前所见的景物，而是他可拍摄的照片和将会看到这些照片的人。这些人，他们将知晓他曾是这些非凡成就中的一员。书架上的格雷厄姆·格林跃入他的眼帘。他取下《问题的核心》，开始阅读第一章，骤然怀恋起他的青葱岁月，那时，他的母亲会每隔几个月把那本书重读一遍。

艾米尼克进来。“那是伊夫林·沃的书吗？”

“不，”他给他看书的封面，“我的母亲很喜欢这本书，她曾一直努力想培养我爱上她喜欢的英国小说。”

“沃是那群人里最出色的。《旧地重游》是我读过最接近完美的小说。”

“我觉得沃写得像卡通画。我就是欣赏不了那些所谓漫画式的英国小说。他们仿佛无法处理人类命运真正而深刻的复杂性，所以诉诸于这种漫画式的手法。格林是另一个极端，太阴郁。”

“不，老弟，你必须再去读读沃。对格林，我谈不上真正喜欢，但《恋情的终结》，第一部分写得绝。”

“这间书房是人梦寐以求的。”奥宾仔说。

艾米尼克耸耸肩。“你想要书吗？你想要的话随便拿。”

“谢了，老弟。”奥宾仔说，心知他一本也不会拿。

艾米尼克环视四周，仿佛在用新的眼光看待这间书房。“这张书桌是我们在爱丁堡寻获的。乔治娜已经有若干件好东西，我们又一起觅得了几件新的。”

奥宾仔纳闷，艾米尼克是否完全把自己的伪装内化，以致连他们单独相处时，他也会聊起“好家具”，仿佛“好家具”的观念，在他们，在新东西理应看上去是簇新的尼日利亚人的世界里，并不陌生。换成原来的奥宾仔，他会就此对艾米尼克说些什么，但如今他不会；他们的关系已物换星移。奥宾仔跟随他下楼。餐桌上五彩斑斓，鲜艳、不匹配的陶瓷盘碟，部分边缘有缺口、红色的高脚酒杯，还有深蓝色的餐巾。桌子中央的一只银碗里，乳白色、娇美的花漂在水中。艾米尼克介绍大家认识。

“这位是乔治娜的老朋友马克，这是他太太，汉娜，对了，她即将完成博士学位，研究的课题是女人的性高潮，或说以色列女人的性高潮。”

“哎呀，不是完全那么单一的方向啦。”在众人的哄笑中，汉娜说，并热情地和奥宾仔握手。她有一张晒成小麦色、宽阔、乐善好施的脸，长这种脸的人，无法容忍冲突。马克，苍白的皮肤，布满皱褶，捏捏她的肩膀，没有跟着其他人一起大笑。他用近乎一本正经的礼数，向奥宾仔问好。

“这位是我们亲爱的朋友菲利普，他是伦敦最优秀的律师，当然仅次于乔治娜。”艾米尼克说。

“尼日利亚的男人全像你和你的朋友一样帅吗？”菲利普问艾米尼克，一边假装被迷得晕倒，一边和奥宾仔握手。

“你必须亲自到尼日利亚瞧一瞧。”艾米尼克说，眨了下眼，像是在继续和菲利普戏谑调侃。

菲利普纤瘦优雅，红色的丝绸衬衣领口敞开着。他矫揉造作的情态，手腕柔韧的活动，手指在空中打转，令奥宾仔想起中学时的一个男生——他的名字叫哈多米——据说他出钱让低年级的学生吮吸他的阳具。一次，艾米尼克和其他两个男生把哈多米诱到厕所，痛打了他一顿，哈多米的眼睛迅速肿起来，以至于放学前，那双眼睛变得奇丑无比，宛如一根硕大青紫的茄子。奥宾仔站在厕所外面，连同其他男生，那些没有参与打人但跟着起哄大笑的男生，奚落辱骂、煽风点火的男生，高喊“同性恋！同性恋！”的男生。

“这位是我们的朋友亚历克莎。亚历克莎刚搬入荷兰公园区的一处新住所，之前她在法国待了几年，这下我们有福了，我们可以更常常见到她。她从事音乐出版工作。她也是一位卓越非凡的诗人。”艾米尼克说。

“噢，打住吧，”亚历克莎说，然后转向奥宾仔，她问，“那么你的家在哪里，亲爱的？”

“尼日利亚。”

“不，不，我指的是在伦敦，亲爱的。”

“我住在埃塞克斯，实际上。”他说。

“原来如此。”她说，仿佛感到失望。她身材娇小，有一张十分苍白的脸和番茄红的头发。“我们可以吃了吗，帅哥美女们？”她拿起一只盘子，端详起来。

“我真喜欢这些盘子。乔治娜和艾米尼克永远有别出心裁之处，可不是吗？”汉娜说。

“这是我们在印度的一个集市上买的，”艾米尼克说，“由乡村的妇女手工制作，实在太美了。瞧边缘的细节？”他举起一只盘子。

“令人叹为观止。”汉娜说，然后看着奥宾仔。

“是的，非常棒。”奥宾仔嘟囔了一句。那些盘子，业余水平的绘饰，边缘有稍许疙瘩，在尼日利亚这些盘子是决不会被拿出来摆在客人面前的。他依然不确定艾米尼克是否变成了另一个人，相信一件东西之所以美，是因为那是国外穷乡僻壤的人手工制作的，或他只是学会了佯装如此。乔治娜倒酒。艾米尼克端上开胃菜，蟹肉配水煮蛋。他展现出一种刻意、精心权衡的魅力。他把“哦，天哪”挂在嘴边。当菲利普抱怨一对法国夫妇正在他位于康沃尔的房子旁建屋时，艾米尼克问：“他们有没有挡住你的日落？”

他们有没有挡住你的日落？无论奥宾仔，还是和他一起长大的任何人，决不会想到问那样的问题。

“说起来美国怎么样？”菲利普问。

“一个引人入胜的地方，真的。我们在怀俄明州的杰克逊镇和雨果共度了几日。去年圣诞，你见过雨果，对吧，马克？”

“是的。所以他在那儿做什么？”马克似乎不为那些盘子所动；他没有像他太太那样，拿一个起来细看。

“那儿有个滑雪场，但不是装腔作势的那种。在杰克逊镇，他们说去阿斯彭的人指望有人为他们系滑雪鞋的鞋带。”乔治娜说。

“想到在美国滑雪，使我浑身难受。”亚历克莎说。

“为什么？”汉娜问。

“他们有否在滑雪场里搞一个迪斯尼站，配上穿着滑雪装备的米老鼠？”亚历克莎问。

“亚历克莎只去过美国一次，在她上学时，可她喜欢隔着远远的距离厌恶那个地方。”乔治娜说。

“我从小到大都隔着远远的距离喜欢美国。”奥宾仔说。亚历克莎略带惊讶地转向他，仿佛没料到他会开口讲话。在枝形吊灯的照射下，她的红发闪现出奇特、不自然的光泽。

“来了这里后，我发现，许多英国人对美国既敬畏又恨之入骨。”奥宾仔补充道。

“千真万确，”菲利普说，朝奥宾仔点点头，“千真万确。那种恨，如同家长看到孩子出落得远比自己更漂亮、过着远更丰富多彩的生活一样。”

“可美国人喜欢我们英国人，他们喜欢我们的口音、女王和双层公共汽车。”艾米尼克说。好啦，俗话说：这个人把自己视为英国人。

“你们猜，我们在那儿时，艾米尼克的重大发现是什么？”乔治娜微笑着，说，“是美国人和英国人‘再见’的不同。”

“再见？”亚历克莎问。

“对。他说，英国人把那个词拖得老长，而美国人说得很短促。”

“那的确是一项重大发现。那尽数解释了两个国家间的区别。”艾米尼克说，心知他们会笑，他们果然笑了。“我在想的还有和外国人打交道上的区别。美国人会笑脸相迎，友好得不得了，可假如你的名字不是科里或查德，他们不会花心思把那准确地念出来。英国人会板着脸，你若过分友好的话，他们还会起疑窦，但他们会把外国人的名字当作实际有效的名字来对待。”

“有意思。”汉娜说。

乔治娜说：“讨论美国的闭关自守，这有些老生常谈，并非说那很多是由我们助长的，因为美国发生什么大事，便会成为英国的头条；这儿出了什么大事，在美国，就算登，也是在报纸的最后一版。可我真心觉得最令人头疼的是那张扬的爱国主义，你不这么觉得吗，亲爱的？”乔治娜转向艾米尼克。

“一点没错，”艾米尼克说，“哦，我们还去看了一场牛仔竞技表演。雨果以为我们可能想体验一点文化的东西。”

大家吃吃地笑了一阵。

“我们还见到一次难以置信的庆祝游行，全是小孩子，脸上化着浓妆，然后许多人挥舞着旗帜，许多的‘愿上帝保佑美国’。我惊恐地想到，在那种地方，假如你突然说‘你不喜欢美国’，不知道可能会有什么下场。”

“我在那儿的医院进修培训时，也觉得美国很沙文主义。”马克说。

“马克是小儿科医生。”乔治娜对奥宾仔说。

“我领会到人——主张进步革新的人，也就是说，因为就连美国的保守派，在托利党成员的眼中也来自一个截然不同的星球——觉得他们可以理所当然地批评自己的国家，但他们绝对不喜欢你那样做，”马克说。

“你去的是哪里？”艾米尼克问，仿佛他熟知美国的角角落落。

“费城。一家名叫儿童医院的专科医院。那是一个相当了不得的地方，提供的培训非常好。我在英国可能要花两年才能见识到的罕见病例，在那儿一个月就见识到了。”

“可你没有留下来。”亚历克莎说，带着近乎胜利者的姿态。

“我没有计划留下来。”马克的脸始终绷着，从不流露任何表情。

“说到这个，我刚加入了一项非常棒的志愿行动，试图阻止英国雇用那么多非洲的医护人员，”亚历克莎说，“压根儿没有医生和护士留在那块大陆上。这实在太不幸了！非洲的医生应该留在非洲。”

“他们想在一个有正常供电、能定期发薪的地方行医，那有何不可？”马克问，他的语调平缓。奥宾仔觉察到他对亚历克莎毫无好感。“我的老家在格里姆斯比，我当然不想在那儿的地方医院工作。”

“可那不完全是一回事，不是吗？我们讲的是世界上最穷的一部分人。身为非洲人，那些医生肩负着责任，”亚历克莎说，“生命是不公平的，其实。他们享有医学学位带来的优待，那么伴随的是责任，救助他们的人民。”

“原来如此。我猜我们在座的，应该没有人对英国北部凋零的城镇负有那样的责任吧？”马克说。

亚历克莎涨红了脸。在突如其来的紧张的沉默中，当相互之间的气氛泛起涟漪时，乔治娜起身说：“大家准备好，尝尝我做的烤羊肉了吗？”

他们全都称赞那肉，可奥宾仔觉得，要是能在烤箱里多放一会儿就好了；他仔细从他那片肉的四周切下去，吃着边上已经烤老的部分，把小块粉红色带血的肉留在盘子上。汉娜牵起话头，仿佛为安抚气氛，她镇定地提出他们全都看法一致的话题，倘若察觉有龃龉的迹象，就换聊别的。他们的谈话如一曲交响乐，你一言我一语，众口一词：那样对待拾贝的中国人多么惨无人道；高等教育收费的提议多么荒唐；支持猎狐的人冲进国会大厦，多么不像话。当奥宾仔说“我不明白为什么猎狐在这个国家是一项如此重大的议题。难道没有更要紧的事了吗？”时，他们大笑。

“什么事可能会更要紧？”马克冷冰冰地说。

“哎，那是我们掌握的进行阶级斗争的唯一手段，”亚历克莎说，“打猎的是有土地的乡绅和贵族，你瞧，表示愤慨的是我们自由派的中产阶级。我们想要夺走他们无聊的小玩意儿。”

“我们当然要，”菲利普说，“那荒谬绝伦。”

“你有没有看到布伦基特说，他不知道国内有多少移民？”亚历克莎问，奥宾仔立刻紧张起来，他的胸口发闷。

“‘移民’，自然，是穆斯林人的代号。”马克说。

“假如他真想知道，可以把这个国家的工地全部走一遍，数一数人头。”菲利普说。

“看看这在美国是如何演变发展的，那十分耐人寻味，”乔治娜说，“他们也正在为移民吵得不可开交。尽管，当然，美国对待移民一向比欧洲友善。”

“嗯，没错，可那是因为欧洲国家建立在排他的基础上，而不像美国，是建立在包纳之上。”马克说。

“但也是因为一种不同的心态，不是吗？”汉娜说，“欧洲国家彼此差不多，互相包围，而美国有墨西哥，一个真正意义上的发展中国家，因而造就了不同的心态，看待移民和边境。”

“可我们没有从丹麦来的移民。我们有从东欧来的移民，东欧就是我们的墨西哥。”亚历克莎说。

“当然，如果不考虑种族的话，”乔治娜说，“东欧人是白种人。墨西哥人不是。”

“对了，你对美国的种族问题有什么看法，艾米尼克？”亚历克莎问，“那是一个万恶的种族主义国家，不是吗？”

“那个，他不必去美国就知道，亚历克莎。”乔治娜说。

“给我的感觉，在美国，黑人和白人一起工作，但不一起玩；在这里，黑人和白人一起玩，但不一起工作。”艾米尼克说。

其他人沉吟地点头，仿佛他讲了某些深邃的话，可马克说：“我不确定我完全明了其中的意思。”

“我认为，在这个国家，阶级存在于人们呼吸的空气中。每个人都清楚他们的地位。连那些怒斥阶级的人，在某种程度上，也接受他们的地位，”奥宾仔说，“在这个国家，在同一座工人阶级城镇长大的一个白人男孩和一个黑人女孩可以走在一起，种族是次要的；可在美国，就算白人男孩和黑人女孩在同一个街区长大，种族仍是第一位的。”

亚历克莎又惊讶地看了他一眼。

“有一点过于简单化，但没错，那大体就是我的意思。”艾米尼克说着，徐缓地，往椅背上一靠，奥宾仔察觉到非难之意。他不该出声的。毕竟，这是艾米尼克的舞台。

“但在这里，你不必真正面对任何种族歧视，不是吗，艾米尼克？”亚历克莎问，她的语气暗示出她已经知道这个问题的答案是“否”。“当然，人是有偏见的，可我们谁没有偏见呢？”

“哟，当然不是，”乔治娜断然说，“你应该讲一讲那个出租车司机的故事，亲爱的。”

“哦，那个故事。”艾米尼克说，同时起身去端奶酪拼盘，在汉娜的耳边嘀咕了几句话，逗得她莞尔一笑，摸摸他的手臂。生活在乔治娜的世界里，他是多么眉飞色舞。

“讲吧。”汉娜说。

于是艾米尼克讲了起来。他说，有一晚他招了一辆出租车，在上街；那辆车的灯远远地亮着，但一驶近他，灯就灭了，他猜谅必是司机没有当班。等那辆车从他身旁开过后，他无意中回头，看见那车的灯又亮了，在那条街前面一点的地方，停下来载了两个白种女人。

艾米尼克之前告诉过奥宾仔这个故事，此刻他诧异的是，艾米尼克讲述时的语气多么不同。他没有提及他站在街头、看着那辆出租车时心头所感到的愤怒。他浑身发抖，他告诉奥宾仔，他的双手颤栗了许久，连他自己都被这反应小小吓到。可此刻，他抿了最后一口红酒，面前漂浮着鲜花，语气里清除了怒火，充斥的只有一种带着优越感的逗趣，同时，乔治娜插话点题：你们能相信吗？

亚历克莎因喝了红酒而上脸，猩红色头发下的眼睛泛红，她换了个话题。“布伦基特必须通情达理，确保让这个国家继续收留难民。从可怕的战争中幸存下来的人，怎么都必须让他们进来！”她转向奥宾仔，“你不同意吗？”

“同意。”他说，格格不入的疏离感，如寒战般传遍他的身体。

亚历克莎和其他客人，也许甚至还有乔治娜，他们全都理解逃离战争的举动，逃离那种粉碎人灵魂的贫穷，可他们不会理解从没有选择的、令人压抑的颓废中逃离的需求。他们不会理解为什么像他这样的人——从小吃得饱、有水喝但困在不满中，生来注定憧憬他乡，永远坚信真正的人生要在那片他乡展开——现如今决意涉险，为了出走要干些非法的事，他们中没有人挨饿，或遭强奸，或来自被烧毁的村庄，但只是渴望有选择和保障。

30

尼古拉斯给了奥宾仔一套婚礼穿的西装。“这是上好的意大利西装，”他说，“我穿小了，所以应该合你的身。”那条裤子有些肥大，奥宾仔系紧皮带后起了褶，但外套也大，遮住了他腰间这难看的布料褶皱。倒不是说他介意。他一心只想着顺利度过这一天，终能开始自己的人生，因此，就算要把他的下半身用婴儿尿布裹起来，他也愿意。他和伊洛巴在市府大楼旁和克洛蒂尔德碰头。她正与朋友站在一棵树下，她的头发用白色发带捋到后面，眼睛画了粗粗的黑眼线；她看起来比实际年龄更大、更性感。她的象牙色连衣裙把她的臀部包得很紧。那条裙子是他出钱买的。“我没有像样的穿得出去的连衣裙。”她在电话里抱歉地说，告诉他，她少一件看上去让人信服是新娘穿的礼服。她拥抱了他。她神情紧张，他试图通过遥想此后他们共同的生活来转移自己的紧张，再过不到一个小时，他就能自由地、以更笃定的步伐走在英国的街道上，并且自由地吻她。

“你带戒指了吗？”伊洛巴问她。

“带了。”克洛蒂尔德说。

那是她和奥宾仔上个星期买的，便宜的普通对戒，在一家巷子里的小店。当时她满脸喜悦，笑盈盈地把各种戒指戴到手指上然后又摘下，以至于他好奇她是否希冀那是一场名副其实的婚礼。

“还有十五分钟。”伊洛巴说。他任命自己是组织者。他拍照，举着数码相机，说：“靠近些！好，再来一张！”他雀跃高昂的兴致令奥宾仔恼火。前一天，在前来纽卡斯尔的火车上，奥宾仔一路望着窗外，连书也看不进去，而伊洛巴则不停地说啊说，直至他的声音变成一缕遥远的低喃，可能因为他想努力让奥宾仔别太忧心忡忡。此时，他自在友好地和克洛蒂尔德的朋友攀谈，讨论切尔西的新教练、电视真人秀《老大哥》，仿佛他们一同到这儿是为了某件平凡寻常的事。

“到时间了。”伊洛巴说。他们朝市府大楼走去。那天下午阳光璀璨。奥宾仔打开门，立于一旁，让其他人先行，进入了无生气的走廊。他们在那儿停步，欲辨明方向，确定登记处是往哪边走。两名警察站在门后，用冰冷的眼神望着他们。奥宾仔平抚自己的恐慌。不用担心，什么都不用担心，他告诉自己，市府大楼里有警察在场可能是例行公事；可当走廊陡然变得逼仄，当空气中的不祥之兆陡然增强时，他察觉有事情不对，继而他注意到另一人正朝他走近，他的衬衫袖子卷起，双颊通红，看上去仿佛化了骇人的妆。

“你是奥宾仔·马杜埃卫希吗？”那个双颊通红的男人问。他的手里拿着一札纸，奥宾仔能看见自己护照页的复印件。

“是的。”奥宾仔轻声说，那个词，是的，是向这位双颊通红的移民官、向伊洛巴和克洛蒂尔德、也是向自己，承认，一切结束了。

“你的签证到期了，你不可以出现在英国境内。”那位双颊通红的男人说。

一名警察给他铐上手铐。他感觉自己从远处凝望这一幕，凝望自己走向外面的警车，坐进过于柔软的后座里。以前他曾无数次害怕会发生这样的事，无数个时刻，凝聚成一抹影绰不清的恐慌；而如今，那感觉像沉闷的余音。克洛蒂尔德扑倒在地，痛哭了起来。她也许从未去过她父亲的祖国，但那一刻，他相信她是非洲人；否则她怎会以如此地道的戏剧性的夸张动作，扑倒在地上？他好奇她的眼泪是为了他还是为了自己，或是为了他们之间本可能的事。不过她无需担心，因为她是欧洲公民，那几个警察几乎不瞅她一眼。在驱车前往警察局途中，感受到手铐重量的人是他；是他，默默交出自己的手表、皮带和钱包，望着警察取走他的电话并关机。此时，尼古拉斯肥大的裤子正滑下他的臀部。

“还有鞋子。把鞋子脱了。”警察说。

他脱掉鞋子。他被领到一间囚室。里面很小，棕褐色的墙壁，金属栅条，每一根都粗得教他一手握不过来，令他想起恩苏卡惨淡、无人问津的动物园里用来关黑猩猩的笼子。从非常高的天花板上，吊下一盏孤零零的亮着的灯泡。那间狭小的囚室里有一种空空如也、回音四起的旷阔。

“你知不知道你的签证到期了？”

“知道。”奥宾仔说。

“你是不是正准备假结婚？”

“没有。克洛蒂尔德和我交往了一段时间。”

“我可以为你安排一位律师，但显然你将被递解出境。”移民官语气平稳地说。

律师来了，浮肿的脸，眼睛底下两道发黑的弧圈，奥宾仔想起所有电影里，政府律师都是一副心烦意乱、疲惫不堪的模样。他来时带着一个包，但没有打开，他坐在奥宾仔对面，什么也没有拿，没有文件，没有纸，没有笔。他的态度和悦，面露同情。

“这件案子政府的赢面很大，我们可以上诉，但老实讲，那只能拖延时间，你最终还是会被从英国的版图上清走。”他说，那神态，宛如一个把那些话用那相同的语气讲过许多遍的人，多到他不愿，或不能，记得具体的次数。

“我愿意回尼日利亚。”奥宾仔说。最后仅存的那点自尊，像一张滑落的包装纸，他迫不及待地想重新扎好。

那位律师面露讶异之色。“那，好吧。”他说，然后略嫌匆忙地起身，仿佛庆幸他的工作变简单了。奥宾仔望着他离去。他将在一张表格上打勾，表示他的客户愿意被清走。“清走”这个词令奥宾仔感觉自己是行尸走肉。一件被清走的东西。一件没有呼吸和意识的东西。一件东西。

他痛恨手铐冰冷的重量，他臆想中那在他手腕上留下的印迹，那对剥夺了他行动自由的金属连环的闪光。眼前的他，戴着手铐，被领着穿过曼彻斯特机场的走道，在那座机场的凉爽和喧嚣中，男女老少，旅客、清洁工、警卫，个个看着他，好奇他干了什么坏事。他把目光锁定在一位疾步领先的高个白种女人身上，她的头发飘在身后，背上驮着双肩包。她不会理解他的遭遇，为什么他此时手腕上扣着金属环走过机场，因为像她那样的人计划旅行时不必为签证发愁。她担忧的也许是钱，是住的地方，是安全，可能甚至也有签证，但绝不是一种扭曲她脊梁的焦灼不安。

他被领进一个房间，上下铺的床清冷地紧靠墙壁。里面已有三人。一个来自吉布提，很少讲话，躺着，眼睛盯着天花板，仿佛在回顾自己如何落到曼彻斯特机场收容所的历程。两个尼日利亚人。年纪较轻的那个坐在床上，没完没了地把手指按得格格响。年纪较长的那个在小屋里踱步，唠叨地讲个不停。

“兄弟，他们怎么抓到你的?”他问奥宾仔，一种奥宾仔厌恶的自来熟。他的某些情态令奥宾仔想起文森特。奥宾仔耸耸肩，没有搭腔，无需只因他们合住一间牢房就以礼相待。

“请问，有什么我可以阅读的东西吗?”奥宾仔问一位进来带那个吉布提人出去见访客的移民官。

“阅读。”她重复了一遍，扬起眉毛。

“是的，书、杂志或报纸。”奥宾仔说。

“你要看书，”她说，她的脸上带着一副轻蔑的被逗乐的表情，“抱歉。不过我们有电视间，午饭后你可以去那儿看电视。”

电视间里有一群男人，其中许多是尼日利亚人，在大声聊天。其他人围坐着，垂头弯腰，沉浸在自己的伤悲里，谛听尼日利亚人互相交流经历，时而大笑，时而自怨自艾。

“哎，这乃是我的第二次。我第一次来用的是另一本护照。”其中一人说。

“乃是为了打工，才让他们抓到我哦。”

“有一个家伙，他们把他递解出境，他又回来办好了身份。帮我的人乃是他。”另一人说。

奥宾仔羡慕这样的他们，随意更换名字和护照，计划再回来，重新开始，因为他们没有什么可损失的。他缺少他们随机应变的本领；他经不起吃苦，一个从小吃玉米片、看书长大的男孩，在母亲的抚养下。当时，讲实话尚不是一件难能可贵的事。和他们在一起，置身于他们中间，他感到羞愧。他们没有像他那样的羞耻感，即便这一点，亦令他羡慕。

拘留期间，他感到创痛、一蹶不振，他的层层外皮被剥去。电话里他母亲的声音近乎陌生，一个女人讲着清脆的尼日利亚英语，平静地叮嘱他，要坚强，她会到拉各斯迎候他。他回想起，多年前，当布哈里将军的政府停止供应生活必需品，她不再有免费的罐装牛奶带回家时，她开始在家研磨黄豆做豆奶。她说豆奶比牛奶更有营养，虽然他早晨拒喝那含有细微颗粒的液体，可他眼看她照做不误，怀着一种毫无怨言的务实的理智。这即是她如今表现出的——隔着电话，告诉他，她会来接他，仿佛她一直料想到有这种可能，她的儿子身陷囹圄，等着被从一个海外国家的版图上清走。

他念念不忘的是伊菲麦露，揣想她在做什么，她的人生起了怎样的变化。上大学时，她曾告诉他："你知道上中学时我最欣赏你什么吗？是你从来不避忌说'我不知道'。其他男生不懂装懂。可你就有这样的自信，你可以随时承认某些事你不知道。"他把那视作非同寻常的夸奖，对自己的这份形象一直珍视有加，也许因为他知道那并非完全属实。他好奇，假如她知道他现在的处境会作何感想。她会同情，他确信，可她是否也会有小小的失望？他差点叫伊洛巴同她联系。要找到她并不难，他已经知道她住在巴尔的摩。可他没有向伊洛巴提出这个请求。伊洛巴来看他时，谈起律师。他们俩都明白那没有意义，可伊洛巴仍然谈起了律师。他会坐在奥宾仔的对面，用手支着头，谈起律师。奥宾仔好奇，其中几位律师是否仅存于伊洛巴的头脑中。"我认识一位伦敦的律师，加纳人，他代理的一个没身份的人险些上了返乡的飞机，等我们再听到那人的消息时，他自由了。他如今在电脑软件公司工作。”其余时候，伊洛巴从陈述显而易见的事中寻求安慰。“要是在他们来之前婚礼已经办成就好了，”他说，“你知道吗，他们只要晚一秒来，在宣布了你们是夫妻后，他们就不能碰你了？”奥宾仔点头。他知道，伊洛巴也知道他知道。伊洛巴最后一次来探视时，当奥宾仔告诉他，第二天他将被转去多佛后，伊洛巴哭了起来。“仔德，事情不应该这样的。”

“伊洛巴，你为什么要讲废话？别哭了，我的好哥们。”奥宾仔说，欣喜自己可以扮演假装坚强的角色。

然而，当尼古拉斯和奥玖谷来探视时，他讨厌他们多么不遗余力地试图表现得乐观，假装，仿佛他只是生病住院，他们前来探望一样。他们坐在他对面，中间隔着冰冷的空桌子，谈起日常琐事，奥玖谷的语速略微偏快，尼古拉斯一个小时讲的话比奥宾仔听到他几个星期里讲的都多：恩妮被全国少年管弦乐队录取了，恩纳又得了一个奖。他们给他带来钱、小说、一包衣服，是尼古拉斯去店里为他选购的，大部分是新衣服，符合他的尺寸。奥玖谷老是问：“他们待你好不好啊？他们待你好不好？”仿佛比起一切破灭的现实，比起他身处收容中心、即将被递解出境，他受到的待遇才是要紧的。没有一个人表现正常。他们全都中了他厄运的符咒。

“他们在等去拉各斯航班的位置，”奥宾仔说，“他们会把我关在多佛，到有位置为止。”

奥宾仔在报上读到过有关多佛的介绍。那里以前是一座监狱。坐在车里经过电子门、高墙、铁丝网，那有种超现实的感觉。他的牢房，比在曼彻斯特的牢房更小、更冷。同室的狱友——另一个尼日利亚人——告诉他，他不打算让他们把他递解出境。他有一张铁面无情、消瘦的脸。“我会在他们企图让我登机时脱掉衬衣和鞋子。我会寻求避难，”他告诉奥宾仔，“假如你脱掉衬衣和鞋子，他们就不会让你登机。”他时常重复这个，仿佛那是一句真言。他时不时响亮、无言地放屁，时不时屈膝跪在他们极小的牢房中间，向天举起双手，祈祷。“天父，主啊，我赞美你的名！没有你做不到的事！我颂扬你的名！”他的手掌上刻有深深的掌纹。奥宾仔好奇那双手历经过怎样的磨难。他在那间牢房里感到窒息，只有放风和吃饭时才能出去。食物，令人想到的是一碗水煮的虫子，他吃不下去；他感觉自己的身体在变得松垮，血肉在消失。等到有一天凌晨，他被带上一辆面包车时，一圈毛茸茸的胡须，好像草皮，覆盖了他的整个下颌。天还未破晓。他和两个女人、其他五个男人，全戴着手铐，全是前往尼日利亚，他们被押送着，在希思罗机场经过安检和出入境检查，登上飞机，受到其他乘客的瞩目。他们坐在最后面，倒数第一排，离厕所最近。全程，奥宾仔坐着一动不动。他没有要他的那盘食物。“不用，谢谢。”他对空服员说。

他旁边的那个女人急切地说：“他那份，可以给我吗？”她也是从多佛出来的。她的嘴唇颜色很深，周身散发一种开朗向上、打不败的气质。他确信，她会换一本护照，换个名字，再试一次。

飞机开始向拉各斯降落，一名空服人员居高临下地站在他们面前，大声说：“你们不能动。会有移民官来接管你们。”她的脸紧绷着，带有嫌恶之色，仿佛他们全是罪犯，让像她这样正直的尼日利亚人蒙羞。机舱里的人走光了。奥宾仔透过窗户望着一架老喷气式飞机，停在向晚温煦的阳光下，直到一名穿制服的人从过道那头走来。他的肚子硕大，要扣起他衬衣的纽扣想必很费劲。

“来啦，来啦，我是来接管你们的！欢迎回家！”他风趣地说，他令奥宾仔想起尼日利亚人那爱笑的本领，如此轻易地撷取乐子。那是他一直思念的。“我们笑得太多，”她的母亲有一次说，“或许我们应该少笑一点，多解决一些我们的问题。”

那个穿制服的人领他们去一间办公室，分发表格。姓名、年龄、从哪个国家来。

“他们待你好不好？”那个男人问奥宾仔。

“好。”奥宾仔说。

“所以你有什么可以给兄弟们的？”

奥宾仔望了他片刻，他坦荡的脸，他简单的世界观；递解回来的人天天有，生活仍在继续。奥宾仔从口袋里拿出一张十英镑的纸币，那是尼古拉斯给他的钱。那名男子收下，笑了笑。

屋外热气蒸腾，他感到头晕。一股新生的哀伤包覆了他，哀伤他未来的日子，他将觉得世界微微失去平衡，他的视线无法聚焦。在到达标志旁用警戒线围起来的区域里，和其他翘首以待的人们离得远远的，他的母亲正等着他。

第四部

31

和柯特分手后，伊菲麦露告诉吉妮卡：“有一种我想拥有但却没有体会的感觉。”

“你在讲什么啊？是你对他不忠！”吉妮卡摇头，仿佛伊菲麦露疯了。“伊菲，老实讲，有时候我搞不懂你。”

确实，她做出了对柯特不忠的行为，和一个比她年轻、住在查尔斯村她那栋公寓楼里的在乐队当乐手的男子。可她确实亦曾渴望，和柯特在一起时，把情感掌握在自己手中，但始终不能。和他在一起——快乐、英俊的柯特，有本事把生活捻弄成他所要的样子——她无法完全相信自己。她爱他，以及他给予她的充满朝气、安逸的生活，然而她时常需克服那种冲动，欲寻衅生事，欲粉碎他阳光的性情，哪怕只是一丁点。

“我觉得你有自毁倾向，”吉妮卡说，“所以你才会那样和奥宾仔斩断联系。现在，你又对柯特不忠，因为在某种程度上你认为自己不配得到幸福。”

“接下来你要推荐某些治疗自毁倾向病的药片了吧，”伊菲麦露说，“那很荒诞。”

“那你为什么要做这种事呢？”

“那是个错误。人会犯错。人会干傻事。”

她做那件事，事实上是因为好奇，可她不会把这告诉吉妮卡，因为那会显得轻率。吉妮卡会更中意一个郑重、紧要的理由，比如自毁。她甚至不确定自己是否喜欢他——罗布，穿着又脏又破的牛仔裤，满是污垢的靴子，皱巴巴的法兰绒衬衫。她不理解垃圾摇滚的时尚，这种因为有能力不穿得破破烂烂而让自己看起来破破烂烂的主张；那是对真正的衣衫褴褛的戏仿。他穿着打扮的方式，使他在她眼里显得肤浅，然而她对他感到好奇，好奇他赤身裸体和她上床时会是什么样子。第一次的性经验堪称满意，她在他上面，滑动，呻吟，抓着他胸口的毛发，一边那么做时，一边依稀、风光地觉得像在演戏。但第二次，在她到了他的公寓，他把她拉入怀里后，她骤然感到一股巨大的麻木。他的呼吸已变得粗重，她挣脱他的拥抱，捡起手袋离去。在电梯里，她涌起莫大的惶恐感，她在寻找某些坚固之物，拼命挥舞双手，而她触碰到的一切均化为虚无。她去柯特的公寓，向他坦白。

“那没有任何意思。那只发生了一次，我真抱歉。”

“别闹了。”他说，可从使他的蓝色眼眸变得哑暗的不敢相信的惊骇中，她看出，他知道她不是在开玩笑。经过几小时彼此间的闪烁其词，喝茶、播放音乐、查阅电子邮件，柯特仰面躺在沙发上，既不动也不出声，最后他问：“他是谁？”

她告诉了他那人的名字。罗布。

“他是白人吗？”

她惊讶于他会问她这个，而且这么迅雷不及掩耳。“是的。”她第一次见到罗布是几个月前，在电梯里，穿着他不修边幅的衣服，头发没有洗过，他冲她微笑。“后会有期。”自那以后，每次见到他，他看她的眼神里都带着一种慵懒的意兴，仿佛他们俩知道他们之间会出事，问题只在于什么时候。

“他他妈的到底是谁？”柯特问。

她告诉他，他住在她楼上，他们只是见面打个招呼，没有别的，直到那晚，她看见他从酒品店回来，他问她想不想跟他喝一杯，结果她就干了一件愚蠢、冲动的事。

“你给了他他想要的。”柯特说。他的脸一层层沉下来。这不像是柯特会讲的话，那种话，是乌茱姑姑——她把性视作女人在迷失自我时付出给男人的一样东西——才会讲的。

在一阵突来的、头脑发昏的莽撞中，她纠正柯特。“我得到了我想要的。假如我给了他什么，那么纯属意外。”

“你自己听听看，操，你他妈自己听听看！”柯特的声音变得嘶哑，“你怎么能对我做出这种事？我以前对你这么好。”

他已经在从过去的镜头里看待他们的关系。她不解，浪漫爱情变异的本领，心爱的人转瞬间就能变成陌生人。爱情去了哪里？也许真正的爱存在于家人之间，和血缘有一定联系，因为对孩子的爱不会灭，浪漫的爱情会。

“你不肯原谅我。”她说，似问非问。

“荡妇。”他说。

他像挥刀似的吐出那个词，那出自他的口中，带有尖锐的厌憎。听见柯特如此冷酷地说“荡妇”，那有种不真实感，她的眼中噙满泪水，明白她已把他变成一个会如此冷酷地说“荡妇”的人，希望他是一个无论在何种情况下都不会说“荡妇”的人就好了。独自在她的公寓里，她痛哭不止，瘫倒在客厅的小地毯上，那几乎没怎么踩过，依旧散发店里的味道。她和柯特的恋情是她想要的，是她人生的波峰，然而她却拿起斧头，朝它劈去。她为什么要毁掉这段恋情？她想象她的母亲说那是魔鬼的缘故。她希望自己能相信魔鬼，相信有一个出离自己的生命体，侵入你的意识，导致你摧毁你所关心在乎的东西。

她连续几周打电话给柯特，在他家大楼前等他出来，一遍一遍地道歉，说她多么懊悔，多么想把事情解释清楚。一天，她醒来，在终于接受了柯特不会回她电话、任她怎么用力敲门都不会打开他公寓门的事实后，她独自去了市中心他们最喜欢的酒吧。酒保，那个认识他们的酒保，对她投以轻柔的一笑，同情的一笑。她报以微笑，又点了一杯莫吉托，心思也许这位酒保更适合柯特，她棕褐色的头发吹得柔滑亮泽，她细瘦的手臂，紧身的黑衣，她始终滴水不漏、温和无害的健谈本领。她也会滴水不漏、温和无害的忠贞；假如她有一个像柯特那样的情人，她不会有兴趣同一个演奏不和谐之乐的陌生人发生猎奇式的交欢。伊菲麦露定睛盯着她的杯子。她有地方出了问题。她不知道问题在哪里，但她有地方出了问题。饥渴，躁动。对自己缺乏完整的认识。感到有某些东西在更远处，超出她的企及范围。她起身，在吧台上留了一大笔小费。此后有很长一段时间，她记忆中与柯特的结束是这样的：坐着出租车飞驰过查尔斯街，有一点醉意，有一点释然，有一点孤单。司机是个旁遮普人，自豪地告诉她，他的孩子在学校成绩比美国小孩好。

几年后，在曼哈顿的一次晚宴上，那是巴拉克·奥巴马成为民主党候选人竞选美国总统的第二天，宾客云集，全是奥巴马热忱的支持者，因酒酣和胜利而眼眶湿润。一个谢顶的白种男人说："奥巴马将终结这个国家的种族主义。"一位臀部丰满、打扮时髦的海地诗人赞同、颔首，她的非洲爆炸头比伊菲麦露的大，她说，她在加州和一个白种男人谈过三年恋爱，种族从不对他们构成障碍。

"那是骗人的。"伊菲麦露对她说。

"什么？"那个女的问，仿佛她听不真切似的。

"是骗人的。"伊菲麦露重复了一遍。

那女人的眼睛突鼓。"你是在告诉我，我自己的亲身经历是怎样吗？"

尽管那时的伊菲麦露明白，像这个女人那样的人，他们讲话旨在让别人感到舒坦，并表现出他们赏识*我们已做出了多大的进步*；尽管那时的她愉快地置身于布莱恩的朋友圈中，他们中的一位正是这位女士的新男友，尽管她本该不予理会的，可她没有。她做不到。再一次，那些话让她不由自主，突破她的喉咙，冲口而出。

"你说种族不是障碍，唯一的原因是你希望那不是。我们全都希望那不是。可这是骗人的。在我的祖国，种族不是障碍；我没想过自己是黑人，唯独来了美国后我才变成黑人。在美国，身为黑人，你爱上一个白人，当你们单独相处时，种族无关紧要，因为那时只有你们和你们的爱。但你一走到外面，那便关系到种族。可我们不谈论这个。我们甚至不告诉我们的白人伴侣那些惹恼我们的小事，那些我们希望他们能更理解的事，因为我们担心他们会说我们反应过度，或者是我们太敏感。我们不想听他们说，瞧，我们已做出了多大的进步，仅在四十年前，我们还不能成为合法夫妻，等等等等，因为你知道，当他们说出那番话时我们会作何感想？我们想的是，见鬼，为什么竟然还有非法一说？可这类念头，我们丝毫不说出口。我们任那在我们的脑中累积，当我们来参加像这样气氛友好的自由派的宴会时，我们说种族无关紧要，因为那是人们期望我们说的话，让我们友好的自由派的朋友感到舒坦。这是实情。是我的经验之谈。”

宴会的主人，一个法国女人，瞥了一眼她的美国丈夫，脸上带着一抹窃喜的笑意。最令人难忘的晚宴莫不过是客人讲出意想不到、并具有潜在冒犯性的话。

那位诗人摇摇头，对主人说：“如果有剩的，我很想带点那个特别棒的蘸酱回去。”然后看着其他人，仿佛不敢相信他们竟然在听伊菲麦露讲话。可他们的确在听，他们全都噤声，盯着伊菲麦露，仿佛她即将抖露一个猥亵的秘密，那会既挑起他们的情欲，又把他们影射在内。伊菲麦露一个劲儿喝了太多白葡萄酒；时不时她的脑中有种头晕目眩的感觉，事后她将发电子邮件向主人和那位诗人道歉。可当时每个人都在看着她，连布莱恩亦然。唯有那一次，她无法清晰地读懂他的表情。于是，她开始讲起了柯特。

倒不是说他们回避种族，她和柯特。他们用嬉皮笑脸的方式谈论这个话题，既不承认什么，也不落实什么，最后用“不可理喻”一词收尾，像把那当作一件新奇的小宝物，仔细检视，然后置于一旁。或是笑话，那留给她一丝细微而麻木的不快，她从未向他坦承过。也不是说柯特佯装身为黑人和身为白人在美国是一样的，他知道那不一样。而是，她不明白他为什么领会了一件事，却对另一件相似的事完全不明就里，他怎么能轻易做出一次富有想象力的飞跃，却在另一次面前折了腿。例如，在去参加他堂妹阿什莉的婚礼前，他开车送她到他童年住所附近的一家小型健康美容中心，她要修眉。伊菲麦露走进去，朝柜台后的亚洲女人微笑。

“你好。我想用热蜡除一下眉毛。”

“我们不做卷的眉毛。”那女的说。

“你们不做卷的眉毛?”

“不做，抱歉。”

伊菲麦露久久看了那个女人一眼，那不值得争辩。假如他们不做卷的眉毛，那么他们就是不做卷的，不管哪种卷。她打电话给柯特，叫他掉头回来接她，因为美容院不做卷的眉毛。柯特走进来，他湛蓝的眼睛更蓝了，说他要立刻找经理。“你他妈的把我女朋友的眉毛做了，不然我教这鬼地方关门。你们不配有执照。”

那个女人转成一副满脸堆笑、热切殷勤的轻佻样。“真抱歉，是误会。”她说。是的，他们可以做眉毛。伊菲麦露不想做，担心这个女人可能会烫伤她，撕去她的皮肤，夹痛她，但柯特为了她而义愤填膺，他的怒火在美容中心封闭的空气里阴燃，因此，她紧张地坐下，让那个女人用热蜡为她除眉。

开车回去的途中，柯特问:“你的眉毛到底是怎么个卷法?用该死的热蜡，怎么会那么难?”

“也许是他们从来没做过黑人女性的眉毛吧，所以他们以为不一样，因为毕竟，我们的头发是不一样。但我猜，现在她了解了，眉毛没有那么大区别。”

柯特讥笑了一声，把手伸过来，握住她的，他的手掌暖暖的。在鸡尾酒招待会上，他与她保持十指交扣。穿着超短连衣裙的年轻姑娘，她们吸气收腹，成群结队地走过来和他打招呼，搔首弄姿，问他是否记得她们，阿什莉高中时的朋友，阿什莉大学的室友。当柯特说“这是我的女朋友伊菲麦露”时，她们惊讶地看着她，一种有些人掩饰、有些人不掩饰的惊讶，她们的表情里写着问号:“怎么是她?”那令伊菲麦露感到发笑。她以前见过那种神态，在白种女人的脸上，在街头陌生人的脸上，他们看见她的手被紧握在柯特的手里，脸上即刻浮起那种神态。人们在面对一项重大的部族损失时所表现出的神态。那不仅因为柯特是白人，而且因为他属于那种白人，野性的金发，俊俏的脸蛋，运动员的身材，阳光的魅力，和他周身散发的钱的味道。假如他又肥、又老、又穷、相貌平平、性格怪癖，或编着骇人长发绺，那就不会如此引人瞩目，守护部族的人会有所宽慰。于事无补的是，虽然她可能算得上一个漂亮的黑人女孩，但她不是那种，他们能够勉强想象与他交往的黑人：她不是浅色皮肤，她不是混血儿。在那次宴会上，随着柯特握住她的手不放，动不动亲吻她，把她介绍给每一个人，她发笑的心情凝固成疲惫。那些神情开始刺穿她的皮肤。她甚至厌倦了柯特的保护，厌倦了需要保护。

柯特凑近，低语："那个，把皮肤喷成不自然古铜色的那个？她都没看出来，她的混账男友从我们进来以后一直在上下打量你。"

所以他注意到了，也理解那副"怎么是她？"的神态。这教她惊讶。有时，在他飘飘然欢快纵情的中间，他会灵光一闪，显出惊人的洞察力，她会纳闷，他身上是否还有其他更多她忽略的禀性。诸如，当他的母亲瞥了一眼星期天的报纸，嘟囔说虽然美国现在已无种族偏见，但有些人仍在找理由抱怨时，他对他的母亲说："得了吧，母亲。假如有十个看上去和伊菲麦露同属一类的人突然走进这里来吃饭会怎样？你没意识到我们身边的用餐者估计会不乐意吗？"

"也许吧。"他的母亲说，态度暧昧，并扬起眉毛，朝伊菲麦露射来一道谴责的目光，仿佛表示，她十分清楚是谁把她的儿子变成了令人生厌的种族斗士。伊菲麦露微微露出一个胜利的笑容。

但有一次，他们去拜访他的姑姑克莱尔，在佛蒙特，一位拥有一座有机农场、光着脚四处走动、述说那使她感觉和地球多么息息相连的妇人。伊菲麦露在尼日利亚有过这样的经验吗？她问。然后当伊菲麦露说假如她不穿鞋迈出屋子半步，她的母亲会打她时，她露出失望的神情。在那次拜访中，克莱尔从头至尾谈的是她的肯尼亚野生动物之旅，是曼德拉的风度，是她对哈里·贝拉方特的崇拜，伊菲麦露担心她会不自觉地冒出美国黑人英语或斯瓦希里语来。在离开了她大而无当的宅子后，伊菲麦露说："我打赌，假如她只做自己，她肯定是个有趣的人。我不需要她过度向我保证，她喜欢黑人。"

柯特说那不是种族的原因，那只是因为他的姑姑超级敏锐地察觉到差异，任何的差异。

“假如我带去的是个金发碧眼的俄罗斯人，她也绝对会有一样的反应。”他说。

他的姑姑当然不可能对一个金发碧眼的俄罗斯人做出一样的反应。金发碧眼的俄罗斯人是白人，他的姑姑不会觉得有必要证明，她喜欢外表和那个金发碧眼的俄罗斯人一样的人。可伊菲麦露没有把这番话告诉柯特，因为她希望那对他是不言自明的事就好了。

他们走进一家桌上铺有亚麻桌布的餐厅，领位员看着他们，问柯特：“一位吗？”柯特赶紧向她说明，领位员不是“那个”意思。她想问他：“除此以外还可能是什么意思？”在蒙特利尔，草莓色头发的民宿主人在他们登记入住时拒绝承认她的存在，一种坚定不移的拒绝，把微笑和目光只投向柯特，她想告诉柯特，她感觉受到了极大的轻慢。更糟的是，因为她没有把握那个女的是不喜欢黑人还是喜欢柯特。但她没有，因为他会说是她反应过度，或累了，或两者兼有。简言之，有的时候他察觉，有的时候他察觉不到。她知道她应该把这些想法告诉他，不告诉他，会给他们俩都投下阴影。可她，还是选择了沉默。直到那天他们为了她的杂志而吵架。他从她茶几上的那叠东西里拿起一本《精髓》，在一个难得的他们在她的公寓里度过的早晨，空气中依旧弥漫着她做的煎蛋卷的香味。

“这本杂志有一定的种族偏向。”他说。

“什么？”

“怎么搞的。登的全是黑皮肤的女人？”

“你当真。”她说。

他一脸困惑。“是啊。”

“我们去趟书店。”

“什么？”

“我要带你看点东西。别问了。”

“好吧。”他说，不清楚有什么新鲜刺激的东西，但跃跃欲试，怀着属于他的那份孩童般的喜悦，欲一睹为快。

她驱车来到内港区的书店，从陈列架上取下多本不同的女性杂志，带路朝咖啡厅走去。

“你要喝拿铁吗？”他问。

“好的，谢谢。”

他们在椅子上坐下，面前放着纸杯，她说：“让我们从封面开始。”她把那些杂志摊在桌上，有几本压着其他的。“瞧，所有的封面都是白人女性。这个照理说是拉美裔人，我们之所以知道，因为他们在这儿印了两个西班牙语词，可她看上去和这个白种女人完全一样，肤色、头发、五官均无差别。现在，我将一页一页地翻过去，你告诉我，你看见了多少个黑女人。”

“宝贝儿，算了吧。”柯特说，带着逗乐的表情，向后一靠，把纸杯举到嘴边。

“就依我一次嘛。”她说。

于是他数了数。“三个黑女人，”他最后说，“或大概四个。她有可能是黑人。”

“这么说，在大概两千页的女性杂志里，有三个黑女人，而她们全是混血儿或分不出明显的人种，所以她们也可能是印度人或波多黎各人或什么人。她们中没有一个是深肤色。没有一个长得像我一样，所以我无法从这些杂志里获取美妆资讯。瞧，这篇文章教你用拧脸颊的方式改善肤色，因为他们想当然地认为他们的读者都有拧了会变红的脸颊。这篇向你推荐针对每个人不同的护发产品——‘每个人’指的是金发、深褐色头发和红发的人。我不属于其中任何一类。这篇向你介绍最好的护发素——针对直发、波浪式头发和卷发，不包含绞缠拳曲的小卷。看他们所指的卷发是什么？我的头发根本没办法那样。这篇教你根据眼睛的颜色搭配眼影——蓝色、绿色、淡褐的眼睛。可我的眼睛是黑色的，所以我无从知道什么眼影适合我。这篇讲的是这款粉红色的唇膏人人适用，但他们所指的人人适用，前提为你是白人，因为，假如我用那种色度的粉红色，看起来会像木偶。哦，瞧，这里有了一点进步。一个粉底广告。有七种给白皮肤人的不同颜色，和一种通用的巧克力色，但进步仅此而已。现在，我们来谈谈什么是有种族偏向吧。你看出到底为什么会存在一本像《精髓》那样的杂志了吗？”

“好啦，宝贝儿，好啦，我没有想把这件事搞得那么严重。”他说。

当晚，伊菲麦露给万布伊写了一封很长的电子邮件，讲到书店、杂志、种种她没有告诉柯特的事，没有说出口和没有了结的事。那是一封很长的电邮，挖掘、质问、揭示。万布伊回信说：“这是如此坦直而真实。应该让更多人读到。你应该开个博客。”

博客对她而言新鲜又陌生。可把发生的事告诉万布伊还不够满足，她渴望有别的听众，她也渴望聆听别人的经历。还有多少选择沉默的人？还有多少来到美国后变成黑人的人？多少人感觉他们的世界像裹上了纱布？她和柯特在那件事发生的几周后分了手，她注册了账号，她的博客诞生了。虽然日后她会更名，但起初她把那博客取名“种族节，或一个非美国黑人对美国黑人问题的好奇见解”。她把给万布伊的那封电邮做了更清晰的断句，变成她的第一篇文章。她称柯特为“火辣的前白人男友”。几个小时后，她查看博客的流量。有九人读过。惊慌中，她撤下了那篇文章。第二天，她又重新贴上去，经过修改编辑，她依然轻易就能回想起最后的结语。此时，她复述起那段话，在那对法国太太美国先生的宴会桌前，那位海地诗人瞪着眼，双臂交叉。

解决美国种族问题最简单的办法？浪漫的爱情。不是友情。不是那种安稳、肤浅、目标是两人都保持心情舒坦的爱情。而是真正深刻浪漫的爱情，使你扭曲、把你榨干、让你通过你心爱之人的鼻孔呼吸的那一种。而因为那种真正深刻浪漫的爱情如此稀有，因为美国社会的结构使得那种爱情在美国黑人和美国白人之间益发稀有，所以美国的种族问题永远不可能解决。

“哦！讲得太棒了！”那位法国女主人说，她用手掌夸张地按着胸口，扫视全桌人，仿佛欲寻找回应。可其余每个人都保持沉默，目光闪躲、狐疑。

致米歇尔·奥巴马，外加头发作为种族的隐喻

米歇尔·奥巴马是白人女友和我的偶像。所以前几天我对她说——我好奇米歇尔·奥巴马是不是缝了假发，她今天的头发看起来更加丰满，而每天那样的高温处理，想必一定会损害头发。她说——你是指她的头发不是长成那样吗？所以是我的问题，还是，在美国的种族问题上，那是一个现成的完美隐喻？头发。有注意过电视上的形象改造节目吗？留着天生头发（粗糙、打卷、缠结、或拳曲）的黑人妇女，出现在“改造前”的丑照里；而在“改造后”的美照里，有人拿起一根烧热的铁棒，把她的头发烤直？有些黑人妇女，美国的和非美国的，宁可在街上裸奔，也不肯带着她们天生的头发出门见人。因为，你瞧，那有失专业风范，上不了台面，横竖，那就是该死的不正常。（诸位评论者，请别告诉我那就形同白种女人不染头发一样。）当你真正留着天生的黑佬头发时，人们以为你对你的头发“做了”手脚。实际上，顶着非洲爆炸头和辫子的人，才是没有对他们的头发“做过”手脚的。你应该问问碧昂斯她做了什么。（我们都喜爱碧儿Bey，可她能不能向我们展示，就一次，她从头皮上长出来的头发是什么样的？）我天生的头发缠结拳曲。弄成玉米垅的发式、非洲爆炸头、辫子。不，那和政治无关。不，我不是艺术家、诗人、歌手。也不是大地母亲式的人物。我只是不想在我的头发上使用直发膏——诚然，生活中致癌的因素已经够多。（顺便提一句，我们能否禁止在万圣节戴非洲爆炸头式的假发吗？看在上帝的份上，非洲爆炸头不是装束。）试想，假如米歇尔·奥巴马厌

烦了那炙热的天气，决定走自然路线，出现在电视上时，是一头似羊毛般蓬乱的头发、或是许多紧紧缠绕的小卷。（无从得知她的头发会是什么质地。黑人女性的头上有三种不同质地的头发，那并不罕见。）她将彻底惊世骇俗，但可怜的奥巴马必定会失去无党派选民的选票，甚至是民主党内那些意向未定者的选票。

更新：正处于过渡期的“ZoraNeale22”，请求我贴出我的方子。把纯的乳木果油脂当作免洗护发素，这对许多留着天生头发的人有效。可惜对我不然。任何含有大量乳木果油脂的东西，皆使我的头发失去光泽，变得干涩。而干燥是我头发最大的问题。我一周洗一次头发，用不含硅的保湿香波。我用一种保湿护发素。我不拿毛巾擦干头发。我任头发湿着，把那分成几部分，抹上一种乳状的免洗产品（目前最爱的品牌是“金美特生物制剂”，其他比较喜欢的有“欧莹手制”、“乳木果滋润”、“大方美丽”和“达西植物精华”）。然后我把头发编成三四股粗粗的玉米垅发辫，用缎子头巾把头包起来扎好（要用缎子，那能锁住水分。棉的不行，那吸水）。我上床睡觉。第二天一早，我把玉米垅解开，成功啦，一个毛绒绒、可爱的非洲爆炸头！关键是要在头发湿的时候往上抹点东西。而且我从来，绝不在头发干的时候梳头。我只在头发湿的时候梳，或是头发未干或者涂满保湿乳的时候。这个在湿的时候编辫的方子，连对我们头发严重拳曲、厌烦了直发棒和角蛋白拉直疗程的白人女友也奏效。周围有没有留着天生头发的美国或非美国黑人，想要分享她们的方子的？

32

连续几周，伊菲麦露跌跌撞撞地摸索，努力回忆在柯特出现前的她是什么样。他们共度的生活，对她来说如从天而降，那是她就算努力想象也想象不出来的。所以，无疑，她能回到以前的轨道。但以前是一片青灰色的混沌，她再也搞不清那时的她是谁，她曾喜欢什么，不喜欢什么，想要什么。她的工作令她感到枯燥：她重复做着乏味不变的事，撰写新闻稿，修改新闻稿，编辑新闻稿，她的行动机械麻木。也许那一向如此，只是她没有留意，因为她被柯特的光芒遮蔽了眼睛。她的公寓宛如一个陌生人的家。周末，她去杨柳镇。乌茱姑姑的公寓位于一片拉毛粉饰的楼房群里，小区内有悉心打理的绿化，角落放置了大圆石，傍晚，友善的居民出来遛他们俊俏的狗。乌茱姑姑的身上新散发出一派轻松愉悦的气象；夏天，她戴了一条很细的脚链，一道金闪闪的希望之光在她的腿上。她加入了“非洲医生为非洲”组织，志愿抽出时间执行为期两周的医疗任务，在去苏丹时，她邂逅了奎库，一位离异的加纳医生。“他待我如公主。就像柯特待你一样。”她告诉伊菲麦露。

“我正在努力忘记他，姑姑。别提他了！”

“抱歉。”乌茱姑姑说，但脸上看不出有一丝歉意。她曾劝伊菲麦露用一切办法挽回那段恋情，因为她不会再找到一个会像柯特那样爱她的人。当伊菲麦露告诉戴克她和柯特分手了时，他说：“他挺酷的。你不会有事吧？”

“没事，当然。”

也许他感觉到现实是相反的，知晓她有轻微的精神不稳；大部分夜晚，她躺在床上，哭泣，为她亲手毁掉的东西而痛责自己，然后对自己说，她没有理由哭泣，却照样哭泣。戴克端了一个托盘来她的房间，他在上面放了一根香蕉和一罐花生。

“点心时间！”他说，逗弄地咧嘴一笑，他依旧不明白为什么有人会想要把这两样东西放在一起吃。在伊菲麦露吃东西的时候，他坐在床上，和她讲学校的事。他现在在打篮球，他的成绩有所提高，他喜欢一个名叫秋儿的女孩。

“你在这里适应得不错。”

“是啊。”他说，他的笑容令她想起以前在布鲁克林的他，敞开怀抱，没有戒备。

“记不记得我看的日本动漫里有个角色孙悟空？”他问。

“记得。”

“你梳非洲爆炸头的样子有点像孙悟空。”戴克说着，哈哈笑起来。

奎库敲门，等她说“进来”后才探进头。“戴克，可以走了吗？”他问。

“可以，叔叔，”戴克起身，“我们出发吧！”

“我们要去社区中心，你想同我们一块儿去吗？”奎库问伊菲麦露，试探性地，近乎拘谨。他也知道她正因分手而伤心难过。他个子矮小，戴着眼镜，一位名符其实的绅士，温文尔雅。伊菲麦露喜欢他，因为他喜欢戴克。

“不了，谢谢。”伊菲麦露说。他住的房子离这儿不远，但乌茱姑姑的衣橱里有几件他的衬衫，伊菲麦露在乌茱姑姑的浴室见过一瓶男士洁面露，冰箱里有纸盒装的有机酸奶，她知道乌茱姑姑不吃那个。他看乌茱姑姑时的眼睛清澈明亮，那是一个想让全世界知道他爱得有多深的男人。那令伊菲麦露想起柯特，使她再度产生怅惘的忧伤。

她母亲在电话里听出她声音的异样。“你病了吗？出了什么事？”

“我很好。只是工作。”她说。

她父亲也问她为什么听起来不一样，是否一切都好。她告诉他一切都好，她下班后花许多时间写博客；她正欲说明她的这项新消遣，可他说："我对那个概念相当熟悉。我们办公室正在普及一次严格的计算机扫盲培训。"

"他们已经批准你父亲的申请。等我学校的课上完，他就可以休假，"她母亲说，"所以我们应尽快申请签证。"

伊菲麦露盼了很久，并一直谈论他们什么时候能够来看她。如今她可以负担得起，如今她母亲想要来了，但她却希望可以换个时间。她希望见到他们，但一想到他们要来，她心力交瘁。她不确定自己是否能够当他们的女儿，他们记忆中的那个人。

"妈咪，眼下工作上事情很多。"

"喔——喔。我们来会打搅你的工作吗？"

于是，她给他们寄了邀请信、银行流水单、她的绿卡复印件。美国大使馆现在有进步了，虽然工作人员依旧态度粗鲁，她的父亲说，可你不必再在外面争先恐后地排队。他们拿到了为期六个月的签证。他们来了三周。他们好像陌生人。他们的样貌没有变，但她记忆中的那份尊严不见了，剩下的则是某些卑微，一种没见过世面的汲汲之态。她的父亲惊异于她公寓大楼走道里工业化生产的地毯；她的母亲在凯马特大卖场囤购人造革的手提包，把购物中心餐饮区的餐巾纸偷藏回家，甚至包括塑料购物袋。他们俩在杰西潘尼百货公司前摆好姿势留影，要伊菲麦露确保把商店的整个招牌拍进去。她冷笑地望着他们，为此她感到内疚；她曾如此珍惜地守护对他们的回忆，然而，在终于见到他们后，她冷笑地望着他们。

"我听不懂美国人讲话。他们说'工作'，你以为他们说的是'刺戳'，"她的父亲断言[①]，把两个词都拼了一遍，"我觉得英国人说话的腔调更可取得多。"

在他们启程前，她的母亲悄悄问她："你有朋友吗？"她用英语说"朋友"，那是父母们使用的婉辞，因为他们讲不出会亵渎他们舌头的"男朋友"，尽管那正是他们所指的：一个罗曼蒂克式的人物，有望结

---

① 伊菲麦露的父亲在这里将"工作"（job）和"刺戳"（jab）的读音听混了。

婚的前景。

“没有，”伊菲麦露说，“我工作一直很忙。”

“工作是没错，伊菲。可你也要睁大眼睛。记住女人是一朵花。我们的时间过得很快。”

若是以前，她可能会不屑地大笑，告诉母亲，她完全不觉得自己是一朵花，可现在她太累了，感觉付出了太多心力。在他们动身回尼日利亚的那天，她瘫倒在床上，止不住地哭泣，心想：我怎么了？父母的离去令她如释重负，她为这种如释重负感而感到内疚。下班后，她在巴尔的摩市中心游荡，漫无目的，对什么都提不起兴趣。这是不是小说家所指的倦怠？在一个清闲的星期三下午，她递上了辞呈。她没有计划辞职，可那突然间似乎成了她非做不可的事，于是她在电脑上打了辞职信，拿着走进经理的办公室。

“你的进步如此之大。我们可以有什么办法令你改变主意？”她的经理问，大为惊讶。

“是个人的、家庭的原因，”伊菲麦露含糊地说，“我非常感激你曾给我的所有机会。”

所以是什么情况？

> 他们告诉我们，种族是捏造出来的，两个黑人之间的遗传变异大于一个黑人和一个白人之间的。接着，他们告诉我们，黑人患的是一种更恶性的乳癌，长的肌瘤更多。白人得的是囊肿性纤维化和骨质疏松症。所以是什么情况，这里有医生吗？种族是不是捏造的？

33

那个博客自行揭去面纱，脱掉了乳牙；它交替地令她惊讶、令她喜悦，走到她的前面。读者越来越多，高达几千人，来自世界各地，增长的速度之快，使她强忍住不去看统计数据，不愿知道那天有多少新读者点击阅读了她的文章，因为那令她惶恐。而那也激励了她。当看见她的文章被转发到另一家网站时，她红着脸涌起成就感，不过，她没有想象过这一切，从未怀揣任何坚定的雄心。读者发来电邮，想要资助这个博客。资助。那个词使这个博客和她的距离益发远了，一样独立的、可以自生自灭的东西，时而有她，时而无她。于是，她贴上了一个她的贝宝账号链接。钱进来了，很多小额的，但有一笔特别大，以致她看见时发出一种少见的声音，混合着喘息和惊叫。此后，每个月都有这么一笔钱，匿名，固定得如薪水支票，每次收到时，她都觉得窘迫不安，仿佛在街上捡到了什么贵重物品，私藏了下来。她好奇那是不是来自柯特，一如她好奇他是否关注这个博客，对自己被称作“火辣的前白人男友”有何感想。那是一种意兴阑珊的好奇，她思念失去的东西，但她不再思念他。

她过于频繁地检查她的博客邮箱，像个急欲拆开礼物的小孩，不确定里面是不是她想要的，有人在邮件里约她喝杯东西，有人说她是种族主义者，有人给她的博客内容出谋划策。一位也写博客的人自制护发膏，第一个提出登广告的建议，在一点象征性的收费下，伊菲麦露在博客网页的右上角放了一张一个头发繁茂的女子的图片，点击图片将转到那个护发膏的网站。另一名读者出更多钱，登一个一闪一闪的动画，先出现一个脖子颀长、穿着紧身连衣裙的模特，然后还是同一个模特，画面变成她戴着一顶松垮的帽子，点击那个画面转到一家网络服饰小店。不久来了要求登潘婷香波、“封面女郎”彩妆广告的电子邮件。继而，康乃狄格州一所私立中学负责多元文化生活的主任发来电子邮件，措辞之正式，令她想象那是打印在一张手工裁制、有银色饰章的信笺上，对方问她是否愿意就多元性的问题向学生做一次演讲。另一封邮件来自宾夕法尼亚州的一家公司，写得不那么正式，告诉她，当地一位教授鉴定她是一位在种族问题上大胆敢言的博客作者，问她是否愿意主持他们一年一度的多元性讨论会。《巴尔的摩生活》的编辑发来邮件说，他们想把她收入在“十大热点人物”的特写报道里；登出的照片里，她的手边放着她的笔记本电脑，脸没在阴影中，头衔是“博客作者”。她的读者人数翻了三倍。更多邀请上门。为了接电话，她穿上她最正经的长裤，涂上色调最柔和的唇膏，她端坐于书桌前讲电话，两腿交叉，声音平稳自信。然而，她的身体总有一部分因忧惧而僵硬，料想对方会意识到她是在假扮专业人士，装腔作势地商议条件，看出她其实是个整天穿着皱巴巴睡衣的无业游民，称她是“骗子”然后挂断电话。可继续有邀请上门。旅馆和交通全包，支付的费用不等。有一次，在冲动之下，她说，她要求酬劳是前一周的两倍，令她震惊的是，那名从特拉华打电话来的男子说：“行啊，那没问题。”

在俄亥俄的一家小企业，出席她第一次多元性专题讲座的大部分人都穿着运动鞋。他们全是白人。她报告的题目是《如何和其他种族的同事讨论种族》，可她好奇，既然他们全是白人，他们说话的对象是谁？可能门卫是黑人。

“我不是专家，所以请别引用我的话，”她这么开场，他们大笑，热情、鼓励的笑声，她告诉自己这次会顺利，她原先对到俄亥俄中部对着一屋子陌生人讲话的担忧是多余的。（她曾不无忧虑地读到，这里依旧存在着明目张胆把其他种族排挤在外的全白人小镇。）“聊到种族，坦诚交流的第一步是意识到你不可能对所有种族一视同仁。”她说，接着展开了她精心准备的演讲。最后，当她说“谢谢你们”，对自己流畅的表现感到满意时，全场人的脸僵住。寥落的掌声令她泄气。事后，只有人力资源部主任留下来陪她，在会议室喝着过甜的冰茶，闲聊足球，他知道尼日利亚人的足球踢得很好，仿佛一心寻找话题，只要不谈她刚做的演讲。当晚，她收到一封电子邮件：你的演讲是胡说八道。你是一个种族主义者。你应该感激我们让你进入这个国家。

那封邮件用的全是大写字母，令她恍然大悟。多元性讨论会，或多元文化讲座，其目的，不是在于激发任何真正的改变，而是在于让人们听后自我感觉良好。他们要的不是她讲话的内容，他们只要她站上台的这一举动。他们没有读过她的博客，但他们听说她是一位在种族问题上“拔尖的博客作者”。于是，在此后的几周里，当她在公司和学校再做演讲时，她开始说他们想听的话，没有一句是她会写在博客上的，因为她知道，阅读她博客的人和出席她的多元性讨论会的人不是同一类。在讲座中，她说：“美国已经做出了巨大的进步，我们应该为此十分骄傲。”在博客上，她写：种族主义从一开始就不应该产生，所以没道理因程度的减轻而奖励你一块曲奇饼干。依旧继续有邀请上门。她雇了一名学生实习生，一个海地裔美国人，她的头发编成优雅的扭捻辫，她伶俐敏捷地上网，查找任何伊菲麦露需要的资料，如有不恰当的评论，几乎一出现就被删除。

伊菲麦露买了一间小公寓。当她首度在报纸的房产版面上看到出售广告，发觉自己有现钱可以负担起首付时，她吓了一跳。在“屋主”一词的上方签下自己的名字，那给她一种长大了的惶恐感，同时亦有一丝小小的惊愕，这都是靠她的博客。她把两间卧室中的一间改成书房，在那儿写作，时常站在窗旁，俯瞰她新搬入的罗兰公园社区，经过整修后的联立房屋掩映在古老的树后。她惊讶于，哪几篇博客文章受人瞩目，哪几篇基本无人点击。她写试图网上交友的文章，“与爱何干？”源源地吸引评论，像有粘力似的，历时数月而不衰。

话说，仍在为和火辣的前白人男友分手而有些难过，不嗜好上酒吧，所以我注册了一个网上交友的账号。我看了大量个人简介。于是有意思的事出现了。不是有一栏选择你所感兴趣的族群吗？白种男人勾的是白种女人，勇敢一点的勾了亚洲人和拉美裔人。拉美裔男人勾的是白人和拉美裔人。黑人男性是唯一可能在“全部”上打勾的男性，但有一些竟然不勾黑人。他们勾的是白人、亚洲人、拉美裔人。我感觉不到爱情。可归根结底，那种种勾选与爱何干？你有可能走进一家食品杂货店，撞见某人，坠入爱河，那个人也许不属于你在网上所勾选的种族。所以在浏览过后，我注销了会员身份，幸好仍在试用期，收到了退款，我将转去食品杂货店瞎转悠。

留言评论的，有经历相似的人，有说她不对的人，有叫她放一张自己照片的男人，有分享网上交友成功经历的黑人女性，有生气的人，有激动不已的人。有些评论令她觉得好笑，因为和文章的主题风马牛不相及。噢，滚你妈的蛋，有一个人写道。黑人要什么都轻而易举。在这个国家，你不可能要风得风，要雨得雨，除非你是黑人。黑人女性甚至可以比别人多重几磅。她反复出现的推送文章《周五大杂烩》，汇总一堆凌乱的想法，是每周收到最多点击和评论的。有时她写下几篇文章，料想会招来不堪入耳的评论，她的胃因惧怕和兴奋而抽紧，可结果收到的只是不温不火的评论。如今，她受邀在圆桌会议和研讨会的专题小组上发言，参加公共广播电台和社区电台的节目，每次被简单地介绍为“博客作者”，因此，她感觉自己被归并入她的博客里。她变成了她的博客。有些时候，在夜不成寐中，她加剧的不安从缝隙里爬出来，博客的众多读者，在她脑中，变成一群苛责愤怒的暴民，在等着她，准备伺机向她发起进攻，摘下她的面具。

开放性讨论：给所有留着箝口的黑佬

这个讨论留给箝口的黑佬，那些社会地位攀升、对仅仅与黑人身份相关的生活经历只字不言的美国和非美国黑人们。因为他们不想让任何人难堪。请把你的故事写在这里。打开你的话匣子。这是一个安全的空间。

34

她的博客把布莱恩带回她的生活里。在华盛顿参加有色人种博客大会时，第一天的见面欢迎式中，酒店大堂里挤满了用神经质般过分欢快的声音互相打招呼的人，她一直在同一位彩妆博客作者聊天，一个瘦瘦的墨西哥裔美国女人，搽了荧光色的眼影，中间她抬了一下头，感觉整个人定住、颤抖，因为离她咫尺、被一小圈人围着的，正是布莱恩。他没有变，除了那副黑框眼镜以外。与她记得的火车上的他一模一样：高个子，灵活自如的四肢。那位彩妆博客作者正讲到美容用品公司总是寄免费的东西给“住在美国的墨西哥俏佳人”及其涉及的操守问题，伊菲麦露点头，可实际的注意力全放在布莱恩身上，发现他慢悠悠步出包围他的人，朝她走来。

“嗨！”他说，端视她的名牌，“所以你就是那个非美国黑人？我很喜欢你的博客。”

“谢谢。”她说。他不记得她了。可为什么要记得她呢？那次火车上的邂逅已过去那么久，当时他们谁都不晓得“博客”这个词的意思。若知道她曾多么把他理想化，他变成了一个不是血肉之躯，而是由完美的小水晶所制成的人，她永远不可能得到的那个美国人，他大概会觉得好笑。他转身与那位彩妆博客作者打招呼，她从他的名牌上看出，他撰写一个有关“学术圈与流行文化的碰撞”的博客。

他朝她转回身。“说起来，你在康乃狄格州的购物中心逛得依旧好吗？我依旧在自己种棉花。”

一时间，她的呼吸停止，接着她大笑，一种旋风式、畅怀的笑，因为她的人生变成了一部带着魔法电影，人们在里面重新找到彼此。“原来你记得啊！”

“我一直在大厅另一端注视你。当我看见你时简直难以置信。”

“哦，我的天哪，这是隔了多久，有十年吗？”

“差不多。八年？”

“你一直没回我电话。”她说。

“我当时有女朋友。虽然那时已经出现问题，但还是拖拉了很久。”他停顿了一下，露出一副日后她将慢慢熟悉的表情，自命不凡地眯拢眼睛，显示出眼睛的主人具有高尚的情操。

巴尔的摩与纽黑文之间电子邮件和电话的往来接踵而至，在彼此的博客上发表俏皮的评论，在深夜的电话里大肆调情，直到一个冬日，他出现在她门口，手埋在马口铁色短大衣的口袋里，衣领上洒了点点雪花，像有魔法的粉末。她在煮椰子饭，公寓里弥漫着各种香料的味道，流理台上摆了一瓶平价的梅洛葡萄酒，并大声播放着妮娜·西蒙的CD。《请别让我被人误解》那首歌指引他们——在他抵达后的仅仅几分钟里——跨越了从调情的朋友到恋人的桥梁。事后，他用手肘支起身子，凝视她。他瘦长的躯干里透着几分优美流畅、近乎娇柔的姿态，这使她想起，他告诉过她，他做瑜伽。说不定他可以用头倒立，让身体实现不可思议的扭转。当她将已冷掉的饭拌到椰酱里时，她告诉他，她厌烦下厨，这些香料全是前一天刚买的，她下厨是因为他要来。她想象他们俩嘴唇上沾着姜，黄色的咖喱被从她身上舔去，干月桂叶被压碎在他们身下。但事实上，他们很守规矩，在客厅接吻，然后由她领着他走进她的卧室。

“我们本该把事情做得更出格些。”她说。

他大笑。“我喜欢下厨，所以将来有许多可以出格的机会。”可她知道，他不是那类会做出格举动的人。就凭他戴避孕套时如此缓慢、冷静的专注。后来，在得知了他就达尔福尔冲突给国会写信，在迪克斯维尔区的高中辅导青少年学生，到流浪汉收容所当志愿者后，她觉得他不是一个有着一根普通脊梁的人，他的脊梁，似一株坚毅的芦苇，灌满了善心。

仿佛因为他们在火车上的邂逅发生在多年以前，所以他们能跳过几个步骤，忽略若干未知之事，顺理成章地迈入亲密无间的关系。在他结束第一次的拜访后，她随他返回了纽黑文。那年冬天，有数个星期，寒冷晴朗的日子，纽黑文似乎自内而外透着光，结了冰的雪挂在灌木丛上，一个似乎只被她和布莱恩完全占满的世界，洋溢着节日气息。他们会步行去豪街的炸豆泥店享用鹰嘴豆泥，坐在幽暗的角落一聊几个小时，最后走出来，舌头被大蒜刺痛。或是，她会在图书馆与上完课的他碰头，他们坐在那儿的咖啡馆里，喝着过分浓郁的热巧克力，吃着过分硌牙的全麦羊角包，他装书的手拿包放在桌上。他烹饪有机蔬菜和她念不出名字的谷物——干小麦，藜麦——他一边下厨一边迅速清洁，西红柿酱一有溅出就擦掉，洒出的水立刻拭干。他吓唬她，告诉她喷在庄稼上的化学制剂，喂给鸡吃、让它们快速生长的化学饲料，用来让水果有完美果皮的化学药品。她以为人们死于癌症的原因是什么？于是她吃苹果以前，在水池旁用力擦洗，尽管布莱恩只买有机水果。他告诉她哪种谷物含蛋白质，哪种蔬菜含胡萝卜素，哪种水果糖分过高。他无所不知；这既令她生畏，又使她感到自豪，亦有一点小小的排斥。在他位于校园附近一栋高楼第二十层的公寓里，和他共度的家居生活的点滴，变得富有意义——晚上，洗完澡后，他看她用可可油脂做保湿时的眼神，他的洗碗机启动时发出的嗖嗖声——她幻想卧室里有一张婴儿床，里面躺着一个婴儿，布莱恩细心地为婴儿制作有机水果泥。他会是个完美的父亲，这个一丝不苟的男人。

“我吃不了印度豆饼，我不理解你怎么会喜欢。”她告诉他。

“我不喜欢。”

“那为什么还要吃？”

“因为对我有益。”

他每天早上跑步，每天晚上使用牙线。在她看来，那像足了美国人，用牙线剔牙，那样机械地在牙齿间滑动一根细线，不优雅但有效用。“你应该每天用牙线。”布莱恩建议她。于是她开始用牙线，和她开始做其他布莱恩所做的事一样——上健身房，多吃蛋白质，少吃碳水化合物——她怀着一种感激的满足做这些事，因为这些事使她变得更好。他好像一剂有益健康的补药，和他在一起，她只能更上一层楼才行。

他最好的朋友阿拉明塔前来看他，热情地和伊菲麦露拥抱，仿佛她们以前见过似的。“自从和葆拉分手后，布莱恩没真正交过一个女朋友。现在，他和一个小妹妹在一起，而且是个巧克力肤色的小妹妹。事情有进步啦！”阿拉明塔说。

“明，打住吧。”布莱恩说，但他面带微笑。他最好的朋友竟然是个女人，一位建筑师，缝了又长又直的假发，穿着高跟鞋和紧身牛仔裤，戴了彩色隐形眼镜，讲了某些令伊菲麦露喜欢的有关布莱恩的话。

“布莱恩和我一起长大。高中时，我们是班上唯一的黑人小孩。所有的朋友都希望我们俩交往，你知道，他们一心认为两个黑人小孩就必须在一起，可他实在不是我喜欢的类型。”阿拉明塔说。

“你想得美。”布莱恩说。

“伊菲麦露，我能坦白说，我有多高兴你不是搞学术研究的吗？你有听过他的朋友讲话吗？没有一样事是直来直去的。每件事都非有别的含义不可。那简直荒唐。前几天，马西娅说起黑人女性之所以肥胖，因为她们的身体是进行抵抗奴隶制运动的场所。对，没错，假如汉堡和汽水是抵抗奴隶制运动的话。”

“谁都能看穿那种全然敌视知识分子的态度，哈佛俱乐部的杯中物小姐。”布莱恩说。

“得了吧。良好的教育不等同于把整个该死的世界变成事事都需要解释说明！连珊也取笑你们这帮人。她惟妙惟肖地模仿你和格雷丝：经典的形成与空间及历史意识的地貌学。”阿拉明塔转向伊菲麦露。“你见过她的姐姐珊了吗？”

“没有。”

后来，趁布莱恩在卧室，阿拉明塔说：“珊是个有趣的人物。你见到时别把她太当真。”

“什么意思？”

“她很棒，她非常有诱惑力，但假如你感觉她轻视你或类似那样的话，原因不在你，在于她那个人就是这样。”接着，她压低声音，说：“布莱恩真的是个好男人，一个绝顶的好男人。”

“我知道。”伊菲麦露，从阿拉明塔的话里，察觉到某种或是提醒或是恳请的意思。

一个月后，布莱恩邀她搬去同住，但过了一年她才付诸行动，虽然在那以前，她大部分时间都待在纽黑文，她有一张耶鲁大学给教授伴侣的健身房出入证，她的博客是在他的公寓、在一张他为她摆在卧室窗户附近的书桌前写出的。起先，欣喜于他的兴趣，惠泽于他的学识，她在把博客文章发布上去前先让他阅读。她没有要求他的修改意见，但慢慢地，她开始因为他的话做出改动、添加和删减。再后来，她开始心生怨尤。她的文章听起来学术味过浓，过于像他的口吻。她写了一篇有关内城区的文章，《为什么美国城市最阴暗潮湿、最无生气的地区里尽是美国黑人？》，他建议她把政府政策和重划选区的相关细节囊括进去。她照做了，但在重新审读后，她把那篇文章撤了下来。

“我不想解释，我只想做一个观察者。”她说。

“记住，人们阅读你的博客不是作为消遣，他们把那当作文化评论。那是一份现实的责任。有年轻人以你的博客为主题写申请大学的论说文，”他说，“我不是说你必须很学术或死板枯燥。保持你的风格，但多增加些深度。”

“那够有深度了。”她赌气地说，但心中懊恼不已地承认他是对的。

“你就是偷懒，伊菲。”

他用到那个词，“偷懒”，他经常以此形容没有按时交作业的学生，在政治上不活跃的黑人名流，与他个人看法不符的观点。有时她觉得自己像他的学徒，他们在博物馆里徜徉时，他会流连于抽象派的画作，那令她感到无聊，她会悄悄朝大胆的雕塑或自然主义的画作挪去，从他牵强的微笑中察觉出他的失望，她从他身上学到的还不够。当他播放选自他约翰·考垂恩[①]全集里的曲目时，他会在她谛听之际注视她，等待一次他确信会使她两眼发亮的狂喜，然后到曲终时，她依旧无动于衷，他会急速把目光转开。她在博客上写了两本她喜爱的小说，安·佩特里[②]和盖尔·琼斯[③]的作品，布莱恩说："他们缺少突破性。"他讲得很委婉，仿佛不想坏了她的心情，但还是非说不可。他的立场坚定，在他自己的脑中经过充分思考、完全定型，以致他有时似乎惊讶于她本人也尚未达到像他那样的立场。她感觉与他信奉的事、他知道的事之间相差了一步，她急切地想追赶上，着迷于他的理直气壮感。一次，他们走过埃尔姆街，准备去买三明治，他们看见那个固定在校园里出现的胖胖的黑人妇女：总是站在咖啡店旁，头上戴着一顶压扁的羊毛帽，向路过的人递上一支塑料红玫瑰，问："你有零钱吗?"两名学生正在同她讲话，接着其中一人给了她一杯用大号纸杯装的卡布奇诺。那位妇女激动不已，她把头往后一仰，拿着杯子喝起来。

"那真恶心。"布莱恩在他们走过时说。

"我知道。"伊菲麦露说，虽然她并不十分理解他为什么对那位无家可归的妇女和别人送她的卡布奇诺有这么强烈的反应。几个星期前，在食品杂货店，一个排在他们后面、年纪较大的白人妇女说："你的头发真美，我能摸一下吗?"伊菲麦露说可以。那位妇女把手指伸进她的非洲爆炸头里。她察觉到布莱恩神经紧绷，看见他的太阳穴在跳动。"你怎么可以让她那么做?"他事后问。"为什么不呢？否则

---

① 约翰·考垂恩（John Coltrane，1926—1967），美国爵士萨克斯风表演者，作曲家。

② 安·佩特里（Ann Petry，1908—1997），美国黑人女作家，其小说《街道》(1946）让其成为首位销量过百万的黑人女作家。

③ 盖尔·琼斯（Gayl Jones，1949— ），美国非裔女作家，代表作有《科罗命多拉县》(1975）和《艾娃的男人》(1976)。

她怎么会知道像我这样的头发摸上去是什么感觉？她认识的人里可能没有一个黑人。”

“所以你就得甘当她的小白鼠吗？”布莱恩问。他期望她感受到她不知该如何去感受的事。有一些对他而言存在的东西，是她无法参透的。和他的知己好友在一起时，她时常感到轻微的迷茫。他们年轻气盛，穿戴体面，富有正义感，他们的句子里充斥着“有那么点儿”，和“以这样的方式”；他们每周四在酒吧聚会，有时其中一人举办晚宴，席间，伊菲麦露大多时候只听不言，惊奇地看着他们：他们是认真的吗，这些对在卡车里熟成的进口蔬菜如此义愤填膺的人？他们希望中止非洲的童工现象。他们不买亚洲血汗工厂生产的衣服。他们怀着一种不切实际、卓有远见的诚挚态度看待这个世界，这打动她，但丝毫说服不了她。置身他们中间时，布莱恩哼唧着她不熟悉的典故引文，他会显得遥远，仿佛他是属于他们的，当他终于朝她看时，他的眼神温柔关爱，她有种类似释然的感觉。

她告诉了她父母布莱恩的事，以及她将离开巴尔的摩，搬去纽黑文和他同住。她本可以撒谎，捏造一份新工作，或只是简单地说她想换个地方。“他的名字叫布莱恩，”她说，“他是美国人。”

她听出自己话里的象征意味，千里迢迢传至尼日利亚，她知道什么是她父母可以理解的。她和布莱恩没有谈起过结婚，但她脚下的大地给人坚实的感觉。她想让她的父母了解他，了解他有多么优秀。她用那个词形容他：“优秀”。

“一个美国黑佬？”她的父亲问，听上去困惑不解。

伊菲麦露爆发出大笑。“爸爸，没有人再说黑佬了。”

“可为什么找个黑佬？那儿尼日利亚人很稀缺吗？”

她不理会他，依旧呵呵笑着，叫他把电话递给她母亲。不理会他，甚至告诉他，她将搬去和一个不是她丈夫的男人同居，那是某些仅因为她生活在美国而才可能做的事。规矩出现了变动，掉落进距离和异国他乡所造成的裂缝里。

她的母亲问："他是基督徒吗？"

"不。他敬拜的是魔鬼。"

"要死啊！"她的母亲尖叫。

"妈咪，好啦，他是基督徒。"她说。

"那就没问题，"她的母亲说，"他什么时候来，让我们见见他啊？你们可以计划一下，这样我们一次性把所有仪式都办了——上门提亲、聘礼、奉酒——那可以减少开销，那样的话，他不用来来回回。美国太远了……"

"妈咪，拜托，我们目前还不着急呢。"

挂了电话后，伊菲麦露依旧觉得好笑，她决定把她的博客名字改成"种族节，或一个非美国黑人观察美国黑人（那些从前被叫作黑佬的人）的种种心得"。

美国空缺的职位——"谁是种族主义者"的全国首席仲裁人

在美国，种族主义存在，但种族主义者全不见了。种族主义者属于过去。种族主义者是反映民权时代的电影中薄嘴唇、刻薄的白人。问题是这样：种族主义的表现形式变了，但术语的内涵没有变。因此，假如你没有用私刑处死某人，那么就不能被称为种族主义者。假如你不是一个残酷剥削的恶魔，那么就不能被称为种族主义者。必须能有人站出来说，种族主义者不是恶魔。他们是有心爱家庭的人，是纳税的普通民众。需要有人担起这份判定谁是种族主义者和谁不是的工作。或也许是时候干脆废除"种族主义者"一词。找一个新说法。比如"种族性失调综合症"。我们可以把患有这种综合症的人归入不同的类别：轻微的，中度的和急性的。

35

一天晚上，伊菲麦露醒来去上洗手间，听见布莱恩在客厅，在讲电话，他的语气轻柔安抚。“对不起，我吵醒你了吗？那是我姐姐，珊，”他回到床上时说，“她回到了纽约，之前在法国。她的第一本书即将出版，为此她有点小小的崩溃。”他停顿了一下。“又一次小小的崩溃。珊崩溃过许多次。这个周末，你愿意和我去纽约城看她吗？”

“当然。她回来后做什么？”

“有什么珊不做的？她过去在一家对冲基金工作。后来她辞了职，去环游世界，写过一两篇报道。她结识了一个来自海地的家伙，搬去巴黎和他共同生活。后来，那人生病去世了。事情发生得非常快。她继续待了一段时日，即便在她决定搬回美国后，她仍保留着巴黎的公寓。她有了一个新男友，奥维迪奥，至今在一起大概有一年。那是她自杰里死后第一个真正交往的人。挺正派的猫小子。这个星期他不在，去加州出任务，所以只剩珊一人。她喜欢办这样的聚会，她把那称为沙龙。她有一群令人称奇的朋友，主要是艺术家和作家，他们齐集在她的寓所，愉快地畅聊，”他停顿了一下，“她是个真正与众不同的人。”

当珊走进一个房间时，所有的空气消失殆尽。她不深深地吸气，她不需要：空气直接飘向她，被她天生的威严所吸引，直至不留一丝给其他人。伊菲麦露想象布莱恩没有空气的童年，追在珊的后面，想引起她的注意，提醒她自己的存在。即便现在，成年了以后，他依然是那个内心充满绝望的爱的小弟弟，努力想赢得他担心永远赢得不了的赞许。他们于下午提早到达珊的公寓，布莱恩停下来与门卫聊天，一如他与从宾夕法尼亚车站出来的他们的出租车司机聊天一样，用他独有的那份自然的态度，与大楼管理员、清洁工、公交车司机打成一片。他知道他们挣多少钱，他们工作多少小时，他知道他们没有健康保险。

“嘿，荷海，最近怎样？”布莱恩用西班牙语的发音念他的名字，荷海。

“挺好的。你在耶鲁那儿的学生怎么样？”那个门卫问，看上去既因见到他而欣喜，也因他在耶鲁教书而得意。

“一如既往地把我逼疯。”布莱恩说。接着，他指向站在电梯旁、背对他们、抱着一张粉红色瑜伽垫的女人。“哦，珊在那儿。”珊长得娇小美丽，有一张鹅蛋脸和高耸的颧骨，一副傲慢的表情。

“嘿！”她说，并拥抱布莱恩。她没有朝伊菲麦露瞧一眼。“我真高兴我去上了普拉提课。那东西，不练就荒疏了。你今天去跑步了吗？”

“跑了。”

“我又刚和大卫谈过。他说今晚会发一些备选的封面给我。他们似乎终于愿意听取我的意见。”她转了转眼珠。电梯的门滑开，她率先走了进去，仍在同布莱恩讲话，此时的他显得不自在起来，他仿佛在等待一个作介绍的时机，一个珊迟迟不愿给他的时机。

“市场部的总监今早打电话给我。她那副客气的态度，真叫人无法忍受，比任何直接的侮辱更恶劣，你知道吗？于是乎，她告诉我，书商业已多么喜爱现有的封面，等等等等。荒唐可笑。”珊说。

“那是大出版集团的从众本能。别人做什么他们也做什么。”布莱恩说。

电梯在她那层停下，她转向伊菲麦露。“噢，抱歉，我忙昏了头，”她说，“很高兴见到你。一提起你，布莱恩就会滔滔不绝。”她看着伊菲麦露，一种不加掩饰的打量，不羞于不加掩饰的打量。“你真漂亮。”

“你才真漂亮呢。”伊菲麦露说，令自己吃了一惊，因为那不是她平常本会说的话，可她感觉她已被珊同化；珊的夸奖使她异常开心。珊是个与众不同的人，布莱恩说过，此时伊菲麦露明白了他的意思。珊具有一种*天之骄子*的架势。神在她身上安放了魔杖。寻常之事若经过她的手，遂变得神秘莫测。

“你喜欢这个房间吗？”珊问伊菲麦露，同时手一挥，把夸张醒目的家具装潢涵盖在内：一块红色的小地毯，一张蓝色的沙发，一张橘色的沙发，一把绿色的扶手椅。

“我知道这理应有某些含义，可我看不出来。”

珊大笑，短促的笑声像过早切断似的，仿佛理应后面会有更多，但却没有，因为她只是笑，没说任何话，所以伊菲麦露加了一句：“很有意思。”

“是的，*有意思*。”珊站在餐桌旁，抬起腿搁在上面，俯身用手抓住她的脚。她的身体是一系列优雅的小半径曲线的组合，她的臀部，她的胸，她的小腿，她的动作里有着天之骄子的气焰；她可以在她随时想要的时候，在餐桌上拉伸腿，即便公寓里有客人亦然。

“布莱恩向我介绍了‘种族节’。那是一个很棒的博客。”她说。

“谢谢。”伊菲麦露说。

“我有一个尼日利亚朋友，是作家。你认识凯莱奇·加鲁巴吗？”

“我读过他的作品。”

“前几天，我们聊起你的博客，他说他确信这个非美国黑人是加勒比海人，因为非洲人不关心种族。他见到你时会惊呆的！”珊停顿了一下，换另一条腿搁在桌上，身体前倾，去抓她的脚。

“他总是为他的书反响不好而苦恼。我告诉过他，假如他想收到良好的反响，他需要把他本民族的人写得丑陋不堪。他需要指出，非洲的问题只怪非洲人自己，欧洲人对非洲的援助大于他们对非洲的伤害，那样他将成名，人们会说他如此**诚实**！”

伊菲麦露大笑。

“这张照片有趣。”她说，指着靠墙小桌上的一张相片，珊捧着两瓶香槟，高举过头顶，身旁围着衣衫褴褛、满脸微笑、棕色皮肤的小孩，那看似像在一个拉丁美洲的贫民窟，她的身后是用拼凑的锡铁皮搭起来的棚屋。“我是指确确实实的有趣。”

“奥维迪奥不想把那摆出来，可我坚持。这理当具有讽刺意味，显然。”

伊菲麦露想象那坚持的场景，一句简单的话，无需重复，估计已让奥维迪奥慌了神。

“所以你经常回尼日利亚吗？”珊问。

“不。事实上，自从来了美国以后，我还没有回去过。”

“为什么？”

“起先因为我负担不起。后来我有了工作，但似乎就是永远抽不出时间。”

珊此时与她面对面，伸开双臂，后展成翅膀的样子。

“尼日利亚人称我们是 *acata*，对吗？那是野兽的意思吗？”

“我不知道那有野兽的意思，我其实并不知道那个词是什么意思，我不用那个词。”伊菲麦露不知不觉几乎结巴了起来。的确，又加之是在珊直视的目光下，她感到内疚。珊一滴一滴地释放权力，一种含蓄而压倒人的权力。

布莱恩从厨房里出来，端着两大杯带红色的液体。

“不含酒精的鸡尾酒！”珊说，带着孩童般的喜悦，从布莱恩手中接过一杯。

“石榴，气泡水和一点越橘，”布莱恩说，把另一杯递给伊菲麦露，“说起来，你的下一次沙龙是什么时候，珊？我常向伊菲麦露讲起这些沙龙。”

当布莱恩告诉伊菲麦露，珊把她的聚会称为“沙龙”时，他的话里藏着嘲讽之意，但此刻，他却用郑重其事的法语发音念出那个词：*沙—龙*。

“哦，快了，我想。”珊一耸肩，欢喜而不假思索，端起杯子抿了一口，然后身体开始侧拉伸，像一棵被风吹弯的树。

珊的手机响了。“我把电话放在哪里了？可能是大卫。”

电话就在桌上。“哦，是吕克。我稍后打回给他。”

“吕克是谁？”布莱恩一边问，一边从厨房里走出来。

“一个法国人，大富豪。说来滑稽。我是在倒霉的机场结识他的。我告诉他，我有男朋友，他讲出‘那么我将远远地爱慕，等候我的时机。’他竟然说‘等候’。”珊抿了一口她的饮料。“在欧洲，好的地方是，白种男人看你时把你当作女人，而不是黑人女人。现在我不想和他们约会交往，打死都不要，我只想知道有那种可能的存在。”

布莱恩频频点头，表示同意。若换作别人来讲述珊所做的事，他会立刻逐条分析字句，从中挑刺，他会反对里面的一概而论，把事情简化。伊菲麦露有一次对他说——那是在他们看到一条关于名人离婚的新闻时——她不理解美国人恋爱交往时要求的不可通融、绝不含糊的坦诚相对。“什么意思？”他问她，她从他的声音里听出隐约的异议；他，也相信要不可通融、绝不含糊的坦诚相对。

“对我而言那不一样，我想是因为我来自于第三世界，”她说，“在第三世界长大，意味着要懂得区分许多不同的受众群，认识到诚实和真相必须时刻取决于现实环境。”她觉得自己很聪明，想出这番解释，可布莱恩在她还没讲完前就摇首说：“那真是偷懒，那样滥用‘第三世界’一词。”

此时他频频点头，听珊说着。“在恋爱交往上，欧洲人就是不像美国人那样保守畏忌。在欧洲，白种男人想的是‘我就要找一个火辣的女人’。在美国，白种男人想的是‘我不要沾到黑人女人，但也许哈里·贝瑞可以’。”

“那莫名其妙。”布莱恩说。

“就是，在这个国家里，有很小一拨白种男人，愿意只和黑人女人约会，但那是出于病态的迷恋，下流恶心。”珊说，然后将她神采奕奕的目光转投向伊菲麦露。

伊菲麦露几乎不忍提出异议，说来奇怪，她多么想赢得珊的欢心。“事实上，我的经历恰好相反。对我有兴趣的白种男人远多于非裔美国男人。"

"真的吗?"珊停顿了一下。"我猜那是因为你有异国风情的保证，那种完整的非洲原产的特色。"

这刺痛了她，珊的不屑一顾使她恼火，继而那转变成一种针对布莱恩的易怒的怨气，因为她希望他别那么由衷地附和他的姐姐。

珊的电话又响了。"哦，应该是大卫!"她拿着电话进了卧室。

"大卫是她的编辑。他们想用一幅情色化的图片，一个黑人的裸体躯干，做她书的封面，她在为此抗争。"布莱恩说。

"是吗?"伊菲麦露抿了一口她的饮料，信手翻阅一本艺术杂志，对他的怒气还未消。

"你没事吧?"他问。

"我很好。"

珊出来了。布莱恩看着她。"一切顺利?"

她点头。"他们将不用那张图片。现在大家似乎达成了一致意见。"

"那太棒了。"布莱恩说。

"等你的书问世时，你应该到我的博客当几天嘉宾作者，"伊菲麦露说，"你一定会语惊四座。我好希望你能来。"

珊挑了挑眉毛，一副伊菲麦露无法读懂的表情，她担心她过分盛情了。

"行，我估计我可以。"珊说。

奥巴马会赢，只要他一直扮演神秘迷人的黑佬

他的牧师引起恐慌，因为那表示也许奥巴马根本不是什么神秘迷人的黑佬。顺便提一句，这位牧师相当夸张耸动，可你们去过老派的美国黑人教堂吗？不折不扣的戏台。可这家伙的基本观点是对的：也就是说，美国黑人（当然是和他同龄的那些）对美国的认识有别于美国白人；他们认识到的是一个更严酷、更丑陋的美国。但你不能把那讲出来，因为在美国，一切都是美好的，每个人都一样。所以，既然那位牧师讲了出来，说不定奥巴马也是这么想的，假如奥巴马是这样想的，那么他就不是神秘迷人的黑佬，唯有神秘迷人的黑佬能赢得美国大选。一个神秘迷人的黑佬是怎样的，你问？那个黑人要时时睿智宽大。他在承受莫大的苦难时绝不反击，绝不动怒，绝不恐吓威胁。他对各种种族主义的恶行永远采取原谅的态度。他教导白人如何破除心中可悲但可以理解的偏见。你在许多电影里见过这样的人。而奥巴马正是那千篇一律的翻版。

36

那是在哈姆登，为布莱恩的朋友马西娅举办的一个惊喜生日派对。

“生日快乐，马西娅！”伊菲麦露站在布莱恩身旁，和其他朋友异口同声说。她的舌头在嘴里有点不灵便，她的兴奋有点勉强。她和布莱恩在一起已有一年多，但她和他的朋友不太合得来。

“你们这群混蛋！”马西娅对她的丈夫本尼说，一边笑，一边眼眶泛泪。

马西娅和本尼都是教历史的，他们来自南方，他们连长得也相像，小个子，蜂蜜色的皮肤，长长的发辫擦着脖子。他们把爱情当作浓烈的香水喷在身上，显露出昭然的相许，抚摸对方，把对方挂在嘴边。望着他们，伊菲麦露幻想这是她和布莱恩的生活，有一间小屋，在一条安静的街上，墙上挂着蜡防印花布，非洲雕塑在角落里沉着脸，他们俩活在一种恒定的幸福的哼鸣声中。

本尼在倒酒。马西娅四处走动，依旧怔怔的，察看摊放在餐桌上的一盘盘订送的食物，然后抬头，仰望众多起伏飘荡在天花板上的气球。“这些都是你什么时候干的，宝贝？我才出去了一个小时！”

她拥抱每个人，同时擦去眼中的泪水。在拥抱伊菲麦露前，她的脸一皱，闪过一丝忧色，伊菲麦露知道，马西娅忘记了她的名字。“再次见到你*真*高兴，谢谢你的光临。”她说，额外多添了一分诚恳，把“真”字念得特别重，仿佛是为弥补忘记伊菲麦露名字的过失。

“小鬼头！”她对布莱恩说，用的是南方人的措辞，布莱恩拥抱她，将她微微抱离地面，他们俩哈哈大笑。

“你比去年生日时轻啦！”布莱恩说。

“而且她看着一天比一天年轻!”葆拉——布莱恩的前女友——说。

“马西娅，你打算对你的秘诀守口如瓶吗?”一个伊菲麦露不认识的女子问道，她漂白过的头发柔软蓬松，像一顶铂金头盔。

“她的秘诀是和谐的性生活。”格雷丝严肃地说，她是韩裔美国人，教授美国黑人研究，娇小纤瘦，总是穿着样式时髦的宽松衫，因此她像在丝织品的窸窣声中飘然而行。“我是稀有动物，一个基督教左翼狂人。”她在她们第一次见面时对伊菲麦露说。

“你听见了吗，本尼?”马西娅问，“我们的秘诀是和谐的性生活。”

“没错!”本尼说，并朝她眨眨眼，“嘿，有人看了今早巴拉克·奥巴马的声明吗?”

“嗯，新闻播了一整天了。”葆拉说。她个子矮小，金发碧眼，面容清爽、略带粉色，健康、爱好户外运动，那使伊菲麦露好奇，她会不会骑马。

“我连电视机都没有，”格雷丝说，自嘲地叹了口气，“我最近刚卖掉，弄了一部手机。”

“他们会重播的。”本尼说。

“我们来吃东西吧!”那是斯特林，一个有钱人。按照布莱恩告诉她的说法，他来自波士顿的豪门世家；他和他的父亲因家族的关系就读于哈佛。他左倾，为人善良，因认识到自己享有的诸多特权而感理屈。他从不允许自己发表任何见解。“是的，我明白你的意思。”他常说。

食物伴着不绝的赞声和美酒下肚，炸鸡、绿叶菜、派。伊菲麦露尝了几小口，欣幸自己在他们出门前吃了一些坚果点饥，她不喜欢美国黑人的食物。

“我好多年没吃过这么好吃的玉米粉糕了。”坐在她旁边的内森说。他是文学教授，有点神经质，眼睛在镜片后面一眨一眨，布莱恩曾说那是他在耶鲁唯一完全信任的人。几个月前，内森告诉她，用满是倨傲的口气，他不读一九三〇年以后出版的任何小说。“那在三十年代后一路走下坡。”他说。

后来她把那告诉了布莱恩，她的话音里含有忍无可忍，近乎一种控诉，她补充说，做学术研究的人算不上知识分子；他们缺乏好奇心，他们用自己的专业知识搭建起冷漠的帐篷，安全地躲在里面。

布莱恩说：“噢，内森可能有他的问题。那和是不是做学术研究无关。”谈起他的朋友时，布莱恩的话音里不自觉地暗添了一份捍卫，也许因为他感觉到她与他们的隔膜。和他一起去听讲座时，他保证会说，那本可以更好，或是，前十分钟有点枯燥，仿佛欲抢在她的批评之前先发制人。他们上一次去听的讲座，主讲人是他的前女友葆拉，在米德尔敦的一所大学，葆拉站在教室前面，穿着墨绿色的裹身裙和长靴，话语流利、侃侃而谈，在刺激听众的同时又把他们迷住；这位年轻貌美的政治学家，她肯定能获得终身教职。她时常朝布莱恩投去目光，像学生看教授似的，从他的神情中估量自己的表现。在她讲话时，布莱恩不住地点头，有一次甚至大叹了一口气，仿佛她的话带给他一种熟悉而豁然的顿悟。他们依旧是好朋友，葆拉和布莱恩，在她背叛他、和一个也叫葆拉的女人——现被称作佩，以区分她们彼此——在一起后，他们的社交圈没有变。“我们的关系出现问题早有一段时间。她说她和佩只是试验性地交往，可我看得出远不止如此，结果我是对的，因为她们仍然在一起。”布莱恩告诉伊菲麦露，那在她听来似乎都太平淡、太文雅。连葆拉对她的友好似乎也被刷洗得过于干净。

“我们把他甩了，去喝杯东西，怎么样？”在她结束讲座的那天晚上，葆拉对伊菲麦露说，她的双颊绯红，出于兴奋，还因自己表现不错松了口气。

“我累坏了。”伊菲麦露说。

布莱恩说：“我还要准备明天的课。我们周末找点活动吧，好吗？”他拥抱她，与她道别。

“不是太差，是吧？”在开车回纽黑文的途中，布莱恩问伊菲麦露。

“我确信你快有高潮了。”她说，布莱恩大笑。观看葆拉演讲时，她觉得，葆拉能在某些她做不到的方面，自如地跟上布莱恩的步调，此刻，在望着葆拉吃到第三客绿叶甘蓝，与她的女友佩坐在一起，对马西娅讲的一些话发出大笑时，她亦这么认为。

那个头发像钢盔的女人用手抓着吃绿叶甘蓝。

“我们人类吃东西时照理不该用餐具。”她说。

坐在伊菲麦露旁边的迈克尔，响亮地哼哧了一声。“你何不干脆进一步住到山洞里去呢？”他问，他们全都哄然大笑，可伊菲麦露不确定他是不是在开玩笑。他无法容忍不切实际的胡言乱语。她喜欢他，玉米垅的发辫贴着头皮垂下来，他总是一副怪相，鄙视多余的感伤。“迈克尔是个不错的猫小子，可他如此刻意地想要坚持他真的似乎能做到全面的批判否定。”在她第一次遇见迈克尔时，布莱恩说。迈克尔十九岁时因劫车坐过一年牢，他喜欢说“有些黑人要在进过监狱后才体会到教育的意义”。他是一位靠基金会奖学金为生的摄影师，伊菲麦露第一次看见他的摄影作品时，黑白照片，在阴影的跳动中，那些作品的细腻和脆弱令她惊讶。她原本料想的是更粗粝的图像。如今，其中一幅摄影作品挂在布莱恩公寓的墙上，对着她的书桌。

葆拉隔着桌子问：“我有没有告诉你，我让我的学生阅读你的博客，伊菲麦露？说来有趣，他们的思维极其四平八稳，我想促使他们突破自我，敢于挑战创新。我很喜欢上一篇，《给美国黑人以外人士的友好忠告：在美国黑人讨论黑人问题时该如何应对》。”

“那真好笑！”马西娅说，“我想拜读一下。”

葆拉拿出手机，按弄了一会，然后大声朗读起来。

亲爱的美国黑人以外的人士，假如一个美国黑人正在对你讲述身为黑人的经历，请别急于搬出你自己人生中的事例。不要说“那正像我在……”你受过苦。世界上的每一个人都受过苦。但你没有受过恰因为你是美国黑人所以才有的苦。不要反应敏捷地为发生的事找出别的解释原因。不要说“噢，原因其实不是种族，是阶级。噢，原因不是种族，是性别。噢，原因不是种族，是动画片里的饼干怪兽”。要知道，美国黑人实际并不希望原因是种族。他们宁愿不要有种族主义的恶行发生。所以也许当他们说起某件事是由于种族原因时，也许真的是因为如此呢？不要用“我是色盲”来比喻你无种族偏见，因为假如你是色盲，那么你需要看医生，那表示，若你所住的地段内发生罪案，当一个黑人以嫌犯身份出现在电视上时，你看到的只是一个紫莹莹、灰蒙蒙、白茫茫的人影。不要说“我们厌倦了讨论种族”或“唯一的种族是人类”。美国黑人也厌倦了讨论种族。他们希望不必再提。可恶行没完没了。回应时，不要用“我有一个最好的朋友是黑人”做开场白，因为那无关紧要，无人在意。你可以有一个最好的黑人朋友，但仍会干出种族主义的恶行，退一步讲，那可能并不属实，“最好”的部分，非“朋友”的部分。不要说你的祖父是墨西哥人，所以你不可能是种族主义分子（请点击此处阅读更多，“没有受压迫者联盟”）。不要搬出你的爱尔兰裔曾祖父所受的苦难。固然，建国后的美国让他们吃了许多苦。同样的还有意大利人。还有东欧人。但这里要分三六九等。一百年前，白人少数民族不愿遭人唾弃，但那尚可容忍，因为至少黑人比他们更低一等。不要说当实行奴隶制度时你的祖父在俄国当农奴，因为问题的关键是，你现在是美国人，身为美国人，意味着你要把一切照单全收，美国的财产和债务，种族隔离是一大屁股债。不要说那就和反犹主义一样。不一样。在对犹太人的憎恨中，还包含了嫉妒的可能——他们如此聪明，这些犹太人，他们掌控一切，这些犹太人——必须承认，有一定的敬意，无论多不情愿，伴随着嫉妒。对美国黑人的憎恨中，不存在嫉妒的可能——他们如此懒惰，这些黑人，他们如此愚钝，这些黑人。

不要说“噢，种族主义完结了，奴隶制早已是陈年往事”。我们讨论的是二十世纪六十年代以来的问题，不是十九世纪六十年代以来的。假如你碰见一个来自阿拉巴马州的上了年纪的美国黑人，他大概记得当年他必须从人行道上下来，因为有个白人正要经过。不久前，我从易趣网的一家古董衣店买了一条连衣裙，一九六〇年生产的，保存完好，我穿了很多次。当最初的主人穿着这条裙子时，黑皮肤的美国人因为自己的黑皮肤不能投票。（说不定裙子最初的主人正是那样一位妇人，在广为人知的泛黄的相片里，跟着成群结队的人守候在校外，冲年幼的黑人小孩高喊“猩猩！”因为他们不想让他们和自己年幼的白人小孩一起上学。这些妇人如今何在？她们睡得安稳吗？她们会回想自己高喊“猩猩”时的情景吗？）最后，不要拿出一副“让我们公平起见”的语气，说“但黑人也是种族主义分子”。因为当然我们人人都有偏见（我甚至无法忍受一些和我有血缘关系的亲人，贪婪、自私的家属），但种族主义关系的是一个群体的权力，在美国，享有那种权力的是白人。怎么说？喔，白人没有在上层中产阶级的非裔美国人社群里被当做狗屎对待；白人没有仅仅因为他们是白人而在申请银行贷款或房屋抵押贷款时遭拒；黑人陪审团没有在同样的罪行下，给白人罪犯的课刑重于黑人罪犯；黑人警官没有因为开车的是白人而把白人拦下；黑人公司没有因为某人的名字听起来像白人而决定不予录用；黑人老师没有告诉白人小孩，他们不够聪明，当不了医生；黑人政客没有试图采取一些伎俩，通过不公正的划分选区，削减白人的投票影响力；广告公司没有说他们不能用白人模特为光彩夺目的产品做广告，因为在“主流”眼里，他们无法“激起人们的购买欲”。

那么，在列举了这种种“不要”后，要做的是什么呢？我不确定。也许，试着倾听吧。把在说的话听进去，并记住，这不是针对你。美国黑人不是在告诉你，你是罪魁祸首。他们只是在告诉你那是怎么回事。假如你没明白，可以提问。假如你难以启齿，那就说你难以启齿，然后照问不误。当一个问题是出于善意时，那很容易分辨。然后继续倾听。有时人们只是想要一个听众。那样才有友谊、沟通和理解的可能。

马西娅说："我好喜欢连衣裙那段！"

"那既戳中痛处又风趣幽默。"内森说。

"所以你想必从那博客里捞到了不少演讲费吧。"迈克尔说。

"只是大部分都给了我在尼日利亚家乡饿肚子的亲戚。"伊菲麦露说。

"能那样想必不错。"他说。

"能怎么样？"

"能知道自己从哪里来的。远古的祖先，诸如此类。"

"噢，"她说，"是的。"

他看着她，一种令她感到不自在的表情，因为她不确定他的目光里包含了什么，接着他看向别处。

布莱恩正在和马西娅那位有着钢盔般头发的朋友说话："我们需要克服那个迷思。美国历史上不存在犹太—基督教信仰。没有人喜欢天主教徒和犹太人。那是盎格鲁—新教价值观，不是犹太—基督教价值观。连马里兰州也很快停止对天主教徒那么友好。"他忽然打住，从口袋里掏出手机，起了身。"抱歉，各位。"他说，然后压低声音告诉伊菲麦露："是珊。我马上回来。"遂走进厨房去接电话。

本尼打开电视，他们看巴拉克·奥巴马，一个瘦削的男人，穿着一件看上去尺码大了一号的外套，他的举止有些微迟疑。他讲话时，嘴里呼出一团团雾样的白气，像轻烟，在寒风中。"正因为如此，今天，在前州议会大厦的影子下，林肯曾在这里号召一个分裂之家联合起来，共同的希望、共同的梦想依旧在这里生生不息，我，站在你们面前，宣布我将竞选美国总统。"

"我无法相信他们竟说服了他参选。这家伙有潜力，可他首先需要成长。他需要具有一定的分量。他会毁了黑人的前途，因为他根本没机会，而在此后的五十年里，不可能再有一位黑人出来竞选这个国家的总统。"格雷丝说。

"看到他，我的心情就变好！"马西娅说着，笑起来，"我喜欢那样，主张建设一个更给人以希望的美国。”

“我认为他有戏。”本尼说。

“噢，他不可能赢。他们会先把他毙了。”迈克尔说。

“见到一个政客引起纷争，这真新鲜。”葆拉说。

“是的。”佩说。她有着过于强健的手臂，精瘦，肌肉凸显，剪着小男生般的短发，神态中透出剧烈的焦灼；像她那样的人，他们的爱会教人窒息。“他听上去如此机智，口才如此之好。”

“**你**听上去像我的母亲，”葆拉尖利带刺的语气，延续着一场私底下的战火，话里有话，“他口才好这一点为什么如此引人注目？”

“我们是不是受了荷尔蒙的影响，葆利？”马西娅问。

“她肯定是！”佩说，“你没看见她把所有炸鸡都吃了吗？”

葆拉不理睬佩，仿佛挑衅似的，伸手又拿了一块南瓜派。

“你认为奥巴马怎么样，伊菲麦露？”马西娅问，伊菲麦露猜想是本尼或格雷丝悄悄告诉了马西娅她的名字，所以此时，马西娅急于展现一下她的新知识。

“我喜欢希拉里·克林顿，”伊菲麦露说，“我对这个叫奥巴马的人其实一无所知。”

布莱恩回到屋里。“我错过了什么？”

“珊好吗？”伊菲麦露问。布莱恩点点头。

“要紧的不是谁怎么看待奥巴马。真正的问题在于，白人是否已准备好接受一位黑人总统。”内森说。

“我已准备好接受一位黑人总统。可我不认为全国上下都准备好了。”佩说。

“讲真的，你是不是老和我妈妈谈天？”葆拉问她，“她说了一模一样的话。假如你准备好接受一位黑人总统了，那么举国没有准备好的态度不明的选民到底是谁？那是人们在不能说他们没有准备好时所讲的话。而且，就连准备好这种说法，也是荒谬可笑的。”

几个月后，伊菲麦露借用了那番话，在一篇写于总统大选进入最后白热化时期的博客文章里：“连准备好这种说法也是荒谬可笑的”。

难道没有人发现，问人们是否已准备好接受一位黑人总统，那有多荒谬吗？你准备好接受米老鼠当总统了吗？大青蛙科米怎么样？红鼻子驯鹿鲁道夫呢？

“证据显示，我的家人是不折不扣的自由派，我们满足一切必需条件，”葆拉说，嘴唇挂下来，做嘲讽状，捻弄着她空酒杯的柄脚，“可我的父母总是忙不迭告诉他们的朋友，布莱恩在耶鲁教书。他们仿佛在说，他是少有的出色的一员。”

“你对他们太苛求了，葆利。”布莱恩说。

“没有，真的，你不这么认为吗？”她问，“记得在我父母家那个不愉快的感恩节吗？”

“你是指我想要奶酪通心粉的事吗？”

葆拉大笑。“不，我指的不是那个。”可她没有说她指的是什么，因此那段回忆没有公之于众，依然封存在他们俩共享的隐私中。

回到布莱恩的公寓，伊菲麦露对他说：“我嫉妒。”

那是嫉妒，阵阵刺痛的不安，胃里的七上八下。葆拉具有一个真正空想家的风范；伊菲麦露猜想，她会轻易陷入无政府主义，站在抗议队伍的最前边，藐视警察的棍棒和怀疑之士的辱骂。察觉到葆拉的这一点，也即感到自己相比于她的不足。

“没什么好嫉妒的，伊菲。”布莱恩说。

“你吃的炸鸡不是我吃的那种炸鸡，但却是葆拉吃的那种炸鸡。”

“什么？”

“对你和葆拉来说，炸鸡是拖了面糊的。对我来说，炸鸡是不拖面糊的。我只是想到你们俩有许多共同之处。”

“炸鸡是我们的共同之处？你知道，炸鸡作为比喻，在这里满载了多少意味吗？”布莱恩呵呵笑着，一种温柔、怜爱的笑，“你的嫉妒有些可爱，但根本不可能发生任何事。”

她知道没有事。布莱恩不会欺骗她。他太正直不阿。忠诚轻易地落在他身上；他不转头瞥望街上漂亮的姑娘，因为他没那种念头。但她嫉妒的是他和葆拉之间残存的感情，以及想到葆拉和他之相像，像极了他。

黑人出门旅行时

一个朋友的朋友，一位腰缠万贯、个性十足的美国黑人，正在写一本叫《黑人出门旅行时》的书。不仅是黑皮肤，他说，而且是一眼就能认出的黑人，因为黑皮肤的人各式各样，请勿见怪，但他指的不是那些看似波多黎各人、巴西人或什么人的黑人，他指的是一眼就能认出的黑人。因为世人对你另眼相待。以下是他的原话："我在埃及产生想写这本书的念头。于是我去了开罗，一个埃及的阿拉伯人称我是野蛮的黑人。我心说，嘿，这儿照理是非洲啊！于是，我开始思考世界的其他地方，假如你是黑人，到那儿旅行时可能会遇到什么情形。我长得和他们一样黑。南方的白人今天看到我时会想，来了一个大块头的黑人臭小子。他们在指南手册里告诉你，假如你是同性恋或假如你是女的，会有什么样的遭遇。乖乖，他们需要做一本指南，针对假如你一看就是黑人的情形，让出门旅行的黑人同胞了解个中情况。虽然并不像是说谁都会朝你开枪，但了解在什么地方会遇到别人瞪视的目光，那大有裨益。在德国的黑森林地区，那种瞪视颇具敌意。在东京和伊斯坦布尔，每个人孤傲冷漠，不理不睬。在上海，那是紧张的瞪视。在新德里，那下流龌龊。我想，'嘿，我们不是可以说在同一条船上吗？你知道，各类有色人种们？'我向来读到巴西是种族胜地，我去了里约热内卢，在高档餐厅和高档酒店里，没有一个人长得和我一样。当我在机场朝头等舱的队伍走去时，人们的反应滑稽。可以说是好心的滑稽，宛如你搞错了，你看起来不可能像是那种坐头等舱的。我去墨西哥，那儿的人瞪着我，完全没有敌意，但就是令你知晓自己突出醒目，有点像他们喜欢你，但你仍然是大猩猩金刚。"讲到这里，我的猛男教授说："整体上，拉丁美洲和黑人民族有着千丝万缕的复杂关系，给其蒙上阴影的是他们告诉自己的那整套‘我们全是梅斯蒂索混血儿’的说辞。墨西哥不像危地马拉和秘鲁等地那么糟，那儿白人的特权可昭然若揭得多；但另一方面，那些国家亦有着数量大得多的黑人人口。”接着，另一个朋友说：“在世界各地，土生土长的黑人受到的待遇总是比非土生土长的黑人糟。我的朋友，在法国出生长大，父母是多哥人，她在巴黎购物时假装自己是讲英语的，因为店员对不会讲法语的黑人态度更好。就好比美国黑人在非洲国家备受尊敬一样。”有何感想？请把你个人的**旅行轶事**贴在这里。

37

对伊菲麦露而言，她似乎只是把目光转开了片刻，再回头，发现戴克已脱胎换骨。她的小表弟不见了，代之的是一个看上去不像少年的少年，六英尺高，健硕的肌肉，在杨柳镇高中的校篮球队打球，和聪明伶俐、金发碧眼的佩吉约会，她穿着超短裙和匡威球鞋。一次，当伊菲麦露问“你和佩吉进展得怎么样”时，戴克回答：“我们还没上过床，假如你想知道的是那个的话。”

晚上，六七个朋友聚集在他的房间，他们全是白人，除了明，那个高高的中国男生，他的父母在大学教书。他们玩电脑游戏，看YouTube上的视频，用言语激将，一争高下，他们全都被笼罩在一道闪烁的弧光下，那是无忧无虑的青春，而他们围绕的核心是戴克。他们都对戴克所讲的笑话哄然大笑，望向他寻求赞同，以含蓄、无言的方式，让他替他们全体做决定：订披萨，去社区中心打乒乓球。和他们在一起时，戴克变了。他的说话和走路带上了大摇大摆的姿态，他挺着胸，仿佛在进行一次火力全开的表演，他的言语里不时迸出“可不是吗”和“你们大伙儿”这些词。

“你为什么那样和你的朋友讲话，戴克？”伊菲麦露问。

“唷，姐，你怎么打算那样对我呢？”他说，做出一副夸张的滑稽表情，令她发笑。

伊菲麦露想象他上大学的情景；他会是一名理想的学生导游，领着一队想要入学的学生和他们的家长，向他们介绍学校的美妙绝伦之处，并确保补充一样他个人不喜欢的地方，始终保持风趣、欢快、雀跃的兴致不减，女孩子会立刻迷上他，男孩子会羡妒他的神气活现，家长会希望他们的孩子像他一样。

珊穿了一件闪闪发亮的金色上衣，没有戴胸罩，她的乳房在她走动时晃来晃去。她和每个人打情骂俏，抚摸对方的手臂，过于亲密地拥抱，行贴面礼时迟迟不松开。她的夸赞里充塞着溢美之词，显得有失诚恳，但她的朋友依旧在这些夸赞下喜笑颜开。要紧的不是说了什么话，要紧的是说话的人是珊。第一次参加珊的沙龙时，伊菲麦露心情紧张。虽然并无必要，那只是一个朋友的聚会，可她仍然紧张。她为穿什么衣服苦恼不已，试了九套都舍弃，最后才选定一条使她腰身显得纤细的凫蓝色连衣裙。

“嘿！”珊在布莱恩和伊菲麦露抵达时说，他们互相拥抱。

“格雷丝来吗？”她问布莱恩。

“来。她坐晚一点的火车。”

“太棒了。我已经好久没见过她，”珊压低声音，对伊菲麦露说，“我听说格雷丝窃取她学生的研究成果。”

“什么？”

“格雷丝。我听说她窃取她学生的研究成果。你知道那件事吗？”

“不知道。”伊菲麦露说。她觉得奇怪，珊告诉她这件有关布莱恩的朋友的事，然而那却使她有种特别的自豪感，被纳入珊亲密的八卦小圈子里。接着，猛然羞愧于自己不曾足够有力地为格雷丝——她所喜欢的格雷丝辩护，她说：“我想那肯定是假的。”

可珊的注意力已转去别处。

“我要让你见一见全纽约最性感的男人，奥马尔。”珊说着，向伊菲麦露介绍一位个子和篮球运动员一般高的男士，他发际线的轮廓过于完美，在前额划出一个急转的弧度，尖尖的锐角向下伸展至两耳附近。当伊菲麦露伸出手欲和他握手时，他微微弯腰，手按在胸口，含笑。

“奥马尔不触碰没有亲缘关系的女士，”珊说，“那非常性感，不是吗？”她侧过头，暗送秋波地仰视奥马尔。

“这位是美丽动人、事事特立独行的玛丽韦拉，和她的女朋友琼，一样的美丽动人。在她们面前我相形见绌！”珊说，玛丽韦拉和琼咯咯直笑，两个身型较小、戴着超大号黑框眼镜的白种女人。她们都穿着短连衣裙，一件是带红色圆点图案的，另一件镶了蕾丝流苏，有一点点褪色，一点点不合身，看上去是在古董衣店买的。那在一定程度上属于戏服。她们符合某一类开明、有教养的中产阶级的特征，喜爱有趣而不只是漂亮的服饰，喜爱不拘一格，喜爱她们理应喜爱的东西。伊菲麦露想象她们旅行时的情景：她们会收集不同寻常的物品，把家里堆得满满的，用不加修饰证明她们的优雅品位。

“比尔来了！”珊说着，和一个头戴浅顶软呢帽、肌肉发达的深肤色男子拥抱。“比尔是位作家，但和我们其余人不一样，他有数不清的钱，”珊的语气近乎情意绵绵，“比尔有个很棒的点子，准备写一本旅行书，名叫《黑人出门旅行时》。”

“愿闻其详。”阿莎缇说。

“对了，阿莎缇，小美女，我爱死你的头发了。”珊说。

“谢谢！”阿莎缇说。她全身都是贝壳：有在她手腕上格格作响的，有串在她打卷的骇人长发绺里的，有环在她脖子上的。她时常提到“祖国”和“约鲁巴宗教”，目光瞥向伊菲麦露，仿佛寻求认可，这种对非洲的夸张演绎，令伊菲麦露感到不自在，然后她为自己感到如此不自在而觉得惭愧。

“你终于有中意的封面了吗？”阿莎缇问珊。

“‘中意’这个词太重了，”珊说，“噢，各位，这本书是回忆录，对吧？里面涉及的内容数不胜数，在一个全是白人的小镇长大，上私立中学时我是唯一的黑人小孩，我的母亲过世，方方面面都有。我的编辑读了书稿后说，‘我明白种族在这里很重要，但我们必须确保这本书超越种族，如此一来，它不止是一本关于种族的书。’我心想，可我为什么必须超越种族？你知道，好像种族是啤酒，最好端出味道淡雅的，与其他烈酒调和起来，否则白人喝不下去。”

“那真滑稽。”布莱恩说。

“他一个劲儿地标识出书稿里的对话，在页边的空白处写道：‘人们确实这么说吗？’我心想，嘿，你认识多少黑人？我指的认识是平等相待的，是朋友。我指的不是办公室里的接待员，或也许是孩子和你的孩子上同一所学校、你们彼此打个照面的唯一一对黑人夫妇。我指的是真正意义上的认识了解。一个也没有。所以，你凭什么告诉我黑人是怎么讲话的？”

“不是他的错。周围可以打交道的中产阶级黑人不够多，”比尔说，“许多自由派的白人四处寻觅黑人朋友。那简直如同找一个身材高挑、金发碧眼、芳龄十八的哈佛学生捐献卵子一样困难。”

他们全都哈哈大笑。

“我写了一段，讲一件发生在上研究生院时的事，关于一个我认识的冈比亚女人。她爱吃烘焙用的巧克力。她的包里总是放着一袋烘焙用的巧克力。总之，她住在伦敦，她和一个英国白人小伙相恋，那人打算为了她离开自己的妻子。于是我们在酒吧，她把这件事告诉我们几个人，我、另一个女生，还有一个叫彼得的小伙。个子矮矮的，来自威斯康辛。你们知道彼得对她说什么吗？他说，‘他的妻子若知道你是黑人必定更难过。’他说这话的口气仿佛那是颇显而易见的。不是说她会为有另外一个女人而感到难过。而是说，她会因那个女人是黑人而感到难过。所以我把那写进了书里，我的编辑想做改动，因为他说那不含蓄。好像人生永远要保持他妈的含蓄。后面，我写到我妈妈对工作满腹牢骚，因为她觉得她撞到了天花板，他们不让她进一步升职，因为她是黑人。我的编辑说，‘我们能再细致入微些吗？’会不会，你的妈妈和某个工作上的同事关系不合？或是她已经被诊断出患了癌症？他认为我们应该把事情复杂化，这样就不单只是种族的原因。我说，可就是种族的原因啊。她愤懑，因为在她看来，假如所有条件都一样，不考虑她的种族，她本该可以当上副总。她至死都念叨这件事。可不知怎的，我妈妈的经历突然间变得笼统空泛了。‘细致入微’的意思是不使大家尴尬，这样每个人可以自由地视自己为个体，每个人根据他们的悟性领会他们能领会到的。”

“也许你应该把那写成小说。”玛丽韦拉说。

“你是在开玩笑吗?”珊问，有一点醉意，有一点夸张做作，此时的她以瑜伽的坐姿坐在地板上。“在这个国家，你甭想写一本诚实的种族题材的小说。假如你写人们如何真正受到种族的影响，那会太平淡无奇。在这个国家，写文学小说的黑人作家，就他们三个，不是成千上万写狗屁贫民窟、书的封面花里胡哨的作者，有两种选择：他们可以小题大做，或他们可以自负狂妄。如果你走的不是这其中之一，没有人知道该拿你怎么办。所以你若要写种族，你必须确保写得十分抒情含蓄，以致不懂体会言外之意的读者甚至读不出那写的是种族。你知道，一种普鲁斯特式的冥思，一切飘渺朦胧，到最后只留给你飘渺朦胧的感觉。”

“或者干脆找一个白人作者。白人作者可以在种族问题上直言不讳，尽情展现激进主义的一面，因为他们的愤怒没有威胁性。”格雷丝说。

“新出的那本书《僧侣回忆录》怎么样?”玛丽韦拉说。

“一本胆小怯懦的欺世之作。你读过了吗?”珊问。

“我读了一篇书评。”玛丽韦拉说。

“问题就出在这里。你读评介书的文章多过读实际的书。”

玛丽韦拉红了脸。伊菲麦露察觉到，她只会从珊的口里默默接受这样的话。

“在这个国家，我们看待小说时十分拘泥于固定的观念形态。假如里面有个人物是不熟悉的，那么这个人物就变得无法置信，”珊说，“你甚至无法通过阅读美国小说，体验当今的现实生活是怎样的。你阅读美国小说，获知的是心理失衡的白人干出种种对普通白人而言匪夷所思的事。”

每个人都大笑。珊喜上眉梢，像一个小女孩在向父母显赫的友人展示她的歌喉。

“外面的世界和这个房间截然是两个天地。”格雷丝说。

“但可以是一个，”布莱恩说，“我们证明外面的世界可以和这个房间一样。可以是一个对人人来说都安全平等的空间。我们只需拆除象征特权和压迫的围墙。”

“我那相信爱与和平的嬉皮士弟弟又来了。”珊说。

更多的笑声。

“你应该把这写到博客上，伊菲麦露。”格雷丝说。

“对了，你们知道伊菲麦露为什么能写那个博客吗？”珊说，“因为她是非洲人。她以局外人的身份来写。她对她所写的种种没有切身感受。那对她而言只是古怪新奇。所以她可以写，并获得这么多赞誉，受邀去做讲演。假如她是非裔美国人，她就会被贴上愤怒的标签，大家避之不及。”

全屋子的人，一时间，鸦雀无声。

“我认为讲得挺有道理。”伊菲麦露说，她讨厌珊，也讨厌自己，竟折服于她的魅力。的确，种族没有编织进她过去的脉络里；那不曾印刻在她的灵魂上。然而，她还是希望珊能把这席话留到她们单独相处时讲给她听，而不是像现在这样讲出来，如此欢天喜地，当着朋友的面，令伊菲麦露感到胸口一阵深恶痛绝的紧揪，像被夺去了至亲之人似的。

“很多这类情况是较近期才出现的。黑人和泛非主义者的身份认同在十九世纪初期其实很盛行。冷战迫使人们站队，你要么变成国际主义者，那对美国人而言当然等同于共产主义分子；要么变成美国资本主义中的一员，那是非裔美国精英所做的选择。”布莱恩说，仿佛在为伊菲麦露辩护，但她认为那太抽象，太无力，太迟了。

珊瞥了一眼伊菲麦露，莞尔一笑，那笑容里可能藏着深深的刻毒。几个月后，当伊菲麦露和布莱恩大吵了一场时，她疑惑是不是珊给他的愤怒火上浇油，一种她永远无法完全理解的愤怒。

奥巴马根本不算黑人吗？

话说很多人——大部分乃黑人以外的人——认为奥巴马不是黑人，他有两种血统，有多种血统，是黑人和白人的混血儿，总之绝对不是纯种黑人。因为他的母亲是白人。可种族不属于生物学，种族属于社会学。种族不是遗传基因所构成的；种族是遗传和环境互应的结果。种族之所以重要，因为有种族主义。种族主义的荒谬在于那牵涉的是你的长相。不是你的血统。那牵涉的是你的肤色、你鼻子的形状、你头发的绞缠拳曲。布克·T. 华盛顿和弗雷德里克·道格拉斯的父亲都是白人。试想他们说他们不是黑人。

试想奥巴马，皮肤的颜色似烤过的杏仁，头发缠结拳曲，对人口调查员说——我是半个白人。你当然是，她会说。许多美国黑人的祖先里都有一个白人，因为白人奴隶主就喜欢在夜间到奴隶的住处强奸人。但假如你出生时皮肤黝黑，那就行了。(所以假如你是那位金头发、蓝眼睛、当黑人在讲述悲惨遭遇时会说“我的祖父是印第安人，我也受到歧视”的女士，请早些打住。) 在美国，你是什么种族不是由你所决定。那是别人给你指定的。巴拉克·奥巴马，纵使他长成那样，换作在五十年前，还是不得不坐在公共汽车的最后排。今天，随便哪个黑人青年犯了罪，巴拉克·奥巴马都有可能会因符合疑犯特征而被拦住问话。那所谓的疑犯特征又是什么？是“黑人”。

38

布莱恩不喜欢布巴卡尔，在他们的吵架事件中，这也许是关键，也许不是，但布莱恩不喜欢布巴卡尔，她的人生转折始于去旁听了布巴卡尔的课。她和布莱恩认识布巴卡尔是在一次由大学作东招待他的晚宴上，他是一位皮肤棕黑、来自塞内加尔的教授，刚搬来美国到耶鲁教书。他才高八斗，自视甚高。他坐在桌子的上首，一边喝着红酒，一边冷冰冰地谈论他见过的法国总统，谈论向他发出聘书的法国大学。

“我来美国，因为我想要自己选择主子，”他说，“假如我非有一个主子不可，那么美国强过法国。但我决不会吃曲奇饼或上麦当劳。太粗野了！”

他迷倒和逗乐了伊菲麦露。她喜欢他的口音，他的英语里饱含着沃洛夫语和法语的腔调。

“我觉得他很了不起。”事后她告诉布莱恩。

“说来有趣，他讲的东西平庸寻常，可他却认为那挺有深度。”布莱恩说。

“他是有一点自负，可那桌上的每个人都一样，”伊菲麦露说，“你们耶鲁人，在被雇佣以前，不是理应如此吗？”

布莱恩没有像往常本会的那样大笑。她察觉到，在他的反应里，有一种与他本性相异的地域性的反感，这让她惊讶。他会装出不伦不类的法语口音，模仿布巴卡尔。“讲法语的非洲人工作休息时间喝咖啡，讲英语的非洲人工作休息时间喝茶。在这个国家，根本喝不到一杯真正的法式牛奶咖啡！”

也许他怀恨的是那天她如此轻易就倒向了布巴卡尔，在上完甜点以后，宛如倒向一个和她心有默契的人。她调侃布巴卡尔，说讲法语的非洲人的思维如何受到法国人的重创，他们变得多么薄脸皮，对欧洲人的轻慢过于敏感，但又过于迷恋欧洲的一切。布巴卡尔大笑，一种熟悉的笑；他不会对一个美国人那样大笑，假如有美国人胆敢说出同样的话，他会断然反击。也许布莱恩怀恨的是这种互动，某些本质上属于非洲人、他感觉被排斥在外的东西。可她对布巴卡尔的好感是兄弟般的友爱，不含情欲。他们时常相约在阿提克斯书店喝茶聊天——或是她当听众，因为大部分时间是布巴卡尔在讲话——谈西非的政治、家庭、故乡；每次告别时，她都感觉精神一振。

到布巴卡尔告诉她普林斯顿大学新设的人文学科研究员基金时，她已开始审视她一路走过的历程。她的心头有一种挥之不去的躁动。她对她博客的怀疑日渐滋长。

“你一定要申请。那再适合你不过。”他说。

“我不是做学术研究的。我连研究生学位都没有。”

“现在的研究员是个爵士乐手，才华横溢，可他只有高中文凭。他们要的是正在做出创新、突破的人。你一定得申请，并请让我做你的推荐人。我们需要打入这些圈子，你知道。那是唯一扭转对话的方式。”

她很感动，在咖啡馆里，坐在他对面，体会到他们之间因某些共同之处而生出的惺惺相惜。

布巴卡尔时常邀请她去旁听他的课，一门关于当代非洲问题的讨论课。“你说不定能发现一些可以写到博客上的素材。”他说。于是，在她和布莱恩吵架事件缘起的那天，她去旁听了布巴卡尔的课。她坐在后排，靠窗的位置。外面，树叶正从参天古树上飘落，脖子上裹着围巾的人捧着纸杯匆匆走过人行道，女人们，尤其是亚洲女人，窈窕地穿着细腰半身裙和高跟长靴。布巴卡尔的学生人人一台笔记本电脑，打开在面前，屏幕上闪着电子邮件的页面、谷歌搜索、名人的照片。时不时，他们会打开一个 Word 文档，输入几句布巴卡尔的话。他们的外套挂在椅子背后，他们的身体语言无精打采，略带不耐烦，说的是：我们已经知道答案。课后他们会去图书馆的咖啡厅，买一个北非风味的周氏三明治，或一盘印度风味的咖喱，在去上另一堂课的途中，一个学生团体会向他们分发避孕套和棒棒糖；晚上，他们会到住宿学院院长的住处参加茶话会，会上，一位拉美国家的总统或诺贝尔奖获得者会煞有介事地回答他们的提问。

“你的学生都在浏览网页。”在他们走回他的办公室时，她告诉布巴卡尔。

“在这里，这些学生，他们对他们的出勤不加置疑。他们相信他们应该来上课，那是他们用努力换来的，他们在付学费。究其根本，他们把我们全买下了。这是美国了不起的关键，这种目空一切的自大，”布巴卡尔说，他的头上戴着一顶黑毡贝雷帽，两手插在外套口袋里，“那是他们不明白他们应该感激有我站在他们面前的原因。”

他们甫到他的办公室，就有人敲那扇半开着的门。

“请进。”布巴卡尔说。

卡瓦纳进来了。伊菲麦露见过他几次，一位历史学助理教授，小时候住在刚果。他一头鬈发，满嘴脏话，似乎更适合报道偏远国家危险的战事，而不是教本科生历史。他站在门口，告诉布巴卡尔，他将休一个长假，明天系里订了三明治，办一个欢送他的午餐会，他获悉订的是很高级的三明治，里面有诸如苜蓿芽的东西。

“假如我实在没事，我会过来一下。”布巴卡尔说。

“你应该来，”卡瓦纳对伊菲麦露说，“真的。”

“我会来的，”她说，“有免费的午餐总是好事。”

在她离开布巴卡尔的办公室之际，布莱恩发给她一条短信：你听说图书馆怀特先生的事了吗？

她首先想到的是怀特先生死了。她没有觉得太悲伤，为此她感到内疚。怀特先生是图书馆的警卫，坐在出口处，检查每本书背后的勒口，他的眼睛里充满黏液，肤色深到隐隐发紫。她如此习惯了见到他坐着时的模样，只有脸和躯干，以至于第一次看见他走路时，他的步态令她心生悲哀：他的肩膀佝偻，仿佛被久缠的失落所累。布莱恩在几年前和他成了朋友，有时，在他工作休息的中间，布莱恩会站在外面和他聊天。“他是一本历史书。”布莱恩告诉她。她见过怀特先生几次。“她有姐妹吗？”怀特先生会指指她，问布莱恩。或者，他会说：“你看上去很累，我的老弟。有人晚上不让你睡觉吗？”那语气，让伊菲麦露认为有失分寸。每次他们握手时，怀特先生都紧捏她的手指，一个富含暗示的动作，她会把手抽出来，躲开他的目光，直到他们离开为止。在那个握手中，包含一种索求，一种色眯眯的睥睨，为此她始终怀藏轻微的反感，可她从未告诉过布莱恩，因为她对她的反感亦觉有愧。毕竟，怀特先生是一位饱受命运摧折的年迈的黑人，她希望自己能够忽略他的放肆无礼。

“有意思，以前我从来没听你讲过黑人英语。”她对布莱恩说，在她第一次听见他和怀特先生的对话时。他的句法有所不同，他的语调更抑扬顿挫。

“我猜我已经太习惯于我在‘有白人看着我们时’的讲话方式，”他说，“而且你知道，年轻一点的黑人事实上不再做代码切换。中产阶级的孩子不会讲黑人英语，内城区的孩子只会讲黑人英语，他们的流利程度比不上我们这一代人。”

“我要把那写到博客上。”

“我知道你会那么说。”

她给布莱恩回了一条短信：没有，出了什么事？怀特先生好吗？你的工作完了吗？要不要去买三明治？

布莱恩打电话给她，叫她在惠特尼的街角等他。不一会儿，她看见他朝她走来，一个快速移动、修长的身影，穿着灰毛衣。

“嘿。”他说，然后亲了她一下。

“你身上的味道真好闻。”她说，他又亲了她一下。

“布巴卡尔的课没把你闷坏吗？即便课上没有地道的羊角包或巧克力面包？”

“别闹了。怀特先生出了什么事?”

在他们手牵手往贝果三明治店走去的途中，他告诉她事情的始末，怀特先生的朋友，一个黑人，昨晚来到学校，两人站在图书馆外。怀特先生把自己的车钥匙交给他的朋友，因为那位朋友要借他的车，那位朋友给了怀特先生一些钱，是怀特先生早些时候借他的。图书馆的一名白人员工留意他们的举动，认定这两个黑人在进行毒品交易，打电话给管理员。管理员报了警。警察来了，把怀特先生带走，去问话。

“哦，我的天哪，”伊菲麦露说，“他没事吧?”

“没事。他回到了他的岗位，”布莱恩停顿了一下，“我想他料到会有这种事发生。”

“那是真正的悲剧所在。”伊菲麦露说，继而意识到她在搬用布莱恩的话；有时她在自己的话音里听出他话音的回声。埃默特·迪尔真正的悲剧所在，有一次他曾告诉她，不是杀害一个朝白人妇女吹口哨的黑人小孩，而是有些黑人认为：你干嘛要吹口哨呢?

“我和他聊了一会儿。他只是耸耸肩，不把整件事放在心上，说那没什么大不了的，相反他想聊一聊他的女儿，他真正忧心的是她。她闹着要从高中退学。所以我打算管一管，辅导她功课。我星期一和她见面。”

“布莱恩，这是你辅导的第七个小孩了，”她说，“你打算辅导全纽黑文内城区的孩子吗?”

风很大，他眯起眼，惠特尼大道上的车从他们身旁驶过，他转头，用眯成细缝的眼睛看她。

“要是我能就好了。”他平静地说。

“我只是想多点时间见到你。”她说，顺势用一条手臂揽住他的腰。

“学校的回应完全是狗屁。一个单纯的误会，和种族无一点关系? 真的吗? 我在考虑明天组织一次抗议，鼓励大家站出来，说这样是不行的。不能踩到我们头上来。”

他已经有了决定，她看得出来，他不是只想想而已。他在靠门的一张桌旁坐下，她走去柜台前点餐，给他点的餐点得周到、无可挑剔，因为她如此习惯了他，习惯了他的喜好。当她端着塑料托盘——上面摆着她的火鸡三明治和他的蔬菜卷，旁边有两包无盐的烤土豆片——走回来时，他正低头对着手机。到傍晚时分，他已经打了电话，发了电子邮件和短信，消息已经传开，他的电话叮叮咚咚嘟嘟响个不停，人们回复他，表示他们会参加。一个学生打电话来征询他的建议，该在标语牌上写些什么；另一个学生负责联系当地的电视台。

翌日早晨，在出门去上课前，布莱恩说："我的课连着，所以我去图书馆找你，怎么样？你出发后给我发短信。"

他们没有讨论过这件事，他直接认定她会到场，于是她说："好的。"

可她没有去。她不是忘了。假如她只是忘了，假如她因为过于沉浸在看书或写博客中而不留神忘了抗议的事，布莱恩也许本会更加谅解。可她没有忘记。她只是情愿去参加欢送卡瓦纳的午餐会，而不想举着标语牌站在大学图书馆前面。布莱恩不会太介意的，她告诉自己。假如她有感到任何忐忑，她并未意识到，直至她坐在教室里，和卡瓦纳、布巴卡尔，还有其他教授一起，一边啜饮一瓶越橘汁，一边听一位年轻女士讲述她即将面临的终身教职考评，布莱恩的短信如潮水般发到她的手机上。*你在哪里？你没事吧？聚集的人浩浩荡荡，在四处找你。珊的出现着实让我大吃一惊！你没事吧？*她提早离席，返回公寓，躺在床上，给布莱恩发了一条短信，说她实在抱歉，她打了个盹，结果睡过头才醒。*好的。我这就到家。*

他走进来，把她搂入怀中，伴着一股力量和随他一起进门的兴奋之情。

"我想你。我真希望你能在现场。我好开心珊来了。"他说，情绪有点激动，仿佛那是一次他个人的胜利。"那犹如美国的缩影。黑人青年、白人青年、亚裔青年、拉美裔青年。怀特先生的女儿也在场，用相机拍下标语牌上他的照片，我觉得那仿佛终于还了他一定的尊严。”

“那真可喜。”她说。

“珊向你问好。她马上要坐火车回去。”

对布莱恩来说，发现真相估计本不难，也许是参加午餐会的某个人随口提起，可她始终没有确切搞清他是怎么发现的。第二天他回来，看着她，怒目的眼神像两道银光，说：“你撒谎。”那话里带着一种令她困惑的惊恐，仿佛他从未想过她有撒谎的可能。她想说：“布莱恩，人会撒谎。”可她说的是：“对不起。”

“为什么？”他看着她，仿佛她把手伸进他的体内，撕去了他的清白。一时间，她憎恨起他来，这个吃掉她的苹果核、连把那也要和道德挂起几分钩来的男人。

“我不知道为什么，布莱恩。我只是觉得担当不起。我以为你不会太介意。”

“你只是觉得担当不起？”

“对不起。我应该告诉你午餐会的事才对。”

“这个午餐会怎么突然变得如此重要？你和这位叫布巴卡尔的同事根本不熟！”他说，一副质疑的态度。“你知道，不能光写博客，你必须对你所相信的身体力行。那个博客只是儿戏，你其实并没有当真，那好比挑了一门有趣的夜间选修课程，填满你的学分。”她从他的语气里听出含蓄的谴责，不仅因为她的偷懒，她的缺乏热忱和信念，也因为她的非洲人身份；她的怒火不够强烈，因为她是非洲人，不是非裔美国人。

“你那么说不公平。”她说。可他已转身背对她，冷若冰霜，沉默不语。

“你为什么不愿和我讲话？”她问，“我不明白为什么这如此事关重大。”

“你怎么能不明白呢？这是原则问题。”他说，那一刻，他在她眼里变成了陌生人。

“我真的很抱歉。”她说。

他走进浴室，关上了门。

她觉得自己在他无言的盛怒下蔫了。原则，一种漂浮在空气里的抽象之物，怎么会如此顽固地嵌入在他们之间，使布莱恩判若两人？她宁可那是出于粗暴无理的情感，意气用事，比如嫉妒或遭到背叛。

她打电话给阿拉明塔。“我感觉像个一头雾水的妻子，求助她的小姑，帮她理解她的丈夫。”她说。

“高中时，我记得有一次募款，他们搬出一张桌子，上面放了曲奇饼和什么东西，照理，你应该往罐子里投一些钱，然后拿一块曲奇饼，你知道，我当时感觉想叛逆一下，于是，我就拿了一块曲奇饼，没有放任何钱进去，结果布莱恩对我大发雷霆。我记得当时自己心想，嘿，只是一块曲奇饼而已。可站在他的角度，我想那是原则问题。他有些时候会高尚得离谱。给他一两天时间，他会想通的。”

可是过了一天，两天，布莱恩依旧关在他冰冷的沉默里。到他拒绝和她讲一个字的第三天，她收拾了一小包东西，出走了。她不能回巴尔的摩——她的公寓租了出去，她的家具存放在仓库——因此，她去了杨柳镇。

学者所指的白人特权是什么，或的确，身为贫穷的白人很惨，但做一个不是白人的穷人试试看

话说有个家伙对猛男教授讲：“白人特权是毫无根据的说法。我怎么可能享有特权？我在西弗吉尼亚州长大，穷得要死。我是阿帕拉契山区的土包子。我们全家靠领救济金为生。”没错。但特权总是在与他者比较后而得出的。试想有个人和他一样，一样的穷困潦倒、没有前途，然后把那人想成是黑人。打个比方，假如两人都因藏毒被抓，白人更有可能被送去治疗，黑人更有可能被送去坐牢。其他条件都一样，除了种族以外。请查阅统计数据。那个阿帕拉契山区的乡巴佬没有前途，这好不到哪儿去，但假如他是黑人，他将加倍没有前途。他又对猛男教授讲：究竟我

们为什么非要总提到种族不可？我们就不能全是一样的人类吗？猛男教授回答——那恰恰正是白人的特权所在，即——你可以讲那番话。对你而言，种族并不实际存在，因为那从来不是一个障碍。黑人没有那个选择。纽约街头的黑人不愿考虑种族，直至他要招呼一辆出租车；他在限速以内开着他的奔驰车时，他不愿考虑种族，直至警察让他靠边停下。所以，阿帕拉契山区的乡巴佬不享有阶级特权，但他百分百享有种族特权。你怎么看？欢迎加入讨论，读者们，分享你的经历，尤其假如你不是黑人的话。

附言——猛男教授且建议我把这贴出来，一份测试白人特权的问卷，版权归一位颇有个性的女士所有，她的名字叫佩姬·麦金托什。假如你的答案大多数是“否”，那么恭喜你，你享有白人特权。

这有什么意义，你问？说真的吗？我不知道。我猜了解一下不无裨益。这样你可以时不时踌躇满志，在你心情低落时令你振奋，诸如此类的。所以问题如下：

当你想要加入一个富有声望的社交俱乐部时，你是否怀疑你的种族会使你难以加入？

当你独自在一家高档商店购物时，你是否担心会被人跟踪或骚扰？

当你打开主流电视台或翻开主流报纸时，你是否预期看见的人大多数属于另一种族？

你是否担心你的孩子读不到有关他们自己种族的人的书和课本？

当你向银行申请贷款时，你是否担心，因为你的种族，可能会被视为在财务上缺乏信用？

假如你骂人，或穿得破破烂烂，你是否认为人们可能会说，这是由于你的种族道德败坏、贫困或者没文化？

假如你在一件事上表现出色，你是否预期会被称作是为你的种族增了光？或被形容为“不同于”你的种族的大部分人？

假如你批评政府，你是否担心可能会被视为文化上的外人？或可能会有人叫你“滚回X去”，X是一个非美国境内的地方？

假如你在一家高档商店遇到恶劣的服务，要求见“负责人”，你是否预期那个人和你是不同的种族？

假如交警让你靠边停下，你是否怀疑那是因为你的种族？

假如你为一位承诺遵守平权法案的雇主打工，你是否担心同事会认为你能力不合格，仅仅是因为你的种族而被录用的？

假如你想搬到一个优良的社区去，你是否担心可能因为你的种族而不受欢迎？

假如你需要法律或医疗援助，你是否担心你的种族可能会对你造成不利？

当你选用“肉”色的内衣和创可贴时，你是否业已知道那和你的皮肤颜色不符？

39

乌茉姑姑学起了瑜伽。她的手和膝盖着地，背高高弓起，在一张铺在地下室地上的湖蓝色垫子上，伊菲麦露躺在沙发上，一边吃巧克力一边看她。

“你已经吃了多少块那玩意儿？你从何时起开始吃普通的巧克力了？我以为你和布莱恩只吃有机的，公平交易的。”

“这些是我在火车站买的。”

“这些？有多少？”

“十块。”

“啊——啊！十块！”

伊菲麦露一耸肩。她早已把那全吃了，可她不会告诉乌茉姑姑。她高兴那样，买报摊上的巧克力，价格便宜，里面尽是糖、化学原料和其他骇人的转基因成分。

“噢，这么说因为你和布莱恩吵架，所以现在你就吃他不喜欢的巧克力，是吗？”乌茉姑姑大笑。

戴克来到楼下，瞅了一眼他母亲，此时她的手臂正举向空中，战士式的动作。“妈妈，你的样子可笑极了。”

“你的朋友不是说你妈妈很火辣吗，前几天？这正是原因所在。”

戴克摇头。“姐，我要给你看一点 YouTube 上的东西，一段逗噱的视频。”

伊菲麦露起身。

“戴克有没有告诉你学校的电脑事件？”乌茉姑姑问。

“没有，什么事？”伊菲麦露问。

“星期一，校长打电话给我，说戴克星期六非法侵入了学校的电脑网络。说的是一个星期六整天都和我在一起的孩子。我们去哈特福德拜访厄扎维萨。我们在那儿待了一整天，那孩子都没接近过电脑。我问他们为何认定是他，他们说他们掌握了资料。亏他们想得出来，一觉醒来就责怪我的儿子。这孩子甚至不精通电脑。我以为我们把这些事留在了那个粗野的小镇。奎库要我们提出正式的投诉，但我认为不值得浪费时间。他们现在已经改口，说不再怀疑他了。”

“我连怎么非法侵入都不晓得。”戴克冷冷地说。

“他们为什么会搞出这种混账事？”伊菲麦露问。

“你必须先把过错算在黑人学生头上。”他说，然后大笑。

后来，他告诉她，他的朋友会说，“嘿，戴克，有大麻吗？”那多滑稽。他告诉她，教会的牧师，一个白种女人，向其他每名学生问好，但走到他面前时，她说：“怎么啦，小子？”“我感觉自己长的不是耳朵，而是蔬菜，好像有大颗的西兰花从我脑袋上冒出来似的，”他大笑着说，“所以当然，非法侵入学校网络的人只能是我。”

“你学校的那些人是笨蛋。”伊菲麦露说。

“那个词从你口中说出来真滑稽，姐，笨蛋，”他停顿了一下，然后重复她的话，“你学校的那些人是笨蛋。”尼日利亚口音模仿得惟妙惟肖。她告诉他，有个尼日利亚裔的牧师在美国一间教堂布道时，讲到某些有关海滩的内容，但因为他的口音，教民以为他讲的是“淫妇”，他们写信向主教投诉。戴克大笑，笑个不停。那成了他们的一个保留笑话。“嘿，姐，我正想去淫妇那儿待一天消消暑。”他会说。

连续九天，布莱恩不听她的电话。最后他终于接了，他的声音暗哑。

“这个周末我可以过来吗，那样我们可以做椰子饭？我来下厨。”她说。在他说出“可以”之前，她感觉到他深吸了一口气，她好奇他是否惊讶于她胆敢提出椰子饭的建议。

她望着布莱恩切洋葱，望着他修长的手指，回想那些手指在她身体上，沿着她的锁骨线条移动，放在她肚脐下方黝黑的皮肤上。他抬头，问切成这样的大小是否可以，她说："这样很好。"心忖，他明明每次都知道洋葱所需的大小，会将之切得精确无误，他明明每次都提前把米饭煮好，虽然此刻她正打算要来煮。他往水池上砸开椰子，让水流出来，然后开始拿刀剜出壳上白色的椰肉。她双手颤抖着，把米倒进煮沸的水里，望着一粒粒细长的印度香米开始膨胀，她疑惑他们会不会以失败告终，这顿和解餐。她检查了炉子上的鸡肉。揭开锅时香料的味道飘了出来：姜、咖喱、干月桂叶。她多余地对他说，那看起来不错。

"我不像你，下过多香料。"他说。她顿感愤怒，想说他这种拒绝原谅的态度是不公平的，但她没有说，而是问他是否觉得她应该加些水。他不停地研磨椰肉，没有吱声。她望着椰肉碎屑变成白色粉末；她伤感地想到，那永远不可能重新变回一个完整的椰子。她伸手，从背后搂住布莱恩，用双臂环住他的胸，透过他的运动衫感觉他的体温，可他缓缓挣脱，说他必须赶在米饭变得太软以前把这弄完。她穿过客厅，去眺望窗外，高耸宏伟的钟楼，傲视底下耶鲁校园的其他建筑，她看见第一波纷飞的雪花，在入夜后的空中打转，仿佛从头顶掷下，她回忆和他度过的第一个冬天，当时一切似乎晶莹透亮，新鲜不断。

帮助非美国黑人理解美国：
说明几种话语背后的真正含义

1. 在美国人的各种宗派主义中，他们最感到局促不安的是种族。假如你和一个美国人在交谈时，想要讨论某些你认为有意思的、和种族相关的问题，而那个美国人说："噢，说种族未免过于简单，种族主义十分复杂。”那表示，他们其实想要你赶紧闭嘴。因为种族主义当然是复杂的。许多废奴主义者希望解放奴隶，但并不想和黑人做邻居。今天，许多人不介意雇用黑人当保姆或加长豪华轿车的司机。但他们百分百介意有一个黑人上司。过于简单的是说“这十分复杂”。可总之请闭嘴，特别是假如你需要提到的这位美国人给你工作/帮忙的话。

2. 多元性，对不同的人而言含义不同。假如白人说一个社区具有多元性，他们指的是有百分之九的黑人。（一旦黑人比例到达百分之十，白人就往外迁。）假如黑人说多元化的社区，他们想的是百分之四十的黑人。

3. 有时他们说“文化”，但指的是种族。他们说一部电影“主流”，指的是“白人喜欢或是白人拍的”。当他们说“都市特色”时，指的是黑人集中、贫穷、多半危险和存在惊险刺激的可能。“种族情绪强烈”，指的是我们不方便说“种族主义者”。

40

在那段恋情结束以前，他们没有再吵架，可在布莱恩铁石无情，伊菲麦露埋藏进自己的世界里、大吃整块巧克力的期间，她对他的感情变了。她依旧倾心于他，他的道德品质，他纤尘不染的生活，可如今，这种倾心是对一个和她有距离的人，一个遥远的人。她的身体也变了。在床上时，她不再像以前那样，满怀赤裸的欲求投入他的怀抱，当他把手伸向她时，她的第一反应是翻身转开。他们时常接吻，可每次她的嘴唇总是紧闭着；她不想让他的舌头伸进她的嘴。他们的结合流失了激情，但有一种新的激情，存在于他们之外，把他们连结在一种以前从未有过的亲密中，一种不固定、未言明、直觉式的亲密：巴拉克·奥巴马。他们，在没有丝毫被动之意、没有出于义务或妥协的阴影下，对巴拉克·奥巴马看法一致。

起初，她虽然希望美国能选出一个黑人总统，但认为那不可能，她无法想象奥巴马当美国总统。他似乎太纤弱，太瘦得皮包骨，像一个会被风吹倒的人。希拉里·克林顿更加敦实。伊菲麦露喜欢看克林顿上电视，穿着古板的裤套装，脸上伪饰出坚毅果决的表情，藏起她的美貌，因为那是唯一能说服世人相信她有才干的办法。伊菲麦露喜欢她。她希望她能获胜，愿她一路顺利，直到有一天早晨，她拿起巴拉克·奥巴马的书，《我父亲的梦想》，是布莱恩刚看完、留在书架上的，里面有几页折起来做了记号。她端详封面上的照片，那位年轻的肯尼亚女人眼神迷茫地盯着镜头，双臂环住她的儿子，那个年轻的美国小伙，轻松活泼的模样，把他的女儿抱在胸口。日后，伊菲麦露会记得她决定读这本书的那一刻。只是瞅瞅。假如布莱恩推荐的话，她也许就不会读了，因为她越来越避忌布莱恩喜欢的书。但他没有推荐这本，他只是把那留在书架上，挨着一堆别的他已经读完但打算重新再读的书。她用一天半时间读了《我父亲的梦想》，端坐在沙发上，布莱恩的 iPod 外接扬声器里放出妮娜·西蒙的歌。她全神贯注，被这个她从书页里认识的男人所打动，一个好问、智慧的男人，一个心胸宽广的男人，一个富有如此彻底、无药可救、迷倒众生的人情味的男人。他令她想起奥宾仔的说法，奥宾仔用它形容他所喜欢的人。*Obi ocha*——心地纯净。她相信巴拉克·奥巴马。当布莱恩回到家后，她坐在餐桌旁，一边看着他在厨房剁罗勒叶，一边说："要是写这本书的人能成为美国总统该有多好。"

布莱恩手中的刀停了下来。他抬头，眼睛一亮，仿佛他素来未敢奢望她会和他相信一样的事，她感觉他们之间第一次勃发出一种共有的激情。当巴拉克·奥巴马赢得爱荷华州党内初选的那一刻，他们在电视机前紧紧相拥。首战，他胜了。他们的希望在发光，可能性激增：奥巴马也许真的能取得此役的胜利。然后，像事先编排好似的，他们开始担心。他们担心会有事干扰他，摧毁他势如破竹的步伐。每天一早，伊菲麦露醒来，检查确认奥巴马仍然活着。没有爆出丑闻，没有从他的过去里挖出内幕。她会打开电脑，凝神屏息，她的心在胸口狂跳，接着，在再三确认他仍活着后，她会阅读有关他最新的消息，焦急而贪婪地，搜寻信息和安慰，屏幕底下有很多最小化的窗口。有时，在聊天室，她一边阅读有关奥巴马的帖子，一边感到心灰意冷，她会起身，离开电脑，仿佛那台笔记本本身即是敌人，她会凭窗而立，掩藏泪水，甚至不让自己看到。*一个猴子怎么可以当总统？哪位仁兄，行行好，一枪毙了这家伙。把他送回非洲丛林去。黑人永世进不了白宫，老兄，那之所以叫白宫是有原因的。*她试图想象写这些帖子的人，使用诸如 SuburbanMom231（郊区妈咪 231）和 NormanRockwellRocks（诺曼·罗克韦尔威震天下）的网名，坐在书桌前，手边摆着一杯咖啡，他们的孩子正坐着校车在回家途中，红润的脸蛋，天真无邪。那些聊天室让她的博客显得无足轻重，一出风俗喜剧，温和地讽刺一个绝不温和的世界。她没有在博客上写到她每天早上登入时那似乎与日俱增的恶毒，更多层出不穷的聊天室，更多铺天盖地的谩骂，因为那样做等于散播这些人的言论，他们痛恨的不是巴拉克·奥巴马其人，而是选他当总统的主张。相反，她在博客上写他的政治立场，在一篇反复出现的、标题为《这是为什么奥巴马会做得更好的原因》的帖子里，时常添加链接，导向他的网站，她也在博客上写到米歇尔·奥巴马。米歇尔·奥巴马不落俗套的冷面幽默，她修长的四肢在举手投足间的自信，让她引以为傲；而另一方面，当米歇尔·奥巴马受到夹攻、失去锋芒、在采访中被迫表现得中规中矩时，她感到遗憾痛心。不过，在米歇尔·奥巴马过于挑高的眉毛和她一反传统、系得过高的腰带中，仍闪现出她的一丝本色。吸引伊菲麦露的正是这，不含歉意、让人看到坦诚的希望。

“既然她嫁给了奥巴马，那么奥巴马不会差到哪里去。”她时常和布莱恩开玩笑，布莱恩会说：“确实，确实。”

她收到一封来自地址是普林斯顿大学邮箱的电子邮件，在阅读以前，她的手激动得颤抖。她看见的第一个词是“很高兴”。她获得了那个研究员的职位。薪酬不错，要求很轻松：她必须住在普林斯顿，使用那儿的图书馆，在学年末做一个公开讲座。那似乎优渥得让人难以置信，迈入美国一个神圣的殿堂。她和布莱恩坐火车去普林斯顿物色公寓，她被那座小镇本身所吸引，那儿的绿意，宁静和风雅。“我曾收到普林斯顿的本科录取书，”布莱恩告诉她，“那时这儿几乎是乡下。在参观了学校以后，我觉得那很美，但我实在无法想象自己真的去那儿上学。”

伊菲麦露知道他话里的含义，即使现在那儿已经变了，染上了，用布莱恩的话说——在他们走过成排璀璨的商店时——“凶猛的消费资本主义”。她既怀着仰慕，又觉得无所适从。她喜欢她的公寓，在纳索街外；卧室的窗户对着一小丛树林，她走过那空荡的房间，想象给自己一个全新的开始，没有布莱恩，但仍不确定这是否真的是她所想要的新的开始。

“我等大选结束后再搬过来。”她说。

布莱恩在她话音未落时就点头，她当然要等他们见证了奥巴马的胜利后再搬家。他成为奥巴马竞选阵营的志愿者，他讲述他挨家挨户敲门的经历和那些门后形形色色的人，她一字不漏地听进去。一天，他回到家，告诉她一位黑人老妪，脸皱得像李子干，她站着，紧紧抓着她的门，仿佛要不然她会摔倒似的，她对他说：“我原以为就算在我孙子的有生之年也看不到这一天。”

伊菲麦露把这个故事写到博客上，描绘那位妇人满头白发中的银丝，因帕金森症而哆嗦的手指，仿佛她亲身与布莱恩一同在场似的。他的朋友全都支持奥巴马，除了迈克尔，他总在胸前别着一枚希拉里·克林顿的徽章，在他们的聚会上，伊菲麦露不再感到被排斥在外。连身旁有葆拉时那份朦胧的不安，半是出于小气，半是出于缺乏自信，也烟消云散。他们在酒吧和公寓里聚会，讨论竞选的详情，讥笑新闻报道的无聊幼稚。拉美裔人会把票投给一个黑人吗？他会打保龄球吗？他爱国吗？

“他们说‘黑人要奥巴马’，‘女人要希拉里’，但黑人女人呢？那岂不可笑？”葆拉说。

“他们讲到‘女人’时，自动指的是‘白种女人’，当然。”格雷丝说。

“我搞不懂的是，怎么会有人说奥巴马得益于他是黑人。”葆拉说。

“这个问题很复杂，但他的确是，同样的，在一定程度上，克林顿得益于她是个白种女人，”内森说，身体前倾，眼睛眨得益发飞快，“假如克林顿是个黑人女人，她的运气不会那么旺。假如奥巴马是个白种男人，他的运气可能会那么旺，可能不会，因为有过几位不配当总统的白种男人当上总统的先例，但那改变不了奥巴马经验不足的事实，人们兴奋的是看到有一个真正有望的黑人候选人。”

“纵然假如他赢了，他便将不再是黑人，就像奥普拉不再是黑人一样，她是奥普拉，”格雷丝说，“所以她可以去那些憎恶黑人的地方，依旧安然无恙。他将不再是黑人，他将只是奥巴马。”

“就奥巴马目前受益的程度，附带提一句，受益那个说法很成问题，但就他受益的程度来说，那不是因为他是黑人，而是因为他属于一类不同的黑人，”布莱恩说，“假如奥巴马的母亲不是白人，他不是由白人外祖父母抚养长大，没有肯尼亚、印度尼西亚、夏威夷和种种传闻中的背景，使他在某种程度上和每个人都有点相近，假如他只是一个来自佐治亚州的普通黑人，情况将会不同。当一个来自佐治亚州的寻常黑人、一个大学平均成绩是C的黑人当上总统时，美国才是真正进步了。”

“我同意。”内森说。那又一次震动了伊菲麦露，每个人的看法如此一致。他们的朋友，同她和布莱恩一样，是信徒。真正的信徒。

在巴拉克·奥巴马成为民主党候选人的那一天，伊菲麦露和布莱恩做了爱，好几周来的第一次，奥巴马与他们同在，好似一位没有道破的祈祷者，一个情感上的第三者。她和布莱恩开数小时的车去听他演讲，在密密匝匝的人群里紧握双手，举着标语牌，上面用白色粗体印刷字写着“改变”。旁边一位黑人把他的儿子抱到肩上，那个儿子大笑着，露出满嘴乳牙，上排缺了一颗。那位父亲抬头仰视，伊菲麦露知道，他惊叹于他自己的信仰，惊叹于自己在不知不觉间相信了他原以为自己决不会相信的事。当人群中爆发出掌声，大家拍手和吹口哨时，那名男子没有拍手，因为他正抓着他儿子的腿，因此他只是微笑，一味地微笑，他的脸突然因欢乐而变得年轻。伊菲麦露注视他，和他们周围的其他人，个个都焕发出一种奇特的磷光，个个都行走在一条团结一致的感情钢索上。他们相信。他们真的相信。那时常像一阵甜蜜的冲击袭上她心头，知悉世界上有如此之多的人，对巴拉克·奥巴马的观感，同她和布莱恩一模一样。

有几天，他们信心高涨。其余日子，他们希望尽丧。

“这不妙。”布莱恩嘟囔着，他们在不同的电视频道间来回切换，每一个频道都在播放巴拉克·奥巴马的牧师布道的录像，他的那句“愿上帝把美国打入地狱”，火辣辣地烧进伊菲麦露的梦里。

她第一时间在互联网上看到突发新闻，巴拉克·奥巴马将就种族问题发表一场演说，回应他牧师的录像，她发了一条短信给正在教课的布莱恩。他的回复很简单：漂亮！稍后，坐在他们客厅的沙发上，夹在布莱恩和格雷丝之间观看演说。伊菲麦露好奇奥巴马当时心里真实的想法是什么，那晚当他躺在床上、万籁俱寂、空无一人时，他会有何感受。她想象他，那个知晓他的外祖母惧怕黑人的男孩，如今长大成人，通过把那个故事告诉世人解救自己。想到这，她感到一丝淡淡的悲哀。奥巴马在讲话之际，满腔同情、音调抑扬顿挫，美国国旗在他身后飘扬，布莱恩挪了一下身子，叹了口气，背靠在沙发上。最后，布莱恩说：“把黑人的苦难和白人的恐惧这样对等起来，那是不道德的。那实在不道德。”

“这番演说没有开启关于种族的对话，实际上反而是把那关上了。只要回避种族他就能获胜。那一点我们全都明白，”格雷丝说，“但重要的是首先让他当选。这家伙非得履行他必须履行的职责不可。至少现在牧师这件事告一段落了。”

伊菲麦露亦理解那番演说的务实性，但布莱恩对此耿耿于怀。他的信念出现了裂痕，好几天，他打不起精神，晨跑回来时少了往常大汗淋漓的亢奋，走路时脚步沉重。结果是珊，无意间把他从颓丧中拉了出来。

“我得进城，去陪珊住几天，”他告诉伊菲麦露，“奥维迪奥刚打电话给我。她失魂落魄。”

“她失魂落魄？”

“精神崩溃。我不喜欢那个表述，带有一种强烈的迷信色彩。但那是奥维迪奥的叫法。她已卧床数日。她不吃东西。她哭个不停。”

伊菲麦露心头闪过一丝气恼；连这，在她看来，也是珊索求关注的又一种手段。

“她确实过了一段很难熬的日子，”布莱恩说，“那本书没有引起丝毫关注。”

“我知道。”伊菲麦露说。但她却仍无法产生真正的同情，这令她惶恐。也许是因为，她相信珊对她和布莱恩的吵架负有一定责任，珊没有施展她对布莱恩的影响力，让他认识到自己反应过度。

“她会没事的，”伊菲麦露说，“她是个坚强的人。”

布莱恩惊诧地看着她。“珊是全世界最脆弱的人之一。她不坚强，她向来不。可她很特别。”

伊菲麦露上一次见到珊，是大概一个月前，珊说：“我就知道你和布莱恩会和好的。”她的语气，宛如在谈论一个心爱的、重又吸食迷幻药的同胞手足。

“奥巴马岂不教人兴奋？”伊菲麦露问，企望这，至少能是一个她和珊可以无需绵里藏针而谈论的话题。

“噢，我没在关心大选的事。”珊不屑地说。

“你读过他的书吗？”伊菲麦露问。

“没有。”珊耸耸肩。“要是有人读过我的书，那敢情好。”

伊菲麦露咽下了她的话。这关系的不是你。就这一次，关系的不是你。

“你应该读一读《我父亲的梦想》。其他的书是竞选文宣，”伊菲麦露说，“他是个有真材实料的人。”

但珊不感兴趣。她谈起上周她参加的一个专题讨论，在一个作家节上。“话说他们问我，我最喜欢的作家是谁，当然，我知道他们预期大部分是黑人作家，但休想让我告诉他们罗伯特·海登[1]是我的毕生所爱，事实上他是。因此，我没有提到任何一个黑人，或跟有色人

① 罗伯特·海登（Robert Hayden，1913—1980），美国桂冠诗人，以其非洲题材的诗歌著称，代表作有《那些冬日的星期天》等，曾任教于密歇根大学。

种有一点沾边的，或有政治倾向，或在世的。于是，我以漫不经心又镇定地报出屠格涅夫、特罗洛普和歌德的名字，但为免显得过分受惠于已故的白人男作家，因为那会有一点太缺乏新意，我添加了塞尔玛·拉格勒夫①。顿时，他们不知道该问我什么，因为我把脚本扔出了窗外。”

“那可真好笑。”布莱恩说。

大选日的前夜，伊菲麦露躺在床上睡不着。

“你醒着？”布莱恩问她。

“嗯。”

他们在黑暗中相拥，没有说话，他们的呼吸均匀，直至最后他们陷入半睡半醒中。早晨，他们去指定的高中，布莱恩想要第一批投票。伊菲麦露望着已在那儿的人，排着队，等待开门，她祈愿他们全把票投给奥巴马。不能投票，让她感觉像被剥夺了什么似的。她的入籍申请已批准，但离宣誓还有几个星期。她过了一个坐立不安的上午，查看各大新闻网站，布莱恩下课回来后，他叫她关上电脑和电视，让他们可以暂时休息，深呼吸，吃他做的意大利炖饭。他们刚一吃完，伊菲麦露又重新打开电脑，只为确认巴拉克·奥巴马仍活得好好的。布莱恩为他们的朋友调了不含酒精的鸡尾酒。阿拉明塔第一个到，她直接从火车站过来，拿着两个电话，同时检查最新的情况。然后到的是格雷丝，穿着她窸窣的丝织品，脖子上系了一条金色围巾，说：“哦，我的天哪，我紧张得无法呼吸了！”迈克尔带了一瓶普罗赛柯气泡白葡萄酒来。“无论结果如何，要是我妈妈能活着看到这一天就好了。”他说。葆拉、佩和内森一同抵达。未几，他们全都坐下，在沙发上和餐桌椅上，眼睛盯着电视，一边抿着茶和布莱恩调的不含

① 塞尔玛·拉格勒夫（Salma Lagerlöf，1858—1940），瑞典人。1909年诺贝尔文学奖获得者，她是瑞典第一位得到这一荣誉的作家，也是世界上第一位获得这一文学奖的女性。代表作为童话小说《骑鹅旅行记》。

酒精的鸡尾酒，一边重复他们之前讲过的一模一样的话。假如他赢得印第安纳州和宾夕法尼亚州，那么就锁定胜局。弗罗里达州的形势看起来不错。爱荷华州出来的消息自相矛盾。

“弗吉尼亚州有大批黑人出来投票，这样的话，形势看起来不错。”伊菲麦露说。

“弗吉尼亚州没戏。”内森说。

“他不需要弗吉尼亚州，”格雷丝说，然后她尖叫道，“哦，我的天哪，宾夕法尼亚州！”

电视屏幕上闪映着一张示意图，一幅巴拉克·奥巴马的照片。他赢了宾夕法尼亚州和俄亥俄州。

“我看麦凯恩现在应该无计可施了。”内森说。

葆拉挨坐在伊菲麦露旁边，过了一小会儿，闪映的示意图出现在屏幕上：巴拉克·奥巴马赢得了弗吉尼亚州。

“哦，我的天哪。”葆拉说。她的手颤抖着捂住嘴。布莱恩坐直了身子，一动不动，瞪着电视机，接着，传来基思·奥尔贝曼低沉的声音，过去几个月里，伊菲麦露痴迷地看他在MSNBC有线新闻频道的节目，声音里燃烧着炽烈、奔放的自由主义者的怒火；此刻，那声音在说：“巴拉克·奥巴马预计将当选美利坚合众国下一任总统。”

布莱恩在哭，抱住也在哭的阿拉明塔，然后抱住伊菲麦露，把她搂得死紧，佩和迈克尔拥抱，格雷丝和内森拥抱，葆拉和阿拉明塔拥抱，伊菲麦露和格雷丝拥抱，客厅变成了一座喜出望外的圣坛。

她的电话嘟嘟响了，是戴克的短信。

我无法相信。我们的总统和我一样黑。她把那条短信读了好几遍，眼中盈满泪水。

电视上，巴拉克·奥巴马和米歇尔·奥巴马带着他们两个年幼的女儿，正走上舞台。他们被风裹挟着，沐浴在白炽灯光下，春风得意，笑容满面。

“年轻的和年老的，富人和穷人，民主党人和共和党人，黑人、白人、拉美裔人、亚裔人、印第安人、同性恋、异性恋、残疾人和非残疾人，美国人向全世界宣告，我们从来绝不只是红州与蓝州的集合。我们一直、并将永远是美利坚合众国。”

巴拉克·奥巴马的声音起伏，他的表情庄严，他的周围是大群光彩照人、充满希望的民众。伊菲麦露观看着，为之倾倒。那一刻，没有什么比美国更让她觉得美好。

帮助非美国黑人理解美国：
对于特别的白人朋友的几点想法

对缄口的黑佬而言，一份天赐的厚礼是**心知肚明的白人朋友**。可惜，这不像人们所愿的那么常见，但部分幸运儿有那样的白人朋友，你无需向他们解释屁话。想尽办法，发挥这位朋友的作用。这样的朋友，不仅心知肚明，而且能敏锐地检测到狗屁鬼话，因此，他们完全理解，他们能讲你不能讲的东西。具体如下，在美国大部分地方，许多人的心目中都有一个隐秘、不起眼的观念：即，白人在工作和学习上的地位是靠努力换来的，而黑人跻身其中，因为他们是黑人。可事实上，自美国建国以来，白人一直因为他们是白人而获得工作机会。许多白人，若以相同资历，但换成黑佬的皮肤，不可能获得他们现有的工作。但千万别把这公开讲出来。让你的白人朋友来说。假如你误把这说出口，你会收到一条稀奇的指控，叫作“打种族牌”。没有人确切知道这是什么意思。

当我的父亲在我那非美国黑人的祖国上学时，许多美国黑人没有投票权，不能上好的学校。原因？他们皮肤的颜色。问题仅在于肤色。今天，许多美国人说解决问题不能把肤色考虑在内。否则那被冠以一个稀奇的称号，叫作“反向种族主义”。请你的白人朋友指出，美国黑人所受的待遇，类似你被关了许多年冤狱，然后突然间，你被放了出来，但却不给你坐公共汽车的钱。另外，附带提一句，如今，你和关押你的人地位自动平等了。假如有“奴隶制度早已是陈年旧事”这种话冒出来，请你的白人朋友说明，许多白人依然继承着百年前他们家族所赚的钱。所以既然那份遗产还在，为什么奴隶制度的遗留不在了？并请你的白人朋友转达，何等滑稽的是，美国民意调查人询问白人和黑人，种族主义是否已终结。白人普遍说那已经终结，黑人普遍说那没有。着实滑稽。更多建议应该由白人朋友来讲的话？请贴出来分享。这是写给所有心知肚明的白人朋友的。

41

爱莎从口袋里抽出电话，然后懊丧地叹了口气，又塞回去。

“我不明白奇丘克为什么不回电话答应过来。”她说。

伊菲麦露没有吱声。发廊里只剩她和爱莎，哈莉玛刚走。伊菲麦露感到疲惫，她的背脊抽动，那间发廊已开始令她作呕，因其闷热的空气和朽烂的天花板。这些非洲女人为什么不能把她们的发廊打理得干净通风呢？她的头发快编完了，仅余一小束，像条兔子尾巴，在她的脑门处。她急欲离开。

“你是怎么弄到身份的？”爱莎问。

“什么？”

“你怎么弄到身份的？”

伊菲麦露惊愕得语塞。一种冒渎，那个问题——移民不向别的移民打听他们是怎么弄到身份的，不刨根究底，侵入那层层的私人空间；仅羡慕他人弄到了身份，获得合法地位，那就足矣。

“我，我来的时候试着找过一个美国人，想结婚。可他带来很多问题，没有工作，每天，他说给我钱，钱，钱，”爱莎一边说，一边摇头，“你的身份是怎么弄到的？”

顷间，伊菲麦露的怒气消退了，取而代之的是一种薄如蝉翼的亲近感，因为假如她不是非洲人，爱莎便不会问，在这份新建立的纽带中，她又看到了一个预示自己返乡的兆头。

“我的，是通过工作办的，”她说，“我上班的那家公司为我申请了绿卡。”

“哦。”爱莎说，仿佛她才意识到伊菲麦露属于另一类人，他们的绿卡直接从天而降。像她这样的人，当然不可能，由雇主为他们办妥身份。

“奇丘克是靠抽签办到身份的。”爱莎说。她动作缓慢，近乎钟爱地梳理她即将捻编的那束头发。

“你的手怎么了？”伊菲麦露问。

爱莎耸了耸肩。“我不知道。那就是一会儿有，一会儿没有。”

“我的姑姑是医生。我可以拍一张你手臂的照片，问问她的看法。”伊菲麦露说。

“谢谢。”

爱莎沉默地捻完一根辫子。

“我的父亲死了，我没有回去。”她说。

“什么？”

“去年。我的父亲死了，我没有回去。因为身份问题。但也许，假如奇丘克和我结婚的话，等我母亲死时，我可以回去。现在她病了。但我有寄钱给她。”

一时间，伊菲麦露不知该说什么。爱莎苍白的语气、面无表情的脸，渲染了她的悲剧。

“真遗憾，爱莎。”她说。

“我不明白奇丘克为什么不来。如来，你可以和他谈一谈。”

“别担心，爱莎。事情会好的。”

接着，就在她说出口之际，爱莎开始哭泣。她的眼皮一软，嘴一瘪，她的脸起了骇人的变化：那溃崩成绝望。她仍不停地捻编伊菲麦露的头发，手上的动作没有变，可她的脸仿佛不属于她的身体似的，继续塌陷，眼中涌出泪水，她的胸脯一起一伏。

“奇丘克在哪里上班？”伊菲麦露问，“我可以去那儿找他谈一谈。”

爱莎愣愣地看着她，脸颊上依旧淌着泪水。

“我可以明天去找奇丘克谈一谈，”伊菲麦露重复了一遍，“只要告诉我他在哪里上班，他中间什么时候休息。”

她在做什么？她应该起身离去，别再被进一步拖入爱莎的泥沼，可她无法起身离去。她即将返回故乡尼日利亚，她将见到她的父母，如果她愿意，她可以重返美国；而眼前的爱莎，期望却不全然相信她还能再见到她的母亲。她要和这位奇丘克谈一谈。这是她能尽的最微薄之力。

她掸去衣服上的头发，递给爱莎一小卷钞票。爱莎把那摊开在手掌上，利落地点数，伊菲麦露好奇，多少将归玛利亚玛，多少归爱莎。她等爱莎把钱收进口袋后，再给她小费。爱莎接过那单张二十美元的纸钞，此时她的泪水已干，她的脸重新变得面无表情。“谢谢。”

屋里的气氛极为尴尬，仿佛为冲淡那气氛似的，伊菲麦露再度对着镜子审视自己的头发，左右转动，轻轻拍打。

“我明天去找奇丘克，我会打电话给你。”伊菲麦露说。她掸了掸衣服，看有无零散的碎发，并环视四周，确信她没有落下东西。

“谢谢你。”爱莎朝伊菲麦露走去，仿佛想拥抱她似的，继而停下，踟蹰。伊菲麦露轻轻用力地抓了抓她的肩膀，然后转向门口。

在火车上，她琢磨究竟要怎样才能说服一个似乎不热衷结婚的男人答应结婚。她的头隐隐作痛，还有鬓角处的头发，尽管爱莎没有捻得太紧，但依然扯得生疼，令她的脖子和神经感到难受。她渴望回到家，好好冲个凉水澡，把头发盘起，戴上绸缎软帽，抱着笔记本电脑躺在沙发上。火车甫一停靠在普林斯顿站，她的电话响了。她停在月台上，从包里摸索电话，起先，由于乌茱姑姑的语无伦次，说话声和哭声夹杂在一起，伊菲麦露以为她说戴克死了。其实乌茱姑姑说的是耶稣啊，戴克我的孩子啊，戴克差点死了。

“他服食了过量药片，去地下室，躺在那儿的沙发上！”乌茱姑姑说，带着连她自己也无法置信的口吻，语不成声。“我回来后从不去地下室。我只在早晨做瑜伽。是上帝，要我今天下去，解冻冷柜里的肉。是上帝啊！我见到他躺在那儿，看上去汗水淋漓，全身都是汗，顿时，我惊慌失措。我说，这些人给了我儿子毒品。”

伊菲麦露在发抖。一列火车呼啸而过，她用手指塞住另一只耳朵，以便更好地听清乌茱姑姑的话音。乌茱姑姑在说“肝中毒的症状”，伊菲麦露感到窒息，因为那几个字，肝中毒，因为一头雾水，因为那突然而来的天昏地暗。

“伊菲？”乌茱姑姑问，“你在听吗？”

“在。”那个字穿过一条长长的隧道。“出了什么事？到底出了什么事，姑姑？你在说什么？”

“他吞了一整瓶泰诺。现在他在重症监护室，他会没事。上帝没有准备让他死，就是这样。”乌茱姑姑说。她抽吸鼻子的声音在电话那头甚是响亮。“你知道吗，他还服用了止吐药，因此那药会留在他的胃里？上帝没有准备让他死。”

“我明天过来。”伊菲麦露说。她在月台上站了良久，寻思当戴克吞下一瓶药片之时她在做什么。

第五部

42

奥宾仔频繁查看他的黑莓手机，过于频繁，连夜间起来上厕所时也不放过，虽然他嘲笑自己，却仍停不下来。四天，过了整整四天后，她才回信。这令他灰心丧气。她从不羞怯，换作平时，她应该老早就回信了。她也许很忙，他告诉自己，虽然他清楚得很，“忙”是一个多么省事而缺乏说服力的理由。或可能她变了，成了那种延缓四天以免让自己显得过于急切的女人，一种益发令他灰心丧气的猜想。她的电邮真挚热诚，但过于简短，告诉他，对放弃现有的生活、搬回故乡，她既兴奋又紧张，但没有具体细节。她到底将于何时搬回来？如此难以割舍的是什么？他又用谷歌搜索了那个美国黑人，期待也许能找到一篇描述分手的博客文章，但那个博客有的只是学术论文的链接。其中一篇论述的是早期嘻哈乐作为政治活动——美国人真行，把嘻哈乐当作一个切实的课题来研究——他读了那篇论文，期望是篇无聊的文章，结果却有趣得很，吸引他一路读到尾，这使他心里很不是滋味。那个美国黑人，荒唐地，成了他的对手。他试了脸书。柯希在脸书上很活跃，她张贴照片，与众人保持联系，可他前阵子把他的账号删了。初始，他对脸书感到兴致勃勃，老朋友突然间转生还魂，有了妻子、丈夫、孩子，照片下有一连串的留言评论。可后来他开始惊骇于那不真实的氛围，精心摆弄的画面，创造出一种并行的生活，为脸书而拍的照片，背景里放上他们觉得自豪的物品。此刻，他重新激活了他的账号，搜索伊菲麦露，可她没有脸书的个人页面。也许同他一样，她不沉迷于脸书。这令他略感窃喜，再次证明他们多么相像。脸书上有她的美国黑人男友，但他的页面只对朋友公开，在一时的头脑发热下，奥宾仔考虑给他发一个加为好友的请求，只为看看他是否有贴伊菲麦露的照片。他本想等几天再给她回信，可那晚在书房，他不知不觉给她写了一封很长的电子邮件，讲他母亲的过世。我从来没有想过她会死，直至她真的死了。这合情理吗？他发现悲伤不曾随着时间而淡去；相反，那是一种变化无常的存在。有时那份痛楚来得猝不及防，就如那天她的帮佣打电话给他，呜咽着说她躺在床上没了呼吸一样。其余时候，他忘记她已经过世，仓促地计划着飞去东部看她。她对他新累积的财富不以为然，仿佛她不理解一个可以让人如此轻易赚那么多钱的世界。他为她买了一辆新车，想给她一个惊喜，她告诉他，她的旧车很好，没有一点毛病，那辆自他上中学以来她一直在开的标致 505。他把车送到她的住处，一辆她不会觉得太招摇的小本田，可每次他去时，都看见那辆车停在车库，积了一层白蒙蒙的灰。他非常清楚地记得他最后一次和她通话的内容，在她去世的三天前，她对她的工作和学校的生活越来越失望。

“没有人在国际期刊上发表文章，”她说，“没有人去参加学术会议。那像一潭泥泞的浅池，我们全在里面打滚。”

他把这写在给伊菲麦露的电子邮件里，他母亲对工作的悲哀亦使他感到悲哀。他小心不下笔太重，写到在她的葬礼前，他家乡的教会让他付了名目繁多的费用，备办宴席的人在举行入土仪式时偷肉，用新鲜的香蕉叶包住牛肉块，扔给院落围墙外的同伙，他的亲戚们的注意力全转向了被偷的肉。提高的嗓门，你来我往的叫骂，一位姨妈说：“那帮办酒席的人必须把赃物一点不剩地还回来！”赃物。他的母亲若在世，会对肉是赃物而感到好笑，更会因自己的葬礼最终变成一场偷肉之争而发噱。为什么，他在给伊菲麦露的信里写道，我们的葬礼这么快把焦点从死去的人转移到别的事情上？为什么村民要等到有人过世才站出来算旧账，那些确有其事的和那些臆想的，他们为什么锱铢必较到不惜剜骨剔肉？

一个小时后收到伊菲麦露的回信，一通澎湃的心碎之语。垂泪写下这封信。你知道吗，多少次我希望她能是我的母亲？她是大人里唯一——除了乌茱姑姑以外——尊重我的主见的。你何其幸运，有她抚养你长大。她在方方面面皆是我欲效仿的榜样。我真的很难过，天花板。我可以想象你一定曾感到撕心裂肺，并且依然偶有这种感觉。我在马萨诸塞州，和乌茱姑姑还有戴克在一起，眼下我正经历着某些带给我那种痛楚的事，但仅是细微的。请告诉我一个号码，让我能打电话给你——假如可以的话。

她的电子邮件使他心情愉快。透过她的眼睛看他的母亲，使他心情愉快。这给他壮了胆。他想知道她提到的痛楚是什么，希望指的是和那个美国黑人分手，虽然他并不愿看到这段恋情对她如此刻骨铭心，以致分手会使她陷入几分哀恸中。他试图想象如今的她会有多大变化，多么美国化，特别是在和一个美国人谈过恋爱以后。过去几年里，在从美国回来的许多人身上，他注意到有一种狂躁的乐观主义，一种频频点头、永远微笑、过度热情的狂躁的乐观主义，对此他感到厌烦，因为那犹如卡通画，缺乏内涵和深度。他希望她没有变成那样。他无法想象她会变成那样。她索要他的号码。假如她不是对他余情未了，她不可能对他的母亲有如此强烈的反应。于是他再度写信给她，把他的所有电话号码告诉她，他的三个手机，办公室的电话，和家里的座机。他在邮件结尾写了这番话：说来奇怪，我一直觉得，我的人生中每有大事发生时，你是唯一会理解的人。他激动得忘乎所以，可在点击了“发送”后，他追悔莫及。那太过分太急促了。他不应该写这么重的话。他着了魔似的检查他的黑莓手机，日复一日，到第十天，他明白她不会回信了。

他写了若干封向她道歉的电子邮件，可没有发送出去，因为那感觉狼狈，为了某些他无法名状的事而道歉。他后来给她写的那些娓娓细述的长邮件，绝非有意识的决定。他声称的，他人生中每遇到大事时就思及她，虽然言过其实，他知道，但并非完全是诳语。当然，有几段时光，他不曾主动想起她，当他沉浸在和柯希初期的热恋中，沉浸在他初生的孩子、他新签的合同中，可她从未消失。他把她，始终紧握在他意识的掌心。连在她杳无音讯，和他困惑的怨恨期间，同样如此。

他开始给她写信，讲述他在英国的时光，希望她会回信，再后来他憧憬起写信本身。他从未对自己回顾过这段亲身经历，从未让自己有过反思的机会，因为他太不知所措，起先是遣返的打击，后来是在拉各斯突如其来的新生活。写信给她亦成了一种写信给自己的方式。他未尝有损失。即便她是在和那个黑人男友一起读他的邮件，嘲笑他的愚蠢，他也不介意。

终于，她回信了。

天花板，抱歉久未联络。戴克企图自杀。先前我不想告诉你（我也不知道为什么）。他现在好转了许多，可那创伤依旧在，那给我的震动超出我的预想（你知道，“企图”表示没有真的发生，可我一连哭了好几天，想着万一真的发生会怎么样）。很抱歉，我没有打电话给你，对你母亲致以哀悼。我曾经计划那样做，也感谢你把你的电话号码告诉我，可那天我送戴克去看他的精神科医生，之后，我就打不起精神做任何事。我感觉自己好像被某些东西击倒了似的。乌茱姑姑说我得了忧郁症。你知道，美国有办法把每件事都变成需要药物治疗的疾病。我没有吃药，只是花许多时间陪戴克，看许多讲吸血鬼和太空飞船的烂电影。读了你写英国的邮件，我非常喜欢，那使我受益良多，在诸多方面，对此我感激不尽。希望能有机会把我自己的经历向你一一倾吐——只要有那个机会。我刚结束一项在普林斯顿的研究员工作，多年来，我写了一个有关种族的匿名博客，而后那变成我的谋生手段，你可以点击这里阅读过往的文章。我推迟了返乡的时间。我会与你联系。保重，祝你和你的家人万事如意。

戴克试图自杀。那不可理解。他记忆中的戴克是个蹒跚学步的幼儿，白鼓鼓的纸尿裤系在腰上，在海豚苑的家中跑来跑去。如今他是试图自杀的青少年。奥宾仔的第一个念头是想冲到伊菲麦露身边，当即，立刻。他想买张机票，登上去美国的飞机，到那儿陪她，安慰她，帮助戴克，把一切处理妥善。然后他嘲笑自己的荒唐。

“亲爱的，你走神了。”柯希对他说。

“对不起，漂亮宝贝。”他说。

“暂时别想工作的事嘛。”

“好的，对不起。你说什么？”

他们坐在车里，正要前往一所位于伊科伊的托儿所兼小学，他们要作为乔纳森和伊西欧玛邀请的来宾，在开放日参观学校，他们是柯希在教会认识的朋友，他们的儿子在那里上学。一切都是柯希安排的，这是他们参观的第二间学校，为了帮助他们决定布琪该上哪一所。

奥宾仔和他们只打过一次交道，在柯希请他们来吃饭时。他觉得伊西欧玛是个有意思的人，她容许自己讲出口的一些话富有创见，但她多数时候保持沉默，收起锋芒，假装自己实际没有那么聪慧，以抚慰乔纳森的自尊心；而乔纳森，一位照片时时出现在报纸上的银行执行总裁，扮演了当晚的主角，啰嗦地讲述他和瑞士地产经纪人达成的交易，聘用他当过顾问的尼日利亚各地的州长，和形形色色经他挽救而免于破产的公司。

他把奥宾仔和柯希介绍给校长——一位娇小丰满的英国女人，说道：“奥宾仔和柯希是我们交情很深的朋友。我想他们的女儿明年可能也会来这里上学。”

“许多高层外派人员把他们的孩子送来这儿。”校长说，她的语气里带有自豪的意味，奥宾仔好奇这是不是她的口头禅。她说不定已经讲了太多遍，知道那有多么灵验，多么能打动尼日利亚人的心。

伊西欧玛正在询问为什么他们的儿子还没有上很多数学和英语课。

“我们的教学方法更偏重理念。我们希望让孩子在第一年里探索他们身处的环境。”

“可这不应该互相排斥。他们可以同时开始学习一点数学和英语。”伊西欧玛说。接着，她以一种不试图掩盖话里潜藏的严肃性的风趣，补充说：“我的侄女上的是一所本土学校，六岁的她会拼‘onomatopoeia（拟声）’了！”

那位校长不自然地笑了笑。她的微笑表明，她认为不值得针对次等学校的步骤方法浪费口舌。后来，他们坐在一间大礼堂里，观看孩子们排演的一出圣诞剧，讲的是圣诞节那天，一户尼日利亚人家在他们的门阶上捡到一个孤儿。演出中途，一位老师打开风扇，吹出一粒粒细小的白色棉絮，飞遍舞台。雪花。剧中在下雪。

“他们为什么要安排下雪？他们是在教小孩子假如不像国外那样下雪的话，圣诞节就不是真正的圣诞节吗？”伊西欧玛说。

乔纳森说：“哎——哎，那有什么不妥？只是一出戏而已！”

“这只是一出戏，不过我也明白伊西欧玛的意思，”柯希说，然后转向奥宾仔，“亲爱的？”

奥宾仔说：“那个扮天使的小女孩演得很好。”

在车里，柯希说：“你的心思不在这儿。”

他读了“种族节，或一个非美国黑人观察美国黑人（那些从前被叫作黑佬的人）的种种心得”上的所有过往文章。那些博客帖子令他惊讶，那似乎如此美国，如此陌生、玩世不恭的口吻，充斥着大量俚语，糅合高雅和低俗的措辞，他无法想象那是她写的。他怯怯地读到她对她男朋友的称呼——“火辣的前白人男友”，“猛男教授”。他读了好几遍《就在今晚》，因为那是她写到那个美国黑人里涉及隐私最多的一篇，他搜寻线索和蛛丝马迹，想知道他是什么样的人，他们的恋情是什么样的关系。

话说在纽约，猛男教授被警察拦住。他们认为他藏有毒品。美国黑人和美国白人吸毒的比例相同（请查阅这里），但说到“毒品”一词，看看浮现在每个人脑海的画面是什么。猛男教授很生气。他说他是常春藤盟校的教授，他胸有成竹，可他疑惑，假如他是内城区一个穷人家的孩子，那会是什么情况。我为我的宝贝感到难过。我们第一次见面时，他告诉我，他在高中里一心争取全优，因为一个白人老师叫他“集中精力争取篮球奖学金，黑人在体育上有优势，白人在智育上有优势，这没有好坏，只是区别而已”（要说的话，这位老师上的是哥伦比亚大学）。因此他花了四年时间证明她是错的。我无法认同这种做法：为了证明一件事而想要做出成就。可我当时亦感到难过。故而动手去为他泡茶，并施以一些温柔的关爱。

由于在她留给他的最后印象里，她对她博客上写的事知之甚微，所以他有一种失落感，仿佛她已变成一个他再也认不出来的人。

第六部

43

起初几天，伊菲麦露睡在戴克房间的地上。没有事。没有事。她时常这么告诉自己，但本可能会出什么事的念头，仍无休止、晦暗地在她脑中翻腾。他的床，这个房间，曾经可能从此空荡无人。在她内心的某个地方，曾经可能裂开一道深长的伤口，永远无法愈合。她想象他服药的画面。泰诺，仅是泰诺。他在互联网上读到，过量服用会致命。他当时在想什么？他有想到她吗？在经过了洗胃、肝脏监测，出院回家后，她在他的脸上、他的举动还有他的话语里，搜寻只差一点就出事的证据。他看上去和以前并无二致，他的眼睛底下没有发黑，他没有散发鬼门关的气息。她给他做了他喜欢的辣椒肉炖饭，撒上红椒和绿椒丁，他吃着，叉子往返于盘子和嘴巴之间，说："这真好吃。"像他一如既往的那样，她感觉自己的眼泪和疑问涌到一起。为什么？他为什么那么做？他脑子里装了什么？她没有问他，因为心理治疗师说过，最好暂且什么也别问他。日子一天天过去。她黏着他，唯恐出现闪失，又唯恐把他看得太紧。起先她夜不成寐，谢绝乌茱姑姑给她的蓝色小药片，晚上她会醒着躺在那儿，思索，翻来覆去，她的思绪被本可能会怎样的念头所绑架，直至最终困得睡着了。有几天，她醒来，伤痛得把责任归咎于乌茱姑姑。

"你记得吗，有一次，戴克在告诉你什么事，他说'我们黑人'，你告诉他'你不是黑人'？"她问乌茱姑姑，压低声音，因为戴克还在楼上睡觉。她们在那间公寓的厨房里，柔和的晨光洒落进来，乌茱姑姑穿好了衣服准备去上班，正站在水池旁吃酸奶，用勺子舀着一个塑料杯。

"嗯，我记得。"

“你不该那么讲的。”

“你知道我的意思。我不希望他开始表现得像这些人一样，把他的遭遇统统归因于他是黑人。”

“你告诉他，他不是什么人，却没有告诉他，他是什么人。”

“你在讲什么？”乌荼姑姑用脚踩下踏板，垃圾桶滑了出来，她扔进吃完的酸奶杯。她已转成兼职工作，这样她可以花些时间陪戴克，亲自开车送他去看心理治疗师。

“你从未消除他心中的疑虑。”

“伊菲麦露，他的自杀是由于抑郁，”乌荼姑姑轻柔小声地说，“那是一种临床疾病。许多青少年患有此病。”

“人就这样一觉醒来，得了抑郁症吗？”

“是的，会这样。”

“戴克的情况不是。”

“我的病人里有三个曾企图自杀，他们全是白人青少年。一个没有救活过来。”乌荼姑姑说，她的语气哀伤，又似在安抚人心，自戴克出院以来一直如此。

“他的抑郁是因为他的经历，姑姑！”伊菲麦露说，她提高音量，继而啜泣起来，向乌荼姑姑道歉，她自己的内疚扩散开来，使她蒙羞。倘若她多一些关心、多一些警觉，戴克就不会吞下那些药片。她太轻易地蜷伏在笑声背后，她疏于耕耘戴克笑话的情感土壤。的确，他大笑，笑声爽朗明快，使人信以为真，但那也许是一层护甲，底下，也许藏着创伤，像一株日渐生长的豌豆。

如今，在他自杀未遂的尖锐、无声的余音中，她想知道他们曾用那种笑掩盖了多少东西。她本该多操心一些。她仔细留意他。她守护他。她不让他的朋友来探望，尽管心理治疗师说，假如他想让他们来的话，那也无妨。即便是佩吉，几天前在只有她和伊菲麦露两人时，她失声痛哭，说：“我简直无法相信他竟然不向我伸手求援。”她是个孩子，心地善良单纯，但伊菲麦露却对她涌起一股憎恶，心想，戴克本该向她伸手求援的。奎库结束了在尼日利亚的医疗任务回来，他花时间陪戴克，和他一起看电视，使一切回归平静和常态。

时间一周周过去。伊菲麦露不再为戴克在卫生间待的时间稍稍过长而惊慌失措。距离他的生日还差几天，她问他想要什么，她的眼泪再度集聚，因为她想象，他度过的生日不是他年满十七岁的日子，而是他十七岁的诞辰纪念日。

“我们去迈阿密怎么样？”他说，半开玩笑的，可她真带他去了迈阿密，他们在旅馆住了两天，在泳池旁有茅草屋顶的酒吧点汉堡吃，无所不谈，除了企图自杀那件事以外。

“这才是生活，”他说，仰面躺着晒太阳，“你的那个博客真了不起，让你富得流油，应有尽有。现在你把那关了，以后我们不能再享受这样的日子啦！”

“我没有富得流油，只是稍稍宽裕一点。”她说，看着他，她英俊的表弟，他胸口拳曲打湿的毛发令她哀伤，因为那暗示他迈入了脆弱敏感的成年期，而她希望他永远是个孩子；假如他永远是个孩子，他就不会服药，躺在地下室的沙发上，肯定自己再也不会醒来。

“我爱你，戴克。我们爱你，你知道吗？”

“我知道，”他说，“姐，你应该去。”

“去哪里？”

“回尼日利亚，照你计划的。我不会有事，我保证。”

“也许你可以来看我。”她说。

停顿了一下，他说：“好啊。”

第七部

44

起初，拉各斯给她当头一棒；白晃晃烈日下匆忙的脚步，黄色公共汽车上的人群摩肩接踵，追在汽车后面、汗水淋淋的小贩，庞然笨重的布告板上的广告（别的则涂鸦在墙上——需要水管工，请拨080177777）和路边堆积如山的垃圾，犹如一通奚落。嘈杂的商业氛围嚣张无度。空气中弥漫着夸大其词，对话里充斥着信誓旦旦。一个早晨，一个男人的尸体躺在阿沃洛沃路。另一个早晨，离岛富人区淹了水，汽车变成吐气的船。在这里，她感觉，没有什么是不可能的，坚硬的石头里会迸出成熟的西红柿。因而她有种头晕目眩的坠落感，坠入那个新生的她，坠入那片陌生的熟悉中。那是一向如此，还是于她不在时发生了如此的巨变？她出国时，只有富人才有手机，每个号码都以 090 开头，女孩子想要找 090 的男朋友。现在，给她编辫子的美发师有手机，守着发黑的烤架卖烤大蕉的摊贩有手机。从小到大，她认识所有的公交车站和里弄小巷，明白售票员的暗号和街头小贩的身体语言。现在，她费力领会未讲出口的话。商店的老板何时变得如此粗鲁？拉各斯的建筑一向都是这副衰败之色吗？从何时起这变成了一座人们动不动乞求、一心只贪恋免费物品的城市？

“美国佬！”阮伊奴豆时常揶揄她，“你在用美国人的眼光看事情。可问题是你根本不算真正的美国佬。你起码要有美国口音，我们才会容忍你的抱怨！”

阮伊奴豆去机场接她，站在到达的出口旁，穿着蓬蓬的伴娘礼服，脸颊上的胭脂太红，好像淤伤，插在头发上的绿丝带花此时已歪斜。伊菲麦露赫然发现她是多么抢眼，多么迷人。不再是长手长脚、壮硕的丑样，如今的她高大、紧实、凹凸有致，得意于自己的体重和身高，那使她威风凛凛，一道引人注目的风景。

“阮伊！”伊菲麦露说，“我知道我回来是件大事，可我没想到盛大得要穿这么隆重的礼服。”

“傻瓜。我是从婚礼上直接过来的。我生怕堵车，没敢先回去换衣服。”

她们拥抱，紧紧搂住彼此。阮伊奴豆身上有一种花香调的香水味，夹杂着汽车尾气和汗水，那是尼日利亚的味道。

“你真艳惊四座，阮伊，”伊菲麦露说，“我指的是，把那些浓妆艳抹全部卸掉后。你的照片根本没把你好好展现出来。”

“伊菲丝柯，瞧瞧你，小美人，纵然坐了长途飞机以后。”她边说边笑，不把赞美放在心上，扮演她以前的角色，那个不漂亮的女生。她的外貌变了，但她那股容易兴奋、风风火火的性子没有变。未变的，还有她话音中永远的咯咯声，呼之欲出的笑，随时会释放、爆发。她开车开得很快，急刹车，眼睛频频扫视放在腿上的黑莓手机；每当车流停住时，她就拿起它，飞快地打字。

“阮伊，你应该只在你一个人时一边开车一边发短信，那样撞死的只有你自己。”伊菲麦露说。

“嚯唷！我没有一边发短信一边开车哦。我在不开车的时候发短信，”她说，“这场婚礼非同一般，是我参加过的最风光的婚礼。不知道你还记不记得那个新娘。她是芬克中学时很要好的朋友。伊杰欧玛，非常胆怯的女孩。她上的是圣童天主教学校，但她常和芬克来听我们的西非联考课。我们在大学时成了朋友。你若现在见到她，呃，她是个不可小觑的妞儿。她的丈夫是大富豪。她的订婚钻戒比祖玛岩还大。”

伊菲麦露盯着窗外，没有专心在听，想着拉各斯是多么丑陋，马路上布满坑穴，房子像野草，杂乱无章地拔地而起。在她五味杂陈的心情里，她唯一辨识出的是困惑。

“青柠和桃子。”阮伊奴豆说。

“什么？”

“婚礼的颜色。青柠和桃子。宴会厅的装饰温馨极了，蛋糕美翻了。瞧，我拍了一些照片。我正要把这张发到脸书上。”阮伊奴豆把她的黑莓手机递给伊菲麦露。伊菲麦露拿住不放，这样阮伊奴豆可以集中精神开车。

“我认识了一个人哦。他看见我，当时我在外面等弥撒结束。天真热，我脸上的粉底开始融化，我知道我看上去像个僵尸，可他依然过来同我聊天！那是一个好兆头。我觉得这个人是靠得住的丈夫料。我告诉过你吗，在我和易卜拉欣交往时，我的母亲郑重做了连续九天的祈祷式，盼我结束那段恋情？这个，至少不会让她发心脏病。他的名字叫恩杜迪。很酷的名字，不是吗？没有比那更带伊博味的。你要能看见他戴的手表就好啦！他从事石油业。他的名片上有尼日利亚和全球办事处的地址。”

“举行弥撒时你为什么等在外面？”

“全部伴娘都必须等在外面，因为我们的礼服有伤风化。”阮伊奴豆卷着舌头说出“有伤风化”，轻轻一笑。“回回都那样，尤其是在天主教教堂。我们还披了罩袍，可牧师说，裙子镂空太多，所以我们只好在外面等弥撒结束。但感谢上帝，多亏那样，否则我就不会遇到这家伙啦！”

伊菲麦露看了一眼阮伊奴豆的裙子，细细的肩带，打褶的领口未现出乳沟。在她出国以前，伴娘会因穿了吊带礼服而被禁止出席在教堂举行的婚礼仪式吗？她印象中没有，但她不再确定。她不再确定哪些是拉各斯的新现象，哪些是她自身的新变化。阮伊奴豆把车停在莱基区的一条街上，在伊菲麦露离开时，这儿是光秃秃、填海出来的土地，可现在林立的大楼，外面是高高的围墙。

“我的公寓是最小的，所以我在里面没有停车位，”阮伊奴豆说，“其他租客停在里面，可你若听见早上的大吼小叫啊，有人没把车移走，挡了道，另一人上班要迟到啦！”

伊菲麦露下车，走入发电机响亮纷乱的嗡嗡声中，太多发电机。那噪音穿破她柔软的中耳，在她脑中震响。

“上个星期停电。”阮伊奴豆说，大声嚷嚷着以盖过发电机。

看门人急匆匆跑过来帮忙搬行李箱。

他说的不仅是“欢迎”，而且是“欢迎回来”，仿佛他不知怎的晓得她实际是归来的人。她向他道谢，在傍晚灰蒙蒙的夜色中，空气里承载着各种味道，她心酸地涌起一种不可名状、几乎难以承受的情感。那是乡愁和忧思，哀婉她错过的事和她永远不会知道的事。稍后，坐在阮伊奴豆狭小、雅致的客厅的沙发上，双脚埋进软绵绵的地毯里，平板电视机挂在对面的墙上，伊菲麦露难以置信地看着自己。她做到了。她回来了。她打开电视，搜寻尼日利亚的频道。尼日利亚国家电视台播的是，第一夫人，脸上裹着蓝头巾，正在向一群集会的妇女发表讲话，屏幕上滚动过的字幕：“第一夫人用蚊帐赋予女性力量。”

“我记不起上一次我看那个无聊的电视台是什么时候，”阮伊奴豆说，“他们替政府撒谎，可他们连谎都撒不好。”

“所以你看哪个尼日利亚频道？”

“事实上，我连一个都不看哦。我看美国的时尚频道和娱乐频道，有时看点 CNN 和 BBC，”阮伊奴豆换上了短裤和 T 恤，“有个小姑娘过来帮我煮饭搞卫生，可这炖肉是我亲手做的，因为你要来，所以你一定得吃哦。你想喝什么？我有麦芽汁和橙汁。”

“麦芽汁！我要喝遍尼日利亚的麦芽汁。在巴尔的摩时，我常去一家墨西哥人的超市买，但东西不一样。”

“我在婚礼上吃了非常美味的奥法达糙米饭，我不饿。”阮伊奴豆说。可是，在给伊菲麦露盛了一盘食物后，她也用塑料碗吃了一点米饭和炖鸡肉，靠坐在沙发的扶手上，同时，她们闲聊起昔日的朋友：普利耶担任活动策划人，最近在经人介绍认识了州长夫人后，名声大振；上一次银行危机过后，措基失了业，但她嫁了个有钱的律师，生了个小宝宝。

“措基以前常告诉我人们的储户的账上有多少钱，”阮伊奴豆说，“记得那个死追吉妮卡的家伙梅库斯·帕拉拉吗？记不记得他的腋下总有臭熏熏的黄斑？他现在发了，但发的是不义之财。你知道，全是这样的家伙，在伦敦和美国干诈骗，然后卷款逃回尼日利亚，在维多利亚花园城建起豪宅。措基告诉我，他从不亲自上银行。他常派他手下的小子提着蛇皮袋，今天运一千万，明天两千万。至于我，我一点不想在银行工作。在银行工作的坏处是，假如你进不了一家有高净值客户的好分理处，你就完了。你将整天接待无用的商人。措基走运，她在一家好分理处上班，她就是在那儿认识了她的丈夫。你要再来一瓶麦芽汁吗？”

阮伊奴豆起身。她的步态里有一种恣意、妩媚的悠缓，将臀部一提、一转、一扣，迈出每一步。一种尼日利亚式的步态，亦是一种暗示无度的走路方式，仿佛把某些需要收敛的东西显露出来。伊菲麦露接过阮伊奴豆递来的那瓶冰镇麦芽汁，好奇假如她没有出国，这会不会本是她的生活，她会不会像阮伊奴豆一样，任职于一家广告公司，住在一间一室一厅、房租大于自己薪水的公寓，上五旬节派教会，在那儿担任引座员，和一个已婚的执行总裁交往，那人给她买公务舱的机票去伦敦。阮伊奴豆给伊菲麦露看了手机上他的照片。有一张里，他光着膀子，中年发福的肚皮微微隆起，侧躺在阮伊奴豆的床上，露出羞涩的微笑，那笑属于一个刚获得了性满足的男人。另一张拍的是他低头俯看的特写，他的脸，一个模糊、神秘的剪影。他斑白的头发有几分迷人，甚至贵气。

“是我的问题，还是他确实长得像乌龟？”伊菲麦露说。

“是你的问题。不过伊菲，说真的，唐是个好男人哦。不像许多这种在城里东奔西跑、没用的拉各斯男人。”

“阮伊，你告诉我那只是暂时性的。可两年不是短暂的时间。我为你担忧。”

“我对他有感情，我不愿否认，可我想要结婚，他知道。我曾经考虑或许我应该为他生个孩子，可看看乌切·奥卡福尔，记得来自恩苏卡的她吗？她怀了霍尔银行总经理的孩子，那人叫她滚，说他不是孩子的父亲，如今她被迫独立抚养孩子。很困难。”

阮伊奴豆看着手机上的那张照片，面带深情的浅笑。先前，从机场开车回来时，在减速陷入、继而驶出一个大凹坑之际，她说："我真希望唐给我换辆新车。过去三个月里他一直满口答应。我需要一辆吉普。你看见了吗，这马路有多破？"对于阮伊奴豆的生活，伊菲麦露感到某些介于着迷和渴望之间的心情。一种她一招手、东西就会从天而降的生活，她，十分单纯地，期待就该从天而降的东西。

半夜，阮伊奴豆关了发电机，打开窗。"这台发电机，我已经接连开了一个星期，你能想象吗？供电状况很久没有这么糟过。"

凉意很快消散。闷热、潮湿的空气充塞了房间，不久，伊菲麦露便汗流浃背地辗转难眠。她的眼睛后面出现抽痛，一只蚊子在近旁嗡嗡吵闹，她突然间，为自己的包里有一本蓝色美国护照而感到内疚的庆幸。那为她提供了后路。她可以随时离开，她不必非留下来不可。

"这湿度有多少啊？"她说。她躺在阮伊奴豆的床上，阮伊奴豆睡在地上的床垫上。"我都喘不过气了。"

"我都喘不过气了，"阮伊奴豆模仿她的语气，话音里透着笑意，"嚯唷！美国佬！"

45

伊菲麦露在“尼日利亚求职网”上发现这则招聘广告——“首屈一指的女性月刊诚征特辑编辑”。她修改了简历，编造自己曾经担任过一本女性杂志的撰稿人（括弧里注明“因破产而停办”），用快递将简历寄出几天后,《若伊》的发行人从拉各斯打电话来。电话那端成熟、友好的声音里，隐隐有种不当的味道。“哦，叫我奥妮努阿姨。”当伊菲麦露问她是谁时，她欢快地说。在通知录用伊菲麦露以前，她暗自沉下音调说：“我创办这本杂志时，我的丈夫并不支持我，因为他觉得，假如我出去拉广告，男人会追求我。”伊菲麦露察觉到那本杂志是奥妮努阿姨的一项业余爱好，有一定意义的爱好，但仍是业余爱好。缺乏热忱。不是她全身心投入的事。后来，当她见到奥妮努阿姨时，这种感觉益发强烈，眼前的是一位容易产生兴趣、但难以把那认真当回事的妇人。

伊菲麦露和阮伊奴豆一起去了奥妮努阿姨位于伊科伊的家。她们坐在摸上去冰凉的皮沙发上，轻声聊天，等到奥妮努阿姨出现为止。一位苗条、笑吟吟、保养得很好的妇人，穿着紧身弹力裤，一件宽大的T恤衫，缝了一个过于青春的假发，大波浪，一直披到背后。

“我的新特辑编辑是从美国来的！”她说着，拥抱伊菲麦露。很难看出她的年纪，五十到六十五之间皆有可能，但可以轻易看出她浅色的肤容不是天生的，那光泽过于柔滑，她的指关节黝黑，那些皮肤的折痕仿佛英勇地抵抗了她所用的漂白霜。

“我要你在星期一开始上班前过来一趟，为的是能当面向你表示欢迎。”奥妮努阿姨说。

“谢谢。”在伊菲麦露看来，登门拜访不合职业规范，怪异，可这是一家小杂志社，这是尼日利亚，在这里，界限很模糊，工作和生活混为一谈，老板被称作妈咪。此外，她已经设想接管《若伊》的运作，把它变成富有生机、和尼日利亚女性息息相关的伴侣，而且——谁知道呢——说不定有一天从奥妮努阿姨手中买下它。而她不会在自己家里欢迎新招募的人员。

“你长得真漂亮。”奥妮努阿姨说，颔首，仿佛长得漂亮是这份工作需要的条件，她曾担心伊菲麦露可能不漂亮。“我喜欢你在电话上的口气。我确信，有你的加入，我们的发行量会很快超越《玻璃镜》。你知道，我们是一本年轻得多的出版物，可已经快追上他们啦！”

一位身穿白制服的管家，一个表情肃穆、上了年纪的男人走进来，问她们需要喝点什么。

“奥妮努阿姨，我在阅读过去几期的《玻璃镜》和《若伊》，我有几个想法，我们可以做点不同的东西。”伊菲麦露说，在管家去给她们拿橙汁以后。

“你真是美国人的作风！说干就干，不啰嗦废话！很好。首先，让我听听你认为我们和《玻璃镜》比起来怎么样？”

伊菲麦露认为两本杂志都枯燥乏味，但《玻璃镜》编得比较好，页面的色彩不像《若伊》晕染得那么严重，在交通堵塞时更引人瞩目；每次阮伊奴豆减慢车速时，便有小贩上来，把一本《玻璃镜》杂志按在她的车窗上。可由于她能业已看出奥妮努阿姨执迷于两者的竞争，如此露骨地计较，所以她说：“差不多，但我认为我们可以做得更好。我们需要削减人物专访，一个月只做一次，介绍一位确实凭自己能力做出某些真正成就的女性。我们需要更多个人专栏，我们应该推出一个轮流客座的专栏，增加健康和财富方面的内容，扩大在线内容的影响力，停止照搬外国杂志的文章。大部分读者不可能走进超市买到西兰花，因为我们尼日利亚没有，所以这个月的《若伊》为何要登一篇西兰花奶油汤的菜谱呢？”

“对，对。”奥妮努阿姨说，语速缓慢。她似乎感到惊讶，然后她仿佛回过神似的，说：“非常好。周一我们把这全拿出来讨论一下。”

在车里，阮伊奴豆说："那样和你的新老板讲话，嚯！你要不是从美国来的，她当即就把你开了。"

"我好奇她跟《玻璃镜》的发行人之间有什么恩怨。"

"我在一份小报上读到，她们互相仇视。我确信是为了男人争风吃醋，还有什么别的原因呢？女人，呃！我认为，奥妮努阿姨创办《若伊》，就是为了同《玻璃镜》竞争。在我看来，她不算什么发行人，她只是一个决定办一本杂志的有钱女人，明天她也许就把杂志停了，开设美容院。"

"那栋房子可真丑。"伊菲麦露说。它奇形怪状，两个雪花石膏筑的天使守着大门，一个穹顶形的喷泉在前院噼里啪啦地喷水。

"也很丑？你在讲什么？那栋房子多漂亮啊！"

"我不觉得。"伊菲麦露说，但以前她却曾认为那样的房子是漂亮的。而现在的她，怀着骄傲的自信，把那视作庸俗而不喜欢。

"她的发电机有我的公寓那么大，而且完全无噪音！"阮伊奴豆说，"你注意到大门边上的发电机房了吗？"

伊菲麦露没有注意到，而那刺伤了她的自尊心。这是一个纯正的拉各斯人本该注意到的：发电机房，发电机的大小。

在金士威路，她以为自己见到奥宾仔开着一辆低车身的黑色奔驰驶过，她坐起身，引颈张望，可是，在拥堵的车流减速之际，她看清那人长得一点不像他。此后的几周里，她眼前时常闪过臆想中的奥宾仔，她明知道不是他、但可能是他的人：背脊笔挺、穿着西装走进奥妮努阿姨办公室的那个身影；汽车后座的那名男子，车窗贴了膜，他在低头看电话；超市里排在她后面的那个身影。她甚至想象，当她第一次去和房东见面时，她会走进去，发现奥宾仔坐在那儿。房产经纪人告诉过她，那位房东偏爱把房子租给外派人员。"可当听到我说你是从美国来的后，他放了心。"他补充说。那位房东是个上了年纪的男人，穿着棕色的土耳其长袍和匹配的长裤。他有着沧桑的皮肤和受伤的神态，像一个在别人手下忍气吞声了很久的人。

"我不租给伊博人。"他淡淡地说，教她吓了一跳。这种事，现在就这么轻易地明讲吗？还是一向这么轻易地明讲，只是她忘了吗？“自从有个伊博人毁坏了我在亚巴的房子后，我就立下那条原则。但你看上去是个有责任感的人。”

“是的，我有责任感。”她说，装出一副傻呵呵的笑容。她看中的其他公寓都太贵。尽管厨房水池下面的水管戳到外面，马桶倾斜，浴室的瓷砖铺得马虎粗糙，但这是在她能负担范围内最好的一间。她喜欢客厅的宽敞通风，有偌大的窗户，通往迷你露台的那道狭窄的楼梯深深吸引了她；但最重要的是，那房子位于伊科伊。她想要住在伊科伊。从小到大，伊科伊散发出高贵的气息，一种遥远、她无法触及的高贵：住在伊科伊的人脸上没有粉刺，司机被唤作“孩子们的司机”。参观那间公寓的第一天，她站在露台上，眺望隔壁的院落，一栋宏伟的仿殖民地风格的宅宇，如今已破败发黄，地面被树叶覆盖，草叶和灌木互相攀爬。在那栋宅宇部分坍塌陷落的屋顶上，她看见一丝动静，绿松石色羽毛的扑腾。是一只孔雀。房产经纪人告诉她，阿巴查将军当权期间，那儿住着一位军官，如今这栋房子被法庭冻结。她想象十五年前住在那儿的人，当时，她正在拥挤的内陆，在一间狭小的公寓里，向往他们悠然自得、宁静安详的生活。

她用支票付了两年租金。这是为什么人们收受贿赂和索要贿赂的原因，要不然，谁还能有办法老老实实地预付两年租金？她计划用陶土花盆种白百合，摆满露台，用粉蜡笔画装饰客厅，但第一步，她必须找个电工安装空调，找个粉刷匠重新粉刷油腻的墙壁，再找一个人给厨房和浴室铺上新瓷砖。房产经纪人带了一个铺瓷砖的人来。他用了一周时间，房产经纪人打电话通知她完工了，她兴冲冲地去公寓。在浴室，她难以置信地瞪大眼睛。瓷砖的边缘毛糙不平，角落处露出细小的缝隙。一块瓷砖上有一道丑陋的裂缝横贯中间。那看上去像出自一个没耐心的小孩之手。

“这算什么乱七八糟的？瞧这儿有多么毛糙不平！有一块瓷砖还是裂的！这甚至比以前的瓷砖更糟！你怎么能满意这样的烂活？”她问那人。

他一耸肩；他明显认为她是在找茬。“我觉得挺满意的，阿姨。”

“你想让我付你钱吗？”

那人微微一笑。“喂，阿姨，我可已经把活干完了。”

房产经纪人出面调停。“放心，大姐，他会把裂的那块修补好的。”

那位瓷砖工一脸不情愿。“可我已经把活干完了。问题是，这个瓷砖很容易裂。是瓷砖的质量缘故。”

“你已经干完了？你做得一塌糊涂，然后说你已经干完了？”她的怒火在上升，她的声音抬高，变得强硬。“我不会照约定付你钱的，休想，因为你做的活不合我们的约定。”

瓷砖工瞪着她，眯起眼睛。

“假如你想找麻烦，相信我，有你的麻烦，”伊菲麦露说，“我头一件事就会打电话给警察局长，他们会把你关进阿拉尼翁囚笼[①]！”此时她转为尖叫：“你知道我是谁吗？你不知道我是谁，所以你才敢做出这种烂活给我！”

那人似被吓住。她自己也吃了一惊。那是从哪儿冒出来的，虚张声势，轻易地诉诸威胁？一段往事浮上她心头，过了这么多年仍记忆犹新，那是乌茱姑姑的将军死的那日，乌茱姑姑威胁他的亲戚。“行，别走，都待在那儿，”她对他们说，“待在那儿，我去把我的手下人从军营叫来。”

房产经纪人说：“阿姨，别担心，他会重做一遍的。”

事后，阮伊奴豆对她说：“你不再是美国佬的作风啦！”听到这，伊菲麦露不由自主地得意起来。

“问题是，我们这个国家不再有能工巧匠，”阮伊奴豆说，“加纳人的手艺更好。我的老板在造房子，他雇的全是加纳人，做最后的修整粉饰。尼日利亚人会把你的活搞砸。他们懒得花时间把东西做得尽善尽美。这糟透了。不过伊菲，你真该打电话给奥宾仔。他本可以帮

---

① 尼日利亚著名音乐人费拉·库蒂有一首同名歌曲（Alagbon Close），控诉尼日利亚惨无人道的监狱系统。

你解决一切的。毕竟，他做的就是这个。他肯定有各种关系。你甚至本该在开始找公寓以前就打电话给他。他也许能以优惠的租金，租一套他名下的房产给你，说不定甚至还可以特别给你一套免费的公寓。我不懂你在等什么，还不打电话给他。”

伊菲麦露摇头。阮伊奴豆，对她来说，男人只是作为物质的源泉而存在。她无法想象打电话给奥宾仔，要求以优惠的租金租一套他名下的房产。但话说回来，她也不知道自己为什么坚决不打电话给他。她想过许多次，时常拿出电话，找到他的号码，可她还是没有打。他依然发来电邮，说他希望她一切安好，或他希望戴克日渐好转，她回了几封，都很简短，他想必以为她还在美国。

46

她周末陪父母，在以前的公寓，乐于就那样坐着，看着曾经伴她度过童年的墙壁，唯当开始吃起母亲做的炖肉，煮烂的西红柿上漂着一层油花时，她才发觉自己有多想念那味道。邻居来串门，问候她，这个从美国归来的女儿。许多是新搬来、不熟的住户，可她对他们有种伤婉的好感，因为他们令她想起她认识的其他人，上小学时，楼下的邦布瓦妈妈曾扯过一次她的耳朵，说："你不向长辈问好。"楼上在自家露台抽烟的奥加·托尼，隔壁称她是"冠军王"的商贩，原因她却从来不知。

"他们只是过来看你有没有东西给他们，"她的母亲说，悄声细语，仿佛那些全已告辞的邻居可能会偷听，"我们去美国时，他们全指望我买东西给他们，所以我去市集上买了小小瓶的香水，告诉他们是从美国带回来的！"

她的父母喜欢谈论他们的巴尔的摩之行，她的母亲讲商店的减价活动，她的父亲说他听不懂新闻，因为美国人如今把"各付各"、"核电"这样的口语表达用在正经的新闻里。

"那是美国幼儿化、随便化的最后阶段！那预示着美帝国的终结，他们会从内部走向自我灭亡！"他宣称。

伊菲麦露顺应他们，谛听他们的见解和回忆，企盼他们谁也别提起布莱恩。她告诉他们，有点工作上的事，耽搁了他的行程。

在布莱恩的事情上，她没有必要向昔日的朋友撒谎，可她撒了谎，告诉他们，她有一个正在认真交往中的男友，他不久后会来拉各斯和她团聚。令她惊讶的是，在和老朋友的重逢聚会上，多么快就提到婚姻的话题。未婚的人，说话的语气刻毒；已婚的，语气里沾沾自喜。伊菲麦露想要聊聊过去，聊她们嘲弄过的老师，她们喜欢过的男生，可婚姻总是更受青睐的话题——谁的丈夫是卑鄙小人；谁在挖空心思地找对象，在脸书上贴了好多自己精心打扮后的照片；谁的男友在恋爱四年后辜负了她，把她抛弃，娶了一个他能够控制的小姑娘。（当伊菲麦露告诉阮伊奴豆，她在银行撞见以前的同班同学维维安时，阮伊奴豆的第一个问题是，"她结婚了吗？"）于是她用布莱恩作挡箭牌。要是她们知道有布莱恩，那么已婚的朋友就不会对她说，"放心，你的真命天子会出现的，只要祈祷就好"，未婚的朋友就不会认定她是自怜自艾的单身派中的一员。那些聚会——有时在阮伊奴豆的公寓，有时在她的公寓，有时在餐厅——亦有一种勉强的怀旧之情，因为她竭力想在这些成年女人的身上，找到某些时常不复存在的她过去的痕迹。

措基如今叫人认不出来，胖得连鼻子也变了样，双下巴像热狗面包似的挂在她的脸下。她一手抱着婴儿，一手拿着黑莓手机，来到伊菲麦露的公寓，后面跟着一名用人，捧了一个装满奶瓶和围嘴的帆布包。"美国夫人。"见面时措基这么打招呼。接着，在余下的拜访时间里，她连番迸出防卫的话语，仿佛她来是决意要和伊菲麦露的美国风一战高下。

"我给宝宝只买英国的衣服，因为美国的洗一次就褪色，"她说，"我的丈夫想要我们搬去美国，可我不同意，因为那儿的教育体制很差。根据一家国际机构的排名，它是发达国家里分数最低的，你知道。"

措基向来富有洞见，深思熟虑。上中学时，每次伊菲麦露和阮伊奴豆发生争执，都是措基以冷静的理智从中调停。从措基转变的形象，从她一心抵御臆想的侮慢的需求中，伊菲麦露看出一种莫大的个人的不幸。因此她安抚措基，贬抑美国，只讲她也不喜欢的美国的方面，夸大她的非美国口音，直至对话变成乏力的字谜游戏。最后，措基的宝宝吐了，用人赶紧帮忙擦去一团微黄的液体，措基说："我们该走了，宝宝要睡觉。"伊菲麦露，松了一口气，望着她离去。人会变，有时他们变得太多。

普利耶与其说变化，不如说硬化了，她的个性外面包覆了一层铬合金。抵达阮伊奴豆的公寓时她带了一叠报纸，满版都是她刚策划的那场盛大婚礼的照片。伊菲麦露想象人们会如何议论普利耶。她事业有成，他们会说，她真的事业有成。

“自上星期以来，我的手机响个不停！”普利耶洋洋得意地说，把垂下来挡住一只眼睛的红褐色、笔直的假发拨回去；每次她抬手把头发拨回去时——那头发由于被缝成这样，所以总是垂下来挡住她的眼睛——伊菲麦露的注意力总会被她指甲娇脆的粉红色吸引去。普利耶具有那种十拿九稳、暗藏心机的风范，是一个能让别人按她的意愿来办事的人。她浑身上下亮晶晶的——金黄的耳环，名牌包上的金属铆钉，含闪粉的古铜色唇膏。

“这场婚礼大获成功：有七位州长出席，七位！”她说。

“他们没有一个认识那对夫妇，我确信。”伊菲麦露冷冷地说。

普利耶打了个手势，一耸肩，手掌向上一摊，表示那多不相干。

“从何时起，出席的州长人数成了衡量婚礼成功的标准？”伊菲麦露问。

“那表示你有关系。表示声望。你知道在这个国家州长的权力有多大吗？行政权不可小觑。”普利耶说。

“我，我可希望有尽可能多的州长来参加我的婚礼哦。那显示出级别，正经八百的级别。”阮伊奴豆说。她在研究那些照片，慢慢翻阅报纸。“普利耶，你听说了吗，过两周莫索佩要结婚了？”

“嗯。她找过我，可他们的预算对我来说太低。那女孩压根不懂在这拉各斯首要的生活之道。你嫁的不是你爱的男人。你嫁的是能让你过上最好日子的男人。”

“阿门！”阮伊奴豆笑着说，“可有时一个男人可以两者兼备哦。现在是办婚礼的旺季。什么时候可以轮到我啊，天父主？”她把目光投向上，举起双手，仿佛在祈祷。

“我已经和阮伊奴豆讲过，我会不收一分佣金，张罗她的婚礼，”

普利耶对伊菲麦露说，“你的也一样，伊菲。”

“谢谢，不过我想布莱恩会更喜欢没有州长的典礼，”伊菲麦露说，她们全都大笑，“我们也许可以在沙滩上办个小规模的。”

有时她对自己的谎话信以为真。此刻，她能预见到，她和布莱恩穿着白礼服，在加勒比海的沙滩上，在几个朋友的环绕下，奔向用沙子和鲜花临时搭建的婚礼圣坛，珊在一旁注视，期望他们其中一人会绊一跤。

47

奥尼坎是拉各斯的老城区，一道过去的剪影，一座象征了殖民时期没落的辉煌神殿。伊菲麦露记得这儿的房子曾经萧条不堪，未经粉刷，无人照料，墙上爬了霉，大门的铰链生锈失灵。可如今，开发商正在改造拆除。在一栋重新翻修过的三层建筑的一楼，推开厚重的玻璃门，走入粉刷成赤土色的接待处，笑容可掬的接待员埃丝特坐在那儿，在她身后，“《若伊》杂志社”的银色巨型字样若隐若现。埃丝特满怀小小的雄心壮志。伊菲麦露想象她在泰如欧朔集市的边摊上，从成堆的二手鞋和衣服里淘货的情景，挑出最好的，然后不厌其烦地和商贩讨价还价。她穿着熨烫平整的衣服，虽有磨损但仔细擦亮的高跟鞋，阅读诸如《用祈祷迈向腾达》这样的书，对司机颐指气使，对编辑点头哈腰。“你的这副耳环美极了，大姐，”她对伊菲麦露说，“假如哪天你想扔了的话，请把那交给我，我帮你去扔。”她不住地邀请伊菲麦露去她的教会。

“这个星期天你来吗，大姐？我的牧师是一位有神力的先知。许多人见证了人生中因他而发生的奇迹。”

“你为什么觉得我需要去你的教会，埃丝特？”

“你会喜欢的，大姐。那是一个充满圣灵的教堂。”

起先，“大姐”的称呼让伊菲麦露感到不自在，埃丝特至少比她年长五岁，可地位自然超越了年龄。她是特辑编辑，有车和司机，她的头上笼罩着美国的灵气，连埃丝特也认为她理应扮演贵妇。于是她照做，夸奖埃丝特，和埃丝特开玩笑，但总是用那种既闹着玩又屈尊俯就的态度，有时送埃丝特东西，一只旧手提包，一块旧手表。就像她对她的司机阿约一样。她批评他超速，扬言他若再迟到就解雇他，命他重复她的指示，确认他听懂了。然而，在讲出这些话时，她总听出自己语音中不自然的高声调，连使自己完全信服自己的狂怒也做不到。

奥妮努阿姨喜欢说："我的大部分员工是外国毕业生，而《玻璃镜》那个女人雇的是不会断句的乌合之众！"伊菲麦露想象她在晚宴上讲出这句话，"我的大部分员工"，使杂志社听起来像一家规模庞大、繁忙的企业，虽然实际是三名编辑人员，四名行政人员，而仅有伊菲麦露和主编多丽丝拥有国外的学位。多丽丝纤瘦，眼窝凹陷，是个尽可能一开口就宣布自己只吃素食的素食主义者，讲话时带着美国青少年的腔调，因而她的每句话听起来都像问句，除了和她母亲讲电话时例外——那个时候，她的英语会透出平板、冷淡的尼日利亚味。她编的是最新流行的天然细发绺，长长的辫子因日晒而淡化成红棕色，她穿得稀奇古怪——白短袜配拷花皮鞋，男士衬衫塞在七分裤里——她认为那新颖独特。办公室的每个人都包容她，因为她是从国外回来的。她不化妆，只涂鲜红的唇膏，这使她的脸具有一定的惊悚性，那道血淋淋的口子，她或许是故意如此，但她素颜的皮肤近如死灰，她们见面时，伊菲麦露的第一冲动是推荐一款好的保湿霜。

"你上的是费城的威尔森？我上的是坦普尔？"多丽丝说，仿佛想立刻确认她们是同一高等俱乐部的成员，"你将与我和泽玛耶合用这间办公室。她是助理编辑，有任务出去了，要下午才回来，或可能更晚？她总是想待多久就待多久。"

伊菲麦露听出话里的恶意。那不隐晦，多丽丝是有意让她听出来的。

"我想这个星期，你可以，就，主要熟悉一下环境？看看我们做哪些事？然后下周，你可以开始接一些任务？"多丽丝说。

"好的。"伊菲麦露说。

那间办公室本身——一个宽敞、有四张桌子、每张桌上放了一台电脑的房间，看上去四壁萧条、未曾启用，仿佛每个人都是第一天上班。伊菲麦露不清楚怎样可以使那看起来有所不同，也许桌上摆些家庭合影，或只是多一点东西，多一点文件、纸和订书机，证明是有人在里面工作的。

“我在纽约有一份很好的工作，但我决定搬回来，在这里安定下来？”多丽丝说，“比如，家人希望我安定下来之类的压力，你知道？比如我是独生女？我刚回来时，一位姨妈看着我说，‘我可以为你安排一份工作，在一家很好的银行，但你必须把那不伦不类的头发剪了。’”她嘲弄地左右摇晃脑袋，同时模仿尼日利亚口音：“我对天发誓，这城里尽是这样的银行，只要求你有几分姿色，打扮得循规蹈矩，你就能进客服部工作？总之，我接受这份工作，因为我对办杂志感兴趣？这是一个认识人的好地方，通过它我们有机会参加各种活动，你知道？”多丽丝的口气，仿佛她和伊菲麦露出于某种原因怀有相同的心术、相同的世界观。对此伊菲麦露微感厌恶，多丽丝想当然的傲慢，认定她的感受自会和多丽丝一样。

就在午饭之前，办公室里走进一位女士，穿着紧身铅笔裙和高跷般的漆皮鞋，她拉直的头发油亮地往后梳。她不漂亮，五官长得不协调，但却端出仿佛她是窈窕淑女的架势。性感：她使伊菲麦露想到这个词。她的婀娜纤细，她的柳腰和出人意料的高耸的胸部。

“嗨，你是伊菲麦露，对吧？欢迎来到《若伊》。我是泽玛耶。”她同伊菲麦露握手，她的脸谨慎地不流露喜恶。

“嗨，泽玛耶。很高兴认识你。你的名字真好听。”伊菲麦露说。

“谢谢，”她听惯了那句话，“我希望你不喜欢冷冰冰的房间。”

“冷冰冰的房间？”

“是的。多丽丝喜欢把空调开得过大，我在办公室里必须穿毛衣，现在你来了，和我们共用这间办公室，也许我们可以投票表决。”泽玛耶说着，在她的办公桌前坐下。

“你在讲什么？从何时起你必须在办公室里穿毛衣了？”多丽丝问。

泽玛耶挑了挑眉毛，从抽屉里取出一块厚披肩。

“因为湿气实在太变态？”多丽丝说着，转向伊菲麦露，企盼意见一致，“刚回来那阵，我感觉好像喘不过气来？”

泽玛耶也转向伊菲麦露。“我是三角州的姑娘，国产，土生土长。所以我从小到大没用过空调，我可以在没有冷气房的情况下呼吸。”她讲话的语气不带感情，一字一句平稳，毫无起伏。

“呦，我不晓得冷？”多丽丝说，“拉各斯的大多数办公室不都有空调？”

“不是调到最低温度。”泽玛耶说。

“你以前从来没说起过？”

“我一直都有和你讲，多丽丝。”

“我指的是，那有实际影响你的工作吗？”

“冷，就是这样。”泽玛耶说。

她们彼此间的反感如一头怒火中烧的豹，在屋里潜行追踪。

“我不喜欢冷，”伊菲麦露说，“我相信假如空调开到最低的话我会冻僵。”

多丽丝眨了下眼。她的表情显示她不仅感觉遭到背叛，而且诧异于自己竟遭到背叛。“好吧，行，我们可以一天当中时开时关？没有空调我呼吸困难，窗户又该死的那么小？”

“行。”伊菲麦露说。

泽玛耶没有讲话，她已转向她的电脑，仿佛对这小小的胜利满不在乎，伊菲麦露莫名感到失望。毕竟，她表了态，鲜明地站在泽玛耶一边，而泽玛耶却依旧面无表情，教人难以猜透。伊菲麦露想了解她的背景。泽玛耶激起了她的好奇心。

稍后，多丽丝和泽玛耶浏览摊在多丽丝桌上的照片，一个肥婆，穿着紧身、带花边的衣服。泽玛耶中途说：“对不起，我憋急了。”然后奔向门口，她轻盈的动作令伊菲麦露产生想减肥的念头。多丽丝的目光也跟随她而去。

“你难道就不觉得讨厌吗，人们想上洗手间时说‘我憋急了’或‘我要去解手’？”多丽丝问。

伊菲麦露大笑。“我知道！”

“我估计‘洗手间’是非常美国化的叫法。但可以说‘厕所’、‘卫生间’、‘女盥洗间’。”

“我从不喜欢用‘女盥洗间’。我喜欢说‘厕所’。”

“我也是！”多丽丝说，“还有，你就不觉得讨厌吗，这儿的人把介词‘on（在……上）’当动词用？把开灯说成上灯！”

“你知道我无法忍受的是什么？人们说‘取用’而不说‘喝’。我想取用葡萄酒。我不取用啤酒。”

“哦，老天，我知道！”

泽玛耶回来时她们正哈哈大笑，她看着伊菲麦露，诡异地不露声色地说：“你们这帮人，准是在讨论下一次的过来人聚会。”

“那是什么？”伊菲麦露问。

“多丽丝总是叨唠那些聚会，可她不能邀请我去，因为必须是从国外回来的人。”若说泽玛耶的语气里含有嘲弄之意，而且想必一定有，那么她将此藏在她平直的吐词之下。

“哦，拜托。‘过来人’，真过时？现在不是六十年代，”多丽丝说，然后面向伊菲麦露说，“我本正打算告诉你的。那叫作尼日都会人俱乐部，就是一帮子最近搬回来的人，有些从英国，但大部分是从美国回来的？其实很低调，只是分享经验和人脉？我打赌里面有些人会是你认识的。你一定要来？”

“好啊，我很想去见识一下。”

多丽丝起身，拿起她的手提包。“我得去奥妮努阿姨家了。”

等她走后，屋子里寂静无声，泽玛耶在她的电脑上打字，伊菲麦露在浏览网页，并好奇泽玛耶心里在想什么。

最后，泽玛耶开了口：“所以你在美国是一位知名的种族问题博客作家。奥妮努阿姨告诉我们时，我不懂。”

“什么意思？”

“怎么会写种族？”

“我在美国发现了种族，那使我着迷。”

“唔。”泽玛耶嘟囔道，仿佛她认为这——发现种族——是一种异乎寻常、自我放纵的表现。“奥妮努阿姨说，你的男朋友是个美国黑人，他很快就会过来？”

伊菲麦露吃了一惊。奥妮努阿姨问起过她的个人生活，随意中亦包含坚持，她把编造的布莱恩的事向她说了一通，心想反正她的老板无权干涉她的个人生活。此刻，个人生活似乎已让其他工作人员共知。也许在这方面她太美国化，执著于为保护隐私而保护隐私。让泽玛耶知道布莱恩其实有什么大不了的？

“是的。他下个月到。”她说。

“为什么那儿犯罪的尽是黑人？”

伊菲麦露张开嘴，又合上。瞧她，这位知名的种族问题博客作家，她哑口无言。

“我爱看纪录片《条子》。就因为那节目，我装了数字卫星电视，”泽玛耶说，“里面所有罪犯都是黑人。”

“那就如同说每个尼日利亚人都是骗子一样。”伊菲麦露终于有话可说。她听起来太无力，太不足以令人信服。

“可那是事实，我们每个人的血液里都流着小小的骗子因子！”泽玛耶微笑着，眼睛里似乎第一次流露出真正发噱的表情。接着她补充道：“抱歉哦。我不是说你的男朋友是罪犯。我问问而已。”

48

伊菲麦露叫阮伊奴豆与她和多丽丝一起去参加尼日都会人的聚会。

“我没精力应付你们这些海归，拜托，”阮伊奴豆说，“而且，恩杜迪终于结束四处奔波的出差回来了，我们约好出去。”

“你这个重色轻友的巫婆，祝你好运。”

“好哦。你是打算娶我的那个人吗？不过我告诉唐，我是和你出去，所以你可千万别去任何他可能去的地方。”阮伊奴豆笑着。她依旧和唐有联系，等确认恩杜迪是“认真的”以后再中止，她也希望唐会在那之前给她买好新的车。

尼日都会人俱乐部的聚会：一小簇人用纸杯喝着香槟，在奥斯本山庄一户人家的泳池旁，大家打扮得时髦潇洒，个个机敏透顶，每人各有一样标榜自我的突兀之处——姜黄色的非洲爆炸头；印着托马斯·桑卡拉画像的T恤衫；手工制作的超大耳环，像现代艺术品似的垂挂着。他们的话音里带有卷舌的外国腔。在这城里找不到像样的水果奶昔！哦，我的天，那次大会你有去吗？这个国家需要的是一个积极的公民社会。伊菲麦露认识其中几个人。她与比索拉和亚伽泽聊天，她们俩都留着天生的头发，拧编出螺旋小卷，一轮弹簧式的发绺勾勒出她们的脸蛋。她们讨论此地的发廊，美发师梳理天然头发时的粗笨生疏，仿佛对着一团外星来的爆炸物，仿佛她们自己的头发在被化学药剂征服以前是不一样的。

“发廊的小姑娘总是问，‘阿姨，你不想把头发拉直吗？’真荒谬，我们非洲人在非洲却不珍视自己天生的头发。”亚伽泽说。

“我明白。”伊菲麦露说，她听出她的话音中、他们所有人的话音中都有的理直气壮。他们是天之骄子，这些海归，额外镀了一层金回到故乡。伊肯纳，一位住在费城郊外、她在有色人种博客大会上认识的律师，加入了她们的行列。弗雷德也来了，一名矮墩墩、衣冠齐楚的男士，先前他向伊菲麦露做过自我介绍。“我住在波士顿，去年才回来。”他故作低调地说，因为“波士顿”是“哈佛”的代号（否则他会说麻省理工学院或塔夫茨大学或别的什么地方）。就像另一名女士说“我以前住在纽黑文”一样，以那佯装不害羞的害羞之色，表示她曾经在耶鲁大学待过。其余人也加入他们的行列，一种熟悉感把大家包围起来，因为他们能轻易找到共同语言。不多久，他们谈笑风生，列举着他们想念美国的地方。

“低脂豆奶，美国国家公共广播电台，飞快的网速。”伊菲麦露说。

“优质的客服，优质的客服，优质的客服，”比索拉说，“这儿的人，招待顾客仿佛是在对你施以恩惠。高档场所还行，不算太好，但普通的餐厅？别提了。前几天，我问一个侍应生，水煮山药可不可以换一种不同于菜单上的酱汁，他直直地看着我，说不可以。笑死人。”

“但美国的客服有时着实烦人。一个人时刻徘徊在你近旁，叨扰你。从何时起吃饭变成了作业？”亚伽泽说。

“我想念像样的素菜馆。”多丽丝说，而后讲起她新雇的用人不会做简单的三明治，讲起她在维多利亚岛的一家餐厅点了一份素春卷，一咬，尝出鸡肉的味道，把侍应生唤来后，他只是微微一笑，说：“他们今天可能放了鸡肉。”全场大笑。弗雷德说，既然国内有这么多新投资，不久会开出一家好的素菜馆，有人会见出存在一个有待满足的素食市场。

“素食餐厅？不可能。全国上下，包括多丽丝，只有四个吃素的。”比索拉说。

“你不吃素吗？”弗雷德问伊菲麦露。他就是想同她搭讪。她时不时抬头，发现他的目光停留在她身上。

“不。”她说。

“哦，阿金–阿德索拉街上开了一家新店，”比索拉说，“那儿的早午餐很不错。他们有我们能吃的那类东西。我们下个星期天去吧。”

*他们有我们能吃的那类东西。*一股不安渐渐爬上伊菲麦露的心头。她在这儿如鱼得水，那不是她所希望的。她也不希望自己对这家新餐厅如此感兴趣，精神一振，想象新鲜的绿叶色拉和蒸过后依然有咬劲的蔬菜。她爱吃她离乡期间想念的各种东西，用大量的油烧出来的辣椒肉炖饭、炸大蕉、水煮山药；可她，亦渴望别的她在美国吃惯了的东西，甚至是藜麦，布莱恩的拿手菜，用羊乳酪和西红柿来调制。她不愿自己变成这样，但害怕那已经发生：变成一种“他们有我们能吃的那类东西”的人。

弗雷德正在讲瑙莱坞，有一点过于大声。“瑙莱坞的电影实际是公共剧场，如果那样去理解的话，事情就多些可容忍性。那是供大众消费，甚至是大规模的群体参与，而不是电影原本的那种个人体验。”他正看着她，用目光征求她的赞同：他们照理不该看瑙莱坞的片子，像他们这样的人，而假如看了，那么只是当作逗笑的人类学研究。

“我喜欢瑙莱坞的电影。”伊菲麦露说，尽管她也认为瑙莱坞的片子更像戏剧而不是电影。想当异见者的冲动强烈难耐。假如她使自己与众不同，也许她可以摆脱几分那个她害怕自己已变成的人。“瑙莱坞的片子虽然可能情节夸张，可尼日利亚的生活就是非常戏剧化。”

“真的吗？”那位纽黑文女士说，手里紧攥着她的纸杯，仿佛认为那是一桩咄咄怪事，在这聚会上竟有一个人喜欢瑙莱坞的电影。“那简直侮辱我的智商。我的意思是，拍出来的片子一无是处。里面是怎么描绘我们的？”

“可好莱坞一样拍出烂片。他们只是灯光打得更好。”伊菲麦露说。

弗雷德大笑，过分畅怀地，让她知道自己站在她这一边。

“那不止是技术方面的问题，”那位纽黑文女士说，“是整个工业的落后。我的意思是，对女性的刻画？那些影片比现实社会更厌恶女人。”

伊菲麦露看见泳池对面有一名男子，他宽阔的肩膀令她想起奥宾仔。可他个子太高，不是奥宾仔。她想知道奥宾仔会如何看待这样的聚会。甚至，他会来吗？毕竟，他是被从英国遣返的，所以也许他并不认为自己是和他们一样的海归。

"嘿，回回神，"弗雷德说，离她更近一步，占去私人空间，"你的心思不在这儿。"

她淡淡一笑。"现在在了。"

弗雷德洞明世事。他具有务实者的自信。他大概是哈佛的工商管理硕士，在对话中使用诸如"生产力"和"价值"这样的词。他沉醉的不会是意象，而是事实和数据。

"明天在尼日利亚音乐协会中心有一场音乐会。你喜欢古典音乐吗？"他问。

"不。"她预计他也不会喜欢。

"你愿意喜欢古典音乐吗？"

"愿意喜欢某样东西，这是异想天开。"她说，当下对他产生好奇，隐隐对他有了兴趣。他们攀谈。弗雷德提到斯特拉文斯基和施特劳斯，维米尔和范戴克，东拉西扯，动辄掉书袋，他的精神世界和大洋彼岸保持一致，他的表演过于昭然若揭，过于汲汲地展示他对西方世界的了解有多深。伊菲麦露听着，内心打了一个大大的哈欠。先前她看错他了。他不是把世界视为一盘生意的工商管理硕士型人。他是监制人，阿谀奉承，训练有素，那种能讲一口标准美国英语和一口标准英国英语的人，知道该对外国人讲什么话，如何使外国人感到舒心，能轻易为有问题的项目申请到外国资助。她好奇在那层老练的表面底下他是个怎样的人。

"所以你要来小酌一杯吗？"他问。

"我累坏了，"她说，"我想我得回家。不过打电话给我。"

49

快艇在泛起泡沫的水面上飞驰，经过象牙色的沙滩，树木绿意勃发、盎然。伊菲麦露正笑得开怀。她笑到半截突然止住，看着她眼前的一切，她的身上绑了一件橘黄色的救生衣，灰蒙蒙的远处有一艘船，她的朋友们戴着墨镜，他们正要前往普利耶的朋友的海滩别墅，他们会在那儿烤肉，赤脚赛跑。她心想：我真的回家了。我回家了。她不再发短信问阮伊奴豆该怎么做——*我应该在天天购物超市买肉，还是派伊亚博去菜场买？我应该去哪里买衣架？*如今，她在孔雀的叫声中醒来，下床，展开她熟悉的一天，按部就班，不用费脑筋。她报名参加了一个健身中心，但只去过两次，因为下班后她更喜欢和朋友聚会，尽管她总是计划不吃东西，但最后还是吃掉一个总会三明治，喝下一两杯尼日利亚特色的查普曼鸡尾酒，继而她会决定推迟上健身中心。如今她的衣服感觉益发紧了。在她脑海深处的某个角落，她希望在再度见到奥宾仔以前先减肥。她没有打电话给他，她要等变回原本细溜的她再说。

工作上，她感到一股日渐滋长的不满。《若伊》令她窒息。那犹如大冷天穿着一件扎人的毛衣：她一心想奋力扯脱，却害怕真的扯脱会带来的后果。她时常思量开一个博客，写她关心的事，慢慢发展壮大，最终出版自己的杂志。可那朦朦胧胧，有太多未知数。她既已回到家乡，拥有这份工作，令她感到踏实安定。起先，她乐于做人物特写，到社交名媛的家里采访她们，观察她们的生活，重新察知昔日的微妙之处。可她很快厌倦了，她会耐着性子做完采访，似听非听，心不在焉。每次，走进她们铺了水泥的院落，她便开始向往使她弯曲脚趾的沙地。用人或小孩会让她进屋，就坐于客厅，皮沙发，大理石中，这使人想起富裕国家的干净的机场。接着，贵妇会现身，热情和悦，请她喝饮料，偶尔有吃的，然后舒服地坐到沙发上，开始讲话。她采访的这些贵妇，每一个都吹嘘她们拥有的资产，她们或她们的子女去过哪里，做过什么，继而用上帝为她们的吹嘘画上句号。我们感谢上帝。这全拜上帝所赐。上帝忠实可靠。离开时，伊菲麦露心想，不用做采访，她也能写出这些人物专稿。

她也可以，不去参加活动就写出报道。那个词在拉各斯多么普遍，多么流行：活动。可以是产品的品牌更名、时装秀、专辑发行。奥妮努阿姨总是坚持要求有一名编辑随同摄影师一起去。“请切记要交际应酬，”奥妮努阿姨说，“假如他们尚未是我们的广告客户，希望能把他们拉过来；假如他们已是，希望他们能增加广告投入！”对伊菲麦露，奥妮努阿姨说话时格外强调了“交际应酬”，仿佛在她看来，这是伊菲麦露做不好的一件事。也许奥妮努阿姨是对的。在那些活动中，大厅里装点着五彩的气球，一卷卷打着褶的丝缎挂在角落处，椅子上罩了薄纱，太多引座员走来走去，她们的脸上涂了俗艳的浓妆，伊菲麦露不喜欢向陌生人谈起《若伊》。她会用和阮伊奴豆、普利耶或泽玛耶发短信聊天来消磨时间，百无聊赖，等到可以不失礼地离场时为止。每次总有两三轮不着边际的讲话，那似乎都出自同一个啰唆、伪善的人之手。富豪和名流受到认可——“我们希望借此机会感谢前州长……”酒瓶的木塞拔去了，纸盒装的果汁拉开了，萨莫萨三角饺和鸡肉串端了上来。一次，在和泽玛耶参加一个新饮料品牌的发布会上，她以为自己看见奥宾仔走过。她转身。可那不是他，但极有可能是。她想象他参加这样的活动，在这样的大厅里，在他太太的陪同下。阮伊奴豆告诉过她，她的太太在学生时代被选为拉各斯大学的校花；在伊菲麦露的想象中，她长得就像比安卡·奥诺，她青少年时代的美人偶像，高颧骨，杏子眼。当阮伊奴豆提到他太太的名字——柯希素楚库——一个罕见的名字时，伊菲麦露想象奥宾仔的母亲叫她把名字翻译一遍。想到奥宾仔的母亲和奥宾仔的妻子抉择着哪个翻译更佳——“上帝的意愿”或“如上帝所愿”，那感觉像她遭到了背叛。

那段回忆，多年以前奥宾仔母亲的那句“把那翻译一遍”，由于她的过世而似乎益发珍贵。

当伊菲麦露正要离开活动现场时，她看见了唐。“伊菲麦露。”他喊道。她愣了一下才认出他。几个月前的一个下午，阮伊奴豆介绍他们认识过，当时，唐在去俱乐部的途中顺道来阮伊奴豆的公寓，穿着白色网球装。伊菲麦露几乎当即就告辞了，以免打扰他们。穿着藏青西装的他看上去精悍干练，花白的头发油光锃亮。

“晚上好。”她说。

“你气色不错，非常不错。”他说着，打量她的低胸小礼服。

“谢谢。”

“你不问问我怎么样。”仿佛她有理由要探问他的情况。他给了她名片。“打电话给我，一定记得打电话给我，呃。我们聊一聊。保重。”

他对她不感兴趣，没有特别的兴趣。只不过他是拉各斯有头有脸的人，她妩媚单身，照他们圈子里的习俗，他必须勾搭一下，即便只是三心二意的勾搭，即便他已经在和她的朋友交往，当然，他料想她不会告诉她的朋友。她把他的名片塞进包里，回家后将之撕得粉碎，盯着漂浮在马桶水里的纸屑，过了一会儿才冲掉。她，出奇地，对他感到愤怒。他的举动表达出某些对她与阮伊奴豆的友谊的看法，那是她所嫌恶的。她打电话给阮伊奴豆，正要告诉她发生的事，可阮伊奴豆说：“伊菲，我好郁闷。”于是伊菲麦露净当听众。是关于恩杜迪的事。“他真是个小孩子，”阮伊奴豆说，“你若讲了什么他不喜欢的话，他就停止说话，开始哼唧。正儿八经地哼唧，响亮的哼唧。一个成年人怎么会表现得如此不成熟？”

那是星期一的上午，伊菲麦露正在阅读“后布尔乔亚”，她最喜欢的美国博客。泽玛耶正在翻阅一批用亮光纸冲印的库存照片。多丽丝正盯着电脑屏幕，双手捧着她的马克杯，上面有“我♥佛罗里达”

的字样。她的办公桌上，紧挨着电脑，放了一罐散装茶叶。

“伊菲麦露，我觉得这篇特写太冲了？”

“主编，你的反馈非常宝贵。”伊菲麦露说。

“‘冲’是什么意思？请向我们这些没在美国上过学的人解释一下。”泽玛耶说。

多丽丝全然不理睬她。

“我只是觉得奥妮努阿姨不会想让我们刊登这篇的？”

“设法说服她，你是她的主编，”伊菲麦露说，“我们需要把这本杂志办得有声有色。”

多丽丝耸耸肩，起身。“我们将在会上讨论一下？”

“我困死了，”泽玛耶说，“我要让埃丝特去冲杯雀巢咖啡，以免我开会时睡着。”

“速溶咖啡有害无益？”多丽丝说，“我真庆幸我不常喝咖啡，否则我肯定会死掉。”

“雀巢咖啡有什么不好？”泽玛耶说。

“那根本不应叫作咖啡？”多丽丝说，“坏处数不胜数。”

泽玛耶打了个哈欠，伸了下懒腰。“我，反正我喜欢。咖啡就是咖啡。”

稍后，当她们走进奥妮努阿姨的办公室时，多丽丝在最前面，穿着宽松式的蓝色无袖连衣裙和黑色的方根玛丽·简女鞋。泽玛耶问伊菲麦露：“多丽丝为什么穿得乱七八糟来上班？她的样子，好像在用她的衣服搞笑。”

她们围坐在奥妮努阿姨大办公室里的椭圆会议桌旁。奥妮努阿姨装了一个比上次更长、更违和的假发，前部高耸，箍了头巾，飘逸的大波浪披在背后。她啜饮着一瓶无糖雪碧，说她喜欢多丽丝那篇《嫁人要嫁你最好的朋友》。

“写得非常好，很有启发性。”她说。

“哎，可奥妮努阿姨，女人不应该嫁给她们最好的朋友，因为那没有性的火花。”泽玛耶说。

奥妮努阿姨朝泽玛耶投去的眼神，犹如投向一个不能把她认真当回事的傻学生，接着她翻了翻手里的稿件，说她不喜欢伊菲麦露写的芬米·金太太的专访。

“你为什么说‘她对管家讲话时从不正眼看他’？”奥妮努阿姨问。

“因为她没有。”伊菲麦露说。

“可那使她听起来为人刻毒。”奥妮努阿姨说。

“我认为那是一个有意思的细节。”伊菲麦露说。

“我同意奥妮努阿姨，”多丽丝说，“不管有意思与否，那是妄下论断？”

“采访一个人，写一篇专稿，目的即在于做出论断，”伊菲麦露说，“呈现的不是采访对象。呈现的是采访者如何看待采访对象。”

奥妮努阿姨摇头。多丽丝摇头。

“我们为什么一定要这么谨小慎微？”伊菲麦露问。

多丽丝，假装风趣地说：“这不是你的美国种族问题博客，任你把人人都激怒，伊菲麦露。这是一本正面积极的女性杂志？”

“对，没错！”奥妮努阿姨说。

“可奥妮努阿姨，假如继续这样下去，我们永远无法击败《玻璃镜》。”伊菲麦露说。

奥妮努阿姨的眼睛睁大了。

“《玻璃镜》做的和我们做的一模一样。”多丽丝赶紧接话。

埃丝特进来告诉奥妮努阿姨，她的女儿到了。

埃丝特的黑高跟鞋颤颤巍巍的，她走过时，伊菲麦露担心那鞋子会散架，扭伤埃丝特的脚踝。那天上午早些时候，埃丝特曾告诉伊菲麦露：“阿姨，你的头发刺啦刺啦。”带着一种忧愁的实诚，形容伊菲麦露自以为迷人的拧编出的螺旋式卷发。

“嗯哼，她已经到了？”奥妮努阿姨说，“姑娘们，会议就到此结束吧。我要带女儿去买裙子，我下午和发行商有一个会。”

伊菲麦露感到疲惫，厌倦。她再度涌起开博客的念头。她的电话在震动，是阮伊奴豆打来的，换作平时，她会等散会后再回电话。可她说："对不起，我得接一下，这是国际长途。"然后疾步走了出去。阮伊奴豆在抱怨唐。"他说我不是以前那个乖巧的女孩了。说我变了。此外，我知道他给我买了吉普车，甚至已在港口办完了入关手续，可现在他不愿把那送给我。"

伊菲麦露琢磨"乖巧的女孩"那个表述。"乖巧的女孩"意味着，长久以来，唐把阮伊奴豆塑造成百依百顺的性格，或是她让他产生这样的错觉。

"恩杜迪呢？"

阮伊奴豆大声叹了口气。"我们自从星期天以来没有讲过话。他会今天忘记打电话给我，明天太忙。于是我告诉他，这样不行。凭什么尽要我一个人付出？现在他在闹脾气。他永远无法像个大人一样，坐下来好好谈一谈，或承认他做错了。"

后来，回到办公室，埃丝特进来说，有一位托卢先生要见泽玛耶。

"是跟你做裁缝那篇稿子的摄影师吗？"多丽丝问。

"是的。他晚了。他好几天不接我的电话。"泽玛耶说。

多丽丝说："你得把那处理好，确保我明天下午之前拿到图片？我必须在三点以前把所有东西送到印刷厂？我不希望再出现一次印刷厂方面的延误，尤其现在《玻璃镜》把印刷转到了南非？"

"行，"泽玛耶晃动她的鼠标，"今天的服务器真慢。我赶着要把这发出去。埃丝特，叫他等一下。"

"是，大姐。"

"你感觉好些了吗，埃丝特？"多丽丝问。

"嗯，大姐，谢谢你，大姐。"埃丝特行了一个屈膝礼，约鲁巴式的。她站在门旁不动，仿佛在等待有人把她打发走，同时默默倾听她们的谈话。"我在吃伤寒药。"

"你得了伤寒？"伊菲麦露问。

"你没注意到她星期一的脸色吗？我给了她一些钱，叫她去医院，不要上药房？"多丽丝说。

伊菲麦露后悔她没有注意到埃丝特身体不适。

“对不起，埃丝特。”伊菲麦露说。

“谢谢你，大姐。”

“埃丝特，对不起哦，”泽玛耶说，“我看见她面如菜色，但我以为她只是在斋戒。你知道，她总是在斋戒。她会斋戒斋戒，直至上帝赐给她一个丈夫为止。”

埃丝特吃吃地笑起来。

“我记得上中学时我得过一次非常严重的伤害，”伊菲麦露说，“那难受极了，结果原来是我吃的抗生素药力不够强。你吃的是什么，埃丝特？”

“药，大姐。”

“他们给你的是哪种抗生素？”

“我不知道。”

“你不知道药名吗？”

“我去拿，大姐。”

埃丝特回来时拿着装在透明袋里的药片，袋子上用蓝墨水以潦草难认的字迹写着服用说明，但没有名字。*早晚各吃两粒。一天三次，一次一片。*

“我们应该写一写这，多丽丝。我们应该开设一个健康专栏，提供实用的信息。应该有人让卫生部长知道，普通的尼日利亚人去看医生，医生给他们的是没有名字的药品。这可能是致命的。人们怎么知道你已经在服什么药；或是，假如你已经在服别的药，就不能再服用什么了？”

“哎——哎，可那是个小问题：他们这么做是为了不让你向别人买药，”泽玛耶说，“但假药呢？去集市上看看他们在卖的是什么。”

“行啦，都冷静一下？无需搞得激进异常？我们这里不是在做调查报道？”多丽丝说。

伊菲麦露此时开始构想她的新博客，蓝白版面，刊头是一幅俯拍的拉各斯一景。不是熟悉的画面，不是黄色生锈的公交车拥塞在一起，不是污水四溢、由锌铁皮屋组成的贫民窟。也许她公寓隔壁那栋废弃的宅子可以。她会亲自拍摄那张照片，在黄昏鬼森森的光线下，但愿能捕捉到那只雄孔雀正飞过空中的画面。博客的帖子将使用醒目、易读的字体。一篇文章写健保，用埃丝特的故事，配以没有名字的袋装药的照片；一篇写尼日都会人俱乐部；一篇谈时尚的文章，介绍女性实际能买得起的衣服；写人们帮助他人的帖子，但绝不像《若伊》的报道，登的永远是有钱人，他们在没有母亲的婴儿家中抱着小孩，背景里堆着一袋袋大米和一罐罐奶粉。

“可是，埃丝特，你必须停止那各种斋戒哦，”泽玛耶说，“你们知道，有几个月，埃丝特会把她的全部薪水交给教会，他们称那为‘播种’，然后她会来问我借三百奈拉做交通费。”

“可是，大姐，那只是举手之劳。你能胜任那项工作。”埃丝特说，面带笑意。

“上个星期，她用一条手绢做斋戒，”泽玛耶继续说道，“她把那整天放在办公桌上。她说，她的教会里有个人用手绢做斋戒后升了职。”

“她桌上的那条手绢原来是这么回事？”伊菲麦露问。

“不过我相信真的有奇迹？我知道，我的姨妈在她的教会治好了癌症？”多丽丝说。

“用一条神奇的手绢，不是吗？”泽玛耶嗤笑道。

“你不相信吗，大姐？但是真的。”埃丝特喜欢这份同事间的情谊，不愿回她的办公桌。

“所以你想升职，埃丝特？表示你想干我的工作？”泽玛耶问。

“没有，大姐！我们大家一起奉耶稣的名升职！”埃丝特说。

她们全哈哈大笑。

“埃丝特告诉过你，你身上有什么恶灵吗，伊菲麦露？”泽玛耶问道，一边朝门走去，“我最初开始在这里上班时，她一个劲邀请我去她的教会，后来有一天，她告诉我，那儿将举行一场特殊的祈祷仪式，为身上有诱惑恶灵的人。像我这样的人。”

“那并非一点没有道理?”多丽丝一边说，一边讥笑。

“我身上的恶灵是什么，埃丝特?”伊菲麦露问。

埃丝特摇摇头，微笑着，离开了办公室。

伊菲麦露转向她的电脑。她刚想出博客的标题。拉各斯的微小救赎。

“我好奇泽玛耶在和谁约会?”多丽丝说。

“她告诉我，她没有男朋友。”

“你见过她的车吗?她的薪水连那辆车里的灯都买不起?她家里不像是有钱人或怎么的。迄今我和她共事了快一年，我不知道她真正的喜好是什么?”

“也许她回家，换了衣服，夜晚变成持械的劫匪。”伊菲麦露说。

“随你怎么想。”多丽丝说。

“我们应该作一篇关于教会的东西，”伊菲麦露说，“比如埃丝特的教会。”

“那不是很适合《若伊》?”

“奥妮努阿姨要刊登三篇人物特写，那毫无意义。这些无聊的女人没有一点成就，言之无物。要不就是零才华的年轻姑娘，却已把自己定位成时装设计师。”

“你知道她们付钱给奥妮努阿姨，对吧?”多丽丝问。

“她们付钱给她?”伊菲麦露瞠目，“不，我不知道。而且你知道我不知道。”

“好吧，她们有付钱。大部分是。你必须认识到，在这个国家那样的事很多?”

伊菲麦露起身，收拾她的东西。“我从不知道你的立场是什么，或你究竟有没有立场?”

“你就是这样一个爱妄下论断的悍妇?”多丽丝歇斯底里地吼道，她的眼睛突鼓。伊菲麦露骇然于这突如其来的变化，心忖，说不定多丽丝是那种在退守的装模作样底下，当受到刺激时会改头换面，扯掉衣服、在街上打架的女人。

“你坐在那儿，品头论足每个人，”多丽丝正说着，“你以为你是谁？你凭什么认为这本杂志应该由你说了算？那不是你的。奥妮努阿姨告诉过你，她希望把她的杂志办成什么样，你要么照做，要么就不该在这里干下去？”

“你需要给你自己买一瓶保湿霜，停止用那恶心的红唇膏吓人，”伊菲麦露说，“还有，你需要做点有意义的事，别以为巴结奥妮努阿姨、帮她出版一本烂到家的鬼杂志会有什么前途，因为那没有。”

她离开办公室，由于刚发生的事而自感鄙俚、羞愧。也许这是一个信号，是时候辞职、开始写她的博客了。

在出门途中，埃丝特说，她的声音恳切低微：“大姐？我认为你有排夫的恶灵。你太厉害，大姐，你找不到丈夫。但我的牧师说他能够破除那个恶灵。”

50

时下，戴克一周见心理治疗师三次。伊菲麦露隔一天打一次电话给他，有时他讲起和治疗师的谈话，其余时候则不会，但他总是想听到和她新生活有关的事。她向他描述她的公寓，说她有个司机，开车送她上班，讲她和老朋友见面，以及星期天，她爱自己开车，因为路上冷冷清清。拉各斯换了一副更柔和的面貌，人们穿着鲜艳的上教堂的衣服，远远望去，像风中的花朵。

“你会喜欢拉各斯的，我想。”她说。而他急切且意外地说：“我能来看你吗，姐？”

起先乌茱姑姑有所顾虑。“拉各斯？那儿安全吗？你知道他经历过怎样的事。我怕他应付不了。”

“可是他开口要求的，姑姑。”

“他开口要求的？他从何时起知道好歹了？不就是他，想要我膝下无子吗？”

但乌茱姑姑还是给戴克买了票，这就是眼前的他们，她和戴克坐在她的车里，在奥绍迪拥挤不堪的车流中龟速行进。戴克睁大眼睛，望着窗外。“哦，我的天哪，姐，我从未在一个地方见过这么多黑人！”他说。

他们在一个卖快餐的地方停下，他点了汉堡。“这里面是马肉吗？因为这不是汉堡。”此后，他只肯吃辣椒肉炖饭和炸大蕉。

他的到来是个好兆头。一天前，她建起了她的博客，一周前，她辞了职。奥妮努阿姨对她的辞职似乎并不惊讶，也没有试图挽留她。“来，给我一个拥抱，亲爱的。”那是她唯一说的话，脸上带着空洞的微笑，伊菲麦露的自尊心受到挫伤。但伊菲麦露对“拉各斯的微小救赎”充满乐观的期许，一张梦幻般的照片，一栋废弃的殖民地风格的宅宇，放在刊头。她的第一篇帖子是对普利耶的简短采访，附上她策划的婚礼的照片。伊菲麦露认为那些布置大部分都繁琐、过度，可那篇帖子收到了热情的评论，特别是针对布置。美轮美奂的布景。普利耶女士，我希望请你来操办我的婚礼。干得漂亮，加油。泽玛耶用笔名写了一篇关于身体语言和性的文章，《你能仅凭看他们在一起就分辨出这两人在干那事吗？》那篇，也吸引了许多评论。可评论最多的，迄今，是伊菲麦露写尼日都会人俱乐部的那篇。

> 拉各斯从来不、永远不会，也从未有志于成为像纽约，或者进一步讲，像其他任何一处地方。拉各斯一直在无可争辩地做自己，但在尼日都会人俱乐部的聚会上，你不会体验到这个。那是一群年轻的海归，他们每周聚在一起，抱怨拉各斯不像纽约的诸多方面，仿佛拉各斯曾经有过近似于纽约的时光。打开天窗说亮话：我是他们中的一员。我们大部分人回来，是为在尼日利亚赚钱、创业，争取政府的合约和人脉。其他人回来，是口袋里揣着梦想，怀着改变祖国的渴望。但我们把时间都花在发尼日利亚的牢骚上，即使我们的牢骚合理有据，我想象自己作为一个外人，说：回你来的地方去！假如你的厨子做不出完美的意式烤三明治，那不是因为他笨。那是因为尼日利亚不是一个吃三明治的国家，他的上一任主人在下午时不吃面包。因此他需要培训和实践。尼日利亚也不是一个有人会食物过敏的国家，不是一个对食物挑肥拣瘦的国家，食物不是用来标榜自我、划分界限的。这个国家的人，吃牛肉、鸡肉、牛皮、肚肠、鱼干，统统放在一碗汤里，那叫作杂烩，所以放下你的架子，认清这儿的生活方式就是如此，杂烩。

第一个评论的人写道：狗屁帖子。谁在乎？第二人写道：谢天谢地，终于有人出来说话了。尼日利亚傲慢的海归们觉得一切很艰苦。

我的表姐在美国待了六年回来，前几天上午，她陪我，送我的侄女去拉各斯大学的托儿所，在大门旁，她看见学生在排队等公交车，她说，“哇，这儿的人竟然在排队！”另一位靠前的评论者写道：为什么在国外上学的尼日利亚人，有权选择去哪个地方的全国青年服务队？在尼日利亚上学的尼日利亚人要服从分配，所以凭什么对在国外上学的尼日利亚人不一视同仁？那条评论激起的响应超过原帖。到第六天，那个博客有了一千名不同的访客。

伊菲麦露监督评论，删除任何下流之语，陶醉在满屏活跃的气氛中，感觉自己处在某些朝气蓬勃的风口浪尖。她写了一篇很长的帖子，讲一些在拉各斯过着奢华生活的年轻姑娘，在她将文章放上去的第二天，阮伊奴豆打电话给她，怒气冲冲，电话那头她的呼吸浊重。

“伊菲，你怎么能做出那种事？认识我的人都知道那是我！”

“没那回事，阮伊。你的故事如此普遍。”

“你在说什么？那分明就是我！瞧这一段！”阮伊奴豆停顿了一下，然后大声朗读起来。

> 在拉各斯，许多年轻姑娘有着**来路不明的财富**。她们过着超出她们经济能力的生活。她们去欧洲永远只坐公务舱，但凭她们现有的工作，连一张普通机票都负担不起。这样的姑娘里有一个是我的朋友，她漂亮、聪明，从事广告业。她住在离岛富人区，和一位大银行家约会。我担心她最终会像拉各斯的许多女人一样，让她们永远无法真正拥有的男人主宰她们的人生，因她们的依赖性而变成废人，带着眼中的不顾一切和手腕上的名牌手袋。

“阮伊，老实讲，没有人会知道那是你。至今所有的评论都来自于对号入座的人。像那样在恋爱中迷失自我的女人如此之多。我当时脑中真正想到的是乌茱姑姑和将军。那段恋情毁了她。由于将军她变成了另一个人，她无法为自己而活，将军死后，她失掉了自我。”

“你又有什么资格来裁判？你和那个美国白人阔少还不是一样？

若不是因为他，今天你会变成美国公民吗？你在美国是怎么找到工作的？你还是收起这套谬论吧。别再自我感觉那么优越！”

阮伊奴豆挂断了她的电话。半晌，伊菲麦露盯着静默的手机，浑身发抖。接着，她撤下那篇帖子，开车去阮伊奴豆家。

“阮伊，对不起。请不要生气。”她说。

阮伊奴豆久久地看了她一眼。

“你讲得对，”伊菲麦露说，“品头论足很容易。但那不是针对个人，也并非出于恶意。求求你，拜托了。我绝不会再像那样侵犯你的隐私了。”

阮伊奴豆摇摇头。“伊菲麦露娜玛，你的问题出在情场失意。去找奥宾仔吧，真的。”

伊菲麦露大笑。那是她最没料到会听见的话。

“我必须先减肥才行。”她说。

“你就是害怕。”

在伊菲麦露离开前，她们坐在沙发上，一边喝麦芽汁，一边看娱乐频道的最新明星动态。

戴克自告奋勇监督博客的评论，这样她可以休息一下。

“哦，我的天哪，姐，人们真的对这玩意儿很上心呢！”他说。有时，他在读到一条评论时高声大笑。其余时候，他问她一些陌生的表达是什么意思。什么叫“擦亮你的眼睛”？他来了以后，第一次停电时，她的不间断电源的滋滋嗡嗡的啸声吓了他一跳。“哦，我的天哪，那是类似火警吗？”他问。

“不，那只是一样确保我的电视不会因莫名其妙的断电而受损的东西。”

“那简直不可理喻。”戴克说。但仅几天后，遇到停电时，他会去公寓后面打开发电机。阮伊奴豆带她的堂妹们来见他，和他年纪相仿的女孩，细腿牛仔裤贴着她们纤瘦的臀部，紧身T恤显露出她们发育的乳房。“戴克，你一定得娶她们其中一个哦，”阮伊奴豆说，“我们家需要基因优秀的小孩。”“阮伊！”她的堂妹们窘迫地说，藏起她们的羞涩。她们喜欢戴克。要喜欢上他是如此容易，他的魅力、他的幽默和公然潜藏在那下面的脆弱。在脸书上，他贴了一张伊菲麦露拍的他和阮伊奴豆的堂妹们站在露台上的照片，他加了文字说明：各位，尚未有狮子把我吃掉。

“我要是会讲伊博语就好了。”在同她的父母共度了一个晚上后他对她说。

“可你能完全听懂。”她说。

“真希望我会说就好了。”

“现在学也不迟。”她说，陡然感到一筹莫展，不清楚这对他有多么重要，再度想起他躺在地下室的沙发上，大汗淋漓。她不知道自己是否应该继续接话还是不接。

“嗯，我猜是。”他说，然后一耸肩，仿佛表示那已经为时太晚。

在他离开的几天前，他问她：“我的父亲到底是个怎样的人？”

“他爱你。”

“你喜欢他吗？”

她不想骗他。“我不知道。他是军政府里的要人，那对你、对你和人的相处，产生了一定影响。我曾为你的母亲犯愁，因为在我看来，她应该找个更好的。可她爱你父亲，她真的爱，而你父亲也爱你。他以前抱着你时，疼惜得不得了。”

“我不敢相信，妈妈把她是情妇的事向我隐瞒了这么久。”

“她是在保护你。”伊菲麦露说。

“我们能去看看海豚苑的房子吗？”

“好啊。”

她开车带他去海豚苑，震惊于那儿衰败得多么严重。大楼的油漆剥落了，街道上坑坑洼洼，整片住宅区在破落中自暴自弃。“那时候，这儿可漂亮多了。”她告诉他。他站着，望了一会儿那栋楼，直至看门人说：“喂？有什么事？”他们才回到车里。

“能让我来开吗，姐？”他问。

“你确定？”

他点头。她从驾驶座上出来，绕到他旁边的座位。他开车载他们回家，在并上奥斯本路前稍微犹豫了一下，然后更有自信地缓缓汇入车流中。她知道，那对他具有某些她无法名状的意义。那晚，发生停电时，她的发电机启动不起来，她怀疑她的司机阿约上当受骗，买到偷偷掺了煤油的柴油。戴克抱怨太热，抱怨蚊子咬他。她打开窗，让他脱去汗衫，他们并排躺在床上聊天，漫无边际地聊天，她伸出手，触碰他的前额，把手放在那儿，直到听见他入睡后和缓平稳的呼吸为止。

早晨，天空布满青灰色的阴云，眼看快要下雨。附近，一窝鸟儿发出刺耳的尖叫，飞走了。雨将落下来，把大海和天空分离，数字卫星电视的画面将出现雪花点，电话线路会发生故障，马路会积水，车流会咆哮。在最早几滴雨落下之际，她和戴克站在露台上。

“我有几分喜欢这儿。”他告诉她。

她想说：“你可以跟我住。这儿有好的私立学校，你可以上。”可她没有说。

她送他去机场，等到望着他通过安检、挥手、转过弯为止。回到家，她听着自己空洞的脚步声，从卧室走到客厅、到露台，然后又回来。晚些时候，阮伊奴豆对她说：“我不明白，像戴克这般优秀的孩子，为什么会想自杀。一个生活在美国、应有尽有的孩子。怎么可能？那真是闻所未闻的行为。”

“闻所未闻的行为？你在说什么混账话？闻所未闻的行为？你读过《瓦解》吗？”伊菲麦露问，后悔把戴克的事告诉了阮伊奴豆。她对阮伊奴豆从未感到如此气愤过，然而她知道阮伊奴豆是好意，说的是许多其他尼日利亚人会说的话，正因为这样，自从回来以后，她没有把戴克企图自杀的事告诉过其他任何人。

51

她第一次去银行时，胆战心惊地经过持枪的警卫，走进嘟嘟叫的门。她站在那四面围起来的隔间里，密封、不透气，宛如一口竖着的棺材，直到灯变成绿色。银行的保安措施向来这么劳师动众吗？她离开美国前，电汇了一笔钱到尼日利亚，美国银行找了三个不同的人和她沟通，每人都告诉她，尼日利亚是个高风险国家；万一她的钱出什么差错，他们无法负责。她明白吗？最后一位和她沟通的女士，让她亲口重复一遍。小姐，抱歉，我听不见你的话。我需要知道，你明白尼日利亚是一个高风险国家。“我明白！”她说。他们向她宣读一条接一条的注意事项，她开始担心起她的钱，隔空辗转至尼日利亚。当她来到银行，在入口处看见那虚浮的花腔保安后，她的担心益发加剧了。但那笔钱安然在她的账户里。此刻，在走进银行之际，她看见奥宾仔在客服区。他背对她站着，从身高和头形，她认出是他。她停下，惶恐得要死，希望他暂时别转身，等她鼓起勇气再说。接着，他转了身，那不是奥宾仔。她的喉咙发紧。她的脑袋里阴魂不散。回到车内，她打开冷气，决定打电话给他，把自己从那些阴魂中解脱出来。他的电话响了又响。他现在是个大忙人；他，当然不会接一个未知号码的来电。她发了一条短信：天花板，是我。她的电话几乎立刻就响了。

“喂？是伊菲吗？”那声音，她许久不曾耳闻，它听上去既变了又没变。

“天花板！你好吗？”

“你回来了。”

“是的。”她的手在颤抖。她本该先发一封电子邮件的。她应当侃侃而谈，问起他的妻子和孩子，告诉他，她其实已经回来有一段时间了。

“那么，”奥宾仔说，拖长着声音，“你好吗？你在哪里？我什么时候可以见你？”

“就现在？”她紧张时经常浮现的莽撞，使那番话冲出口，但也许最好赶紧见他一面，把事情了结。她遗憾没有打扮得好看一点，比如穿她最喜欢的裹身裙，剪裁修身，但她的及膝半身裙不算太糟，她的高跟鞋总是给她自信，她的非洲爆炸头，幸好，尚未因湿度而缩得太瘪。

奥宾仔那端停顿了一下——有些迟疑？——那使她为自己的轻率感到懊悔。

“其实我有一个会，有点来不及了，”她连忙补充说，“但我只是想问声好，我们可以稍后再约……”

“伊菲，你在哪里？”

她告诉他，她正要去爵士谷买一本书，会在那儿逗留几分钟。半个小时后，她站在书店前，一辆黑色路虎车停下，奥宾仔从后座出来。

有一瞬，湛蓝的天空塌陷，一种定格的呆滞，他们俩都不知所措，他朝她走去，她站在那儿，眯着眼，然后，他到了她面前，他们拥抱。她拍拍他的背，一次，两次，把那变成一种好哥们之间的拥抱。一种柏拉图式、安全的好哥们之间的拥抱，可他非常轻微地把她拉近自己，多搂了她一刻，仿佛表示他没有把那拥抱当作是好哥们之间的。

“奥宾仔·马杜埃卫希！久违！瞧你，你一点没变！”她慌张，她恼怒自己话音里新添的尖细之声。他看着她，一种公然、毫不害羞的看，她不愿吸引他的目光。她的手指在不由自主地发抖，那已经够失态，她无需与他直直地对视，他们俩站在那儿，在烈日下，在阿沃洛沃路车流的尾气中。

“见到你真好，伊菲。”他说。他很镇定。她忘了他是一个多么镇定的人。他的举止中仍留有一丝青少年时代的痕迹：那个不努力过头的他，那个女孩想拥有、男孩想成为的他。

“你变成了光头。”她说。

他大笑，摸摸自己的脑袋。“嗯。大半出于自愿。”

他变胖了，从他们上大学时那个瘦小的男生变成了一个更肉墩墩、更结实的男人，而也许是变胖的缘故，他似乎比她记忆中矮了。穿着高跟鞋的她个子比他高。她没有忘记，但只不过重新忆起，他的作风多么低调，他朴素的深色牛仔裤，皮凉鞋，他走进书店时不显威风的样子。

“我们坐一下吧。”他说。

书店里凉意习习，那儿的氛围沉郁、海纳百川，图书、音像制品和杂志摊在低矮的架子上。一名男子站在入口附近朝他们点头，表示欢迎，同时调整套在头上的硕大耳机。他们面对面坐在店后小小的咖啡厅里，点了果汁。奥宾仔把他的两部手机放在桌上；电话时常亮起，以静音模式震响，他会瞟一眼，然后转头不理。他锻炼身体，她从他紧实的胸部看得出来，那把他前面有两个口袋的收身衬衫撑得满满的。

“你回来有一段时间了。”他说。他又在注视她，她想起以前，她时常觉得他仿佛能看穿她的心，知道她自己意识里可能不知道的她的方面。

“是的。”她说。

“所以你是来买什么？”

“什么？”

“你要买的那本书。”

“其实我只是想约你在这儿见面。我思量，假如结果，和你重逢是一件我愿铭记在心的事，那么我希望记得那是发生在爵士谷。”

“我希望记得那是发生在爵士谷，”他重复道，露出微笑，仿佛只有她才会想出那样的表述，“你还是那么坦诚，伊菲。谢天谢地。”

“我早已料到，我会打算要把这记住。”她的紧张逐渐消退；他们快速跨越了必要的尴尬时刻。

“你急着要去哪里吗？”他问，“你能小坐片刻吗？”

“可以。”

他把两部手机关了。一种罕见的宣言，在像拉各斯这样一座城市，一个像他这样的男人，表示她享有他绝对的专注。“戴克怎么样？乌茱姑姑怎么样？”

“他们很好。戴克康复得不错。事实上，他来这儿看过我。他刚走不久。”

女服务生端来大杯芒果橙汁。

“回来后，最令你感到惊讶的是什么？”他问。

“一切，老实讲。我开始怀疑是不是我自己有问题。”

“哦，那正常。”他说。她想起以前，他总是飞快地安慰她，使她心情好转。“我离开的时间短得多，显然，可当我回来时，我惊讶不已。我老是想，事情本该等等我才对，可没有。”

“我忘了拉各斯的物价这么高。我简直不敢相信尼日利亚富人的挥金如土。”

“他们大部分是小偷或乞丐。”

她笑起来。“小偷或乞丐。”

“是真的。他们不只花得多，而且盼着多花钱。前几天，我遇到一个人，他告诉我，二十年前他开始做卫星接收天线的生意。当时，卫星接收天线在全国还是新事物，所以他是在引进一样大多数人不了解的东西。他制订了业务方案，提出一个可以为他取得良好利润的合理售价。他的另一位朋友，当时已是生意人，打算投资这项业务，看了一眼定价，要求他把那翻一倍。否则，他说，尼日利亚的富人不会买。他把价格翻了一倍，果然奏效。”

“疯了，”她说，“说不定一向是这样，我们不知道，因为我们不可能知道。那就好像我们正在看着一个我们不了解的成年的尼日利亚。”

“没错。”他喜欢听到她说“我们”，她看得出来，她也喜欢自己这么轻易地脱口而出“我们”。

“这是一座如此讲求交易的城市，”她说，“丧心病狂地讲求交易。连男女之间的关系，也全是可以交易的。”

“一部分男女关系。”

“是的，一部分。”她表示同意。他们正在告诉对方某些谁都还无法说清的东西。她感觉紧张再度爬上她的手指，因此她开始说笑。“还有我们讲话时某种夸大其词的习惯，我也忘了。我开始真正再度有了回家的感觉是在我开始夸夸其谈的时候！”

奥宾仔笑起来。她喜欢他文静的笑。“我回来时，震惊于怎么一转眼，我的朋友全变胖了，个个挺着大啤酒肚。我想：出了什么事？继而我意识到他们是我们的民主政治所创造出的新兴中产阶级。他们有工作，他们有能力喝得起更多啤酒，上得起馆子，你知道，在我们这儿，上馆子就是吃炸鸡和薯条，所以他们长胖了。”

伊菲麦露的胃收紧了。“嗯，假如你仔细看，会发现不只是你的朋友。”

“噢，没有，伊菲，你不胖。你用的是非常美国化的标准。美国人眼里的胖，可能恰好是正常。你要见见我的那些哥们儿就知道我在讲的是什么。记得乌切·奥科耶 吗？还有奥克伍迪巴？他们现在连衬衣扣子都扣不上，”奥宾仔停顿了一下，“你重了一些。那正合适。上帝对你很仁慈。”

她感到害羞，一种愉快的害羞，听见他称赞她美丽。

“你以前常揶揄我没有屁股。”她说。

“我收回我的话。在门口时，我等着让你走在前面是有原因的。”

他们笑起来，接着，笑声渐止，转为沉默，他们在彼此奇妙的亲昵中微笑对视。她想起，在恩苏卡，当她光着身子从他地上的床垫上起来时，他会抬头说，“我本打算叫你扭一扭的，可没东西可扭”，而她会嬉闹地踢他的胫骨。那份回忆的清晰，那带来的骤然的思念之痛，使她乱了方寸。

“不过说到惊讶，天花板，”她说，“瞧你。坐路虎车的大人物。有钱，事情想必大不一样了。”

“嗯，我猜是。”

“哦，别装了，”她说，“怎么个不一样法？”

“人们待你的态度变了。我指的不仅是陌生人。也包括朋友。甚至连我的表姐恩妮欧玛。突然间，人们对你各种巴结奉承，因为他们认为那是你所期盼的，各种夸张的客气、夸张的赞美，甚至根本不是你应得的夸张的尊敬，那如此虚假，如此华而不实，就像一幅拙劣的、着色过多的画。但有时，你自己竟有一点点信以为真起来；有时，你对自己另眼相看。一次，我去参加家乡的一场婚礼，当我进去时，那位司仪说了许多无聊的吹捧之语，我发现我的步态不一样了。我不希望自己的步态不一样，但事实如此。”

“什么样，像是大摇大摆吗？”她打趣道，“走给我瞧瞧！”

“你得先吹捧我才行，”他抿了一口他的饮料，“尼日利亚人有时会谄媚成那样。我们是一个自信的民族，但我们有时会谄媚成那样。虚伪对我们而言不是难事。”

“我们有信心，但没有尊严。”

“对。”他看着她，眼神中透出赞赏。“假如你一直活在那过火的奉承拍马中，你会因此变得偏执多疑。你不再分得清任何事是否可靠或真实。继而人们为了你也变得多疑起来，但是以不同的表现方式。我的亲戚总是叮嘱我：在吃饭的地方要小心。连在拉各斯这儿的朋友也提醒我要留意我所吃的。别在女人家里吃饭，她们会在你的食物里下东西。”

“你有那么做吗？”

“我做什么？”

“留意你所吃的？”

“在你家我不会。”停顿了一下。他在公然调情，她拿不准该说什么。

“不，没有，”他继续说道，“我愿意相信，假如我决定在某人家里吃饭，那应当是一个不会有心在我的食物里下迷药的人。”

“这一切似乎真的病入膏肓。”

“我学到的一点是，这个国家里的每个人都有一种匮乏的心态。我们把甚至不匮乏的东西也想象成是匮乏的。那在每个人心中滋长了一种歇斯底里。连有钱人也一样。”

“像你这样的有钱人，换句话说。”她挖苦道。

他停顿了一下。他时常在开口前停顿一下。她觉得这别有一番吸引力，那仿佛表示他如此顾及听他说话的人，因而想用尽可能最好的方式把他的话组织起来。“我愿意相信我没有那种歇斯底里。我有时觉得我所赚的钱仿佛并不真正属于我，仿佛我是在替另外一人暂时保管。当我在迪拜置业后——那是我在尼日利亚境外的第一宗地产——我几乎感到惶恐，我把我的心情告诉奥克伍迪巴，他说我疯了，我应该停止把生活和我读过的某本小说混为一谈。他如此仰慕我拥有的财富，而我只觉得，我的人生仿佛已变成这一层又一层的虚荣，我开始对过去生出感伤。我会回想起我和奥克伍迪巴一起住在他位于苏茹莱瑞的第一间狭小的公寓，当尼日利亚国家电力管理局把电收走时，我们会在炉子上加热电熨斗。还有，每当重新来电时，他楼下的邻居常会大喊‘赞美主！’甚至连我，也觉得重新来电是件如此美好的事，因为你没有发电机，那由不得你做主。可那是一种无谓的浪漫，因为当然，我并不想回到那样的生活。”

她把目光转开，担心在他讲话之际她内心情感的瓦解此时会齐涌在她脸上。“你当然不想。你喜欢现在的生活。”她说。

“我过我现在的生活。”

“哦，我们真爱卖弄玄虚。”

“你怎么样，著名的种族问题博客作家，普林斯顿研究员，你有哪些变化？”他问，微笑着，手肘支在桌上，身子倾向她。

“本科时我帮人照看小孩，一天，我听见自己对我在照看的那孩子说，‘你真是个好汉！’除了美国人，谁会用‘好汉’一词？”

奥宾仔在笑。

“没错，正是那时，我觉得自己也许变了一点点。”她说。

“你没有美国口音。”

“我下功夫做到没有。”

“阅读你博客的过往文章时我感到惊讶。那口气不像你。”

“其实，我真不觉得自己变了那么多。”

“哦，你变了。”他说，带着一种她本能反感的确凿。

“什么方面？”

“我说不清。你的自我意识更强了。说不定更有戒心。”

“你听上去像位失望的大叔。”

“不。”他又停顿了一下，但这次，他似乎有所保留，“但你的博客也使我感到自豪。我心想：她走了，她有了学问。她闯出了天地。”

再度，她感到害羞。“我不知道什么是闯出了天地。”

“你的审美观也变了。”他说。

“什么意思？”

“你在美国自己腌肉吗？”

“什么？”

“我读到一篇东西，讲美国特权阶层中一股新兴的潮流。那儿的人们想要喝直接从奶牛身上挤下的鲜奶，等等，那类东西。我想你大概崇尚于此，因为你的头发上插了一朵花。”

她爆发出大笑。

“不过说真的，告诉我，你有哪些变化。”他的语气戏谑，可她还是对他的问题微微紧张起来，那似乎太贴近她柔软、不堪一击的内在核心。于是，她用轻松愉快的话音说道：“我的品位，我猜。我无法相信，如今我眼中丑陋的事物有多少。我不能忍受这座城市里的大多数楼房。现在的我，学会了欣赏暴露在外的木椽。”她转动眼珠，他对她的自嘲露出微笑，那微笑，对她而言像是一样她希望再三赢得的奖赏。

“那实际有几分势利。”她补充说。

“就是势利，不是几分，”他说，“我以前常那样看待书。心里暗自觉得品位高人一等。”

“问题是，我不总把那放在心里。”

他笑起来。“哦，那个我们了解。”

“你说你以前？现在怎么了？”

“现在我长大了。”

“哎哟。”她说。

他没讲话。他的眉毛讥嘲地微微一扬，表示她也得必须长大。

“你这些日子看什么书？”她问，“我确信你已经读遍迄今出版的美国小说。”

“我现在读纪实作品多得多，历史、传记。什么主题都有，不只是美国。”

“什么，你抛弃旧爱了？”

“我发现我可以把美国买下来，那失去了其光芒。当我一心只热爱美国时，他们不给我签证，而当我有了新的银行账户后，签证容易极了。我去过几次。当时我在迈阿密考察购置地产的事。”

她骤然一阵酸楚，他去过美国，而她不知道。

“这么说，最终你对你的理想国度印象如何？”

“我记得你第一次去曼哈顿时，写信给我，说‘那里很了不起，但那里不是天堂。’当我在曼哈顿第一次坐出租车时，我想到那句话。”

她也记得自己写过那句话，在她中止与他联系前不久，在她把他推至许多堵墙后面以前。“美国最好的地方是给你空间。我喜欢那一点。我喜欢用钱投资梦想那一点，虽然这是骗人的，但你对此投入了钱，那就够了。”

他低头看着他的玻璃杯，对她的讲大道理不感兴趣，她疑惑，她在他眼中看见的是不是怨恨，假如他，也记起她曾多么彻底地把他拒之门外。当他问：“你和以前的朋友还有来往吗？”她认为那问的是这些年来她还把谁拒之门外了。她不知道是否该由她主动提起，还是等他提。应该由她来提，那是她欠他的，可一种无言的恐惧攫住了她，害怕打破微妙的局面。

“和阮伊奴豆有，还有普利耶。其他人如今成了我曾经的朋友。有点像你和艾米尼克。你知道，当我读到你的电子邮件时，我不惊讶艾米尼克结果变成那样。他的身上总有某些能耐。”

他摇摇头，喝完他的饮料，他事先已把吸管置于一边，直接拿杯子抿着喝。

“有一次，我和他在伦敦，他取笑一个和他共事的人，是个尼日利亚人，不知道怎么发 F-e-a-t-h-e-r-s-t-o-n-e-h-a-u-g-h 的音。他学那家伙照发音规则来念，显然是错误的念法，但他没有把正确的说出来。我也不知道该怎么念那个词，他知道我不知道，当他假装我们俩一起嘲笑那家伙时，那几分钟可真难捱。当然事实并非如此。他嘲笑的亦是我。在我的记忆中，那一刻我意识到他压根从未把我当作朋友。”

“他是个混蛋（asshole）。”她说。

“混蛋，地道的美国用词[①]。”

“是吗？”

他半扬起眉毛，仿佛那是不言自明的。“我被遣返以后，艾米尼克没有和我联系过一次。后来，去年，想必是有人告诉了他，如今我事业有成，他开始打电话给我。”奥宾仔说“事业有成”的话音里带着浓厚的嘲讽之意。“他一个劲问，有什么我们可以一起做的生意，那种无稽之谈。一天，我告诉他，我其实更喜欢他的屈尊俯就，此后他没有再打电话给我。”

“卡约德怎么样？”

“我们有联系。他和一个美国女人生了一个孩子。”

奥宾仔看了眼他的手表，拿起手机。“我真不想走，我可非走不可。”

---

① 英国人说 arsehole。

“嗯，我也是。”她希望延长这一刻，坐在书香的包围中，重新发现奥宾仔。在坐进各自的车里前，他们拥抱了一下，两人都轻声说：“见到你真高兴，”她想象奥宾仔的司机和她的司机好奇地注视他们。

“我明天打电话给你。”他说，可她在车里还没坐稳，电话就嘟嘟响了，收到一条他的新短信。你明天有空吃午饭吗？她有空。明天是周六，她应该问他为什么不陪妻子和孩子，她应该开启对话，谈谈他们到底在做什么，可他们有一段过去，一种千丝万缕的联系，但那并不一定表示他们有什么不可告人的事，或者必须谈一谈，因此，当他按门铃时，她打开门，他进来，夸赞她露台上种的花，白百合在盆子里亭亭玉立，宛如天鹅。

“上午我在读‘拉各斯的微小救赎’。粗粗浏览了一遍，实际上。”他说。

她心里喜滋滋的。“你有什么看法？”

“我喜欢尼日都会人俱乐部那篇。不过，有一点自以为是。”

“我不确定该如何理解那意思？”

“照本义。”他说着，做出那半扬起一根眉毛的动作。那必然是一个新怪癖，她不记得他以前有这样过。“但那是一个出色的博客。大胆睿智。我喜欢版面的设计。”又来了，那个他，给以她安慰鼓励。

她指着隔壁的院落。“你认出那个来了吗？”

“啊！对。”

“我觉得那放在博客上简直再适合不过。一栋如此美丽的宅宇，在这般壮观的废墟里。外加屋顶的孔雀。”

“那看起来有点像法院。这些老房子和它们承载的故事总是令我着迷。”他用力拉了拉她露台的细金属栏杆，仿佛想检查那有多牢固、多安全，她喜欢他那么做。“很快会有人来抢购这块地，拆除房子，建起一排富丽堂皇、贵得离谱的高档公寓楼。”

“像你这样的人。”

“刚开始从事房地产业时，我考虑把老房子修复一新而不是拆除，但那行不通。尼日利亚人买房子不是冲着房子的古老。一座修葺一新、有两百年历史的老磨坊，你知道，欧洲人喜欢的那种东西，在这里完全没有市场。不过当然，这在情理之中，因为我们是第三世界的人，第三世界的人目光向前看，我们喜欢样样都是新的，因为我们最好的时光仍在前头；而西方，他们的全盛期已经过去，所以他们只能迷恋于那段过去。”

“是我的错觉吗，还是你现在爱当小老师了？”她问。

“只是因为神清气爽，碰到一个有头脑的人可以说说话。”

她把目光转开，纳闷这话是不是在影射他的妻子，那令她反感。

“你的博客已经颇受瞩目。”他说。

“在那方面，我有宏大的计划。我想周游尼日利亚，张贴发自每个州的报道，结合图片和人物故事，可我得先慢慢来，建立根基，从广告中赚点钱。”

“你需要投资人。”

“我不要你的钱。”她说，语气有一点急，眼睛始终平视那栋废弃住宅凹陷的屋顶。他说到一个有头脑的人的那句话触怒了她，因为那是，那必定是，针对他的妻子，她想质问他，为什么要对她讲那个。他为什么娶了一个没头脑的女人，结果却转身告诉她，他的妻子没有头脑？

“瞧那只孔雀，伊菲。”他温柔地说，仿佛察觉到了她的怒意。

他们望着那只孔雀从树荫下走出来，然后凄清地飞到屋顶上它最爱的停栖处，它立在那儿，俯瞰底下衰败的王国。

“有几只？”他问。

“一只雄的，两只雌的。我一直盼着看那只雄的跳求偶舞，可始终没见过。早晨，它们用叫声把我吵醒。你听过它们的叫声吗？活像一个不肯去做某件事的小孩。”

那孔雀细长的脖子左右转动，接着，像听到了她的话似的，它发出鸦叫声，嘴张得很大，声音从嗓子里喷薄而出。

“你说得对，那叫声，”他说，朝她走近，“有点小孩子的味道。这片院落令我想起我在埃努古的一处房产。一栋老房子，建于战前，我买下准备拆掉的，但后来我决定保留着。那栋房子非常雅致清幽，宽敞的露台，后面有古老的鸡蛋花树。我正在彻底重新改造内部，这样，里面将非常现代化，但外面是以前的样式。别笑，当我看见那栋房子时，那令我联想起诗。”

他说“别笑”时带有一丝男孩般的情态，她因而冲他莞尔一笑，半是打趣，半是让他知道，她喜欢那画面，一栋令他联想起诗的房子。

“我幻想有一天逃离周围的一切，去那儿居住生活。”他说。

“人有了钱，果然会变得怪异。”

“或也许我们每个人身上都有怪异的一面，我们只是没有钱把那展示出来？我很想带你去看看那房子。”

她嘟囔了几声，一种含糊的默许。

他的电话已经响了一阵子，从他口袋里不断发出沉闷的嘟嘟声。最后，他终于掏出来，瞅了一眼，说：“抱歉，我得接一下这个。”她点点头，走入屋内，好奇那是不是他的妻子。

从客厅，她听见他断断续续的声音，音量抬高，降低，接着又抬高，讲的是伊博语，而后，他进来时脸上带着一副咬牙切齿的表情。

“没事吧？”她问。

“是我老家的一个小子。我出钱供他上学，可如今他有一种狂妄的理所当然。今早，他发了一条短信给我，说他需要一部手机，问我能否在周五前寄给他。一个十五岁的男孩。厚颜无耻成这样。随后他开始打电话给我。所以我刚才训斥了他一顿，我还告诉他，供他的学费到此为止，只为吓吓他，希望他能头脑清醒一点。”

“他是你的亲戚吗？”

“不是。”

她等着，期盼下文。

“伊菲，我做有钱人理应做的事。我出钱供我村子里和我母亲村子里的一百名学生上学。”他讲话时带有一种尴尬的漠然。这不是一个他想谈论的话题。他正站在她的书架旁。“好漂亮的一个客厅。”

“谢谢。”

“你把所有书都运回来了？”

“大部分。”

“啊。德雷克·沃尔科特。”

“我很喜欢他。我终于对诗歌有了一些领悟。”

“我看见格雷厄姆·格林。”

“我是因为你的母亲而开始读他的作品。我很喜欢《问题的核心》。”

“她去世后，我试着读过那部作品。我希望自己能喜欢上。我心想，也许假如我能就这样喜欢上的话……”他抚摸那本书，他的话音渐弱。

他的伤逝触动了她。“那是真正的文学，那种两百年后人们仍会阅读的关于人的故事。”她说。

“你听起来真像我母亲。”他说。

他同时觉得既熟悉又陌生。透过拉开的窗帘，一轮阳光洒进客厅。他们站在书架旁，她向他讲述她第一次终于把《问题的核心》读完的感受。他谛听着，用他那聚精会神的态度，仿佛把她的话当作一杯酒似的灌下。他们站在书架旁，笑谈他的母亲曾多么频繁试图说服他阅读那本书。然后，他们站在书架旁，接吻。起先是轻柔的一吻，嘴唇贴着嘴唇，接着他们的舌头碰在一起，她感觉整个人酥软地靠着他。他先抽了身。

“我没有避孕套。”她说，不知羞的，故意不知羞的。

“我不知道我们吃午饭需要用到避孕套。”

她嬉闹地捶他。她的全身上下受到千百万种不确定性的侵袭。她不想看他的脸。“我雇了一个打扫卫生和煮饭的小姑娘，所以我的冰柜里有很多炖菜，冷藏柜里有辣椒肉炖饭。我们可以在这里吃午饭。你想喝点什么吗？”她转身朝厨房走去。

“在美国发生了什么？”他问，“你为什么就这样斩断联系？”

伊菲麦露继续朝厨房走去。

“你为什么就这样斩断联系？”他平静地重复了一遍，“请告诉我发生了什么。”

当她在小餐桌旁、他的对面坐下，在告诉他宾夕法尼亚州费城阿德莫尔镇那个眼睛色迷迷的网球教练前，她从纸盒里给两人倒了一点芒果汁。她细致入微地向他描述她依旧记忆犹新的那人的办公室，堆叠的体育杂志，散发的潮湿味，可当讲到那人带她去他的卧室那一节时，她简略地说：“我脱了衣服，做了他要求我做的事。我不敢相信我竟然湿了。我恨他。我恨自己。我恨死了自己。我感觉我好像，怎么说呢，背叛了自己，”她停顿了一下，“还有你。”

时间一点点走得很慢，他许久没有说话，他的眼睛低垂，仿佛在消化那个故事。

“我没有真的把那件事很放在心上，”她补充说，“我记得，但我没有老想着，我不让自己老想着。现在亲口讲出来，感觉如此奇怪。那好似一个愚蠢的理由，抛弃我们拥有的东西，可原因就是如此，时间一久，我完全不知道该从何补救起。”

他依旧默不作声。她盯着墙上戴克镶了框的漫画像，戴克的耳朵滑稽地尖耸着，她想知道奥宾仔此时心里的感受。

终于，他说：“我无法想象，你当时一定难过极了，孤独极了。你应该告诉我的。我多么希望你能告诉我。”

他的话在她的耳朵里犹如一曲旋律，她感觉自己呼吸不稳，大口地喘息。她不会哭，事情过了这么久，哭是荒唐的，可她的眼中噙满泪水，她的胸口压着一块大石，嗓子眼一阵刺痛。眼泪感觉痒痒的。她没有吱声。他把她的手握在他的手里，两只手交扣在桌上，沉默在他们之间蔓延，一种他们俩熟悉的古老的沉默。她置身在这沉默里，安全无虞。

52

“我们去打网球吧。我是维多利亚岛一家小型私人俱乐部的会员。”他说。

“我许多年没打过了。”

她记得以前她总想击败他，虽然他是学校的冠军，而他会对她说，带着调侃：“多用策略，少使蛮力。一头热永远赢不了比赛，别理他们说什么。”此时他讲了类似的话：“靠借口赢不了比赛。你应该尝试战略。”

他亲自开车。在车里，他发动引擎，音乐也随之响起来。支架组合的《扑通扑通》。

“哦，我好喜欢这首歌。”她说。

他调高音量，他们跟着一起唱。那首歌热情洋溢，节奏欢快，没有丝毫机巧的痕迹，给周围注满轻松的氛围。

“啊——啊！你回来多久了，你已经能把这首歌唱得这么好？”他问。

“我回来的第一件事就是温习当前的所有音乐。那如此教人兴奋，各种新的音乐。”

“的确。现在夜总会都放尼日利亚的音乐。”

她会记住这一刻，坐在奥宾仔旁边，在他的路虎车里，陷于拥塞的交通中，听着《扑通扑通》——*你的爱，噢，令我的心跳扑通扑通。没有人能像我这样爱你。*他们旁边是一辆闪亮的本田车，最新款，他们的前面是一辆古旧的达特桑，形如一位百岁老人。

打了几局网球，每一局都是他赢，时时开玩笑地奚落她。而后，他们在那儿的小餐馆吃午饭，除了一个在吧台看报纸的女人以外，他们是唯一的客人。经理——一个胖鼓鼓、几乎快把他不合身的黑夹克撑破的男人，经常走过来，到他们的桌旁说："希望你觉得一切满意，先生。再次见到你非常高兴，先生。生意怎么样，先生。"

伊菲麦露探过身，问奥宾仔："这是不是有到令你透不过气的程度？"

"那人若非觉得我受到了冷落，他不会这么频繁过来。你一心沉迷在那部手机里。"

"对不起。我只是在查阅博客，"她感到放松愉快，"你知道，你应该帮我写点东西。"

"我？"

"是啊。我给你一个任务。写一写年轻英俊又富有的险处怎么样？"

"我愿意写一个我个人能够认同的主题。"

"安全问题呢？我想做一点关于安全问题的。你有过走内陆三桥的经历吗？有人告诉我，深夜从夜总会出来回内陆，他们的车在桥上爆了胎，可他们还是一直开，因为在桥上停下来是如此危险。"

"伊菲，我住在莱基，而且我不去夜总会。不再去了。"

"好吧，"她又瞥了一眼手机，"我只是希望经常换点新的、有活力的内容。"

"你有心事。"

"你听说过通德·拉扎克吗？"

"谁没听说过？怎么了？"

"我想采访他。我想开一个'自己人看拉各斯'的每周特写，我想从那些最有意思的人开始。"

"他哪里有意思了？因为他是拉各斯的花花公子，靠他父亲的钱为生，说财富的累积来自于他们凭借与总统的关系而享有的柴油进口垄断权吗？"

"他也是音乐制作人，还是名义上的国际象棋冠军。我的朋友泽玛耶认识他，他刚写信告诉她，他愿意接受采访，只要我让他请我吃晚饭。”

“他可能在什么地方见过你的照片。”奥宾仔站起，把椅子往后一推，力道令她吃了一惊。“那家伙是条狗。”

“注意用词。”她说，心里感到好笑；他的嫉妒令她窃喜。在开车送她回公寓的途中，他又放起《扑通扑通》，她摇摆身体，舞动手臂，逗得他很开心。

“我以为你喝的查普曼是不含酒精的，”他说，“我想换一首歌。那令我想起你。”

奥比旺的《我的心哦》开始了，她静坐着，沉默不语，那歌词回荡在车里：这是我从未有过的感受……我不会让那消亡。当男女声用伊博语合唱时，奥宾仔跟着唱起来，眼睛不看路而转看她，仿佛在告诉她，这其实是他们的对话。他夸她美丽，她夸他动人，两人互称对方是知己。“多好的女人，多好的男人，美丽的姑娘，我美好的冬天。”①

送她到家时，他侧身亲了一下她的脸颊，犹豫是该多贴近些，还是拥抱她，仿佛怕抵御不住他们彼此的吸引。“明天我能来找你吗？”他问。她说可以。他们去了一家环礁湖旁的巴西餐厅，侍应生端来一串接一串的烤肉和烤海鲜，直到伊菲麦露告诉他，她快要吐了。第二天，他问她是否愿意同他共进晚餐，他带她去了一家意大利餐厅，贵得离谱的食物，她觉得淡而无味，系着蝴蝶领结的侍应生，苦着脸，行动迟缓，给她注满淡淡的哀伤。

回家途中，他们驶经奥巴兰德区，桌子和摊子排在熙攘的马路上，小贩的照明灯里摇曳着橘色的火苗。

伊菲麦露说：“我们停下，买点炸大蕉吧！”

奥宾仔往前开了开，找到一处停车位，在一家啤酒屋前，他缓缓把车驶入。他向坐在长凳上喝酒的人打招呼，态度随和亲切，那些人朝他高喊：“老板！去吧！你的车，尽管放心！”

---

① 此句歌词原文是伊博语。

卖炸大蕉的小贩试图劝伊菲麦露也买一点炸红薯。

“不，只要大蕉。”

“炸黑眼豆饼呢，阿姨？我现做的。非常新鲜。”

“好吧，”伊菲麦露说，“来四个。”

“你为什么买你不想要的炸黑眼豆饼？”奥宾仔问，心里觉得好笑。

“因为这是真正的创业。她卖自己做的东西。她不是卖她的地段、她的石油资源或研磨咖啡豆的人的名字。她卖的全是她自己做的东西。”

回到车里，她打开油腻的塑料袋，把一小片炸得金黄漂亮的大蕉塞进嘴里。“这比那餐厅里我几乎没法吃完的泡在黄油里的东西可好吃多了。你知道，我们不会食物中毒，因为油炸能杀菌。”她补充说。

他望着她，面带微笑，她怀疑自己太多嘴。这段回忆她也会珍藏，在奥巴兰德区的夜晚，灯火通明，被一百盏小灯照亮，附近醉汉扬声的话音，一位大块头的妈妈桑扭着臀部从车旁走过。

他问能否约她吃午饭，她提议去一家她听说过的新开的休闲餐厅，在那儿，她点了鸡肉三明治，而后抱怨角落的人在抽烟。“真是从美国回来的，抱怨抽烟。”奥宾仔说，她听不出他的话到底是不是一种责难。

“三明治有配薯条吗？”伊菲麦露问侍应生。

“有，太太。”

“你们用的是真土豆吗？”

“什么，太太？”

“你们用的土豆是冷冻进口的，还是你们自己切自己炸的？”

那位侍应生露出不悦的表情。“是进口冷冻的。”

等侍应生走开后，伊菲麦露说：“那些冷冻食品，难吃死了。”

“他不敢相信你竟然要真的土豆，”奥宾仔一本正经地说，“真的土豆，在他看来是落后的。记住，我们生活在新兴中产阶级的世界。我们还没实现第一轮的繁荣，实现以后才能重新回到起点，喝从奶牛乳房里挤出的奶。”

每次送她到家时，他都亲一下她的脸颊，他们俩靠向对方，继而分开，让她可以说“再见”，然后下车。第五天，当他把车子驶进她所在的院落时，她问：“你的口袋里有避孕套吗？”

他沉默了一会儿。“没有，我不在口袋里放避孕套。”

“好吧，我前几天买了一盒。”

“伊菲，你为什么要说这话？”

“你结了婚，有孩子，我们渴望彼此的肉体。我们打着这纯洁的约会幌子是在骗谁？所以我们不妨干完了事。”

“你在拿讽刺挖苦做挡箭牌。”他说。

“噢，你可真清高啊。”她怒了。自第一次见到他以来还不足一星期，可她已经怒了。怒不可遏的原因是他会放下她，然后回家，过他的另一种生活，他真正的生活；而她，无法想象那种生活的详细情形，不知道他睡的是什么样的床，吃饭用的是什么样的盘子。自她开始审视自己的过去以来，她幻想过和他有一段情，但仅是褪色的画面和模糊的轮廓。如今，面对实实在在的他，还有他手指上的银戒，她害怕自己会变得离不了他，会无法自拔。或许她已经无法自拔，她的恐惧源于那番认识。

“你回来时为什么不打电话给我？”他问。

“我不知道。我想先安顿下来。”

“我希望我可以帮你安顿下来。”

她没有说话。

“你还跟布莱恩在一起吗？”

“那有什么关系，已婚男士，你呢？”她说，带着一丝听上去过于尖酸的嘲讽。她想表现得冷傲、疏远、克制。

“我能进去坐一会儿吗？聊一聊？”

“不，我要为博客查点资料。”

“求求你，伊菲。”

她叹了口气。“好吧。”

在她的公寓，他坐在沙发上，而她坐在扶手椅上，尽可能远离他。她突然有一种不祥的惊悸，害怕他不管会说出什么话，是她不想听的。于是她，情绪激昂地放话：“泽玛耶欲写一篇戏谑指南，给想要不忠的男人。她说，前几天她的男朋友失去联系，当他终于现身时，他告诉她，他的电话掉水里了。泽玛耶说，这是书里最老套的桥段，电话掉进水里。我觉得那很滑稽。我以前从没听过。所以她的指南里，头一条，永远别说你的电话掉进水里了。”

“对我而言，这感觉不像不忠。”他平静地说。

“你的妻子知道你在这儿吗？”她在讥刺他，“我好奇，有多少男人，当他们不忠时，他们说那感觉不像不忠。我的意思是，他们是否到底真的会说那感觉像不忠？”

他起身，动作不慌不忙。起先，她以为他是在朝她靠近，或可能想上厕所，但他迈向的是前门，把那打开，离去。她盯着那扇门。她一动不动地坐了良久，然后她起身，踱步，无法集中精神，不知是否该打电话给他，自我斗争。她决定不打电话给他，她怨恨他的行为，他的沉默，他的装腔作势。几分钟后，当门铃响起时，她怀着几分不情愿去开门。

她让他进屋。他们并排坐在她的沙发上。

“对不起，我那样走掉，”他说，“自你回来后，我就一直失魂落魄，我不喜欢你讲话的方式，仿佛我们经历的事是司空见惯。不是。我认为你明白那一点。我认为你说那些话是在伤我，但主要因为你感到困惑。我知道那对你而言一定很难，我们互相见面，聊了那么多，却又仍回避那么多。”

“你在讲暗语。”她说。

他看上去焦灼紧张，咬紧牙关，她极想吻他。的确，他聪明自信，但他的身上亦有一种单纯，一种非自负的笃定，回归到另一时空，她觉得那惹人怜爱。

“我始终没说什么，因为有时和你在一起我是如此快乐，所以不想煞风景，”他说，“还因为我希望在开口前，把要说的话想清楚。”

“我抚摸自己时想到你。”她说。

他瞪着她，有一点惊慌失措。

“我们不是恋爱中的单身人士，天花板，”她说，“我们无法否认我们之间的吸引，也许我们应该就此谈一谈。”

“你知道这和性无关，”他说，“这向来和性无关。”

“我知道。”她说，然后握住他的手。他们之间，有一种轻盈失重、无隙可寻的欲望。她凑过去，吻他。起先，他的反应迟缓，然后，他拉起她的上衣，褪下她胸罩的罩杯，解放出她的乳房。她清晰记得他的拥抱强而有力，但在他们的结合中亦仍有一种新鲜；他们的身体既记得又不记得。她抚摸他胸口的疤痕，再度将它记起。以前她总认为“做爱”这个表述有一点自作多情，“性交”感觉更实在，“干”更能激起情欲，可事后，躺在他的身旁，他们俩微笑着，有时笑出声，她的身体浸淫在宁和中，她思忖，“做爱”那个表述，是多么恰切。连她的指甲，她身体中那些始终麻木的部分，也觉醒了。她想告诉他：“过去的每个星期，我无时无刻不在思念你。”可那是真的吗？诚然，有些星期里，他被收纳在她层层的生活下面，但那感觉是真的。

她支起身说：“和其他男人在一起时，我总是看见天花板。”

他露出一个持久、悠然的笑容。“你知道这么久以来我的心情是什么吗？我仿佛在等待幸福。”

他起身去浴室。她觉得那如此迷人，他的五短身材，他强壮结实的五短身材。她在他的五短身材里看到一种沉稳，他能经受任何磨难，他不会轻易动摇。他回来，她说她饿了，他在她的冰箱里找出橙子，剥了皮，他们坐起，靠着彼此，一起吃橙子，然后他们交缠地躺着，赤身裸体，像画了一个完整圆满的圈，她睡着了，不知道他是何时走的。她醒来时，是一个天色昏暗、阴云密布、下着雨的早晨。她的电话在响。是奥宾仔。

“你好吗？”他问。

“昏昏沉沉的。不清楚昨天发生了什么。你诱惑了我吗？”

“幸好你的门是单闩锁。不然我真不愿叫醒你起来锁门。”

“所以你的确诱惑了我。”

他大笑。“我能去你那儿吗？”

她喜欢他说那句话的口气：“我能去你那儿吗？”

“可以。外面暴雨如注。”

“真的吗？我这儿没有下雨。我在莱基。”

她觉得这傻傻的激动人心，她这儿在下雨，他那儿，离她仅几分钟的路程，却没有下雨。于是她等待着，急不可耐，喜不自胜，直至他们能两人一起看雨。

53

就这样，她神采飞扬的日子开始了，那充斥着陈腔滥调：她感觉浑身活力无限，她在他抵达她的门口时心跳加速，她在睁开眼看见每个早晨时犹如拆开一件礼物。无论她大笑，交叉双腿，或微微扭动臀部，都带着更显著的自我意识。她的睡衣上有他古龙水的味道，一股淡雅的柑橘和木头的芬香，因为她尽可能留着它长时间不洗，她也迟迟不擦去他落在她水池上的一滴护手霜，在他们做爱以后，她不去碰那枕头上的印痕，他脑袋留下的和缓凹槽，仿佛想保存他的真髓，直到下一次。他们经常站在她的露台上，望着那栋废弃宅宇屋顶上的孔雀，时不时把手悄悄伸进对方的手里。她会想着下一次，再下一次，他们会一起像这样。这是爱，渴切地憧憬明天。十几岁时她尝过这样的滋味吗？喜怒哀乐似乎荒诞无稽。当他不即刻回她的短信时，她烦躁不安。她的心因对他过去的嫉妒而蒙上阴影。“你是我今生的挚爱。”他告诉她，她相信他，可她依旧嫉妒那些他爱过的女人，即便是昙花一现，那些在他头脑中占据过一席之地的女人。她甚至嫉妒对他有好感的女人，想象他在拉各斯这儿多么受人瞩目，像他那样英俊，而且现在又有钱。她第一次把他引见给泽玛耶——窈窕婀娜、穿着紧身裙和厚底高跟鞋的泽玛耶时，她抑制住心中的不快，因为她在泽玛耶机警、赏识的眼神中看见拉各斯所有饥渴女人的眼神。那是一种她想象出来的嫉妒，他没有做任何助长的举动；他的忠贞既具体又透澈。她惊异于他是一个多么专注、细心的听众。他记得她告诉他的每一件事。她以前从未有过这样的经验，有人聆听她，把她的话真正听进去，因此他有了新的可贵之处；每次，讲完电话，他说再见时，她都心头一沉，感到恐慌。那实在荒唐。他们年少时的爱情并没那么戏剧化。或也许是因为情况变了，如今，萦绕在他们心头的是他绝口不提的婚姻。有时他说，“星期天，我要到下午三四点后才能过来”，或“我今天得早点走”，她知道那都是因为他的妻子，但他们没有进一步深谈过。他不曾尝试，而她则不想；或是，她告诉自己她不想。令她惊讶的是，他公然带她出去，吃午饭、晚饭，去他的私人俱乐部，那儿的侍应生称呼她“太太”，大概想当然地认为她是他的妻子；还有，他陪她待到午夜过后，从不在他们做完爱后冲澡；他回家时带着她留在他皮肤上的感觉和味道。他坚决地予以他们这段关系尽可能多的尊严，假装他没有在藏藏掖掖，尽管固然，他有。一次，在天黑前漫漶的光线下，他们交缠地躺在她的床上，他隐晦地说：“晚上我可以留下来，我想留下来。”她只飞快地说了一个“不行”，没有别的话。她不想习惯于醒来时身旁有他，不准自己忖度今晚他为什么能留下来。就这样，他的婚姻悬在他们头顶，没有道破，没有去刺探，直至有一晚，她不想出去吃饭。他热切地说：“你有意大利面条和洋葱。我来煮给你吃吧。”

“只要不让我胃疼就行。”

他大笑。“我怀念下厨的感觉。我在家里不能下厨。”于是，那一刻，他的妻子变成一个阴暗的幽灵，在这个屋子里。能被明显被感知到，虎视眈眈，是他之前说“星期天，我要到下午三四点后才能过来”或“我今天得早点走”时从未有过的。她从他面前转过身，打开笔记本电脑，查阅博客。一个火炉在她内心深处自动点燃。他也有所察觉他那番话贸然的含意，因为他过来，站在她旁边。

“柯希从不喜欢让我下厨。在妻子应尽的职责上，她有着委实基本、主流的观念。在她看来，我想下厨是对她的一种控诉，我觉得那幼稚可笑。所以我作罢，只为相安无事。我做煎蛋饼，但仅此而已，我们俩假装我做的苦叶汤不如她做的好。我的婚姻里有许多假装，伊菲，”他停顿了一下，“我和她结婚时正是我内心脆弱的时候；当时我的人生经历了许多剧变。”

她说，背对着他：“奥宾仔，你还是去煮意大利面吧。”

“我觉得我对柯希负有巨大的责任，但仅是责任而已。我想让你知道这一点。”他轻柔地转过她的身体，让她面向他，抓着她的肩膀，他看上去仿佛还有别的想说的话，但盼望她帮他把话讲出来，她的心中为此迸发出一股新的怨恨。她转回身，对着她的笔记本电脑，满腔想毁荡、想又砍又烧的冲动。

“我明天和通德·拉扎克吃晚饭。”她说。

“为什么？”

“因为我喜欢。”

“你前几天说你不想去的。”

“你回家，和妻子一同上床时，做了什么？做了什么？”她问，又感觉自己想哭。他们之间有某些东西出现裂缝，变了质。

“我想你该走了。”她说。

“不。”

“奥宾仔，求求你，走吧。”

他不肯离去，事后，她为他没有离去而感庆幸。他煮了意大利面，她把面条在盘子里拨来拨去，她的嗓子干渴，她没了胃口。

“我永远不会要求你做什么。我是一个成年人，在我走入这段关系时，我就知道你的处境。”她说。

“请别讲那种话，”他说，“那令我惶恐。那使我觉得自己是可有可无的。”

“那与你无关。”

“我知道。我知道唯有这样，你才能感觉在这段关系中有一点尊严。”

她看着他，连他的通情达理也开始惹恼她。

“我爱你，伊菲。我们彼此相爱。”他说。

他的眼睛里有泪水。她也哭了起来，一种无助的哭，他们抱住彼此。后来，他们一起躺在床上，空气中万籁俱寂，他肚子的咕咕声显得格外响亮。

“是我的肚子还是你的？”他问，用打趣的口气。

“当然是你的。”

“记得我们第一次做爱吗？你整个人站在我身上。我爱你站在我身上。”

“现在我不能站在你的身上。我太胖。你会死的。”

“别胡说。”

最后，他起身，穿上裤子，他的动作缓慢、不情愿。“我明天不能过来，伊菲。我得带女儿——”

她打断他的话。“没关系。”

“我星期五去阿布贾 。”他说。

“嗯，你说过。”她在努力驱走即将被抛弃的感觉；那种感觉会在他一走、她听见门关上的咔哒声之际排山倒海地向她袭来。

“和我一起去吧。”他说。

“什么？”

“和我一起去阿布贾。我只需开两个会，我们可以过周末。换个地方，有利于我们好好谈一谈。而且你从没去过阿布贾。假如你想和我分开住，我可以定两个酒店房间。答应吧。求求你。”

“行。”她说。

先前她一直不准自己这么做，但等他走后，她上脸书看了柯希的照片。柯希的美惊为天人，那颧骨，那毫无瑕疵的皮肤，那完美的女性曲线。当她看见有一张照片的角度暴露出她的缺点时，她仔细端详了一会儿，从中感到小小的幸灾乐祸。

她正在发廊，他给她发了一条短信：对不起，伊菲，可我想我或许应该一个人去阿布贾。我需要一点时间把事情想清楚。我爱你。她盯着那条短信，手指在颤抖。她回了他两个词：混账，懦夫。接着她转向编发师。“你打算在吹干我的头发时用那把梳子吗？你想必是在开玩笑。你们这些人不会动动脑子吗？”

那位编发师一头雾水。“阿姨，对不起哦，可之前在弄你的头发时我用的就是那一把。”

待伊菲麦露的车驶入她的大院时，奥宾仔的路虎车停在她的公寓前。他跟随她上楼。

“伊菲，求求你，我希望你能谅解。我觉得那有一点太快了，我们之间的一切，我想花些时间理清头绪。”

“有一点太快了，”她重复道，“真是老掉牙。完全不像你。”

“你是我爱的女人。那是任何东西都不能改变的。但我感到有义务做我需要做的事。”

她不愿面对他，他嗓音的沙哑，他话里语焉不详、轻易的空洞。“有义务做我需要做的事”，那是什么意思？是指他想继续和她见面，但必须维持婚姻吗？是指他不能再继续和她见面吗？当他想清楚传达讯息时，他做得到；但眼前的他，用苍白无力的话做挡箭牌。

“你在说什么？”她问他，“你在试图告诉我什么？”

当他保持沉默时，她说：“滚。”

她走进卧室，锁上门。从卧室窗口，她凝望他的路虎车，直至那消失在马路的拐角。

54

阿布贾有辽远的地平线，宽阔的马路，秩序井然。从拉各斯来的人，会震惊于这儿的条理和空间。空气中散发着权力的味道。这儿人人掂量他人，想知道每一个有多少“分量”。空气中散发钱的味道，轻易赚来的钱，轻易交换得来的钱。空气中充溢的还有性。奥宾仔的朋友希迪说，他在阿布贾不追女人，因为他不想得罪部长或议员。这里的每个妩媚动人的年轻女子都变得神秘可疑。阿布贾比拉各斯更保守，希迪说，因为这儿的穆斯林比拉各斯多。宴会上，女人不穿暴露的衣服，但在这里你要从事性交易却如此容易得多。正是在阿布贾，奥宾仔差一点做出对柯希不忠的事，不是和什么戴着彩色隐形眼镜、侧过头垂下假发、不停向他投怀送抱的俗艳的姑娘，而是和一位身穿长袍、在酒店吧台与他邻座的中年妇女，她说：“我看得出你百无聊赖。”她的神情里带着寻求狂放的饥渴，大概是一位压抑、沮丧的人妻，在这一晚挣脱了枷锁。

一时间，淫欲——一种颤动、原始的淫欲，征服了他。可他想到，事后他将益发百无聊赖得多，一心只想把她赶出他的酒店房间，整件事似乎太过麻烦。

她终将找到一个男人，这类男人在阿布贾有很多，他们住在酒店和临时的家中，过着无所事事、油嘴滑舌的生活，奴颜婢膝，讨好有关系的人，以便获得一纸合同或收到合同的付款。奥宾仔上一次去阿布贾时就碰到这样一个人，他和他一点不熟，那人朝在吧台另一端的两名年轻女子看了一会儿，然后随口问他：“你有多余的避孕套吗？”他语塞。

此刻，在阿索库柔的普罗梯酒店，坐在铺着白色桌布的餐桌前，等待埃杜斯科，想买他那块地的商人，他想象伊菲麦露在他旁边，好奇她对阿布贾会有什么看法。她会讨厌这里，这里没有灵魂，也许不会。她的心思不易预测。有一次，在维多利亚岛的一家餐厅用餐时，阴沉着脸的侍应生在旁边走来走去，她似乎心不在焉，眼睛盯着他身后的墙壁，他担忧她在烦恼某些事。“你在想什么？”他问。

“我在想，拉各斯所有的画怎么看上去都是歪的，从没有一幅挂直过。”她说。他笑起来，感到与她在一起时，他和过去与别的女人在一起时都不一样：开心，关心，有一颗活泼的心。后来，当他们离开餐厅时，看她一蹦一跳避开大门旁坑洞里的水洼，他心生一念，欲把拉各斯所有的马路填平，为了她。

他心乱如麻：前一分钟他以为那是正确的决定，不叫她一起来阿布贾，因为他需要把事情想清楚，下一分钟他满心自责。他也许已经把她推开。他打了许多次电话给她，发短信，问他们可否谈一谈，但她不理睬他，说不定那样更好，因为假如他们真的交谈，他不知道他要说什么。

埃杜斯科到了。一个洪亮的嗓音从餐厅门廊隆隆传来，他在讲电话。奥宾仔和他不熟——他们以前只有过一次生意上的往来，经一位他们共同认识的朋友介绍——但奥宾仔钦佩像他这样的人，不结交权贵，没有关系，用一种不违背资本主义简单逻辑的方式赚钱发财。埃杜斯科只上过小学，后开始当学徒从商；他靠在奥尼查的一个货摊起家，现今拥有全国第二大的运输公司。他走进餐厅，迈着勇猛的步伐，挺着大肚子，高声讲着蹩脚的英语；他没有想过怀疑自己。

后来，当他们商议土地价格时，埃杜斯科说：“哎，我的老兄。你不以那个价格卖给我，没有人会买。形势严峻。经济衰退波及每个人。”

“兄弟，你高抬一点贵手吧。我们在讨论的是位于马伊塔马的土地，不是你村里的土地。”奥宾仔说。

“你的胃口太大。你还想要什么？你瞧，这就是你们伊博人的毛病。你们不讲兄弟情义。那是我喜欢约鲁巴人的原因，他们关照彼此。你知道吗，前几天，我去我家旁边的国内税收所，那儿有一个人，是伊博人，我看见他的名字，用伊博语同他讲话，他竟然不搭理我！豪萨人会和他的豪萨同胞讲豪萨语。约鲁巴人无论在哪里看见约鲁巴人，便讲约鲁巴语。可伊博人对伊博人讲英语。我其实挺惊讶，你竟然和我讲伊博语。”

“没错，”奥宾仔说，“这让人悲哀，这是一个民族落败后的后遗症。我们在比亚夫拉内战中输了，学会了知耻。”

“这根本是自私！”埃杜斯科说，对奥宾仔的高谈阔论不感兴趣。“约鲁巴人正在协助他的兄弟，可你们伊博人呢？听听你说的，瞧你现在给我的这个报价。”

“行，埃杜斯科，我何不把那块地免费给你呢？我现在就去把地契拿来，交给你。”

埃杜斯科大笑。埃杜斯科欣赏他，他看得出来。他想象埃杜斯科在聚会上谈起他，周围是其他白手起家的伊博人，粗莽、发奋，一边应付庞大的生意，一边养活人数浩繁的大家庭。尊敬的奥宾仔，他想象埃杜斯科说，奥宾仔不像某些有钱而没本事的小子。这家伙不笨。

奥宾仔看着自己快喝完的那瓶古尔德啤酒。说来奇怪，没有伊菲麦露，一切均黯然失色；连他最喜欢的啤酒也变了味。他本该带她一起来阿布贾的。声称他需要时间把事情想清楚，而实际他只是在逃避一个他早已清楚的真相，这愚蠢荒唐。她骂他懦夫，这的确是一种懦弱，他害怕失序，害怕打破他并非想要的东西：他和柯希的生活，那第二层从未真正贴合他的皮囊。

“好吧，埃杜斯科，”奥宾仔说，陡然感到意兴阑珊，“那块地，我不卖也不能拿来当饭吃。”

埃杜斯科一脸错愕。“你的意思是你接受我的报价？”

“是的。”奥宾仔说。

埃杜斯科离开后，奥宾仔一遍又一遍地给伊菲麦露打电话，可她不接。也许她的手机铃声关了，她在餐桌旁吃饭，穿着那件她时常穿的粉红T恤，领子上有个小洞，胸前印着“负心人咖啡馆”；她的乳头变硬时，会像引号似的把那几个字括起来。想到她的粉红T恤，他的欲火被点燃了。抑或她正在床上看书，她的非洲印花长袍像毯子似的盖在身上，里面只穿了纯黑的平角内裤，没有别的。她的内裤全是纯黑的平角短裤，少女风的内衣令她发噱。一次，他捡起顺着她大腿滑下来、被他扔在地上的平角内裤，看了看裆处乳白色的结痂，她大笑着说："哈，你想要闻一闻吗？我从不理解嗅闻内衣那整档子事。"抑或她在笔记本电脑前，处理她的博客。或是和阮伊奴豆出去了。或是在和戴克通电话。或者可能和某个男人在她的客厅，向他讲格雷厄姆·格林。一想到她有了别人，他的心翻江倒海。当然她不可能有别人，不会这么快。然而，她个性里那股不可预测的倔强，她说不定会为了伤他而那么做。就在第一天，当她告诉他"和其他男人在一起时我总是看见天花板"之际，他想知道有过几个。他想问她，可他没有，因为他害怕她会告诉他真实的数字，他害怕自己会永远被那个数字所折磨。她当然知道他爱她，可他怀疑，她是否知道他对这份爱的投入，每一天都受她的感染，受她的影响；她甚至执掌了他的睡眠。"金伯莉爱慕她的丈夫，而她的丈夫爱慕自己。她应该离开他，可她永远不会。"有一次她说，讲到她在美国打工那户人家的女主人，那个"心地纯净"的女人。伊菲麦露的话总是轻松欢快，无一丝阴郁之色，但他仍在那话里听出了言外之意的刺。

当她向他讲述她在美国的生活时，他如饥似渴地谛听。他想参与她做过的每一件事，熟谙她有过的每一种心情。一次，她告诉他："跨文化恋爱的最大特点是你花诸多时间解释。我的前男友和我花许多时间在解释上。我有时好奇，假如我们来自同一个地方，我们会不会压根彼此无话可说。"听到那个，他感到欣喜，因为那给了他与她的恋情一种深度，不存在琐碎的新奇感。他们来自同一个地方，他们依旧彼此有很多话可聊。

一次，在他们谈论美国的政治时，她说："我喜欢美国。那是除了这儿以外，真正唯一我可以生活的地方。但有一天，布莱恩的一帮朋友和我聊起小孩，我发现，假如我真有孩子的话，我不希望他们过美国式的童年。我不希望他们向大人说‘嗨’，我希望他们说‘早上好’、‘下午好’。我不希望他们在有人向他们问好时咕哝一句‘好’。或是在被问到他们几岁时伸出五根手指。我希望他们说‘我很好，谢谢’、‘我五岁’。我不希望孩子活在表扬声中，做出一点成绩就期盼奖励，打着表现自我的名义和大人顶嘴。那是不是太保守了？布莱恩的朋友说是，对他们而言，‘保守’是你可能受到的最严重的侮辱。”

他笑起来，遗憾自己没有和“那帮朋友”同时在场，他希望那个假想的孩子是他的，那个懂礼貌、保守的小孩。他告诉她：“那孩子会满十八岁，把她的头发染成紫色。”她说：“是，但到那时，我估计已经把她踢出家门。”

在阿布贾机场，准备回拉各斯时，他考虑改去国际侧厅，买一张票前往某个奇想之地，比如马拉博。然后他闪过一抹对自己的憎恶，因为他，当然不会那么做；相反，他会做他理当做的事。在他正要登上飞拉各斯的航班时，柯希打电话来。

“航班准点吗？记得我们要接奈杰尔出去庆生。”她说。

“我当然记得。”

她那端出现停顿。他的话恶声恶气。

“对不起，”他说。“我有点头痛。”

“亲爱的，对不起，我知道你累了，”她说，“稍后见。”

他挂了电话，回想他们的宝宝，滑溜溜、满头鬈发的布琪，在休斯顿林地医院出生的那天，当他仍在胡乱扯弄橡胶手套时，柯希带着几分似是歉意的语气，转向他说：“亲爱的，下次我们会生一个男孩。”他骇然。当下他意识到她并不了解他。她一点不了解他。她不了解他不在乎孩子的性别。他对她产生了淡淡的鄙夷，缘于她因为他们理当想要一个男孩而想要一个男孩，缘于她能够在他们的第一个孩子才刚出世，就说出“下次我们会生一个男孩”那番话。也许他本该和她多谈一谈，关于他们期待的这个宝宝和其他的一切，因为虽然他们彼此间有说有笑，是好朋友，分享惬意的沉默，但他们不曾深入倾谈。然而他从未试过，因为他知道，他发出的人生疑问和她的全然不同。

他从一开始就知道这一点，在他们经朋友介绍认识后的第一次交谈中就已察觉到，那是在一次婚礼上。她穿着紫红色的伴娘缎子礼服，低胸，露出乳沟，他止不住看向那儿。有人在致辞，形容新娘是“一个贞淑的女人”，柯希热切地颔首，对他耳语：“她是一个不折不扣贞淑的女人。”那令他惊讶，她在使用“贞淑”一词时能丝毫不含反讽之意，犹如周末报纸女性栏目文笔拙劣的文章里所使用的一样。部长夫人是一位朴实贞淑的贤妇。然而，他依旧想得到她，不遗余力地一心追求她。他从未见过一个女人有如此完美高耸的颧骨，那使她的整张脸显得如此生动，如此富有立体感，在她微笑时上扬。他亦新发了财，新迷失了方向：前一周他身无分文，窝在表姐的公寓；下一周，他的银行账户里有了数百万奈拉。柯希成了一块检验真实性的试金石。假如他能和她在一起，她有如此非凡的美貌却又如此平凡，循规蹈矩、顾家、专情，那么也许他的人生会开始像是他真实可信的人生。她从和朋友合住的公寓搬入他的房子，把她的香水一瓶瓶排放在他的五斗柜上，柑橘调的芬芳，他开始把那和家联系起来。她坐在宝马车里、在他的身旁，仿佛那一贯就是他的车。她偶尔不经意地提出去国外旅游，仿佛他一贯有这样的经济能力。他们一同沐浴时，她用粗硬的海绵擦洗他的身体，连脚趾间也不漏过，直到他有重生的感觉为止。直到他掌握了自己的新人生为止。她和他没有共同的兴趣爱好——她只讲究实际，不看书，她满足于眼前的生活，对世界缺乏好奇——但他感激她，为和她在一起而感到幸运。后来她告诉他，她的亲戚在问他有什么打算。“他们就是一直问个不停。”她说，强调“他们”，把自己排除在那逼婚的嚣声之外。他识破，并厌恶她的耍手腕。然而，他还是同她结了婚。他们反正都住在一起了，他也没有不开心，他想象，随着时间的推移，她会有所长进。四年过去了，她没有，除了外表——在他看来，那使她的容貌益发美丽、青春，臀部和胸益发丰满，像一棵精心浇灌的室内植株。

奥宾仔觉得好笑，奈杰尔决定移居尼日利亚，而不是只在但凡奥宾仔需要搬出他的白人总经理时才来。钱是好东西，现在奈杰尔能在埃塞克斯过上他以前根本不曾想象过的那种生活，可他愿意住在拉各斯，至少暂住一段时间。于是奥宾仔开始喜滋滋地等着，看奈杰尔何时厌倦胡椒汤、夜总会和在库拉莫海滩大排档的饮酒作乐。可奈杰尔仍未走，住在位于伊科伊的公寓，有一个住家帮佣，还有他的狗。他不再说“拉各斯滋味无穷”，他对交通的抱怨增多了，他终于斩断了对前一任女友的相思，那是一个来自贝努埃州的女孩，有一张漂亮的脸蛋，为人虚情假意，离开他，跟一个有钱的黎巴嫩商人跑了。

“那家伙头全秃了。”奈杰尔告诉奥宾仔。

“问题出在你，我的伙计，你的爱来得太容易太泛滥。任谁都能看出那女孩是个骗子，在钓下一条更大的鱼。”奥宾仔告诉他。

“别说‘更大的鱼’那种话，哥们儿！”奈杰尔说。

如今，他结识了乌尔丽克，一个精瘦、脸部棱角分明的女人，身材像年轻小伙，在大使馆工作，似乎决心在气鼓鼓中完成她在尼日利亚的任期。就餐时，她在开始吃以前用餐巾擦拭刀叉。

“你在你的祖国不那么做吧，是吗？”奥宾仔冷冷地问。奈杰尔朝他投去惊愕的一瞥。

“事实上我也那么做。”乌尔丽克说，直直地与他对视。

柯希在桌下轻拍他的大腿，仿佛想安抚他，这叫他恼火。同样叫他恼火的是，奈杰尔突然谈起奥宾仔正在计划兴建的连排别墅，说新建筑师的设计多么令人兴奋，战战兢兢地企图终止奥宾仔和乌尔丽克的对话。

“内部格局漂亮极了，使我想起有些照片里纽约挑高宽敞的豪华公寓。”奈杰尔说。

“奈杰尔，我不打算用那个方案。开放式厨房的设计对尼日利亚人根本行不通，我们的目标客户是尼日利亚人，因为我们要出售，不是出租。开放式厨房的设计适于外派人员，而外派人员不会在这里购置房产。”他已经向奈杰尔讲过很多遍，尼日利亚人下厨不是摆摆样子，需要又捣又舂。那既会累得出汗，又气味辛辣，尼日利亚人情愿展示最后的成品，而不是过程。

“别再聊工作啦！”柯希欢快地说，“乌尔丽克，你尝过尼日利亚的食物吗？”

奥宾仔蓦地起身，朝洗手间里走去。他打电话给伊菲麦露，当她仍旧不接时，他感觉怒上心头。他怪责她。他怪责她使他变成一个无法完全控制自己情绪的人。

奈杰尔走进洗手间。“怎么了，哥们儿？”奈杰尔的双颊绯红，和平时他喝过酒后一样。奥宾仔站在水池旁，拿着他的电话，那股意兴阑珊的倦怠再度扩散至他全身。他想向奈杰尔吐露，奈杰尔也许是他唯一推心置腹的朋友，但奈杰尔视柯希为梦中情人。“她太淑女了，哥们儿。”奈杰尔有一次对他说，他在奈杰尔的眼中看见一个男人对那种永远无法企及之物的温柔、倾倒的渴念。奈杰尔会当他的听众，但奈杰尔不会懂。

“抱歉，我不该对乌尔丽克出言无状的，”奥宾仔说，“我只是累了。我怀疑我染上了疟疾。”

那晚，柯希悄悄贴近他，采取主动。那不是情欲的表达，她爱抚他的胸口，把手往下伸，握住他的阳具，而是一种献身式的主动。几个月前，她说过她希望开始认真地“尝试要个儿子”。她不是说“尝试要第二个孩子”，她说“尝试要个儿子”，这是她在教会里学来的那套东西。言语中包含威力。把你心中想的奇迹讲出来。他记得，第一次在经过几个月的努力而未有身孕时，她开始绷起脸，振振有词地说：“我生活非常坎坷的朋友，个个都怀孕了。”

布琪出生后，他答应在柯希的教会举办一个感恩仪式，拥挤的大厅里全是盛装打扮的人，是柯希的朋友、柯希的同类。在他眼里，他们是乌泱泱一群头脑简单的野蛮人，拍手、摇摆的头脑简单的野蛮人，他们在一身名牌西装的牧师面前全都俯首听命、任凭自己被摆布。

“怎么了，亲爱的？”柯希问，他在她手里依旧软绵绵的，“你身体无恙吧？”

“只是有点累。”

她的头发包在黑色的发网里，她的脸上抹了薄荷味的面霜，是他平素喜欢的。他转过身背向她。自他初次吻了伊菲麦露那天起，他就一直背转身去。他不应该做比较，可他还是做了。伊菲麦露向他提出要求。“不，还不能射，你要是射的话我宰了你。”她会说。或是，“别，宝贝，不准动”，然后她会埋首进他的胸膛，照她自己的节奏律动，当她终于弯腰后倒，发出尖锐的叫声时，他有一种因满足了她而产生的成就感。她期望获得满足，而柯希没有。柯希总是顺从地迎合他的抚摸，有时他会猜想，她的牧师教诲她，妻子应该和丈夫发生性关系，即便妻子不乐意，否则丈夫会在无耻的荡妇身上寻求抚慰。

“但愿你不是生病了。”她说。

“我没事。”平时，他会搂着她，缓缓搓揉她的背，直至她睡着。但此刻他无法让自己做出那个举动。在过去的几周里，他无数次想开口告诉她有关伊菲麦露的事，但结果没有。他要说什么？那听上去会像是一部可笑电影里的桥段。*我爱上了另一个女人。有了别人。我将离你而去。*这些是谁都可以正经讲出的话，脱离了电影，脱离了书页，显得怪异。柯希的双臂正环住他。他轻轻脱身，嘟囔了一句他的胃不舒服，走进厕所。她放了新的干花，一个紫色的碗里混合了风干的树叶和种子，在马桶水箱的盖子上。过于浓烈的薰衣草香味令他窒息。他拿起碗把那倾倒进马桶，之后立刻追悔莫及。她是好意。毕竟，她不知道过于浓烈的薰衣草香会令他生厌。

第一次和伊菲麦露在爵士谷见面后，他回到家，告诉柯希，“伊菲麦露在城里。我同她喝了一杯东西”，柯希说：“哦，你大学时的女朋友。”满不在乎的语气如此之满不在乎，令他无法完全采信。

他为什么告诉她？也许因为就在当时他已察觉到自己内心的那股力量，他想让她有所准备，循序渐进地向她透露。可难道她看不出他的变化吗？难道她在他的脸上看不出来吗？从他有多少时间独自待在书房，从他多么频繁的外出和迟迟不归中？他曾自私地期望，那也许会疏远她，激怒她。可每次，她总是点头，若无其事、欣然接受地点头，任他告诉她，他去了俱乐部或是奥克伍迪巴家。一次，他说他仍在和美兆通讯的新阿拉伯东家谈那笔艰难的生意，他随口说出“那笔生意”，仿佛她先前已知晓似的，而她作了含糊的鼓励之语。但其实他跟美兆通讯一点瓜葛也没有。

翌日早晨，他无精打采地醒来，脑海里积了厚厚一层哀愁。柯希已经起床，洗完澡，正坐在梳妆台前，那儿摆满了各种霜和水，排列得如此仔细，使他有时想象着把手伸到桌子下，将那掀翻，只为瞧瞧那些瓶子各会有什么下场。

“你有一阵子没做鸡蛋给我吃了，仔德。”她说，她看见他醒了，过来亲了他一下。于是，他为她做了鸡蛋，然后在楼下客厅陪布琪玩耍，后来布琪睡着了，他看报纸，自始至终，他的头脑里都蒙着那层哀愁。伊菲麦露依旧不接他的电话。他上楼去卧室。柯希正在清理一间壁橱。一堆鞋子，高高的鞋跟竖着，摊在地上。他站在门旁，平静地说：“我不快乐，柯希。我心里有了别人。我想离婚。我会确保你和布琪衣食无忧。”

“什么？”面朝镜子的她转过身，茫然地看着他。

“我不快乐。”那不是他计划中的说辞，但他压根没有计划过该说什么。“我爱上了别人。我会确保……”

她举起手，用伸开的手掌对着他，叫他住口。别再说了，她的手表示。别再说了。她不想知道更多，这令他恼恨。她的手掌苍白，几近通透，他能看见纵横交错的青筋。她放下手。接着，慢慢地，她下跪。对她而言，下跪，这是一个不难的屈身动作，因为她祷告时常那么做，在楼上的电视房，和家里的帮佣、保姆及其他任何同他们在一起的人一起。“布琪，嘘。”她会在祷词中间说，而布琪会继续她的牙牙之语。但在结束时，布琪总是用高亢嘹亮的嗓音喊出："阿门！"当布琪以那样的喜悦、那样的兴致讲出"阿门！"时，奥宾仔担心她长大后，会用"阿门"那个词，打消她想向这个世界发出的疑问。此刻，柯希正跪倒在他面前，他不想弄明白她在做什么。

"奥宾仔，这是一个家，"柯希说，"我们有一个孩子。她需要你。我需要你。我们必须保持这个家的完整。"

她跪着，乞求他不要离开，他宁可她大发雷霆，而不是这样。

"柯希，我爱的是另一个女人。我真不愿像这样伤害你，可……"

"这和另一个女人无关，奥宾仔。"柯希说着，从地上站起来，她的声音变得强硬，眼神变得冷酷。"这关系的是保持这个家的完整！你在上帝面前发过誓。我在上帝面前发过誓。我是一个好妻子。我们有婚姻。你以为你可以就这样，因为你过去的女友来了城里而毁掉这个家庭吗？你知道当一个有责任的父亲是什么意思？你对楼下那个孩子负有责任！你今天所做的，会断送她的人生，使她到死的那天都残缺不全！这一切只因你过去的女朋友从美国回来了？因为你们做爱时的高难度体位让你回想起了大学时光吗？"

奥宾仔向后退却。所以她知道。他离开，去了书房，锁上门。他厌憎柯希，因为一直以来她知道却佯装不知，因为那在他心中留下的泥泞般的耻辱。他保守着一个根本不是秘密的秘密。多重式的内疚压垮了他，内疚的不仅是因为想要离开柯希，也因为当初和她结了婚。他原本可以不和她结婚，明明知道他不应该这么做的，而现在，他们有了孩子，他却要离开她。她决意要维持婚姻，这是他欠她最起码的，维持婚姻。一想到要维持这段婚姻，他顿时浑身惶恐；没有伊菲麦露，未来如一片没有尽头、没有快乐的死水浮现在眼前。接着他告诫自己，是他糊涂，太感情用事。他必须顾及他的女儿。然而，当他坐着，转动椅子，找寻书架上的一本书时，他感觉自己的人已经不在这儿。

鉴于他躲进书房，睡在那儿的沙发上，鉴于他们彼此没有再说别的话，他以为第二天柯希不会想去参加他朋友艾哈迈德的孩子的受洗庆祝会。可到了早晨，柯希在他们的床上摊放了她的蓝色蕾丝长裙，还有他的蓝色塞内加尔长袍，中间是布琪的荷叶边蓝色天鹅绒连衣裙。她以前从未那么做过，为他们三个准备统一颜色的行头。走到楼下，他看见她做了煎饼，是他喜欢的厚厚的那种，摆在早餐桌上。布琪吐了一点阿华田在她的桌垫上。

“赫齐卡亚老是打电话给我。”柯希沉吟地说，讲的是她在奥卡的堂弟，那人只在要钱时打电话来。“他发了一条短信说他联络不到你。我不明白他为什么装作不知道你是故意不接他的电话。”

她说出这话叫人奇怪，嘴上讲着赫齐卡亚的装模作样，自己却沉浸在装模作样中。她把切成小方块的新鲜菠萝放在他的盘子上，仿佛前一晚的事从未发生过。

“不过你还是帮他点什么吧，无论多么小的忙，否则他会缠着你不放。”她说。

“帮他点什么”等于给他钱，奥宾仔突然间痛恨起伊博人每当提到钱时那诉诸婉语的倾向，转弯抹角，打哑谜而不直接明言。帮这个人找点什么事，帮那个人做点什么。这让他光火。这是怯懦的表现，尤其是对一个在其他方面毫不留情、干脆直接的民族来说。混账，懦夫，伊菲麦露骂他。就连给她发短信、打电话也是某种怯懦的行为，明知她不会回应。他本可以去她的公寓，敲她的门，即便结果只是让她赶他走。同样有几分怯懦的是，他没有再度向柯希提出他要离婚，他退缩进柯希否认事实的安乐窝里。柯希从他的盘中拿了一块菠萝，吃下去。她坚定不移，死心塌地，镇静。

“抓着爸爸的手。”那天下午当他们走进艾哈迈德欢闹的大院时，她对布琪说。她一意想回归常态。

她一意想让美满的婚姻成真。她拿着用银色纸包起来的礼物，是给艾哈迈德的宝宝的。在车里，她告诉了他那是什么，可他业已忘了。帐篷和自助餐桌星罗棋布于广阔的大院里，那儿郁郁葱葱，经过设计，后面可建一个游泳池。一支现场乐队在演奏。两个小丑跑来跑去。孩子们手舞足蹈，尖叫连连。

“他们用的乐队和我们为布琪办派对用的是同一支。”柯希轻声说。她曾要求为庆祝布琪的降生而举行一个盛大派对。那一整天他恍恍惚惚，一个气泡介于他和派对之间。当典礼主持人说“初为人父”时，他居然惊愕，意识到主持人指的是他，他正是那个初为人父的。一位父亲。

艾哈迈德的妻子西凯和他拥抱，捏捏布琪的脸颊。人们四处转悠，封闭的空气里弥漫着欢声笑语。他们夸赞那个新生的宝宝，由戴眼镜的祖母抱着，睡在她的怀中。奥宾仔赫然想到，几年前，他们参加婚礼，如今是受洗礼，不久将是葬礼。他们会死。在跋涉完人生后，他们全会死，无论他们活得快乐不快乐。他努力甩除笼罩着他的愁云惨雾。柯希带布琪朝客厅入口旁的那群妇女和小孩走去。有一圈人围着在玩某种游戏，圈子中央是个红嘴唇的小丑。奥宾仔望着自己的女儿——她笨拙的步态，蓝色的发带点缀着绢花，戴在她头发浓密的脑袋上，她抬头用恳求的目光看着柯希的模样，她的表情令他想起自己的母亲。他不忍想到布琪长大后对他心怀恨意，缺乏某些他本该可以给她的东西。但照理，要紧的不是他离不离开柯希，是他多久见一次布琪。他会住在拉各斯，反正，他会确保尽可能时常去看她。许多人在成长过程中没有父亲。他自己就是，虽然那个理想化、凝固在快乐的童年回忆里的父亲，一直陪伴着他，给他慰藉。自从伊菲麦露回来后，他不知不觉搜寻起放弃婚姻的男人的故事，一心希望那些故事有好的结局，孩子情愿要一对分开的父母，而不是婚姻不幸福的父母。可大部分故事里有的是愤懑的孩子，怨恨离婚，宁可不快乐的父母继续生活在一起。一次，在俱乐部，他心头一振，听见一个年轻人对几个朋友谈起他自己父母的离婚，说那使他感到宽慰，因为父母的不快乐是沉重的负担。“正是他们的婚姻，阻挠了我们生活中的幸福，最糟的地方是他们甚至不吵不闹。”

奥宾仔在吧台另一端发话：“说得好！”引来每个人异样的目光。

当他仍在望着柯希和布琪与红嘴唇的小丑说话时，奥克伍迪巴到了。“仔德！”

他们拥抱，用力拍背。

“中国怎么样？”奥宾仔问。

“这些中国人，呃。非常狡猾。你知道，我那项目之前的几个白痴，和中国人签了一大堆胡乱的协议。我们想重新审核其中的部分条款，可这些中国人，开会时一来五十个人，带着文件，一味叫你‘签这儿，签这儿！’他们会用讨价还价来和你进行疲劳战，直到你的钱连同你的钱包都落进他们手里为止。”奥克伍迪巴哈哈一笑。“来吧，我们上楼去。我听说艾哈迈德存了好多瓶唐培里侬顶级香槟在那儿。”

楼上，在那像是餐厅的屋子里，厚重的酒红色窗帘拉拢了，遮挡去日光，一盏明亮精美的枝形吊灯，宛如水晶做的结婚蛋糕，悬挂在天花板中央。男人围坐在大橡木桌旁，上面摆满了葡萄酒和烈酒，还有一盘盘米饭、肉和色拉。艾哈迈德进进出出，一边给上菜的人下达指令，一边旁听谈话，插上一两句。

“有钱人不真正把部落放在眼里。可你越到基层，部落越至关重要。”艾哈迈德说这些时，奥宾仔和奥克伍迪巴走了进来。奥宾仔喜欢艾哈迈德冷嘲热讽的天性。艾哈迈德在移动电话公司兴起之际租下了拉各斯地理位置关键的屋顶，如今他把屋顶转租给那些公司当基站，赚得了他戏称的在国内唯一一笔干净轻松的钱。

奥宾仔和屋内的人握手，大多数是他认识的，并问上菜的人——一个把葡萄酒杯放在他面前的姑娘，可否给他换成可乐。酒精会使他在自己的泥沼里陷得更深。他谛听周围人的谈话、说笑、激将、讲述又复述。接着，如他所知一成不变地，他们开始抨击政府——贪赃舞弊的钱，未完成的合约，烂尾的基础设施。

“瞧，在这个国家，很难找到一位廉洁的公职人员。一切的组织架构，就是让你贪赃舞弊。而最糟的地方是，人们希望你贪赃舞弊。你的亲戚希望你贪赃舞弊，你的朋友希望你贪赃舞弊。”奥卢说。他长得很瘦，一副懒散的模样，动辄喜欢夸耀自己，那是伴随他继承的财富、他大名鼎鼎的姓氏而生的。一次，有人摆明请他担任一个部长之职，他答复——据坊间传说：“可我不能住在阿布贾，那儿没有水。离开了我的船，我活不下去。”奥卢刚离婚，他的妻子莫雷妮可是柯希大学时的朋友。他时常向莫雷妮可念叨，要只是略微超重的她减肥，要她保持身材以使他保持兴趣不减。他们离婚期间，她在家中的电脑上发现了一批暗藏的色情图片，全是肥胖的女人，手臂和肚皮上一圈圈的脂肪，从而她得出结论，柯希也同意，奥卢精神上有问题。

“为什么每件事一定是精神上有问题？这个男人就是有癖好。”奥宾仔告诉柯希。而今，他有时不知不觉在看奥卢时怀着好奇的兴味；人，你永远无法看透。

“问题不是公职人员贪赃舞弊，问题是他们贪得太多，”奥克伍迪巴说，“看这一个个州长。他们离开自己所在的州，来拉各斯大肆购买土地，这要等他们离职后方可染指。那是为什么今天没人买得起土地的原因。”

“一点没错！土地投机商正是这样破坏大家的定价。而且这些投机商是政府里的人。我们这个国家存在严重的问题。”艾哈迈德说。

“但这不仅是尼日利亚。世界各地都有土地投机商。”埃泽说。埃泽是屋里最有钱的人，拥有多口油井，和许多尼日利亚富豪一样，他不疑不虑，活在浑浑噩噩的快乐中。他收藏艺术品，他告诉每个人自己收藏艺术品。那令奥宾仔想起他母亲的朋友基内萝阿姨，一位文学教授，在哈佛待过短暂的时间，回来后，在他们家餐桌旁吃饭时对他母亲说：“问题在于，我们这个国家的中产阶级非常落后。他们有钱，但他们需要增长见识。他们需要学会品葡萄酒。”他的母亲委婉地回答道：“世界上穷人各有各的穷法，但富人似乎越来越千篇一律。”后来，等基内萝阿姨告辞后，他母亲说：“真荒唐。他们为什么要学会品葡萄酒？”奥宾仔受到震动——他们需要学会品葡萄酒——并且，在一定程度上，那亦令他失望，因为他向来喜欢基内萝阿姨。他想象有人对埃泽说了类似的话——你需要收藏艺术品，你需要学会欣赏艺术——于是这位人士怀着一种凭空虚造的兴趣，狂热地追求艺术。每次，奥宾仔看见埃泽，听他笨嘴拙舌地高谈他的收藏，他很想劝他把那全都捐出去，让自己解脱。

“土地价格对像你这样的人来说不成问题，埃泽。”奥克伍迪巴说。

埃泽笑起来，一种得意的赞同之笑。他脱了他的红西装上衣，挂在椅子上。他，假借时尚之名，摇摆在纨绔主义上；他总是穿戴原色，他的皮带扣总是硕大醒目，好像龅牙。

从桌子另一端传来梅库斯的话：“你们知道吗，我的司机说他通过了西非考试委员会的考试，可前几天，我叫他写一张清单，他根本写不出来！他不会拼‘boy’（男孩）和‘cat（猫）’！多神奇！”

“说到司机，前几天我的朋友告诉我，他的司机是个以赚钱为目的的同性恋，那人追随给他钱的男人，同时他的家中又有妻小。”艾哈迈德说。

“以赚钱为目的的同性恋！”有人重复道，伴随满堂的哄然大笑。查理·邦贝似乎格外乐不可支。他长了一张粗糙、疤痕累累的脸，属于那种会在一帮嘈杂的人当中最如鱼得水的那个，吃着胡椒调味的肉，喝着啤酒，看阿森纳的比赛。

“仔德！你今天可真安静。”奥克伍迪巴说，此时他已喝到第五杯香槟。“你还好吧？”

奥宾仔耸耸肩。“我没事。只是累了。”

“话说回来，仔德一向安静，”梅库斯说，“他是儒雅之士。那是因为他来这儿和我们坐在一起的缘故吗？这家伙读诗歌和莎士比亚。名副其实的英国绅士。”梅库斯因自己的冷笑话高声大笑。上大学时，他精通电子器件，他把别人认为坏到没救的镭射唱机修理好，他的电脑是奥宾仔见过的第一台个人电脑。他毕业后去了美国，没过多久就回来了，鬼鬼祟祟，富得流油，按许多人的说法他靠的是大规模的信用卡欺诈。他的家里到处装着闭路电视的摄像头，他的保安人员有自动步枪。如今，在谈话中只要一提美国，他会说：“你知道，自我在美国干了那一笔后，我永无可能再踏上那儿。”仿佛为消去他身后窃窃私语所带来的刺痛。

“没错，仔德是正经八百的绅士，”艾哈迈德说，“你们相信吗，西凯问我是否认识有像仔德的人，可以介绍给她妹妹？我说，哎——哎，你不找个像我这样的人和你妹妹谈婚论嫁，反倒要找个像仔德的人，亏你想得出来哦！”

“不，仔德的安静不是因为他是绅士。”查理·邦贝说，用他慢悠悠的方式，他浓重的伊博口音给他的话添加额外的音节，他放在面前占为己有的一瓶白兰地，已喝去一半。“那是因为他不想让人知道他有多少钱！”

他们大笑。奥宾仔素来猜想查理·邦贝是个虐打妻子的人。他毫无根据，他对查理·邦贝的私生活一无所知，甚至从未见过他的妻子。然而，每次见到查理·邦贝，他的脑中都会出现他用一根粗皮带虐打妻子的画面。他似乎残暴无度，这个狂妄、强悍的男人，这位教父——他因出钱资助州长竞选，现在几乎垄断了那个州的一切生意。

“别管仔德，他以为我们不知道莱基一半的土地都是他的。”埃泽说。

奥宾仔勉强地轻声一笑。他掏出手机，飞快地给伊菲麦露发了一条短信：请不要对我不理不睬。

“我们没见过，我叫达波。”坐在奥克伍迪巴另一边的那人说，伸手过来，热情地与奥宾仔握手，仿佛奥宾仔是刚蹦出来似的。奥宾仔敷衍地和他虚握了一下手。查理·邦贝提到他的财富，骤然间，他引起了达波的兴趣。

“你也涉足石油这一行吗？”达波问。

“不。”奥宾仔简慢地说。他之前听过达波谈话中的片语，他的工作是石油咨询，他的孩子在伦敦。达波估计是那种把妻儿安顿在英国，然后回尼日利亚来淘金的人。

“我只想说，那些控诉石油公司的尼日利亚人不明白，没了他们，这个国家的经济会崩溃。”达波说。

“假如你认为石油公司是在惠利我们，那你想必大大昏了头。”奥宾仔说。奥克伍迪巴诧异地看了他一眼，他语气中的冷淡与他的性格不符。“尼日利亚政府基本以筹现的方式注资石油工业，那些大石油公司反正已计划退出陆上开采。他们想把那留给中国人，然后只集中于离岸开采。那像是一个平行的经济体；他们不上岸，仅投资高科技设备，从几千公里深的海底泵出石油。没有当地员工。石油工人从休斯敦和苏格兰空运而来。所以，不，他们没有在惠利我们。”

“正是！”梅库斯说，“而且他们全是没教养的痞子。所有那些水下管道工、深海潜水员和懂得在水下修理自动维护装置的人。没教养的痞子，个个都是。你瞧他们在英航休息厅里的德性。他们在钻塔上一个月滴酒不沾，等他们到达机场时已烂醉如泥，他们在飞机上洋相百出。我的堂妹以前是空姐，她说，那闹到一个地步，以致航空公司不得不要求这些人就喝酒一事签下保证书，否则不许他们登机。”

“可仔德不坐英航的飞机，所以他不会知道。”艾哈迈德说。他曾笑话奥宾仔不肯坐英航的飞机，因为那毕竟是大亨乘坐的航空公司。

“当我是个坐经济舱的普通客时，英航把我当作一泡烂屎来对待。”奥宾仔说。

那些人大笑。奥宾仔希望此时他的手机会振动，又因他的希望而气恼。他起身。

“我需要找一下厕所。”

“笔直往前就是。”梅库斯说。

奥克伍迪巴跟随他出来。

“我准备回家了，”奥宾仔说，“我去找柯希和布琪。”

“为什么，仔德？怎么了？那不光是累吧？”

他们站在弧形楼梯旁，边上有华美的栏杆。

“你知道伊菲麦露回来了。”奥宾仔说，仅是讲出她的名字就令他心头一热。

“我知道。”奥克伍迪巴的意思是他知道的不止如此。

“是认真的。我想娶她。”

“啊——啊，你变成了穆斯林而没告诉我们吗？”

“奥克伍，我不是在开玩笑。我根本不该同柯希结婚的。我从一开始就知道。”

奥克伍迪巴深吸了一口气，然后吐出，仿佛要醒醒酒。“喂，仔德，我们很多人娶的都不是我们真爱的女人。我们娶的是当我们准备要结婚时出现在身边的那个女人。所以别想这事了。你可以继续和她约会，但无需做出那种白人的举动。倘若你的妻子怀了别人的小孩，或倘若你打她，那是离婚的理由。可站起来，说你和你的妻子并无矛盾，只是你想去找另一个女人？天哪。我们不这么干，拜托。”

柯希和布琪正站在楼梯底下。布琪在哭闹。“她摔了一跤，”柯希说，“她说一定要爸爸抱她。”

奥宾仔迈步走下楼梯。“布禾——布禾！出了什么事？”在还没走到她跟前时，她已经张开双臂，在等着他。

55

一日，伊菲麦露看见那只雄孔雀翩翩起舞，它的羽毛像扇子般展开，形成一个巨大的光环。那只雌的立在一旁，正啄食着地上的某些东西，然后，过了一会儿，它走开，无视雄孔雀璀璨夺目的羽毛。那只雄的似乎陡然打了个趔趄，也许是由于羽毛的重量，或是由于遭到拒绝的沉重打击。伊菲麦露拍了一张照片放在博客上。她好奇奥宾仔会作何感想，她记得他曾问她是否见过那只雄的起舞。有关他的回忆如此轻易地侵入她脑海；她会在广告公司的会议中间，记起奥宾仔用镊子拔去她下巴上一根倒长的汗毛，她仰面靠着枕头，他检查时非常细密、非常敏锐。每段回忆亮得刺目，令她晕眩。每次都随之带来一种无懈可击的失落感，一只巨大的包袱猛冲向她，她希望自己能躲闪，低下身子，让那与她擦身而过，这样她便可救自己一命。爱是一种伤痛。这正是小说家所指的受难。她以前常觉得那有点傻，为爱而受难的想法，但如今她明白了。她小心避开维多利亚岛上他的俱乐部所在的那条街，她不再去棕榈购物中心逛街，她猜想他也在避开伊科伊她活动的区域，不近爵士谷。她没在任何地方撞见过他。

起先，她没完没了地播放《扑通扑通》和《我的心哦》，后来她不这么做了，因为那些歌给她的回忆画上句点，好似哀乐。他敷衍塞责的短信和电话，他恹恹的努力，使她感到挫伤。他爱她，她知道，可他缺乏一定的魄力。他在责任面前软弱气短。参观完阮伊奴豆的公司回来后，她发表了一篇帖子，写政府拆除街头小贩的摊棚，一位匿名的评论者写道，这很有诗意。她知道那是他。她就是知道。

时间是早晨。一辆卡车，政府的卡车，停在高高的办公楼附近，旁边是街头小贩的摊棚，人们一拥而出，敲击、摧毁、铲平、践踏的人。他们摧毁摊棚，将之夷为横陈的木片。他们在履行他们的职责，身上的“拆除”字样犹如挺括的西装。他们本身在这样的摊棚里吃饭，假如这样的摊棚在拉各斯尽数消失，他们将无处解决午餐，因为他们买不起别的。但他们粉碎、践踏、敲击。其中一人掌掴一位妇女，因为她没有抓着她的锅和器皿逃跑。她站在那儿，试图同他们理论。后来，她的脸被打得红肿，她眼看自己做的松饼被尘土掩埋。她的目光顺着一条电话线投向萧瑟的天空。她尚不知道下一步要怎么办，但她会有所行动，她会重整重振，去别的地方，卖她煮得几乎稀烂的豆子、米饭和意大利面条，她的可乐、甜食和松饼。

时间是傍晚。高高的办公楼外，日光渐隐，员工班车正在等候。女士们朝车走去，穿着平底凉鞋，讲着无足轻重的寡淡的逸事。她们的高跟鞋装在包中。从一位女士没拉拉链的包里，一只鞋跟戳了出来，如一把钝匕首。男士们走向班车的步伐更快。他们走在一丛树下，就在几个小时前，那儿庇护着小吃摊贩的生计。那正是司机和送信员买午餐的地方。但现在，摊棚不见了。它们被清除得一干二净，荡然无存，没有一张吹散的包松饼的纸，没有一只曾经装过水的瓶子，没有一丝表明它们曾经存在于此的痕迹。

阮伊奴豆经常竭力劝她，多多出去和人约会。“奥宾仔总归一直有点过于自命清高。”阮伊奴豆说，虽然伊菲麦露知道，阮伊奴豆只是为了想让她感觉好过些，但那依旧让她吃惊，原来其他人不像她，把奥宾仔视作近乎完美的。

她写博客帖子时心里想着他会怎么看待那些文章。她写了一场她参加过的时装秀，模特穿着一条有鲜艳非洲印花的半身裙转圈，嗖一声，深浅不同的蓝和绿明快地飞过，看似像只神气的蝴蝶。她写了维多利亚岛街角的一位妇人，在伊菲麦露停下来买苹果和橙子时，高兴地说："好啊，大姐！"她写了从她卧室窗户望出去的风景：一只白鹭，因热得没了力气而落在大院的墙上。看门人帮一名小贩把她的托盘举到她头上，一个如此充满高尚情怀的行为，使她在小贩离去多时后依旧伫立凭眺。她写到电台的播音员，他们说话的腔调如此虚假、如此滑稽。她写到尼日利亚女人好出主意，诚恳的主意，十足道貌岸然。她写到布满铁皮屋的居民点淹了水，他们的屋顶好像压扁的帽子，以及住在那儿的姑娘，时髦聪慧，穿着紧身牛仔裤，她们的人生执拗地点缀着希望：她们想开美发沙龙，想上大学。她们相信总会有她们的一天。我们距离这种贫民窟的生活仅一步之遥，我们所有过着有空调的中产阶级生活的人，她写道，想知道奥宾仔是否会同意。失去他的痛没有随时间而减少；相反，那似乎日渐深沉，被她益发清晰的回忆勾起。尽管如此，她过得很平静：在家里，写她的博客，重新认识了拉各斯。她，终于，完全转入了自己的轨道。

她在重续她的过去。她打电话给布莱恩致以问候，告诉他，她一直觉得他太好，太纯洁，她配不上他，他在电话里表现得生硬客套，仿佛厌恨她的来电，但最后他说："我很高兴你打电话来。"她打电话给柯特，他听上去开朗乐观，对收到她的音讯激动不已，她想象他们重新在一起，谈一场没有深度和痛楚的恋爱。

"那个人是你吗，我以前常收到的给那个博客的大笔汇款？"她问。

"不是，"他说，她拿不准是不是应该相信他，"所以你还在写博客吗？"

"嗯。"

"关于种族吗？"

"不，写的只是生活。这儿其实并无种族一说。我感觉在拉各斯下了飞机后，我不再是黑人了。"

"我敢打包票。"

她已经忘了他话里的美国味有多浓。

“和别人在一起，怎么也找不回相同的感觉。”他说。她喜欢听那样的话。他在尼日利亚时间的深夜打电话给她，他们聊他们以前一起做的事。如今回忆似乎被打磨得发亮。他含糊地提到他要来拉各斯看她，她含糊地表示赞成。

一晚，当她正走进泰瑞文化中心，和阮伊奴豆、泽玛耶去看戏时，她撞见了弗雷德。散场后他们一起坐在餐厅，喝奶昔。

“这家伙不错。”阮伊奴豆对伊菲麦露耳语。

起先，弗雷德像以往一样大谈音乐和艺术，他的活力与哗众取宠的需求密不可分。

“我很想知道，你在不卖弄时是什么样子。”伊菲麦露说。

他哈哈一笑。“你若和我交往的话就会知道。”

桌上一阵沉默，阮伊奴豆和泽玛耶满怀期待地看着伊菲麦露，那令她觉得发噱。

“我可以和你交往。”她说。

他带她上夜总会，当她说她腻烦了震耳欲聋的音乐、烟雾和几乎没穿衣服、与她贴得过近的陌生人的身体时，他怯生生地告诉她，他也不喜欢夜总会；他本以为那是她喜欢的。他们一起在她的公寓看电影，后来在他位于奥尼如的家里，那儿的墙上挂着拱形油画。令她惊讶的是他们喜欢同样的电影。他的厨子，一个风度翩翩、来自科托努的男人，做了她喜爱的落花生炖肉。弗雷德为她弹吉他、唱歌，用他沙哑的嗓音告诉她，他的梦想是当一支民谣乐队的主唱。他很有魅力，那种逐渐深入人心的魅力。她喜欢他。他时常伸手把他的眼镜往上推，用手指微微的一推，她觉得这很可爱。当他们赤裸躺在她的床上，无比愉快无比温暖时，她遗憾那不是她想要的。要是她能感受到她想感受的那该有多好。

后来，在一个慵懒的星期日傍晚，距她最后一次见到他过去了七个月，奥宾仔出现了，在她的公寓门口。她盯着他。

“伊菲。”他说。

那着实让人意外，见到他，他剃成光头的脑袋，他脸上动人的温柔。他的目光急迫、炽烈，她能看出他的胸膛因粗重的呼吸而上下起伏。他拿着长长一页纸，上面写满了字。“我写了这个给你。假如我是你的话，那是我想要知道的。我的心路历程。我把那全写下来了。”

他把那页纸递上前，他的胸膛依旧在起伏，她立在那儿，没有伸手去接那页纸。

“我知道我们可以为了彼此接受违心的事，乃至把那转化成我们人生诗意的悲剧。或者我们可以行动。我想采取行动。我想把这变成现实。柯希是个好女人，我的婚姻是一种随波逐流的满足，可我从一开始就不该和她结婚。我始终知道这里面缺了点什么。我想要抚养布琪长大。我想要天天见到她。可这几个月来我一直在演戏，有一天，她会成熟懂事，知道我在演戏。今天，我搬出了那个家。我会暂住在园景小区的公寓，假如我能的话，我希望天天见到布琪。我知道我拖延了太久，我知道你已开始新的生活，假如你犹疑不决、需要时间的话，我完全理解。”

他停顿，挪动。“伊菲，我要追求你。我将追到你愿意给这一个机会为止。”

她久久地盯着他。他在说的正是她想听到的话，但她却仍盯着他。

“天花板，”她终于说，“进来吧。”

致　谢

我深深感谢我的家人，他们阅读草稿，给我提供素材，在我正当需要听见鼓励时说“祝你好运”，尊重我的需求，给我空间和时间，从不动摇地坚持那份奇特而美妙的信念，因为爱：James Adichie 和 James Adichie 伉俪、Ivara Esege、Ijeoma Maduka、Uche Sonny-Eduputa、Chuks Adichie、Obi Maduka、Sonny Eduputa、Tinuke Adichie、Kene Adichie、Okey Adichie、Nneka Adichie Okeke、Oge Ikemelu、Uju Egonu。

三位热心人士为这本书贡献了他们诸多的时间和卓识：如兄长一般的 Ike Anya、Louis Edozien、Chinakueze Onyemelukwe。

得才华横溢、慷慨非凡的他们阅读书稿，有时不止一遍，让我透过他们的眼睛审视笔下的人物，告诉我什么行什么不行，我向这些亲爱的朋友表示感激：Aslak Sira Myhre、Binyavanga Wainaina、Chioma Okolie、Dave Eggers、Muhtar Bakare、Rachel Silver、Ifeacho Nwokolo、Kym Nwosu、Colum McCann、Funmi Iyanda、Martin Kenyon（受人爱戴的书呆子）、Ada Echetebu、Thandie Newton、Simi Dosekun、Jason Cowley、Chinazo Anya、Simon Watson、Dwayne Betts.

感谢我的编辑、克诺夫出版社的 Robin Desser；感谢第四等级①的 Nichola Pearson、Minna Fry、Michelle Kane；感谢 Wylie 经纪公司的职员，特别是 Charles Buchan、Jackie Ko、Emma Paterson；感谢 Sarah Chalfant——我的朋友兼经纪人，给我源源不断的安全感；感谢哈佛大学拉德克里夫高等研究院，为那间洒满光的小办公室。

① 新闻界的别称。